SHIFT

Copyright © 2013 by Hugh Howey
Published by arrangement with Nelson Literary Agency, LLC
through The Grayhawk Agency Ltd.
Simplified Chinese translation copyright © 2024 by Chongqing Publishing House Co., Ltd.
All rights reserved.

版贸核渝字(2022)第030号

图书在版编目(CIP)数据

星移记 / (美)休·豪伊著；李镭译. —重庆：重庆出版社，2024.6
书名原文：Shift
ISBN 978-7-229-16977-0

Ⅰ.①星… Ⅱ.①休… ②李… Ⅲ.①幻想小说—美国—现代 Ⅳ.①I712.45

中国版本图书馆CIP数据核字(2022)第130640号

星移记
XING YI JI

[美]休·豪伊 著
李镭 译

责任编辑：魏雯 魏映雪
装帧设计：文子
插图：罗烜
责任校对：郑葱

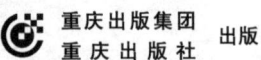
重庆出版集团
重庆出版社 出版

重庆市南岸区南滨路162号1幢 邮政编码：400061 http://www.cqph.com
重庆出版社艺术设计有限公司 制版
重庆市鹏程印务有限公司 印刷
重庆出版集团图书发行有限公司 发行
E-MAIL：fxchu@cqph.com 邮购电话：023-61520646
全国新华书店经销

开本：890mm×1230mm 1/32 印张：18.75 字数：430千
2024年6月第1版 2024年6月第1次印刷
ISBN 978-7-229-16977-0
定价：98.00元

如有印装质量问题，请向本集团图书发行有限公司调换：023-61520678

版权所有 侵权必究

致那些能看清自己、能真正从容独处的人。

2007年,纳米生物技术自动化中心为纳米机器人的应用前景绘制了相关的硬件和软件平台应用蓝图。根据这些蓝图,我们可以展望比人类细胞还要小的机器人为我们进行医疗诊断、精细修复。它们甚至还可以自我增殖。

　　就在同一年,哥伦比亚广播公司重新播放了一档节目,其中描述了心得安[①]对于严重创伤患者的效果。我们发现,一颗简单的药丸就能够抹去一切关于创伤事件的记忆。

　　在广阔的历史长河中,恰恰就在这一刻,人类发现了将自己彻底毁灭的手段,甚至还发展出足够的能力,让自己彻底忘记这场毁灭是如何发生的。

---

　　①一种用于治疗心律不齐和心绞痛等症状的药物。

目录 / Contents

001	休·豪伊的成功,不仅来自自出版

001　第一班　遗产

002	序言
004	第一章
018	第二章
023	第三章
031	第四章
038	第五章
046	第六章
050	第七章
057	第八章
064	第九章
072	第十章
077	第十一章
082	第十二章
090	第十三章
100	第十四章
106	第十五章
115	第十六章

119	第十七章
129	第十八章
139	第十九章
151	第二十章
155	第二十一章
162	第二十二章
169	第二十三章

179	**第二班　指令**
180	第二十四章
183	第二十五章
188	第二十六章
195	第二十七章
200	第二十八章
204	第二十九章
211	第三十章
221	第三十一章
230	第三十二章
235	第三十三章
244	第三十四章
253	第三十五章
257	第三十六章
262	第三十七章
267	第三十八章
274	第三十九章
276	第四十章
282	第四十一章
286	第四十二章
288	第四十三章

294	第四十四章
298	第四十五章
303	第四十六章
309	第四十七章
316	第四十八章
320	第四十九章
324	第五十章
329	第五十一章
332	第五十二章
336	第五十三章
338	第五十四章
343	第五十五章
347	第五十六章
355	第五十七章

359	**第三班　法案**
360	第五十八章
364	第五十九章
367	第六十章
373	第六十一章
383	第六十二章
391	第六十三章
396	第六十四章
402	第六十五章
407	第六十六章
410	第六十七章
413	第六十八章
416	第六十九章
423	第七十章

426	第七十一章
431	第七十二章
436	第七十三章
443	第七十四章
449	第七十五章
452	第七十六章
456	第七十七章
460	第七十八章
465	第七十九章
471	第八十章
477	第八十一章
481	第八十二章
484	第八十三章
487	第八十四章
492	第八十五章
497	第八十六章
503	第八十七章
507	第八十八章
511	第八十九章
514	第九十章
520	第九十一章
526	第九十二章
532	第九十三章
537	第九十四章
542	第九十五章
548	第九十六章
551	第九十七章
559	第九十八章
563	第九十九章

566	第一百章
574	第一百零一章
579	尾声

休·豪伊的成功，不仅来自自出版

2011年，亚马逊自出版栏目下悄然出现一本短篇小说，售价很便宜，只要0.99美元，不过故事本身非常精彩，所以短短几个月里就卖出了几千份，当然也给本职是书店员工的作者休·豪伊（Hugh Howey）带去了几千美元的额外收入。这个小小的成功鼓励了作者，在随后的几个月间，作者又用同样的自出版方式发表了几篇故事，和第一篇共同组成了系列作品，并且最终成为一本长篇小说，这就是《羊毛战记》[①]的诞生。

实际上《羊毛战记》并不是休·豪伊的第一部小说。在此之前，他曾经在一家小出版社出版过小说集，并且拿到了第二本书的出版合同。但是豪伊认为可以自己完成出版工作——时代和技术都已经做好了准备，于是他没有签署那份合同，而是选择了亚马逊的自出版系统来实现自己的目标。在他成名之后，类似的一幕又上演了一次。2012年，豪伊拒绝了西蒙·舒斯特（Simon & Schuster）出版公司提供的7位数报价，宁肯选择6位数报价的合同，以便保留自己发行电子书的权利。

[①] 曾译作《羊毛记》，为与电视剧《羊毛战记》（英文名为 *SILO*）中文译名保持一致，此处译作《羊毛战记》。

也许是因为休·豪伊在自出版上的成功太过耀眼，虽然很多媒体对他做了采访，但大部分访谈并没有太关注小说本身的内容，而都集中在自出版的话题上。很难统计休·豪伊的成功给了后来者多少启示和激励，但确实可以举出一些受到激励的例子，比如弗雷德里克·谢尔诺夫(Fredric Shernoff)出版了《大西洋岛》(*Atlantic Island*)，杰森·葛尔莱(Jason Gurley)出版了《埃莉诺》(*Eleanor*)，迈克尔·邦克(Michael Bunker)出版了《宾夕法尼亚》，等等。不过这些后继者都没有达到休·豪伊那样的高度，再没有人能够像他一样凭借着自出版，在科幻小说创作领域大放异彩。

这其实揭示了一个事实：休·豪伊的成功不仅仅在于自出版这种新颖的出版方式，也与《羊毛战记》的精彩密不可分。就像休·豪伊拒绝西蒙·舒斯特，坚持使用自由度更高的权力分配形式一样，《羊毛战记》和他接下来的作品中都贯穿了休·豪伊式的对权力系统的反抗。

《羊毛战记》是反乌托邦题材的小说。"乌托邦"(utopia)一词来源于英国的空想社会主义者托马斯·莫尔(Thomas More)在1516年的创造，取自希腊语"ou-"(οὐ)和topos(τόπος)的组合，意思是不存在的地方。More的本意是想创造一个完美的理想国度，远离社会上的一切贫穷和苦难，生活于其中的人们自发自觉地为社会做出各种贡献，人人拥有富足的生活和积极的精神。然而随着各种空想社会主义试验的失败，人们开始倾向于认为这样的完美国度不可能存在，理想主义的初衷将会不可避免地走向反人类的极权主义，大多数人都在高压下挣扎求生……这便是反乌托邦概念的由来。

反乌托邦题材中诞生过许多著名作品。早期有《1984》《美丽新世界》，晚近的有《华氏451》《使女的故事》，甚至还有很多跨界的作品,比如动漫《进击的巨人》、游戏《辐射》等等。休·豪伊就曾在(少数几个提及了作品内容的)访谈中坦承,《羊毛战记》中的筒仓设定受到了《辐射》系列游戏中避难所的启发。不过同样很显然的是,如果只是单纯借鉴已有的设定,《羊毛战记》不可能取得那么大的成功。反乌托邦题材的核心,是对权力结构的反思。休·豪伊会选择这样的题材框架进行创作,既是他创作来源、他的思考的反映,也是他为自己的故事找到的一个绝好的容器。

在《羊毛战记》的世界中,地面环境已经不再适合人类生存,人类只能生活在名为"筒仓"的庇护所里。筒仓是位于地下的竖状结构,中间有一个巨大的螺旋楼梯,居住在不同地层的人们之间有着地位的差异,大体与所住的楼层挂钩。人们安于这种地位的差异,就像《美丽新世界》中"阿尔法(α)""贝塔(β)""伽马(γ)""德尔塔(δ)""爱普西隆(ε)"之类的标签。你在第几层,就有第几层的地位。它既是命运,也是不容抗拒的指令,更是超越个人和自我的庞然大物。

这样的设定,就像是《1984》中的纸条,以及《使女的故事》中的日记一样,让读者除了有追求真相的原始冲动,也期望循着真相释放压抑的自我。当主角勇敢打破层级的桎梏,爬出筒仓时,读者也随之冲出故事的海面,发现权力的虚妄与全新的自我。

这种个人对抗系统、个体意志凌驾于利维坦之上的叙事,不仅是在讲述反叛精神,更是可以上溯至卢梭与柏克的天赋人权思想在文学叙事上的体现。可以说,所谓的反乌托邦,在其科幻性的外表之下,凝练的终究是对近现代道德观念的致敬。

当然,反乌托邦终究只是一个容器和框架,至于故事是不是好看,更在于作者的叙事能力。这就像是做饭烧菜一样,同样的食材,有人做得味同嚼蜡，有人做得色香味俱佳。而说到故事情节，休·豪伊毫无疑问就是悬念设计的大师了。

《羊毛战记》问世时，作者还没有多少创作经验，但彼时的叙事技巧已经隐隐有了类型文学大家的风范。他非常了解读者的心理，也非常善于设置悬念，所以一旦拿起书本就很难放下。

在《羊毛战记》的世界里，由于地面上充满了有毒的空气，所以筒仓与外界毫无连通，唯一能查看外界情况的只有竖在地表的摄像头，但这个摄像头很容易被地表肆虐的沙尘暴弄脏，需要不时派人出去擦拭，而每个出去的人又都必死无疑，所以出去擦镜头便成了筒仓世界的极刑，唯有犯下弥天大罪才会被赶出去擦镜头。但是，只有犯人一个人出去，没有人看押他们，怎么保证他们一定会乖乖去擦镜头？然而最令人诧异的就在这里：每个被放逐的犯人真的都会把镜头擦得干干净净，然后迎来自己的死亡……

源自俄国形式主义的故事论将故事与情节做了严格的区分。前者是按时间顺序把发生的事情按部就班讲述出来，但后者则是以更具戏剧性效果的方式对发生的事情进行重组。休·豪伊显然是个中好手，他将故事切成无数碎片，紧紧攫住读者的好奇心，让读者不得不追随情节的发展，就像《1984》中的纸条与《使女的故事》中的日记所起的作用一样。

在《羊毛战记》之后，豪伊又写了前传《星移记》和后传《尘土记》，分别讲述了筒仓世界的由来和最终的结局。在写完"羊毛记"系列的大故事之后，休·豪伊继续丰富着自己的幻想宇宙，陆续写作了《异星记》《信标记》《潜沙记》《离沙记》。故事发生在空渺宇宙中航行的飞船里，发生在完全陌生的异星世界中，发生在熟悉又疏离的未来地球上……这些故事各有各的精彩，不过总的来说，对权力的反思和反抗始终是所有故事的思想基调，悬念设置和细节塑造也显示出叙事技巧的高妙。

休·豪伊受惠于亚马逊，但在这个科技与权力密不可分的时代，他并没有停止对权力的反思。他的个人博客最后一篇更新是在2022年4月，对于伊隆·马斯克收购推特一事的评论。他在文章里说"通过掌控话语而获得权力，历史中充斥着这样的例子""所有人都在试图向世界广播，操控众人的注意力，为自己聚集更多的追随者，获取，获取，获取，布道，布道，布道。这是无度的时代，而我们是其中的居民"。从出版至今，11年过去，他仍旧在用自己的方式反思，他的博客中，仍然有着如第一本《羊毛战记》般蓬勃的愤怒和挣扎。这是很不容易的事情，或许这也是他的创作动力所在。

这次，重庆出版社的独角兽书系一次性出版七部作品，基本上算是将他的代表作一网打尽了。

2021年，Apple TV 宣布启动《羊毛战记》的改编计划，并于2022年5月完成拍摄。该剧于2023年上映后取得了巨大成功，广受好评，最终获得了续订的机会。这意味着观众有望继续在屏幕上看到筒仓世界的故事。在此之前，就让我们先通过文字领略作者讲述故事的神奇能力吧。

——丁丁虫

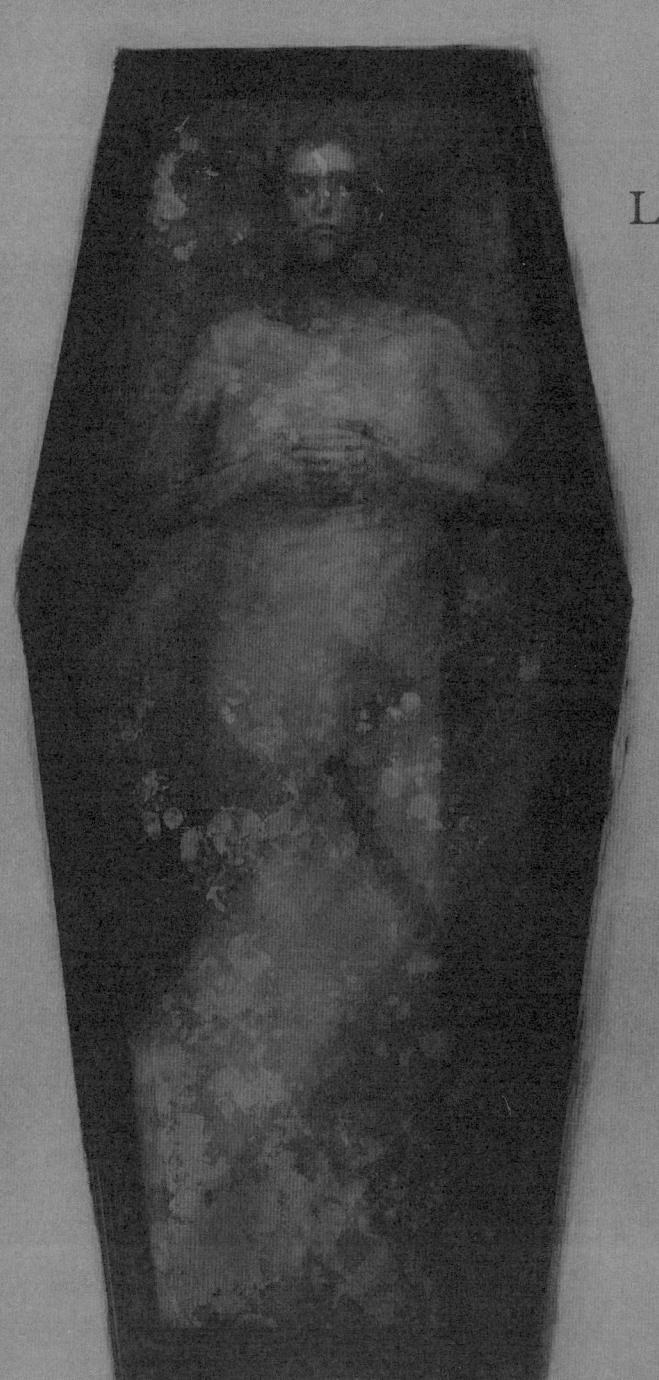

第一班
遗产
LEGACY

FIRST SHIFT

序言

2110年
乔治亚州,富尔顿县山丘之下

特洛伊苏醒过来,发现自己被埋在坟墓里。他的周围是一个完全封闭的世界。一块结满冰霜的厚玻璃板几乎就压在他的脸上。

他能看到,在因为结冰而模糊的玻璃外面,有一些黑色的影子在蠕动。他试着抬起手臂击打玻璃板,但他的肌肉一点力量都没有。他想要叫喊,却只能咳嗽。他嘴里的味道非常糟糕。他的耳朵中回荡着沉重锁扣开启的撞击声、空气涌入的嘶鸣,还有生锈的铰链转动时发出的尖厉声音。

头顶的灯光非常亮,抓住他的手带着暖意。他们帮助他坐起来。他依然只能不停地咳嗽。过低的温度让他呼出的空气凝结成了白烟。有人递给他水和药丸。水很冷,药丸很苦。特洛伊努力多喝了两口水。没有别人的帮助,他连玻璃杯都端不住。伴随着双手的颤抖,记忆像洪水一样涌入他的脑海。一个又一个漫长的噩梦,久远幽深的过去和还在眼前的昨日搅和在一起。他全身都在颤抖。

他穿着一件纸做的长袍。突然的刺痛感告诉他,有人从他身上撕去了胶布。他的胳膊被拽住,一根管子从他的腹股沟中间被拔了出来。两个穿白大褂的人帮助他从棺材里出来。四周全是蒸汽,水雾凝结成白烟,又迅速消散。

特洛伊坐起身来,在强光下眨了眨眼,活动了一下不知多久不曾抬起过的眼皮,俯视那一排排装着活人的棺材——这些棺材一直延伸到远方弧形的墙壁前。这里的天花板很低,看着它仿佛就能感觉到上面厚重的泥土层令人窒息的压力。同样让他窒息的还有漫长的岁月。过去了那么多年,他关心的人恐怕都不在了。

他的一切都已消逝。

药丸刺痛了他的喉咙。他努力想要把它们咽下去。记忆像梦一样,在醒来之后便渐渐淡去。他感觉自己所知道的一切正在从他的指缝间溜走。

他向后瘫倒。不过穿白大褂的两个人对此早有防备。他们抱住他,把他放到地面上。纸做的长袍在颤抖的皮肤上窸窣作响。

许多画面从他眼前掠过。回忆的炸弹如同雨点般落下,又像雨点一样消失得无影无踪。

这就是药丸的作用,它们会慢慢摧毁他的过去。

特洛伊把脸埋在手掌中,低声啜泣。一只同情的手按在他的头上。那两个白大褂此刻没有打扰他。这种事不能着急。一个灵魂刚刚醒来,立刻就要变成完全不同的另一个灵魂,对此必须给予应有的尊重。所有躺在这些棺材里的人,迟早有一天会坐起来,发现自己的一切。

然后……彻底忘记。

# 第一章

2049年
华盛顿特区

高大的玻璃陈列柜曾经被当作书橱来用，上面也因此留下了不少痕迹。柜子上的五金件可以追溯到几个世纪以前，而那些铰链和小锁大概只有几十年的历史。玻璃周围的框架是樱桃木，柜体则是橡木。曾经有人想要多涂几层漆来掩饰这两种木质底色的差别，但纹理依然还是不匹配，色泽也不够完美。对于训练有素的眼睛，这样的细节实在是太明显了。

众议员唐纳德·基恩在无意中收集了这些线索。通过这些线索，他轻易就明白了，很久以前这里曾进行过一场清扫活动——为了腾出空间来。在过去的某个时候，这位参议员的候客室中必备的法律书籍大多被清空了，只剩下屈指可数的几本，静静地待在玻璃柜昏暗的角落里。没有人会翻动它们。它们的书脊上全是裂痕，旧皮革已经出现了剥落的情况，就像被太阳晒伤的皮肤。

基恩的几名新人同僚挤满了这间候客室，他们不安生地来回踱着步。他们的任期刚刚开始，就像唐纳德一样，他们都还年轻，心中充满了无可救药的乐观。他们要给国会山带来改变，希望实现曾经和他们同样天真的前辈不曾实现过的愿景。

在等待轮到自己与伟大的瑟曼参议员见面时,这些来自乔治亚州的后生们一直在紧张地聊着天。唐纳德觉得他们很像是一群喋喋不休的牧师,排队等待亲吻教皇的戒指。他重重呼出一口气,将注意力集中在玻璃柜里面的物件上,全神贯注地端详着玻璃后面的这些宝物。这时,一个典型的乔治亚人正起劲地唠叨着他的选区的疾病控制与预防中心。

"……他们的网站上有详细的指南。那份响应和预备手册是为了,好吧,是为了应对——僵尸入侵。你们能相信吗?该死的僵尸。疾控中心难道真的认为会出这种事?我们会在突然间就相互大吃大嚼……"

唐纳德压抑住嘴角的微笑,唯恐有人会从玻璃的倒影中看到他的表情。他的目光转向墙上的四幅照片——这位参议员和最近四任总统的合影。每张照片中的握手姿势和体态都一样,背景都是一排低垂的旗子和超大号的国徽。总统来来去去,这位参议员则岿然不动。在第一张照片里,他的头发就是花白的,后面也一直是这样花白着。数十年的岁月似乎对他全无影响。

这些照片并排挂在一起,却让人觉得照片中的人物不再那么高贵显赫了。他们看上去是那样做作,那样道貌岸然、虚张声势。仿佛这些世界上最有权势的人只是在乞求一个机会,能够在一只人像立牌旁边摆个姿势,能够和一块路边招牌合个影。

唐纳德笑了。那个从亚特兰大来的众议员也发出附和的笑声。

"我就知道,对吧?僵尸。这可真是滑稽。不过好好想一想,好吗?为什么疾控中心会有这种现场作业手册,除非……"

唐纳德想要向他的众议员同僚解释,告诉他自己真正在笑的是什么。看看这些微笑,他想要这样说。微笑全都挂在总统的脸上。而参议员却是一副心不在焉的样子。看上去,这几位美国的元首都很清楚,谁才是更有实力的那一个,谁会在他们从白宫走过一遭以后继续掌握权柄。

"……那上面还建议说,每个人除了要准备手电和蜡烛以外,还应该带上一根球棒,是吧?为了以防万一。你们知道的,是敲脑袋用的。"

唐纳德拿出手机,看了一眼时间。又向候客室的门口瞥了一眼,寻思自己还要等多久。然后他收起手机,又转向玻璃柜,研究起柜子中的一层——那一层摆放着一件折叠整齐的军装,就像是一件精美的折纸工艺品,左胸部位挂满了勋章;袖子被折了起来,用别针固定,以彰显袖口上的金色绳编装饰。在这件军装前面有一只特制的木架,上面摆放着一些纪念币。它们来自海外服役的男男女女,代表着他们对这位参议员的感激之情。

"……是的,这听起来很疯狂,我知道,但你知道狂犬病会怎样影响狗吗?我是说,它实际上对狗做了什么?那其中的生化……"

唐纳德俯身仔细审视那些纪念币。每一枚硬币上的数字和图案都代表着一支旅级部队,或者是一个营?他记不清了。他的妹妹夏洛特一定知道。夏洛特正在战场上。

"嘿,难道你一点都不紧张?"

唐纳德意识到说话的人是在问他。他向这名健谈的众议员转过身。这个人看上去有三十几岁,和唐纳德的年龄差不多。唐纳德在他的身上能看到自己稀疏的头发、开始凸出的小腹——所有标志着人到中年的令人不舒服的迹象。

"紧张僵尸?"唐纳德笑了,"不,那还真说不上。"

那名议员来到唐纳德身边,也开始端详那件摆在醒目位置的军装——那身衣服挺括的胸部就好像真有一名战士的胸膛正将它撑起。"不是僵尸。"那个人说,"我是说和他见面。"

通向接待室的门打开了,门里传出一阵阵电话铃声。

"基恩议员?"

一名年长的接待员站在门口。一袭白色短上衣和黑色裙子格外衬托出一副纤瘦健美的身材。

"瑟曼参议员想要见您。"她说道。

唐纳德拍拍那名亚特兰大众议员的肩膀,向门口走去。

"嘿,祝你好运。"那位绅士在他身后有些仓促地说道。

唐纳德微微一笑,压抑下心中的冲动——其实他很想转回身告诉那个人,他早就认识瑟曼参议员,小时候,他还曾经跳上过那位参议员的大腿。只是唐纳德确实也在掩饰心中的紧张,无暇再做其他的事情。

他走过厚重、华丽的镶板硬木门,进入到参议员的内室。这和走过门厅,接一个男人的千金去约会的感觉完全不同,真的是完全不同。这次他要以官方身份和那个男人见面。但他却依然觉得自己还只是曾经的那个小孩。

"请这边走。"接待员指引唐纳德从两排宽大的桌子之间穿过去。桌子后面都有人在忙碌。十来部电话不断响起铃声。穿着笔挺西服或者裙装的青年男女都有忙不完的事情。而他们无聊的表情意味着这不过是一个很普通的工作日上午。

唐纳德经过一张桌子时伸出手,指尖拂过木制桌面。红木。这些助手的办公桌比他的桌子还要好。这里还有长毛绒地毯、宽大古老的吊顶、古董瓷砖天花板。那些吊灯很可能是真正的水晶。

在说话声和电话铃声中,房间尽头的一扇镶板门打开,把众议员米克·韦布吐了出来。他刚刚完成会面。米克没有注意到唐纳德,两只眼睛只是盯着手中打开的文件夹。

唐纳德停住脚步,等待自己的同僚和大学时代的老朋友走过来。"如何?"他问道,"还顺利吗?"

米克抬起头,"啪"的一下合上文件夹,把它夹在胳膊下面,点点头,微笑着说:"还好,还好,情况不错。如果我们谈得太久,那么抱歉了。那个老头子非常喜欢我。"

唐纳德笑了。他相信米克的话。米克在政治圈可以说是如鱼得水。他高大英俊,又有足够的魅力和自信。唐纳德常常开玩笑说,如果他这位朋友的名字不是这么糟糕①,没准有一天会成为总统。"没事,"唐纳德伸出大拇指,向身后指了指,"我在交新朋友。"

米克的嘴角也往上一翘,"你有这个能耐。"

"当然。那么,我们农场见。"

"农场见。"米克用文件夹拍了一下唐纳德的胳膊,就向出口走去。唐纳德注意到接待员暗含愠怒的目光,急忙走了过去。接待员挥挥手,示意他走进灯光昏暗的办公室,随后就在他身后关上了门。

"基恩议员。"

参议员保罗·瑟曼从桌子后面站起身,伸出一只手,脸上闪过唐纳德熟悉的微笑。唐纳德童年时代就认得这副笑容,后来又在照片和电视上见过很多次。这位参议员一定已经快七十岁,或者已经过七十岁了,但他依旧身材匀称,看上去非常健康;身上的牛津布衬衫清晰地显示出一位军人应有的轮廓;粗壮的脖子撑起了他的领带

---

① 米克(Mick)一词是对爱尔兰人的一种粗鄙称谓。——译注

结;一头白发整齐利索,保持着士兵的风格。

唐纳德走过阴暗的房间,和参议员握了握手。

"很高兴见到您,阁下。"

"请坐。"瑟曼放开唐纳德的手,指着书桌对面的一把椅子说道。唐纳德坐进亮红色的皮革椅子里。椅子扶手上的金色钉环就像是钢梁上结实的铆钉。

"海伦还好么?"

"海伦?"唐纳德拽了拽自己的领带,"她很好。她回萨凡纳去了。能够在招待会上见到您,她真的很高兴。"

"你的妻子是一个美丽的女人。"

"谢谢,阁下。"唐纳德努力让自己放松下来,但他的努力没有收到什么效果。这间办公室虽然顶灯都亮着,却还是仿佛笼罩着一层阴影。窗外的天色很不好,云层又低又黑。如果下雨,他就只能从隧道回自己的办公室了。他不喜欢到下面去。那里真应该铺上地毯,再隔一段距离挂上一盏枝形小吊灯。但不管怎样,他都能感觉到那是在地面以下。华盛顿的隧道总让他觉得自己像是一只在下水道里乱窜的老鼠。而且他还觉得隧道顶随时都会塌下来。

"这段时间工作感觉如何?"

"工作很好,很忙,但很好。"

他想要问问参议员安娜是否安好,但没等他开口,身后的门又打开了。接待员送进来两瓶水。唐纳德谢了她,拿过面前的瓶子,一拧瓶盖,才发现瓶盖已经事先被拧开了。

"希望你不会特别忙,还能有时间为我做点事情。"瑟曼参议员一边说,一边扬了扬眉毛。唐纳德喝了一小口水,心中好奇参议员那个扬眉的技巧其他人是不是能掌握——那个动作让他生出一种要跳起来立正敬礼的冲动。

"我一定能找出时间来。"他回答道,"如果不是您为我进行游说,我可能连初选都过不了。"他的两只手不停地在膝头揉搓着那瓶水。

"你和米克·韦布是老相识,对吗?都是'斗牛犬'。"

唐纳德用了片刻时间才意识到参议员说的是他们大学的吉祥物。在乔治亚的时候,他花在体育运动上的时间不算很多。"是的,冲啊,好狗!①"

他希望自己回答对了。

参议员又笑了。他向前俯过身。洒落在书桌上的柔和灯光照亮了他的面孔。唐纳德看到细小的皱纹在他脸上形成的阴影——换做其他人,很可能注意不到这些黑色的细线。瑟曼棱角分明的脸型和方下巴显得比他的身材更年轻。这个人获得今天的地位靠的不是打埋伏,而是向别人发起正面冲锋。

"你在乔治亚学的是建筑。"

唐纳德点点头。他很了解瑟曼,但这位参议员对他未必有多了解——这一点很容易被忘记。毕竟他们之中有一个人占据报纸头条的机会要远比另一个人更多。

"是的,是我本科时学的。我本来打算进修硕士。不过我觉得,和画一些盒子把人民装进去相比,我应该更擅长管理他们。"

听到自己说出这么一句话,他面部的肌肉不由得抽动了一下。这是研究生院的一句口头禅,本来应该被丢在学校里,就像用额头压瘪啤酒罐和那些裙子下面的屁股一样,都已经不再见容于他现在

---

①这是乔治亚大学为他们的橄榄球队加油时特别的口号。

的生活。他开始第十二次思考为什么自己和其他那些新晋议员会被叫来。当他最开始得到邀请的时候,他以为这是一次形式上的拜访。后来米克向他吹嘘自己的会面有多成功,他觉得那应该只是某种礼节或者传统。但现在,他有些怀疑这是一场权力游戏,一个讨好这些乔治亚州代表的机会。可能瑟曼是在为众议院和参议院的一场特别投票做准备。

"告诉我,唐尼,你在保守秘密方面做得怎么样?"

唐纳德全身的血一下子凉了。他强迫自己用笑声排解掉这阵突然袭来的紧张。

"我当选了,不是吗?"

瑟曼参议员微笑着,"所以你应该已经学到了关于保密最好的一课。"他举起面前的水瓶,摆出一个致敬的姿势,"否认。"

唐纳德点点头,又喝了一小口自己的水。他不确定这次对话到底要朝什么方向发展,但他已经开始感到不安了。这个房间里弥漫着幕后交易的气味。而他曾经向他的选民承诺,会根除这样的交易。

参议员的身子靠回到椅子里。

"否认是这座城里的秘密武器。"他说道,"是将所有材料融合到一起的调味剂。这就是我要对新当选的人说的话:真相一定会被披露——一直都是如此——但它也一定会被混在所有谎言之中。"参议员伸手在空中画了个圈,"你必须同样一口咬定地否认每一个谎言和每一个真相。让那些网站和整天攻击我们、大肆宣扬我们掩盖真相的网红们去为你混淆视听。"

"呃,是的,阁下。"唐纳德不知道该说些什么,只好又喝了一大口水。

参议员再次挑动眉毛，一动不动地看着唐纳德，突然开口问道："你相信有外星人吗，唐尼？"

唐纳德差一点从鼻子里把水喷出来。他用手捂住嘴，连续咳嗽了几声，又不得不抹了抹下巴。参议员还是纹丝不动。

"外星人？"唐纳德摇摇头，把湿漉漉的手掌在大腿上擦干，"不，阁下，我是说，我不相信那些外星人绑架之类的事情。为什么问这个？"

他开始怀疑这是不是一种测试。为什么参议员会问他是否能保守秘密？这是某种邀约前的安全措施吗？参议员保持着沉默。

"那些都不是真的。"唐纳德又说道。他在参议员身上寻找一切非同寻常的迹象和线索，"对吗？"

那位老者的脸上露出微笑。"情况就是这样，"他说道，"无论它们是真是假，外界都会有同样的捕风捉影、街谈巷议。如果我告诉你，他们是千真万确的，你会感到惊讶吗？"

"天啊，当然，我非常吃惊。"

"很好。"参议员将一份文件夹沿着桌面推过来。

唐纳德看着文件夹，抬起一只手。"等等，他们到底是不是真的？您打算告诉我什么？"

瑟曼参议员直接笑出了声。"他们当然不是真的。"他的手离开文件夹，两只臂肘都撑在桌面上，"难道你没看见NASA想要从我们这里掏走多少钱，就为了能够飞到火星再飞回来？我们去不了另一颗恒星，永远去不了。也不会有人来找我们。该死，他们为什么想要那么多？"

唐纳德不知道该怎么想。就在不到一分钟以前，他根本想不到会出现这种状况。他明白了参议员的意思——真相和谎言看上去非黑即白,却总是混合在一起,让一切都变成令人迷惑的灰色。他垂下视线,瞥了一眼那个文件夹,看上去和米克拿走的那一个完全一样。这让他想起政府是多么喜爱一切过时的东西。

"这就是否认,对吗?"他审视着参议员,"这就是您现在要做的。您要把我踢掉。"

"不,我只是要告诉你,别再看那么多科幻小说了。说实话,你觉得那些书呆子为什么总是在梦想殖民别的行星?你知道那要我们付出怎样的代价?又只能得到些什么成果?那太荒谬了。效益完全无法匹配成本。"

唐纳德耸耸肩。他不认为探索太空是荒谬的。他将瓶盖重新拧紧,"对广阔空间抱有梦想是我们的天性。不断向外拓展是一种必需。我们不就是因此才来到这里的?"

"这里?美洲?"参议员又笑了,"这里的广阔空间可不是我们找到的。我们将疾病传染给这里的人,杀光了他们,才开拓出了空间。"瑟曼指着文件夹说,"所以我会给你这个。这里是我想让你做的事。"

唐纳德把瓶子放在这张大书桌的皮革桌面上,拿起文件夹。

"是要经委员会通过的?"

他努力不让自己有太多奢望。如果能够在当选的第一年就联合起草一份法案,这的确是非常诱人。他对着窗口打开文件夹。窗外,一场暴风雨正在酝酿。

"不,不是那种东西。是关于防安设施的。"

唐纳德点点头。当然。刚才那些关于秘密与阴谋的谈话突然变得合理了,还有为什么要把乔治亚州的众议员都叫到这里。是关于防护与安置设施,简称防安设施。这是这位参议员起草的新能源法案的核心内容。以后这个地方将容纳全世界大部分的核废料。或者根据众多网站大肆宣扬的瑟曼参议员的暗示，它将成为下一个51区；也有可能是一种全新超级炸弹的建造场所；再不然就是一处固若金汤的关押场所，专为那些购买了太多枪支的自由主义者准备。任君选择。足够多的噪声能够隐藏任何真相。

"是啊。"唐纳德有些泄气，"我的选区给我打过一些有趣的电话。"他不敢提起那些关于蜥蜴人的说法，"我想让您知道，阁下，我个人百分之百支持这个设施。"他抬起头看向参议员，"当然，我也很高兴不必公开为它投票。这回一定要有人贡献出他们的后院了，对吧？"

"严格来说，是这样。都是为了公众的利益。"瑟曼参议员长长地喝了一口水，靠在椅子里，清了清嗓子。"唐尼，你是一个聪明的年轻人。并非所有人都能看到这个项目为我们州带来的红利。这可是一个真正的救命设施。"他微笑着说，"抱歉，你还是'唐尼'，对吧？还是应该称呼你'唐纳德'？"

"都好。"唐纳德撒了谎。他早就不再喜欢被称作"唐尼"。但人到中年再改名字已经不可能了。他的视线回到文件夹上。翻开文件封面，第一页的画面立刻让他愣住了。这……太熟悉了。虽然很熟悉，但和现在的他没有关系——这属于他的另一段人生。

"你有没有看预算报告？"瑟曼问，"知不知道这个法案能在一夜间创造多少工作岗位？"他打了个响指，"四万，毫不夸张。而且这还只是在乔治亚一个州。你的选区将有很多人得到工作，大量运输和装卸工作。当然，它已经通过了。我们那些不太灵活的同僚正在抱怨，声称他们也应该有竞标的机会……"

"这是我画的。"唐纳德插口道。他抽出那张纸，放到瑟曼面前，就好像这样会让参议员吃上一惊。唐纳德有些怀疑这是参议员的女儿做的手脚,应该是某种笑话,或者是安娜向他眨了眨眼,给了他一个特殊的问候。

瑟曼点点头,"是的,嗯,它还需要更多细节,你说是么?"

唐纳德细细审视这幅建筑图样,心中寻思这到底是一场怎样的测试。他记得这幅图。这是他大四生态建筑课最后赶时间弄出来的东西。它没有任何非同寻常和令人惊叹的地方,只是一座大约一百层的圆柱体建筑,由玻璃和混凝土构建而成。外围的阳台上全是花园。圆柱体被切去半边,露出里面的住宅和工作、商业场所。完成这项作业的时候,他记得不少同学在其中一些地方采取了大胆的实用措施。不过他没有冒险,只是将这些地方留成空白。绿色植物在建筑的平顶上疯狂生长——这种恐怖的平庸设计根本就是向碳平衡的低头屈从。

总而言之,这只是一张单调乏味的简图。唐纳德无法想象这样一座乏善可陈的建筑会在迪拜的沙漠中拔地而起,和那些足以自我维持的新型摩天大厦比肩而立。他也完全看不出参议员要这东西做什么。

"更多细节。"他喃喃地重复着参议员的话,翻开下面的一页页文件,寻找线索和相关内容。

"等等。"唐纳德盯住了一份需求清单,看上去,写下这份清单的似乎是项目的潜在客户,"这看上去像是一个设计方案。"一连串专有名词吸引住了他的眼睛。他甚至已经忘了自己还学过这些东西——内部交通流、街区规划、采暖通风空调、水培园圃……

"你必须放弃阳光。"瑟曼参议员又俯身在书桌上,让椅子响起一阵"吱嘎"声。

"抱歉?"唐纳德端起文件夹,"您想要我干什么?"

"我建议你采用灯光,就像我妻子那样。"他一只手握成一个小圈,另一只手朝那个圈中心指了指,"她在冬天让这么多的一把小种子发了芽,为此用的灯泡可是花了我不少钱。"

"您是说,灯光培植?"

瑟曼又打了个响指,"成本不用担心。无论需要什么都可以跟我说。我还会为你召集机械方面的帮手,你会得到一名工程师,或者一整支团队。"

唐纳德继续翻阅文件,"这么做是为了什么?为什么要选择我?"

"这就是我们所谓的以防万一的建筑。也许它永远不会被使用,但如果我们不在他们那里弄上这么个东西,他们肯定不会让我们把核燃料棒放在那里。就好像我必须能够把地窖的窗户打开,我们的房子才能通过检查。就像是……你管那个叫什么来着……?"

"紧急出口。"唐纳德下意识地给出回答。

"没错,紧急出口。"参议员指了指文件夹,"这座建筑就像是那扇窗户,我们要把它建造起来,才能让其余的部分通过检查。如果遭遇袭击或者发生泄漏,项目的雇员应该可以去那里避难。当然,出这种事的可能性应该不存在。一个庇护所,而且必须是完美的,否则这个项目被关闭的速度会比蜱虫眨一下眼睛还快。就算是我们的法案得到通过和签署,也不代表可以高枕无忧,唐尼。在西部有一个项目几十年前就被批准,也得到了资金,但最终还是一事无成。"

唐纳德知道参议员说的那个项目。那是一个埋在大山下的核废料容纳设施。现在国会山上有不少声音在叫嚣,说乔治亚的项目也会落得同样的下场。想到这一点,唐纳德突然感到这个文件夹的重量变成了原先的三倍。他正在被要求加入这个将要失败的工程。这需要他把刚刚赢得的前程全部赌在这上面。

"我已经让米克·韦布去进行相关研究,安排后勤和制订计划。你们两个需要一些合作。安娜也会从麻省理工请假来帮你们。"

"安娜?"唐纳德伸手去摸他的水。他的手在发抖。

"当然,她是你在这个项目上的首席工程师。这个项目中有一些内容正是她的专业,大概都是空间利用方面的问题。"

唐纳德灌了一口水,强迫自己把水咽下去。

"当然,我还可以叫来其他许多人。关键是这个项目不能失败,明白?你们需要像一家人。所以我想要用我认识的人,我能信任的人。"瑟曼参议员十指紧扣在一起,"如果这是你当选唯一要做的事情,我希望你把它做好。这也是我为什么一开始就在支持你。"

"当然。"唐纳德点了一下头,好掩饰住自己的困惑。在选举时,他曾经担心参议员为他背书是因为过去的家族纽带。现在来看,情况比他想的更糟。唐纳德完全没有利用这位参议员的能量,实际却恰恰相反。这名新当选的众议员端详着膝头的图纸,感觉自己还没有得到足够训练,原来计划中的工作却已经消失了,取而代之的工作截然不同,只是同样令人忐忑不安。

"等一下。"他盯着这张旧画说道,"我还是不明白,为什么要用灯光培植?"

瑟曼微笑着说:"因为,我想要你为我设计的建筑——它位于地下。"

第二章

2110年
1号筒仓

  特洛伊屏住呼吸,努力保持平静。医生正在一下一下捏着橡胶球,向缠在他二头肌上的绷带充气,直到他的皮肤在压力下感到刺痛。他不知道如果放慢呼吸、稳定脉搏,是否能影响血压。不过他有一种强烈的冲动,想要给这个穿白大褂的人留一个好印象,想要自己的数字恢复正常。

  他的手臂跳动了几下。指针也在这时开始跳动,紧勒的绷带发出泄气的"嘶嘶"声。

  "80/50。"绷带"刺啦"一声被撕开。特洛伊揉搓着还有些疼痛的皮肤。

  "还好吗?"

  医生在笔记板上写下几个字。"血压过低,不过没有超出正常范围。"医生的助手在他身后给一杯深灰色的尿液贴上标签,放进一只小冰箱。特洛伊看到冰箱里的尿样中间有半个吃剩的三明治,甚至没有被包一下。

  他低头看到自己赤裸的膝盖从蓝色纸袍子里面伸出来。他的两条腿异常苍白,比他记忆中更细——简直瘦得皮包骨。

"我还无法握拳。"他把手伸到医生眼前,握了一下。

"很正常。你的体力会恢复的。请看光。"

特洛伊盯住照向自己的明亮光柱,努力不眨眼睛。

"你做这个有多久了?"他问医生。

"你是我照顾的第三个。我已经帮助两个人进行了恢复。"他放下手电,向特洛伊笑了一下,"我几个星期以前刚出来。所以我可以告诉你,体力是能够恢复的。"

特洛伊点点头。医生的助手又递给特洛伊一粒胶囊和一杯水。特洛伊看着手中的蓝色小胶囊,犹豫了一下。

"今天早晨要吃双倍的量。"医生说,"以后就是每天早餐和晚餐各吃一粒。请不要遗漏。"

特洛伊抬起头:"如果我不吃会怎么样?"

医生摇摇头,皱起双眉,但什么都没有说。

特洛伊把胶囊扔进嘴里,又灌了一口水。一阵苦涩滑下他的喉咙。

"我的一名助手会给你送衣服过来,还会送一餐流食给你,激活一下你的肠胃。如果你感到头晕或者发冷,就马上给我电话。否则就六个月以后再见。"医生又写了一些笔记,然后轻声一笑,"嗯,到时候你见到的会是其他人。那时我的工作已经结束了。"

"好的。"特洛伊微微打了个哆嗦。

医生从笔记板上抬起头:"你不觉得冷,是吧?我特意把这里的温度调高了一点。"

特洛伊犹豫了一下才回答:"不觉得,医生,我不冷,不再感到冷了。"

进入走廊尽头的电梯时,特洛伊的两条腿还是没什么力气。他看着电梯面板上的数字按钮。他们给他的指令里包括他的办公室方位。不过他还模糊地记得该怎样去那里。许多接受培训的记忆仍然在他数十年的睡眠中存续下来。他记得自己一遍又一遍地研读同一本书。成千上万的人被安排到不同班次,被带领参观这一整个设施,然后得到各种安置,男人女人都是一样。关于培训的记忆仿佛就来自昨天,那些更早的记忆则仿佛完全消失无踪了。

电梯门自动关闭。他的公寓在37层——这个他记得。他的办公室在34层。他向按钮伸出手,想要直接去他的办公桌后面,却发现手指不由自主地滑向了最顶层。他还有几分钟时间可以自由安排。同时他的心中升起一种怪异的急迫感。有什么东西在揪扯他,要他到尽可能高的地方去,穿过这个正在从四面八方压迫他的筒仓。

电梯在"嗡嗡"声中沿竖井加速向上。另一个电梯轿厢从旁边呼啸而过——或者可能是这部电梯的配重。随着轿厢掠过一层又一层,圆形的按钮也在不断闪烁。这些按钮在面板上铺开一大片,足足有七十个。许多按钮中央都因为多年的摩擦变得模糊不清。这种情形很不对。感觉上,它们昨天应该还都是崭新闪亮的。一切都仿佛只是发生在昨天。

电梯速度减慢。特洛伊伸手扶住轿厢壁。他的两条腿还不是很可靠。

"叮"的一声,电梯门滑开。特洛伊在走廊明亮的灯光中眨眨眼,走出电梯,向不远处一个传出说话声的房间走去。他的新靴子还有些硌脚，没有任何特征的灰色连体服让皮肤一直在发痒。他试着想象自己还要再经历九次这样醒来的过程，承受这种虚弱和迷失的感觉。每班六个月，一共十班，每一班都不是他自愿的。他不知道自己以后的情况会有所改善，还是越来越糟。

一走进自助餐厅，刚才还熙熙攘攘的餐厅忽然安静下来。几个人转头看向他。他立刻发现，自己的灰色连体服并非那样平平无奇。坐在这里的人们穿着各种颜色的衣服：有一大群穿红色的，好几个穿黄色的，还有一个穿橙色衣服的男人，但灰色衣服的一个都没有。

他吃的第一餐糊糊再一次让他的肚子"咕咕"作响，但他在六个小时之内都不能再吃任何东西。这让罐头食品的香气更加对他充满了诱惑。他记得这种糊糊。在培训期间，他吃的一直都是这些。几个星期又几个星期，都是一样的燕麦粥。现在应该是几个月，或者几百年。

"长官。"

一名年轻人从他身边走过，点头向他打了声招呼，朝电梯走去。特洛伊似乎认得他，却又不太肯定。不过这位绅士显然认识他。或者是因为他的灰色连体服太显眼了？

"第一班？"

一位更年长的绅士走过来。他很瘦，稀疏的白发环绕在头顶周围，双手捧着一只托盘。给了特洛伊一个微笑之后，他拽开一只回收垃圾箱，"哐当"一声将托盘放了进去。

"来看风景的？"那个人问。

特洛伊点点头。这间自助餐厅里的人全都是为了这个才会上来——全都是男人。他们解释过，为什么这样才更安全。特洛伊努力回忆那些解释的时候,这个脸上有老年斑的人将双臂抱在胸前,站到他身边。没有自我介绍。特洛伊不知道在这种六个月的短期轮班中,名字是否有什么意义。他的目光越过围满了人的饭桌,向覆盖对面墙壁的巨大屏幕望过去。

低矮的云层笼罩在一片散布废墟残骸的荒野上。只有几道裹挟沙尘的旋风在荒野中游荡。几根金属杆歪歪斜斜地插在地上。它们曾经支撑的帐篷和旗帜早就不见了。特洛伊对这种景色依稀有些印象,却又找不到任何具体的意义。他的胃像拳头一样紧紧攥住了那碗糊糊和那颗苦涩的胶囊。

"这将是我的第二班。"那个人说。

特洛伊几乎没有听到那个人的话。他眼含泪水,眺望着那些枯萎的山丘。灰色的山坡被压在黑沉沉的乌云下面。还能看到的一些零星碎片都在朽烂。到了下一班次,至多下两个班次,一切都将不复存在。

"你在休息室还能看得更远。"那个人转过身,沿墙壁指了指。特洛伊很清楚他说的是哪一个房间。他肯定想不到,这座建筑的这一部分对特洛伊而言是多么熟悉。

"不必了,谢谢。"特洛伊有些结巴地说着,冲那人摆摆手,"我已经看够了。"

刚才还对他有些好奇的面孔纷纷转回到他们的托盘上。交谈声再次响起,伴随着勺子叉子碰撞金属碗碟的"叮当"声。特洛伊转身离开,再没有说一个字。他将那幅可怕的景色丢在身后,背对着那种难以言喻的怪诞感觉,颤抖着快步走向电梯。他的膝盖在打弯——不仅仅是因为长时间缺乏运动。他需要一个人待着,不想有人在自己身边,不想要同情的手拍抚哭泣的他。

第三章

2049年

华盛顿特区

唐纳德将那个厚厚的文件夹塞在外衣里面,在雨中快步奔跑。他宁可在广场上被淋个湿透,也不愿意去面对隧道中的幽闭恐惧。

不断驶过的车辆在潮湿的沥青路面上轧出"嘶嘶"的声音。他没有理睬信号灯,一等到路上没车就跑了过去。

他面前就是众议院的办公地雷伯恩大厦。大理石台阶上雨水的反光意味着滑倒的危险。于是他小心翼翼地登上台阶,并感谢了为他开门的看门人。

走进大厦,当唐纳德的证件接受扫描时,一名保安面无表情地站在他身边。红色扫描灯对着条形码发出"哔"的一声。他查看了一下瑟曼给他的文件夹,确保它依然是干的。同时心中狐疑,为什么这样的老古董会被认为要比电子邮件和数字副本更安全。

他的办公室在二楼。他向楼梯走去。和雷伯恩古老缓慢的电梯相比,他更喜欢使用自己的两条腿。离开大门口的长毛绒地毯之后,他的鞋就在瓷砖地面上发出挤水的声音。

楼上的走廊就像平时一样熙熙攘攘。两名由国会青年助理项目招募的高中生从他身边匆匆跑过，很可能是去取咖啡。一支电视团队站在阿曼达·凯丽的办公室门外。闪光灯的光芒让她和记者即使在白天也亮得晃眼。关心政治的选民和热情的说客脖子上都挂着游客通行证——这两种人一眼就能分辨出来。选民们总是皱着眉头，一副不知所措的样子。说客都带着柴郡猫一样的笑容，在这里游走自如，显得比新当选的议员还要自信。

唐纳德打开文件夹，装出一副阅读的样子，穿行在这一片混乱之中，希望能够避开想要和他攀谈的人。终于，他从摄影师身后挤过去，钻进了旁边自己的办公室。

他的秘书玛格丽特从书桌后面站起身，"阁下，您有一位拜访者。"

唐纳德朝候客室瞥了一眼。那里是空的。他看到自己办公室的门虚掩着。

"抱歉，我让她进去了。"玛格丽特将两只手平伸在腰间，弓起背，模仿捧着一只箱子的样子，"她送了东西过来，说是那位参议员的。"

唐纳德摆摆手，示意玛格丽特不必多虑。玛格丽特的年纪比他大，已经四十几岁，风评极佳，不过她的确对很多事都容易想得过多。也许这和她的多年工作经验有关。

"没关系。"唐纳德安慰她说。他觉得这很有趣。政府一共有一百名参议员，有两位来自他的州，但只有一位会被称为"那位"参议员，"我去看看。现在我需要你帮我腾出一些白天的时间，最好是上午的一两个小时。"他向玛格丽特挥了挥手上的文件夹，"我有些事情，需要不少时间来处理。"

玛格丽特点点头，坐到自己的电脑前面。唐纳德转身向自己的办公室走去。

"哦,阁下……"

唐纳德又回过头。玛格丽特指了指自己的头,悄声说:"您的头发。"

唐纳德用手指将头发略作梳理,水滴像受惊的跳蚤一样四散飞溅。玛格丽特皱皱眉,无奈地耸了一下肩。唐纳德放弃了整理仪容的努力,推开办公室门,眼睛向他书桌前面的椅子看过去。

他却看到有个人正在书桌下面扭动身子。

"你好?"

屋门撞到了地上的什么东西。唐纳德探头朝门后看去,发现一只纸箱,上面贴着一张电脑显示器的图片。他又看向书桌——显示器已经被安装好了。

"哦,嘿!"

对方在书桌下面发出回应,声音显得有些沉闷。被包裹在人字纹短裙中的苗条的腰身开始扭动着退出书桌。不用看到来者的脸,唐纳德已经知道她是谁。对于这个不宣而至的客人,他的心中涌起一阵愧疚,却又难免夹杂着一份怒意。

"知道吗?你应该偶尔让下面的清洁女工来打扫一下。"安娜·瑟曼微笑着站起身,拍拍手掌上的灰尘,向唐纳德伸出手。唐纳德有些紧张地握了握她的手。"嗨,新来的。"安娜说道。

"是的,嗨。"雨水顺着唐纳德的面颊和脖子流下来,掩饰住了他突然冒出的汗水,"这是怎么回事?"他绕过书桌,拉开了一点和安娜的距离。一台新显示器无辜地杵在他们两个中间。屏幕上的塑料保护膜还没有被撕掉。

"爸爸觉得你也许需要多一台显示器。我就自愿来帮你装一下。"安娜耸耸肩解释道。她把一缕散开的红发掖到耳后。露出耳朵的时候,她还是那样充满了精灵般的魅力。

"哦。"唐纳德把文件夹放到书桌上,暗中思忖自己的那张建筑草图会不会就是她拿出来的。而现在,她已经来了。唐纳德看着自己在新显示器中的倒影,发现自己把头发弄得一团乱,便伸手想要再梳理一下。

"还有一件事。"安娜说,"电脑主机最好放在桌子上面。我知道这样不好看,但下面的灰尘会把它塞死。灰尘对这些家伙来说真的是毒药。"

"是的,好。"

唐纳德坐下来,发现自己没办法看到桌对面的椅子,便把新显示器挪到一旁。安娜也绕过书桌,站到他身边,双臂抱在胸前,一副完全放松的样子,就好像他们两个昨天刚见过面。

"那么,"唐纳德说,"你住进城里来了。"

"上个星期。我本打算周六去看看你和海伦,但我的公寓还需要布置,占用了我全部时间。知道吗?要拆箱的东西可真够多的。"

"是。"唐纳德不小心碰了一下鼠标,旧显示器亮了,他的电脑正在运行。和自己的前任共处一室的惊恐终于稍有平息,让他意识到今天发生了什么。

"等等。"他转向安娜,"你的父亲还在问我是否对这个项目有兴趣,你已经在这里给我装电脑了?如果我拒绝呢?"

安娜挑起一道眉。唐纳德意识到,这个技巧不是能够学到的——它是家族遗传的。

"这和选举一起,是他打包给你的礼物。"她淡然说道。

唐纳德拿过文件夹,像洗牌一样翻动其中的文件。"自由意志的幻影的确美好,就这样吧。"

安娜笑了。她要拨弄他的头发——唐纳德能感觉到。他放开文件夹,拍拍自己的外衣口袋,想把手机找出来。那样他会觉得海伦仿佛就在自己身边。他有一种冲动,想要给海伦打个电话。

"爸爸对你还算和气吧?"

他抬起头,看到安娜没有动作,两只手依然抱在胸前。他的头发没有被拨乱——没有什么值得惊慌的。

"什么?哦,是的。他很好。就像原先一样。实际上,他看上去一点都没有老。"

"知道吗?他是真的不会老。"安娜走过房间,捡起大块的泡沫垫,在一阵尖厉的摩擦声中将它们塞进空纸箱里。唐纳德发现自己的视线飘到了她的裙子上,便急忙强迫自己转向别处。

"他现在几乎像信教一样接受他的纳米治疗。一开始是因为他的膝盖。军队还将这件事遮掩了一段时间。现在他几乎已经会指着那些纳米机器人起誓了。"

"这个我还不知道。"唐纳德说了谎。他当然听说过这方面的传闻。人们说那是"全身注射肉毒杆菌",要比睾丸酮补剂更好,不过要花上很多钱,而且也不可能靠它得到永生,但肯定可以大幅度延缓痛苦和衰老的到来。

安娜眯起眼睛,"你不觉得这有问题,是吗?"

"什么?是的,我猜这样挺好。只是我还不需要。等等……你为什么问这个?别告诉我你已经……"

安娜双手叉腰,歪过头。她这种生气的样子总是有一种奇异的吸引力,把他们睽违两地的这么多岁月一扫而光。

"你觉得我需要那个吗?"她问他。

"不，不，不是那样……"唐纳德急忙摆摆手，"我是说我觉得我永远都不会做那种事。"

安娜抿起嘴唇，露出一抹不以为然的笑容。她成熟了，姣好的面容变得刚强，曾经略显单薄的身材变得更加窈窕，但年轻时那股火辣的劲头还在，"你现在这么说，等到你关节开始疼痛，只要扭头太快就会扭到腰的时候，再看看你会怎么说吧。"

"好吧，那么，"唐纳德一拍双手，"今天真是个叙旧的日子。"

"是的，没错。那么，哪一天对你来说最合适？"安娜阖上纸箱盖，用脚把它推到门旁边，又走回到书桌后面唐纳德身旁，一只手扶着椅子，另一只手去拿他的鼠标。

"什么哪一天……？"

唐纳德看着安娜更改了自己电脑上的一些设置。新显示器一下子亮了起来。他能感觉到自己胯部的冲动，能嗅到她身上熟悉的香水味。安娜走过房间时带起的微风仿佛一直萦绕在他的周围，几乎就像一种爱抚，一种肉体的接触。他怀疑自己此刻是不是对海伦不忠。而安娜做的不过是调整了一下他电脑桌面上的控制栏。

"你知道怎么用这个，对吧？"她将鼠标滑到另一块屏幕上，拖过去一个老式的纸牌游戏。

"呃，是的。"唐纳德在座位里扭了扭身子，"嗯……你说哪一天对我最合适是什么意思？"

安娜放开鼠标，那种感觉就像是她的手刚刚离开他的大腿。

"爸爸想要我负责这个方案的机械部分。"她指了一下文件夹，仿佛非常清楚那里面是什么，"我要请假暂时离开研究所，直到这个亚特兰大的项目顺利运转。我觉得，我们应该一个星期见一次面，讨论一下各方面的情况。"

"哦,是的,这个我同意。我的日程表总是让人发疯,而且每天都不一样。"

他在思考,如果每周和安娜见一面,海伦会怎么说。

"知道吗,我们可以在 AutoCAD① 上建一个共享空间。"他提出建议,"我可以把你链接进我的文件……"

"可以。"

"然后用邮件沟通讯息,或者进行视频对话,这样?"

安娜皱皱眉。唐纳德意识到自己表现得太明显了。"是的,我们就这样进行交流吧。"他说道。

安娜转向纸箱子,脸上闪过一丝失望。唐纳德有一种想要道歉的冲动。但这样做只会把问题丢在聚光灯下:我不相信自己能对你没有非分之想。我们不能成为朋友。你跑到这里来到底要干什么?

"你真的需要打扫一下这里的灰尘。"安娜回头瞥了一眼他的书桌,"我是认真的,你的电脑会被灰尘噎死。"

"好的,我会的。"唐纳德站起身,匆匆绕过书桌,送安娜出去。安娜弯腰拿起了纸箱子。

"这个我可以处理。"

"别傻了。"安娜将纸箱子夹在一条胳膊下面,微笑着重新将头发掖到耳后。她的样子就像是大学时离开他的宿舍,清晨和他告别,身上还穿着昨晚的衣服,而现在的气氛也和那时一样尴尬。

"好吧,你有我的邮箱?"唐纳德问。

"你已经在蓝页② 上了。"

"是的。"

---

① 一种制图软件。
② 美国电话簿上标出政府部门电话号码的页面。

"对了,你看上去很不错。"不等唐纳德后退抵挡,安娜的手指已经梳理过了他的头发,唇边露出一抹微笑。

唐纳德定住了。片刻之后,当他能动的时候,安娜已经走了,只留下他一个人站在门口,满心都是愧疚。

第四章

2110年
1号筒仓

特洛伊要迟到了。这是他第一班的第一天,情况已经变得一团糟。他要迟到了。他急着离开自助餐厅,想要一个人静一静,却意外地搭上了一部慢速电梯。现在他只能让自己镇静下来。电梯似乎是要在每一层都停一下,以备有人上下。

他站在轿厢的角落里,看着电梯停住,一个人吃力地推着一车沉重的箱子走进来,后面还有一位绅士,扛着一口袋绿洋葱站到特洛伊身边。他们一起下降了几层。没有人说话。扛着洋葱的人出去以后,洋葱味还留在轿厢里。特洛伊打了个哆嗦。一阵猛烈的震颤从他的脊背一直窜到双臂。不过他没有在意。他在第三十四层下了电梯,一边努力回想自己刚才为什么会那样心烦意乱。

中央电梯井外面是一道狭窄的走廊。他沿走廊来到一座安检站前面。这里的布局让他感到熟悉又陌生。他注意到地毯上磨损的痕迹和安全闸的钢制旋转横档上因为多年被大腿摩擦而出现的模糊斑块,不由得心中生出一阵不安。这么多年对于特洛伊而言都是不存在的。这些磨损和残破仿佛是魔术变出来的,又像是人们在一夜的醉酒狂欢中造成的破坏。

唯一在这里执勤的门卫正在读着什么。他抬起眼睛,向特洛伊点点头。特洛伊将手掌放在一块被使用到已经模糊的屏幕上。没有闲聊,没有交流,没有人期待建立长久的关系。控制台上方的小灯亮起绿光。安全闸发出响亮的解锁声。特洛伊推动横档走过去,又蹭掉了上面的一点光泽。

在走廊尽头,特洛伊停住脚步,从胸前口袋里掏出指导手册。手册背面有医生写的提示。他翻过手册,将小地图对准正确的方向。他确信自己知道路,但这里的一切都让他感到似是而非。

地图上的红色虚线让他想起不知在何处的墙壁上见到过的消防安全图。依照这条路线,他走过一连串小办公室。敲击键盘的声音、说话声、手机铃声——这些办公场所发出的声音让他突然感觉很疲惫,也进一步点燃了他心中的不安。他相信,自己不可能胜任这份工作。

"特洛伊?"

他停下脚步,回头看到一个男人正站在他刚刚经过的门口。瞥了一眼手中的地图,他才知道自己差一点错过了办公室。

"是的,是我。"

"我是梅里曼。"那位绅士没有伸手,"你迟到了,进来。"

梅里曼转身就消失在那间办公室里。特洛伊跟在后面。他的两条腿因为走路感到酸痛。他认识这个人,或者以为认识他,只是记不起对他的印象到底是来自培训手册还是其他什么时候。

"抱歉,我迟到了,"特洛伊为自己解释,"我上错了电梯……"

梅里曼抬手制止了他,"没关系。需要喝一杯么?"

"他们给过我了。"

"当然。"梅里曼拿起办公桌上一只透明的保温瓶,喝了一口里面的亮蓝色液体。特洛伊记得那种液体的糟糕味道。这个年长的人咂了一下嘴,长长吐出一口气,才把瓶子放下。

"这东西真可怕。"他说道。

"是的。"特洛伊环顾这间办公室。这是他在随后六个月里的位置。他觉得这个地方也颇有些年纪,就像梅里曼一样。不知道梅里曼在过去六个月里头发是不是更白了一点,不过他将这个地方整理得井井有条。特洛伊决定也要以同样的敬意把这里留给后面的人。

"你还记得你的工作说明吗?"梅里曼翻了翻他办公桌上的文件夹。

"就像昨天刚看过。"

梅里曼抬头瞥了他一眼,脸上露出一丝笑容,"好吧,那么,这里过去几个月都没有发生什么令人兴奋的事情。我开始值班的时候,我们遇到了一些机械问题,不过都已经解决了。这里有一个叫琼斯的人能帮得上你。他已经工作了几个星期,比他的上一任要聪明得多。他可救过我的命。他在发电厂工作,工位比这里低68层。不过他在任何地方都能做得很好,什么都能修理。"

特洛伊点点头,"琼斯,知道了。"

"好的。我在这些文件夹里给你留了一些笔记。这里有几个工人,我们只能把他们进行深度冻结,他们完全不适合继续轮班。"他抬起头,脸上的表情相当严肃,"不要小看这种事,好吗?这里有不少人宁可一直睡觉也不愿意工作。所以,除非你确定他们无法胜任,否则就不要使用深度冻结的手段。"

"好的。"

"很好,"梅里曼点点头,"希望你这一班平安无事。我得在这东西起作用之前赶快走了。"他又喝了一大口那种亮蓝色的液体。特洛伊同情地嘬了一下双颊。他走过特洛伊身边,拍拍特洛伊的肩膀,走到门口的时候伸手去按电灯开关,直到最后一刻才停住动作,回头看了一眼,点点头,然后就出去了。

就这样,特洛伊开始管理这个地方。

特洛伊向这间办公室扫了一眼,突然喊道:"嘿,等等!"然后转身冲出去,追上已经进入主走廊,正走向安全闸的梅里曼。

"你没有关灯?"梅里曼问。

特洛伊回头瞥了一眼,"是的,但是……"

"关灯是好习惯。"梅里曼晃晃手里的保温瓶,"要好好培养。"

一个身材魁梧的人从一间办公室里冲出来,喘息着跑向他们。"梅里曼!你值班结束了?"

那两个人热切地握了握手。梅里曼微笑点头,"是的,特洛伊会顶替我。"

那个人耸耸肩,没有做自我介绍。"我再过两个星期就结束了。"他仿佛是用这句话解释自己对特洛伊的冷漠。

"好了,我要迟到了。"梅里曼的目光扫过特洛伊,其中带着责备的意味。他将保温瓶塞进朋友的手里。"拿着,剩下的都归你了。"然后转身就走。特洛伊跟了上去。

"那我就不谢了!"那个人晃动手中的保温瓶,一边笑一边喊道。

梅里曼向特洛伊瞥了一眼:"抱歉,还有什么问题吗?"他已经过了安全闸。特洛伊也紧跟着他走过去。门卫盯着手里的平板电脑,连头都没有抬。

"是的,有几个。你是否介意我和你一起乘电梯下去?我有一点……没太掌握培训的内容。我的晋升有些太突然了。我想要弄清楚几件事。"

"嘿,我阻止不了你。现在你是负责人。"梅里曼按下高速电梯面板上的按钮,等待轿厢到达这一层。

"那么,基本上,我在这里的任务就是以防万一,处理问题?"

电梯门打开。梅里曼转身斜睨着特洛伊,几乎就像是在确认他是不是在开玩笑。

"你的工作是确保不会发生任何问题。"他们一同走进电梯。轿厢开始飞速下坠。

"是的,当然,这就是我的意思。"

"你读过《指令》,对吧?"

特洛伊点点头。他很想说:但我没看到关于这份工作的指令。他只学习过如何管理一座筒仓,而不是监督所有筒仓。

"照着脚本做就对了。你会不时从其他筒仓那里收到问题。我发现聪明的做法是尽可能少说话,只是保持安静,认真倾听。记住,其他筒仓的人大部分已经是第二代和第三代幸存者,所以他们使用的词汇已经有一点不同了。你的文件夹里有一份应对参考手册和一张禁忌词汇列表。"

特洛伊突然感觉到一阵重力增加造成的晕眩,差一点栽倒在地。电梯逐渐减速,最终停住。他的身体依然非常虚弱。

电梯门打开,他跟随梅里曼进入一条短走廊。几个小时以前,他刚刚从这里走过。医生和他的助手正等在走廊尽头的房间里,准备静脉注射设备。医生好奇地看着特洛伊,显然他没有想到他们能这么快再见。可能他以为他们永远都不会再见了。

"你的最后一餐吃过了吗?"医生问梅里曼,一边抬手示意他坐到一张凳子上。

"每一滴那种恶心东西都喝完了。"梅里曼解开连体服的上衣，让衣服垂在腰间，坐下去，掌心向上伸出一只手臂。特洛伊看到他的皮肤异常苍白，肘窝里有一团纠缠在一起的紫色纹路。他尽量不去看那根扎进去的针。

"我对你说的都在我的笔记里。"梅里曼对他说，"不过你应该去见见心理办公室的维克托。他就在你的对门。有几座筒仓里发生了一些怪事，比我们想象的要复杂。看看你能不能解决它们，不必再留给下一个人。"

特洛伊点点头。

"我们要带你去你的房间。"医生说道。他年轻的助手捧着一件纸质长袍站在旁边。整个过程看上去非常眼熟。医生转向特洛伊，仿佛他是一个需要抹掉的污点。

特洛伊退到门外，朝通向深度冻结区的走廊瞥了一眼。女人和孩子都被保存在那里，还有无法胜任轮班的男人。"你是否介意我……？"他感觉到一股真实的力量在将他朝那个方向拽过去。梅里曼和医生全都冲他皱起眉。

"这不是一个好主意……"医生开口道。

"我不会那么做的。"梅里曼说，"我在最初的几个星期里曾经去看过几次。但那样做是错的。别管那里。"

特洛伊盯着那条走廊。不管怎样，他不是很清楚自己能在那里有什么发现。

"好好度过这六个月。"梅里曼说，"时间过得很快，一眨眼就会过去。"

特洛伊点点头。医生用眼神示意他离开。梅里曼这时已经在脱靴子。特洛伊转过身，最后瞥了一眼那条走廊尽头沉重的大门，然后就朝另一个方向的电梯走去。

他希望梅里曼是对的。按下电梯门旁的按钮,他试着去想象自己的整个值班过程,还有下一班、再下一班,在这种疯狂的事情结束之前,大概没有人会去想以后会发生什么。

第五章

2049年

华盛顿特区

对唐纳德·基恩而言,时间似乎过得很快。又一天、又一个星期,他还需要更多时间。他觉得太阳刚刚落下,但一抬头,就发现时间已经过了十一点。

海伦。他伸手去摸手机,心中掠过一阵慌张。他答应过妻子,每天都会在十点以前给她电话。一阵内疚的灼热充塞在他的衣领里。他能想象海伦干坐着,盯着手机,等了又等。

还没等他听到自己的手机铃声,海伦就接了电话。

"你终于打来了。"她轻柔的声音带着倦意,语气中饱含着宽慰,而不是气恼。

"亲爱的,上帝啊,我真的很抱歉。我把时间完全忘了。"

"没关系,宝贝。"海伦打了个哈欠。受到传染的唐纳德只能忍住打哈欠的冲动。海伦又说道:"你今天有没有写出什么好法律?"

唐纳德揉搓着面颊笑起来,"他们不会让我做这种事的。现在还不行。我大部分时间都在忙着处理那位参议员的小项目……"

唐纳德的声音一下子顿住了。他一整个星期都在犹豫该如何告诉海伦这件事,该对什么事情保密。他瞟了一眼桌子上多出来的那台显示器。安娜的香水味仿佛一直萦绕在这里的空气中,一个星期也没有消散。

海伦的声音提高了:"哦?"

唐纳德能清楚地看到妻子的模样:她穿着睡袍,床上唐纳德的那一边依然整整齐齐。一杯水放在她触手可及的地方。唐纳德非常想念她。虽然自己什么都没做,但负疚感还是加深了他的这份想念。

"他要你做什么?希望是合法的。"

"什么?当然是合法的。实际上是……建筑方面的事情。"唐纳德俯身抓起酒杯,那里面还有一点金色苏格兰威士忌,"说实话,我已经忘记自己有多喜欢这种工作了。如果我坚持下来,一定能成为不错的建筑师。"他喝了一口烈酒,看着显示器,两块屏幕都处在黑色的屏保状态。他非常想要回去工作。当他沉浸在绘图中时,一切都会远远离开他,消失得无影无踪。

"亲爱的,我不认为纳税人派你去华盛顿是为了给参议员办公室设计一间新浴室。"

唐纳德微微一笑,把酒咽下喉咙。他几乎能听到电话对面妻子的偷笑。他把酒杯放回到桌子上,两只脚架上桌面。"不是那种事。是一处在亚特兰大城外建造的设施。应该说,只是那处设施的一小部分。但如果我不设计好,那一整个项目都会完蛋。"

他看了一眼摊开在桌面上的文件夹。电话里传来妻子带着困意的笑声。

"那他们到底为什么要让你做那种事?"海伦问道,"如果它真的有那么重要,为什么他们不雇一个真正知道该怎么做的人?"

虽然心中无比赞同，唐纳德还是不以为意地笑了。他禁不住开始觉得自己成了华盛顿用人策略的牺牲品。这种策略的特点就是一定要把人派到错误的岗位上，比如任命捐款人成为外交大使。"我还是挺擅长这个的。"他对妻子说，"我已经开始觉得，我做建筑师应该要好过当议员。"

"我相信你一定干得很出色。"海伦又打了个哈欠，"你本来可以在家里做一名建筑师。你可以在这里工作到很晚。"

"是的，我知道。"唐纳德还记得他们关于他是否应该从政、分隔两地是否值得的讨论。现在他远离了她，却将时间用在他们最终同意他应该放弃的事情上。"我相信这只是我们被安排在第一年要做的事情。"他说道，"可以把这个看作是实习期。情况会好起来的。而且，我觉得他想让我参与这件事是一个好迹象。他将亚特兰大看作是一个家族项目，只有家族内部的人能够参与。他的确注意到了我的工作……"

"家族项目。"

"嗯，不是实际意义上的家族，更像是……"有些事唐纳德不想告诉妻子。这个话头很糟糕。这就是拖延的结果，一直拖到了他精疲力竭，又有些酒醉的时候才提起这件事。

"这就是你为什么会工作到这么晚？为什么你直到十点以后才给我打电话？"

"宝贝，我把时间忘了。我正在电脑上做事情。"他看向自己的酒杯，发现杯子几乎已经空了，只是杯壁上还挂着一点金色的液体，"这对我们是好消息。这样我回家的机会就更多了。我相信他们一定需要我经常去查看施工现场，和工地主管们协作……"

"这真的是好消息。你的狗很想念你。"

唐纳德微微一笑，"希望你们两个都想我。"

"你知道我的。"

"很好。"他将最后一滴酒倒进嘴里，"听着，我知道有件事会影响你的心情。但我发誓，这不是我能控制的——参议员的女儿也在这个项目里与我合作，还有米克·韦布。你还记得他吗？"

电话里只有一阵冰冷的沉默。

隔了一会儿，电话那头又传来了声音："我记得那位参议员的女儿。"

唐纳德清清嗓子，"是的，嗯，米克负责组织工作，还有拿地和对付承包商。毕竟那里实际上是他的地盘。你知道，如果没有参议员的鼎力支持，我们都不可能取得今天的位置……"

"我记得你们两个曾经约会过。她甚至在我面前还招惹过你。"

唐纳德笑了，"你是认真的？安娜·瑟曼？好了，甜心，那已经是上辈子的事了……"

"我觉得你回家的时间应该多一些，至少是在周末。"他听到妻子长长地呼出一口气，"好了，已经很晚了。为什么我们不去睡觉？我们可以明天再谈这件事。"

"好的，你说得对。还有，亲爱的？"

海伦等他继续说下去。

"我们之间没有问题，对吧？对我而言，这个机会难得。而且这件事是我真正擅长的。我已经忘记我能把这样的事情做得有多好了。"

一阵停顿。

"你能把很多事都做得很好。"他的妻子说，"你是一个好丈夫。我知道你会成为一名好议员。我只是不相信你周围的那些人。"

"但你知道,如果不是因为他,我不可能在这里。"

"我知道。"

"好的,我会小心,我保证。"

"好,我明天再和你聊。好好睡一觉。我爱你。"

海伦挂了电话。唐纳德低头看着自己的手机,发现有十几封邮件正等着自己。他决定明天早晨再去处理它们。他揉了揉眼睛,让自己保持清醒、头脑清楚,然后晃晃鼠标,点亮了屏幕。电脑能够睡眠,能暂时黑下去,但他不能。

他的新显示器中央是一个房间的结构图。唐纳德将那幅图放大,后移视角,显示出房间后面的一条走廊,然后是几十个一模一样的楔形生活区从边缘进入画面。这座建筑的规格要求是能容纳一万人至少生活一年的地堡——绝对是小题大做。唐纳德对待这个任务就像对待自己的任何一个设计项目一样。他想象自己就是这个项目的一名工作人员,可能遭遇有毒物质泄漏、渗水或可怕的核污染,甚至于恐怖袭击,各种事情都有可能让整个项目的人员躲入地下,在那里滞留几个星期甚至几个月,直到整片区域完成清理。

视角继续向后拉动,让其他楼层也从上方和下方出现。那些楼层还都空着。他最终会在那些地方填充上仓库、走廊、更多居住区。还有许多楼层和机械空间要空出来,留给安娜……

"唐尼?"

屋门被推开,随后才响起敲门声。唐纳德的手臂猛地一抖。鼠标飞出了鼠标垫,一直滑过桌子。他坐直身体,越过显示器看向门口,发现米克·韦布正满脸笑意地看着他。米克将外衣夹在胳膊下面,拽松了领带,黝黑的面皮上带着一点胡楂。唐纳德惊慌的样子让他笑出了声。他不紧不慢地走过来。唐纳德急忙摸到鼠标,迅速将AutoCAD的窗口最小化。

"嘿,伙计,你还不知道白天才是上班时间,对吗?"

"上班时间?"唐纳德仰头靠在椅背上。

"当然。怎么?弄了台新机器?"米克绕过书桌,一只手按在唐纳德的椅背上。这时只有比较小的那块屏幕上尴尬地摆着一局已经输掉的接龙游戏。

"哦,只是多了一台显示器。"唐纳德关掉扑克游戏,在椅子里转过身,"我希望能同时处理多个程序。"

"我知道。"米克指着空显示器说道。现在两块屏幕上都只有樱桃花环绕杰斐逊纪念堂的壁纸。

唐纳德揉搓着面颊笑了。他能摸到自己的胡楂,还想起自己忘记了晚饭。这个项目刚刚开始一个星期,他已经要累垮了。

"我要去喝一杯。"米克对他说,"一起吗?"

"抱歉,我还有些事要做。"

米克抓住他的肩膀,甚至捏得他有些痛。"我不想把话说得那么直,伙计,但你得学会从头开始。你本来有一张王牌,但你把它埋起来了,这世上可没有后悔药吃。来吧,我们先去喝一杯。"

"我是认真的,我还走不开。"唐纳德拧身甩开朋友的手,转过头看着他,"我在完成亚特兰大的项目方案,不能让别人看到它。这是顶级机密。"

为了强调自己有多么认真,他伸手合上了桌上的文件夹。参议员告诉过他,他们各有分工,而且不同部门之间的隔离墙都恨不得有一英里高。

"哦,顶级机密。"米克摆了摆手,"我也在做同一个项目,混蛋。"他朝显示器一挥手,"你在做设计方案?什么方案?我在学校的分数可是要比你高的。"他俯身到书桌上,盯住了电脑桌面的任务栏,"AutoCAD?酷啊,打开让我看看。"

"是,没错。"

"快点,别扭扭捏捏的。"

唐纳德笑了,"知道吗,就算是我的团队的人也不可能看到整个方案。我也不能。"

"这太荒谬了。"

"不,这就是该死的政府作风。你看,我也从不会探听你在做什么。"

米克不以为然地一摆手,"随便你,赶快把外套拿上,我们走。"

"好的,好的。"唐纳德用手掌拍拍自己的面颊,努力让自己醒过来,"明天早上工作效果会更好。"

"周六还要工作。瑟曼一定爱死你了。"

"希望如此吧。给我两分钟。我把电脑关了。"

米克笑了,"赶快,我不看你的东西。"他走到门前,等着唐纳德把一切收拾好。

唐纳德起身准备出发的时候,桌上的电话突然响了。他的秘书不在,所以一定是有人打了他的直拨号码。唐纳德冲着米克将食指竖到嘴唇上,另一只手去接电话。

"海伦……"

有人在电话另一端清了清嗓子,一个浑厚粗哑的声音向他道歉:"抱歉,不是。"

"哦,"唐纳德抬头瞥了米克一眼,后者正用指尖敲打自己的手表,"您好,阁下。"

"你们两个小子要出去?"瑟曼参议员问。

唐纳德转向窗口,"抱歉,您是说谁?"

"你和米克。现在是周五晚上。你们要去城里?"

"呃,只是喝一杯,阁下。"

唐纳德很想知道,参议员怎么会知道米克在这里。

"很好,告诉米克,周一一早我要见他。我的办公室。你也来。我们需要讨论你第一次去工地的事情。"

"哦,好的。"

唐纳德等待着,不知道是不是参议员就是要说这个。

"你们两个小子在这件事上要好好合作。"

"是的,当然。"

"就像我们上个星期讨论过的,你不需要把自己的工作和其他项目成员分享。对米克也是一样。"

"是,阁下,绝对的,我记得我们的谈话。"

"很好。你们两个好好快活一下。哦,如果米克敢胡言乱语,我允许你当场杀了他。"

一段短暂的沉默之后,电话中传来一阵会心的笑声。从这笑声来判断,他肺叶比参议员的实际年龄要年轻得多。

"啊,"唐纳德看了米克一眼,后者刚拿起醒酒器的塞子嗅了嗅,"好的,阁下,我一定会的。"

"很好。周一见。"

参议员一下子挂上电话。唐纳德也把听筒放回到电话上,抓起外衣。他的新显示器静静地立在书桌上,用一片空白对着他。

第六章

2110年
1号筒仓

特洛伊将满是划痕的旧塑料托盘放在传送带上。托盘滑到一块溅满液体的玻璃后面。他的证件被扫描过之后，一份精确定量的罐头青豆从一根管子里落下来，冒着热气堆在托盘上的餐碟里；下一根管子里出来的是一块正圆形的火鸡肉，上面还能看到罐头挤压留下的边缘；最后一根管子挤出一团土豆泥，就像一个孩子用吸管吐出一口痰，随后上面又被洒了一层让人倒胃口的酱汁。

食品传送带后面站着一个身材魁梧的男人。他穿着白色连体服，双手背在身后，对于食物仿佛全无兴趣，只是专注地盯着排队取饭的工人。

特洛伊的托盘到达传送带末端时，一个穿浅绿色连体服、二十出头的年轻人将银餐具和餐巾放到餐碟旁边，又从旁边的一只托盘里拿过一玻璃杯水，也放在其他食物旁边——那只托盘里摆满了同样盛满水的玻璃杯。最后这一步就像是一种仪式性的握手。特洛伊在那几个月的培训中记得这一步：一只小塑料杯被递过来，里面晃动着一枚药丸，透过半透明的杯壁，只能看见一个模糊的蓝色团块。

特洛伊拖着脚步走过去。

"你好,长官。"

一个年轻的笑容,一副完美的牙齿。每一个人都称他为"长官",就算是比他年长的人也不例外。无论是谁这样称呼他,都让他感到不安。

药丸还在小塑料杯里晃荡。特洛伊接过杯子,把药丸倒进嘴里,直接干吞下去,然后拿起托盘,以免妨碍到后面的人。就在他寻找座位的时候,他发现那个魁梧的男人正在盯着他。这座建筑里的每一个人似乎都认为特洛伊是掌管一切的人。但特洛伊不傻。他只是一个依照教条完成工作的人,和其他所有人一样。他找到一个面对大屏幕的空位。和第一天他来的时候不同的是,现在他看到外面那个荒芜的世界已经不再感到困扰。这番景色反而越来越给他带来一种怪异的安慰。同时,它又让特洛伊的胸口生出一种隐隐的痛楚,仿佛能促使他感觉到什么。

一口带着酱汁的土豆泥压下了药丸的味道。这是水绝对无法做到的。水永远无法冲走这种苦涩。他一口一口嚼着食物,看着他第一班、第一个星期的落日。还有二十五个星期。这样数日子感觉上要比半年短一些。

一位头发稀疏、穿蓝色连体服的年长绅士坐到他的斜对面,礼貌地没有遮住他的视野。特洛伊认得这个人。他们在垃圾回收站说过一次话。那人抬起头时,特洛伊点头向他致意。

他们两人进餐时,自助餐厅里充满了令人愉悦的声音,一些低声的交谈声时起时落。塑料、玻璃和金属器皿敲击出一些毫无章法的曲调。

特洛伊又瞥了一眼屏幕中的景色,感觉那里面有些东西是他应该知道的,却又一直在被他忘记。每天早晨醒来,都有熟悉的影像出现在他的视野边缘,让他感觉到一些记忆就在触手可及的地方。但到吃早饭时,它们已经在渐渐隐去。到了晚饭的时候,就全都消失不见,只留给特洛伊一阵哀伤、一种冰冷。那时特洛伊会觉得胃里空洞洞的,但那和饥饿又不一样,就仿佛一个孩子在下雨天不知道该做些什么来打发时间。

桌对面的那位绅士向前凑了凑,清清嗓子问道:"一切都还好吧?"

他让特洛伊想起另一个人——满是皱纹的脸上,松弛的面颊带着老人斑。脖子上的皮肤垂下来,在喉结部位别扭地聚成一堆。

"一切?"特洛伊重复了一遍,同时给了老者一个微笑。

"我是说,所有事情。就是随便问问。我叫哈尔。"那位绅士举起玻璃杯。特洛伊也举杯回礼。这就像握手一样。

哈尔喝下一大口水,喉咙动了一下,发出响亮的"咯咯"声。特洛伊有点不自在地抿了一小口,吃下食碟里最后一些豆子和火鸡。

"我注意到有人一直会面对那里坐着,有人则只会背对着它。"哈尔用大拇指朝身后戳了一下。

特洛伊抬头看向屏幕,咀嚼食物,什么都没有说。

"我估计那些看屏幕的人一定是想要回忆起什么。"哈尔又说道。

特洛伊咽下食物,强迫自己耸耸肩。

"而我们这些人则是不想去看那里。我觉得我们是在努力忘记。"

特洛伊知道他们不应该进行这次交谈,但现在谈话已经开始了。他想看看这次交谈最终会产生出什么样的结果。

"那不是什么好事。"哈尔的目光转向电梯,"你注意到了吗?从我们脑子里溜走的都是坏事情。倒是那些无足轻重的事情,我们都能记得很清楚。"

特洛伊什么都没说。他戳着豆子,尽管并不打算吃掉它们。

"你也会有这样的怀疑,对不对?为什么我们心里都塞满了一种腐朽的感觉?"

哈尔吃完盘子里的东西,无声地点头向特洛伊告辞,起身离开,只留下特洛伊一个人。特洛伊发现自己还在盯着屏幕,心中还是那种无以名状的隐约痛楚。这时,屏幕中的天色正渐渐黑下去,那些山丘很快也会变黑,和乌云低沉的天空融为一体,消失不见。

第七章

2049年

华盛顿特区

唐纳德很高兴自己决定步行去见参议员。上个星期持续不断的雨终于停了。杜邦环岛的交通立刻变得拥挤不堪。迎着从康涅狄格吹来的清冷微风,唐纳德有些好奇为什么这次会面的地址会选在克拉默书店。在靠近议会办公区的地方至少有十几家非常好的咖啡馆。

他穿过一条小街,匆匆走上书店门口的一小段石阶。克拉默的木制正门应该算得上是一件古董,这幢老房子完全可以凭它来炫耀自己经历过的岁月风雨,以及现在的安稳如山。随着铰链的"吱嘎"声,几枚真正的门铃在他头顶响起。一名年轻女士正在整理摆放在中央展台上的畅销书。她抬头瞥了一眼,给了唐纳德一个问候的微笑。

唐纳德看到这里的咖啡座里全都是身穿西服正装、手捧白瓷杯的男男女女。参议员似乎还没有到。他想要看看自己的手机,确认自己是不是来早了。一名特勤恰在此时进入了他的视野。

那名肩膀宽阔的特勤站在一条书架间过道的尽头。那里只是这家书店咖啡馆一个不起眼的小角落。但看到那个人欲盖弥彰的样子,唐纳德禁不住笑了出来:耳机、壮实的胸廓、在屋里还戴着太阳镜。唐纳德朝那名特勤走过去,脚下响起老木地板的呻吟声。

特勤的目光朝唐纳德转过来,不过很难判断他是在看唐纳德,还是在看向前门。

"我来见瑟曼参议员。"唐纳德的声音有一点沙哑,"我们事先约好的。"

特勤向旁边一转头。唐纳德随着他的动作朝另一条过道望进去,发现瑟曼正在那条过道的最里面浏览架子上的书籍。

"啊,谢谢。"唐纳德说了一声,就走进两排摆满旧书的高大书架之间。这里的光线更加昏暗。咖啡香气被霉味和皮革的气味所取代。

"你觉得这个怎么样?"

瑟曼参议员向走过来的唐纳德举起一本书。没有寒暄,只是一个问题。

唐纳德看了看厚皮革封面上的金色浮雕标题,承认道:"从没有听说过。"

瑟曼参议员笑了,"当然没有。这本书有一百年的历史。而且它是法文的。我是说,你觉得它的装帧怎么样?"他把书递给唐纳德。

这本书的重量让唐纳德吃了一惊。他将书打开,翻了几页。感觉上像是一本法律书,分量差不多。但从一段段对话和段落间的留白来看,这应该是一本小说。翻开书的时候,他就不由得为这些纤薄的书页感到惊叹。蓝色和金色的丝线编成细绳,将这些薄纸片捆扎在书脊上。他有一些朋友依旧对纸质书念念不忘——不是为了欣赏它们的精美,而是为了真正的阅读。端详着手中的这本书,唐纳德能够理解他们的怀旧之情。

"装帧看上去很不错。"他用指腹摩挲着这本书,"是一本很美的书。"他将小说递还给参议员,"你就是这样买书的?只看封面是不是漂亮?"

瑟曼把书掖到胳膊下面,又从书架上拿下一本。"我正在做的另一个项目需要这种样本。"他转过头,向唐纳德眯起眼睛。那是一种让人很不舒服的凝视。唐纳德觉得自己像是一头猎物。"你的妹妹还好么?"参议员突然问道。

这个问题是唐纳德完全没想到的。想到自己的妹妹,他的喉咙里像是被塞了什么东西。

"夏洛特?她……她应该挺好的。她收到了调令。相信您一定也听说了。"

"是的。"瑟曼把手中的书插回到书架的缺口中,又掂了掂唐纳德刚刚评论过的那本书,"我为她能够振作起来感到骄傲。她的国家会为她感到骄傲。"

唐纳德心中思忖着一个家族要付出什么才能让国家为它感到骄傲。

"是的。"他附和道,"我是说,我知道我的父母非常期待她能够回家。但她还很难适应这里的节奏。其实……我觉得在战争结束以前,她都不可能真正放松下来。您明白我的意思吧?"

"明白。她甚至到了那个时候也不一定能重新找回平静。"

这不是唐纳德想要听到的话。他看着参议员的手指抚过被浮雕金字和花纹装饰的华丽书籍。这个老人的目光似乎越过那一排排图书,落在了更远的地方。

"如果你愿意,我可以给她写封信。"他说道,"有时候,你得告诉一名军人她可以去见某个人,她才会去见。"

"如果您说是让她去看心理医生,她是不会去的。"唐纳德回忆起妹妹在治疗期间发生的种种变化,"我们已经试过了。"

瑟曼抿起嘴唇,嘴角出现了一些皱纹。这个忧虑的神情暴露出与他年龄相关的些许痕迹。"我会和她谈谈。相信我,我很熟悉这种年轻人的傲气。我年轻的时候也是一样,以为自己不需要任何帮助,能凭自己的力量做成一切事情。"他转身面对唐纳德,"现在那一行已经有了很大发展。他们有药可以帮助她解决战争产生的疲惫。"

唐纳德摇摇头,"不,她吃过一段时间的药。但药物影响了她的记忆力,还造成……"他犹豫一下,这不是他想要谈论的话题,"……造成了抽筋。"

他本想说的是"颤栗",不过这听起来有些过于严重。他很感激参议员的关心,这的确很像家人的关怀,但谈论妹妹的问题还是让他感到不自在。他想起夏洛特上一次回家的时候。他们一起看他和海伦在墨西哥拍的照片。他问夏洛特还记不记得他们小时候一起去科祖梅尔①。夏洛特坚持说她从没有去过那里。分歧变成了争吵。当时他说自己流眼泪是因为太生气——那是一句谎话。他妹妹的一部分人生被抹掉了。而医生给出的解释竟然是她想要忘记那些事情。还有什么能比这更荒谬?

瑟曼伸手按在唐纳德的胳膊上,低声说:"相信我,我会和她谈谈。我知道她经历过什么。"

---

①墨西哥东南沿海的一座岛屿。

唐纳德点点头,"是的,好,感激不尽。"他差一点告诉参议员,这么做根本没用,甚至有可能造成伤害。但参议员是好意。夏洛特一直都很敬仰这位长辈。他的话也许能比家人的劝告更有用。

"嘿,唐尼,她只是在操纵无人机。"瑟曼审视着唐纳德的表情,仿佛察觉到了他的忧心,"她不会有任何人身危险。"

唐纳德的手抚过书架上一本书的书脊,"不,不会有人身危险。"

他们都陷入沉默。唐纳德重重地呼出一口气。他能听到咖啡座那里传来的聊天声、勺子搅动糖块的轻微撞击、门铃和旧木门的磕碰,还有打泡机喷出牛奶的"嗞嗞"尖鸣。

唐纳德看过夏洛特的行动视频——来自无人机和导弹的镜头。那些导弹被精确地引导向目标,传回的视频质量清晰得令人吃惊。你能看到人们惊讶地望向天空、他们生命的最后一瞬。无人机驾驶员需要在导弹爆炸以后一帧一帧地回看那些视频,确定那是敌人还是战友。唐纳德知道妹妹做了什么,又要应对些什么。

"我之前和米克谈过。"瑟曼仿佛这时才感觉到自己提起了一个令人不快的话题,"你们两个要去亚特兰大,看看挖掘工程的进展情况。"

唐纳德立刻说道:"当然。是的,应该去实地看一看。上个星期,我的计划已经开了一个好头。现在我正一点点填满您设定的空间。您知道它会有多深,对吧?"

"正因如此,他们已经始挖掘地基了。接下来几个星期,外墙就会开始浇筑。"瑟曼参议员拍拍唐纳德的肩膀,向过道另一端点点头,示意书已经找完了。

"等等。他们已经在挖了?"唐纳德跟随在瑟曼身边,"我才刚刚弄出一个轮廓。希望他们能最后开挖我设计的东西。"

"整个工程都是同时开始的。他们现在只是浇筑外墙和地基。项目的规模已经定下来了。我们要从下向上填进去每一座建筑。每一层都要在完成建造和安好内部设施以后才能浇筑上一层的楼板。你看,这正是我需要你们两个去实地查看的原因。这种分段工程就像是一场该死的噩梦。现在有来自十几个地方的上百人在向我汇报工作。他们都在争夺我的时间,相关材料已经堆积如山。我不可能同时跑到十个地方去,所以我需要你们去好好看一看,把情况报告给我。"

他们走到那名特勤身边。参议员将那本有浮雕法文的老书递给特勤。戴墨镜的壮汉点点头,向收款台走去。

"既然你在这里,"瑟曼说,"我想要你见一见查理·罗兹。他负责大部分建筑材料的分配运输。看看他需要你做些什么。"

"查理·罗兹?俄克拉荷马的州长?"

"没错。我们曾经一同服役。听着,我正努力把你和米克安排到这个项目更高的层级上。我们的领导班子还缺几十人。所以,好好干。你现在的成绩已经引起了一些重要人物的注意。安娜似乎坚信你能够提前完成任务。她说,你们两个组成了一支很棒的团队。"

唐纳德点点头,心中涌起一阵骄傲——同时还不可避免地伴随着更多责任感。他还要从自己不断减少的时间里再挤出一些来。海伦如果知道他在这个项目里承担的责任越来越重,肯定不会高兴。实际上,他只能与米克和安娜分享这些事,只能和他们聊一聊。关于那座建筑的每一个细节都需要复杂的多层级报批审核。他不清楚上面担忧的是核废料?恐怖袭击?还是这个项目可能半途而废?

特勤回到参议员身边，手中提着一只购物袋。他看着唐纳德，仿佛正在那副透不过一丝光的墨镜后面审视这名众议员。这种被监视的感觉已经不是第一次出现在唐纳德身上了。

瑟曼参议员和唐纳德握手告别，叮嘱唐纳德有任何情况都向他报告。另一名特勤不知从什么地方冒出来。两名特勤一同陪着参议员走出挂着门铃的木门。直到他们完全离开视野，唐纳德才放松下来。

第八章

2110年
1号筒仓

《指令》摊开在桌子上。这本书的书页边角已经卷起,不过书脊的装订线还算牢固。特洛伊再一次细读那个即将开始的程序——他加入"第五十操作组"后的第一个具体行动。这让他想到了剪彩仪式——一场盛大的作秀,一个拿剪刀的人将其他人的辛勤工作全部归功于自己。

他觉得《指令》与其说是一本操作手册,不如说是一本处方集。写这本书的心理医生们一定是搜罗了人类本性中的每一点奇行怪癖,并做了对应的解释说明。无论是在心理学,还是一切与人类本性有关的领域,那些看似毫无道理的地方通常却有着更深层的目的。这本书也是一样。

这也让特洛伊很好奇自己存在的目的是什么。他的这个位置有多么必要。他接受的培训是要他承担一份完全不同的工作——一座独立筒仓的领导者,而不是管理所有筒仓。他是在最后一刻才得到的晋升。这让他感觉这种安排很随心所欲,似乎任何人都能够坐到他这个位置上。

当然,虽然他的职位在很大程度上只能说是有名无实,但也总还是有一些象征性的目的。有可能,他所谓的领导工作更像是在给其他人一种幻象,让他们以为有人在领导他们。

特洛伊接连跳过《指令》中的两个段落。他的视线扫过每一个字,却没有一个字进入他的脑子。这种新生活中的每一件事都让他心烦意乱、胡思乱想。这里的一切都得到了完美的安排——所有楼层都井井有条,任务和职责都清晰明了。但这是为了什么?为了让人在最大程度上成为机器?

他抬头瞥了一眼。走廊对面就是心理服务办公室,维克托正坐在那里的书桌后面。走过去提个问题应该是轻而易举的事情。设计这个地方的不是什么建筑师,而是他们这些心理医生。特洛伊想问问他们是怎样做的,怎样能够让每一个人都感到内心如此空虚?

将女人和孩子单独庇护肯定是这个计划中的一环——特洛伊非常确信这一点。1号筒仓的女人和孩子们能够有幸进行长久的睡眠,而男人们则要进行轮班。这样就抹灭了他们生活的激情,预先消除了男人们自相残杀的可能性。

然后就是规律性工作和生活,让人头脑麻木的规律。这是对思想的阉割,对于工作者日复一日的消磨。他们对着时钟发呆,卡下班、在电视前睡觉、将闹钟拍上三次,然后重复这一切。他们没有周末,于是这一切变得更加糟糕。没有能够自由支配的日子。这种生活会持续六个月,以及数十年。

这让他很羡慕其余筒仓。那些建筑中一定回荡着孩子们的笑声,还有女人的声音。那里有这座地堡失去的一切热情和快乐——那些才是全部生活的核心。在这里,他看到的只有麻木。几十个公共房间里的平板电视上循环播放着电影。数十个坐在舒适的椅子里,不知道眨眼的男人。没有人真的保持着清醒。没有人真的活着。设计这里的人们想要的一定就是这种效果。

查看一下电脑上的时钟,特洛伊发觉该下班了。又过了一天。他距离这一班的终点又靠近了一天。他合上《指令》,把它锁进书桌,向走廊尽头的通讯室走去。

他走进去的时候,广播站后面的两个人抬起头来——两个穿橙色连体服的家伙,全都眯着眼、眉头紧皱。特洛伊深吸一口气,打起精神。这里是办公室。这是工作。他是管理一切的人。他必须振作起来。他是来剪彩的。

索尔是通讯技术主管之一。他摘下耳机,起身来迎接他。特洛伊对索尔有一点了解。他们住在同一个行政区,偶尔会在健身房遇到。他们握手的时候,索尔宽阔英俊的脸勾起了特洛伊脑海深处的一些记忆。不过特洛伊现在已经学会忽略这种虚无缥缈的东西。也许那只是因为他在接受培训的时候遇到过一个相貌相近的人。全都是他进入长眠之前的事情了。

索尔把特洛伊介绍给通讯室里的另一名穿橙色衣服的技师。他向特洛伊摆摆手,没有摘下耳机。他的名字立刻就从特洛伊耳边消失了。没关系。特洛伊接过从架子上取下来的耳机,挂到脖子上,没有让耳机完全捂住耳朵,这样他还能听到索尔说话。特洛伊找到耳机线另一端的银色插头,另一只手的手指划过五十个编号插孔。这个房间和房间的布局让特洛伊想起古老照片上的接线员。那时那个工种还没有被电脑和自动语音取代。

对过往时代的想象与药品带来的紧张和震颤交织在一起,仿佛在沸腾。特洛伊突然有一种想要尖声傻笑的冲动,就像气泡冲往水面。笑声差一点就冲出他的喉咙。不过他还能控制住自己。最高领导人突然歇斯底里绝不是什么好迹象,尤其是当他正要对未来的筒仓负责人进行评估的时候。

"……你只需要完成例行提问就行了。"索尔在对他说话,同时递给特洛伊一张塑料卡片。特洛伊确信自己不需要那东西,不过还是接了过去。今天的大部分时间都被他用来记住这些东西。而且他相信,其实自己说什么都没关系。对于候选人的评估最好还是留给机器和电脑去完成。远处的那副耳机里早已埋好了各种各样的传感器。

"好,我们要开始连线了。"索尔指着一块嵌满指示灯的面板说道。他的手指点中了一枚正在闪光的小灯泡。"我会把你接过去。"

特洛伊将耳机戴在耳朵上。技师连通线路。他听到一阵"哔哔"声。信号接通了。有人在另一端深呼吸。特洛伊提醒自己,这个年轻人远比他更紧张。毕竟,要回答问题的是对方。特洛伊要做的只是提问。

他低头看了一眼手中的卡片,突然感觉自己的大脑一片空白——这张卡片真是把他救了。

"名字?"他问道。

"马库斯·登特,长官。"

年轻人的声音中带着一种平静的自信。特洛伊仿佛能看到他自豪地挺起胸膛。特洛伊记得自己也曾有过这种感觉。那是很久以前的事情了。他又想到马库斯·登特出生的那个世界。那也是文明的一份遗产,一个他只能从书本上看到的地方。

"和我说说你接受的训练。"特洛伊继续阅读卡片上的文字,努力让自己的声音保持平稳、深沉、充满上位者的威严。不过电脑程序本来就会为他实现这些效果。索尔用食指和拇指比了一个圆圈,让特洛伊知道那个男孩耳机里的数据正顺利地传过来。特洛伊有些怀疑自己的耳机也有同样的功能。这个房间里的人——或者在其他某个房间里的人,是否知道他有多紧张?

"好的,长官。我之前是威利斯副警长的学徒,随后被调到技术安全部。那是一年以前了。我用了六个星期研习《指令》。我认为自己已经准备好了,长官。"

学徒。特洛伊已经忘记了这个词。他真应该把最新的单词卡带在身边。

"你在……筒仓里的基本责任是什么?"他差一点把"筒仓"说成了"设施"。

"维护以《指令》为基础的秩序,长官。"

"你首先要保护的是什么?"

特洛伊保持着语气的刻板。不能向被测试者灌注太多情绪,这样才能得到最佳测试效果。

"生命和遗产。"马库斯背诵道。

特洛伊一时无法看清下一个问题。泪水意外地涌入他的眼睛。他的手也在颤抖。他将不断晃动的卡片放低到身侧,以免其他人发现他的异常。

"为了保护我们所珍视的东西,我们宁可付出什么?"他问道。他的声音听起来像是另一个人的。他咬紧牙关,不让自己的牙齿相互撞击。他自己出了问题,很严重的问题。

"牺牲。"马库斯稳定得像一块石头。

特洛伊迅速眨眨眼,让视野恢复清晰。索尔抬起手,让他知道可以继续。测试就要结束了。现在他们需要知道受试者的基线。这样生理测定才能确认前面的这个孩子回答是否足够真诚。

"告诉我,马库斯,你有女朋友么?"

他完全不知道自己为什么会想到这件事。也许是羡慕其他筒仓不会冷藏他们的女性,不会冷藏任何人。通讯室里的人看不到任何反应,似乎没人在乎这个问题。测试正式的部分结束了。

"哦,有的,长官。"马库斯回答道。特洛伊听到那个男孩的呼吸发生变化。看来他是松了一口气。"我们已经申请结婚了,长官,正在等待回复。"

"嗯,相信你们不用等太久。她的名字是什么?"

"梅勒妮,长官。她就在技术部工作。"

"很好。"特洛伊抹了一下眼睛。颤抖过去了。索尔用手指在头顶上方晃了一个圈,让他知道,他可以结束了。他们收集到了足够的信号。

"马库斯·登特,"他说道,"欢迎加入世界秩序第五十操作组。"

"谢谢,长官。"年轻人的声音提高了一个八度。

片刻停顿之后,又是一次深呼吸,然后年轻人屏住了呼吸。

"长官?我是否可以问一个问题?"

特洛伊看向其他人。他们只是耸了耸肩。考虑到这个年轻人刚刚承担的角色,他很清楚得到晋升、担负起新的责任,其中所混杂的恐惧、渴望和困惑。

"可以,孩子,一个问题。"他认为自己是管理者,他能够自己制定几条规则。

马库斯清了清嗓子。特洛伊想象这名学徒和他的筒仓主管正一起坐在一个遥远的房间里,那名主管正在审视他的学生。

"我在几年前失去了我的曾祖母。"马库斯说,"她曾经说过一点以前世界的事情。不是什么违禁言论,只是因为她老年痴呆了。医生说她对药物有抗性。"

特洛伊不喜欢这些话。这名第三代的幸存者正在搜集关于过去的情报。也许还会有其他第三代人在做同样的事。的确,马库斯刚刚获得这样做的权限,但一般人不应该被允许这样做。

"你的问题是什么?"特洛伊问。

"《遗产》,长官。我对那些书进行了一些阅读。我当然没有忽视对《指令》和《法案》的学习,但有些事情,我必须知道。"

又是一阵深呼吸。

"《遗产》中的内容都是真的么?"

特洛伊想了一下——那些囊括了整个世界历史的大规模藏书,一部精心编纂的历史。他能在自己的脑海中看到那些皮革书脊和烫金书页。他们接受培训的时候都会见到那一排排的典籍。

他点点头,发觉自己又需要抹一抹眼睛了。

"是的。"他的声音干涩而呆板,"那是真的。"

房间里有人在用鼻子吸气。特洛伊知道,这场仪式持续的时间够久了。

"其中的一切内容都是绝对真实的。"

他没有说,并非一切真相都被写入《遗产》。有许多事被遗漏了。还有一些事情,他怀疑就连他也不再知晓。无论在书里还是在活着的人的脑子里,它们都被删掉了。

他想说,《遗产》记录的是被允许留下的事实,这些事实会被一代又一代人传承下去。而他心中藏着一个谎言,那就是在这个1号筒仓里,在这座充满药物迷幻的疯人院中,存在着掌控人类存续的关键力量。

第九章

2049年
乔治亚州,富尔顿县

铲车发出一阵响亮的轰鸣,吃力地朝山坡上爬去。一股一股炭黑色的烟尘从排气管里喷出来。到达山顶之后,钢齿铲斗向下一翻,大堆泥土倾泻而出。唐纳德觉得这辆铲车不是在爬山,而是在制造一座山。

工地上到处都是这种新鲜泥土堆出来的山丘。山丘之间暂时性的缺口将被山丘环绕的洼地连接在一起,如同一座错落有致的迷宫。满载的渣土车就从这座迷宫中把来自地底深处的土石运走,只留下一些越来越深的大坑。相关的地形规划告诉唐纳德,这些缺口有朝一日都会被封闭,山丘会连在一起,中间只会剩下一些很浅的盆地。

唐纳德站在一座正在增高的土堆上面,看着这些重型机械热火朝天地舞蹈。米克·韦勃正在和一名承包商谈论关于进度延迟的问题。两名议员都只穿着白衬衫,领带随风飘舞,看上去和这片工地很不相称。真正属于这里的人都戴着安全帽、满面风霜、满手老茧、指节上还有伤痕。他和米克胳膊下面夹着轻便西装上衣,衣服上渗出乔治亚湿热天气造成的汗水。他们是这场荒诞的大规模骚乱的负责人——至少表面上是如此。

又一辆铲车卸下了一堆泥土。唐纳德的目光转向亚特兰大。越过大片隆起的山丘，还有刚经历过冬季尚未长出叶芽的树枝，他能看到钢铁和玻璃的高塔在这座古老的南方城市拔地而起。人口稀少的富尔顿县有一整个角落都被清空了。在还没有被机器破坏的工地一端，还能看到一座高尔夫球场的遗迹。在主停车场那里，足有数个橄榄球场大小的货栈区里堆放着成千上万的集装箱，里面装满了各种建筑材料。唐纳德觉得这里并不需要这么多物资。不过他已经明白，这就是政府项目的风格。公众的期待才是项目预算的限制。或者大张旗鼓，彻底满足选民的胃口，或者就什么都不做。他受命制订的计划根本就是发疯。他设计的建筑甚至不是这个项目所必需的。一切只不过是为了以防万一。

在唐纳德和那些集装箱之间矗立着一座由活动房屋组成的城市。其中几幢建筑是办公室，其余大部分都是宿舍。在那里，成千上万的男男女女可以放下他们的安全帽，打卡下班，享受他们应得的休息。

许多活动房上都飘扬着旗帜。这些工人就像奥运村的居民一样，属于许多不同的国家。来自世界各地的核废料都将被埋在富尔顿县的深层土壤之下。这意味着整个世界都在期待这个项目的成功。而由此带来的后勤噩梦对于那些做幕后交易的人来说似乎完全不值得挂怀。他和米克发现，工程早期出现的许多延误都和语言障碍有关，相邻的两支施工团队甚至都无法进行顺畅的沟通，以至于大家都放弃了合作，各自为战。每个人都只想着完成自己的事情就好，完全不理会周围的情况。

在这座由铁皮板房构建的城市旁边,还有一片巨大的停车场。他和米克就是从那里走过来的。他能看到他们租来的电动车就停在那里。那辆银色的小车是这个地方唯一保持安静的机器。它蜷缩在停车场上,周围都是吼声不断的自卸卡车和铲车。唐纳德觉得那辆单薄的小车就是自己的精确写照——无论在这片超大工地中的小山头上还是在华盛顿国会山上,都是如此。

"落后了两个月。"

米克用手中的笔记板拍了拍他的胳膊,"嗨,听到我的话了吗?已经落后两个月了。他们在六个月以前刚动工,现在就落后了两个月,这怎么可能?"

唐纳德耸耸肩。他们告别那个双眉紧锁的工头,下了土山,朝停车场走去。"也许是因为他们选出的官员都以为自己是私人承包商。"他说道。

米克大笑着捏了一下他的肩膀,"天啊,唐尼,你听起来真像是个该死的共和党。"

"是吗?说实话,我觉得我们有点应付不来。"他抬手朝山丘环绕的那片洼地指了一下。为了绕过这片洼地,他们不得不走上很远一段路。现在这片洼地就像是陷进大地的一只深深的大海碗。许多辆水泥搅拌车正在将液态混凝土灌进洼地中心的深洞里。更多水泥车在它们后面排队等候,车头后面的水泥斗都在不耐烦地转动着。

"你也知道,"唐纳德说,"这些深坑中有一座将会成为他们让我绘制的建筑。这不会让你感到害怕吗?这么多钱,这么多人,我可是被吓坏了。"

米克的手指按进唐纳德的脖子,让唐纳德感到一阵痛楚。"放轻松,不要用这种哲学家的调调冲我唠叨。"

"我是认真的。"唐纳德说,"纳税人数以十亿计的税金全都被扔进这片土地,变成我画出来的东西。这感觉上太……不真实了。"

"天啊,这又不是你和你的方案能决定的。"他又用笔记板拍了唐纳德一下,然后举起笔记板,指向堆积集装箱的场地。透过一片尘雾,一个戴牛仔帽的大个子正在向他们挥手。于是他们转而朝那个人走去。"而且,真的会有人使用你那个小地堡吗?这件事关系到能源独立,关系到停止使用煤炭。知道吗?这就好像是我们正在建造一幢漂亮的大房子,你却躲在角落里,纠结应该把灭火器挂在什么位置上……"

"小地堡?"唐纳德将西装上衣捂在嘴上,挡住吹过来的一团灰尘,"你知道这东西有几层深吗?如果你把它放到地上,它就是全世界最高的建筑。"

米克笑了,"如果是你设计的,用不了多久就不是了。"

戴牛仔帽的人来到他们面前。他踢着脚下的泥土,笑容满面。唐纳德终于意识到,他在电视上见过这个人:俄克拉荷马州的查尔斯·罗兹州长。

"你们是解冻参议员的小子?"

微笑的罗兹州长有着地道的拖腔、地道的帽子、地道的靴子和地道的皮带扣。他将双手叉在粗腰上,一只手里拿着笔记板。

米克点点头,"是,长官。我是众议员韦布。这位是众议员基恩。"

两个人握了手,随后是唐纳德。"州长。"唐纳德一边握手一边打招呼。

"你们的货到了。"罗兹州长用笔记板指了一下货栈区,"现在还不到一百个集装箱。每个星期都会有新增。我需要你们中的一个人在这里签字。"

米克伸手接过笔记板。唐纳德觉得这是一个机会,可以问一问关于瑟曼参议员的事情,一些应该只有老战友才会知道的事情。

"为什么会有人叫他'解冻'?"他问道。

米克正在浏览货物报告,落回到笔记板上的文件带起一阵微风。

"我听有人私下里这样叫他。"唐纳德解释说,"但我当时不太敢问。"

米克笑着从文件上抬起头。"一定因为他在战场上是个冷血杀手,对吧?"

唐纳德有一点害怕。罗兹州长笑了。

"和战争没关系。你这么说也没错,但和战争没关系。"

州长向前后看看。米克将笔记板递给唐纳德,敲了敲一份关于紧急收容设施的文件。唐纳德仔细查看了一遍物料清单。

"你们知道他的反冷冻法案吗?"罗兹州长递给唐纳德一支圆珠笔,似乎是认为他只要签上名字就好,不应该那么谨小慎微地去看文件的内容。

米克摇摇头,抬手到眉毛上,遮住乔治亚的阳光。"反冷冻?"

"是的,天啊,发生这事的时候,你们两个小子可能还没出生呢。解冻参议员起草的法令结束了当时的冷冻狂热,确定富人们将自己装在冰盒子里延长寿命的行为是非法的。这件事一直闹到最高法院。大法官们投票的结果是五比四。突然之间,数以万计钱多得数不清的'冰棍'被解冻,然后被正式埋葬。那些把自己冻起来的人们本希望未来的医生会发明出某种医学手段,让他们富有的脑袋能离开他们富有的屁股,永远活下去!"

州长被自己的笑话逗得哈哈大笑。米克也跟着笑了起来。但一行物资数据引起了唐纳德的注意。他将笔记板转过去,让州长看到。"嗯,这里是两千卷光纤。我确信在我的方案里只要求四十卷。"

"让我看看。"罗兹州长接过笔记板,从衣兜里又掏出一支圆珠笔,在笔尾上按了三下,划掉光纤数量,在旁边写下一个新的数字。

"等等,这张单子上有价格吗?"

"价格是一样的。"州长说,"在下面签名就好。"

"但……"

"小子,这就是为什么五角大楼就算是买把锤子也要付出同等重量黄金的原因。这是政府账目。签个字就好,请。"

"但这里的光纤数量足足超过了我们所需的五十倍。"唐纳德嘴里还在抱怨,却发现他的手已经把名字签上去了。他将笔记板递给米克。米克也签字确认了其他物料的数量。

"哦,没问题。"罗兹接过笔记板,捏住自己的帽檐向下一拽,"我相信他们一定能找到使用这些东西的地方。"

"嘿,知道吗?"米克忽然说道,"我记得那个反冷冻法案。我在法学院的时候学过。那还引起了好几桩诉讼案,对不对?是不是有不少家庭以谋杀罪起诉了联邦?"

州长微微一笑,"是的,不过那件事没有闹多久。要证明已经宣布死亡的人被杀害是很困难的。而那时'解冻'糟糕的商业投资却成了他的救命稻草。"

罗兹将拇指插进腰带里,挺起胸膛。

"当时他早就在一家冷冻公司投了一大笔钱。但在这种情况下,他依然对人体冷冻行业进行了深挖,最终认为这……有悖于伦理道德。老解冻差不多失去了他的大部分金钱,却让他在华盛顿免于灭顶之灾。沉重的损失让他在大众的眼里变成了一个圣人。除了把自己的亲生母亲和其他人一起解冻以外,大概没有什么更好的办法能证明他一心为公了。"

米克和州长又一同放声大笑。唐纳德完全看不出这有什么好笑的。

"好吧,你们保重。再过一两个星期,俄克拉荷马的好人们还会给你们送一批货来。"

"听起来不错。"米克抓住那只巨大的西部人爪子,又握了握。

唐纳德也和州长握了握手。然后他和米克便再次向他们租的车走去。前方是繁忙的亚特兰大国际机场,不断有飞机从那里起飞,在湛蓝的南方天空中拉出一道道尾迹,仿佛白色纱线拧成的一股股绳子。随着建筑工地的喧嚣逐渐消失,高高的安全栅栏外反核人士的吼叫开始变得越来越清晰。这时他们穿过安全门,进入了停车场。保安正挥手让他们赶快离开。

"嘿,你介意我早一点送你去机场吗?"唐纳德问,"如果能够躲开交通堵塞,在天黑之前赶到萨凡纳就好了。"

"听起来不错。"米克笑着说,"你今晚可以有一场火热的约会了。"

唐纳德笑了。

"当然,伙计,丢下我,去和你的妻子共度好时光吧。"

"谢谢。"

米克拿出车钥匙,"不过你要知道,我真的很希望你邀请我去你家。我可以和你们两个一起吃晚饭,在你家过夜,我们像以前那样一起去酒吧。"

"没门儿。"唐纳德说。

米克拍拍唐纳德的脖颈,又捏了他一下。"是的,好吧,不管怎样,结婚周年快乐。"

唐纳德被朋友捏到脖子的时候缩了一下头。"谢谢,我一定把你的问候带给海伦。"

第十章

2110年
1号筒仓

12号筒仓坍塌时,特洛伊正在玩单人纸牌。在这种游戏里,他能找到一种安抚身心的麻木感。不断重复的动作甚至比药物更能够抵挡抑郁的浪潮。因为不需要任何技巧,所以也不需要胡思乱想,大脑甚至可以是一片空白。实际上,每一局的输赢只取决于电脑洗牌的那一刻,剩下的就只是揭开结果的过程而已。

虽然是一款电脑游戏,但它的科技含量实在是低得离谱。屏幕上显示的根本不是纸牌,只有一些字母和数字,用星号、&号、百分号和加号来表示不同的花色。特洛伊不知道代表红心、梅花或者方片的是哪个符号,这让他很不高兴。虽然他可以随便定义它们,虽然它们到底是什么完全不影响游戏的进行,但不知道它们的定义还是让他感到沮丧。

他是在翻检电脑文件夹的时候偶然发现了这个游戏。只是稍做试验,他就知道了如何用空格键翻牌,如何用方向键放牌。他有足够的时间做这种事。除了和部门主管见面,查看梅里曼的笔记,继续温习《指令》,他还有很多时间,可以瘫倒在办公室的浴室里,一直哭到鼻涕淌在下巴上;可以坐在滚烫的淋浴下面打哆嗦;可以把药藏在颊囊里带走,等到疼痛最严重的时候再吃;可以仔细思考为什么这些药不像以前那么管用了,尽管他已经给自己增加了一倍的剂量。

也许纸牌游戏的麻木作用才是它存在的原因。有人在很早以前就为了这种作用而创造了它,随后有许多人也是为此才将它妥善地收藏起来。他曾经在梅里曼的脸上看到过这个游戏的效果,虽然他们只是在换班的电梯上共处了一段短暂的时光。化学品只能暂时掩饰最严重的疼痛——那种无法定义的疼痛。但不那么严重的伤痛也会随之浮出水面。那一阵又一阵突然的哀伤一定有它们的源头。

最后几张牌在他神思恍惚的时候就位了。电脑在游戏胜利后开始洗牌。特洛伊赢得了全部荣耀。屏幕上闪烁着大块黑体字:"干得好!"得到一款自制游戏的夸赞,特洛伊心中却有着一种奇异的满足感。这终究是一种成就,他在这一天总算是做了点什么。

他任由那几个字在屏幕上闪烁,向自己的办公室扫视一圈,想找些别的事情做。《指令》中有一些要修正的地方,他要写一些通告,发给其他筒仓的负责人。而且他还需要确保这些备忘录中的词汇和那些一直在改变的标准保持一致。

他自己也总是搞错,常常会使用"地堡",而不是"筒仓"。对于曾经在传奇时代生活过的人来说,要不犯这种错误实在是很困难。尽管吃了那么多药,但古老的词汇和旧日的世界观依然无法完全被抹煞。他羡慕其他筒仓中的那些人。那些人从出生到死亡都只是在他们自己的小世界里。他们能够恋爱、失恋;能将伤痛保存在记忆中,感受它们,从它们之中学习到经验,被它们改变。他嫉妒那些人更甚于在他自己的筒仓救生艇中长眠的那些女性……

敲开的办公室门上响起一阵敲门声。特洛伊抬起头,看到兰德尔站在门口。他在对门的心理办公室工作。特洛伊招手让他进来,同时将游戏最小化,又开始翻动桌上的《指令》,努力装出一副忙碌的样子。

"你要的信念报告弄好了。"兰德尔举起一只文件夹。

"哦,很好,很好。"特洛伊接过文件夹。总是文件夹。他想起建造这个地方的两个集团:政治家和医生。他们全都被困在以前的时代,一个重视纸质文本的时代。是不是这两个集团都不相信无法被他们粉碎或烧掉的数据?

"6号筒仓的主管已经选出新的继任者,正在进行相关处置。他想要和你预约一次谈话,以便完成正式就职。"

"哦,好的。"特洛伊翻了翻文件夹,看到通讯室打印的关于每座筒仓的记录。他等待着又一场就职仪式——每一个新任务填塞在他心中的恐惧都会比他已经完成的任务更多。

"还有,32号筒仓的人口报告有点令人不安。"兰德尔绕过办公桌,舔了一下大拇指,翻开文件。特洛伊瞥了一眼显示器,确认游戏的确已经最小化了。"他们正在迅速逼近人口上限。海恩斯医生认为这也许是因为他们采用了一批劣质的避孕植入器。32号的主管,一个叫比格斯的……在这儿。"兰德尔抽出那份报告,"他否认了这种推测,声称植入避孕器的人都没有怀孕。他认为是有人在生育彩票上动了手脚,或者我们的电脑出了问题。"

"嗯。"特洛伊接过报告,仔细看了一遍。32号筒仓的居民数量已经超过九千,年龄中位数下探到二十来岁。"我们明早第一件事就是要和他们通话。我不相信是彩票有问题。但他们现在已经不应该再继续彩票程序了,对吧?要等他们先空出更多地方再说?"

"我也是这样认为的。"

"每一座筒仓的所有人口记录都来自同一台电脑。"特洛伊努力不让自己的声音流露出询问的语气,但他没能成功。他不记得了。

"是的。"兰德尔做出确认。

"这意味着,我们被欺骗了。我的意思是,人口增长不可能是一夜之间发生的事情,对吧?比格斯一定早就知道出事了。所以,或者他是同谋,或者他已经失去了对筒仓的控制。"

"完全正确。"

"好的。我们对比格斯的继任者有什么了解?"

"他的学徒?"兰德尔犹豫了一下,"我得调出文件来看一看。不过我知道,那个学徒得到任命已经有一段时间。我们这一班开始之前,他就是筒仓主管的学徒。"

"很好。明天我会和他谈话。单独的。"

"你认为我们应该替换掉比格斯?"

特洛伊严肃地点点头。《指令》对于这种无法解释的问题有着清晰的处置程序:从顶部开始。一切解释都要被视为谎言。因为这些规则,所以他和兰德尔在谈论解雇一个人的时候就像是在谈论一台损坏的机器。

"好的。还有一件事……"

响亮的靴子声从走廊中传来,打断了特洛伊的思路。兰德尔和他一同抬起头,看见索尔冲进房间,瞪大的眼睛里充满恐惧。

"长官……"

"索尔,出什么事了?"

这名通讯主管就像是看到了一千个幽灵。

"长官,我需要你去通讯室,马上。"

特洛伊离开办公桌。兰德尔跟在他身后。

"出什么事了?"特洛伊问。

索尔已经回身跑进走廊。"12号筒仓出事了,长官。"

三个人从一架梯子旁边跑过去。梯子上有一名工人正在更换坏掉的灯管。他头顶上的长方形大塑料灯罩敞开着,就像一道通向天堂的门。特洛伊吃力地喘息着,努力追赶索尔的脚步。

"12号筒仓怎么样了?"他喘着气问。

索尔回头看了一眼,脸上全是忧虑。"我觉得我们失去它了,长官。"

"什么?失去联系了?你没办法和他们通话?"

"不,长官,是失去了那座筒仓。那一整座该死的筒仓。"

第十一章

2049年
乔治亚州，萨凡纳

唐纳德不喜欢用餐巾，不过他还是遵照礼仪，把叠好的餐巾抖开，铺在大腿上。周围其他桌子上的餐巾都被叠成装饰性的金字塔形状，竖在银餐具之间。他不记得高中时这家街角餐厅有布质餐巾。他们以前用的不是那些被磕碰了许多年、遍布划痕的纸巾盒吗？还有那些带银色盖子的盐瓶和胡椒瓶也不见了，被一些更花哨的东西所取代——花架旁边有一只碟子，放在里面的应该是海盐；如果你想要胡椒粉，就得让别人走过来，帮你把胡椒撒在食物上。

他想和妻子说说自己的看法，却发现海伦正越过他，盯着远处的雅座。他在座位上转过身，屁股下面的人造革椅垫发出轻微的尖叫。在他和海伦第一次约会时坐的雅座里，现在正坐着一对老夫妇。

"我发誓，我已经请店里的人为我们保留那个雅座了。"唐纳德说。

妻子的目光飘回到他身上。

"我觉得他们可能是搞混了。"唐纳德用手指在半空中比画着，

"或者也许是我在电话里没说清楚。"

海伦摆摆手,"亲爱的,这没什么。我们可以在家里吃烤奶酪。我一样会很兴奋。我只是有些走神而已。"

海伦也打开自己的餐巾,那种小心翼翼的样子就像是她在研究餐巾的每一道折痕,想知道该如何把它叠回去,让它分毫不差地恢复成原来的样子。侍者匆匆走过来,给他们的杯子里倒满水,还不小心将几滴水洒在白色的桌布上。他因为让他们久等而道歉,随后就让他们继续等待下去。

"这个地方变了很多。"唐纳德说。

"是的,变得更成熟了。"

他们同时伸手去拿水杯。唐纳德微笑着举起杯子,"十五年前的今天,你的父亲犯了个错误,将你的宵禁时间向后推了。"

海伦微微一笑,和丈夫轻轻碰了一下杯。"祝再有十五年。"

他们喝了一小口水。

"如果这个地方继续成熟下去,再过十五年我们就吃不起了。"唐纳德说。

海伦笑出了声。从第一次约会到现在,她几乎没怎么变。或者也许是她的变化太过细微,让唐纳德几乎无法察觉。这不像是每五年才去一次的餐厅,一眼就能看出突然的变化。这是两个人一起变老,而不是相隔遥远的亲属,不知多久才会打个招呼。

"你明天早晨要飞回去?"海伦问。

"是的,不过是去波士顿。我和参议员在那里有个会。"

"为什么是波士顿?"

唐纳德摆摆手,"他在那里进行他的纳米治疗。我觉得他每过一段时间都要在那里被关上大约一个星期。就算这样,他还是能完成他的工作……"

"是的,只需要让他的仆人们忙得团团转……"

"我们不是他的仆人。"唐纳德笑着说。

"……去亲吻他的戒指,留下辛苦找来的没药。"

"好啦,不是那样的。"

"我只是担心你把自己逼得太狠。你把多少自己的时间都用在他这个项目上了?"

许多,唐纳德想要这样说。他想告诉自己的妻子,那些忙碌的时间让他感到多么疲惫。但他知道妻子会有怎样的反应。"那不像你想的那样耗费时间。"

"真的?但这段时间里,你只要和我说话就是在谈论那个项目。我甚至不知道你还在做其他什么事。"

他们的侍者捧着满满一托盘饮料从他们身边走过,对他们说还要再等一会儿。海伦只是盯着菜单。

"再过几个月,计划中我那一部分就完成了。"唐纳德告诉妻子,"然后我就不会再用那件事烦你了。"

"亲爱的,你没有烦我。我只是不想让他占你的便宜。这不是你应该做的事。还记得吗?你已经下定决心不做一名建筑师。否则你本可以留在家里的。"

"亲爱的,我想要你知道……"唐纳德放低声音,"我们正在做的这个项目……"

"真的很重要,我知道。你告诉过我。我相信你。在你自我怀疑的时候,你也承认,你在这个计划中的部分是多余的,永远也不会使用。"

唐纳德忘记了他们还有过这样的谈话。

"等到它结束的时候,我会很高兴。"海伦继续说道,"他们可以将核燃料棒运到我们身边。我才不会在乎。就把那些东西全都埋起来,把土填平,不要再说它了。"

这是另外一回事。唐纳德想到自己从选区收到的电话和电子邮件,所有那些报纸头条和恐慌言论。人们都在议论核废料会从港口卸下来,运送它们的卡车会从亚特兰大周边经过。每一次海伦听到关于这个项目的消息,她很可能都想的是他在这上面浪费时间,而不是去做真正的工作。或者是如果要做这种事,他本可以留在萨凡纳。

海伦清清嗓子,犹豫了一下,"那么……安娜今天去工地了么?"

她看着自己的杯口。在此刻,唐纳德意识到了这个电子制图项目还有那些核废料到底引起了妻子怎样的担忧。海伦害怕的是他远在天边,在和她一起工作。

"没有,"唐纳德摇摇头,"没有,我们都是不见面的。我们在网上来回传送计划。米克和我去了工地,只有我们两个。米克要协调很多物料和人员……"

侍者走过来,从围裙上拿出他的黑色对开记事簿,按出圆珠笔尖。"先来些喝的?"

唐纳德点了两杯招牌梅洛①。海伦谢绝了侍者推荐的一份开胃菜。

等侍者向吧台走过去的时候,海伦说道:"每次我说起她,你都会提米克。不要改变话题。"

"求你,海伦,我们能不能不要谈论她了?"唐纳德将双手交叠放

---

①一种葡萄酒。——译注

在桌面上,"自从我们开始这个项目之后,我只见过她一次。我建立了流程,让我们不必见面就能完成工作。因为我知道你不会喜欢我们见面。亲爱的,我对她没有感觉,绝对没有。求你,今晚是属于我们的。"

"和她一起工作会让你后悔吗?"

"后悔什么? 后悔接受这份工作? 还是后悔在做建筑师的事?"

"后悔……这一切。"海伦又向远处那个雅座瞥了一眼。那个唐纳德本应该预订好的雅座。

"不,上帝啊,不,亲爱的,为什么你会说这种话?"

侍者端着他们的葡萄酒走回来,又打开他的黑色记事簿,看着他们两个,"决定好了吗?"

海伦打开菜单,看看侍者,又看看唐纳德。"我和原来一样。"她指着菜单说道。原来那只是一份简单的烤奶酪三明治,现在又加上了传统油炸绿番茄、格鲁耶尔奶酪、枫糖蜜和带塔塔酱的细薯条。

"您呢,先生?"

唐纳德看着菜单。刚才的谈话让他有些不知所措,但他感到自己有必要做出选择,而且速度要快。

"我觉得,我应该尝试些不同的东西。"他甚至有些不会说话了。

第十二章

2110年
1号筒仓

12号筒仓在崩溃。等特洛伊和其他人赶到通讯室的时候,这里已经被杂乱的通讯呼叫和汗水的臭气所淹没。通常只需要一名操作员的通讯站围了四个人。看那些人的样子,特洛伊觉得他们的心情一定和自己一样:惶恐不安、不知所措、只想缩成一团,找个地方躲起来。这反而让特洛伊镇定了一些。这些人的恐慌就是他的力量。他可以装作有能力掌控局面。他能掌控住局面。

有两个人身上穿的是睡衣,而不是橙色连体服。他们应该是上晚班的人,被临时叫过来的。特洛伊想知道,在这些人去找他之前,他们发现出问题已经有多久了。

"这段时间有什么情况?"索尔问一名年长的绅士。他正将耳机贴在一侧耳朵上。

那名绅士转过身,秃头映着灯光,额头上的皱纹上全是汗水,紧皱的白色眉毛显示他充满忧虑。"服务器房里没人回应。"他说道。

"把12号的信号直接放出来。"特洛伊冲另外一名通讯员说道。他在一个星期以前刚刚见过这个人。通讯员扯下头上的耳机,拨动一个开关。房间里的扬声器发出一阵"嗡嗡"声,随后是一连串的喊嚷和吼叫命令的声音。大家都停下来,开始仔细倾听。

另外一个大约三十多岁的通讯员开始循环播放几十个视频信号。到处都是一片混乱。挤在螺旋楼梯上的人彼此用力推搡,一个人不见了,应该是倒在地上,被人群踩在脚下。瞪大的眼睛、咬紧的牙关和疯狂的喊叫,每一寸画面都充满恐惧。

"看看服务器房。"特洛伊说。

控制画面的人在键盘上敲了几下。冲突的人群消失不见,取而代之的是一个安静的画面——一些纹丝不动的铁柜子。服务器外壳和格栅地板被明暗不定的信号灯光照亮。因为没有人应答,那些小灯就只能不停地闪烁着。

"出什么事了?"特洛伊现在却变得异常平静。

"还在确认,长官。"

一只文件夹被递到他的手里。有几个人聚在走廊中,正向这里张望。消息已经传出去了,人们在往这里聚集。特洛伊感觉到一滴汗水沿着脖颈滚落下去。不过他的内心依旧诡异地毫无波澜,也许是他已经接受了统计学所表明的不容争辩的事实。

一个急切的声音从扬声器中传出来,其中的慌乱清晰可辨:"……他们要进来了。该死的,他们要把门砸开了。他们要冲进……"

通讯室中的每一个人都屏住呼吸。一切紧张的骚动都在此刻停住,人们只剩下倾听和等待。特洛伊很清楚那个惊慌失措的人说的是哪一道门。在自助餐厅和气闸舱之间只有一道门。它真应该被建造得更加坚固。有许多东西都应该被建造得更坚固才对。

"……伙计们,这里只剩下我一个了。他们会冲进来的。天啊,他们一定会冲进来……"

"是那里的副警长吗?"特洛伊一边问,一边翻动文件夹。这些是12号筒仓技术部主管的情况报告。没有警报。距离上次清洁摄像机已经过去两年。上一次测量的恐惧指数是8。有点高,但还不算太糟。

"是的,我认为是他们的副警长。"索尔回答。

负责视频画面的通讯员转头看向特洛伊,"长官,我们需要进行大规模撤离。"

"他们的通讯线路都关闭了,对吗?"

索尔点点头,"我们关闭了中继器。他们能够在内部进行通讯,仅此而已。"

特洛伊很想回头去看一眼走廊里那些充满好奇的面孔。他压抑住这种冲动,说道:"很好。"在此种情况下,首要的任务是防止局势进一步失控,不能让混乱扩散至邻近的细胞。这是一场癌症,要切除肿瘤,不能顾惜损失。

扬声器再次响起:"……他们就要进来了,就要进来了,就要进来……"

特洛伊试着去想象无数只脚的踩踏,冲破一切的人群,恐慌的迅速传播。《指令》中的相关处置措施很明确:不得再进行任何干预。但他的良心却一团混乱。他向通讯员伸出一只手。

"让我和他说话。"他说道。

众人的目光全都转向了他。这群谨守规则的人全都呆住了。片刻的木然之后,话筒被塞在他的手中。特洛伊没有犹豫,立刻攥住话筒。

"副警长?"

"喂?警长?"

视频操作员切换信号,朝一台监视器挥挥手。屏幕一角出现了楼层号码"72",一个穿银色连体服的人趴倒在办公桌上,手中拿着一把枪,桌上的键盘周围是一摊血。

"那是警长?"特洛伊问。

操作员抹了一把前额,点点头。

"警长?我该怎么办?"

特洛伊按下通话键。"警长死了。"特洛伊被自己镇定的语气吓了一跳。他按住通话键,心中思忖着这个陌生人的命运,又想到那座筒仓中绝大多数人都以为世界上只有他们自己,不知道还有其他筒仓,也不知道他们存在的真实目的。现在,特洛伊和他们进行了联系。而他只是一个从云端传下去的虚无的声音。

那名副警长出现在一个视频画面中。他抓着一支电话听筒,弹簧形状的电话线连在墙壁电话机上。画面角落的楼层号是"1"。

"你要把自己锁在拘留室里。"特洛伊继续说道。他发现,最朴实的解决方法才是最好的,至少能够暂时解决眼前的问题。"确保把所有钥匙都放在身边。"

他看着屏幕上的那个人。房间和走廊里的所有人都在看着那个人。

从摄像机镜头弯曲的视野边缘能隐约看到上层警署的门。因为镜头的关系,那道门的轮廓似乎在向外凸起。突然间,门中央鼓出来一块。外面的人群在撞门。副警长没有任何反应。从画面中能清晰地看到——他伸出去拿钥匙的手在颤抖。

门从中间裂开。通讯室中有人猛吸了一口气。特洛伊很想看看统计数据能给他一个什么样的结果。他的学习和训练内容全都是关于他自己的筒仓中如果发生事故要怎样处理。他只知道如何在这样的灾难中领导一小群人,而不是领导所有人。

也许这就是他为什么如此平静的原因。他在看着一场自己本应该置身于其中的噩梦。无论是生是死,他都应该在那里。

副警长终于收好了钥匙,跑出摄像机的视野。特洛伊想象他应该正在哆哆嗦嗦地打开牢房门。这时,警署门被撞开,一群愤怒的暴徒冲过破碎的木门。那道门很坚固,但还不足以挡住这些发了疯的人。摄像机没有办法显示出副警长是否安全。不过这也不重要了。就算安全,也只是暂时的。一切都只是暂时的。只要这群人把牢房门打破,那名副警长的命运就会远比被踩死更可怕。

"气闸舱的内门是敞开的,长官。他们要出去。"

特洛伊点点头。问题最开始可能出在技术部,从那里扩散出来。也许是那座筒仓的主管——更有可能是他的学徒。一定是有足够指令权限的人。事情就是这样:必须有一个人掌管一切,守护秘密。但总会有不称职的人。统计学早就预言过这种情况。他提醒自己,这是不可避免的。牌已经重新洗过,游戏正在等待开始。

"长官,我们得到了外门破开的信号。"

"对舱室进行焚烧。"特洛伊说。

索尔电话通知了走廊远处的控制室,并发去信息。气闸舱的画面立刻被一片白烟充满。

"确保服务器房的安全。"特洛伊又说道,"把它锁住。"

他还记得《指令》中的相关内容。

"确认我们有最近的备份,以防万一。然后那里的电力供应由我们接管。"

"是,长官。"

通讯室中的人有事可做，看上去还不像其他人那样焦虑。走廊里的人们只能袖手旁观，慢慢陷入了越来越紧张的骚动。

"我的外部视野呢？"特洛伊问。

这时，人们开始推推搡搡冲进依然充满白色尘雾的画面中。而一幅显示外部旷野的画面随着特洛伊的命令出现在显示器上。因为幽闭恐惧症陷入癫狂的人群奔突在干涸的大地上，跪倒下去，用双手抓挠面孔和喉咙。翻滚的尘雾也随着人群从倾斜的坡道中涌出来。

通讯室中的人们全都僵在原地，一言不发。走廊里传来微弱的哭泣声。特洛伊知道自己不应该允许人们留在这里，看到这一幕。

"好了，"他说道，"关掉画面。"

显示外部画面的屏幕变黑了。继续看着那些人又拼命逃回去已经没有意义。看到惊骇的男人和女人死在山丘之间更不会有什么好处。

"我想知道，这样的事情为什么会发生。"特洛伊转身盯住房间里的人，"我想知道，下一次我们该如何阻止这样的事情发生。"他将文件夹和话筒递给各司其职的通讯员，"先不要把这件事告诉其他筒仓的主管。我们要先找到这些问题的答案。因为他们一定会提出这些问题。"

索尔一抬手，"还在12号里的人该怎么办？"

"12号筒仓和13号筒仓里的人只有一个区别，那就是前者不会有下一代在筒仓中长大，仅此而已。筒仓中的每一个人最终都会死去，我们全都会死，索尔，没有人能够例外。只不过今天是他们先死。"他朝黑掉的显示器点点头，努力不去想象外面到底在发生什么，"我们知道会有这样的事情发生，也知道这样的事不会是最后一次。让我们把注意力放在其他人身上,从这件事中汲取教训。"

房间里的人都在点头。

"这一班结束时,每个人都要提交报告。"特洛伊第一次感觉到自己的确在管理着什么,"如果还能找到12号筒仓技术部的人,尽可能向他们多问问题。我想要知道那里还有谁,为什么会发生这种事,具体情况又是怎样。"

通讯室里已经精疲力竭的人全都愣了一下,然后又开始努力表现出忙碌的样子。聚集在走廊里的人都向后退开——他们的首领正朝他们走过来。

首领。

特洛伊第一次完全感觉到了自己的职责,还有这份职责的沉重。当他朝自己的办公室走过去时,身后传来一阵窃窃私语。许多道目光都在偷偷跟随他。人们向他点头,以此来表达心中的同情和赞许,还有庆幸自己不必承担这样沉重的责任。特洛伊大步走过所有这些人。

还会有人想要逃出去,特洛伊心中想。无论他们怎样精心管控,依然不可能避免所有失误,只能尽全力提前做好计划和冗余。那个圆柱体已经陷入黑暗、失去生机,只能被抛弃。现在为它哀悼是没用的,希望在其他筒仓那里。

回到办公室,关上门,特洛伊靠在门板上站了一会儿。他的肩膀和连体服粘在一起——刚才的快速行走让他出了不少汗。他深吸几口气,走到办公桌前,一只手按在《指令》上。他一直在害怕,也许他们把一切都搞错了。一屋子的医生怎么可能制订出包揽一切的计划?当筒仓中改换了一代又一代人,当人们忘记过去,最初的幸存者流传下来的只言片语也渐渐消失时,所有问题真的能更容易解决吗?

特洛伊不确定。他看向墙上的图表。那张大幅蓝图显示了所有分布在山丘之间的筒仓。一共五十个圆环,就像他曾经为之效忠的一面旧旗帜上的星星。

一阵强烈的颤抖传遍特洛伊全身。他的肩膀、臂肘和双手都在抽搐。他抓住办公桌的边缘,直到抖动消失。然后他拉开办公桌最上面的抽屉,拿出一支红色记号笔,走向那张大图。颤抖依旧隐藏在他的胸中。

他没有考虑好自己要做的事情会留下怎样永久性的结果,更没有想到这个记号会出现在未来每一个值班的人眼前,会成为一种趋势和惯例,他的继任者都会采取同样的行动,在想好这一切之前,他已经在12号筒仓上画了一个大大的"X"。

记号笔狠狠划过纸面,发出一阵尖利的摩擦声,仿佛在嘶声嚎叫。特洛伊眨眨眼,让视野中那个变得模糊的红色"X"重新变得清晰,然后颓然跪倒在地,向前弯下腰,前额抵在高高摞起的文件上。随着他的胸膛在深沉的啜泣中不断震颤,那些旧日的计划也随之发出一阵"窸窸窣窣"的响声。

他双手按在膝头,肩膀被自己必须承担起的另一个任务压弯。他在哭泣,同时努力不发出声音,以免被走廊对面的人听到。

第十三章

2049年
RYT医院，德维恩医疗中心

唐纳德曾经参观过一次五角大楼，去过两次白宫，每周进出国会大厦十几次，也算是见识过华盛顿的机要部门。但来到RYT的德维恩医疗中心，这里的安保系统还是让他吃了一惊。冗长的检查甚至让他有些觉得和参议员只见面一个小时是不是太不划算。

终于通过全身扫描，进入纳米生物技术区之后，他被剥光衣服，换上一身绿色的医院服，还被采了血样，又经过各种扫描，被明亮光线探测过眼睛，并被记录了面部毛细血管纹路的红外取样——这是他们的说法。

每一条走廊都有沉重的大门和身材壮硕的保安。他们逐渐走进纳米生物技术区的深处。当特勤人员出现在唐纳德眼前——在这个地方，只有这些人被允许保留他们的黑西服和墨镜——唐纳德知道目的地快到了。一名护士在最后一道不锈钢大门前对他进行了扫描。纳米生物技术室就在门里等着他。

唐纳德用警惕的眼神看着面前的巨型机器。他以前只在电视里见过这种东西。而这台出现在眼前的机器远比镜头中更显得高大沉重。就像是一艘被困在RYT大楼上层的小潜艇。许多软管和导线连接在它毫无瑕疵的白色弧形表面上,被捆扎成一束一束,向远处延伸出去。机器上镶嵌着几个小玻璃窗,让人想到船上的舷窗。

"你确定我进去是安全的?不会有事?"他转头问护士,"我可以在外面等他,或者等以后再见他。"

护士微微一笑。她至多只有二十几岁,将褐色的头发在脑后盘成发髻,相貌很漂亮,略显单纯。"绝对安全。"她向唐纳德保证,"他的纳米机器人不会和你的身体发生互动。我们经常在一个舱室内治疗多名病人。"

她领着唐纳德走到机器一端,打开那里舱门上的轮锁。舱门打开,紧贴在舱壁边缘的橡胶垫圈发出轻微的撕扯声,随后是内外气压差造成的一点气流声。

"如果真这么安全,为什么舱壁会这么厚?"

护士轻轻笑出了声。"你不会有事的。"她朝舱门摆摆手,"我关上这道门之后,会有一点'嗡嗡'声,再过一会儿,内舱门会解锁。只要转动轮柄,推一下就能打开。"

"我有一点幽闭恐惧症。"唐纳德说。

上帝啊,唐纳德不知道自己在说什么。他是一名成年人,为什么不能直接说自己不想进去,在这里已经受够了?为什么他会允许自己被迫走进这个地方?

"请进,没问题的,基恩先生。"

护士伸手按住唐纳德的后腰。一名年轻漂亮的女性正在看着他。不知为什么,这要比这个充满看不见的微小机器的大号密封舱更让他感到压力。他低下头,发现自己已经钻过了那扇小舱门。他的喉咙仿佛被恐惧捏紧了。

身后的舱门"砰"一声被关闭,将他留在一个几乎无法容纳两个人的弧形空间中。门锁也"当"的一声复位了。在他身侧的拱形舱壁上装着银色的小凳子。他想要站直身体,头却蹭到了舱顶。

一阵刺耳的蜂鸣声充满了整个舱室。他脖子后面的寒毛都竖了起来。空气中似乎充满静电。他在舱壁上寻找对讲机,或者任何能够与里面的参议员联系的东西,这样他就不必再向里走。他开始感到呼吸困难,想要出去。但外舱门在这一侧没有轮柄。一切都失控了……

内舱门的锁"当"一声被打开。唐纳德急忙冲向那道门,握住轮柄,屏住呼吸,转开舱门,逃出了那个小气闸舱,进入机器中心的密封舱——至少这里还更大一点。

"唐纳德!"瑟曼参议员从一本厚书上抬起头。他正躺在一张长椅上。这个圆柱形舱室中有几张这样的长椅排成一列。长椅旁的小桌子上放着笔记本和钢笔,还有一只塑料托盘里放着没吃完的晚餐。

"你好,阁下。"唐纳德低声嗫嚅着。

"不要只是站在那里,进来。你把虫子都放出去了。"

唐纳德压抑住心中的一阵阵反感,回身将门推上。瑟曼参议员笑了,"你可以呼吸,孩子。如果它们愿意,它们可以直接穿过你的皮肤。"

唐纳德终于放松气息,随后就打了个哆嗦。也许他只是在胡思乱想,但他的确觉得全身的皮肤都有一点刺痒,就像萨凡纳夏天的那些小蠓虫在咬他。

"你感觉不到它们。"瑟曼参议员又说道,"那全都是你的想象。

它们知道你和我的区别。"

唐纳德低头瞥了一眼,才意识到自己正在挠胳膊。

"坐。"瑟曼指着面前的长椅说道。他穿着和唐纳德一样的衣服,下巴上留着几天没有刮过的胡子。唐纳德注意到舱室的另一端是一间小浴室。一只连着软管的莲蓬头挂在那里的墙上。瑟曼把一双光脚从长椅上放下来,抓起半空的水瓶喝了一口。唐纳德听话地坐下,头上渗出一点紧张的汗水。他坐着的长椅上放着一摞折叠整齐的毯子和几只枕头。能看出来,这张长椅可以被拉开成为一张小床。但他无法想象在这个逼仄的棺材里要怎么睡觉。

"阁下,您想见我?"他努力不让自己的声音发抖。这里的空气有一股金属味道。他的舌头能直接尝到那些看不见的机器。

"喝水吗?"参议员打开长椅下面的一只小冰箱,拿出一瓶水。

"谢谢。"唐纳德接过水瓶,但没有打开它。冰凉的水瓶贴在掌心的感觉倒是挺舒服,"米克说,他已经把情况向你做了汇报。"其实他想说的是,这次会面似乎完全没有必要。

瑟曼点点头,"是的。我昨天见过他。他是个可靠的孩子。"参议员又微笑着摇摇头,"讽刺的是,看看刚刚宣誓加入我们的这批人。今后很长一段时间里进入国会山的人之中,他们可能是最优秀的一批。"

"讽刺?"

瑟曼摆摆手,似乎对这个问题失去了兴趣。"你知道我为什么喜欢这种治疗?"

长生不老?唐纳德差一点脱口说出这四个字。

"这能给你时间思考。在这里待上几天,不许带任何用电池的东西,只有几本书可以读,只能用笔写字——这真的能清理你的头脑。"

唐纳德没有说出自己的看法。他不想承认这里让他有多不舒服,此刻被困在这个空间里的感觉是多么可怕。无数细小的机器正穿过参议员的身体,对他的每一个细胞进行甄别、修复——一想到这些就让唐纳德感到恶心。据说在所有那些机器关闭以后,被治疗者的尿液就会变得像炭一样黑。这个念头让他打了个哆嗦。

"这样不是很好么?"瑟曼深吸一口气,又长长地呼出来,"这种安静?"

唐纳德没有回答。他意识到自己又屏住了呼吸。

瑟曼低头看了一眼摊开在腿上的书,又抬起目光注视唐纳德。

"你知不知道,你的祖父曾经教我打高尔夫?"

唐纳德笑了,"是的,我看见过你们两个在一起的照片。"他回想起翻看旧相册的祖母。他的祖母有一种过时的爱好,就是把照片从电脑里打印出来,一张张插进册子里。她说这样能让相片中的过去变得更加真实。

"我一直都把你和你妹妹当家人看。"参议员说。

这种突然的情感释放让唐纳德有些不安。舱室角落里的一个小通风口吹出一阵微风。不过舱室里还是有些热。"对此我非常感激,阁下。"

"我想让你加入这个项目。"瑟曼说,"从始至终。"

唐纳德咽了一口唾沫,"阁下,我一定竭尽全力。"

瑟曼抬起一只手,摇了摇头,"不,不是那样……"他将手放在膝盖上,瞥了一眼舱门,"要知道,我曾经认为你的心里什么都装不下。毕竟你还年轻。但我们要小心的事情实在是太多了,你明白吧?"他竖起手指摆动了几下,"该死的,我们总是要冲进办公室,处理那些乱七八糟的事情。你很清楚那是怎样一种情形。"

唐纳德点点头,"是的,这种事我已经遇到过几次了。"

参议员将双手比画成一只碗,"这就像是想要用手把水捧起来,而且一滴都不能漏掉。"

唐纳德点点头。

"而当总统的甚至玩个口活儿都会被全世界知道。"

唐纳德有些困惑地看着瑟曼在空中挥舞的双手。"在你出生之前就是这样了。而这同样是我的亲身经历,无论是在海外,还是在华盛顿,总有无足轻重的水滴漏出去。这就成了我们的罪过,虽然不是生死攸关,但还是很尴尬。你想要入侵一个国家?看看诺曼底吧,该死的,还有珍珠港,还有'9·11'。但那些根本不是真正的问题所在。"

"抱歉,阁下,我不明白……"

瑟曼一挥手,手指猛然合拢,捏住空气。唐纳德以为参议员是要他闭嘴。但参议员向前探出身子,将捏紧的手指递到唐纳德眼前,仿佛是要让唐纳德看他抓住的蚊子。

"看。"他说道。

唐纳德凑过去仔细端详,却什么都没看出来。他摇摇头,"我没看见,阁下……"

"没错。你看不见它的到来。这就是他们正在做的事。这些毒蛇。"

瑟曼参议员松开手指,盯着自己的拇指肚。片刻之后,他朝那里吹了一口气,"这些小崽子能缝起来的东西,它们也能拆开。"

他的目光转向唐纳德,"你知道我们为什么不放过伊朗?我可以告诉你,那与核弹无关。我爬过了那片沙丘上挖出来的每一个洞,那里的老鼠们已经搞出了比核弹更有价值的东西。要知道,他们找到了办法,能够在看不见的地方攻击我们,不用把他们自己炸成碎片,甚至不需要承担任何后果。"

唐纳德相信,自己根本没有权限听到这些话。

"当然,与其说是伊朗人找到了办法,不如说是他们偷了以色列人的成果。"他向唐纳德微微一笑,"所以,我们必须迎头赶上。"

"我不明白……"

"唐尼,这里的小家伙是按照我的DNA进行编程的。想一想,你有没有进行过血统溯源测试?"他上下打量唐纳德,仿佛在审视一只斑点杂交犬,"对了,你是哪里人?苏格兰?"

"可能是爱尔兰,阁下。说实话,我也说不清。"他不想承认自己对此完全不关心。这件事在瑟曼心中似乎无比重要。

"嗯,这些小虫子能知道。只要那些人能够进一步强化它们的功能,它们甚至能分辨出你是属于哪一个部落的。这就是伊朗人努力在干的事,一件你看不到的武器,你也无法阻止。如果它确认你是犹太人,哪怕你只有四分之一犹太血统……"瑟曼将拇指在脖子上一划。

"我觉得我们是搞错了,我们在伊朗从没有发现任何纳米生物技术。"

"那是因为它们有自毁功能,是遥控的。"那位老人瞪大眼睛,猛吹了一口气。

唐纳德笑了,"这听起来很像是个阴谋论……"

瑟曼参议员将头靠在舱壁上,"唐尼,是阴谋论者说话很像我们。"

唐纳德等待参议员的笑声,或者至少微笑一下,但参议员没有任何反应。

"这和我有什么关系?"他问道,"和我们的项目有关系?"

瑟曼闭上眼睛,依然向后仰着头,"你知道为什么佛罗里达有那么美丽的日出?"

唐纳德只想尖叫。他想要用手猛捶舱门,哪怕外面的人会把他揪出去,给他套上一件拘束服。但他只是喝了一口水。

瑟曼睁开一只眼睛,再次审视他。

"那是因为非洲的沙子一直被吹过大西洋。"

唐纳德点点头。他明白参议员想要说什么。在 24 小时新闻中,他也听到过同样贩卖焦虑感的言论——毒素和微型机器能够在全球传播,就像千万年以来的种子和花粉一样。

"它要来了,唐尼。我知道它就要来了。到处都有我的耳目,甚至在这里。我叫你来这里见我,是因为我想让你在一切结束后的宴会上有个座位。"

"阁下?"

"你和海伦两个。"

唐纳德挠了挠手臂,朝舱门瞥了一眼。

"这暂时还只是为了以防万一,明白?任何事情都需要有后备方案。我们要有能够让总统躲进去的山地指挥部,但我们还需要另外一些东西。"

唐纳德想起了那个亚特兰大众议员谈论的僵尸和疾控中心。与之相比,他们现在的话题听起来倒更像是无稽之谈。

"我很高兴承担您认为重要的所有任务……"

"很好。"参议员拿起腿上的书,递给唐纳德,"读读这个。"

唐纳德看了一眼书封面。这个封面他有些眼熟,不过印在上面的不是法文,而是《指令》。他打开这个大部头,随便找到一页,开始浏览上面的内容。

"从现在开始,孩子,它就是你的圣经。我在战场上遇到过还不到你膝盖高的孩子,却已经能背诵整本《古兰经》,一段不落。你需要做得更好。"

"全背下来?"

"尽你所能。不必担心,你还有两年时间。"

唐纳德惊讶地扬了扬眉毛,合上书,端详书脊,"很好,我需要这些时间。"他想要知道,这是否意味着他还要做更多事情,参加无数会议。这感觉上很荒谬,但他不打算拒绝这位老人,毕竟他每隔两年还要参加一次选举。

"很好,欢迎。"瑟曼向前探身,伸出一只手。唐纳德努力让自己的手掌和参议员的手掌贴得更紧。这样那位老人捏住他的时候就不会那么痛。"你可以走了。"

"谢谢,阁下。"

唐纳德站起身,舒了一口气,抱住那本书向舱门走去。

"哦,还有,唐尼?"

唐纳德转回身去,"阁下?"

"再过两年,提名总统候选人的全国代表大会就要召开。我希望你把它记在你的日程表里,记得一定带上海伦。"

唐纳德的胳膊上起了一片鸡皮疙瘩。这是否意味着他真的会得到晋升?也许还能在那个大舞台上发言?

"一定,阁下。"他知道自己在微笑。

"哦,恐怕关于这里这些小东西,我没有完全对你说实话。"

"阁下?"唐纳德咽了一口唾沫,脸上的笑容也消失了。他一只手握住轮柄,脑子里又开始胡思乱想。舌头上的金属味道和全身的刺痒都回来了。

"这里的一些小虫子是为你准备的。"

瑟曼参议员盯着唐纳德,突然爆发出一阵大笑。

唐纳德转过身,用一只手转动轮柄。他的额头上全是汗水。直到他进入气闸舱,将参议员的笑声用闸门封死,他才重新开始呼吸。

他周围的空气中充满了"嗡嗡"声,那是静电在杀死飘出来的纳米机器人。唐纳德重重呼出一口气——比以往任何时候都更加用力,随后才蹒跚着向对面的舱门走去。

第十四章

2110年
1号筒仓

心理医生锁上特洛伊的屋门，负责给他送饭。特洛伊一个人在查看12号筒仓的报告。他将文件摊开在键盘上，远离桌子边缘。这样即使他的眼泪掉下来，也不会污损这些纸张。

不知为什么，特洛伊就是无法停止哭泣。心理医生严格的饮食计划让他在最近两天都没有吃药。这样特洛伊就有足够的时间来整理他的发现，不必受到药剂遗忘作用的影响。但这种情况不会一直延续下去。等到他将记录全部完成之后，他们就会采取措施减轻他的痛苦。

死亡的画面一直在干扰他的心神。在筒仓外面，人们窒息着跪倒在地。特洛伊记得自己下达的命令。他最后悔的是让别人按下按钮。

停药以后，一些回忆从他的脑海深处钻出来，毫无规律可言。他开始想起父亲，想起在接受培训之前的事情。有一件事让他深感不安——他想起了数十亿人的毁灭，那对他来说就像是肚子有些痛。而12号筒仓里几千人痛苦挣扎直至死亡的情景让他只想蜷缩起身体，一死了之。

摊在键盘上的报告讲述了一名学徒如何失去神志，而技术部主管却没能发现黑暗就在自己的脚边升起。一名诚实的保安队长却做出了错误的选择。大多数人应该都是好的，但他们将错误的人推举到了掌握权力的位置上，于是为他们天真的选择付出了代价。

文件边缘有每一个视频信号的序列号。这让他想起自己看过的一本老书。那上面参考文献的风格和这个很像。

詹森2:17是那个技术部主管学徒的一段视频。特洛伊注视着他在屏幕上的一举一动。一个二十岁左右的年轻人，坐在服务器房的地板上，背对镜头。一只塑料托盘摆在他的腿上，在画面中露出一点边角。他正在弯腰吃饭，脊椎的骨节在连体服上留下一串影子。

特洛伊飞快地瞥了一眼报告，确认上面的时间编码。他不想错过这个视频中的每一点细节。

在屏幕上，詹森的右手臂肘不停地弯曲又伸开，看上去像是在吃东西。那一刻就要到了。特洛伊希望自己不要眨眼。他已经感觉到因为自己努力睁开眼睛，泪水正在覆盖他的眼珠。

一个声音惊动了詹森。那个年轻的技术部学徒向旁边看了一眼，在画面中露出自己的面容。那是一张棱角分明的清瘦面孔。他拿起腿上的托盘。这时特洛伊第一次发现他的袖子是卷起来的。就在詹森急着将袖管抻直的时候，特洛伊在他的小臂上看到几条平行的深色伤痕。不过托盘上连一把小刀都没有。

后面的视频是詹森和技术部主管的交谈。那位主管就像慈母一般温柔。她拍拍学徒的肩膀，捏了一下他的臂肘。特洛伊完全能想象她的声音。他曾经和这名主管进行过一两次通话，听取她的报告。几个星期前，他们本来计划直接和詹森通话，正式接纳他。

这时视频结束。詹森回到服务器房下方的密室，被阴影吞没。技术部主管——12号筒仓真正的领导者一个人留在画面中，手托下颌，是那样活生生地站在特洛伊眼前。特洛伊有一种孩子气的冲动，想要伸出手，摸摸屏幕，感受到这个幽灵，为了自己没能拯救她而道歉。

不过他看到了报告上没有写明的一些东西——技术部主管的身体向密室的入口抽动一下，停住，僵立片刻，然后才转过身。

特洛伊将视频底部的进度条拉回一段，又看了一遍。技术部主管在摩挲学徒的肩膀，和他说话。詹森在点头。她捏捏他的臂肘，神情中充满关切。这一切在特洛伊眼中没有任何问题。

詹森消失，只剩下主管一个人，疑虑和恐惧立刻占据了她的面孔。特洛伊对自己的推断没有把握，但他的确能感觉到，这位主管知道黑暗正在自己的脚下酝酿。她还有机会将黑暗消灭。她的脸上笼罩着忧虑，她朝那个方向动了一下，又重新陷入思索，然后转身离开。

特洛伊停住视频，做了一些注释，记下对应的时间。心理医生必须确认他的发现。他翻检报告，希望再找到一些线索。一位好心的女人被杀害，因为她没能让自己先动手，用杀戮实现保护的目标。而一名保安队长放出了一只怪物。那只怪物擅长隐藏自己的痛苦。虽然还很年轻，他却已经学会如何操纵他人。并且他想要出去。

特洛伊用键盘敲下自己的结论，在报告中写明——对于学徒而言，这是一个危险的年纪。一个二十岁左右的男孩，在一个充满怀疑的年龄学习控制和管理。特洛伊在报告中提出问题：这样年纪的人是否能做好准备。他提到由自己接纳的第一个技术部主管——

那个男孩从自己精神错乱的曾祖母口中听到了一些事,心中便生出疑问。向人们透露这样的事实是正确的吗?一个人在脆弱的年纪能够承受住这种打击而不崩溃吗?

他没有把心中的一个问题写在报告里——真的能有人为此做好准备吗?不管他在何种年纪?

他继续敲击键盘——将某些拥有权威的职位限制在特定的年龄有先例可循,虽然这样会缩短人们在这些岗位上工作的时间。这意味着将有更多不幸的灵魂被锁在密室中,知晓他们的遗产——更加频繁地重复这一过程会不会比冒眼前这种风险更好?

他知道这份报告不会掀起多大浪花。他们没有处置精神错乱的预案。只要有足够多的变革和选举、足够多的权力交接,总会有疯子执掌权柄。这是无可避免的。他们已经为这种情况做好了准备。这也是他们会建造这么多筒仓的原因。

他从办公桌后站起身,走到门口,一掌狠狠拍在门板上。在办公室的一角,打印机响了一阵,吐出四张纸。特洛伊拿起那些还带着温度的打印纸,塞进文件夹里。这些报告中记录的人们刚刚死去,或者正在死亡。他能感觉到生命和体温从这些打印纸上流走,它们很快就会像周围的空气一样冰冷。他从桌上拿起一支笔,在文件底部签了字。

钥匙在锁孔中"咯咯"作响,屋门被打开。

"已经完成了?"维克托问道。那名头发花白的心理医生站在他的办公桌对面,将"叮当"作响的钥匙串塞回到衣兜里,手中拿着一只小塑料杯。

特洛伊将文件夹递给他,"他们发现了征兆,但没有采取行动。"

维克托一只手接过文件夹,另一只手递出塑料杯。

特洛伊又向电脑里敲击了几个命令,抹去他的视频拷贝。那些摄像头也无法预料和阻止这种问题的发生。视频太多了,根本看不过来。1号筒仓没有足够的人手监视所有人。他们只能对残骸进行整理,总结事后教训。

"看起来不错。"维克托翻了翻文件夹。塑料杯放在特洛伊的办公桌上,里面有两粒药。和他刚开始值班时相比,他们增加了剂量。多一点用药能更好地阻断痛苦。

"想要我拿水来吗?"

特洛伊摇摇头。他在犹豫。从杯子上抬起头,他问了维克托一个问题:"你认为那里还能坚持多久?我是说12号筒仓。再过多久,那里就不会再有人了?"

维克托一耸肩,"我觉得不会太久,几天吧。"

特洛伊点点头。维克托谨慎地看着他。特洛伊仰起头,将药倒进自己颤抖的嘴唇。舌头上泛起一阵苦涩。他做了一个吞咽的动作。

"在你轮班的时候发生这种事,我很难过。"维克托说,"我知道这不是你的工作内容。"

特洛伊又点点头,片刻之后才说道:"很高兴我能接下这个问题。我不想把它丢给别人。"

维克托一只手揉搓着文件夹,"我会在报告里给你应有的赞扬。"

"谢谢。"特洛伊说道。他不知道这又有什么该死的意义。

维克托挥挥文件夹,终于转身离开,去对门他自己的办公桌后面坐下——他能在那里不时瞥上特洛伊一眼。

维克托刚一转过身,特洛伊就把药吐在掌心里。

他一只手晃晃鼠标,让显示器亮起来,打开纸牌游戏,又给了对面的维克托一个微笑。维克托也向他报以微笑。在特洛伊的另一只手里,药丸的包衣被他的唾液溶解,粘在他的皮肤上。特洛伊厌倦了遗忘,他决定要记住。

第十五章

2049年
乔治亚州，萨凡纳

唐纳德沿着17号高速公路飞速行驶。他的仪表盘上亮起红灯，警告他已经超过当地限速。他不在乎被警察拦住，不在乎被开罚单，也不在乎保险费率上调。这一切都是如此的微不足道。他的车载电路会记录下他现在所做的一切，但他无暇去关心这种事。现在他脑子里只是在怀疑自己的血液中是否有一群机器也在干着同样的事情。

轮胎发出刺耳的摩擦声。他在道路出口转弯速度太快了。他进入贝里克大道。头顶不断有灯光划过，照亮挡风玻璃。他低头看了一眼自己的大腿。那本书封面上的烫金大字在一道道掠过的灯光中有节奏地闪烁着。

指令，指令，指令。

他已经读过这本书中的一些内容，那足以让他担心和好奇自己到底卷进了一个什么样的计划里。海伦的警告是正确的，只是她没有想到其中的危险有多么巨大。

唐纳德的车驶进他的社区。他又想起很久以前他们之间的一场对话。那时海伦乞求他不要从政。她说那样只会改变他,而他却无法解决任何问题,最终只能满身伤痕地逃回家去。

她怎么看得那么准?

唐纳德家门前停着车。他只能把车留在路边上。海伦的吉普车正挡在进车库的车道中间。这是他不在的时候海伦的又一个习惯,也提醒了唐纳德,他已经不住在这里,他没有一个真正的家。

他没有去取后备箱中的行李,只是拿上了书和钥匙。这本书就够沉了。

快走到门廊时,感应灯亮了。他看见窗边有人影,听见了疯狂挠门的声音。海伦打开家门,卡玛冲出来,尾巴不停地敲打门框,舌头耷拉着,在他离开的短短几个星期里,卡玛长大了很多。

唐纳德弯腰摸摸卡玛的头,让狗舔了舔他的面颊。

"好女孩。"他努力让自己的声音显得高兴一些。回到家,胸腔里那种冰冷空虚的感觉反而更强烈了。这些本应该给他带来安慰的却只让他感觉更糟。

"嗨,亲爱的。"他微笑着迎上妻子。

"你回来得比说的要早。"

海伦抱住他的脖子。卡玛坐下来,冲他们呜咽,尾巴来回抽打着水泥地面。海伦的吻有一股咖啡的香味。

"我买了早一班的机票。"

唐纳德回头看了一眼黑沉沉的街道,仿佛在担心有人跟踪。

"你的行李呢?"

"我明天早上再拿。过来,卡玛,我们进去。"他领着狗走进家门。

"一切都还好吗?"海伦问。

唐纳德走进厨房,把书放在岛式案台上,又从橱柜里拿出一只酒杯。海伦忧心忡忡地看着他继续从橱柜里拽出一瓶白兰地。

"宝贝?出什么事了?"

"可能没什么。"唐纳德说,"只是我自己发疯……"他倒了三指深的白兰地,朝海伦扬了扬酒瓶,问她是不是想喝一点。海伦摇摇头。"不过说实话,"他继续说道,"也许真的有什么事。"他喝了一大口,另一只手并没有放开酒瓶。

"宝贝,你的样子很怪。过来,坐下。先把外衣脱了。"

唐纳德点点头,让妻子帮自己脱下外衣,又拽下领带。妻子的脸上满是忧色。他知道,那一定是因为妻子看到他有同样的神情。

"如果你认为这一切也许都会结束,你会怎么做?"他问妻子,"你会怎么做?"

"会什么?你是说我们?哦,你是说生命?亲爱的,是不是有人去世了?告诉我,到底出了什么事。"

"不,不是有人,是每一个人,是一切。"

他将酒瓶夹在胳膊下面,抓起酒杯和书,向起居室走去。海伦和卡玛跟在他身后。卡玛抢先一步跳上沙发,等他坐过去。刚才他的那番话没有对卡玛造成任何影响。他们的狗只是在为这对夫妻的团圆欢欣鼓舞。

"听上去,你刚刚过了很辛苦的一天。"海伦努力想给他的话找一个理由。

唐纳德坐进沙发里,把酒瓶和书放到茶几上,从卡玛好奇的鼻子下面拿走酒杯。

"我有事要告诉你。"他说道。

海伦站在房间中央,双臂抱在胸前。"这是一个好变化。"她用微笑告诉丈夫,她是在开玩笑。唐纳德点点头。

"我知道,我知道。"唐纳德的视线落在书上,"这和项目没关系。说实话,你是不是觉得我很享受离开你的生活?"

海伦走向沙发旁的躺椅,坐了下去。"你想说什么?"

"我被告知,可以让你知道……我得到了……晋升。或者说,与其说是晋升,不如说是任命。实际上也不是任命,更像是加入国民警卫队。以防万一……"

海伦伸手按住他的膝盖,悄声说:"放轻松。"她秀眉微蹙,脸上的阴影中流露出困惑和忧虑。

唐纳德深吸一口气。他还处在兴奋状态。白天的交谈和回家路上的飞车疾驶还在反复刺激他的神经。遇到瑟曼的这几个星期里,有太多信息让他很容易就理解了这本书,理解了今天的谈话。他不知道自己到底是把一些东西拼凑起来了,还是那些东西已经分崩离析了。

"在伊朗发生的事情,你知道多少?"他一边挠着胳膊一边问,"还有朝鲜?"

海伦耸耸肩,"在网上看过一些。"

"嗯。"他猛灌了一口火热的白兰地,咂咂嘴,试着放松下来,享受那股涌过全身的麻木寒意,"他们正在制造一种能摧毁一切的东西。"

"谁?我们?"海伦提高了声音,"我们打算把他们彻底摧毁?"

"不,不是……"

"你确定我可以听这种事……?"

"不,亲爱的,是他们在设计武器,将我们毁灭。无法阻止的武器,不能抵御的武器。"

海伦向前探过身,双手握在一起,臂肘撑在膝头。"这就是你在华盛顿知道的东西?是机密?"

唐纳德摆摆手,"比机密更严重。你知道我们为什么要去伊朗……"

"我知道他们说的我们为什么要去……"

"那不是谎话。"他打断了妻子的话,"嗯,也许是谎话,也许他们也还没有搞清楚,还不知道该如何……"

"亲爱的,慢一点。"

"是的。"他深吸一口气。他的脑海中出现了一幅图画——西部的一座大山,一条混凝土道路径直消失在山岩中,厚重的地库大门敞开着,政客们带着家人,成群结队向里面挤。

"几个星期以前,我遇到了参议员。"他盯着杯子里的姜黄色液体,喃喃地说道。

"在波士顿。"海伦说。

他点点头,"没错。于是,他想要我们加入这支团队……"

"你和米克。"

他转向妻子,"不……我们。"

"我们?"海伦抬手捂住胸口,"你是什么意思,我们?你和我?"

"听着……"

"你想要把我也变成他的……"

"亲爱的,我那时不知道这是什么意思。"他将酒杯放到茶几上,抓起那本书,"他让我读这个。"

海伦皱起眉头,"这是什么?"

"这就像是一本指导手册,为了……嗯,为了以后。我觉得应该是。"

海伦从躺椅上站起身，来到他和茶几之间，把卡玛推到一旁。那只狗因为被打扰而咕哝了几声。她在丈夫身边坐下，一只手放在他的背上，眼神中全是担忧。

"唐尼，你在飞机上喝酒了吗？"

"没有。"唐纳德向旁边挪了挪身子，"请听我说。他们是谁并不重要，重要的是什么时候。你还不明白吗？这是一种终极威胁，能够摧毁全世界。我在网站上看到过这种可能性……"

"网站。"海伦的声音中充满怀疑。

"是的，听我说。还记得参议员接受的那些治疗吗？那些纳米机器人就像是一种人造生命。想象一下，如果有人将它们变成一种能够将所有生物体作为宿主的病毒，那么即使没有我们，它们还是能四处传播。可能它们已经在这里了。"他用手指敲敲心口，用怀疑的眼光朝房间里扫了一圈，深吸一口气，"它们可能就在我们每一个人的体内，就像一个小计时电路，只等时机一到……"

"亲爱的……"

"有非常狠毒的人在做这种事，要让它发生。"他向酒杯伸出手，"我们不能坐以待毙，所以我们要这么干。"酒杯里泛起一阵涟漪，他的手在颤抖，"上帝啊，宝贝，我几乎可以确定，其实我们是要抢在他们之前干这件事。"

"你吓到我了，亲爱的。"

"好吧。"他急切地吞了一大口酒，接着他用两只手稳住杯子，"我们应该感到害怕。"

"你想要我给马丁医生打电话吗？"

"谁？"唐纳德想要在他们两个之间拉开一点空间，一下子撞在沙发扶手上，"我妹妹的医生？那个心理医生？"

海伦严肃地点点头。

"仔细听我说,"他竖起一根手指,"那些小机器是真的。"他的脑子在飞快地转动。他要说服妻子,但他掌握的只有自己的妄想。"听着,"他又说道,"我们在医疗上使用它们,对吧?"

海伦点点头。她在给他一个机会,一个很小的机会。他看得出来,他的妻子真的想要给别人打电话——他的岳母、一位医生,或者他的母亲。

"这就像我们刚发现辐射的时候,对吗?我们首先想到的是它可以被用于治疗伤病,一项医学发现。X光,人们像服用补药一样吃下一点点镭。"

"结果他们中了毒。"海伦说,"他们以为是在让自己变好。"她似乎放松了一点,"这就是你担心的?纳米机器会发生变异,对我们产生危害?你还在因为坐进那台机器感到害怕?"

"不,不是那种事。我是在说,我们是如何从一开始的寻找医疗手段,到最终制造出炸弹。这一次也一样。"他停顿片刻,希望妻子能够明白,"我开始觉得,我们又在制造炸弹。很小的机器,就像那些缝合皮肤、修复关节的纳米机器人。只是新的小机器会把人们撕碎。"

海伦没有回应,没发出任何声音。唐纳德意识到自己说的这些听起来只是一些疯话,因为所有这些早已在网上和播客中泛滥成灾,从无人理睬的地下室通过无人理睬的电波散布开来。参议员是对的。真相和谎言混在一起时,没人能分清它们。茶几上的《指令》和僵尸生存指南会被看成是同一种东西。

"我告诉你,它们是真的。"唐纳德无法自已,"它们能够自我复制,完全是隐形的。当它们被释放出来的时候,我们无法得到预警。

因为它们只是微风中的尘埃,明白吗?它们会不断复制,不断复制,这场无形的战争会在我们周围不断扩散开来,而我们会变成泥土。"

海伦保持着沉默。他意识到妻子是在等待自己把话说完,然后就会给她的妈妈打电话,询问该怎么做。她还会给马丁医生打电话,寻求意见。

唐纳德想要抱怨。他能感觉到怒火在心中涌动。但他知道,无论自己说什么,都只会进一步加强妻子的恐惧,而不是说服她相信自己。

"还有其他的么?"海伦悄声说道。她在征求许可,好离开去打电话,找一个理智的人谈谈。

唐纳德感到一阵麻木,感到无助和孤独。

"全国代表大会会在亚特兰大举行。"他揉了揉眼底,努力做出一副旅途劳顿的样子,"DNC①还没有正式宣布,不过我在上飞机之前就听米克说过。"他转向海伦,"参议员想要我们两个都去参加,他在计划一件大事。"

"当然,宝贝。"海伦伸手按在他的大腿上,看着他,仿佛他是她的病人。

"我会去要求更多地留在这里,也许周末可以在家工作,以便更好地盯住那个项目。"

"这太好了。"她将另一只手放在他的胳膊上。

"我想要我们能好好照顾彼此。"他说道,"无论我们还有多少时间……"

"嘘,宝贝,这样很好。"她抱住他的脊背,示意他不必再说下去,

---

①民主党全国委员会。——译注

努力想要安抚他。"我爱你。"她说道。

唐纳德又揉了揉眼睛。

"我们会渡过这一关。"她对他说。

唐纳德点点头,"我知道,我知道我们会的。"

卡玛哼哼着,把头探到海伦的膝盖上。它能感觉到他们出了问题。唐纳德挠了挠小狗的脖子,抬起头看着妻子,眼里含着泪水,"我知道我们会渡过这一关,"他努力让自己保持镇定,"但其他人呢?"

第十六章

2110年
1号筒仓

特洛伊需要去看医生。溃疡已经在他的口腔两侧扩散开,遍及牙龈和脸颊内侧。他能感觉到那些疮口就像一小团又一小团柔软的棉花,嵌在他的皮肤里。他早上把药塞在嘴的左边;晚饭时在右边。苦涩的药使他的口腔灼热、干燥,不过他忍得住。

他吃饭时很少用餐巾,这是他很久以前养成的坏习惯。他吃饭时把餐巾放在腿上只是为了表示礼貌。饭一吃完餐巾就会被扔在他的碟子里。但现在不同了。他会快速吃下一小口食物,擦擦嘴,吐出烧灼口腔的蓝色胶囊,再喝上一大口水,把嘴漱干净。

困难的地方在于吐出药的时候不要刻意去看有没有人在注意自己。他背对墙上的大屏幕,想象一道道目光如同钻头一样穿透他的颅骨。但他始终只是盯着前方,继续咀嚼食物。

他一直记着要不时用一下餐巾,而且是用两只手擦,一直都用两只手,把嘴捂住,保持动作的一致。他向走过面前的人微笑,确保药丸不会从餐巾里掉出去。那个人的目光越过特洛伊的肩膀,盯着屏幕上的外部世界。

特洛伊没有转头去看屏幕。筒仓顶上的画面从没有变过。尽可能爬到高处,逃出令人窒息的地底——这种冲动也从不会消失。但他已经没有再向外看一眼的欲望了。有些事情已经变了。

他看到哈尔坐在旁边的桌子上——那位老者的秃头和头皮上的老年斑很容易辨认。他正背对特洛伊坐着。特洛伊等待他转过头,好和他打招呼,哈尔的目光却始终没有朝旁边偏一下。

特洛伊吃完了玉米,正在吃甜菜。他吐出药丸已经有一段时间,所以他终于敢冒险朝排队取餐的人们瞥上一眼。管道中不断吐出食物,餐碟磕碰着托盘。维克托办公室的一名医生站在领取药物的队伍旁边,双臂抱在胸前,脸上带着似有若无的微笑。他在审视排队的人,同时还在看着在桌边吃饭的人们。为什么?这里有什么可看的?特洛伊想要知道。有几十个这样的问题在烧他的心。有时候,答案已经自己出现了,但只要特洛伊将注意力转向那里,那些答案又会迅速溜走。

甜菜的味道太糟糕了。

他吃下最后一点甜菜的时候,邻桌的那位老绅士举着托盘站了起来。没过多久,就有人坐了他的位子。特洛伊的目光扫过这一排桌子,绝大部分工人都坐在对面,好看到外面的风景,只有屈指可数的几个人像哈尔和他一样坐在这一边。让他感到奇怪的是,他以前从没有注意到这种情况。

过去几个星期里,他似乎能够越来越容易地察觉到各种特定的规律和状况,尽管他的其他能力一直在减弱,给他造成各种各样的障碍。他切下一大块橡胶一样的罐头火腿,餐刀在碟子上发出刺耳的摩擦声。真不知道什么时候才能真正睡上一觉。

他没办法向医生求助,不能让他们看到他的牙龈。他们也许会发现他没有吃药。失眠问题正越来越严重。他能打上一两分钟的盹,却无论如何也无法进入深度睡眠。他无法想起任何具体的事情,只记得隐隐的痛楚、一阵阵可怕的悲伤,以及一种无法逃避的感觉——似乎有些地方出了严重的问题。

他发现一名医生正在看他,便向餐桌低下头,看到对面的人们肩并肩地坐在一起,看着屏幕上的风景。就在不久之前,他也很想坐在那一边,盯着屏幕,深深痴迷于那些灰色山丘。现在,只是朝那里瞥一眼,他都会感到恶心。那些画面只让他想要流泪。

他端着托盘站起身,又担心自己的动作太过明显。餐巾滑下他的腿,落在地板上。有什么东西从他的脚边溜走了。

特洛伊的心脏停了一下。他弯下腰,抓起餐巾,飞快地循着刚才瞥到的那一点动静寻找药丸,结果撞上了一把从桌子里拖出来的椅子。他觉得整个房间里的人都在看他。

药丸。他找到它,用餐巾把它包住、捏起来。托盘在他的手中发生倾斜,上面的餐碟差一点滑出去。他站起身,让自己镇定下来。一滴汗水刺激着他的头皮,从颈后滚落。现在所有人应该都知道了。

特洛伊转过身向饮水机走去,不敢抬头去看摄像头,不敢看医生。他在失去理智,变得越来越偏执。这一班只剩下一个月多一点。他要凭借自己残存的每一点意志力经过这一个月的考验。

有这么多双眼睛在注视他,想要从容不迫地走出去简直不可能。他将托盘边缘搭在饮水机上,用脚踩下杠杆,在杯子里灌满水。这就是他站起来的原因:他想喝水。他觉得自己是在大声向所有人宣布这个事实。

回到餐桌旁,特洛伊挤到另外两名工人中间,面对屏幕坐下来,把餐巾揉成一团,摸了摸藏在里面的药丸,又将餐巾塞到两腿之间。他坐在那里喝着水,像其他人一样面对屏幕,就像一个正常人。只是他不敢去看那块屏幕。

第十七章

2051年
华盛顿特区

德·安吉洛餐厅外,硕大的雨点敲打着树冠,听起来就像许多手指在毫无章法地敲击鼓面。L大街上来来往往的车辆在浸透雨水的路面上发出"滋滋"的摩擦声,将积水溅到路边。在路灯的照耀下,汽车之间的黑色柏油路映出一片片光泽。唐纳德从一只塑料小瓶中磕出两粒药丸在手掌里。他已经吃了两年的药。这两年里,他完全没有焦虑,只有完美的麻木。

他瞥了一眼药瓶上的标签,想起夏洛特——这些药是以他妹妹的名义开出来的。他将药塞进嘴里,吞下去。他讨厌雨,更喜欢洁净的雪。这个冬天又太暖和了。

他将手机贴在耳朵上,把走过餐厅前门的脚步声挡在外面,专心去听妻子催促卡玛去小便。

"也许它还不需要去尿尿。"他一边提出建议,一边把小药瓶放进外衣口袋里。他身边的女士正在摆弄手中的雨伞,水滴到处乱飞。他只好用手捂住手机。

海伦继续用卡玛听不懂的语言对那条可怜的狗又哄又骗。这是海伦和唐纳德最近通话的典型模式。他们实在已经没什么话可以对彼此说了。

"但它从午饭时起就没有小便过了。"海伦坚持道。

"它没有在房间里乱跑吧?"

"它已经四岁了。"

唐纳德忘记了。最近,时间仿佛被锁在一个泡泡里。他不知道这是药物的效果还是因为工作强度太大。现在无论出现什么状况,只要感觉上……不再和以前一样,他就总认为那一定是药物的作用。以前,他可以将这种变化解释为生命的变幻莫测,或者是其他某种原因。现在他有了一个可靠而且通用的新借口,感觉却更糟了。

街对面有叫喊声,是两个无家可归的人在雨中吵吵嚷嚷地争夺一口袋易拉罐。更多雨伞在餐厅门口被甩动,更多漂亮的衣服涌进这家餐厅。这座城市负责管理其他所有城市,而它甚至没办法照顾好自己。这些事曾经让他忧心忡忡。他拍拍外衣口袋里的小药瓶,这是他最近才养成的习惯——这种抽搐一样的动作能让他感到心安。

"它还是不去尿尿。"妻子疲惫地说。

"宝贝,抱歉,你要在家里照顾一切,我却没办法回去帮你。不过我真的要进去了,我们今晚要完成对这些计划的最终修改。"

"一切都顺利吗? 你们快完成了吗?"

一串出租车开了过去,大概是在寻找乘客。肥大的轮胎滚过雨水,发出蛇吐信一样的声音。唐纳德看到一辆车放慢速度,逐渐停下来,刹车在潮湿的路面上发出刺耳的声音。他不认识下车的那个人——那人用竖起的外衣领子遮住了脸,不过可以肯定他不是米克。

"嗯?哦,进展很顺利。是的,我们基本上已经完成了。也许还有几处微调。外墙已经浇筑完毕,底层正在……"

"我是说,你和她的工作就快完成了吧?"

唐纳德转身远离了交通繁忙的马路,好听得更清楚一些。"谁?安娜?是的,我告诉过你,我们只是在某些地方需要彼此的建议。我们的交流绝大部分都会在网上完成。"

"米克在吗?"

"是的。"

又一辆出租车开始放慢速度。唐纳德转回身,但那辆车没有停下。

"好吧。那么,别干得太晚。明天给我电话。"

"我会的,我爱你。"

"爱你……哦!好女孩!它可真是好女孩,卡玛……"

"我明天再和你说……"

电话已经断了。唐纳德朝自己的手机瞥了一眼,将它收起来,在清冷潮湿的黄昏中打个哆嗦,挤过门外的人群,向餐桌走去。

"一切都好吗?"安娜问。她一个人坐在一张摆了三副餐具的桌子旁,上身的宽领毛衣被拽得很低,露出一只肩膀。她手里捏着精致的高脚杯,杯口留下了粉色的半月形口红印——这已经是她的第二杯酒了。她的一头红发被盘成发髻,鼻子上的雀斑在一层淡淡的妆容后面几乎完全消失。她看上去比大学时更加迷人,这真是不可思议。

"是的,一切都很好。"唐纳德用拇指摩挲自己的结婚戒指——这是他的一个习惯,"你有米克的消息吗?"他掏出手机,看了一下信息。本来他还想再发一条信息催催米克,不过他之前发的四条信息都没有得到回复。

"没有。他不是今天上午从得克萨斯飞过来吗?也许他的航班晚点了。"

唐纳德看到自己的杯子。他出去打电话的时候,把杯子里的酒差不多喝光了。现在那只杯子又被重新斟满。他知道海伦一定不会喜欢他单独和安娜坐在一起,就算是什么都没有发生,什么都不会发生。

"我们可以换个时间。"他提议道,"我不喜欢把米克丢下。"

安娜放下酒杯,开始端详菜单,"也许我们可以先吃起来。晚些时候再另找个地方。而且,米克的后勤部门和我们的设计其实没什么关系。我们可以直接把物料报告发给他。"

安娜侧过身,在手袋里找东西。她的毛衣领口被拉得更大,散发着危险的气息。唐纳德急忙转过头,颈后涌起一股热流。安娜拿出自己的平板电脑,放在马尼拉纸的文件夹上,激活了屏幕。

"我觉得底部三分之一的设计很不错。"她转过平板让唐纳德看到,"我觉得可以签字确认,这样他们就能开始铺设上面几层了。"

"嗯,其中的许多工作都是你做的。"唐纳德想起底部的那些为机器预留的空间,"我相信你的判断。"

他拿起平板,心中庆幸他们的谈话没有偏离工作。不过他又觉得自己就是一个傻瓜,竟然以为安娜还有别的目的。在过去两年里,他们一直在交换邮件,不断更新信息,没有任何超乎礼仪的表示。他警告自己,不要因为这些精致的摆设、这里的音乐和雪白的桌布就开始想入非非。

"但最后还是有一个修改,你可能不会喜欢。"安娜说道,"中心竖井需要一点改动。不过我觉得我们依然可以按照总体规划继续施工。这个改动完全不会影响楼层布局。"

唐纳德拖动光标,翻过这些熟悉的文件,却在其中找到了一点不同——作为紧急通道的楼梯从中央竖井侧面移到了正中心。竖井本身看上去小了一些。或者可能是因为填充在竖井中的所有其他设备都不见了。现在那里出现了空旷的空间,原先每一层所有空间都被充满的圆盘形设计变成了中空的面包圈。原先的设计像是圆盘,现在却像面包圈。

"怎么,没有电梯?"他想要先确认自己没有看错,所以只向侍者要了一杯水,说他过一会儿再看菜单。

侍者鞠躬离开。安娜将餐巾放到桌上,身体滑到他身边的椅子里,"董事会说,他们有理由进行这种改动。"

"医学董事会?"唐纳德呼出一口气。他早就对那些人不讲道理的建议感到厌烦,但他已经放弃了和他们抗争。他在那些抗争中从没有赢过,"难道他们不应该更担心人们会翻过这些栏杆掉下去,摔断脖子吗?"

安娜笑了,"你知道他们不是那种医生。他们能想到的只有那些工人如果被困在那里几个星期,在精神上会有怎样的反应。他们想要这个计划更简单,更……开放。"

"更开放。"唐纳德低声笑着,伸手去拿酒杯,"他们是什么意思,被困几个星期?"

安娜耸耸肩,"你是被选中的官员,我认为你应该对这种政府的愚蠢决策有更多了解。我只是一名顾问,拿酬金负责布置管道而已。"

她喝光杯中的酒。侍者把唐纳德的水送过来,准备为他们点菜。安娜扬起眉毛,用这个熟悉的动作问唐纳德:你准备好了吗?唐纳德总觉得这个动作的意思应该不止于此。他瞥了一眼菜单。

"你帮我点好不好?"他终于放弃了。

安娜点了菜。侍者迅速记下。

"那么,他们只想要一道楼梯?"唐纳德想到这个方案所需的混凝土,然后是一道金属螺旋,比电梯更结实,也更便宜,"我们可以保留载货电梯,对吧?为什么我们不能把它放在这里?"

他让安娜看平板。

"不,不要电梯。一切都要简单和开放。这就是他们说的。"

唐纳德不喜欢这种设计。就算是这个设施永远都不会被使用,它也应该被建成合理的样子。为什么有些人要执着于这种修改?他曾经看到过一张不完整的物资清单,里面记录了准备储存在这个设施里的东西。把那么大量的货物从楼梯上运下去怎么看都是不可能的,除非他们在预制段吊装进去之前就先把里面的一切都布置好。那更多是米克的事。这也是他希望那位朋友能够在这里的众多原因之一。

"知道吗,这就是我没有当建筑师的原因。"他拖动滚动条,逐一审视方案中他的设计被改动的地方,"我还记得我们上的第一堂课。我们去和模拟客户见面。他们总是会提出一些不可能或者愚蠢至极的要求——或者两者兼而有之。就是在那时,我知道了这个工作不适合我。"

"所以你进入了政界。"安娜笑着说。

"是的,说得对。"唐纳德微微一笑。他听得出安娜语气中的讽刺,"但是,你父亲不就是这么做的?而且显然效果很好。"

"我爸爸进入政界是因为他不知道还能做什么。他离开军队以后,在一次又一次失败的投资中损失了太多钱,于是他觉得应该用另一种方式为国家服务。"

安娜久久审视着唐纳德。

"你知道,这将是他的遗产。"她向前俯身,臂肘撑在桌子上,优雅地弯曲一根手指,点中平板电脑,"他们说这件事永远也无法实现。而他正在实现它。"

唐纳德放下手中的平板,靠回到椅子里。"他总是在和我说同样一句话——这是我们的遗产,这个项目。我告诉他,我觉得自己太年轻,现在还不适合实现我的最高成就。"

安娜微微一笑。他们都喝了一口酒。一篮面包被放在桌上。但他们都没有向篮子伸出手。

"说到遗产和流传后世,"安娜问道,"你和海伦不要孩子是不是有什么原因?"

唐纳德将酒杯放回到桌子上。安娜拿起酒瓶,但他摆摆手,拒绝了安娜,"说实话,我们不是不想要。我们只是研究生刚一毕业就直接进入了职业生涯。明白吗?我们一直都觉得……"

"你们的时间无穷无尽,对吧?你们永远都有时间。不必着急。"

"不,不是那样……"唐纳德用指腹揉搓桌布,感觉到昂贵的纤维在藏于下方的另一块桌布上滑动。他估计,等到他们吃完饭,走出餐厅以后,这块桌布会被叠起,连同上面的面包屑一起拿走,下面的新桌布会露出来。就像一层层更迭的皮肤,或者一代又一代新老交替的人。他喝了一口酒,丹宁的酸涩让他的嘴唇麻木。

"我认为就是这样。"安娜坚持说,"一代又一代人等了越来越久的时间才扣下扳机。我妈妈几乎四十岁的时候才有了我,这种情况现在越来越普遍了。"

她将一绺散发捋到耳后。

"也许我们全都以为,我们可能是第一代不会死的人。"安娜继续说道,"生活会永远如此。"她眉毛一挑,"现在我们全都相信能活到一百三十岁,也许更久,仿佛这是我们正当的权利。所以我的理论是……"她又向唐纳德贴近了一些,尽管唐纳德已经对这样的交谈感到不舒服,"孩子曾经是我们的遗产,对吧?他们是我们欺骗死亡的机会,让我们的点点滴滴能够延续下去。但现在,我们希望延续下去的就是我们自己。"

"你是说克隆?所以那才是非法的。"

"我说的不是克隆。另外,正因为它被认定是非法的,你和我才知道的确有人在那么干。"她喝了一口酒,向远处雅座中的一家人点点头,"看,他才拥有他父亲的一切。"

唐纳德顺着她的目光望过去,盯着那个孩子看了一会儿,才意识到她并不认识那家人,只是用他们举个例子。

"或者,我的父亲呢?"安娜又问道,"那些纳米机器人,他接受的所有那些干细胞维生素。他真的认为他会得到永生。你知道他多年前买了大量冷冻公司的股票吗?"

唐纳德笑了,"听说过,我还听说那次投资的结果不是那么好。还有,他们尝试那种东西已经有许多年……"

"他们在不断接近成功。"安娜说,"他们只需要找到一个办法缝合细胞在冷冻中遭受的损伤。现在那不再是一个疯狂的梦想了,对吧?"

"嗯,希望那些做这种梦的人能够得偿所愿。不过你对我们的猜测是错的。海伦和我一直在谈论要孩子的事。我知道有些人五十多岁的时候才要了他们的第一个孩子。我们还有时间。"

"嗯。"安娜喝光杯子里的酒,伸手去拿酒瓶,"你们当然会这样想。每一个人都以为他们拥有这个世界的全部时间。"她用那双冷冽的灰色眼睛凝视着他,"但他们从不会停下来问一问,那些时间到底还有多久。"

晚餐后,他们在雨篷下等待安娜叫的车。唐纳德谢绝了和她同车。他说自己还要回办公室,所以叫辆出租车就好。雨滴敲打雨篷的声音越来越沉重。

安娜的车停在路边,是一辆闪闪发光的黑色林肯。就在这时,唐纳德的手机开始振动。他伸手到外衣口袋里去摸手机。安娜探身过来抱了他一下,吻了他的面颊。虽然天气很凉,他还是感觉到一阵潮热。手机屏幕上显示是米克打来的电话。

"嗨,你刚落地还是怎么回事?"唐纳德问。

一阵停顿。

"落地?"米克的声音显得很困惑。他的电话背景里有一些噪声。这时林肯车的司机正快步绕过来,给安娜开门。"我坐了红眼航班。"米克说,"今天上午很早就到了。我刚看完电影出来,看见了你的信息。出什么事了?"

安娜转身向唐纳德挥挥手。唐纳德也挥手向她道别。

"你刚看完电影?我们刚刚在德·安吉洛见过面。你却根本没来。安娜说她给你发了三封邮件。"

他抬头看了一眼——安娜正将两条腿收进车里。他只瞥到了安娜的红色高跟鞋,然后司机就关上车门。落在茶色玻璃上的雨滴像宝石一样在闪光。

"哦,我一定是没看到。也许是被当成垃圾邮件了。不是什么大事。我们能赶上进度。反正我是刚看完这部奇奇怪怪的电影。如果还是你和我一起找乐子的日子,我一定会逼你先喝上一杯,然后我们一起去看午夜场。我的脑子还完全陷在……"

唐纳德看着司机又匆匆绕回到驾驶位。雨滴显然加快了他的速度。安娜身边的车窗打开一道缝。她最后一次摆摆手。车子驶进了灯光闪耀的车流中。

"是的,不管怎样,那些日子早已是过去了,我的朋友。"唐纳德心不在焉地说道。远方传来滚滚雷声。一把伞在他旁边"嘭"地撑开。一位绅士准备冲进暴风雨中。"说实话,"唐纳德告诉米克,"有些事情,最好还是留在过去。那才是属于它们的地方。"

第十八章

2110年
1号筒仓

12层的健身房里充满了一股汗水的味道,看来刚刚被使用过。一个角落里歪歪斜斜地摆放着一排杠铃片,一条被遗忘的毛巾搭在卧推器的横杠上,一百多磅的杠铃片还串在横杠两端。

特洛伊看着这杂乱的场面,将健身单车侧面最后一根螺栓拧下来。随着单车盖板被卸下,垫圈和螺母就像雨点一样从螺丝孔中洒落下来,在瓷砖地板上欢快地蹦跳。特洛伊将它们收集起来,整齐地排列在一起,然后细看这辆单车内部,那里面只有一只大齿轮,锯齿边缘空荡荡的,根本没有挂住链条。

本应该负责完成所有工作的链条低垂在齿轮轴上,这让特洛伊有些惊讶。他原先还以为这东西是用皮带传动的。这根链条看上去实在是太脆弱了。考虑到它的工作时长,这种结构应该不算是一种好选择。实际上,这台机器已经有五十年历史,而且还需要再用上几个世纪,想到此,特洛伊的心中难免会生出一种怪异的感觉。

他擦擦前额。汗水还在不断冒出来。他刚刚在这台机器上骑行了几英里,直到把它用坏。他在琼斯借给他的工具箱里翻检了一通,找出平头螺丝刀,想要将链条扳回到齿轮上。

链条挂住齿轮。链条挂住齿轮。他自顾自地笑了几声。难道不就是这样吗?

"抱歉,长官?"

特洛伊转过头,看到是琼斯站在健身房门口。这个星期,琼斯仍然是他的机械主管。

"马上就好。"特洛伊说,"你要用工具吗?"

"不,长官。亨森医生找你。"他抬起手。在他的手中有一台那种笨重的步话机。

特洛伊从工具箱中揪出一块旧抹布,揩了揩手指上的机油。能够用自己的双手工作,沾染一些油泥,这种感觉很不错。他喜欢做这种事,这能让他暂时不必用镜子查看嘴里的水疱,也不用闲待在办公室或者公寓里,等待着毫无理由地再痛哭一场。

他放下单车,从琼斯手里接过步话机。忽然间,他有些羡慕这位老人。他也很想每天早晨醒来之后,穿上膝盖带补丁的斜纹粗布连体服,拿起可靠的工具箱,按照修理清单开始工作。这总要好过无所事事地坐在办公桌后,等待着一些更加宏大的东西突然分崩离析。

按下步话机侧面的按钮,他将步话机凑到嘴边。

"我是特洛伊。"他说道。

这个名字听起来有些陌生。最近几个星期里,他都不想提起自己的名字,也不愿意听到它。他有些好奇亨森医生和其他那些心理医生会和他说些什么。

步话机发出一阵静电噪声,"长官? 我不想打扰你。"

"没关系。出什么事了?"特洛伊回到健身单车旁边,从车把上拿起毛巾，擦了擦前额，同时注意到琼斯正在用充满渴望的眼神看着被拆散的单车和满地工具。然后他探询地向特洛伊挑挑眉毛。特洛伊同意地挥挥手。

"我们的办公室有一位绅士。他对治疗完全没有反应。"亨森医生说，"看样子，我们又要进行深度冻结。我需要你签署放弃声明。"

琼斯从单车上抬起头，皱了皱眉。特洛伊用毛巾擦着颈后，回想起梅里曼特意提醒他，要小心使用深度冻结。在这个一团混乱的时代，许多相当有能力的人都更愿意长眠不醒，而不是承担自己的轮班责任。

"你确定？"他冲步话机问道。

"我们已经试过了一切办法。他必须一直穿着束缚衣。保安正带他从高速电梯下去。你能来这里和我们会合吗？你必须先签字，我们才能对他进行处置。"

"当然，当然。"特洛伊用毛巾擦着脸。干净毛巾上洗洁剂的气味暂时挡住了房间里的汗味和单车的机油味。琼斯伸出粗壮的手抓住单车踏板，转动一下。链条立刻回到齿轮上，这部机器又可以正常运转了。

"我马上下来。"特洛伊松开步话机按钮，将步话机交还给机械师。一些东西的修复令人感到愉快；但另一些则不然。

·˙'''∥ɪɪ··''∥ɪɪ··''∥ɪɪ··

特洛伊来到电梯那里，看见高速电梯已经过去。电梯门框上的电子屏幕显示层数在飞快下降。他按下门旁的按钮，等待另一部电梯，同时试着去想象下面即将出现的悲伤情景。无论被送下去的是谁，都会得到他由衷的同情。

他的全身都在剧烈地抖动,他将此归罪为走廊里的冷风和皮肤上的汗水。走廊转角另一边的娱乐室传出打乒乓球的声音,球鞋摩擦地面的"吱吱"声仿佛能让他看到球手正向下一个击球位跑去。就在同一个房间里,一台电视在播放电影,让他听到了一个女人的声音。

特洛伊低下头,看到自己穿的短裤和T恤。他需要自己的连体服——在他看来,那才是权威真正所在。但现在没有时间上去换衣服了。

电梯门"叮"的一声打开。轿厢里的说话声立刻安静下来。特洛伊向那两个穿黄色连体服的人点头致意。他们向特洛伊问好。随后三个人一起乘电梯下了几层。直到那两个人在44层下了电梯。这一层都是普通居住区。没等电梯门关上,特洛伊看到一个彩色皮球从走廊里滚过。两个人追在它后面。一看到特洛伊,叫嚷和欢笑立刻变成了愧疚的沉默。

金属门重重关闭,他看到了下层人的正常生活,但时间只有短短一瞬。

电梯抖动一下,继续沉向地底深处。特洛伊能感觉到泥土和混凝土从他的四面八方压迫过来,堆积在他头顶。紧张的情绪让他冒出新的汗水,汗水和之前锻炼时出的汗混合在一起。他觉得自己正在从药物的效果中走出来。每天早晨,他都感觉到自己过去的幽灵又回来了一点,而且每一天留在他心中的时间都会更久一点。

在五十几层这一段,电梯从不会停。这里堆满了各种应急物资——他希望这些物资永远都不会被动用。他还记得培训课程的一些内容,那时候大家还都醒着,没有被送进冷冻舱。他记得人们将这里每一样东西的编码命名,还记得新的标签如何遮掩了过去的历史。这里面有某种东西让他心神不宁,他却说不清那到底是什么。

随后是机械空间和普通仓库。紧接着两层是核反应堆。终于,他来到了最重要的财富储存地:遗产,沉睡在金属色棺材中的男人和女人,前世的幸存者。

电梯骤然减速。随后电梯门打开。特洛伊立刻听到医生办公室正在爆发骚乱。亨森在吼叫着向他的助手下达命令。特洛伊急忙跑过走廊,身上只穿着健身衣,皮肤上全是冷掉的汗水。

走进准备室,他看见一名老者被束缚在一张轮床上。两名保安在按着他。特洛伊认出那是哈尔。他这次值班第一天走进自助餐厅的时候,这位老者就和他说过话。那以后他们又有过几次交谈。医生和他的助手正在翻检橱柜和抽屉,搜集各种工具材料。

"我是卡尔顿!"哈尔咆哮着。他拼命挥舞着细瘦的手臂。松开的束缚带从轮床上垂下来,还在不停地晃动。特洛伊估计他们控制住他以后,把他用电梯送下来,却在这里被他挣脱了束缚。亨森和他的助手将他们需要的东西一样样放在轮床旁边。哈尔瞪大眼睛看着一支针头。针管里面的液体就像晴朗的天空一样湛蓝。

亨森医生抬起头,发现只穿着健身服的特洛伊站在门口,木讷地看着屋中的一切。哈尔再一次尖叫说他是卡尔顿,双脚不停地踢蹬空气,沉重的靴子磕在轮床上。两名保安拼尽全力才压住他。

"帮个忙好吗?"亨森嘟囔着,紧咬牙关想要抓住哈尔的一只手臂。

特洛伊急忙跑到轮床旁边,按住哈尔的一条腿。他和保安肩并肩站在一起,努力把哈尔的靴子压下去,同时注意不要被踢到。哈尔的腿摸起来就像是小鸟的脚,被包裹在口袋一样的连体服里。但这条腿踢起来却像骡子一样凶狠。一名保安终于用束缚带捆住他的大腿。特洛伊把身体压在哈尔的小腿上,第二条束缚带也终于被勒紧了。

"他出什么事了?"在这种真正的疯狂面前,特洛伊的自怨自艾完全消失了,或者这也将是他的未来?

"药物没有起作用。"亨森说。

或者他没有吃药,特洛伊在心中想。

医疗助手用牙齿将天蓝色注射器的盖子拔掉。哈尔的手腕已经被固定住。针头消失在他颤抖的手臂中。注射器活塞把蓝色液体推进他满是斑点的苍白肌肤。

看到针尖刺进哈尔抽搐的胳膊时,特洛伊瑟缩了一下。那位老人的双腿立刻就没了力气。当他失去意识的时候,所有人似乎都深吸了一口气。老人的头歪向一旁,最后一声无法理解的尖叫变成一声软弱的呻吟,然后是一阵沉重的呼气声。

"这到底是怎么回事?"特洛伊用胳膊擦了擦前额,他还在滴汗。因为刚才用力压住这位老人,更是因为眼前发生的事情——他感觉到一个人的生命和意志从不断挣扎的双脚流逝,最终被迫陷入沉睡。他自己的身体突然开始不可抑制地猛烈颤抖。不过这种激烈的情绪在他还来不及察觉的时候又消失了。医生抬起头瞥了他一眼,皱起双眉。

"我要为此道歉。"亨森一边说,一边冲那两名保安官怒目而视,表达他的责备。

"我们带他下来的时候,他还没什么问题。"一名保安耸耸肩。

亨森转向特洛伊。他的面颊因为失望而无力地低垂下来。"我不愿意请你签这种……"

特洛伊用T恤的前襟抹了一下脸,点点头。这些损失是可以计算的——无论是个人损失还是筒仓的损失,以及相应的储备物资损失——但它们全都让他感到椎心的痛楚。

"当然,"他说道。这是他的工作,不是吗?签字,说些话,依照条例做事。这是一个笑话。他们全都在演一场戏,念诵台词,但剧本早已被他们遗忘。直到现在,他才刚刚开始感觉到这一点,回想起那个剧本。

亨森在抽屉里翻找表格。他的助手解开哈尔连体服的扣子。两名保安一边最后一次检查束缚带,一边问是否需要他们做些什么。亨森摆摆手,示意他们离开。那两个人的脚步声逐渐消失在前往电梯的走廊中,他们之中的一个突然大笑起来,似乎是他的同伴说了些什么。

特洛伊只是失神地看着哈尔松弛的面孔。那位老人枯瘦的胸膛在微弱地一起一伏。这就是回忆的奖励,特洛伊心中想。这个人从精神病院的日常生活中清醒过来。发疯的不是他。他只是突然恢复清醒,睁开眼睛,看穿了这里的迷雾。

一只笔记板从墙壁挂钩上取下来,相关表格被插进板子上的金属夹里。特洛伊接过一支笔,草草写下自己的名字,把笔记板递回去,然后继续看着两名医生的工作。他有些好奇,他们是否也有和他一样的感觉?是否扮演着同样的角色?心中是不是隐藏着同样的怀疑。为什么他们对这种疑虑闭口不谈?是不是因为他们都认为自己是完完全全孤独的?

"你能帮我弄一下那个吗?"

医疗助手跪倒下去,扭动床脚的一个小把手。特洛伊看到那是床脚轮子上的一个部件。助手向特洛伊的脚边点点头。

"当然。"特洛伊蹲下去,扭开另一只轮子。他是这场戏的一部分。表格上的签名是他的。他正在扭动开关,好让这张床能够沿着走廊一直被推出去。

束缚带被松开。哈尔的连体服被小心地脱下来。特洛伊主动帮老人脱下靴子,解开鞋带,放在一旁。不需要纸质病号服。现在没有人会在意这位老人的尊严了。一支输液针头被插进他的血管,再用胶带固定在他的手背上。特洛伊知道这个针头会连接在冷冻舱上,也知道寒冰在血管中爬行是一种什么样的感觉。

他们将轮床推进走廊,来到深度冻结区的钢制加固大门前。特洛伊仔细审视这两扇门。它们看上去有些眼熟。他依稀记得自己在一个项目中提到过类似的东西,不过那是一个充满了机器的房间,不——是摆满了电脑。

医生在墙壁面板上输入密码。键盘被按住时发出一下一下的"嘀嘀"声。随后是多道门闩缩进锁槽的沉重金属撞击声。

"空位在最末端。"亨森向远处点点头。

一排又一排灯光闪烁的密封舱充满了这间冷冻库房。特洛伊的目光落在每一个舱门的屏幕上。那上面的绿色灯光显示出里面还有生命。这里不需要显示脉搏和心跳,只有一个个名字,无法将这些人和他们过去的人生联系在一起。

凯茜、凯瑟琳、嘉贝拉、格雷琴

都是伪造的名字。

格温、哈莱、希瑟

所有人都秩序井然地排列在一起,不需要轮班。男人没有了奋斗的动力。她们的任务只要一瞬间就能完成。走进救生艇,做一个梦,再踏上新的世界。

又一个希瑟。没有姓氏,只是重复的名字。特洛伊不明白这能有什么用。他茫然地走在一排排冷冻舱之间。医生和他的助手谈论着随后的步骤。这时,一个名字出现在特洛伊的视野边缘。他的身体随之掠过一阵剧烈的震颤。

海伦。随后又是一个:海伦。

特洛伊松开轮床,差一点倒在地上。轮床"吱"的一声停住了。

"长官?"

两个海伦。在他前面,一块屏幕上清晰地显示着深度冻结的温度,还有另一个:海伦娜。

特洛伊跟跄着从轮床和哈尔的裸体旁退开。这位老人虚弱的尖叫声回荡在他耳边,他坚持说他的名字是卡尔顿。特洛伊的手抚过冷冻舱的弧形顶部。

她就在这里。

"长官?我们还要再向前走……"

特洛伊没有理睬医生,只是用力擦抹这副冰冷棺材的玻璃盖子。寒气渗进了他的手掌。

"长官……"

蛛网一样的冰霜纹路蒙在玻璃表面。他将这层冰膜完全抹去,终于看到了里面。

"我们要把这个人送进……"

那个冰冷黑暗的地方有一个人在沉睡。冰凌附着在她的睫毛上。那是一张熟悉的面孔,但不是他的妻子。

"长官!"

特洛伊跟跄一步,双手拍在冰棺上,维持着身体的平衡。胆汁涌入他的喉咙,也带回了他的记忆。他听到自己在干呕,感觉到四肢在抽搐,膝盖渐渐弯曲。他跪倒在两副冰棺之间的空地上,全身发疯一样颤抖,口水从嘴唇间喷出。记忆的洪流在奋力反抗血管中最后残留的药物。

两个穿白衣的人相互叫嚷着。脚步声在结霜的钢制地板上震响,迅速冲出沉重的大门,消失在远方。不像人类发出的"咯咯"声隐约传入特洛伊的耳朵,似乎像是他发出来的。

他是谁?他在这里做什么?他们都在做什么?

那个人不是海伦。他的名字不是特洛伊。

脚步声又飞快地向他冲来。那个名字来到他的舌尖,针头也同时刺入他的血管。

唐尼。

但那也不对。

黑暗抓住了他,紧紧缠住他过去的一切——那些他认为太过可怕,无法承受的东西。

第十九章

2052年

乔治亚州,富尔顿县

在富尔顿最南端的一个角落,音乐节、家庭聚会和各州博览会混搭在一起,组成了这个热闹的场面。过去两个星期,唐纳德看着五颜六色的帐篷在崭新的核安全设施上被搭建起来。五十个州的州旗在大地上的五十多个人造盆地上飘扬。舞台已经搭建,源源不断的运输队伍在连绵起伏的山丘间穿行。高尔夫球车和四轮摩托组成食品车队,运来无数密封食品盒和装在篮子里的蔬菜。一些人甚至开来了装载牲畜的小型厢式拖车。

帐篷和摊位排列出数条蜿蜒的走廊,自然而然地形成了农贸市场。鸡"咯咯"地叫;猪"呼哧呼哧"地哼哼;小孩在抚摸兔子;狗被主人牵着穿过人群,欢快地摇着尾巴,用湿鼻子四处乱嗅——这里光是狗就有几十个品种。

在乔治亚州的主舞台上,一支当地摇滚乐队正在试音。当他们安静下来,开始调整音量时,唐纳德可以听到蓝草音乐[①]的拨弦声从

[①] 一种美国乡村音乐,以快节奏、即兴演奏和高亢激昂的歌声为特点。——译注

北卡罗来纳代表团那边传过来。在相反的方向上,有人正在佛罗里达的舞台上发表演讲。同时运输车队还在不停地翻过山丘。一个又一个家庭在碗状盆地边缘铺开毯子,开始野餐。唐纳德发现那些山丘仿佛变成了体育场的座位,好像它们本来就是为了这个任务而设计的。

他看不出人们把那么多物资都放到了什么地方。那些帐篷似乎一直在吞噬各种东西,却完全没有吃饱的迹象。在为全国代表大会做准备的整整两个星期里,那些带着小拖车的四轮摩托就一直"隆隆"吼叫着在山丘上爬来爬去。

米克开着一辆在这里随处可见的全地形车,带着马达的轰鸣停在唐纳德身边,朝他咧嘴一笑,踩住刹车,轰起油门。本田车哆嗦着,车轮在咆哮声中不断啃着泥土。

"想去南卡罗来纳吗?"他在引擎声中喊道,一边挪开屁股,给唐纳德让出位置。

"你的油够吗?"唐纳德扳住朋友的肩膀,一只脚踩住后轮的横档,抬腿骑到后座上。

"翻过山就是,你这个白痴。"

唐纳德有些想问问米克到底是不是在开玩笑,不过他还是压抑住了这种冲动,只是用力抓住身边的金属架子。米克换挡加速。他们很快就飞驰在帐篷之间尘土飞扬的宽阔路面上,直到开进草地,又一转向,朝南卡罗来纳代表团的驻地驶去。亚特兰大高耸的塔楼仿佛就在他们旁边不远处。

米克在本田车爬坡的时候转过头大声问:"海伦什么时候过来?"

唐纳德向前俯过身。他喜欢十月清晨凉爽的空气。这会让他想到每年萨凡纳的这个时节,日出时略带寒意的海滩。米克问他的时候,他刚好想到海伦。

"明天。"他喊道,"她会搭萨凡纳代表团的巴士过来。"

他们上了山丘。米克放慢速度,沿山脊线行驶。一辆满载货物的全地形车从他们旁边反向驶过。现在这些山脊相互交联,形成了一片高速公路的网络迷宫,将一个个碗状盆地包容于其中。

唐纳德向远方眺望,看见全地形车像一队队芭蕾舞者,在旷野中轻盈跃动。他开始想象不久之后,这些平坦的山脊道路上"隆隆"行驶着更大更重的卡车车队,每一辆卡车上都画着危险废物和放射性的警告标志。

不管怎样,现在他身边一侧是佛罗里达州代表团,另一侧是乔治亚州代表团。看到旗帜在这些代表团驻地上空飘舞,山坡上能容纳史上最多的观众人数,为每一个舞台提供了完美的观赏角度,唐纳德不禁觉得所有这些不在计划之类,但效果甚佳的巧合都有一些更伟大的目的。就好像这个设施从一开始就是为2052年国家代表大会而设计的,好像它的作用超越了预期。

·''''ıllıı..'''''ıllıı..'''ıllıı.

一面巨大的蓝色旗帜懒洋洋地在南卡罗来纳州舞台上摇晃,旗面上还有一棵白树和一轮新月。米克把四轮摩托停在迎宾大帐篷旁边——无数同样的全地形车已经包围了这顶帐篷,让它陷在车辆的海洋里。

跟随米克从车辆之间走过,唐纳德发现他们的目标是一顶小一点的帐篷。那里进进出出的人流看上去就让人头晕。

"我们要去干什么?"他问。

不过他其实不是很在意答案。最近这些天里,他们做着各种各样琐碎的杂事:向各州的帐篷运送冰块;与众议员和参议员见面,看看他们有什么需求;确保所有志愿者和代表的拖车都安顿妥当——瑟曼参议员提出的所有要求,他们都在竭力满足。

"哦,我们只是随便游览一下。"米克含混地回了一句,向唐纳德摆摆手,邀他进入那顶小帐篷。现在正有许多工人抱着各种物品排队进入那里,再两手空空地从另一边出来。

小帐篷里面亮着泛光灯。地面已经被无数人的脚踩得硬邦邦,原先的草都被压进了土里。这里有一条混凝土斜坡一直延伸到地下。戴志愿者徽章的工人从斜坡一侧不断走上来。米克则跳进了另一侧准备下坡道的队伍中。唐纳德认得这条坡道,知道他们要去哪里,于是便快步追上米克。

"这是废燃料棒储存设施中的一座。"他无法掩饰语气中的兴奋,甚至根本不想掩饰什么。他一直都在渴望看到这个计划中其他建筑的结构设计,无论是在纸上还是能亲眼看看。他只知道自己设计的地堡项目。而这个设施的其余部分对他来说一直都很神秘,"我们能进去吗?"

仿佛是回答他的问题,米克已经走下坡道,钻进了人堆里。

"我也提出过请求,想看看别的建筑。"唐纳德悄声说,"但瑟曼却总是说什么国家安全之类的废话……"

米克笑了。现在他们已经走完了半截坡道。帐篷顶仿佛变成了远处的一片阴影。两侧的混凝土墙壁让这里形成一条隧道。许多工人都在朝下方敞开的钢制大门走去。

"你看不到什么别的建筑。"米克一只手按在唐纳德的背上,推着他穿过那道工业风格的大门,走进一座看上去十分眼熟的前厅。

在这里，人们轮流进出前方的小舱室，以至于后面的人们不得不停步。唐纳德心中一阵愕然。

"等等。"他透过舱门向里面望去，"这是怎么回事？这是我的设计。"

他们依然在缓步前行。米克为走出来的人让出空间，一只手扶着唐纳德的肩膀，带着他继续走过去。

"我们来这里干什么？"唐纳德问。他十分确信，自己设计的地堡是在田纳西州代表团的盆地。不过他们在过去几个星期里进行了许多最后的改动，也许真的是他自己搞错了。

"安娜告诉我，你临阵脱逃了，没有来参观这个地方。"

"那是胡说。"唐纳德停在椭圆形的舱门前。他认识这道门上的每一颗铆钉，"为什么她会那样说？我当时就在这里，是我剪的该死的彩。"

米克推了一把他的后背，"走吧，你挡别人的路了。"

"我不想进去。"他向出来的人挥挥手。米克身后的工人都捧着沉重的密封塑料盒，等着他们向前走。"上次我看过顶层了，已经够了。"

米克一只手扣住他的脖子，另一只手握住他的手腕。唐纳德的头被扳向前方，为了维持身体平衡，不得不向前迈步。他想要伸手抓住内舱门的门框，但米克控制着他的手腕。

"我想让你看看你的建树。"他的朋友说。

唐纳德踉跄着走过保安办公室，同时不得不让到一旁，为被他们挡住的人群让出道路。

"三年时间里，我每天都在看这个该死的东西。"唐纳德一边说，一边去摸衣兜里的药，思忖着这么快就再次服药是否合适。他没有告诉过米克,在整个设计过程中,他都在强迫自己想象是在设计一座位于地面之上的摩天大楼,而不是一座被埋在地下的管状避难所。他不可能告诉自己最好的朋友,仅仅十米厚的泥土和水泥覆盖在头顶上让他感觉多么恐怖。他非常怀疑安娜不会使用什么"临阵脱逃"之类的词汇,但用这个词描述他剪断彩带以后的行为的确非常精准。当参议员带领政要们走进这片设施的时候,唐纳德却快步跑了上去,找到一片上方只有蓝色天空的草坪。

"这真的很重要。"米克在唐纳德眼前打了个响指。两支工人的队列从他们身边行过。前方有一个人坐在一个小隔间里,拿着刷子和油漆桶,正在将一片钢制栅栏刷成灰色。他身后有一名技术人员在给墙壁上的大屏幕连线。看样子,这里并非所有布置都和唐纳德绘制的图纸完全一样。

"唐尼,听我说,好吗?我是认真的。今天是我们能进行这次谈话的最后机会。我需要你看到你建造的东西。"米克脸上那种永恒的淘气笑容消失了,眉毛微微低垂。现在他的神情只能说是哀伤,"你进来好吗?"

唐纳德深吸一口气,压抑下自己的欲望,没有从这些山丘下面逃走,没有跳回到新鲜空气里,没有离开这片令人窒息的人群。他发现自己无法拒绝米克的请求。他最好的朋友仿佛是要告诉他一位挚爱之人去世的消息,一个极为严肃的问题。

米克感激地拍拍他的肩膀。

"这边。"

唐纳德在好友的带领下朝中央竖井走去。他们经过了自助餐厅——那里已经被启用了。这没什么好奇怪的。许多工人都坐在餐桌旁,吃着塑料托盘中的食物,稍作休息。饭菜的香气从厨房里飘出来。唐纳德笑了。他从没有想过自己设计的餐厅会被使用。全国代表大会又一次让他感觉这个地方获得了一种新的意义。这让他感到高兴。他想象着这一整片建筑总有一天将空无一人。工人们全都在外面忙碌着核废料的运输和储存。这座巨型建筑如果立在地面上,一定能碰到白云,但以后它只会是一间空空荡荡的废料仓库。

穿过一小段走廊,地板砖被金属格栅所取代。一个粗大的圆柱体贯穿了这座建筑的核心。安娜是对的。这真的很值得一看。

他们站在中央竖井的栏杆后面。唐纳德向竖井中望下去。超乎寻常的高度让他暂时忘记了自己正身处于地下。在环形平台的另一侧,一架传送升降机的齿轮响得正欢。一连串空载的托盘不断越过升降机顶端,让唐纳德想起了挂着许多水桶的水车。托盘翻转过来,又向竖井深处沉降下去。

从外面进来的人们将手中的货物放在空托盘上,随后便转身向外走去。唐纳德转头寻找米克,发现他早已下了楼梯,就要消失不见了。

他急忙跟上去,对于被活埋的恐惧在身后紧追着他。

"嗨!"

他的鞋底拍打在刚刚刷过油漆的台阶上。台阶表面的菱形格花纹能够防止他因为过于匆忙而滑倒。他绕着粗大的中央立柱转了一整圈才追上米克。装满应急物资的密封塑料箱不断从栏杆外经过,仿佛正以一种怪异的方式向下飘落。唐纳德认为没人会使用这些物资,它们只会在这里慢慢腐烂。

"我不想再往下面走了。"唐纳德坚持说。

"再下两层。"米克回头喊道,"来吧,伙计,我想让你看看。"

唐纳德麻木地服从着。毕竟这也不会比他孤身一人向上走更可怕。

他们来到下一层的平台。这里的升降机旁站着一名工人,手中举着某种类型的枪支。当装载物资的箱子从他面前经过时,他会朝箱子射出一道红光。那部扫描仪就会发出蜂鸣声。箱子继续下降。工人靠在栏杆上,等待下一只箱子到来。

"我是不是错过了什么?"唐纳德问,"我们还要为最后期限而奋斗吗?这么多物资都是做什么的?"

米克摇摇头,"最后期限,生命线。"

至少,唐纳德觉得他的朋友是这样说的。米克似乎陷入了沉思。

他们沿着螺旋楼梯又下了一层。又是十米厚的强化水泥,也就是三十三英尺①的深度。唐纳德认识这一层——不只是因为这个方案是他绘制的。他和米克在建造这些预制件的工厂游览过这样的一个楼层。

"我来过这里。"他对米克说。

米克点点头,招手示意唐纳德沿着走廊前行,直到一个转角处。在那里,米克似乎是随便为唐纳德打开了一道门。这些楼仓大部分都是在工厂预先制造好,再在这里进行吊装。如果他们两个游览过的不是这一层,那只能说这幢建筑中有许多和这里一样的楼层。

唐纳德一进门,米克就打开这间公寓的顶灯,把门关上。唐纳德惊讶地看到这里已经有了床。一把椅子上整齐叠放着亚麻织物。米克抱起那些亚麻纺织品,把它们放在地上,坐进椅子里,又朝床角

---

① 一英尺约为 30.48 厘米。

点点头。

唐纳德没有理睬他,探头看了看这里的小盥洗室。"看上去真不错。"他对自己的朋友说道,同时伸手拧开水槽上的龙头——他以为水管里什么都流不出来。看到清澈的水流时,他禁不住笑出了声。

"我知道,你看见这里肯定会喜欢。"米克平静地说。

唐纳德看到镜子中的自己。喜悦之情还留在他的脸上,但他想要忘记眼角处随笑容一起出现的皱纹。他摸了摸头发,那上面已经出现了星星点点的斑白。尽管在越过众所周知的那道坎①以前,他还有五年时间,但他的工作已经永久性地加速了他的衰老。他一直在担心这件事。

"我们建造了它,这真是令人吃惊,对不对?"米克问道。唐纳德转过身,回到朋友所在的小房间里。他有些好奇,让他们两个变老的是他们赢得选举之后担负的所有工作,还是只因为这一个项目,这座吞噬一切的建筑。

"很感激你硬把我拽到这里。"他差一点说自己还想看看这座建筑其余的部分。但他觉得那对于自己来说应该还是太勉强。而且乔治亚帐篷中的人们可能已经在找他们了。

"听着,"米克说道,"有些事情我想要告诉你。"

唐纳德看着自己的朋友。米克似乎正在寻找合适的词句。他又向门口瞥了一眼。米克没有说话。于是他只好顺从地坐到了床角。

"什么事?"他问道。

不过他觉得自己知道。参议员已经让米克参加了他的另一个项目。正是那个项目迫使唐纳德向医生寻求帮助。唐纳德想到自

---

① 指年过四十。

己差不多已经背下来的那本厚书。米克也做了同样的事。他带唐纳德来到这里,不只是为了让唐纳德看到他们的成就,还是要找一个没有第三者的地方,一个绝对不会泄露秘密的地方。唐纳德摸了摸放着药的衣兜。那些药可以防止他的思绪飘到危险的地方去。

"嘿,"唐纳德说,"我不想让你说任何你不应该说……"

米克抬起头,惊讶地瞪大眼睛。

"你什么都不必说,米克。你可以认为我知道你知道的事情。"

米克伤心地摇摇头,"你不知道。"

"嗯,就算是这样吧。但我什么都不想知道。"

"我需要你知道。"

"我可不愿意……"

"那不是秘密,伙计。那只是……我想让你知道,你就像我的兄弟。我一直都这样看你。"

沉默笼罩了他们两个。唐纳德又向门口瞥了一眼。这个时刻让他很不舒服,但米克的话将他的心塞得满满的。

"听着……"唐纳德开口说道。

"我知道,我对你一直都很不好。"米克说,"该死的,我很抱歉。我真的很尊敬你,还有海伦。"米克转过身,挠了挠面颊,"我为你们两个感到高兴。"

唐纳德走过狭小的空间,握住朋友的手臂。

"你是我的好朋友,米克。最近这几年,我很高兴我们能一起工作,为同一件事奔忙,建造这个……"

米克点点头,"是的,我也是。但听我说,我带你下来不是为了说这种蠢话。"他又伸手去挠脸。唐纳德看出他是在抹去眼泪,"昨晚,我和瑟曼谈过了。几个月以前,他为我提供了一个位置——一个顶级团队中的位置。昨晚我告诉他,我觉得那个位置应该属于你。"

"什么位置?加入一个委员会?"唐纳德无法想象这位朋友会放弃这样的任命。米克不应该放弃任何任命。"哪个委员会?"

米克摇摇头,"不,是另一种。"

"是什么?"唐纳德追问。

"听我说,"米克继续说道,"等你知道了那件事,等你明白到底在发生什么,我希望你能想到我在这里说的话。"米克扫了一眼这个房间。随后几次呼吸的时间里,他们之间只剩下彻底的寂静。盥洗室水槽中的滴水声清晰地传入两人耳中。"再过几年,如果我能够选择去什么地方,如果我能够选择,那我一定会第一批下到这里。"

"好吧,说实话,我不太确定你是什么意……"

"你会明白的。记住我的话,好吗?我把你当兄弟。每一件事的发生都是有原因的。我不希望你们出事,无论是你还是海伦。"

"好的。"唐纳德微笑着说。他无法确定米克到底是在和他开什么糟糕的玩笑,还是今天上午在迎宾帐篷里喝了太多的血腥玛丽。

"好吧。"米克猛地站起身——他的动作看上去不像是喝过酒的样子,"我们离开这个该死的地方,这里让我直起鸡皮疙瘩。"

米克拉开屋门,关上灯。

"要临阵脱逃了?"唐纳德在朋友身后喊道。

米克摇摇头。他们两个沿着走廊朝楼梯走去。那间被随意选中的小公寓被他们留在身后。公寓里的小水槽还在滴水。唐纳德努力想要搞清楚自己是怎么被带到了这样一个奇怪的地方,他剪彩的田纳西帐篷又怎么变成了南卡罗来纳的一顶帐篷。他几乎要想到了,他的潜意识中闪过那些货物清单,超过需求量五十倍的光纤。

但其中的联系很快又消失了。

  与此同时,承载着各种物资的箱子伴随着机械轰鸣沉入巨型竖井的深处。空托盘又在齿轮的噪声中被送上来。

第二十章

2110年

1号筒仓

特洛伊在迷雾中醒来,昏昏沉沉,心中一片混乱,只能感觉到头部的血管在剧烈跳动。他举起双手,朝前方摸索过去,以为会碰到冰冷的玻璃、坚不可摧的钢制圆顶——深度冻结的厄运。他的手只摸到空气。他床边的时钟显示现在刚过凌晨三点。

他坐起身,看到自己穿着运动短裤。他不记得昨晚自己换过衣服,也不记得自己上了床。他将双脚落在地板上,手肘撑住膝盖,把头埋在掌心里,在床边坐了片刻。他的全身都在隐隐作痛。

几分钟就这样不知不觉溜走了。他在黑暗中穿上衣服,扣好连体服。光线会加剧他的头痛——这一点他不需要测试就知道。

门外的走廊依然昏暗,意味着仍是晚上。仅有的光线只够让人摸索着前往公共浴室。特洛伊悄悄穿过走廊,向电梯走去。

按下电梯面板的上行键,他犹豫一下,不确定自己做得是否正确。有什么事情在揪扯他的神经。于是他也按下了下行键。

现在去他的办公室有些太早。他也不太想摆弄那台计算机。他还不饿,但他想上去看看日出。上晚班的人应该还会在餐厅里喝咖啡。或者他可以去娱乐室稍稍慢跑。可这样他就需要回去换一下衣服。

电梯门"叮"的一声打开时,他还没有做出决定。上行灯和下行灯都灭了。他能够乘这个电梯去任何地方。

特洛伊走进去。他不知道自己想去哪里。

电梯关上门,耐心地等待着。终于,他决定看看有什么其他的指引,可以等一个有目标的人,一个知道要去哪里的人。他可以站在这里,什么都不做,让其他人来决定。

他的手指抚过按钮,努力回忆每一层都有些什么。他的记忆中有很多东西,但那些东西似乎都不适合现在的他。他突然有一种冲动,想要找一个休息室,看看电视,消磨一下时间,直到他最终必须去某个地方。这本来就是他应该的工作方式。等待,然后采取措施;睡眠,然后等待。在餐桌和床之间往返。结局一直都很清晰。没有什么可以反抗的,只是按照规矩来而已。

电梯晃一下,开始动了。特洛伊急忙让手离开电梯按钮,后退一步。面板上没有显示出他要去哪里,不过感觉电梯在下降。

刚刚下降几层,电梯忽然停住。电梯门在一个公寓楼层打开。一张熟悉的面孔出现在特洛伊眼前,带着微笑走进来。他们在自助餐厅见过,是一个穿红色衣服的人,表明他在反应堆工作。

"早上好。"他说道。

特洛伊点点头。

这个人转过身,戳中了一个更低楼层的按钮——属于反应堆的一层。他瞅了瞅只亮起一个灯的电梯面板,转头面带疑惑地看向特洛伊。

"你还好吗,长官?"

"嗯？哦，是的。"

特洛伊向前探身，按下68层。一定是这个人关切的神情让他想到了亨森医生。哪怕那位医生应该还在睡觉。实际上，还有另外一件事触动了他的神经。他觉得自己有必要去看看——去看看一个悄悄溜走的梦。

"一定是第一次没摁上。"他瞅着那个按钮解释说。

"嗯。"

沉默持续了一两个楼层。

"你这一班还有多久？"反应堆技师问。

"我？还有两个星期吧。你呢？"

"我一个星期以前刚开始。不过这是我的第二班了。"

"哦？"

计数灯光表明电梯在下降，不过上面的数字是不断增加的。特洛伊不喜欢这样。他觉得最低一层才应该是第1层。楼层应该越向上数字越大。

"第二班会更容易吗？"他问道。他无法阻止自己这样问。在他心中有两个声音，一个渴求这个问题的答案；另一个一直在乞求他保持安静，现在显然是第一个声音更加清醒。

那名技师考虑了一下。

"不能说现在会更容易。或者可以说是……没那么不舒服？"他无声地笑了笑。特洛伊感觉到重力在揪扯自己的膝盖——他们到了。门在电子铃声中打开。

"祝你有美好的一天，以防今天我们不会再见。"技师说道。他们没有互通姓名。

特洛伊摆摆手，"下次再聊。"那个人走出电梯。电梯门关闭，将通往发电厂的走廊挡在外面。在微弱的机械噪声中,电梯继续下降。

电梯再次响起开门的电子铃音。特洛伊走进医疗层,听见走廊远处传来说话的声音。他蹑足走在瓷砖地板上。说话声逐渐变得响亮。其中一个是女性。那不是交谈,一定是一部老电影。特洛伊朝主办公室中望了一眼,看到一个人正背对门口斜倚在一张轮床上。房间角落里放着一台电视。特洛伊悄悄走过去,没有打扰他。

走廊朝两个方向延伸出去。他在头脑里描绘出这一层的布局——一座座扇形储藏室如同被切开的披萨饼,里面是一排排深度冻结的棺材,管道从墙壁延伸出来,插入棺材底部,再进入人体。

他在一道沉重的大门前停下脚步,试了试自己的密码。灯光从红色变成绿色。他垂下手。他不需要进入这个房间——他没有那种冲动,只是想看看密码是否有效。他想去另一个地方。

他继续沿走廊前行,又经过几道门。他难道不是一直在这里?他有没有离开过?手臂上有一跳一跳的疼痛感觉。他卷起袖子,看到一个红点——在一个针眼大的血痂周围有一圈红色。

如果发生过什么可怕的事情,他完全不记得了。他的那一部分记忆被抑制了。

他在另一道门旁的面板上输入自己的密码,等待灯光变绿,然后按下了开门按钮。他不知道这是什么地方,但他知道,这里有他需要看到的东西。

第二十一章

2052年
乔治亚州,富尔顿县

大会当天上午下了小雨,人造的土山浸透了雨水,新铺的草地也变得很光滑,不过这些都没有对他们的节日造成影响。停车场里的建筑车辆和满是泥土的皮卡车都被清空,停上了数百辆备用巴士和几辆黑色豪华轿车。那些豪华轿车上也被溅满了泥浆。

曾被作为建筑工人办公和生活空间的拖车现在都住进了工作人员、志愿者、代表和政要,他们为这一天的到来付出了数周的努力。迎宾帐篷点缀于其中,成为活动协调者的总部。大批新来的人从巴士上下来,穿过安检站。巨大的栅栏上还安装了盘卷成弹簧样子的刀片铁丝网。对于一场代表大会,这样的栅栏看上去实在是非常夸张可笑,不过考虑到这里将成为存放核废料的地点,这就不奇怪了。这些栅栏和大门挡住了一个奇怪的抗议者联盟:不同意这片土地现在用途的右翼人士和担心其未来用途的左翼人士。

不管怎样,以前从没有过如此热情高涨、人数众多的全国代表大会。望过树梢,能隐约看见远方的亚特兰大城,那儿与突然变得热火朝天的富尔顿县仿佛完全处在两个世界。

站在小山顶上的唐纳德举着雨伞，打着哆嗦望着覆盖山丘的人海。人们都在朝着飘扬州旗的舞台走去，密集的雨伞就像水中的虫子一样高高低低地挤在一起。

不知在什么地方，一支军乐队在吹奏练习曲。他们大概会把脚下的土山踩出一片泥浆。空气中弥漫着世界即将改变的气息——一位女性即将赢得总统提名，这将是唐纳德一生中第二次见到女性获得这一提名。如果民意专家的话可信，这一次的胜算更大。除非伊朗战争突然发生转折，否则他们就能竖起一座里程碑，打破最后的玻璃天花板。这件事就会发生在地球上的这些土山之间。

更多巴士搅动着泥浆驶入停车场，让乘客下车。唐纳德拿出手机看了一眼时间。网络标志依然显示无网络。这里的网完全被数量庞大的手机压瘫痪了。让他感到惊讶的是，委员会做了那么多精心规划，却没有考虑到这一点，只是临时竖了一两座信号塔。

"基恩议员？"

唐纳德吓了一跳，转过身才发现安娜正沿着山脊线朝他走过来。他低头看向乔治亚州的舞台，却没有看到她的车。她就是这么走过来的。这让唐纳德有些吃惊。不过安娜做什么事的确都喜欢挑困难的办法。

"我在远处看不出是你。"她微笑着说，"所有人都打着一样的伞。"

"是的，是我。"唐纳德深吸一口气，意识到自己每次见到安娜，胸口都会因为紧张而感到窒息，仿佛他们之间的任何交谈都会让他陷入麻烦。

安娜走到唐纳德身边，仿佛是相信他会用雨伞给她遮雨。唐纳德把伞交到另一只手中，将伞中的空间更多地让给安娜。细雨淋在他露在伞外的手臂上。他扫了一眼停满巴士的空地,完全没有海伦的影子。但她现在应该到了。

"这里会变得一团乱。"安娜说。

"应该很快就会放晴了。"

北卡罗来纳的舞台上有人试了试麦克风,引出一阵刺耳的静电回音。

"那就看看吧。"安娜将外套拽紧了些,好挡住清晨的冷风,"海伦不来吗?"

"她会来的。瑟曼参议员坚持邀请她。她如果看到这里有这么多人,肯定不会高兴。她讨厌人群,也不喜欢泥泞。"

安娜笑了,"和以后这里的情况相比,现在真的只是小问题。"

唐纳德想起那些装满放射性废料的卡车。"是的。"他明白安娜的意思。

他向山下乔治亚的舞台望去。今天晚些时候,这里将成为全体代表第一次集会的场地,所有重要人物都将聚在一个帐篷里。在舞台后面和冒起炊烟的食品帐篷之间,唯一表明地下核废料储存仓库存在的标志是一座竖立在地上的小水泥塔楼,以及塔楼顶上的一根天线。唐纳德不由得想到,在第一批废燃料棒被运来之前,要拖走这么多被水浸透的大大小小的旗帜,还要花费多少力气。

"想到几千个田纳西人正在我们设计的东西上踩来踩去,感觉真是很奇怪。"安娜说道。她的手臂碰到了唐纳德。唐纳德一动不动地站着,不知道这是不是一场意外。"我希望你能多看看这个地方。"

唐纳德打了个哆嗦,不是因为早晨清冷潮湿的空气,而是因为他在努力让自己一动不动地站着。他没有告诉过任何人昨天和米克的那场游览。那感觉太可怕了。他也许可以和海伦聊聊这件事，不和其他人说。"在一座不会有人使用的建筑上花费那么多时间，这太疯狂了。"他说道。

安娜低声表示赞同。她的手臂依然贴着唐纳德的手臂。海伦还是不见人影。唐纳德莫名其妙地感觉自己一定能从人群中找到她。他总是能做到这一点。他想起他们在夏威夷度蜜月时住过的一个地方。那里有很高的阳台。在那里，他能远远看到海伦清晨时沿着泡沫翻滚的海岸线散步，寻找贝壳。那里时时都有几百人在海滩上散步，但他的目光会立刻被她吸引住。

"我猜，让他们建造这些东西的唯一办法就是给他们提供适当的保险措施。"唐纳德重复着参议员对他说过的话，但感觉还是不对。

"人们想感觉到安全。"安娜说，"他们想知道，如果发生最坏的情况，他们还有人——或者是还有某种东西——可以依靠。"

安娜又靠在他的胳膊上。这绝对不是什么意外。唐纳德感觉自己在退缩，他知道安娜也会感觉到。

"我真的很想参观一下其他地堡。"唐纳德改变了话题，"看看其他团队的设计一定很有趣。不过，显然我没有这个权限。"

安娜笑了，"我也有过同样的尝试。我很想看看我们竞争对手的作品。但我理解他们的忌讳。很多人都在盯着这个地方。"她又靠向唐纳德，没有注意到唐纳德让出的空间。

"你觉不觉得？"她问唐纳德，"这里就像一个巨大的靶心？我的意思是，就算有围栏和墙壁，全世界的人肯定还是会留意这里发生的事情。"

唐纳德点点头。他知道安娜说的不是这场大会，而是这个地方今后的用途。

"嘿,看样子,我得回去了。"

唐纳德转过头,顺着安娜的视线望过去,看见瑟曼参议员正在徒步爬山,一把巨大的黑色高尔夫伞将落向他的雨水洒落到周围。这个人似乎对泥泞和脏污完全无动于衷——其他人大概很难做到像他这样——正如同他似乎对时间的流逝也毫不在意。

安娜捉住唐纳德的手臂。"再次向你表示祝贺。和你一起做这件事非常有趣。"

"我也一样。"唐纳德附和道,"我们是一支优秀的团队。"

安娜露出微笑。片刻间,唐纳德有些怀疑她会探身过来,亲吻自己的面颊。在这个时刻,这样做感觉很正常。但这种气氛转瞬即逝。安娜已经离开为她挡雨的伞盖,向参议员走去。

瑟曼举起手中的伞,亲吻女儿的面颊,又转身看着她下了土山,然后才来到唐纳德面前。

他们并肩站了一会儿。雨水从他们的伞上滴落,在泥土中发出沉闷的"啪嗒"声。

"阁下。"唐纳德终于开了口。在这个人身边,他有了一种全新的自在感觉。过去的两个星期就像一次夏令营,几乎每时每刻都和同样的人在一起,自然会生出熟悉和亲近感,即使面对认识多年的人也不一定能有这样的心境。被迫聚在一起最终会让人们超越表象,真的凝聚为一体。

"该死的雨。"瑟曼回应道。

"你不可能控制一切。"唐纳德说。

参议员不以为然地哼了一声:"海伦还没到?"

"还没有,阁下。"唐纳德伸手到衣兜里,摸了摸手机,"过一会儿我会再给她发条信息。不知道她有没有收到我的信息。这里的网络完全瘫痪了。我相信,这么多人跑到这个县的这个角落里一定是史无前例的。"

"嗯,这将是史无前例的一天。"瑟曼说,"以前从没有过这样的日子。"

"这在很大程度上是您的功劳,长官。我是说,不只是建造了这个设施,还有决定不逃避责任。有了这样的成就,这个国家今年是属于您的。"

参议员笑了,"大多数年份里都是如此,唐尼。不过我已经学会了从更高的视角看待这一切。"

唐纳德又打了个哆嗦。他想不起参议员上一次叫他"唐尼"是在什么时候。也许是在两年以前,他们第一次在参议员办公室见面的时候?这位老者今天似乎有些非同寻常的紧张。

"等海伦来了,我想要你们到州帐篷去见我,好吗?"

唐纳德拿出手机,看了一眼时间。"你知道,我一个小时以后应该在田纳西州的帐篷,对吧?"

"计划总有变化。我想要你留在家乡。米克会去那里给你打掩护。我需要你留在我身边。"

"你确定?我本来应该去见……"

"我知道。相信我,这次有好事情。我想让你和海伦跟我一起去乔治亚的舞台。听我说……"

参议员转过头看着唐纳德。唐纳德也将视线从正在让乘客们下车的巴士上转开。雨变大了一点。

"你不知道自己为今天做了多大的贡献。"瑟曼说道。

"阁下?"

"今天，这个世界将发生改变，唐尼。"

唐纳德有些怀疑参议员是不是略过了他的纳米浴治疗。他睁大了眼睛，仿佛正凝视着某个遥远的东西。不知为什么，他显得有些苍老。

"我不太确定自己是否明白……"

"你会明白的。哦，这次还有一位意外嘉宾。她随时都有可能到来。"他微笑着说，"国歌会在正午时分响起。那以后会有一场141航空队的飞行表演。那时我希望你就在我身边。"

唐纳德点点头。他已经学会在什么时候不要提问，只按照参议员的吩咐去做。

"是，阁下。"他再次被冷风吹得哆嗦了一下。

瑟曼参议员离开了。唐纳德转身背对舞台，最后一次扫视停车场，不知道海伦到底去了哪里。

第二十二章

2110年
1号筒仓

特洛伊沿冷冻舱的队列一直向前走,好像他知道自己要去哪里。就像刚才,他的手飘移到电梯的按钮上,把他带到这一层。每个冷冻舱的面板上都有一个编造的名字。不知为什么,他就是知道这一点。他记得自己的名字是怎样编造出来的——这和他的妻子有关,或者是一种纪念她的方式,或者是某种秘密的、被禁止的联系,只为有一天他能找回旧日的记忆。

那都是过去的事情,深埋在迷雾中,只是一场被遗忘的梦。他在开始值班以前接受过一段时间的培训,反复阅读过一些很熟悉的书。就在那时,他选择了自己的名字。

在舌头上爆发的苦涩让他停下脚步。那是药丸溶解的味道。特洛伊伸出舌头,用手指试探了一下,什么都没有摸到。他可以感觉到牙龈上的溃疡一直蔓延到牙根,却不记得它们是如何形成的。

他继续向前走去。有些事情出问题了。这些记忆不应该回到他的脑子里。他的脑海中闪过一幅画面——他躺在轮床上,高声尖叫,有人用皮带把他捆住,用针刺他。那不是他。他当时正按着那个人的靴子。

特洛伊在一个冷冻舱前停下脚步,查看面板上的名字——海伦。他感觉自己的肠子在抽搐,仿佛是想要得到药剂的治疗。他不想回忆。这才是药物能够起效的秘密——他不想回忆。那些事情已经悄悄溜走,被药物的触手缠住,拖进水面以下。但现在,他的心中有一个微小的声音,疯狂地恳求他找回那一切。那是一种挥之不去的怀疑,一种失落了重要东西的忐忑。为了寻得答案,他宁可让自己其余的一切都陷入毁灭。

玻璃上的冰霜伴随着一阵"吱吱"声被抹去。他不认识冰棺中的这个人。于是他走到下一个冷冻舱前。之前培训时出现的一幕场景回到了他的脑海中。

特洛伊想起挤满走廊的人们都在哭喊。成年男人流着眼泪,直到药丸止住他们的泪水。可怕的乌云在屏幕中升腾。女人都已经安全地躲藏起来。就像登上救生艇的时候,女士和儿童优先。

特洛伊想起来,那不是一场意外。他想起来在另一个舱室中的谈话。那个舱室要比冷冻舱更大。那里有一个男人,和他谈论世界末日即将到来,还有要建造空间,要结束一切,在一切自我结束之前。

一次可控的爆炸。有时候炸弹会被用来灭火。

他擦干净另一块被冰霜覆盖的玻璃。睡在这个棺材里的人睫毛上闪烁着寒冰的光泽,又是一个陌生人。特洛伊继续向前。记忆在不断重现。他的手臂感到一下一下的刺痛。不过颤抖已经消失了。

特洛伊记得一场灾难,不过那只是做做样子。真正的威胁在空气中,是看不见的。炸弹是为了让人们动起来,让他们害怕,让他们哭泣和遗忘。人们像撒在碗里的弹珠。不是碗,是漏斗。有人在解释他们为什么会幸免于难。他记得一片白雾,走过一片白雾。死亡已经在他们体内。特洛伊记得自己舌头上的味道——金属的味道。

下一块玻璃上的冰已经被抹掉——最近刚刚有人擦拭过它。凝结的水珠像微型透镜一样立在玻璃上,将光线扭曲。他擦擦玻璃,知道发生了什么事。他看到棺材里那名红发女子——有时她会把她的头发梳成发髻。那不是他的妻子。但这个女人希望如此,希望他会这样想。

"你好?"

特洛伊转向那个声音。那名夜班医生正穿过冷冻舱之间的缝隙,向他走来。特洛伊用手捂住手臂上依旧在隐隐作痛的针孔。他不想再被抓住。他们无法让他遗忘。

"长官,你不应该在这里。"

特洛伊没有回话。医生在他身旁的冷冻舱前停下脚步。在这只冷冻舱里,一个不是他妻子的女人正在长眠。她不是他的妻子,但想要成为他的妻子。

"为什么你不来找我呢?"医生问。

"我只想在这里站站。"特洛伊感到一阵古怪的平静。所有痛苦都被剥离了——因为一种比遗忘更强大的力量。他记起了一切。捆缚他灵魂的绳索被割断了,得到了解放。

"我不能让你留在这里,长官。请跟我来。你在这里会被冻坏的。"

特洛伊低头看了一眼。他忘记穿上鞋子。他蜷起脚趾,让它们离开地板……又让它们落下去。

"长官?请这边走。"年轻医生朝走廊指了指。特洛伊任由医生牵住自己的手臂。他知道，一切都会按规矩执行。没有挣扎，就不会有捆绑；没有颤抖，就不会有针刺。

他听见走廊里有奔跑时鞋底尖利的摩擦声。一名保安队的大汉出现在敞开的冷库门口，正抑制不住地喘着粗气。特洛伊瞥到那名医生挥手示意保安退下。他们在努力不吓到他。他们不知道，他已经不会再被吓到了。

"你会囚禁我，不会再放我出来。"特洛伊的这句话介于陈述和疑问之间。这是一种认知。他想知道，如果药物不再起作用，自己会不会像哈尔一样——那个卡尔顿？他朝仓库另一头瞥了一眼，那里还有许多空棺材。那就是他将被埋葬的地方。

"放轻松，一切都很好。"医生说。

他领着特洛伊向门口走去。他会用那种天蓝色让特洛伊永生不死。他们在沉默中行走。冷冻舱一具一具地从他们身边滑过。

那名保安还在不断喘着粗气。他的身躯几乎充满了门口，宽大的胸膛在连体服下面起伏不定。又是一阵靴底摩擦地面的刺耳声音，另一名保安跑过来。特洛伊知道，自己的值班结束了。还差两个星期。他几乎成功了。

医生向那两名大汉挥挥手，示意他们让开道路。看样子，他是希望不会用到他们两个人。但保安站在门两边，却仿佛有不同的看法。特洛伊被领进走廊。希望在指引他，恐惧在胁迫他。

"你知道，对不对？"特洛伊问医生，同时转过头认真打量他，"你记得一切。"

医生没有看他，只是点点头。

这感觉像是一种背叛。这不公平。

"为什么你会被允许记住？"特洛伊又问道。他想知道为什么这些分发药物的人自己不必吃药。

医生一摆手,示意他走进自己的办公室。医生的助手在办公室里,身上还穿着睡衣,正在将一袋鼓鼓囊囊的蓝色液体挂在输液架上。

"我们中的一些人保留了记忆。"医生说,"因为我们知道,我们所做的不是坏事。"他紧皱双眉,扶特洛伊躺在轮床上。他似乎真的在为特洛伊感到伤心。"我们在这里做的事情是有意义的。"他继续说道,"我们在挽救世界,而不是结束它。那些药只会抑制我们的悔恨。"他抬头瞥了一眼,"我们之中有些人没有这种情绪。"

现在医生办公室的门口挤满了保安。医生助手解开特洛伊的连体服。特洛伊麻木地看着他的一举一动。

"要影响我们的记忆,需要一种不同的药物。"医生从墙上摘下笔记板。一张纸被塞进板头的夹子。片刻停顿之后,一支笔被塞进特洛伊手中。

特洛伊笑着签下自己的名字。

"那为什么是我?"他问道,"为什么我会在这里?"他一直都想找一个可能知道答案的人问一问。这不过是一个幼稚的心愿,但现在,他终于有机会得到某种回答了。

医生微笑着接过笔记板。他看上去应该还没到三十岁,可能几个星期以前刚刚开始值班。特洛伊还差几年就四十了。但这个人才是掌握着智慧和答案的人。

"能够由你这样的人进行管理是好事情。"医生似乎是认真的。笔记板回到了墙钩上。一名保安用手捂住嘴,打了个哈欠。特洛伊看到自己的连体服被解开,一直脱到腰间。然后是一声清晰的指甲弹针头声音。

"我会好好想一下你的话。"特洛伊说道。他突然感到一阵恐慌。他知道对自己的处置是必须的,但他只想能多得到几分钟,独自思考一下,好好享受这短暂的清醒时光。他当然想睡觉,但现在还不是时候。

门口的人们看见特洛伊眼睛中的恐惧,察觉到他的犹疑,随之出现了骚动。

"我很希望能有别的办法。"医生哀伤地说。他伸手按住特洛伊的肩膀,让他躺回到床上。保安们向轮床靠近了一些。

手臂上传来一阵刺痛。针头毫无预警地深深扎进皮肉里。特洛伊低下头,看见银色的针管进入血管,碧蓝色的液体随之涌入。

"我不想……"他说道。

几只手按住他的小腿和膝盖。压在肩膀上的力量尤其巨大。他的胸口感受到另一个人的体重。

一股灼痛流过他的全身,立刻被麻木所取代。他们不是要让他长眠。他们要杀死他。特洛伊突然明白了这一点,并且同样迅速地知道,他的妻子已经死了。有另一个人曾经试图取代她的位置。这一次,他将彻底进入棺材。所有堆积在他头顶上方的泥土最终都会达成其目的。

黑暗在压迫他的视野。他闭上眼睛,想要高声喝止这场谋杀。但他没有发出任何声音。他想要挣扎、想要战斗,但现在束缚他的已经不只是那些保安的手。他在下沉。

他最后想到的是他美丽的妻子。但这些思绪没有任何意义,不过是梦中世界的入侵。

她在田纳西——他心中想。他是怎样知道的?为什么会知道?他全都不明白。但她的确在那里,在等待。她已经死了,身边还有一个为他准备的位置。

　　特洛伊还有一个问题,一个在沉没之前想要找到和抓住的名字。那是他的一部分,应该被他带到黑暗深处去。这个问题就在他的舌尖,如同一颗苦涩的药丸,他甚至能尝到……

　　但他忘记了。

第二十三章

2052年
乔治亚州,富尔顿县

雨终于停了,战斗宣告和战争序曲也纷纷响起,传遍拥挤的山丘,一直响彻天空。主舞台已经为当晚的盛会准备就绪。唐纳德感觉其他所有州都在展开真正的行动。随着四轮摩托的引擎声逐渐安静下去,开场乐队都开始了演奏。

站在乔治亚舞台旁的盆地底部,唐纳德隐隐生出一种幽闭恐惧症的感觉。一种无法抑制的渴望逼迫他爬到高处,站在山脊上,看到正在发生的所有事情。但他只能想象成千上万的客人挤在每座土山上,政治热情四处弥漫,志趣相投的家族聚在一起,为新气象的到来大肆庆祝。

唐纳德很想和他们一起庆祝这个新的开始,但他最期待的却是结束。他等不及这次大会的结束了。这几个星期对他造成了严重的消耗。他想要一张真正的床、一些隐私、他的电脑、可靠的电话信号、正经的晚餐,还有最重要的——和妻子在一起的时间。

他无数次从衣兜里拿出手机,查看信息。距离奏国歌和141航空队表演还有几分钟。他听人说过,大会开幕时会有盛大的焰火表演。

他的手机显示,最后六条信息都没能发出去。网络不畅通一直没能缓解。有一个他未读的报错信息弹出在屏幕上。不过看起来,至少早些时候的一些信息应该是发出去了。他扫视潮湿的土坡,寻找海伦,希望能看到她走下来,脸上带着无论多远他都能一眼看到的微笑。

有人走到他身边。唐纳德把目光从土山上转回来,看见安娜和他一起站在舞台边上。

"我们要开始了。"安娜扫视着人群,低声说道。

她的神情和声音都很紧张。也许是因为她的父亲——参议员费了很大力气布置主舞台,确保每个人都处在正确的位置上。他回了一下头,看到人们正在入座。椅子上的雨水已经被擦得干干净净。现在这里的人远没有刚才看上去那么多。很多人要么在帐篷里工作,要么去了其他舞台。一切都在安静地酝酿着,只等到……

"她来了。"

安娜挥舞起手臂。唐纳德回过头,顺着安娜的目光望过去,心提了起来——宽慰中夹杂着恐慌。如果海伦看到他和安娜肩并肩地站在一起,说不定会很不高兴。

从土山上踩着泥泞走下来的当然是他最熟悉的人——一名年轻女性,穿着熨烫平整的蓝色军装,帽子夹在胳膊下面,乌黑的头发干净利落地束成一个发髻。

"夏洛特?"唐纳德抬手遮住从云层中透出来的刺眼阳光,难以置信地惊呼一声。其他事情和担忧全都烟消云散,他的眼睛里只剩下正向他们挥手的妹妹。

"她可真够及时的。"安娜喃喃地说道。

唐纳德跑到他的四轮摩托旁边,转动钥匙,点着火,转动手柄加大油门。四轮摩托冲过潮湿的草地,向夏洛特驶去。

夏洛特满脸笑容地看着哥哥在山脚下刹住车,关掉引擎。

"嗨,唐尼。"

唐纳德的妹妹不等他下车,已经扑上来,用力抱住他的脖子。

他也抱住妹妹,一边还担心自己会弄皱她笔挺的制服。"你跑到这里来干什么?"他问道。

夏洛特放开哥哥,后退一步,整整衣服,空军军帽回到她的手臂下面,每个动作都像一种精准无误并且根深蒂固的习惯。

"你吃惊吗?"她问道,"我还以为参议员已经把消息告诉你了。"

"天啊,没有。好吧,他的确说会有一位嘉宾,却没有说是谁。我还以为你在伊朗。是他安排的?"

妹妹点点头。唐纳德感觉自己的面颊都要笑到抽筋了。每次看到妹妹,他都会感到无比宽慰——夏洛特仍然是他的那个小妹妹,尖翘的下巴和鼻子上的雀斑,眼里的光彩没有因为她看到的可怕的景象而暗淡下去。她刚三十岁——那个生日是她在半个世界以外独自过的,没有家人的陪伴。但在唐纳德的心里,她永远都是那个刚刚入伍的少女。

"估计我今晚会在台上。"夏洛特说道。

"当然。"唐纳德笑着说,"我相信他们一定想让你站在聚光灯下,你知道的——为了表达对军队的支持。"

夏洛特皱起眉头,"哦,上帝,我也是那种人之一,对吗?"

唐纳德笑了。"我相信他们也会从陆军、海军和海军陆战队中找出人来和你站在一起。"

"哦,上帝,我是他们之中的女孩。"

两个人一起大笑。土山对面的一支乐队刚刚结束演出。唐纳德向前俯下身,让妹妹上车。他的胸口不再那么紧了。也许是因为天空放晴、乌云消散、舞台渐渐安静,还有家人的到来。

他发动引擎,沿着一条泥泞最少的小路返回舞台。妹妹紧紧地抱着他。他们在安娜身边停住,夏洛特跳下车,投入安娜的怀抱。她们聊天的时候,唐纳德熄了火,再次查看手机。他终于得到了一条信息。

海伦:在田纳西。你在哪里?

在一阵刺耳的音乐声中,他的大脑努力想要理解这个信息。是海伦,但她在田纳西州做什么?

又一座舞台安静下来。在心脏跳动了两下之后,唐纳德意识到海伦不是在几百英里之外。她就在土山对面。他本来约海伦在乔治亚舞台见面,但信息显然没有发过去。

"嗨,我马上就回来。"

他再次转动全地形车的握柄。安娜捉住他的手腕。

"你要去哪里?"

他微笑着说:"田纳西。海伦刚刚给我发了信息。"

安娜抬头瞥了一眼乌云。夏洛特正在审视自己的帽子。在舞台上,一个年轻女孩被引领到麦克风前。她的身边跟随着一名仪仗旗手。面对舞台的座位坐满了人,观众们全都昂起头,神情中充满期待。

还没等唐纳德发动摩托,安娜伸手转动车钥匙,把它从引擎上拔了下来。

"现在不行。"她说道。

唐纳德感到一阵恼怒。他向安娜伸出手,想要拿回钥匙。但钥匙已经消失在安娜身后。

"等一下。"她悄声说。

夏洛特转向了舞台。瑟曼参议员站在舞台上,手中拿着麦克风。那个差不多十六岁的女孩站在他身边。周围的山丘鸦雀无声。唐纳德这才意识到摩托车的噪声会闹出怎样的乱子。那个女孩就要唱歌了。

"女士们、先生们,民主党人们……"

一段停顿。唐纳德从四轮摩托上下来,最后瞥了一眼自己的手机,把它收进衣兜里。

"……还有我们屈指可数的无党派朋友们。"

笑声在人群中响起。唐纳德缓步跑过盆地底部的草地。他的鞋子在湿漉漉的青草和薄薄的一层泥泞上"吱吱"作响。瑟曼参议员的声音继续通过麦克风在盆地中回荡:

"今天是一个新时代的开始,一个全新的纪元。"

唐纳德感觉到了自己的赘肉。他的鞋上沾满泥巴,变得越来越沉重。

"我们聚集于此,迎接即将到来的独立日……"

等到地势开始抬升时,他已经在大口喘气了。

"……我想起我们的一位敌人——一名共和党说过的话。"

远处又传来笑声。唐纳德却已经不再留意舞台。他正专心爬山。

"罗纳德·里根曾说过,战斗才能赢得自由,努力才能有和平。当我们聆听国歌,回想往昔岁月,当炮弹落下,一个新的国家冉冉升起,我们应该认真思考,为了赢得我们的自由,先人们付出过怎样的代价。扪心自问,为了确保这样的自由永不消失,又有什么代价是不值得我们付出的?"

爬到山坡的三分之一,唐纳德不得不停下来喘口气。他的两条小腿恐怕要比他的肺更早垮掉。他很后悔自己在过去几个星期里总是骑在全地形车上。要是一直像其他一些人那样用两只脚走路就好了。他向自己保证,一定要好好锻炼一下。

他继续向山顶爬去。水晶般的歌声从盆地中升起,一直飘扬上来,越过前方的山脊。他转身看向下方的舞台,最甜美的年轻歌喉正唱响国歌……

他看见安娜正在他身后快步跑上山坡,脸上满是忧色。

唐纳德知道自己有麻烦了。他怀疑自己跑上山坡的行为是对国歌不敬。在唱国歌的时候,每个人都应该守在安排好的位置上。他却对此全不在意。他又转回身,背对着安娜,下定决心向山上爬去。

"……我们坚守在城墙上……"

他在喘息中笑出了声,心中想着这些土山不知道能不能被看作是城墙。现在他很容易就能看到这些盆地在最近这几周里变成了什么样子——每个州的地盘都挤满了人、货物和牲畜。五十个州热热闹闹地展示自己,全都为了这个阳光明媚的日子。而一旦这个设施开始运行,所有这一切就再也见不到了。

"……火炮闪耀红光,炸弹轰然作响……"

他终于到达山顶,深深吸了一口清新的空气。在下面的舞台上,旗帜随着微风慵懒地飘荡。一块大屏幕上显示出女孩歌唱的画面。女孩正唱到"见证国旗屹立不倒"。

一只手抓住他的手腕。

"回去。"安娜嘶声说。

唐纳德在喘气。安娜也好不了多少。她的膝盖上全都是泥和草叶子。她一定是在上山的时候摔过跤。

"海伦不知道我在哪里。"唐纳德说。

"……星条旗高高飘扬……"

鼓掌声在歌唱结束之前就已响起。观众们用这种方式赞美年轻的歌手。唐纳德注意到远方飞来的喷气飞机,随后才听到飞机的"隆隆"声。飞机组成一个菱形图案,翼尖几乎要碰到一起。

"赶快下来。"安娜拽住他的胳膊,高声喊道。

唐纳德扭动手腕,甩开安娜。看到迅速逼近的喷气机,他不由得愣了一下。

"……自由的土地……"

年轻甜美的歌声从大地上的五十个深坑中升起,撞上飞机引擎雷鸣般的咆哮。那些在天空中优雅翱翔的死亡天使。

"放开我。"唐纳德说道。安娜抓住他,拼命要把他拽下去。

"……勇士的家乡……"

空气随着准时到来的飞机而震动。喷气机突然散开,盘旋向上进入白云,加力燃烧室发出阵阵嘶吼。

安娜搂住他的肩膀,几乎就像是在和他摔跤。盯着喷气机的唐纳德猛然从恍惚中醒过来。美丽的国歌声应该已经传遍了半个县,而他现在正挣扎着要去对面的盆地找他的妻子。

"上帝啊,唐尼,我们要下去……"

还没等安娜来得及伸手捂住唐纳德的眼睛,第一阵强光已经亮起。在唐纳德视野的一角,亚特兰大城方向出现了一个明亮的斑点,如同在白天爆发出一道闪电。唐纳德向那里转过头,以为会看到一场暴雨。那片光芒变得耀眼夺目。安娜的双臂抱住他的腰,将他向后拽去。他的妹妹这时也跑到他们身边,喘息着捂住眼睛尖叫道:"那是什么?"

又一道强光,如同视野中爆发的新星。所有扬声器同时发出警报,是空袭。

唐纳德已经陷入半盲。蘑菇云从远方的大地上升起,在他的眼中依旧巨大得不可思议。又过了一次心跳的时间,唐纳德才明白到底发生了什么。

她们把他拽下土山。鼓掌声已经变成仓皇的尖叫,和起伏不断的警报声交织在一起。唐纳德几乎什么都看不见,只能跟跄着向后倒退,差点摔倒。三个人一步一滑地回到盆地里。湿滑倾斜的草地让他们自然而然地一步步向舞台靠过去。膨胀的蘑菇云越升越高。现在其他山丘树木都被遮挡在那道山脊后面,只有天空中的这根云柱变得越来越巨大清晰。

"等等!"他喊道。

有什么东西被他忘记了。他无论如何也想不起来。他的脑海中有一幅画面——他的全地形车停在山脊上。他把那辆车留在了那里。他是怎么开着车上去的?到底出了什么事?

"快走,快走。"安娜不断催促。

他的妹妹在不停地咒骂。夏洛特被吓坏了,完全不知所措,就像他一样。他从不曾见过妹妹像这种样子。

"主帐篷!"

唐纳德转过身。他的脚跟在湿草上打滑,手心里全是雨水、泥浆和碎草。他是什么时候摔倒的?

他们三个跌跌撞撞地下了山坡。远方的雷声终于滚滚而来,冲击着他们的耳膜。天空中的白云仿佛在躲避地面上的爆炸,被非自然的强风吹走。云团底部映出不断闪烁的光芒,仿佛有无数闪电在下方鞭打大地,更多炸弹正在爆炸。舞台下面的人们没有逃离盆地,而是在挥舞手臂的志愿者引导下跑进帐篷,集市和食物摊位上的物资都已被搬走,成排的木椅变成了一堆乱七八糟的破烂,一只仍然被拴在柱子上的狗不停地吠叫着。

有些人似乎知道发生了什么,仍然能清醒地行动。安娜就是这些人中的一员。唐纳德看见参议员站在一顶小帐篷旁,正在协调人群的疏散,大家都去哪儿了?他和其他人一起盲目地迈着步子,感到头脑中一片茫然。他的大脑用了很长时间还是没能处理好刚刚看到的情景。核爆炸。这种事,他原先一直都以为自己只会看到模糊的战争视频,现在却看到它真实地发生在自己眼前。真正的核弹在真实的世界中爆炸。就在他面前。他见到了。为什么他没有完全失明?那是真的?

关于死亡的原始恐惧袭上他的心头。内心深处有一个声音告诉唐纳德,他们都会死。万物的终结即将降临,无法逃避,无法躲藏。他想起一本书中的段落,想起成千上万个段落。他拍打裤兜,寻找药丸,但药不在那里。他回过头,他努力回忆被自己丢在身后的……

安娜和夏洛特拽着他从参议员面前走过。瑟曼参议员面色坚毅,紧皱着双眉看着自己的女儿。帐篷的门帘拂过唐纳德的脸,阴暗的帐篷内部只亮着几盏提灯。在黑影里,核爆强光在他的视野中留下的黑点变得格外清晰。这里站满了人,但远远无法和刚才舞台周边的人群相比。人都到哪里去了?直到唐纳德被推搡着向下走去,他才明白这到底是怎么回事。

一道混凝土斜坡。人们摩肩接踵,喘着气,彼此呼唤着,伸出手想要拽住自己的亲人,却在人流中无奈地被挤走。丈夫和妻子分隔两处。有些人在哭泣,有些人神情麻木……

丈夫和妻子。

海伦!

唐纳德向人群中呼喊妻子的名字,转过身想要钻出挤成一团的人流。安娜和夏洛特死死拽住他。上方的人群把他向下压过去——每个人都想要下去。唐纳德只能被迫向下走,进入地底深处。他想要和妻子一起下去。他想要和她一起沉没在地底。

"海伦!"

哦,上帝,他想起来了。

他想起了自己丢下了什么。

慌乱消失,取而代之的是恐惧。他能看见了。他的视野恢复了清晰。但他无法与推动他的强大力量对抗。

唐纳德想起了和参议员的一次对话。他们谈论的是这一切会如何结束。空气中的电流;舌头上金属和死亡的味道;白雾在他周围升起。他记得一本书中的大部分内容。他知道了这是怎么回事,现在发生了什么。

他的世界消失了。

一个新世界吞没了他。

第二班
指令
ORDER

SECOND SHIFT

第二十四章

1号筒仓
2212年

特洛伊从一连串噩梦中惊醒。世界在燃烧,被派去灭火的人都睡着了。他们沉睡着,被冻得僵硬,手里还拿着冒烟的火柴,飘起的一缕缕灰色烟尘,宣示着他们的恶行。

他被埋葬了,被黑暗吞没。他能感觉到禁锢自己的小棺材逼仄的四壁。

黑色的影子在结霜的玻璃外面移动。一定是拿着铲子的人想要解救他。

特洛伊挣扎着要把眼睛完全睁开。感觉上,他就像是在把眼皮撕裂、掰开。他的眼角有一层冰壳,现在这层壳融化了,顺着他的脸颊流淌下去。他试着抬起手臂去擦,手臂却绵软无力。当他终于努力抬起一只手,才感觉到输液软管拽住了手腕。他在缓慢地从麻木中走出来,感受到空气中的寒冷,还有遍布每一寸身体的刺痛。

随着一阵"嘶嘶"的排气声,盖子突然弹开。他身边出现一道亮光,赶走了阴影。

一名医生和他的助手向他伸出手。特洛伊想要说话,却只能发出几声咳嗽。他们扶他坐起来,递给他苦涩的药丸。吞咽对他来说也很吃力。他的手没有力气,手臂一直在颤抖。他们不得不帮他端稳杯子。他舌头上有金属的味道,尝起来像是死亡的味道。

"放轻松。"当他喝水速度太快,他们便出言安慰他。软管和输液针头被熟练的双手小心地从他身上取走。纱布被按在他冰冷的皮肤上。然后是一件纸质长袍。

"现在是哪一年?"他的声音干涩刺耳。

"还早。"这是一个不同的声音。特洛伊在强光中眨眨眼。面前这两个人他都不认识。棺材的海洋包围着他,在他眼中依然显得有些模糊。

"不要着急。"助手又将水杯倾斜了一点。

特洛伊喝了几口水。这次的感觉比上一次更糟。他一定被冻结了更长时间。寒冷已经深入他的骨髓。他记得自己的名字不是特洛伊。他应该已经死了。他内心中有一个声音在为了自己被惊醒而抱怨;另一个声音在期盼自己已经借助沉睡度过了最糟糕的时刻。

"长官,很抱歉叫醒你,但我们需要你的帮助。"

"你的报告……"

两个人同时在说话。

"另一个筒仓出了问题,长官,18号筒仓……"

药丸被递过来。特洛伊摆手拒绝。他不想再吃药了。

医生犹豫一下。两粒胶囊就这样躺在他的手掌心里。他转头和另一个人商量了几句——那是他们的第三个人。特洛伊眨眨眼,想要看得更清楚一些。第三个人说了些什么。医生拢起手指,让特洛伊松了一口气。

他们帮他离开棺材。一辆轮椅在等着他。一个人站在轮椅后面。他的头发就像身上的连体服一样雪白,方下巴和刚毅的面容让特洛伊感到有些熟悉。特洛伊认得他。他专门负责唤醒被冻结的人。

特洛伊又喝了一口水,靠在冷冻舱上,膝盖因为虚弱和寒冷而不住地颤抖。

"18号筒仓怎么了?"特洛伊在杯子被拿走以后低声问道。

医生皱皱眉,什么都没有说。轮椅后面的人只是专注地审视着特洛伊。

"我认识你。"特洛伊说。

白发男人点点头。轮椅在等待特洛伊。特洛伊感到肠胃在扭动。他冬眠的身体正一部分一部分地醒来。

"你是解冻。"他说道,但说完又觉得自己的话似乎有什么问题。

纸质长袍让他感到温暖。他的手臂被引领着伸进袖子里,弄出一阵"沙沙"的声音。照顾他的人都很紧张,不停地窃窃私语。一个人说有一座筒仓完蛋了;另一个人说特洛伊还需要治疗。特洛伊的注意力集中在那个白发男人身上。他们扶着他向轮椅走去。

"已经结束了?"特洛伊看着这名白发白衣的人。他的视野恢复了清晰,声音也有了力气。他非常希望自己在睡眠中度过了那一切。

解冻哀伤地摇摇头,看着坐进轮椅中的特洛伊。

"孩子,"一个熟悉的声音响起,"我担心那只是开始。"

第二十五章

18号筒仓
大起义之年

忌日就是生日。这是他们为了减轻痛苦所说的话——如果有人被抛弃,总还是会有人感到痛苦。一个老人死了,就能有人中彩票。婴儿啼哭时,充满希望的父母也会喜极而泣。忌日就是生日,没有人比米申·琼斯更了解这一点。

明天是他的十七岁生日,他将长大一岁。这也标志着自他母亲去世以后,已经过了十七年。

生命的循环无处不在——就像那座巨大的螺旋楼梯,环绕着所有一切,没有什么比这更明显。一个生命到来,就有一个生命离开。这一点在他的身上体现得再清楚不过。因此,生日对米申而言没有什么喜悦可言,他年轻的背上早就压上了沉重的负担,他不需要庆祝,他需要思考死亡。

他的朋友凯姆跟着他,在他下面三个台阶。米申能听到,货物的另一半重量压得凯姆在喘粗气。调度中心安排他们两个一组。两个男孩抛个硬币决定谁前谁后——正面对正面,凯姆输了。于是米申可以走在前面。这让他能更好地看到楼梯的情况,还有权决定前进的速度。于是他阴郁的念头不断让他疯狂地迈开步子。

今天早晨楼梯上的人不多。小孩子还没起床去上学——当然，还在上学的孩子也不多了。几个睡眼惺忪的店主正慢悠悠地开门营业。一些工人刚下晚班，他们的衣服前襟上挂着油渍，膝盖上缝着补丁。迎面走过来一个下楼的男人。他扛着只有搬运工才应该背负的重担，不过米申没有心情放下自己的担子去为别人分担重量。只要瞪一眼这位绅士，让他知道有人发现了他行为有问题就够了。

"还有三层。"他喘息着对凯姆说。他们刚刚经过第24层。他的搬运背带勒进肩膀。担子太重了，但更沉重的是它的目的地。米申已经将近四个月没回农场，也差不多有四个月没见过他父亲。当然，他偶尔会在鸦巢见到他哥哥，但他们最近一次见面也已经是几个星期以前的事了。在离他的生日这么近的时候回去难免会很尴尬，但这毕竟无法避免。他相信，父亲会像往常一样，完全忽略这种事，忽略他正在长大的事实。

经过24层，他们来到了另一个满是涂鸦的楼层间空隙。空气中弥漫着自制油漆的有毒气味。不久前完成的一些涂鸦还有一滴滴油漆流淌下来，可能是前一天晚上刚画上去的。在楼梯栏杆以外，远处的弧形混凝土墙被刷上了许多粗体字：

这是我们的窝。

虽然油漆还没干，但这个用来指代"筒仓"的俚语早就过时了。这几年都没人这么说了。旁边还有更古老的：

把这里清理干净，他……

后面的被油漆涂抹掉了，不过谁都知道后面写的是什么。不管怎样，这句话的前半部分才是真正有杀伤力的。

顶层的去死！

看到这一句,米申禁不住笑了。他还把这句指给凯姆看。也许写下它的是一个出生在中层以上,充满自我厌恶情绪的孩子。一个无法容忍自己的好运气的孩子。米申认识这样的孩子。他们和他是同类。他仔细端详所有这些涂鸦。它们覆盖了去年的涂鸦。一年又一年的涂鸦就是这样一层层被覆盖,直到今天。正是在这种楼层之间的空间里,钢梁从楼梯间一直延伸到远处的水泥墙壁,才让一代又一代人留下了他们的标语。

末日即将到来……

米申大步走过这个标语——对此他没有异议。末日就要到了。他能从骨子里感觉到。松动的螺栓、生锈的焊点、筒仓在不断发出"吱吱嘎嘎"的呻吟。最近,越来越多的人走路时会把肩膀缩到耳朵两旁,把东西紧紧抱在胸前。所有人的末日已经近在眼前。

当然,他的父亲对这些事只会不以为然地笑上两声。虽然还隔着这么多楼层,米申仿佛还是能听到父亲的声音在告诉他,在他和他的哥哥出生以前很久,人们就在这样以为。每一代人都会这样想,因为每一代人都是傲慢的,认为只有他们的时代是特殊的,万事万物都会随他们一起终结。父亲说,让人们有这种想法的实际上是希望,而不是恐惧。人们谈论末日的到来,脸上却带着抑制不住的微笑。他们在祈祷,当他们离去的时候,不会孤身上路。他们希望后来者也不会交好运,不会在没有他们的世界里快乐地生活。

这样的想法让米申的脖子发痒。他用一只手拽住搬运背带,另一只手调整了一下脖子上的围巾。他感到紧张的时候总是习惯这样做——一想到末日,他就会把自己的脖子藏起来。

"你那里没问题吧?"凯姆问。

"我没事。"米申应了一声,才意识到自己的脚步变慢了。他两只手抓住背带，精神集中在脚下的步伐上——先完成工作。他的脑袋里有个节拍器，那是他在做学徒的时候训练出的能力。尤其是在两人组队运货的时候，这种脑海中的"滴答"声会起到很大作用。两名节奏感配合默契的搬运工能够扛着沉重的货物一口气上十几层楼，脚步安稳又轻松。米申和凯姆还没能到达那样的境界。他们还需要不时改变节奏或调整步伐，才能做到和对方同步。否则他们肩头的货物就会发生危险的晃动。

他们的货物——这样去想会更加容易，最好不要想到那是一具尸体——一个死人。

米申想起自己的祖父。米申从没有见过他，只知道他死于78年暴动，留下了一个儿子接管农场和一个女儿成了除锈工。米申的姑姑在几年前放弃了那份工作，不再敲掉金属表面的锈蚀，也不再给钢铁刷上底漆和油漆。没人再会做这种事了。没人在意这种事。但他的父亲仍然在耕种那块土地，那块琼斯家几代人一直在耕种的土地，他的父亲坚持认为世界永远不会改变。

"那个词还有别的意思，你很清楚。"有一次，当米申谈到"革命"时，他的父亲对他说，"它还意味着一圈一圈地旋转。从一点回到一点。一次革命之后，你只会回到你开始的地方。①"

当牧师们把一个人埋在玉米地里时，米申的父亲就喜欢这样说。他会用铲子把土拍实，说事情就是这样，然后用拇指挖出一个小坑，在里面种上一颗种子。

米申把革命的这种含义说给他的朋友们听，还假装是他自己想出来的。他只不过在假装自己是知识分子，说一些故作清高的胡

---

① 革命一词的英文 revolution 还有"旋转"和"循环"的意思。——译注

话。在深夜里，黑暗的楼梯平台上，他们一边嘬着塑料袋里的土豆糊糊，一边用这样的话打发无聊的时光。

只有他最好的朋友罗德尼对这种话题完全不感冒。"除非我们自己推动变革，否则什么都不会改变。"他这样说的时候，眼神显得格外严肃。

米申想知道他最好的朋友正在做什么。他已经好几个月没见到罗德尼了。罗德尼是技术部的学徒，一直都很少出门。

米申回想起那些美好的日子，在鸦巢里和亲密无间的朋友们一同长大。他记得自己曾设想过他们会一直在一起，在上层慢慢变老，一直住在原先的走廊中，看着他们的孩子像他们一样玩耍。

但他们早已分道扬镳。很难记起是谁首先走出家园，是谁摆脱父母的期望，没有追随长辈的人生。最终，大多数人都这样做了。他们每个人都离开家，选择了新的命运。水管工的儿子开始务农；咖啡馆的女孩们学会缝纫；农民的儿子成为搬运工。

米申记得自己离开时是多么愤懑不平。他有一次和父亲吵架，扔下铁锹，发誓再也不挖沟了。他在鸦巢中知道，他可以成为任何自己想成为的人，他掌握着自己的命运。所以当他越来越感觉到命运的悲惨，便认为是农场让他陷入这种境地，以为那一切都是他的家庭造成的。

他和凯姆在调度中心掷硬币，结果是正面对正面，于是一个死人的肩膀压在了米申的肩膀上。当他抬起头望向前方的台阶时，后脑勺就会碰到一具尸体的头顶——他们只隔着一个塑料袋。生日和忌日紧贴在一起，如同一枚硬币的两半。米申同时扛着这两者。这是一件同时具有两种意义的货物。他一步两级地沿楼梯上行，迈着残酷的步伐向他年轻时生活的农场走去。

第二十六章

验尸官的办公室在第32层,就在那座泥土农场下面,隐藏在那些阴暗潮湿的走廊尽头。于是他们要在根茎下曲曲折折地走上很长一段路。这个中间楼层的屋顶很低,能清楚地看到天花板下面悬挂的管子。水泵把营养物质输送到远处干渴的植物根部,也让这些管子不停地剧烈震动着。水从几十个小裂缝中滴落到水桶和罐子里。一只刚倒空的罐子正被水滴一下一下地敲击出金属回音。另一只罐子里的水溢出来。积水的地板让人很容易滑倒。墙壁就像出汗的皮肤一样潮湿。

走进验尸官的办公室,两个男孩把尸体抬到一块能看到凹痕的金属板上,验尸官在米申的工作日志上签名,还给了他们小费,因为他们的送货速度很快。凯姆看到小费时,脸上愤懑的神情立刻就消失得无影无踪——他这一路上大概都在抱怨米申飞一样的步伐。回到走廊,他向米申说了声"再见",就踩着水花朝出口跑去。

米申看着他离开,感觉自己绝不仅仅是比这位朋友大了一岁。凯姆不知道今晚的计划,那是搬运工的午夜聚会。这也让米申有些嫉妒这个小子——有些事情还是不知道会让人活得更轻松一些。

米申不想两手空空地去农场,那样父亲一定会说他懒惰。于是他在走廊一头的维修室前停下脚步,看看有没有什么东西需要搬上去。温特斯正在这里值班。他皮肤黝黑,胡须灰白,在泵机方面有一手绝活。他用狐疑的眼神看着米申,说自己没有搬运工预算。米申解释说,他反正也要上去,如果温特斯有什么东西想送上去,他很乐意效劳。

"既然是这样……"温特斯将一台大水泵吊到工作台上。

"那就这个吧。"米申微笑着说。

温特斯眯起眼睛,仿佛米申刚刚拧错了一个螺丝。

这台水泵没办法放进米申的搬运工背包,不过背包外面的背带能够穿过突出的管子和各种金属棱角,把这台机器妥帖地捆住。温特斯帮他把背带挂在肩头,让水泵在背上固定好。米申向这位老人道谢,这让温特斯又皱了皱眉。随后,米申离开这个中间楼层,回到楼梯上。潮湿走廊的霉味被他甩在身后,取而代之的是泥肥和新耕土壤的气味。家乡的味道把米申带回到过去的时光里。

31层的楼梯平台上挤满了人,大家都想去农场获得当天的食物。一位身穿绿色农民连体服的母亲站在人群旁边,怀里还抱着一个啼哭的孩子。她的膝盖上还有采摘工作留下的污迹,看样子是为了安抚自己吵闹的孩子,不得不暂时离开种植园。所以她脸上急躁的神情大概也没什么好奇怪的。米申从她身边挤过去的时候,听到这位母亲正在唱一首他熟悉的童谣。她就贴在栏杆旁边,不停地摇晃着孩子,看上去都让人感到害怕。婴儿的眼睛睁得大大的。在米申看来,那双眼睛里充满着纯粹的恐惧。

米申挤进人群。婴儿的哭声渐渐被一片喧嚣声淹没。他忽然想起,现在小孩子似乎非常少见了——和他年轻的时候完全不一样。在上一代人发动暴乱之后,有过一段新生儿爆发式增长的时期。但现在,自然死亡人数很少,这让赢得彩票的人也变得屈指可数,也意味着婴儿的啼哭和父母的喜悦都在变得越来越罕见。

终于穿过楼道门,进入走廊以后,他用围巾擦了擦嘴唇上的汗。在下面的时候,他忘了给水壶加满水,结果现在嘴巴干得厉害。刚才那样飞快地冲上来也让他觉得很愚蠢,就好像自己即将到来的生日是某种不能耽误的最后期限——他必须在那之前去看父亲一眼,然后赶紧离开。但此时此刻,回到童年时代的环境和声音中,在往昔时光的冲刷下,他的阴郁和怒火消失了。这里是家,而米申讨厌留在这里的美好感觉。

他朝这一层的内部出入口走过去时,有几个人向他挥手打招呼。他认识的一些搬运工正在把一袋袋水果和蔬菜搬到自助餐厅。他看到他的姑姑正在安全闸外的一个货摊前工作。在放弃了除锈工作以后,她现在正从事着合法性存疑的零售生意。她没有做过这个行业的学徒,也就没有权利做这份工作。米申躲避着姑姑的目光。他不想被人教训一通,也不想被人弄乱头发,被拽直围巾。

在货摊的另一边,几个年纪比米申小的孩子聚集在远处的角落里。那里很黑,他们可能在卖种子。也许他们以为自己很不起眼,但事实并非如此。这里的入口大厅就像一个集市。农夫们直接销售自己的产品。人们从远方涌来,到这里来购买食物。因为他们担心这些食物永远也不会被运到他们那一层的批发和零售商店。恐惧引发更多恐惧,人群变成了更多的人潮。而这么多人下一步会做出什么,在这里应该很容易看到。

在主安全闸值守的是弗兰基,一个又高又瘦的小伙子,也是和米申一起长大的孩子。米申用汗衫前襟擦擦额头。他的衬衫早已变得又凉又湿。"嘿,弗兰基。"他喊道。

"米申。"弗兰基向他点头微笑。很久以前,他也和米申一样,在成为学徒时想要选择不同于家传的行业。弗兰基的父亲在下面的技术部做保安。弗兰基曾想成为一名农民——米申从来都不理解他为什么会有这种志向。不过他们的老师克罗夫人很高兴,并鼓励弗兰基追寻自己的梦想。让米申感觉讽刺的是,弗兰基最后却成了农场的保安。就好像他终究无法逃避自己生来就要做的事。

米申也向他点头微笑,又看看他齐肩的长发。"有人给你喷速生剂了吗?"

弗兰基有些不自然地将头发捋到耳后。"好啦,我知道。我妈妈还说,要上来趁我睡觉的时候把我的头发割掉。"

"告诉她,她那么干的时候,我会帮她把你按住。"米申笑着说,"还不赶快放我过去?"

旁边有一扇宽大的门,供独轮和四轮手推车通行。米申不想背着巨大的水泵去挤旋转门。弗兰基按下一个按钮。安全闸发出蜂鸣声。米申走过了那道宽门。

"你扛着的是什么?"弗兰基问。

"温特斯的水泵。你最近怎么样?"

弗兰基扫了一眼安全闸外的人群,说道:"等一下。"他在找人。两名农夫刷了他们的工作证,穿过旋转门,一边还在不停嘴地聊着天。弗兰基向一个穿绿衣服的人挥挥手,问那人能不能替他一下。

"跟我来。"弗兰基对米申说。

两个老朋友沿着主走廊向远处明亮的种植灯光走去。这种熟悉的气味让米申感到陶醉。米申想知道,这些气味对弗兰基来说意味着什么——他是在水培区的恶臭中长大的。也许那里的臭味对他而言就像这里土壤中的植物之于米申,那些水生植物会给弗兰基带来同样美好的回忆。

"这里都快要发疯了。"弗兰基在离开安全闸以后悄声对米申说。

米申点点头,"是的,我看见货摊又多了几个。它们每天都在增多,对么?"

弗兰基捉住米申的手臂,放慢脚步。这样他们能有更多说话的时间。新鲜面包的香味从一间办公室里传出来。面包房在7层,离这里太远了,不可能把热面包送过来。不过事在人为。麦子可能在这里的农场深处被磨成面粉,直接用来烤面包。

"你已经看到他们在上面的自助餐厅里做了什么,对吧?"弗兰基问。

"几个星期以前,我运了一单货去那里。"米申将拇指塞进肩膀的背带里面,用腰将沉重的水泵向上顶了一下,"我看见他们正在墙壁屏幕前建造什么东西。看不出那是什么。"

"他们要在那里进行种植了。"弗兰基说,"可能也是玉米吧。"

"我猜,这意味着我们能够少跑些路了。"米申只是在按照搬运工的方式进行思考。他用靴子尖轻轻踢了一下墙壁,"罗克如果听说了,一定要气炸了。"

弗兰基咬住嘴唇,眯起眼睛,"是的,但在调度处自己种豆子的人不就是罗克吗?"

米申又动了动肩膀。他的手臂已经开始麻木了。他不习惯扛着重担静止不动——不断行走才是他习惯的状态。"这不一样。"他争辩道,"那是为了给我们这些爬楼的人增加热量。"

弗兰基摇摇头,"是的,但他这样不算是过于苛责别人吗?"

"你想说的是他搞双重标准吧?"

"无论怎样,伙计,我想说的是,每个人都有自己的理由。'我们这样做是因为他们也这样做,是其他人先开始这样做的。所以,我们就不能做得比他们多一点吗?'伙计,人们当然会有这种想法。但是当新的一批人做得更过分一点,我们又会受到刺激。一件事推动另一件事,就像齿轮一样。"

米申向远方走廊深处的灯光看了一眼。"我不知道。最近市长似乎一直在任由事态发展。"

弗兰基笑了,"你真的以为筒仓是由市长管理的?伙计,市长已经被吓坏了。他又老,又害怕。"弗兰基回头瞥了一眼走廊,确认没有人走过来。在他小时候,神经质和妄想症就一直跟随着他。那时他这种样子还很有趣,但现在,米申只是为他感到悲伤,还觉得有点可怕。"你还记得我们说过,有一天这里要由我们来管理吗?如果真的发生那种事,这里又会有什么不同?"

"也许不会有什么不同。"米申回答,"等我们掌权的时候,我们已经像他们一样老,什么都不会在乎了。然后我们的孩子会因为我们和他们一样废物而恨我们。"

弗兰基笑出了声。他紧绷的干瘦身躯也似乎放松下来。"我打赌你是对的。"

"是的,好了,再不走,我的胳膊就要断了。"米申又把背上的水泵向上顶了顶。

弗兰基拍拍他的肩膀,"没错。很高兴见到你,伙计。"

"我也一样。"米申点点头,转身向前走去。

"哦,嗨,米……"

他停下来,回过头。

"你会去看克罗夫人?"

"明天我会经过她那里。"米申觉得自己今晚会在这里过夜。

弗兰基微笑着说:"替我向她问好,好吗?"

"我会的。"米申做出承诺。

名单上又多了一个名字。如果他的朋友们在让他带信的时候都给他一些小费,他存的钱一定远远不止384点券。如果每一个求他给克罗夫人代致问候的人都给他半点券,他早就有自己的公寓了。那样他就不需要总是住在中转站。但是朋友的消息远没有阴郁的思绪那么沉重,所以米申完全不介意它们占用自己的大脑。它们可以把那些阴暗的东西挤出去。只有上帝知道,压在米申身上的重东西实在是太多了。

第二十七章

去看望父亲之前,他还要先把水泵放下——这样做比较明智,对他的脊背也比较好。但把这台机器扛上来的全部目的就是让父亲看到他没有空着手乱跑。于是,他就这样走进种植走廊,朝祖父曾经工作过的种植站走去。据说他的曾祖父也在那里工作。经过豆藤和蓝莓藤,然后是南瓜和土豆田。在一片看上去即将收割的玉米地里,他发现年迈的父亲跪在地上,就像他记忆中的那样:拿着一把小铲子在照料庄稼。他的手习惯性地揪着杂草,就像一个女孩用手指一遍又一遍地卷起头发,甚至不知道自己在做什么。

"爸。"

老人转过头。在种植灯的高温下,他额头上的汗珠闪闪发光。一丝微笑从他的脸上闪过,但一转眼就消失了。米申同父异母的弟弟莱利从一排玉米后面冒出来,双手沾满泥土。他刚刚十二岁,容貌酷似他们的父亲。他的反应比父亲更快,高喊一声:"米申!"接着他就快步跑了过来。

"玉米看起来很好。"米申一只手按在栏杆上。水泵的重量压在他的脊背上,不过他还是伸手用拇指卷起一片玉米叶。应该还有一两个星期就要收获了,玉米的香味把他带回到家园。他看见一只蠓虫爬上玉米秆,就灵巧地伸出手指一捏,掐死了那只害虫。

"你给我带了什么?"他的弟弟尖声叫道。

米申笑着揉了揉弟弟的黑发——这是来自男孩母亲的馈赠。"抱歉,小弟,他们这一次让我背了很沉的东西。"他稍稍转过身,让莱利——还有他的父亲能看到他背上的重担。弟弟踩到最低的栏杆上,探过身想要看清楚一些。

"为什么你不把它先放下?"父亲问道。他拍打双手,让珍贵的土壤回到正确的地方,然后和米申握手,"你看起来不错。"

"你也是,爸爸。"米申很想挺起胸膛,让身量显得更高一些,不过这样做很可能会让他被水泵拽得仰面倒下,"我听说自助餐厅开始自己种庄稼了?"

父亲嘟囔了一声,摇摇头说道:"听说了,也是玉米,又是该死的本地化。"他伸出一根手指,戳了一下米申的胸膛,"这会影响到你们这些小子,你明白吗?"

父亲说的是搬运工。他谈起他们的时候总是会使用一种特别的语气。向来都是如此。

莱利拽拽米申的工作服,求米申把刀给他玩。米申从刀鞘里抽出那把小刀,递给莱利,眼睛却只是看着父亲,两人全都陷入了沉默。父亲看起来更老了,皮肤像是涂了油的木头,因为在种植灯下工作太久而呈现出一种不健康的黝黑,一般会被称为"鞣皮"。这种特征可以让你在两个楼层以外就认出一名农夫。

被头顶上的灯泡炙烤着,米申离家出走时的愤怒忽然融化成一种空落落的悲伤。他的母亲去世留下的空洞至今还留在他的心里,不断提醒他,让他明白自己出生的代价,还有更多对老父亲的怜悯——他损伤的皮肤,多年的强光照射在他鼻子上留下的黑斑。这些都是那些穿绿色衣服,在土地上劳作的人特有的标记。他们辛勤的汗水就洒在筒仓居民的尸体上。

米申的脑海中闪过儿时第一个清晰的记忆:挥舞一把小铲子——在那时的他的眼中,那就是一把大铁锹。他正在玉米垄之间玩耍,模仿着父亲一铲一铲地翻松土壤。突然,父亲毫无征兆地抓住了他的手腕。

"别在那儿挖!"父亲的声音中带着一种令人胆寒的怒意。发生这件事的时候,米申还从没有亲眼见过葬礼,不知道种子下面埋葬着什么。从那天起,他学会了辨认那些颜色发黑的土壤。

"看样子,他们会让你扛很重的东西。"父亲打破了沉寂。他以为米申现在的担子是调度中心安排的。米申没有向他解释。

"他们会让我们扛力所能及的东西。"他说道,"年老的搬运工只负责送送信。我们都是能扛什么就扛什么。"

"我还记得我刚刚出师的时候。"父亲眯起眼睛,抹了一下前额,顺着田垄点点头,"当时我负责挖土豆,我的师傅摘蓝莓。两颗放进篮子里,一颗放进嘴里。"

又是这些唠叨。米申看着莱利用手指测试刀尖,便伸手要拿回小刀。他的弟弟扭过身不给他。

"老搬运工负责送信,因为他们有权利送信。"父亲说道。

"你根本不知道自己在说什么。"米申心中的哀伤悄然溜走,愤怒又回来了,"老搬运工的膝盖不好。所以重的东西由我们来背。而且我的奖金是由我背上的重量和节省的时间来决定的,所以我才不介意。"

"哦,是的。"父亲朝米申的脚挥挥手,"他们付出的是奖金,你付出的是你的膝盖。"

米申可以感觉到自己的面颊绷紧了,脖子上的伤痕又传来一阵阵刺痛。

"儿子,我想说的是,你年纪越大,资历越老,你就越有能力自己选择去刨哪一垄地。就是这样。你要照顾好自己。"

"我会照顾好自己的,爸爸。"

莱利爬上栏杆,坐到栏杆顶上,用小刀当镜子,不停地冲着小刀龇牙咧嘴。这孩子的鼻子上已经有了一圈雀斑,这是农夫被晒黑的开始。一辈又一辈受损的血肉,儿子就像父亲一样。米申轻易就能想象出莱利多年后的样子——在栏杆的另一边,身材变得高大,也有了自己的孩子。这让他很庆幸自己从农场里爬出来,找到另一份工作。他的工作不会塞在他的指甲里,每天晚上和他一起回家。

"和我们一起吃午饭吗?"父亲也许是感觉到自己说的话正在把米申赶走。

"只要你不介意。"想到要吃父亲的食物,米申感到一阵内疚,但他很感激父亲没有让他主动开口提这件事。而且,如果他不去看望他的继母,他的继母一定会很伤心。"不过吃完饭我还有事要做。我有一个……今晚要交的货。"

父亲皱起眉头,"不过你还有时间看看艾莉,对吧?她一直在问起你。如果你还在让她等,这里的男孩可是排着队想要娶她呢。"

米申抹了一把脸,好掩饰住自己的表情。艾莉是他很好的朋友,也是他短暂的初恋,但和她结婚就等于和农场结婚,就等于回家,等于和埋葬的死人生活在一起。"这次可能不会。"他这样承认的时候,心中再一次感到了内疚。

"好吧,那么,先去卸货。别总是在这里和我们闲聊,这会让你损失奖金的。"这位老人失望的情绪溢于言表,简直比种植灯的灯光更刺眼,"半个小时以后,我们食堂见?"他再一次和儿子握手,用力捏了儿子一下,"很高兴见到你,儿子。"

"我也一样。"米申也用力握住父亲的手,然后在玉米根上拍拍手,把泥土抖落。莱利不情愿地把小刀还给他。米申把刀插进刀鞘,固定好刀柄的锁扣,心中想着晚上可能会用到它。他又犹豫了一下,不知是否应该给父亲一个警告,叮嘱父亲和莱利晚上不要出门,要在家里一直待到明天早上。

但他终究还是没吭声,只拍了拍弟弟的肩膀,便朝走廊尽头的泵房走去。从一个个正在耕作和采摘的农夫身边走过,他又想起这些农夫在临时摊位上出售自己的蔬菜,还在自己磨面粉;还有自助餐厅的人自己种的豆芽和玉米。最近他还发现,一些人正在把重物从一个楼层搬运到另一个楼层,完全没有求助于搬运工。

所有人都在想办法独善其身,以防暴乱再次发生。米申能感觉到新的暴乱正在酝酿。猜疑和不信任在四处蔓延。高墙正在楼层之间筑起。每个人都在努力减少对他人的依赖,低调行事,为不可避免的灾难做准备。

在泵房前面,他松开背带。一个危险的想法浮现在他脑海中,他刚刚才意识到:如果每个人都希望不依靠其他人生活,那人们又该怎样融洽相处呢?

第二十八章

每当夜晚降临,巨大的螺旋形楼梯中的灯光变暗,提醒人们和筒仓应该入睡了。到凌晨时分,小孩子们在摇篮曲中已经安静了很久,只有那些心神不宁的人还在转来转去。米申在黑暗中静静地等待。在他头顶的某个地方,传来紧绷的绳索滑过金属的声音,以及纤维紧勒住钢铁,被巨大的重量揪扯时发出的"吱吱"声。

一群搬运工和他一起挤在楼梯上。米申让脸颊紧贴着内侧栏杆的立柱,让钢铁冷却他的皮肤。他控制住呼吸,倾听绳子的声音。他很熟悉这种声音,甚至听到它就能感觉到脖子上的灼痛——那来自已经被多年时间治愈了的伤痕。别人会偷偷看他的伤痕,却很少会直抒地提到它。在昏暗的夜色中,又传来一声清晰可辨的"吱吱"声,沉重的货物正从上面被慢慢放下来。

在等待信号的时间里,他想到绳子,想到自己的生命——以及其他禁忌的东西。在74层调度中心有一本账簿。就在全体搬运工的主中转站,一本大账簿被严严实实地锁着。它的装订纸张完全可以称得上是一笔财富。那本账簿中详细记录了一些特定类型的货物运送情况,完全是手写的,这样信息就不会通过电线被泄露出去了。

米申听说高级搬运工在那个账簿上记录某些种类的管子,他却不知道为什么要记那些。还有黄铜和各种各样来自化工部的液体和粉末。如果有人订了这些东西——还有太多的绳子——就会被列入监视名单。搬运工是传闻的主宰者。他们知道每样东西的去向。他们的窃窃私语都会聚集到调度中心,并在这里被写下来。

米申听着绳索在黑暗中"吱吱"地歌唱。他知道绳子紧紧缠在脖子上是什么感觉。他觉得很奇怪,如果你订购了足以上吊自杀的绳子,没有人会在意。但如果是足以跨越几个楼层的绳子,就会有人扬起眉毛了。

他调整一下围巾,在这个黑暗的时刻想着这些事——一个人可以结束自己的生命,只要他不抢走别人的工作。

"准备好。"上面有人悄声说道。

米申握紧小刀,将精神集中在眼前的任务上。他在微弱的光线中睁大眼睛,耳朵倾听着周围工友们稳定的呼吸声。毫无疑问,大家都在期待中握紧了刀子。

他们的刀是为了工作配发的。一把搬运工的小刀可以用来切开货物包装;在爬楼时切水果吃;或者当它的主人用一步两个台阶的危险步伐在筒仓中上上下下的时候,它可以帮助他们稳定情绪,保持内心的平静。现在,米申用力攥住他的小刀,等待号令声响起。

在楼梯向上转过整整两圈的地方,一个昏暗的平台上,一群农夫正一边拽住绳子一端,一边轻声争吵。他们在黑夜里做着搬运工的工作,这样就能省下一两百点券。绳子消失在栏杆外的黑暗中。米申只能探出身子,盲目地摸索。他的脖子上有一圈发热的伤痕。他的刀柄在满是汗水的掌心里滑动。

"现在还不行。"摩根悄声说道。米申感觉到他年老的师傅伸手抓住他的肩膀,把他向后拽。米申的头脑清醒了一些。又是一阵轻微的"吱吱"声。绳子被重型发电机越扯越紧,一团沉重的灰影在黑暗中飘过。上面的人一边用力拽绳子,一边低声呼喊号子。那些穿绿衣服的真的以为自己穿着蓝衣服?

随着那团灰色一点点从眼前经过,米申想到夜晚的危险,又为自己心中的恐惧而感到惊讶。他怎么突然开始关心起自己的生命了?原先他不是努力要结束生命?他的生命本就不应该出现。他想起母亲,不由得又开始好奇母亲是什么样的人。因为不守规矩而失去了生命,这就是他对妈妈的全部了解。他知道妈妈髋部的那颗植入式避孕器失效了,这种情况有万分之一的可能性。母亲没有将避孕器故障上报,把自己怀孕的事也隐瞒下来,把他藏在宽松的衣服里,一直熬过了《法案》中将一个孩子视为囊泡的时间。

"准备好。"摩根悄声说。

发电机的灰色影子一点点降落到他们的视野以外。米申抓紧小刀,想着自己应该怎样从母亲身上被切下来,被丢弃掉。但只要过了一个特定的日期,一条命就会被另一条命替换掉。这就是《法案》的规定。米申生在监狱里,当他的母亲被送到外面进行清洁时,他被释放了。

"动手。"摩根发出命令。米申吓了一跳。柔软的旧靴子在上方的台阶上发出微弱的刺耳声音。人们开始行动了。米申收回心神,靠在弧形栏杆上,把手伸到远处的黑暗中。他的手掌摸到了钢一样硬的绳子,便将刀刃按在吊索上。

"噗"的一声,仿佛一根筋腱断开——锋利的刀刃刚一碰到绳子,就有一股纤维被割断。

只是短短的一瞬间,米申想到下方楼梯平台中的那些人,那些等在两个楼层下面的农夫的共犯。那些人正在冲上来。米申也在渴望着冲向他们。只是简单锯了几下,绳子剩余的部分也断开了。米申隐约听到了沉重的发电机加速下坠时发出的呼啸。片刻之后,猛烈的撞击声响起。下面的人在惊恐地尖叫。在米申上方,战斗已经爆发了。

他一只手抓着栏杆,另一只手握着刀,一步三级冲上楼梯。他要去加入上面的混战,要在这个午夜给那些人上一课,让他们明白破坏《法案》,抢人工作意味着什么。楼梯平台上传来闷哼、呻吟声和踢打声,米申一头扎进混战。他不考虑后果,只想放手一搏。

第二十九章

1号筒仓
2212年

　　轮椅发出一阵阵尖叫。轮子每转一圈都会尖细地哀嚎一声,然后是死一般的寂静。唐纳德被推着向前走去,渐渐迷失在这种节奏中。他呼出的气变成一股股白烟。这个房间就像他的骨头一样冰冷。

　　一排排的冷冻舱在他两边延伸出去。小屏幕上的名字闪烁着橙色的光芒。这些名字被编造出来,为的是把过去和现在分开。他们把唐纳德向出口推过去。唐纳德看着冷冻舱从身边滑过。他感到头部格外沉重,记忆的重量取代了那些像缕缕烟雾一样盘旋而去的迷梦。

　　穿着浅蓝色连体服的人将他推出门,进入走廊。他被推进一个熟悉的房间,里面有一张熟悉的桌子。他们把他没有穿鞋的脚从踏板上移开,轮椅晃了一下。他再次询问他们时间,问自己睡了有多久。

　　"一百年。"有人回答。那就是说,从他接受培训到现在有一百六十年了。怪不得这个轮椅这么不稳当——它要比他的年龄还老。

在唐纳德沉睡的这些年里,它的螺丝一定松动了不少。

他们扶他站起来。他的脚仍然没有摆脱冬眠的麻木,但随着寒意逐渐消失,一阵阵刺痛已经在暗中袭来。窗帘被拉上。他们让他在一只杯子里小便,这让他如释重负。小便样品呈现木炭的颜色,因为其中包含从他体内冲出来的已死的机器。纸质长袍无法让他暖和过来。不过他知道,寒冷是在他的身体里,而不是在房间里。他们又给了他一些苦味的东西,让他喝下去。

"他的头脑还要多久才能恢复清醒?"有人在问。

"一天。"医生回答,"最早要到明天。"

他们让他坐在椅子里,给他抽血。身穿白色连体服,头发也同样雪白的老人站在门口,紧皱眉头对他说:"注意节省体力。"然后点头示意医生继续工作,便转身消失了。唐纳德还没来得及在自己恍惚的记忆中找到这个人的位置。看着自己在寒冷中变成青蓝色的血被抽走,他感到一阵头晕。

·······''''lllll······''''lllll······''''lllll·······

他们走进一部熟悉的电梯。他周围的人在说话。他们的声音听起来非常遥远。唐纳德觉得自己吃了什么药,但他记得自己已经不再吃他们给的药了。他伸手去摸自己的下嘴唇,手指和嘴巴都有一些刺痛。他仔细摸了一下溃疡的地方,就是他把药丸藏在嘴里的那个位置。

溃疡不见了,在他沉睡的时候痊愈了。电梯门开启,唐纳德感觉自己更多的梦正在消失。

他们把他推进另一条走廊,墙上有磨损的痕迹,和轮椅的轮子一样高。是橡胶摩擦在油漆上留下的黑色弧线。他的视线扫过墙壁、天花板和瓷砖地面,这些都有几个世纪的磨损。仿佛就在昨天,它们几乎还是新的;现在却遭受了无数破坏,突然就坍塌成一堆废墟。唐纳德记得自己设计过这样的走廊。他记得自己曾经以为这些会完好地存在很长很长时间。但真相一直都在他眼前,就在他的设计里,在盯着他。只是他觉得这太疯狂,无法认真去对待。

轮椅放慢了速度。

"下一间。"他身后一个粗哑的声音说道。这个声音同样是熟悉的。唐纳德被推过一扇关闭的门,到达另一扇门前。一名护工绕过轮椅,一串钥匙在他的屁股上"叮当"作响。他选了一把钥匙,插进锁孔。一阵轻微的"咔哒"声,然后是铰链的尖利摩擦声。门被向内推开。房间的灯被打开。

这是一个牢房一样的房间,散发着久未使用的霉味。头顶上的灯闪烁几下才亮起来。角落里有一张狭窄的双层床,一张边桌,一个橱柜,一间浴室。

"为什么把我送到这里?"唐纳德问。他的声音还很嘶哑。

"这是你的房间。"护工收起钥匙,用一双年轻的眼睛瞟向推轮椅的人,仿佛在等待他的确认。另一个穿浅蓝色衣服的年轻人急忙绕过来,把唐纳德的脚从踏板上取下,放在被漫长岁月磨薄的地毯上。

唐纳德最后的记忆是被长着皮革翅膀、疯狂咆哮的狗追逐。一直逃上了一座骨头堆成的高山。但那只是一个梦。他最后的真实记忆是什么?他想起了一根针,想起了死亡。那感觉很真实。

"我的意思是……"唐纳德痛苦地咽了一口唾沫,"为什么我……醒过来了?"

他差一点问自己为什么还活着。两名护工把他从椅子上扶到双人床的下铺,同时交换了一下眼神。轮椅被推回走廊,发出"吱"的一声响。推轮椅的人停下来,宽阔的肩膀让门口显得窄了许多。

一名护工用两根手指轻轻搭在唐纳德冰蓝色的手腕血管上,嘴唇翕动,静静地计数。另一名护工将两粒药丸倒在一只塑料杯里,又有些手忙脚乱地拧开一个水瓶盖。

"没有必要。"门口的一个身影说道。

拿药的护工回头瞥了一眼。那位老者已经走进这个小房间。整个房间的空间仿佛都被压缩了。唐纳德感觉自己的呼吸变得更加困难。

"你是解……"唐纳德悄声说。

白发老者朝两名护工摆摆手,"给我们一点时间。"

给唐纳德测脉搏的人完成计数,朝同伴点点头。没有吃的药丸又被倒进一只纸杯里,被收走了。这位老者的面孔唤醒了唐纳德脑海中的一些东西,刺穿了那些模糊的景象和梦境。

"我记得你。"唐纳德说,"你是解冻者。"

一丝微笑闪过,就像老者的头发一样苍白。细小的皱纹出现在他的嘴唇和眼睛周围。走廊里的轮椅在"吱吱"声中被推远。"咔哒"一声,门被轻轻关上。唐纳德觉得自己听见锁舌插进锁槽。不过他的牙齿偶尔也在"咔哒"作响,而且他的耳朵里还是一片含混。

"瑟曼。"那个人纠正了他。

"我记得。"唐纳德记得自己的办公室——是在上面,离这里很远的另一间办公室。一个还会下雨,有青草生长,樱桃树每年都会开花的地方。这个人曾经是参议员。

"你的记忆是一个需要我们破解的谜。"老者歪过头,"不过暂时而言,你能想起来算是一件好事。我们需要你想起来。"

瑟曼靠在那个金属橱柜上,看上去仿佛有好几天没睡过觉了。他的头发有些散乱,和唐纳德记忆中完全不同。在他哀伤的眼睛下面有黑色的痕迹。他看上去……似乎老了许多。

唐纳德低头看看自己的手掌。床垫里的弹簧随着他的动作振动几下,让整个房间仿佛在摇晃。他的脑海中再一次闪过那时可怕的景象——一个人想起自己的名字,想要得到自由。

"我的名字是唐纳德·基恩。"

"所以你的确记得。而且你知道我是谁?"老者拿出一张叠起来的纸,等待唐纳德回答。

唐纳德点点头。

"很好。"解冻转过身,将叠起的那张纸放到橱柜上,折痕向上,让它像帐篷一样立在橱柜顶上。"我们需要你记起所有事情。等脑子里的迷雾退去,看看这份报告,确定一下还有没有需要补充的。等你的肠胃安定下来以后,我会让人给你送一份正经的食物下来。"

唐纳德揉搓着额角。

"你已经离开有一段时间了。"解冻用指节敲敲门。

唐纳德在地毯上活动着脚趾。他的双脚开始恢复知觉。门"咔哒"一声被打开。参议员又一次挡住走廊中的光线,仿佛变成了一道影子。

"休息吧,然后我们一起寻找我们的答案。还有人想要见你。"

不等唐纳德问他的话是什么意思。屋门已经被关紧。随着门被关闭,参议员离开,唐纳德觉得这个小空间里有了更多空气可以呼吸。他深吸了几口气,积攒一下力量,抓住床框,挣扎着站起来,他的身子还在不断摇晃。

"寻找我们的答案。"他重复这句话。有人想要见他。

他摇摇头,结果整个世界都随之旋转。他真的有什么答案吗?他有的只是一堆问题。他记得唤醒他的护工说了些什么筒仓完蛋之类的话。他想不起是哪座筒仓。为什么他们会为了这种事叫醒他?

他摇摇晃晃地向门口走去,握住门把手转动了一下——他已经知道结果,只是想确认一下而已。他又走到橱柜前,那张纸依旧像帐篷一样立着。

"休息。"他笑着重复这个建议。他真的能睡着么?他觉得自己仿佛一直在睡觉,从未醒来。他拿起那张纸,在眼前展开。

一份报告。唐纳德记得。这是一份报告的副本,上面记录了一个年轻人在做可怕的事情。房间在他的周围扭曲,仿佛只有他站立的地方是稳定的。男人和女人相互踩踏,不断死去;一些很糟糕的命令被下达;一些面孔正在走廊里看着他——那全都是很久以前的事情了。

唐纳德眨眨眼,让被泪水模糊的视野恢复清晰,继续阅读不断颤抖的报告。这不是他写的?他记得自己在上面签了名。但报告底部不是他的名字。笔迹是他的,名字不是。

特洛伊。

唐纳德的两条腿又变得麻木。他想要回到床上去,却瘫倒在地板上。记忆如同洪水一样涌入他的大脑。特洛伊和海伦。海伦和特洛伊。他记得自己的妻子。他能想象自己的妻子消失在一座山后面,向天空高举双臂,而炸弹正在落下。他的妹妹和某个无名的黑色影子将他拽回去。人们像弹珠从山坡上滚落,全部进入了某个充满白色迷雾的深洞里。

唐纳德记得。他记得自己对这个世界做的一切。在一个充满死亡的筒仓里,有一个深陷困扰的男孩,一个藏在服务器中间的学徒。那个男孩给12号筒仓带来了末日。唐纳德不得不写下一份报告。但唐纳德——他干了什么?他杀死的人就算是一座筒仓也远远装不下。他制订计划,参与毁灭了整个世界。他手中的报告在他的回忆中抖动。泪水落在纸上,给白纸染上了一片淡蓝色。

第三十章

1号筒仓

几个小时以后,一名医生带来了汤和面包,还有高高的一玻璃杯水。在他给唐纳德做检查的时候,唐纳德已经狼吞虎咽地吃了起来。温热的汤感觉很好,不断在他的身体中央散发出热量。唐纳德用牙齿撕开面包,再用水把面包灌进肚子。他已经禁食了这么多年,现在对食物的渴望快要让他发疯了。

"谢谢。"他一边嚼着面包一边说,"谢谢给我送吃的过来。"

正在量血压的医生抬头瞥了一眼。他比唐纳德年长许多,身材魁梧,眉毛浓密,一绺头发紧贴在头皮上,就像山顶的一片云。

"我是唐纳德。"唐纳德做了自我介绍。

那位老者的额头上出现了一道困惑的皱纹,灰色的眼睛盯住他的笔记板,仿佛上面的报告和他的病人都不可信。血压计上的指针随着唐纳德的脉搏一下下跳动着。

"你是谁?"唐纳德问。

"我是斯尼德医生。"医生终于说道。不过他的声音显得没什么信心。

唐纳德又喝了一大口水,心中庆幸杯子里的水是常温的,不是冰水。他再也不想让任何低温的东西进入身体了,"你是从哪里来的?"

"刺啦"一声响,医生扯下唐纳德手臂上的束带。"10层。不过我这一班的办公室是在68层。"

他把血压计放回到一只袋子里,在笔记板上做好记录。

"不,我的意思是,你是从哪里来的?你明白吗……以前是哪里人?"

斯尼德医生拍拍唐纳德的膝盖,站起身。笔记板被挂在门外的钩子上。"随后几天里,你也许还会有些头晕。如果你感到任何不舒服,就告诉我们,好吗?"

唐纳德点点头。他记得自己曾经听到过同样的建议。或者那是在他上一次值班的时候?还是说,医生会向记忆有问题的人重复同样的话?他不应该是那种人。这次不是。

一片影子落在房间中。唐纳德抬起头,看见解冻站在门口。他急忙抓住餐盘,以免它从腿上滑落。

解冻向斯尼德医生点点头。不过这两个应该都不是他们的真名。瑟曼,唐纳德告诉自己,瑟曼参议员。这个他知道。

"能不能和你说句话?"瑟曼问医生。

"当然。"斯尼德拽起他的袋子,走出房间。屋门被轻轻关上,只留下了唐纳德一个人喝着汤。

他无声地向嘴里舀了一勺汤,一边努力分辨门外微弱的说话声。瑟曼,他再一次提醒自己。他不是参议员了。什么参议员?那些岁月已经逝去。都是因为唐纳德制订的计划。

报告被放回到橱柜原先的位置上,依然像帐篷一样立着。唐纳德咬了一口面包,想起自己设计的楼层。那些楼层现在是真的了,真实地存在着。人们居住在其中,生儿育女、欢笑、吵闹、在淋浴时歌唱、将死者埋葬。

几分钟后,门把手倾斜一下,屋门被打开。解冻一个人走进房间,关上门,皱起眉看着唐纳德。"感觉如何?"

勺子撞在碗边上。唐纳德放下餐具,两只手抓住托盘,以免手会颤抖,或者攥成拳头。

"你知道,"唐纳德咬紧牙关,嘶声说道,"你知道我们干了什么。"

瑟曼摊开双手,"我们做了必须做的事。"

"不,不要给我这种托辞。"唐纳德摇摇头。玻璃杯中的水在晃动,仿佛有某种危险正在逼近,"整个世界……"

"我们拯救了它。"

"说谎!"唐纳德的声音变得沙哑。他努力想要回忆起来,"世界已经没了。"他想起了在山顶上看到的风景,还有自助餐厅的大屏幕。那些山丘变成了阴沉的棕褐色,天空中飘满了可怕的乌云。"我们终结了它。我们杀死了所有人。"

"他们已经死了。"瑟曼说,"我们全都死了。所有人都会死,孩子。唯一重要的是……"

"住口。"唐纳德挥手将瑟曼的话赶走,仿佛那些都是"嗡嗡"叫的虫子,会叮咬他,"这件事毫无道理可言……"他感觉到嘴唇上的唾液,便用袖子将它擦干。他腿上的托盘危险地向下滑去。瑟曼迅速伸手扶住它——像他这样年纪的人不应该有这么快的速度。他把剩下的食物放到边桌上,回到唐纳德面前。唐纳德能看出,他变老了,脸上的皱纹更深,骨骼上的皮肤开始下垂。他不知道在自己睡觉的时候,瑟曼到底清醒了多久。

"我在战争中杀死过许多人。"瑟曼看向盛着残羹剩饭的托盘。

唐纳德发现自己盯住了这位老人的脖子。他将手握在一起,固定在身前。瑟曼突然承认自己的杀戮,仿佛意味着他能看穿唐纳德的心思,又仿佛这是某种警告,让唐纳德不要放弃他的杀人计划。

瑟曼转向橱柜,拿起那张叠起来的报告,将它打开。唐纳德看到上面淡蓝色的污渍。那是他流下的冰冷眼泪。

"有人说,杀人时间越久,再杀人就会越轻松。"他的声音中满是哀伤,没有威胁。唐纳德低头看着自己的膝盖,发现它们在跳动。他将脚跟压在地毯上,努力把它们固定在那里。

"对我而言,感觉只会变得越来越糟。在伊朗有一个人……"

"整颗该死的行星。"唐纳德悄声说道,用牙齿咬住每一个字。他口中这样说着,心里却只能想到他的妻子海伦被拖到错误的山丘下。那里的一切正在变成废墟。"我们杀了所有人。"

参议员深吸一口气,停了片刻。"我告诉过你,他们已经死了。"

唐纳德的膝盖再次开始跳动。他无法控制住它们。瑟曼审视着报告,似乎看到了一些无法确定的内容。那张纸在微微抖动。不过也许那只是因为头顶上的通风口在吹风进来——他的头发也被吹动了一点。

"我们当时在卡什马尔①。"瑟曼继续说道,"当时战争就要结束了。我们吃了很多苦头,却告诉全世界我们正在取得胜利。我的小队里有个下士,是我们的队医,詹姆斯·汉尼根。他很年轻,总是喜欢开玩笑,但在有需要时也会非常认真。他是那种人人都喜欢的人,那种在离去时会最让人感到难过的人。"

---

①伊朗东北部的城市。——译注

瑟曼摇摇头,目光飘向远方。天花板上的通风口安静下来,但报告还是在颤抖。

"我在那场战争里杀了很多人,但只有一次真正救了一个人。其余时候,你扣下扳机的时候根本就不会知道自己在干什么。也许被你杀死的那个人完全不会把枪口对准谁,不会伤害任何人。也许他只会丢下枪,混进平民之中,回自己的家去,在大使馆旁边开一个卖树薯粉的铺子,和海外部队聊聊篮球。一个普普通通的好人——这样的人有成千上万。你永远不会知道。你正在杀害这些人,你永远不知道你这样做是否有充分的理由。"

"又有多少亿……"唐纳德咽了口唾沫,蹭到床边,伸手去拿托盘。瑟曼知道他要的是什么,便将只盛着一半水的水杯递给他,同时继续无视唐纳德的抱怨。

"汉尼根在卡什马尔城外被弹片击中。如果我们能把他送到医生那里,他就能挺过来,还能在酒吧里撩起衬衫,炫耀自己的伤疤。但他走不了路,而且当时的天气非常热,无法进行空运。我们小队被包围了,必须杀出一条血路。我觉得我们没办法及时到达安全的机降点。我知道,因为我之前见过太多次,我会有两三个手下为了救他而牺牲。当你拖着一名士兵而不是步枪时,就会发生这种情况。"瑟曼把袖子按在额头上,"我亲眼见过。"

"你丢下了他。"唐纳德明白这个老人要说什么。他喝了一口水。杯子里的水也在颤动。

"不,我杀了他。"瑟曼盯着床脚,或者是什么也没看,"敌人不会让他死的。至少不会当场让他痛快地死掉。他们会给他包扎,这样就能给他拍视频。他们会缝合他的肚子,然后他们就可以撬开他的嘴。"他转向唐纳德,"我必须做出决定,而且要快。时间越久,我就越认同自己的行为。那天我们失去了一个人。但我救了两三个人。"

唐纳德摇摇头,"这不一样,我们……你……"

"完全一样。你还记得采法特①吗?媒体是怎么称呼那个事件的?"

唐纳德记得采法特,一座以色列城市,靠近拿撒勒,离叙利亚不远。在那场战争中遭受了最严重的大规模杀伤性武器袭击。他点点头。

"世界其余的地方也会变成那种样子,就像采法特一样。"瑟曼打了个响指,"一百亿盏灯同时熄灭。我们已经被感染了,孩子。剩下的只是一个触发问题。采法特……就像一次测试。"

唐纳德摇摇头,"我不相信。为什么会有人干这种事?"

瑟曼皱起眉头,"别天真了,孩子。生命对一些人而言毫无意义。你将一个开关放在一百亿人面前,一个能在眨眼间杀死我们所有人的开关,然后你就会看到成千上万只手扑向那个开关——会有超十万、上百万只手。不过是时间问题。而那个开关的确存在。"

"不。"唐纳德回忆起自己作为众议员的时候,在他第一次赢得竞选后与这位参议员的第一次谈话。谎言和真相混淆在一起,相互遮掩。"你永远也说服不了我。你要么喂我吃药,要么杀了我。你永远也说服不了我。"

瑟曼点点头,好像在表示赞同。"给你吃药不管用。我仔细研究了你第一次值班的情况。有一小部分人拥有某种抵抗力。我们很想知道其中的原因。"

---

①以色列北部城市,犹太教圣城之一。——译注

唐纳德只能笑笑。他靠在窄床后面的墙上，蜷缩在上铺提供的黑暗中。"也许我看到的太多了，所以无法忘记。"

"不，我不这么认为。"瑟曼低下头，和唐纳德四目相对。唐纳德喝了口水，双手紧握住杯子。"你看到的越多——你的创伤越严重——药物效果就越好。它们会让你更容易忘记。只有某些人例外。这也是我们会采集样品的原因。"

唐纳德低头瞥了一眼自己的胳膊。一小块方纱布贴在针头留下的血孔上。一种既无助又恐惧的痛苦情绪涌上他的心头。"你叫醒我是为了抽我的血？"

"不完全是。"瑟曼犹豫了一下，"你对药物的抵抗力让我感到非常好奇，但你醒过来的原因是有人求我叫醒你。我们正在失去筒仓……"

"我还以为这是你们的计划。"唐纳德忿恨地说，"丢掉一些筒仓。我还以为你们想要这样。"他想起自己在12号筒仓上画下一个红叉。那么多生命一下子都完结了。他们要为此负责。筒仓是可以消耗的——他曾经被这样告知过。

瑟曼摇摇头，"无论那里发生了什么，我们都需要有所了解。有人……有人认为你也许已经找到了答案。我们有几个问题要问你，然后我们会把你重新放回去。"

放回去。就是说，他不会清醒太久。他们叫醒他只是为了采集他的血样，再窥看一下他的意识，然后就会让他继续长眠。唐纳德揉搓着手臂，他的双臂干瘦枯萎。他正在冷冻舱里一点点死掉。他只想死得更快一点。

"我们需要知道，你对于这份报告还记得什么。"瑟曼将手中的纸递过来。唐纳德只是摆摆手。

"我已经仔细看过它了。"他不想再看一遍。只要闭上眼睛,他就能看见那些绝望的人们涌进遍布灰尘的荒野。是他下令让那些人去死。

"我们还有其他药物,能够缓解……"

"不,不要再给我吃药了。"唐纳德将手腕交叉,双臂向外一挥,两只手切开面前的空气,"听着,我对你们的药没有抵抗力。"这才是事实。他早已厌恶了谎言。"没有什么不解之谜。我只是不再吃药了而已。"

能承认事实的感觉真好。但现在他们打算怎么做?让他回去继续睡觉?他又喝了一口水,一边把水咽下去,一边回忆当时的真相到底是什么样子。

"我把它们藏在牙床缝里,然后再吐出来。就是这么简单。可能其他人吃了药以后确实还能记得。比如哈尔——或者叫卡尔顿,无论你们管他叫什么。"

瑟曼冷冷地看着他,一边用那份报告轻轻敲打掌心,似乎正在消化他供认的事实。"我们知道你停止服药,也知道你是从什么时候开始的。"

唐纳德耸耸肩,"谜团解决了。"他喝光杯子里的水,把空杯子放回到托盘上。

"对你失效的药不在那些胶囊里,唐尼。人们会停止服用胶囊,是因为他们开始回忆起过去。你倒果为因了。"

唐纳德难以置信地审视着瑟曼。

"你的尿液在停止服用胶囊之后就会改变颜色。你的牙龈因为长期接触那些胶囊而出现溃疡。这些都是我们寻找的迹象。"

"什么?"

"胶囊里没有药,唐尼。"

"我不相信你的话。"

"我们给每一个人用药。我们之中的确有对药物免疫的。只是你不应该是这种人。"

"胡说,我记得。那些药丸会让我头晕。只要停止服用它们,我的感觉就会好很多。"

瑟曼歪过头,"你停止服药的原因是你……不能说是你的状况变好了。实际上是因为恐惧开始渗透进你的思维。唐尼,药在水里。"他指了一下托盘上的空杯子。看到这个手势,唐纳德立刻感到一阵恶心。

"不必担心。"瑟曼说,"我们会搞清楚的。"

"我不想帮你们。我不想谈论那个什么报告。我不想见你想让我见的人。"

他想要海伦。他只想见他的妻子。

"如果你不帮我们,可能会有成千上万的人死去。仔细看看你写的这份报告,你可能会想起什么,虽然我对此完全没有信心。"

唐纳德朝盥洗室的门口瞥了一眼。他想要把自己锁进盥洗室里,把肚子里所有的东西都吐出来,无论是食物还是水。瑟曼说的也许是谎话;也许是实话。也许杯子里只是普通的水;也许他真的有某种所谓抗药性。

"我几乎记不得自己还写过这个该死的东西。"他承认。会有谁想见他?他估计应该是另一名医生,或者是现在当值的筒仓主管。

他揉搓着额角,感觉到两个额角之间的压力越来越大。也许他应该按照他们说的去做,然后继续去睡觉,回到他的梦里去。他偶尔会梦见海伦。那是他唯一能和妻子在一起的地方。

"好吧，"他说，"我答应。但我仍然不知道我能回忆起什么。"他揉了揉手臂上被抽血的地方。那里很痒——痒得就像是有一块瘀伤。

瑟曼参议员点点头，"我和你的看法是一致的。但她不这样认为。"

唐纳德身子一僵。"她？"他仔细打量瑟曼的眼睛，不知道自己是不是听错了，"哪个她？"

老人皱起眉头。"让我唤醒你的人。"他抬手指了一下床铺，"休息一下吧。明天上午，我会带你去见她。"

第三十一章

他睡不着。时间是残酷的,缓慢且不可知。没有时钟记录每一分一秒的离去。他恼恨地拍打屋门,却没有人回应。他只能躺在下铺床上,盯着支撑上铺床垫的那些铁丝交叉成一个个菱形图案,听着墙后面水管里汩汩的流水声——那些水正流向另一个房间。他睡不着,也不知道现在是半夜还是中午。筒仓的全部重量都压在他身上。

当无聊变得无法忍受,唐纳德终于屈服了。他又看了一遍报告,更加仔细地对那张纸上的一字一句进行研究。这不是最初的报告,签名显得有些死板,而且他记得自己签名时用的是蓝色钢笔。

他快速读过关于筒仓崩溃的报道,以及他认为技术部主管学徒太年轻的看法——针对这一问题,他的建议是提高学徒年龄。他想知道他们是否这样做了。也许他们采纳了这条建议,但问题依然存在。他还提到了他主持接纳的一个年轻人,一个在仪式上主动提出问题的年轻人。这个年轻人的曾祖母和唐纳德一样,也记得过去的事。他的报告建议允许每位候选者提一个问题。毕竟他们将会被给予遗产。即使成为筒仓的管理者,还会有更多真相等待他们掌握,为什么不能在教导的最后阶段让他们知道这一点呢?

听见钥匙插进锁孔的轻微"咔哒"声,唐纳德将报告叠起来。瑟曼推开门。

"感觉好些了吗?"瑟曼问道。

唐纳德没有说话。

"你能走路吗?"

他点点头。走路——他真正想做的是尖叫着冲过走廊,在墙上敲出一个个窟窿。但走路也可以。在他的下一个长眠之前走一走。

••••••••••••••••••••••••

他们静静地站在电梯里。唐纳德注意到瑟曼在按下54层的按钮之前先扫描了他的证件。电梯面板上的其他许多按钮都快要磨平了,54层的按钮却依然崭新明亮。如果唐纳德没记错,那一层除了储备物资以外应该什么都没有,而且是根本不需要的储备物资。电梯减速,来到一个平时根本不会停靠的楼层。电梯门打开,前方是一片货架的巨大阵列,上面摆满了制造死亡的工具。

瑟曼带他走进阵列中间。一些木箱的侧面印着"弹药",旁边还有一些更长的箱子,上面印着"M22"和"M19"——都是武器型号。一排排架子上放着防弹衣和头盔,还有标明"药品"和"口粮"的箱子,更多的箱子上完全没有标签。在架子的后面,大块防水布覆盖着有球形头部和伸展出双翼的东西。他知道那是无人机——军用无人机。他的妹妹曾经在一场战争中操纵过它们。那场战争现在看来没有任何意义,只是遥远古代历史的一部分。但关于它的遗迹却被留在这里,保养良好,被妥善遮盖,散发出机油和恐惧的气味。

走过无人机,瑟曼领着他穿过一片昏暗的阴影。这间仓库似乎永无尽头。终于,他们来到这个巨型空间的另一端。从一间开着门的办公室里透出一丝光亮。唐纳德听到翻动纸张的声音,还有椅子发出的尖锐摩擦声——应该是有人在转身。唐纳德走到门口,看到她坐在那里,完全出乎他的意料。

"安娜?"

安娜坐在一张宽大的会议桌后面。桌子周围还有几把样式相同的椅子。她从电脑显示器后面的一堆文件中抬起头,看到唐纳德,没有一点吃惊的样子,只是露出一种微笑,仿佛早知如此似的,神情中还有一种笑容掩饰不住的疲惫。

唐纳德还在目瞪口呆的时候,安娜的父亲已经向女儿走过去,握住女儿的手臂捏了一下,在她的脸颊上轻轻一吻,但安娜的眼睛始终没有离开唐纳德。老人对女儿耳语了几句,然后宣布自己还有别的工作。直到参议员离开房间,唐纳德才动了一下。

"安娜……"

她已经绕过那张大桌子,用双臂搂住他,轻声给他安慰。唐纳德一下子倒进她的怀里,没有了一丝力气。他感觉到她的手抚过他的后脑勺,停在他的脖子上。他自己的双臂环抱住她的脊背。

"你在这里做什么?"唐纳德悄声问。

"和你在这里的原因一样。"安娜从唐纳德的怀抱中退出来,"寻找答案。"她向后退开,目光扫过一团乱的桌子,"只不过我们针对的问题也许不一样。"

这里有一张唐纳德熟悉的蓝图——五十个筒仓组成的网格——刚好覆盖住整张桌面。每个筒仓就像一只小盘子。所有筒仓都被困在一块玻璃下面。一共十二把椅子围住这张桌子。唐纳德意识到这是一间作战室,将军们站在这里,推动塑料模型,讨论成千上万转瞬即逝的生命。一抬头,就能看到贴满墙壁的地图和示意图。隔壁有一间浴室,门上的钩子挂着一条毛巾。远处的角落里搭了一张床,被褥铺得很整齐。床旁边有一盏灯,就放在前面仓库里的那种木箱上。到处都是裸露在外面的电线,表明这个房间早已从仓库的一部分被改造成了某种可以供人居住的办公地点。

唐纳德走到旁边的墙壁前,翻了翻挂在上面的一些手绘图纸。有些图纸里外一共有三层,上面写满了注释。看上去,它们不像是战争计划,倒更像是犯罪剧里的场景。在过去的人生中,那种犯罪剧总是让他看得昏昏欲睡。

"你在这里的时间比我要久。"他说道。

安娜来到他身边,一只手落在他的肩膀上。遭到碰触的唐纳德被吓了一跳。

"到现在差不多一年了。"她的手沿着他的脊背滑落,随后才离开他的身体,"我能请你喝一杯吗?水?我还藏了一瓶苏格兰威士忌。他们藏在箱子里的东西,至少有一半我爸爸都不知道。"

唐纳德摇摇头,转过身看到安娜走进浴室,打开水龙头。她出来的时候,手中端着一只杯子。她将杯子举到嘴边,喝了一口杯中的水。

"这里出什么事了?"唐纳德问,"为什么我要被唤醒?"

安娜咽下嘴里的水,举起杯子朝墙壁晃了晃。"这里……"她笑着摇摇头,"我想说,其实没什么,这个地狱一直让我从一只匣子里出来,再进入另一只匣子。大体而言,这和你没什么关系。"

唐纳德再次审视这个房间。一年,就过着这样的生活。他将注意力转向安娜。她将头发盘成一个发髻,固定发髻的是一支笔。除了眼睛下面的黑眼圈,她的皮肤整体非常苍白。他想知道她是怎么熬过这种生活的。

远处的墙上有一张打印出来的表格,上面是一片圆环的网格,完全符合这个设施的布局。在左上角有一个熟悉的红叉,他知道那是12号筒仓的位置。附近还有另一个"X",代表着他不知道的一场毁灭,对应的位置应该是10号筒仓。更多人失去了生命。在网格的右下角,有一团看上去毫无意义的混乱笔迹。他朝那里走近一步,房间似乎突然开始摇晃。

"唐尼?"

"这里发生了什么?"他的声音如同耳语。安娜转过身,发现他注视的地方,便向桌上瞥了一眼。这让唐纳德注意到,安娜刚才处理的文件全都散落在设施蓝图上相同的一角。那块压桌子的玻璃对应的位置上也全都是红色和蓝色蜡笔留下的注释。

"唐尼……"安娜靠近一步,"情况不是很好。"

唐纳德再次仔细端详墙壁上那张示意图一角的各种红色标记——其中有"X",也有问号,还有红色墨水写的注释以及许多线条和箭头。有十到十二个筒仓上面都布满了标记。

"一共有多少?"唐纳德在心中计算着具体的死亡人数,"他们全都没了?"

安娜深吸一口气。"我们不知道。"她喝完杯中的水,走到长桌前,坐进一把椅子里,拿出一只瓶子,在她的塑料杯中倒了一两指深的烈酒。

"是从40号筒仓开始的。"她继续说道,"那里在大约一年以前变黑……"

"变黑?"

安娜喝了一口威士忌,舔着嘴唇点点头。"先是监视摄像机没有了信号。不是一下子全部失灵,但到最后,它们都坏了。我们失去了和那里筒仓主管的联系,也找不到那里的任何人。当时值班的是厄斯金。他根据《指令》的内容,同意关闭那座筒仓……"

"你的意思是,杀死那里的所有人。"

安娜飞快地看了他一眼。"你知道必要措施。"

唐纳德记得12号筒仓。他记得自己做出过同样的决定——就仿佛这个决定真的需要由他来做出一样。实际上,整个系统都是自动运行的。难道他不是在按照由其他人写下的既定程序,按部就班地在做事吗?

他审视着示意图上布满红色标记的部分。"剩下的那些——其余那些筒仓呢?"

安娜一口喝光威士忌,狠狠喘了一口气。唐纳德发现她正盯着酒瓶,"42号变黑的时候,他们叫醒了父亲。他叫醒我的时候,又有两个筒仓变黑了。"

又有两个筒仓。"为什么要叫醒你?"唐纳德问。

安娜将一缕散发抿到耳后。"因为没有其他人了。因为所有参与过设计这个地方的人或者已经永远离去,或者彻底智穷力竭。因为爸爸已经绝望了。"

"他想要看看你。"

安娜笑了。"相信我,不是那样的。"她向桌子上的圆圈和摊开的文件挥了挥手中的空杯子,"他们使用了高频无线电。我们认为是从40号开始的,可能是那里的技术部主管不再服从命令。那里的人擅自使用他们的天线与周围的其他筒仓联系,我们无法切断他们的通讯。他们早就对我们的手段有所防备。爸爸对此一直有怀疑,就向其他人强调无线电网络是我专门负责的项目。他们最终听了爸爸的话。毕竟没有人想使用无人机。"

"向谁强调?谁知道你在这里?"唐纳德察觉到其中的危险,不过也许只是他软弱的心智在大惊小怪。

"我爸爸、厄斯金、斯尼德医生、他的助手们——是他们唤醒了我。但那些助手不会再值班了……"

"深度冻结?"

安娜皱起眉头,又往杯子里倒了些酒。唐纳德这才意识到,在他沉睡的这段时间里,又有多少东西再也无法挽回。筒仓中不知道轮换过了多少班。又一座筒仓变黑,在地图上被红色的X盖住。筒仓阵列的一整个角落都遇到了麻烦。瑟曼已经被唤醒一年,一直在处理这件事。还有他的女儿。唐纳德指了一下这个房间,"你被困在这里一年了? 一直在这里工作?"

安娜朝门口一摆头,笑了两声。"我曾经在更糟糕的地方待过更长的时间——远比待在这里要久。是的,这里的一切都很糟糕,让我感到恶心。"她又喝了一口。酒杯遮住了她的表情。唐纳德不由得在心中猜想,也许他被叫醒是因为安娜已经耗尽了力量,就像她被叫醒是因为她父亲耗尽了力量。下一个又会是谁? 他要在冷冻舱里去找他的妹妹夏洛特吗?

"到现在,我们和十一座筒仓失去了联系。"安娜盯着杯中的酒,"我觉得我已经控制住了局势,但我们还在努力调查它是怎么发生的,那里是否还有人活着。我个人不这么认为,但爸爸想派侦察兵或无人机去看看。大家都说这样风险太大。另外,依照眼前的情况,18号要把自己烧成灰烬了。"

"我应该参与这些事吗? 你的父亲认为我都知道什么?"他绕过长桌,朝酒瓶指了指。安娜在自己的杯子里倒上酒,递给他,又拿起显示器旁的另一只杯子。唐纳德一屁股坐在安娜的小床上。他要理解的事情实在是太多了。

"爸爸不认为你知道什么。他根本不想让你醒过来。没有人应该从深度冻结中醒过来。"她将酒瓶盖拧回去,"下命令的是他的老板。"

刚喝下一口酒的唐纳德差一点被呛到。他把酒喷出去,用袖子擦了擦下巴。安娜关心地看着他。

"他的老板?"唐纳德喘着气问道。

安娜眯起眼睛说道:"你在这里的原因,爸爸告诉过你,对吧?"

唐纳德伸手到衣兜里去拿那份报告。"我在最后……在我值班时写了一份东西。瑟曼还有老板?我还以为是他在掌管一切。"

安娜冷冰冰地笑了两声,"没有人掌管一切。掌管一切的是系统。它只是在按照程序运行。我们建造了它,就是为了让它发挥这种作用。"她从桌旁站起身,走过来和唐纳德一起坐在床上。唐纳德向旁边挪了挪,给她让出地方。

"爸爸负责挖出这些深坑。那是他的工作。这个计划的绝大部分是由包括爸爸在内的三个人制订的。另外两个人对于如何隐藏这个地方有过一些设想。爸爸说服他们,不能躲避公众的目光,把这里搞成一个秘密项目。核储藏设施是他的主意,而且他当时正在相关的职位上。"

"你说,有三个人。另外两个是谁?"

"维克托和厄斯金。"安娜调整了一下枕头,靠到墙上,"那当然不是他们的真名。不过这又有什么关系?名字就是名字。你在这里可以是任何人。是厄斯金发现了最初的威胁,把纳米机器人的事情告诉维克托和爸爸。你会见到他。他正和我一起值双人班,处理损失筒仓的事情,不过这不是他专长的领域。还要么?"她朝唐纳德的杯子点点头。

"不,我已经感到头晕了。"唐纳德没有说自己的头晕并非是因为酒精,"我还记得在我值班的时候有一个维克托。他当时就在我对面的办公室。"

"就是那个人。"安娜的眼神在片刻间转向一旁,"爸爸说他是老板。不过我也和维克托共事过一段时间。那时我从没有想过他的位置比爸爸还要高。他认为自己只是一个管家,还曾经开玩笑说觉得自己就像是诺亚。他在几个月以前就想唤醒你。那时18号刚刚出了事。但爸爸否决了这个主意。我认为维克托喜欢你。他曾经很多次谈起过你。"

"维克托谈起我?"唐纳德还记得走廊对面的那个人,那名心理医生。安娜抬手抹了抹下眼睑。

"是的。他是个非常聪明的人,一眼就能看出你在想什么。任何人的心思都逃不过他的眼睛。这个计划大部分都要归功于他。他写了《指令》,还有原版的《法案》。那些曾经全都是他的设计。"

"你说'曾经'是什么意思?"

安娜的嘴唇颤抖着,仰头将杯子倒扣在嘴唇上,但杯底几乎没剩下多少酒。

"维克托死了。"她说,"两天前,他在办公桌后面开枪自杀了。"

第三十二章

"维克托？开枪自杀了？"唐纳德只能努力去想象走廊对面那个从容镇定的人竟然会干出这种事，"为什么？"

安娜抽抽鼻子，身子滑到唐纳德身边，手指转动着空杯子。"我们不知道。他对我们失去的第一个筒仓一直无法释怀，陷在那里走不出来。看到他如此自责，我的心都碎了。他过去常说，他能预见某些事的发生，那是……概率性必然。"她模仿维克托的声音说出最后这个词，让那位老人的脸生动地浮现在唐纳德的脑海里。

"但他不知道精确的时间和地点，正是这一点杀了他。"她又轻轻抹了一下眼睛，"如果那件事发生在别人值班的时候，他应该还会好受些。结果就是这让他极为内疚。"

"他认为那是我的责任。"唐纳德盯着地板说道，"那是在我值班的时候。我当时的情况非常糟糕，连清醒地思考都做不到。"

"什么？不，唐尼，不，"安娜伸手按住他的膝头，"没有人应该受到责备。"

"但我的报告……"他还在将那张纸捏在手里，叠起来的纸上还能看见一片一片的淡蓝色污渍。

安娜的目光也落在那张纸上。"这是报告副本？"她伸手拿过报告，一边将落在脸上的乱发梳到脑后。"爸爸有勇气告诉你这件事，但没有告诉你维克①做了什么,"她摇摇头,"维克托在某些方面很坚强,但在另一些地方很软弱。"她认真看着唐纳德。"我们发现他扑倒在办公桌上,周围都是笔记。那些是他在这个筒仓里的所有东西,你的报告在最上面。"

她打开那张纸,审视上面的文字,悄声说:"只是一份副本。"

"也许是……"唐纳德开口道。

"他在原本上写满了笔记。"安娜的手指划过报告,"就在这里,他写下了:'这就是原因'。"

"这就是原因?他为什么这样做的原因?"唐纳德挥手指了一下房间,"这不应该才是原因吗?也许他意识到,自己犯了一个错误。"他抓住安娜的胳膊,"想想我们都做了什么。如果我们做的这一切都只是一个疯子的狂想呢?也许维克托突然恢复了理智。也许真正的原因就是他清醒了一秒钟,真正看到我们都干了什么!"

"不,"安娜摇摇头,"这是我们必须做的。"

唐纳德一掌拍在身后的墙壁上。"只不过所有人都在这样说而已。"

"听我说。"安娜的手按住唐纳德的膝盖,努力想要安抚他的情绪,"你需要保持冷静,好吗?"她向门口瞥了一眼,眼神中带着恐惧,"我求他叫醒你,因为我需要你的帮助。我自己一个人做不了这件事。维克托正在处置18号筒仓的问题。如果让爸爸来做,他会直接终止那个地方,不再费任何力气。维克托不想这样。我也不想。"

唐纳德想到了12号筒仓。那里是他亲手终结的。但那里已经崩溃了,不是么?已经来不及拯救了。他们打开了气闸门。唐纳德

---

①维克托的简称。——译注

看向墙上的示意图,不知道18号筒仓是否同样来不及拯救。

"他在我的报告里看到了什么?"他问道。

"我不知道。但他在几个星期以前就想唤醒你。他认为你触及了什么东西。"

"也许只是因为我就是当事人。"

唐纳德在这个房间中寻找线索。安娜一直在钻研一个完全不同的问题。这么多的问题和答案。他的头脑很清醒,这一点和上次不同。他有自己的问题。他想找到他的妹妹,弄清楚海伦到底出了什么事,打消自己的疯狂念头——不要再以为海伦依然活在某个地方。他想对这个该死的地方有更多了解——尽管这里是他出力建造的。

"你会帮助我们?"安娜问道。她的手抚过唐纳德的后背。这次安慰的触摸带回了唐纳德关于妻子的记忆。曾几何时,海伦也会抚摸和关心他。唐纳德哆嗦一下,仿佛被虫子叮了。片刻间,他内心中仿佛依然觉得自己还有妻子。海伦还在某个地方活着,也许正在冰棺里,等待他去唤醒。

"我需要……"他猛地站起来,朝整个房间扫了一眼,目光落在电脑上,"我需要查一些东西。"

安娜也在他身边站起身。"当然,我可以把我们知道的都告诉你。维克托留下了不少笔记。你的报告都被他写满了。我可以给你看。也许你能说服爸爸,让他相信维克托在某些事情上是对的,那座筒仓还有挽救的价值……"

"是的。"这件事唐纳德会去做。但他首先必须不再被冻结。他的心中掠过一丝怀疑——这会不会正是安娜的目的?把他留下来,留在她身边。一个小时以前,唐纳德只想回去睡觉,逃脱这个他参与建造的世界。但现在,他想要答案。他想看看18号筒仓,还想找到海伦。搞清楚妻子到底出了什么事,她在哪里。他想到米克,田纳西从他的脑海中闪过。他再次去看墙上的筒仓示意图,努力回忆每一个州的编号都是多少。

"我们这里都有些什么资源?"他问道。想到自己将会得到的答案,他的皮肤涌过一阵热流。

安娜转头看向门口。门外的黑暗中传来脚步声。

"是爸爸。现在只有他还能来这一层了。"

"只有他?"唐纳德问道。

"是的。你以为维克托是从哪里搞到枪的?"安娜压低声音,"维克托下来,打开一只箱子的时候,我也在这里。但我完全没有听到他的动静。我爸爸将维克托的事全都怪罪到自己头上,一直都不相信他的死与你和你的报告有什么关系。但我了解维克托。他没有疯。求你,尽量帮帮我们,帮帮我。"

她捏了一下唐纳德的手。唐纳德低下头,才发现她一直握着自己的手。叠好的报告在她的另一只手里。脚步声逐渐接近。唐纳德点头同意。

"谢谢。"安娜放开他的手,从小床上拿起唐纳德的空杯子,插在她的杯子里,将它们和酒瓶一起放在一把椅子上,再把椅子推到桌子下面。瑟曼来到门口了,用指节敲了敲门框。

"请进。"安娜梳理了一下落在脸上的头发。

瑟曼将他们两个审视了片刻,"厄斯金计划举办一场小型的葬礼,只有我们知道内情的几个人参加。"

安娜点点头,"当然。"

瑟曼眯起眼睛,目光从女儿转向唐纳德。安娜似乎认为他是在询问他们谈话的结果。

"唐尼认为他能帮忙。"她说道,"我们都相信他最好在这里和我共事。至少直到我们有所进展的时候。"

唐纳德惊讶地看着她。瑟曼什么都没有说。

"我们还需要一台电脑。"安娜又说道,"如果你能送一台下来,我马上就能把它装起来。"

这个唐纳德倒是觉得不错。

"当然,还要加一张床。"安娜的嘴角露出一抹微笑。

第三十三章

18号筒仓

在和农夫们打了一架之后,米申悄悄溜走了。其余搬运工也各自散去。他在10层的上楼中转站睡了几个小时。脸上挨的一拳让他鼻子发麻,嘴唇一抽一抽地感到疼痛。在辗转反侧了很久之后,他在昏暗的光线中站起身,意识到现在去鸦巢还太早,克罗夫人可能还在睡觉。于是他去了自助餐厅,看着日出吃了一顿像样的早餐,验尸官的奖金在烧着他的口袋,就像他被擦伤的指关节也在一阵阵发热。

和上夜班的人们一起吃下的热饭菜缓解了他的疼痛。他们一起观赏乌云在山丘上翻滚,仿佛正在被晨曦唤醒。朝阳的光芒首先照亮了远方那些高耸的巨大空壳——克罗夫人称它们为"摩天大楼"。这意味着整个世界将再次醒来,度过又一个白天。他的生日——这一点米申无法忘记。他把自己的盘子留在桌上,再加上1点券——那是给替他洗碗的人准备的,他从来都不愿意去想清洁的事。在筒仓完全醒来之前,他已经冲下八层楼梯,向鸦巢跑去。每当这个时候,他都觉得自己根本没有长大。

到了9层的楼梯平台,门楣上没有楼层号,而是他无比熟悉的几个字:乌鸦之巢。

多年以来,这几个色彩鲜艳的粗体字被一代又一代人无数次描画,颜色堆积在颜色上,轮廓因为许多年轻人不同的笔触而渐渐变形。筒仓里的孩子们来来去去,只能用短毛刷留下他们的一点印记,而老克罗夫人却一直留在这里。

克罗夫人的巢包含了幼儿园、日间学校和各种专科教室。上层的孩子都会到她这里来。现在筒仓里其他还活着的人都不知道她是从何时开始在这里的。有人说,她像这座筒仓一样老。不过米申知道那只是传说而已。根本没人知道这座筒仓有多老。

他走进鸦巢,发现走廊里空无一人。此刻寂静无声,时间还是太早。从一间教室里传出轻柔细碎的摩擦声,是课桌被放到上课的位置上发出的声音。米申瞥见两位老师在另一间教室里说话,他们的脸上满是愁容,可能正在苦恼该拿那些淘气孩子怎么办——这让米申想起小时候的自己。在这个地方,浓茶的芬芳总是混合着糨糊和粉笔的气味。一排排金属储物柜上布满了小拳头打出来的凹痕,很需要重新刷一下油漆。它们把米申带回到另一个时代。仿佛就在昨天,他还在这里的走廊中捣乱。那些朋友都不见了——或者至少他们无法再像他希望的那样,能够永远在一起。

克罗夫人的教室在走廊尽头,与这个楼层唯一的公寓相邻。这间公寓原先是一间教室,是特别为克罗夫人改造的——这是人们普遍的说法。现在克罗夫人只教最小的孩子,但这一整个学校都是她的。这是她的巢。

米申记得在克罗夫人身边度过的每一个生命阶段。最开始来到鸦巢,这里总是能给他带来安慰——农场一下子就远离了他。后来,他终于长大了一些,能够承认自己缺乏智慧,什么事都不明白。

再以后,他经常会回到这里,寻找安慰和智慧——就像那一天,他明白了自己的出生和母亲的死亡之间有什么关系,明白了母亲是因为他才会被派出去进行清洁。米申清楚地记得那一天。也只是在那一天,他看见老克罗夫人在哭泣。

他敲过克罗夫人教室的门才走进去,发现克罗夫人正在黑板前——这块黑板被降低了高度,让老夫人坐在椅子里就能在上面写字。正在擦去昨天课程的克罗夫人停住手上的动作,转过身来,高兴地看着他。

"我的孩子,"她用沙哑的声音说着,挥舞黑板擦,示意米申过去,空气中随之飘满了粉笔尘,"我的孩子,我的孩子。"

"你好,克罗夫人。"米申走过教室中屈指可数的课桌,来到老夫人面前。一根电线从天花板正中心垂下来,接到克罗夫人的电动轮椅背后竖起的一根杆子上。米申低头从那根电线下方走过,弯腰给了克罗夫人一个拥抱。这位老教师身上的气味被他吸进鼻腔——那里面有他童年的纯真记忆。克罗夫人穿着那件黄色碎花长裙。这是她周三的着装,就像日历一样准。米申在这里的生活结束之后,这身衣服就开始褪色,就像这个筒仓中的所有东西一样。

"你真是长大了。"老夫人抬起头对他微笑,声音小得像是耳语。米申回想起她如何让年幼的孩子们安静下来,这样他们才能听到她在说什么。她抬手指了指自己的脸颊,看着米申脸上相同的位置问:"你的脸怎么了?"

米申笑着放下搬运工背包,"只是一点意外。"他对夫人说了谎——就像他小时候一样。他将背包放到一张小课桌脚下。他几乎能想象自己挤到这张小课桌后面,在这里听上一整天的课。

"你过得还好吗?"他一边问,一边端详老夫人的脸。那些深深的皱纹和暗沉的皮肤和农夫很像,但造成这些的是漫长的岁月,而不是种植灯。老夫人的眼睛有些浑浊,不过瞳仁中还在放射出生命的光彩,让米申想起天气晴朗时顶层自助餐厅墙壁上那些亟需清洁的屏幕画面。

"没有多好。"克罗夫人拧了拧扶手上的操纵杆,将这把几十年前由某个早已离开的学生为她做的椅子转了个角度,正对着米申。她把袖子拽起来,让米申看到一根纱布绷带,绑在她满是斑点的细瘦手臂上。"那些医生来抽了我的血。"她的手颤巍巍地指着手臂上的证据,"估计我一半的血都被抽走了。"

米申笑了,"我相信他们没有抽走你一半的血,克罗夫人。医生只是在给你做检查。"

她抬起头,脸上堆起一片皱纹。看上去,她似乎不像米申那么肯定。"我不相信他们。"她说。

米申微笑着说:"你不相信任何人。嘿,也许他们只是想要搞清楚你为什么没有像其他人那样早早地死掉。也许有一天,他们能找到办法,让每一个人都活得像你一样久。"

克罗夫人揉搓着枯皱手臂上的绷带,"或者他们是在寻找杀死我的办法。"

"哦,别那么阴谋论。"米申帮老夫人拽下袖子,小心地不让袖子碰到绷带,"为什么你会想这种事?"

克罗夫人皱起眉头,没有回答,只是低头看着米申瘪下去的背包。"今天休息?"

米申也顺着她的目光看下去。"嗯?哦,不,我昨晚刚刚放下一样东西。过一会儿,我会去再接一单货,把它送到他们让我送去的地方。"

"哦,年轻人的自由真是令人羡慕。"克罗夫人又转动轮椅,让它走到书桌后面。米申习惯性地俯身躲开转动的电线——轮椅背部撑起电线的杆子是依照孩子们的身高制作的。她拿起一只罐子,喝了一口里面的蔬菜浆——米申觉得那种浆汁有些倒胃口,但比起喝水,克罗夫人更喜欢喝这种东西。"艾莉上个星期来过。"她放下那罐黑绿色的浆液,"她一直在问你,想要知道你是不是还单着。"

"哦?"米申能感觉到自己的体温在飞速上升。克罗夫人曾经见到过他们两个接吻。那时米申还不知道接吻有什么意义。克罗夫人给了他们俩一个会意的微笑,算是一种警告。"现在大家都分开了。"米申改变了话题,希望克罗夫人能明白其中的暗示。

"总是会这样。"克罗夫人拉开书桌上的一只抽屉,在里面找了找,拿出一只信封。米申能看到信封上写着五六个名字,然后又被画掉。这只信封一定被用过好几次了。"你要下去吗?也许你能给罗德尼送点东西?"

信封被递过来。米申将它接住,看到自己最好朋友的名字被写在信封上,其余的名字都被画掉了。

"当然。不过我已经去找过他两次,他们都说他不在。"

克罗夫人点点头,仿佛对此并不感到意外。"去问问杰弗里,他是下面安全部的主管,也是我的学生。你告诉他,这是我的信,我请你把它亲手交给罗德尼。一定要亲手给他。"她颤巍巍地挥了挥双手,"我会给杰弗里写张条子。"

米申抬头看了一眼墙上的时钟。克罗夫人在书桌里寻找钢笔和墨水。用不了多久,走廊里就会充满孩子的嬉笑吵闹,还有打开和关上储物柜的声音。米申耐心地等待着老夫人写完便笺,同时浏览着墙上的旧海报和横幅——克罗夫人喜欢称它们为"励志名言"。

一切皆有可能——这是其中一个标语。它的下面简单地画着一个男孩和一个女孩站在一座巨大的土堆上。土堆是绿色的,天空是蓝色的,就像那些绘本一样。另一张海报上写着:尽情挥洒你的梦想。海报上有一道美丽的弧形彩带——这条彩带在克罗夫人那里有一个专门的名字,但米申把它忘记了。还有一条标语米申也很熟悉:去探索远方。它的配画是一只展翅欲飞的乌鸦栖息在一棵高大得不可思议的树上。

"杰弗里是那个秃头的。"克罗夫人抬手指了指自己稀疏的白发。

"我知道。"米申回应道。整个筒仓里有那么多成年人和老人都曾经是克罗夫人的学生。这一点总会让米申感到惊奇。走廊里传来储物柜门被摔上的声音。米申还记得自己小时候,教室里摆满了一排排小桌子。小隔间里放满了一捆捆午睡用的垫子。那时他每天都会找到他的垫子,在教室地板上清理出一片空地。克罗夫人会唱起被遗忘的歌谣,哄他们进入梦乡。他想念那些日子,想念那个古老的时代——那时的世界充满了不可思议的事物。靠在那张小课桌上,米申突然觉得自己像克罗夫人一样老,他的青春一样已经飞到了遥不可及的远方。

"把这个给杰弗里,再把我的信给罗德尼。亲手交给他,好吗?"

米申抓起背包,将两封信都放进信口袋里。他没有提到报酬,在克罗夫人面前想到这种事都会让米申感到愧疚。打开背包的时候,他想起了自己要带给老夫人的东西。因为昨晚的斗殴,他都把这件事忘了。

"哦,我从农场给你带来了这个。"他拿出几根小黄瓜、两个灯笼椒和一只大番茄——番茄被磕伤了。他把它们放在书桌上。"可以用来做蔬菜汁。"

克罗夫人双手交握在一起,脸上露出喜悦的笑容。

"你还有什么需要的,下次我过来的时候带给你?"

"你来看我就好。"老夫人的脸上满是笑纹,"我很想我的孩子们。可以的时候就来看看我,好吗?"

米申捏了捏她的手臂,感觉她的袖子里像是被塞进了一根扫帚柄,"我会的。你提醒了我:弗兰基让我代他向你问好。"

"他应该来得更勤快些。"克罗夫人的声音有些颤抖。

"不是每一个人都能像我一样四处跑。"米申说,"我相信,他一定也想要多来看看你。"

"你告诉他,告诉他我没有多少时间了……"

米申笑着摆摆手,完全不认同老夫人这种不好的念头。"我祖父小时候,你可能和他说过同样的话,还有他的父亲应该也听过你这样说。"

克罗夫人笑了一下,仿佛米申的话是真的。"必然会发生的事情,说出来总有应验的时候。"

米申也笑了。他喜欢听克罗夫人说话。"不管怎样,我还是希望你不要谈到死亡。没有人想听到这种话。"

"他们也许不喜欢,但提醒一下还是好的。"老夫人伸出双臂,碎花长裙的袖子落下来,再一次露出绷带,"告诉我,你看这双手的时候,看到了什么?"她来回翻了几下她的两只手。

"我看到了时间。"米申的这句话脱口而出。他都不知道这个想法是从哪里冒出来的。他移开了目光,因为他突然觉得老夫人的皮肤非常奇怪,就像过了收获季节过后很久,仍然被埋在土壤深处的干瘪土豆。他恨自己有这种感觉。

"当然,时间。"克罗夫人说,"时间总是有很多,但时间也总被消磨得很快。我还记得一切都更美好的时候。想到不好的,总是会提醒你曾经也有过好的。"

她又端详了一下自己的双手,仿佛在寻找其他什么东西。当她抬起目光,看向米申的时候,两只眼睛里闪动着哀伤。米申能感觉到自己的眼眶内也充盈了泪水——因为心中的不安;也因为这些话中的阴郁气氛。这让他想起今天是他的生日,让他的脖子感觉被勒紧,胸膛被掏空。他相信克罗夫人知道今天是什么日子。她太爱他,所以对此绝口不提。

"知道吗,我也曾经漂亮过呢。"克罗夫人收回双手,交叠在腿上,"那段时光已经过去,永远离开了我们。没有人能够再见到了。"

米申有一种强烈的冲动,想要安慰克罗夫人,告诉她,她在许多方面依然美丽如初。她还能演奏音乐,还能绘画。这些事情已经很少还有人记得了。她能够让孩子们感觉到爱和安全,又是一种早已被遗忘的魔法。

"我在你这个年纪的时候。"克罗夫人笑着说,"任何男孩只要看我招招手就会跑过来。"

她的笑声驱散了紧张和阴影。米申相信这位老夫人,尽管他还是想象不出克罗夫人年轻时的美艳。毕竟他从小看到的就是这位老夫人的皱纹、斑点和关节上长长的汗毛。

"这个世界就和我一样。"克罗夫人向天花板抬起头,似乎是在看向更遥远的地方,"这个世界也曾经非常美丽。"

米申感觉到一个旧时代的故事正在他的老师心中酝酿,正如同外面逐渐积聚的风暴云。走廊里有更多储物柜被打开又用力关上。细小的说话声越来越多。

"请告诉我。"米申想起在她脚边度过的时光——那段岁月仿佛一眨眼便已消失,只剩下她哄孩子们睡觉时唱的歌留在米申耳边,"给我讲讲那个旧世界。"

老夫人眯起眼睛,盯住房间里一个黑暗的角落。她的嘴唇微微翘起,显露出更多时间的褶皱。随着那双嘴唇分开,故事开始。这个故事米申听过上千遍,但克罗夫人想象的王国从来不会让他厌烦。孩子们蹦蹦跳跳地走进教室,坐到他们的小桌子后面,也全都安静下来,聚精会神,睁大明亮的眼睛,敞开自己的心扉,跟随这些故事走进一个曾经美丽动人、现在几乎完全被遗忘的世界。

第三十四章

克罗夫人的故事全都来自那些儿童读物。那里有蓝色的天空和绿色的土地，还有像狗和猫一样的各种动物。它们有的比人还大。那都是一些小孩子才会相信的东西。但这些讲述美好世界的奇妙故事却让米申对自己生活的世界感到愤怒。当他离开上层，沿着楼梯旋转向下，经过农场——他少年时的家园时，他依然在想着那个更美好的世界，同时对他熟悉的现实世界感到异常沮丧。如果真的还有过另外一个世界，那么他所熟悉的一切缺陷就更加明显和令人痛苦。他成为搬运工，远离家乡，做了他想做的一切。而现在，他想做的就是彻底远离这个世界，无论规则对他有着怎样的束缚。

这些念头非常危险。它们让他想到母亲，想到十七年前的今天，母亲被迫去做了什么。

经过农场的时候，米申注意到筒仓更下方有什么东西在燃烧。空气中飘着烟尘，他的舌根上有一股刺激性的烟火气。也许是一个垃圾堆被点着了。有人不想支付费用，把垃圾运送到回收层去；也可能有人认为筒仓支撑不了多久，不需要再回收垃圾了。

当然，这完全可能是一场意外。但米申怀疑事情没那么简单。没有人还以为筒仓的生活一切如常——他能够在楼梯间每一个过客的脸上看到这一点。人们都紧紧抱着自己的东西，小心庇护着身边的孩子。筒仓的未来危如累卵。昨晚的斗殴就证明了这一点。

米申整理了一下背包,快步跑到34层的技术部。这里的楼梯平台上已经聚集了一群人,大部分是和他年龄相仿或稍大一点的男孩,其中有许多他都认识,也有许多来自中层。还有几个人胳膊下面夹着电脑,带着晃来晃去的电线挤在人群中。米申穿过人群,才发现楼梯门外设置了一道路障。安全部的两个人正把守着这道临时大门,只允许身形佝偻的技术部成员通过。

"送信。"米申一边喊,一边挤到临时大门前,小心地拿出克罗夫人写的纸条,"这个要交给杰弗里警官。"

一名保安接过纸条。米申已经被后面的人群挤到了路障上。保安挥手示意一名女性可以过去。她匆匆走向通向前厅的安全闸,一边还在整理自己的连体服,看样子明显是松了口气。在宽敞的前厅里,一群年轻人正在角落中接受指示。他们排成整齐的队列,但睁大的眼睛里清楚地流露出恐惧的情绪。

"到底出什么事了?"当大门为米申打开时,他向保安问道。

"还有什么事不会出?"一名保安反问道,"昨晚的断电导致一大批电脑瘫痪。我们的技术人员都在加班。不知道是机械部还是什么地方发生了一场火灾,农场发生了暴力事件。你没得到消息?"

机械部,那里可是在许多楼层以外。那里着火的气味竟然能一直飘到这么高的地方?看来昨晚那场突袭已经是尽人皆知了。米申不由得有些担心自己鼻子上的割伤。"什么消息?"他问道。

保安指了指门外的男孩们,"我们在招聘新技师。"

米申看到的都是年轻男性,并且告诉他这个消息的是保安,不是技术部的人。保安把纸条还给米申,指了指技术部正门。前面的那个女人已经在安全闸的电子音中通过。一个米申熟悉的大号光头在她走过前厅的时候转过去,看着她的屁股。

"长官?"米申一边走向安全闸一边喊道。

杰弗里转回头,脖子上深深的皱纹和沟回也随之消失了。

"嗯?哦……"他打了个响指,努力想说出米申的名字。

"米申。"

他晃了晃手指。"没错,搬运工,你有东西要交给我?"他有些心不在焉地向米申伸出手掌。

米申把纸条递给他。"实际上,是克罗夫人要我送一封信。"他从信口袋里拿出那只被画掉了许多名字,又重新封好的信封,"一封信而已,长官。"

那名老保安朝信封瞥了一眼,又看了看手中的纸条。"罗德尼不在。"他摇摇头,"我也没办法告诉你什么时候能找到他。可能几个星期都看不见他。你想要把那封信交给我吗?"

老保安又伸出手,但这一次,他对这件事显然更有兴趣了。米申警惕地收回信封。"不行,我不能把信给他吗?听我说,这是克罗夫人要我送的信。如果是市长给我的任务,我早就把信给你了。"

杰弗里微微一笑,"你也是她的学生?"

米申点点头。这时安全部的主管向他身后望去——一个人正朝安全闸走过来,手中举着他的证件。米申让到一旁。那位绅士在安全闸上扫描了正面,走过去,还向杰弗里点头致意。

"我可以告诉你,我一会儿要去给罗德尼送午餐。你可以和我一起去,在我面前把信交给他。那样我就不用担心克罗夫人会把我的皮啄下来了。这样如何?"

米申笑了,"听起来不错,伙计。感激不尽。"

这名安全主管朝人声嘈杂的前厅对面一指,"你为什么不去给自己倒点水,然后在会客室里坐坐?那里有几个男孩在填表格。"他又将米申上下打量了一番,"说实话,你为什么不去填一份申请表呢?我们需要你。"

"我……呃,对电脑不是很懂。"米申说。

杰弗里耸耸肩,好像这根本无关紧要。"看你自己了。一会儿会有小伙子来接替我。然后我就去找你。"

米申再次表示感谢,转身走过前厅,列队整肃的年轻人还在那里接受粗暴的训令。另一名警卫挥手示意他进会客室去,同时递给他一张纸和一根炭芯笔。米申看到纸的背面是空白的,就接了过去。他不打算填写正面的表格,只是这张纸可以用的背面就值半点券。

宽大的桌子周围有几把空椅子。他选了其中一把。几个男孩正用炭笔在他们的表格上写写画画,因为集中精神而紧皱着眉头。米申背对着房间里唯一的窗户坐下来,把背包放在桌上,手里拿着信,将申请表塞进背包以备不时之需。然后他才第一次仔细看了看克罗夫人的信。

这只信封只写过几个地址,但看上去已经很旧了,一侧边缘被磨得非常薄,甚至出现了一个小裂口,露出叠在里面的一张纸。米申透过裂口更仔细地看进去,发现那是一张纸浆纸,可能是鸦巢中的一个学生制作的——用水融化一些撕碎的纸片,压在板子下面,再用一整夜晾干。

"米申。"有人在桌边悄声说道。

米申抬起头,看到他的同事布拉德利正坐在他对面。那名搬运工把他的蓝头巾系在二头肌上。米申一直以为他在下层跑常规路线。

"你也来应征了?"布拉德利继续悄声问。

另一个男孩用拳头抵住嘴咳了几声,好像在强调这里要保持安静。看来布拉德利的申请表已经填完了。

米申摇摇头。他身后传来敲窗户的声音。他急忙转过头,差点把信掉在地上。杰弗里从门缝里探进头,对米申说:"我们马上就走。"同时竖起大拇指朝身后一戳,"现在就等他的餐盘送过来了。"

米申点点头。屋门又被关上。其他男孩都好奇地看着他。

"送信。"米申向布拉德利解释,并且让其他人都能听到自己的声音。他把背包朝自己拉近一些,挡住手中的信封。男孩们继续填写他们的表格。布拉德利皱起眉头看着他们。

米申又看了看信封。马上就能见到罗德尼了,但这次见面又能有多长时间?他在信封的封口处挠了挠。这个封口上还有几个月——也许是几年前的胶水,所以克罗夫人用的奶糊黏合效果并不好。他抬头看着布拉德利,暗地里却违反着搬运工第三条基本原则,悄悄拨开封口的一角。他在心里告诉自己,这不一样。这是两位老朋友的交谈。他只是和他们坐在同一个房间里,无意中听到他们的对话。

即便如此,当他将信纸抽出来的时候,手还是在不停地颤抖。他低头瞥了一眼,确保没有人看到他的动作。暗灰色的廉价纸张中还夹杂着许多紫色和红色的细碎纤维。信是用粉笔写的,所以每个字都很大。白色粉末像旧烟斗里掉出来的烟灰,从一字一句上落下,堆积在折痕里:

很快,很快,鸟妈妈唱歌道。飞吧,飞吧!

这是一首古老童谣中的一句。那首歌的名字是《拍打你的翅膀》,讲的是一只小乌鸦学会自由飞翔的故事。米申无声地唱起了那首歌。

拍打你的翅膀,飞向更光明的世界。

飞吧,尽全力去飞吧!

他开始查看这段歌词后面是不是还有其他内容。但这时又有人在敲窗户。有几个男孩被吓了一跳,连手里的炭笔都掉了。一个男孩低声骂了一句。米申转过身,看到杰弗里正站在玻璃的另一边,一只手托着带盖子的餐盘,秃头不耐烦地摆了一下。

米申将信纸折好,塞回到信封里,然后举了一下手,让杰弗里知道他马上就出来。又回头舔舔手指尖,在信封口的奶糊上擦了擦,尽量把信封重新封好。"祝你好运。"他对布拉德利说,尽管他有些怀疑对面那个男孩并不清楚自己在做什么。他把背包从桌子上拽下来,又小心地擦去洒出来的粉笔灰,就匆匆走出会客室。

"我们走。"杰弗里显然已经有些上火了。

米申紧跟在他身后。他又回头看了一眼会客室的窗户,还有挤在路障大门口的嘈杂人群。一名技术部员工拿着一台电脑向人群走去,电脑连线整齐地盘绕在机箱顶上。一名女性在路障后面急切地伸出手,就像母亲在迎接她的孩子。

"从什么时候开始,人们要自己送电脑过来修理了?"米申问。他的职业让他对所有被搬运的东西都感到好奇。眼前的景象让他感觉搬运工的又一项业务被切断了。罗克如果知道这件事,估计又要大发脾气。

"昨天。威克决定不再派技师出去修理电脑。他说这样更安全。人们在路上会被抢劫,我们又没有足够的人手维持治安。"

技术部正门的保安挥手让他们进去。两个人默默地穿过走廊。这里每间办公室都充满了嘈杂的噪声或人们的争吵,到处都是电子零件和纸张。米申想知道罗德尼在哪间办公室，为什么其他人不需要送饭。也许他的朋友有麻烦了。应该是这样。这样一切就说得通了。也许他干了什么蠢事。34层有拘留室吗？米申觉得应该不会。他正要问问杰弗里，罗德尼是不是被关起来了，那名老保安恰好在一个看上去格外坚固的钢制大门前停下脚步。

"就是这儿。"他把托盘递给米申，米申把信夹在嘴唇间，接过托盘。杰弗里回头看了一眼，用身体挡住米申的视线，不让他看到门旁的键盘面板，然后才输入密码。沉重的门板缝隙中传出一连串金属撞击声。没错，罗德尼有麻烦了。这是什么样的牢房？

大门向内打开。杰弗里拿过托盘，让米申在原地等着。米申看着安全主管走进一个看上去非常深的房间，自己嘴唇上还有牛奶糊的味道。房间里有许多小灯在跳动，好像出了什么状况。那些红色的警示灯很像火灾报警器。就在米申试着绕过安全主管，想要看到房间更深处的时候，他听到杰弗里在叫罗德尼。

片刻之后，罗德尼出现了。他的表情没有任何异常的地方，只是在看到米申的时候，他一下子睁大了眼睛。米申努力收起下巴——因为一见到朋友，他感觉自己也惊讶地张大了嘴。

"嗨，"罗德尼将沉重的铁门又拉开一点，朝走廊里望了望，"你在这里干什么？"

"我也很高兴见到你。"米申递出那封信，"是克罗夫人的。"

"啊，官方业务。"罗德尼微笑着说，"你现在是搬运工？不是来看我的，朋友？"

罗德尼的脸上满是微笑。但米申看得出来，这位朋友的情况不太好，仿佛有好几天没睡过觉，两颊深陷，眼睛下面带着黑印，下巴上有一圈胡楂，曾经煞费苦心打理得漂漂亮亮的头发被剪短了。米申又瞥了一眼这个房间,不知道他们让他在里面做什么。他只能看到许多高大的黑色金属柜整齐地排在一起,形成的阵列一眼望不到头。

"你在学修冰箱吗?"米申问道。

罗德尼回头瞥了一眼,笑出了声。"那些是电脑。"

他仍然带着那种居高临下的语气。米申差一点就开口提醒他的朋友,今天是他的生日,他们的年龄相同。罗德尼是他唯一想要提醒这件事的人。杰弗里很不耐烦地清了清嗓子,似乎已经被他们的闲聊惹恼了。

罗德尼转头问安全主管:"介意我们单独聊聊吗?"

杰弗里在双脚之间来回挪动身体重心,将一双硬皮靴子踩得吱吱作响,"你知道我不能。就算是现在这样,我也有可能会被斥责。"

"你说得对。"罗德尼摇摇头,似乎是觉得不应该这样问。米申心中思忖眼前的情景。他已经好几个月没见到罗德尼,但他感觉罗德尼没有什么变化。他到底惹了什么麻烦?可能是因为说错话或做了蠢事,所以不得不承担起全技术部的人都不愿意干的工作。想到这里,他笑了。

罗德尼的神情突然紧张起来,仿佛听到房间深处有什么声音。他向米申和杰弗里竖起一根手指,说了一句"等一下",就光着脚板踩在钢制地板上跑开了。

杰弗里抱着胳膊,闷闷不乐地上下打量米申。"你们俩小时候住在同一条走廊上?"

"我们是同学。"米申说,"罗德[1]做了什么? 知道吗,如果我们在

---

[1]罗德尼的简称。

课堂上闹事,克罗夫人会让我们清扫整个鸦巢,擦干净每一块黑板。我们俩经常一起大扫除。"

杰弗里又审视了他一会儿,一张毫无表情的脸突然咧开嘴,露出笑容。"你认为你的朋友有麻烦了?"他几乎要笑出声来,"孩子,你真是什么都不知道。"

不等米申继续追问,罗德尼回来了,嘴里喘着气,脸上带着笑意。

"抱歉,"他对杰弗里说,"刚才有事必须去处理一下。"他又转向米申,"谢谢你来看我,伙计。很高兴见到你。"

这样就结束了?

"我也很高兴见到你。"米申立刻回了一句,他们的重逢竟然如此短暂,这实在是让他感到惊讶,"嘿,别把我忘了。"他想给老朋友一个拥抱,罗德尼却向他伸出一只手。米申愣了一下,心中充满困惑,不知他们是不是真的分开得这么快、这么远。

"代我向大家问好。"看罗德尼的样子,仿佛他永远都不会再和他们之中的任何人见面了。

杰弗里又清清嗓子,显然已经急不可耐地要离开这里。

"我会的。"米申努力不让自己的声音中流露出哀伤。他和朋友握手,就像对陌生人那样。罗德尼的微笑抖动了一下,藏在他手心里的一张纸条被用力塞进米申的手中。

第三十五章

米申没有把纸条掉在地上,这真是个奇迹。但米申知道,这个奇迹也意味着某个地方出了问题。他闭紧嘴巴,没有像个傻瓜一样当着杰弗里的面大声问:"嘿,这是什么?"实际上,他被杰弗里看着返回安全闸的一路上,那个纸团一直藏在他的拳头里。他们快到安全闸的时候,一间办公室里有人叫了一声"搬运工!"

杰弗里抬手挡在米申胸前,让他停下来。他们转身看过去。一个熟悉的人影沿着走廊大步向他们走来。技术部主管威克先生。搬运工大多都认识他。那些坏了的和修好的电脑总是没完没了地被送来送去,让位于10层的上层调度处一直忙碌不堪,就像物资部总是让120层的下层调度忙得不可开交一样。看样子,这种情况从昨天开始发生了一些改变。

"你在工作吗,孩子?"威克仔细看了看米申脖子上的搬运工围巾。他个子很高,胡须整齐,眼睛明亮。米申不得不伸长脖子才能直视他的眼睛。

"是的,先生。"米申一边回答,一边把罗德尼的纸条藏到背后,用拇指将它塞进口袋里,就像把一粒种子按进土壤。"您需要搬运什么东西吗,先生?"

"正是。"威克先生捋着胡须,又将他审视片刻,"你是琼斯家的孩子,对吗?那个零号。"

米申感到脖子上燃起一圈灼热——这个词指的是没有彩票号码的孩子。"是,先生,我是米申。"他伸出手。威克先生和他握了握手。

"是的,是的。我和你的父亲是同学,当然,还有你的母亲。"

他停顿片刻,让米申有一点反应的时间。米申咬紧牙关,什么都没说,只是让自己出汗的手掌放开面前这个人的手,以免自己的拳头有什么不适当的表达。

"对了,我想搬些东西,但不想经过调度中心。"威克先生微微一笑。他的牙齿就像粉笔一样白,"而且我也想避免昨晚在上面几层楼发生的那种不幸……"

米申瞥了杰弗里一眼。安全主管似乎对他们的谈话不感兴趣。一个拥有权威的人用这种方式提供工作机会——这事感觉有些奇怪,尤其是还当着一名保安人员的面。不过,自从出师以后,米申发现了一件事:情况只会变得更糟。

"我不明白。"米申说。他压下心中的冲动,没有转身去看他们离安全闸还有多远。一个女人从威克身后的一间办公室里走出来。杰弗里向她做了个手势,她便停下脚步,和他们保持着距离,确保听不见他们在说什么。

"我认为你明白。我欣赏你的谨慎。把一个包裹从物资部送到六层楼,两百点券。"

米申努力保持冷静。两百点券。半天的工作就能挣到一个月的工资。他立刻开始担心这是某种考验。也许罗德尼也因为搞砸了类似的考验而惹上了麻烦。

"我不知道……"他说道。

"这是一个公开的机会。"威克说,"下一个从这里走过的搬运工会得到同样的机会。我不在乎谁干这个活,但只有一个人能得到点券。"威克抬起一只手,"不必回答我,只要去物资部柜台那里问乔伊斯。告诉她,你要给威克做事。会有一份运送报告让你知道该做什么。"

"我会考虑,先生。"

"很好。"威克先生微笑着说。

"还有别的事么?"米申问道。

"没有了,没有了。你可以走了。"威克先生向杰弗里点点头。走神的安全主管立刻清醒过来。

"谢谢,先生。"米申转身跟随安全主管离去。

"对了,孩子,生日快乐。"威克先生喊道。

米申回头瞥了一眼,没有说"谢谢",反而快步跟在杰弗里身后,穿过安全闸和人群,来到楼梯平台,又下了两层楼梯,才伸手拿出衣兜里罗德尼的纸条,一边还偏执狂一般地恐惧着团起来的纸条会掉在地上,从台阶上滚落,穿过栏杆,掉进黑暗的深渊。他小心翼翼地将纸条打开。它看起来就像克罗夫人用的那种纸,也是同样的紫色和红色纤维混杂在粗糙的灰色纸张中。有那么一会儿工夫,米申有些担心这是写给克罗夫人的,不是给他的,也许还是原来那封信,只不过上面多了几行古老的童谣。他把这张纸展平——这一面是空白的;于是他把纸翻过来,去看另一面。

上面没有收信人的名字。只有两个字,这让他想起他的朋友握手时颤抖的笑容。

米申突然感到无比孤独。楼梯间里弥漫着燃烧的气味,刺鼻的烟气中还混合着涂鸦油漆的味道。他拿起那张小纸条,把它撕成越来越小的碎片。他不停地撕扯，直到没有东西可以捏在手指中间，然后把灰暗的彩色纸屑洒到栏杆外，让它们飘下去，消失在虚空中。

证据消失了，但信息却在他的脑海中挥之不去。他的朋友写得非常匆忙——是用硬币或勺子的边缘在纸上划出的模糊痕迹，两个几乎看不清的字，来自他最好的朋友。据他所知，那位朋友从没有求过什么人，也不曾乞讨过什么东西。

救我

仅此而已。

第三十六章

1号筒仓

找到目标筒仓很容易。唐纳德有许多旧图纸可以研究。他回忆起自己站在山丘上,眺望下方容纳筒仓的每一个盆地。全地形车的轰鸣声又在他的耳边响起,尘土在还没有长满草的山脊上飞上半空。他记得他们一直在那些山上种草,弄得到处都是草秆和种子,事后看来,这项工作既不必要又令人伤心。

他在记忆中回到那道山脊上,眼前就是田纳西州代表团。那应该是2号筒仓。确认这一点之后,他开始更深入地研究,首先要用一点时间回忆起计算机程序的工作方式,如何筛选数据库中的生命。每个筒仓都有完整的历史——只要你知道该如何读取,但他也只能回溯到这里,知道他们的名字都是编造的,知道培训课程。更遥远的遗产依然是他无法触及的。旧世界依然被隐藏在炸弹、迷雾和遗忘的后面。

他找到了目标筒仓,但要找到海伦可能终究是痴心妄想。就在他疯狂工作的时候,安娜在淋浴间唱起了歌。

她没有关上浴室门,热汽从浴室中不断涌出来。唐纳德相信这是一种邀请,但他完全没有理会。他忽略了曾经的爱侣带来的悸动、渴望和荷尔蒙的刺激,只是专心去寻找他的妻子——对此,他已经渴求了几个世纪。

2号筒仓的第一代有四千个名字,正好四千。大约一半是女性。有三个海伦,都为自己的工作证拍了一张模糊的照片,存储在服务器上。没有一个海伦像他记忆中的妻子,也不像他想象中的妻子。眼泪不请自来。他擦干眼泪,对自己愤恨不已。淋浴间里的安娜唱了一首很久以前的伤感歌曲。唐纳德随意翻看着照片。翻过十几张以后,陌生人的面孔开始融合在一起,渐渐侵蚀他对海伦的记忆。他又开始按名字搜索。他相信自己能猜到她会选什么名字。多年前,他为自己选择了特洛伊作为代号,这是他回到她身边的一条线索。他希望她也会这么做。

他试了桑德拉,那是她母亲的名字,但两个叫桑德拉的人都不是她。他又试了她姐姐的名字丹妮尔。有一个,也不是她。

她不会随便给自己找一个名字,她会吗?他们曾经讨论过给孩子取什么名字。那应该是一个神的名字——起初这只是个玩笑,但海伦爱上了雅典娜这个名字。他搜索"雅典娜",第一代人里没有。

安娜关掉淋浴器,水龙头发出一阵刺耳的摩擦声。她的歌声渐渐微弱,变成轻轻的哼唱——是为他们即将参加的葬礼而唱的赞美诗。唐纳德又试了几个名字。他急于有所发现——无论找到什么都可以。如果有必要,他会每天晚上都努力寻找。找不到她,他睡不着。

"参加葬礼前,你要洗个澡吗?"安娜在浴室中问。

他不想去参加那个葬礼——唐纳德差一点把这句话说出口。他只知道,维克托是一个令人恐惧的人。走廊对面的那个灰发男人,总是在看着他、给他吃药、操纵他。他在第一班的时候偏执狂。至少那时的他就是这么觉得的。

"我这样就可以。"他回答道。现在他仍然穿着他们前一天给他的米色连体服。他又随机看了一些照片,依照字母排序。还有什么名字?他担心自己会忘记她的相貌。或者她在他心中会越来越像安娜。他不能让这种事发生。

"有什么发现?"

她悄悄走到他身后,伸手去拿桌上的什么东西。一条毛巾裹在她的乳房上,垂下去遮住半截大腿。她的皮肤还是湿的。她抓起一把梳子,哼着歌走回浴室。唐纳德忘记了回答。他的身体对安娜的反应让他怒火中烧又无比内疚。

他提醒自己,他有妻子。在知道海伦出了什么事以前,他都是有妻子的。他将永远忠于她。

忠诚。

一时心血来潮,他搜索了"卡玛"。

有一个。唐纳德坐直身子。他没想到会有结果。卡玛是他们的狗,对他和海伦来说,是最接近于孩子的存在。他调出那张照片。

"我猜,我们都只能穿着这种可怕的服装去参加葬礼,对吧?"安娜从桌边走过,拉起自己白色连体服前襟的拉链。唐纳德只是用他充满泪水的眼角瞟着她的动作。他捂住嘴,感觉到自己的身体在颤抖,只能努力忍住哭声。在显示器上,工作证中间一个黑白像素的小方块中,是他的妻子。

"再过几分钟你就能准备好出发了,是吗?"

安娜梳着头发,又消失在浴室里。唐纳德一边阅读文档,一边擦着脸颊。他的嘴唇有盐的味道。

卡玛·布鲁尔，生平介绍中列出了几个职业，每个职业都有一张工作证照片——教师、校长、法官。照片中的人皱纹越来越多，不过总是那种略带笑容的样子。他打开整个文档，突然想到，如果自己在1号筒仓的第一轮值班时看到她就生活在不远处，甚至可能以某种方式联系到她——那又会怎样？一名法官。她一直梦想有一天能成为法官。在安娜轻轻哼唱的歌曲中，唐纳德不停地流着泪，透过泪水，他读到了妻子没有他参与的生活。

已婚，文件上这样说，这没有什么好奇怪的。当然是已婚。他们是夫妻。直到他读到她的讣告——八十二岁去世，亲属为里克·布鲁尔和两个孩子，雅典娜和马尔斯。

里克·布鲁尔。

墙壁和天花板向他压过来。唐纳德感到一阵寒意。还有更多的照片。他通过链接找到其他文档——她丈夫的文件。

"米克。"安娜在他身后低声说。

唐纳德吓了一跳，转过身，才发现她就在他身后，也在看那份文档。干涸的眼泪在他脸上留下痕迹，但他不在乎。他最好的朋友和他的妻子，两个孩子。他回身看着屏幕，调出女儿的文档——雅典娜。里面也有几张照片，来自她不同的职业生涯和生活阶段。她有海伦的嘴。

"唐尼，请不要这样。"

一只手搭在他的肩上。唐纳德缩起身子躲开那只手，同时疯狂点击鼠标，让照片连缀成一段动画。女孩渐渐变成他妻子的模样，那个女孩的孩子也出现在她的动画里。

"唐尼，"安娜悄声说，"我们要迟到了。"

唐纳德哭泣着。抽噎将他撕裂，好像他是薄纸做的。"迟了，"他语无伦次地喊道,"迟了一百年。"哀伤压倒了他。屏幕上有一个孙女,但不是他的;再点击一下,是曾孙女。她们全都盯着他,却没人有和他一样的眼睛。

第三十七章

唐纳德浑浑噩噩地去参加维克托的葬礼，默默地乘坐电梯，一边向前走，一边看到自己的靴子在身子下面前后移动。到了医疗层，他才发现，这根本不是一场葬礼，只是对尸体进行处理。他们把尸体放进冷冻舱里，因为没有泥土可以埋葬死者。1号筒仓里的食物全是罐头。他们的尸体也会回归"罐头"。

唐纳德被介绍给厄斯金，厄斯金直接就向唐纳德做了解释——尸体不会腐烂，原因是那些让他们在冷冻过程中能够生存下来，并让他们醒来后的尿液变成木炭色的看不见的机器。这些机器可以让死人像活人一样柔软如生。这个解释完全无法令人感到愉快。他也只能木讷地看着这个以维克托的名字被他认识的男人正要被进行深度冻结。

他们用轮床把尸体推过走廊，穿过冷冻舱的海洋。唐纳德明白，深度冻结仓库就是墓地。尸体被储存在这里，只有一个无聊的名字代表了冷冻舱里的一切。他想知道，有多少冷冻舱里装着死人。一定有些人在值班时自然死亡；而另一些人会像维克托那样崩溃，结束自己的生命。

唐纳德帮助其他人将尸体挪进冷冻舱。现在他们只剩下五个。只有五个人知道维克托是怎么死的。有人在负责管理的错觉必须维持下去。唐纳德想起自己的上一份工作,坐在办公桌后面,手放在没有舵的方向盘上,假装在驾驶。他看着瑟曼。老人吻了一下自己的手掌,把手指按在维克托的脸上。舱盖关闭。库房中的寒冷让他们的喘息变成一团团白汽。

其他人轮流上前致哀,只有唐纳德全无反应。他的心思在别处,在想着他很久以前爱过的女人,想着他从未有过的孩子。他没有哭。他在电梯里一直在啜泣。安娜轻轻地抱着他。海伦差不多一个世纪前就去世了。自从他在那座山丘上失去她、错过她的信息、再无法与她取得联系以后,她又活了很长时间,又过了更长的时间,他才找到她。他想起了国歌和满天的炸弹。他记得妹妹夏洛特也在那儿。

他的妹妹,家人。

唐纳德知道夏洛特得救了。他的心中充满了强烈的冲动,要找到她,唤醒她,把他爱的人带回到生活中。

厄斯金向死者致以最后的敬意。只有五个人来哀悼这个杀害了数十亿人的人。唐纳德感觉到安娜就在自己身边,忽然意识到没有其他人在场其实是因为她。只有现在这五个人知道有一个女人被唤醒——安娜的父亲、斯尼德医生(是他对安娜执行了唤醒程序)、安娜、厄斯金(在安娜口中,厄斯金是一位朋友),还有唐纳德自己。

唐纳德的存在和世界的现状——这两件事都是如此荒谬——这种感觉在葬礼上突然向他袭来。他不属于这里。他在这里只是因为大学时约会过的一个女孩,这个女孩的父亲是参议员,很可能正是这位参议员父亲的青睐才让他当选众议员,也把他拖进了一个杀戮计划,现在又把他从冰冻的死亡中拖出来。他一生中所有伟大的巧合和了不起的成就都化为灰烬,取而代之的是几根傀儡线。

"这是一个悲剧性的损失。"

唐纳德回过神来,发现仪式已经结束。安娜和她父亲站在两排冷冻舱外讨论着什么。斯尼德医生在冷冻舱旁边,进行着最后的调整。冷冻舱面板随之发出一阵"哔哔"声。现在唐纳德和厄斯金站在一起。厄斯金是一个戴着眼镜、说话有英国口音的瘦子。他正从冷冻舱的另一边打量唐纳德。

"我值班的时候曾经和他共事。"唐纳德词不达意地说着,试图解释自己为什么要来参加葬礼。对于死者,他想不出别的什么话来。他向冷冻舱走近一些,透过小窗口细看舱内那张平静的脸。

"我知道。"厄斯金应道。这个瘦骨嶙峋的男人看上去大概六十出头,应该不到六十五。他调整了一下细长鼻子上的眼镜,和唐纳德一起看着小窗口。"知道吗,他很喜欢你。"

"不知道。我是说……他从没有和我说过多少话。"

"他在这方面有些特别。"厄斯金微笑着凝视死者,"也许是因为他太聪明,总是知道别人的想法,只是不太喜欢和人们交流。"

"你以前认识他?"唐纳德问。他不知道该怎样提起这个话题。"以前"对一些人来说似乎是禁忌,而对另一些人来说则完全可以畅所欲言。

厄斯金点点头。"我们共事过,在同一座医院。连续好几年,我们都在密切合作,直到我的发现问世。"他伸出手,摸了摸窗口的玻璃。看样子,这是对老友最后的道别。

"什么发现?"唐纳德模糊地想起安娜似乎提到过什么。

厄斯金抬头看了唐纳德一眼。仔细看上去,唐纳德又觉得他也许已经七十多岁了。这一点很难判断。厄斯金有一些和瑟曼一样毫无年龄感的地方,就像一件古董,带着绿锈,却已经无法再变老。

"是我发现了那个巨大的威胁。"他的声音中略带悲伤,听起来更像是一种认罪,而不是自豪的宣告。在冷冻舱底部,斯尼德医生完成调整,站起来向众人告辞,把空轮床推向出口。

"纳米机器人。"唐纳德记起来了。安娜也这样说过。他看向瑟曼和他的女儿。老人的拳头一次又一次落在手掌上,显然他们争论得相当激烈。一个问题出现在唐纳德的脑海里。他想听别人说说这个问题,想看看这些谎言是否能够保持一致,它们之中有没有可能包含了一些真相。

"你是医生?"他问。

厄斯金考虑了一下这个问题,尽管这个问题应该很容易回答。

"不完全是,"他的口音的确很重,"我制造了医生。非常小。"他凭空捏了一下,眯起眼睛,透过眼镜看着自己的手指尖。"我们一直在想办法保证士兵的安全,让他们的伤口得以修补。然后我在血样里发现了另一个人的杰作——那些小机器试图做出相反的事情。它们被造出来对抗我们的机器。一场看不见的战争在看不见的战场展开。没过多久,我就发现这些小杂种到处都是。"

安娜和瑟曼向他们走过来。安娜戴上了一顶帽子,但发髻还是从帽子下面凸出来。这不足以掩饰她的身份,也许只有在很远的距离之外才有些用。

"我想找个时间仔细问问你,"唐纳德急切地说,"这可能会帮助我……帮我解决18号筒仓的问题。"

"当然。"厄斯金表示同意。

"我要回去了。"安娜对唐纳德说道。她和父亲吵了架,紧紧抿住的嘴唇显露出苦涩的意味。唐纳德这时终于意识到她生活在一个多么困苦的环境里——在那个战备仓库里度过一整年,在堆满桌子的文件中寻找线索,睡在那张小床上,甚至不能乘电梯去自助餐厅看山丘和乌云,也不能在自己选择的时间吃饭,只能靠别人给她带来的东西活着。

"我和这个年轻人上去一下。"唐纳德听到厄斯金这样说,同时抬手按在他的肩膀上,"我想和我们的孩子聊聊。"

瑟曼眯起眼睛,但没有表示反对。安娜最后捏了一下唐纳德的手,朝冷冻舱瞥一眼,向出口走去。她的父亲跟在她身后几步远的地方。

"跟我来。"厄斯金在冷库中吐着白烟,"我想要让你看一个人。"

第三十八章

厄斯金从容地穿过冷冻舱阵列,好像他已经在这里走过几十次。唐纳德跟在后面,不停地揉搓着胳膊,让自己暖和一些。他在这个冰窖一样的地方待得太久了。寒冷再次渗进了他的骨髓。

"瑟曼一直在说我们已经死了。"他对厄斯金正面提出了这个问题,"这是真的吗?"

厄斯金回头看着他,等待唐纳德赶上来,似乎同时也在考虑这个问题。

"嗯?"唐纳德追问道,"我们?"

"我从来没有见过一个百分之百有效的设计。"厄斯金说,"那时我们自己的作品还没有最终完成,来自伊朗和叙利亚的一切更是粗糙得多。现在朝鲜有一些不错的设计。我愿意赌他们会赢。他们制造出的东西足以消灭我们大多数人。这是千真万确的。"他继续穿过那片长眠尸体的原野,"即使是最严重的流行病也会自行消失,所以结局如何,很难说清楚。我主张采取反制措施。维克托主张……这个。"他张开双臂,指向这片安静的阵列。

"维克托赢了。"

"确实。"

"你认为他……的想法变了?所以才会……?"

厄斯金停在一个冷冻舱旁边，双手放在冰冷的舱室上。"我相信我们都会改变自己的想法。"他悲伤地说，"但我认为维克托从未怀疑过这项任务的正确性。我不知道他最后为什么要那样做。这不像他。"

唐纳德往厄斯金按住的冷冻舱里看了看。里面有一位中年女性，眼皮上结满了霜。

"我的女儿。"厄斯金说，"我唯一的孩子。"

随后是片刻的沉默。空气中只有上千个冷冻舱共同发出的微弱蜂鸣。

"瑟曼决定叫醒安娜。其实我也一直在梦想着做同样的事。但为什么要叫醒卡洛琳呢？没有理由。这里不需要她的专业。卡洛琳是会计。而且，把她从梦乡中拽出来对她也不公平。"

唐纳德想要问，这件事从头起是否有公平可言。厄斯金以为他的女儿还能看到一个怎样的世界？她什么时候能够醒过来，重新过上正常的人生？一个幸福的人生？

"我在她的血液中发现了纳米机器人。于是我知道这才是正确的办法。"他转头看着唐纳德，"我知道你在寻找答案，孩子。我们都在找答案。这是一个残酷的世界。一直都是个残酷的世界。我花了一生的时间去寻找让生活变得更好的方法，去修补一切，去追寻理想。但每存在一个像我这样的人，就会有另外十个人在试图破坏世界。只要那样的人中有一个走了运，这个世界就完了。"

唐纳德回想起瑟曼将《指令》交给他的那一天。那本厚书是他坠入疯狂的开始。他想起他们在那个大舱室里的谈话，想起自己被感染的感觉——他开始偏执地想象某种无形却有害的物质在侵入他。但如果厄斯金和瑟曼说的是实话，他早在那之前就被感染了。

"那一天,你不是要给我下毒。"他的目光从冷冻舱转向厄斯金,一些线索开始在他的脑海中拼合起来,"那次和瑟曼见面,他在那个舱室中度过一个又一个星期,不断和人们在那里见面。你不是要感染我们。"

厄斯金非常轻地点点头,"我们要治疗你们。"

唐纳德的心中突然涌起一股怒火。"那为什么不治疗所有人?"他质问道。

"我们讨论过这件事。我也有相同的想法。对我而言,这只是一个工程问题。我想要建立反制手段,让机器杀死机器,防止它们接触我们。瑟曼的想法和我差不多。他认为这是一场隐形的战争,一场我们亟需发起反攻的战争。要知道,我们全都在以我们习惯的视角来看待这些争斗。我以血液的视角;瑟曼以海外战场的视角。是维克托纠正了我们的错误。"

厄斯金从胸前口袋里掏出一块布,摘下眼镜一点点擦拭,开始详细向唐纳德讲述。他的话语在墙壁上引起微弱的回音。"维克托说这件事不会有完结。他以电脑病毒为例来说明自己的观点。一个病毒在网络中肆虐,使数亿台机器瘫痪。一些纳米机器人迟早会突破我们的防线,让局势彻底失控。到那时,大规模瘟疫将建立在代码上,而不是DNA链上。"

"那又怎样?我们早就对付过瘟疫。这一次又会有什么不同?"唐纳德抬手指向周围的冷冻舱,"告诉我,这个解决方案难道要比问题本身更好?"

他的心情异常激动,同时他也意识到,如果是瑟曼对他说这些话,他会更加生气。他有些怀疑这是一场被安排好的谈话。一个更和善的人、一个陌生人,把他拉到一边,将瑟曼认为他需要听到的话告诉他。也许这的确有些偏执,但他很难不认为自己被操纵了,很难不感到自己的关节被绑在了绳子上。

"心理学,"厄斯金戴上了眼镜,"这就是维克托告诉我们的,为什么我们的想法绝对行不通。我永远不会忘记那次谈话。我们坐在华特里德①的食堂里。瑟曼去那里剪彩,但他真正的目的是见我们两个。"他摇摇头。"那里坐满了人。如果那些人知道我们在讨论什么……"

"心理学。"唐纳德提醒他不要偏离主题,"告诉我,为什么世界毁灭在你们手里会更好?为什么让更多的人这样死去会更好?"

厄斯金仿佛被他的问题拉回到现实。"这是我们人类本身的问题,你也是一样。想象一下,当世人第一次发现瘟疫是人造的,这会导致怎样的恐慌和暴力冲突?到那时,一切就都完了。一场台风夺去几百人的生命,造成数十亿的损失。然后我们会怎么做?"厄斯金交叉起双手的手指,"我们齐心协力,重建家园。但恐怖分子的炸弹。"他皱起了眉头,"恐怖分子的炸弹顶多只能造成同样的破坏,却会让世界动荡不安。"

他摊开双手,"如果一切责任都可以推到上帝头上,我们就会原谅上帝。但如果把罪责归于某个人,我们就要杀死他。"

唐纳德摇摇头。他不知道该相信什么。就在这时,他回想起在那个大舱室中,他认为自己遭受了纳米机器人的感染,心中因此充满恐惧和愤怒。同时却完全不会为了数以十亿计的微生物在自己的肠子里游荡而担忧——从他出生时起,那些生物就在他的身体里。

"我们无法毫无顾忌地改变食物的基因。"厄斯金继续说道,"我

---

① 美国的一所陆军医学中心。——译注

们可以随意选种、育种,直到一根草变成一穗可以吃的玉米,但我们不能有计划地改造那根草。维克托有很多这样的例子。我们害怕疫苗,推崇自然免疫;对克隆百般提防,对双胞胎喜笑颜开;改造食品一直都是一种忌讳。当然,他说得完全正确。人造的那部分总是会导致混乱。我们最害怕的是有人在图谋杀死我们,知道那些人在让我们呼吸的空气变得危险。"

厄斯金停顿片刻。唐纳德脑中一时思绪万千。

"知道吗,维克托曾经说,如果那些恐怖分子还有一丝理智,他们就会直接公布他们的行动,然后坐看这个世界自行爆炸。他说,只要让所有人知道这种可能,知道我们之中任何人随时都有可能悄无声息地死于隐形的机器,那些恐怖分子就算是大功告成了。"

"所以解决之道就是我们自己先把世界烧成灰烬?"唐纳德把手指插进头发里,想要弄明白这一切。他回想起一种灭火技术——那一直都让他感到困惑,就是抢在野火之前烧光大片森林,以防止火势蔓延。他知道,在伊朗,当油井在第一场战争中被点燃时,有时唯一灭火手段就是将炸弹投入火场,用更强大的威力来对抗狂暴的烈火。

"相信我,"厄斯金说,"我当时就表示反对,后来一直在反对。但我的确从一开始就明白事实是什么样子,只是没办法立刻接受。瑟曼更容易被说服。他很快就认识到我们需要摆脱这颗岩石球,重新开始。但是离开这里的费用太高了……"

"既然能够在时间中旅行,为什么要在太空旅行?"唐纳德替他说道。他回想起在瑟曼办公室的一次谈话。那位老人第一天就将他们的计划告诉了他。只是唐纳德没有认真去听。

厄斯金睁大眼睛。"没错,这就是他的看法。我想,他见识过足够多的战争。而我,我没有他那样的经验和专业知识,没有维克托想要的……跨领域能力。我顶多也只能用电脑病毒做一下类比,把这些纳米机器的对抗看成一场新的网络战。我知道那些机器人能做什么,它们进行自我重组的速度有多快。一旦战争开始,只有当我们全部消失的时候,它们才会罢休,甚至也许到那时战争也不会停止。每一次成功的防御都将成为下一次进攻的蓝图。空气中充满我们看不见的军队。它们会演变成巨型云团,不需要宿主就能变异和战斗。一旦公众发现真相,并知道……"他没能说完这句话。

"公众会陷入癫狂。"唐纳德喃喃地说道。

厄斯金点点头。

"你的意思是,就算我们不存在了,这场战争也不会停止。这是否意味着那些纳米机器人还在外面?"

厄斯金抬头看了一眼天花板,"人类已经从外面的世界被清除干净,但我可以告诉你,情况远不止这么简单。世界正在被重置。我们所有的实验都遭到了彻底毁灭。看在上帝的分上,恐怕要过很长时间,我们才能考虑再次进行那些试验。"

唐纳德记得自己在培训中了解到的信息——轮班制度一共将持续五百年。在地下生活五百年。到底外面需要净化到什么程度?那以后呢?怎么能防止人们再次走上同样的道路?这些潜在的危险,该怎样将它们永远排除在人类的认知之外?只要将盒子里的火焰放出去,就再也不可能把它收回来了。

"你问我,维克托有没有后悔……"厄斯金用拳头抵在口边咳嗽一声,点点头,"我确实认为他有过类似的想法。他曾经对我说过些话,应该是在他第八或第九次值班的时候——具体是哪一班,我已经不记得了。我想那时我应该是第六班。当时你们两个的共事刚刚结束,就在12号筒仓的悲剧之后……"

"我的第一班。"唐纳德补充了一句,因为他看到厄斯金似乎还在努力回忆那时的光景。唐纳德很想再加一句——那是他唯一一次值班。

"是的,当然。"厄斯金调整了一下眼镜,"我相信你对他应该有了解,知道他不是那种经常会显露情绪的人。"

"很难从他的脸上看出他在想什么。"唐纳德表示同意。实际上,对于他们刚刚埋葬的这个人,他几乎一无所知。

"所以你应该对此感到庆幸。当时我们两个正在电梯厢里,维克转头看着我,对我说,坐在他的办公桌后面,看着走廊对面的人,想到我们对那个人所做的一切,那种感觉有多么糟糕。他指的当然是你,以及处于你这个位置的所有人。"

唐纳德试着去想象他曾经认识的那个人说出这些话的样子。他想要相信这件事。

"但真正触动我的不是他的话。我以前从没有见到他那么悲伤过。就是在那样的情绪中,他说出了随后的一番话。他说……"厄斯金一只手按在冷冻舱上,"他说,坐在那里,看着你在办公桌后工作,逐渐对你有所了解——这让他常常想,如果把世界交给你这样的人来领导,世界一定会变得更美好。"

"我这样的人?"唐纳德摇摇头,"这是什么意思?"

厄斯金微微一笑,"我也是这样问他的。他的回答是,他知道怎样做是合理的、适当的、合乎逻辑的,但那样做事实在是一种沉重的负担。"厄斯金一只手抚摸着冷冻舱,仿佛能摸到舱内女儿的脸,"如果我们之中能够有人具备足够的勇气,去做正确的事,事情将会变得多么简单,对我们所有人又会有多么好。"

第三十九章

1号筒仓

那天晚上,安娜来找他。这一整天,他都在麻木的状态中思考死亡,瑟曼送来的食物在他的嘴里没有半点味道。他看着安娜为他安装好电脑,排开一个个装有笔记的文件夹,直到她在黑暗中来到他身边。

唐纳德还在抗拒,想要将她推开。她坐在小床的边缘,握住他的手腕,任由他在啜泣中精疲力竭。他回想厄斯金的话,思考正确的事和合理的事有什么区别。他苦苦想着这一切。一位昔日的情侣靠在他身上,手放在他的颈后,脸颊贴住他的肩膀,躺在他的怀里,而他却在哭泣。

他觉得,一个世纪的睡眠把他变得虚弱了——还有得知了米克和海伦在一起的事实。他突然对海伦感到愤怒,因为她没有坚持自己一个人生活,没有收到他的手机信息,没有来山顶上找他。

安娜亲吻他的脸颊,低声说一切都会好起来。唐纳德却只是想着维克托看错了他,他根本承担不起那位心理医生对他的期望,于是新的泪水沿着他的面颊滚落下来。他是一个可悲的人,因为他竟然希望自己的妻子孤独终老,这样他才能在一百年后的晚上安然入睡。他是一个可悲的人,安娜的抚慰明明让他感觉好了很多,而他却一直在拒绝安娜。

"我不能。"他将这句话悄声重复了十几遍。

"嘘。"安娜在黑暗中把他的头发梳理到脑后。这个为战争准备的房间里只有他们两个人。他们被困在装满武器的箱子中间。这里有枪支和弹药,还有远比枪支弹药更危险的东西。

第四十章

18号筒仓

米申向中层的调度中心走去。一路上,他都在苦苦思索该为罗德尼做些什么。他为他的朋友担心,却又感到自己无能为力。他们关住罗德尼的那道门和他见到过的任何其他门都不一样。那道门完全由光亮的钢铁铸造而成,厚重坚实,令人生畏。如果他朋友被关押在那么牢不可破的地方,那罗德尼制造的麻烦……

他打了个哆嗦,不敢继续想下去。距离上次清洁摄像机才过去几个月。那次还是米申将防护服的一部分从技术部搬运到顶层。那是一场比搬运尸体去埋葬更令人难以忘怀的经验。尸体至少是被装在验尸官的黑色袋子里。而防护服本身就是一种非常特别的袋子,是为活人量身定做的,会有一个人爬进去,被迫死在里面。

米申回想起他们收取那些装备的地方。那个房间和关押罗德尼的地方在同一条走廊,在那条走廊的更深处。清洁工作不就是由那个部门负责的?他打了个寒战。说错一句话就可能让自己被丢出去,在山丘上慢慢腐烂,而他的朋友罗德尼可是有名的口无遮拦。

先是妈妈,现在又是他最好的朋友。米申开始寻思《法案》中是否有关于自愿替别人执行清洁工作的规定。真的会有这样的规定吗?米申从没有看过《法案》,却一直在它的规定中生活,这让米申不由得感到有些惊讶。他一直都以为那些规定自然有其他人知道——那些管理筒仓的人,他们都应该在真诚地依照《法案》的规定做事。

到了58层,一条拴在下行楼梯栏杆上的搬运工围巾引起了他的注意。它和自己脖子的围巾有着相同的蓝色图案,不过又多了一圈鲜红的商人绲边——有任务,米申赶走了四处乱飘的思绪,解开那条围巾,在上面寻找商人的印章。是德雷克塞尔,这一层走廊深处的药剂师。药剂师给的活通常都是包裹轻、工资低的,不过至少是向下走的,除非德雷克塞尔又一次不小心把它系在了反向的栏杆上。

米森迫不及待地想去调度中心。在那里,他可以洗个澡,换件衣服。但如果有人看见他背包空空地从一条信号围巾旁边走过,从罗克和其他人那儿肯定听不到什么关于他的好话。于是他匆匆去了德雷克塞尔的房间,一边在心中祈祷不是给几十个独立公寓分别送药。这种事他一想就腿疼。

推开药剂师家"吱呀"作响的屋门,米申看见德雷克塞尔正站在柜台后面。这名药剂师身材魁梧,蓄着大胡子,头顶上却没有半根头发。他在中层算是个人物。许多人生病都会来找他,而不是去找医生——尽管米申也不太确定有病的时候找他是不是正确。毕竟他们那一行能赚到钱的往往是懂得如何打包票的,而不是真正治病救人的。

几个看样子生了病的人坐在德雷克塞尔候诊室的长凳上,不停地抽鼻子、咳嗽。米申很想用围巾捂住嘴。不过他只是屏住呼吸,等待着德雷克塞尔将碾碎的粉末倒在一小块方纸上,再把纸折叠成整齐的小包,递给面前的一个女人。那女人把几张点券从柜台另一边推过去。

女人离开后,米申把信号围巾丢在点券上。

"啊,米什①。很高兴见到你,孩子。你看起来很健康。"

德雷克塞尔捋了捋胡子,笑了笑,黄色的牙齿从梳成许多小辫子的胡须中露出来。

"一直都差不多。"米申喘了一口大气,礼貌地回答,"有东西给我吗?"

"有,等一下。"

德雷克塞尔绕到一排摆满瓶瓶罐罐的架子后面,很快就拿着一只小麻袋走回来,对米申说:"这是给楼下的药。"

"我可以把它们带到中间层,让调度中心把它们分发出去。"米申说,"我刚上完班。"

德雷克塞尔皱起眉头,揉了揉胡子。"我想这样应该可以。调度中心会给我开账单吗?"

米申伸出手。"如果你给小费的话。"

"是的,小费。但首先你需要解开一个谜。"德雷克塞尔靠在柜台上,他沉重的身躯似乎要把柜台压塌了。米申最不愿意听的就是这位老人家的谜语——只要猜不中,他就不会给小费。德雷克塞尔总是用这个当借口,把点券留在他那一边的柜台上。

"好,"药剂师又捋了捋胡须,"哪一个更重?是装满七十八磅羽毛的袋子?还是装满七十八磅石头的袋子?"

米申毫不犹豫就给出了答案。"羽毛。"他以前听过这个谜语,一

---

①米申的简称。——译注

个专门为搬运工设计的谜语。对此他考虑过很长时间,终于想出了自己的答案,一个和显而易见的答案并不相同的答案。

"错!"德雷克塞尔高声喊道,同时起劲地摆动一根手指,"可不是那些石头……"他的脸沉了下去,"等一下,你说是羽毛?"他摇了摇头,"不,孩子,它们一样重。"

"里面的东西一样重。"米申告诉他,"但装羽毛的袋子一定更大。你说了——两只袋子都是装满的,这意味着装羽毛的袋子更大,要使用更多材料,所以它更重。"他继续伸着手掌。德雷克塞尔站在柜台后面,嚼了一会儿胡子,终于认输了。

他不情愿地从那位女士的药钱里拿出两枚硬币,放在米申的手里。米申收起钱,把药袋塞进背包,将包口系紧。

"袋子更大……"德雷克塞尔嘟囔着。米申已经快步走过坐着病人的长凳,一边继续屏住呼吸,听到药丸在背包中"哗啦哗啦"的碰撞声。

药剂师气恼的样子远比小费更让米申感到满足,不过这两样东西都很不错。只是当他在一个充满紧张气氛的筒仓里沿楼梯盘旋而下时,这一点乐趣很快就消失了。他看到副警长们聚在一个楼梯平台上,手里都拿着枪,正在努力安抚几个打架的邻居。42层一家商店窗户上的玻璃碎了,只盖着一块塑料布。米申很肯定不久之前这里的玻璃还是完好的。44层的一个女人坐在栏杆旁,双手捂着嘴,不停地啜泣。米申看到人来人往,没有一个人在他身边稍作停留。他也径直走了下去,楼梯在颤抖,墙壁上的涂鸦在警告他即将发生的事情。

到了调度中心,他发现这里安静得出奇。他走过分拣室,那里有高大的置物架,上面摆放着需要投递的物品。他直接走向主柜台。在那里,他可以放下现在的包裹,挑选下一份工作,然后去洗澡和换衣服。正在柜台后面值班的是凯特琳。没有其他搬运工排队。也许他们还在舔自己的伤口,或是在照顾最近那场暴力冲突中受伤的家人。

"嗨,凯特琳。"

"米申。"凯特琳笑着说,"你看上去挺完整。"

米申笑着摸了摸鼻子,那里还有些痛。"谢谢。"

"凯姆刚刚还问你去哪儿了。"

"是吗?"米申有些吃惊。他还以为那位朋友会拿着验尸官的奖金休一天假,"他有拿东西吗?"

"有。他要了去物资部的东西。他的情绪似乎很好。不过昨晚的冒险没带上他,他有点生气。"

"他也听说了?"米申开始浏览送货清单。他想找一些往上送的东西。克罗夫人应该知道要怎么解决罗德尼的事。也许她能从市长那里打听到罗德尼受到惩罚的原因,说不定还能为他美言几句。

"等等,"他抬头看了凯特琳一眼,"你说他心情很好是什么意思?他是要去物资部?"他想起威克所说的工作机会。那个技术部主管当时就说过,他不会是最后一个听到这个消息的人。也许他也不是第一个。"凯姆是从哪边过来的?"

凯特琳在指尖上沾了点口水,翻开旧日志。"我记得他最近一次送的东西是一台坏了的电脑……"

"那只小耗子。"米申一巴掌拍在柜台上,"你还有别的东西要送下去吗?送到物资部或者化工部去的?"

凯特琳的手指在电脑键盘上"噼里啪啦"地敲了一阵。整个调度中心里似乎只有她敲键盘的声音。"现在我们的电脑可真够慢的。"她带着歉意对米申说,"有些东西要从机械部门向上送到物资部。45磅。不用加急。标准运费。"她看向柜台对面的米申,想知道他是否感兴趣。

"交给我。"米申应道。不过他不打算直接去机械部。如果跑快一点,也许他能抢在凯姆前面冲到物资部,先把威克的活干了。他需要这个借口。他要的不是钱,而是有理由回到34层去领酬金。那样他就有机会再见到罗德尼,看看他的朋友到底有什么麻烦,需要什么样的帮助。

第四十一章

米申下楼的速度创了新纪录。现在楼梯上的人变少了,给了他不小的帮助。但他没有看见凯姆,这不是好兆头。凯姆已经上路了。那小子一定也跑得飞快。要么是这样,要么就是米申运气好,在凯姆离开楼梯去上厕所的时候超过了他。

米申在物资部外的楼梯平台上停了一会儿,喘口气,擦了擦脖子上的汗。他还没洗澡。先找到凯姆,再完成机械部的工作,到时候他可以洗个痛快澡,好好休息一下。下层调度处也有衣服可以让他换。然后他再考虑该如何救罗德尼。有太多事要想。不过也幸好如此,可以让他不必去想自己的生日。

在物资部,他看见有几个人正等在柜台前面。还是没有凯姆的影子。如果那小子能做到已经来过又拿着东西走了,那他一定会飞,并且那批货一定是往下送的。米申用脚板拍着地面,排在队尾。一到柜台,他就按照威克的吩咐,提出要找乔伊斯。柜台后面的人指了指柜台另一端。那里有一个留长辫子、身材魁梧的女人。米申立刻认出了她。这个女人给过他很多标有技术部专用设备的货物。米申又等到她和面前的客户说完话,才问她有没有威克要送的东西。

乔伊斯向他眯起眼睛,"调度中心出故障了?那东西已经送出去了。"她向排在米申身后的人招了招手。

"能不能告诉我,那东西要送到哪里去?"米申又问道,"我被派去顶替另一个人。他的……他妈妈病了。他们不确定她还能不能挺过来。"

说了谎的米申有些胆怯。柜台后面的女士难以置信地抿起嘴唇。

"求你,"米申恳求道,"这真的很重要。"

乔伊斯犹豫了一下才说道:"是六层楼下的一间公寓。我没有具体的门牌号。那写在运单上了。"

"下面六层。"米申知道那个楼层。116层基本上是居住区,只有其中几间公寓里经营着一些不那么合法的生意。"谢谢。"他拍拍柜台,快步走向出口。不管怎样,机械部也在下面。他可能来不及送威克的货了,但他可以问问凯姆,愿不愿意让他代拿酬金,他可以用一张度假点券交换这个机会。或者他可以直接告诉凯姆,他的一个老朋友有麻烦,他需要通过技术部的安全闸。如果不行,他将不得不等待技术部有运单发到调度处,然后第一个接下运单。那样就只能希望罗德尼还有时间了。

他下了四层,在脑子里制订了十几个各种各样的计划。爆炸就在这个时候发生了。

巨大的楼梯井猛然晃动了一下,仿佛被一个巨人狠狠推了一把。米申撞上栏杆,差点翻下去。他用双臂抱住颤抖的钢制栏杆,一动也不敢动。

一阵尖叫声之后又是一片呻吟。米申把头探出栏杆,看到两层楼下的楼梯平台和楼梯分离,扭转到一旁。被扯断的钢制栏杆在发出凄厉哀鸣之后伸出在黑色的深渊之上,不住地颤抖。

不止一个人在向下坠落。人影在空中像车轮一样翻滚，消失在黑暗中。

米申急忙缩回头，不敢再向下看。距离他几步远的地方，一个女人跪在地上，双手撑着地面，用充满疯狂和恐惧的眼睛看着米申。从下面无限遥远的地方，传来撞击声。

我不知道，他想这样告诉那个女人。她的眼睛里流露出和米申同样的疑问，这个问题正在他的脑壳里跳动，回应着爆炸的余波。刚才到底发生了什么？是真的？真的开始了？

米申想要跑上去，远离爆炸地点。但是楼下传来一声声惨叫。如果楼梯井里有人需要帮助，搬运工有责任伸出援手。他扶那个女人站起来，叮嘱她向上跑。这时空气中弥漫着烟雾和某种刺鼻的气味。"快跑！"他催促了那女人一声，就逆着突然涌上来的人流冲下楼梯。凯姆在下面。他的朋友带着包裹去了下面两层，爆炸发生在下面两层，慌乱中，米申依然认为这不过是巧合。

下一层的楼梯平台上挤满了人。居民和商贩从楼层里跑出来，争抢栏杆旁的位置，想要看看楼下发生了什么。米申挤过人群，高声呼喊凯姆的名字，一边寻找朋友，一边留意是否有需要帮助的人。一对穿着睡衣的夫妻摇摇晃晃地走到拥挤的楼梯平台上，彼此扶持，紧紧抓住栏杆，茫然地向下观望。米申到处都没有看见凯姆。

他绕中央立柱向下跑了五圈，平时敏捷轻盈的双脚在光滑的台阶上绊了一次又一次。不断向下，凯姆的目的地就是这一层，对吧？向下六层。116层。他不会有事，一定不会有事。那些人在空中翻滚的画面从米申的脑海中闪过。他知道，他永远也不可能忘记那个瞬间。凯姆肯定不在那些人中间。那个小子不是迟到，就是早到，从不会按时到达。

转过最后一个弯,眼前应该是楼梯平台的地方空空如也。原先楼梯平台和大螺旋楼梯连接处两侧的栏杆被扯断,向楼梯口两旁叉出去。那一段楼梯的几级台阶和中央立柱的连接处也都断裂开。米申觉得仿佛有一股力量将他拽向那段没有了护栏的楼梯边缘,下方深渊中伸出爪子,要将他抓住,把他拖进深不见底的黑影。他的靴子一直在钢板台阶上打滑。

在撕裂扭曲的钢铁和黑色深渊的另一边,116层的楼层门不见了,只剩下一些摇摇欲坠的水泥块和向外伸展的黑色钢筋,就像许多伸出的手,要抓住消失的楼梯平台。白色灰粉不断从建筑残骸后面的天花板上飘下来,形成一片遮挡视线的尘埃屏障。令人难以置信的是,在这片屏障后面还有声音传出来:是咳嗽声和喊叫声。有人在呼救。

"搬运工!"有人在上方叫喊。

米申小心翼翼地蹭到倾斜弯曲的台阶边缘,抓住被扯断的栏杆。栏杆摸起来还是热的。他探出身,向离他五十英尺[①]的上层楼梯平台望过去,想要找到那个喊他的人。

他一探出身子,就有人朝他脖子上的围巾指指点点。

"他在那里!"一个女人尖叫道。这个女人的眼睛里射出疯狂的光芒。米申跑下去的时候,她正跟跟跄跄地向上逃命,曾经和米申擦肩而过。她是爆炸的幸存者。

"是那个搬运工干的!"她尖叫道。

[①]约15米。——译注

第四十二章

米申转身就逃。上面的楼梯传来雷鸣般的脚步声。许多人正在冲下来。米申跌跌撞撞地向下跑，一只手扶着中央立柱，以免自己一脚踏进内侧的裂缝，心中希望能赶快跑过这段没有护栏的楼梯。外侧的一大段护栏都被炸开了。这段楼梯变得摇摇晃晃。他不知道为什么人们要追他。他绕着中央立柱转了整整一圈，才找到足够结实的护栏。抓住护栏开始向下飞奔，他才稍稍安心了一点，同时意识到凯姆已经死了。他的朋友要递送一个包裹，现在却死了。还有其他许多人都死了。他看了一眼脖子上的蓝色围巾。上面那些人肯定以为送来那只包裹的是米申。实际上他们以为的事情差一点就变成了现实。

117层的楼梯平台上也聚集着一群人。一个女人泪流满面，用双臂抱住自己不断颤抖的身体；一个男人捂着脸；其他人全都探头到栏杆外面，向上或向下观望。他们刚刚看到各种残骸从眼前坠落。米申只是继续奔逃。在到达机械部之前，120层的下层调度处是他唯一的避难所。他急着要逃到那里。一阵阵凶猛的吼叫还在从上方传来。那些人追得太快了。

一个尖声呼号的人以不可思议的速度从背后扑向他。米申被吓了一跳，差点绊倒在台阶上。他绷紧全身的肌肉，等待那个人将他抓住或撞倒。但尖利的呼号声从栏杆外径直向下坠去。那个人飞过他身边,活着,尖叫着,消失在黑色深渊中。

上面断裂的台阶和破损的护栏夺走了一个追逐者的生命。

米申加快脚步,离开中央立柱,向外侧的栏杆靠过去,那里的台阶更宽更平坦,他绕圈奔跑时产生的离心力把他压在栏杆上。在这里,他能够以更快的速度移动。他努力不去想如果这时护栏出现一个缺口会发生什么事,只是向前全速狂奔。浓烟刺痛他的眼睛,让他只能听见自己的脚步声和上面那些人的奔跑和喧哗声。在最初的一段时间里,他甚至没有意识到空气中的烟尘不是来自他身后的废墟——滚滚浓烟正从他周围不断向上涌。

第四十三章

1号筒仓

早餐的鸡蛋粉和碎土豆早就凉了。现在唐纳德很少碰瑟曼和厄斯金送来的食物。他在这座仓库里找到了许多真空密封箱。那些箱子装满了没有标签的银色罐头。罐头里是一种没什么滋味的食物。但唐纳德觉得这些食物更合自己的胃口——不只是因为他不信任那些人,他在对抗那些人的一切安排。他要控制自己的生存。他将一块橘黄色的胶状物塞进嘴里——他猜测那曾经是一块桃子。咀嚼一番之后,他没尝出任何味道,便假装这东西的滋味和桃子一样。

在宽大的会议桌对面,安娜正在摆弄她的步话机上的转盘,一边"嗞嗞"作响地啜饮一杯冷咖啡。一团电线从一个黑盒子伸出来,连在她的电脑上,房间里充满了微弱的静电噪声。

"真糟糕,我们竟然找不到一个更好的电台。"唐纳德闷闷不乐地说着,又用叉子戳了一块神秘的水果,放进嘴里。是芒果——他这样告诉自己,这样可以让他尝到多种口味。

"没有电台就是最好的电台。"安娜一直希望40号筒仓和它的邻居们的信号塔能失去作用。她在努力切断那些不应该存在的幸存者之间的联系,并且曾经尝试将自己采取的措施解释给唐纳德听。但这对唐纳德而言没有什么意义。可以推测,一年前40号筒仓的人就黑掉了他们的系统,应该是技术部的一个叛徒主管干的。其他人不可能拥有相关的专业知识和权限。当监控信号被切断时,所有失效保护装置也都已经被切断了。他们曾经尝试终止那个筒仓的一切功能,但结果没有办法进行核实。很明显,他们的尝试失败了,所以黑暗才会开始向其他筒仓蔓延。

依照应急处置规则,瑟曼、厄斯金和维克托被一个接一个唤醒。更进一步的失效保护措施也被证明是无效的。这让厄斯金开始担心黑客的攻击已经发展到纳米级别,空中的那些微小机器正在被重新编程。那样的话,任何地方都将没有安全可言。经过努力的劝说,瑟曼让另外两个人相信安娜能帮上忙。她在麻省理工学院的研究方向是无线谐波,远程充电技术,以及通过无线电控制电子设备的技术。

最终,安娜获得了控制叛乱筒仓坍塌机制的权力。唐纳德至今都会为此而做噩梦。听安娜描述这一过程的时候,他已经研究过标准筒仓的外壁示意图,很清楚那种爆炸会产生怎样的效果——楼层之间厚重的混凝土分崩离析,像多米诺骨牌一样坍塌下去,将楼层空间内的所有东西和人都压成齑粉。一个又一个三十英尺厚的混凝土隔层落下,直到最底部,把整个社会变成废墟。这些地下建筑从一开始就被设计成这种结构,使得它们能够被摧毁——而且能够以远程操控的方式摧毁。他们竟然需要这样的失效保护措施。这让唐纳德感到残忍又恶心。

现在,那些筒仓里只剩下了废弃的通讯器发出毫无意义的静电噪声,电火花的微弱爆响就像是鬼魂在合唱。其他筒仓的主管甚至完全不知道这场灾难。他们的示意图上不会有红色的叉子让他们惶惶不可终日。不同筒仓的主管相互之间几乎没有联系。恐慌扩散才是更值得忧虑的事情。

但维克托知道这种灾难是什么样子。唐纳德怀疑,正是这种沉重的心理负担导致他结束了自己的生命。瑟曼对此做出的任何解释都只是一些托辞和借口。瑟曼对维克托的才华太过敬畏,所以才会努力寻找他自杀背后的"真正目的",甚至不惜掉进阴谋论的渊薮。唐纳德越来越清楚也越来越悲哀地认识到,人类已经被掌握权力的疯子们推到灭绝的边缘,每一个疯子都跟随着前一个疯子的脚步,每个疯子都认为其他疯子知道他们要去哪里。

他从一只被戳破的罐子里喝了一口番茄汁,从遍布键盘周围的笔记和报告中拿出两张纸。根据某些人的说法,18号筒仓的命运将取决于这两页纸上的某些内容。它们是同一份报告的两个副本。那是他很久以前写的关于12号筒仓崩溃的报告,这两个副本中的一个是他所写内容的原始打印件。唐纳德几乎不记得自己写过那种东西。现在他已经盯着这张纸看了太久,连纸上写了什么都不太明白了。就像一个词被重复太多遍,就会变成无意义的噪声。

另一份副本上布满了维克托写下的众多注释。他使用的是红笔,楼上有人在复制这份报告的时候也复制了原件上的颜色,好让两个副本出自不同手笔的内容更容易被辨识。但是对红色的成功复制也让第二张纸带上了一片红色薄雾和几滴血迹——那是维克托的血。这些令人毛骨悚然的痕迹不断提醒唐纳德,在维克托生命的最后时刻,这份报告就放在他的桌子上。

研究了三天之后,唐纳德开始怀疑这份报告不过是废纸一张。否则它还能有些什么?但维克托数次告诫瑟曼,遏制18号筒仓暴力事件的关键就在唐纳德的报告里。是维克托主张把深度冻结的唐纳德唤醒,只是他一直都没能说服厄斯金和瑟曼。这就是唐纳德得到的全部信息:一个骗子转述的一个死人的话。

骗子和死人——这两种人都不善于讲真话。

这张遍布红墨水和铁锈色血渍的打印纸帮不上什么忙。不过上面有几句话引起了唐纳德的共鸣。它们让唐纳德想起占星术是如何利用模糊的说辞,从而让人们相信它的全部谎言的。

*那个还有记忆的人。*这句话被写在报告正中央,笔迹格外粗重。唐纳德禁不住感觉到这指的就是他和他的抗药性。安娜不是说过,维克托经常提到他,想让他醒来,接受测试和问询吗?维克托写在这上面的其他语句也同样模糊和令人胆寒:*这就是原因*。还有:*所有的结束*。

他是不是在说他自杀的原因?还是为什么18号筒仓会陷入暴动?还是指的什么所有的结束?

从许多方面来看,18号筒仓的暴力循环与其他筒仓没有什么不同,也许只是更为残酷。一代又一代人,暴动兴起又被镇压,无非是一个个十五到二十年的血腥周期,不断重复以前的故事。

维克托就这个问题写了很多文章,留下了从灵长类动物行为到二十和二十一世纪战争的各种论述。有一篇文章让唐纳德感到格外不安。它详细描述了灵长类动物如何发育成长,并在成年后试图推翻它们的父亲——种群中的雄性头领;还有黑猩猩的杀婴行为,雄性从母亲怀中夺取幼崽,把它们带进树林,在那里扯断它们的四肢——从它们幼小的身体上一根接一根地撕下手臂和腿。根据维克托在这篇文章中的记录,这会让雌性黑猩猩重新进入发情期,也为下一代让出生存空间。

唐纳德很难相信这些是真的。有一份关于大脑前额叶以及这一部位在人类体内发育时间的报告更加让他难以理解。也许这对解开他们现在的谜团很重要。或者这只是一个人失去理智后的胡言乱语？还是一个人终于找回了自己的良知，开始正视他对世界所做的一切？

为了寻找答案，唐纳德又研究了维克托更早的报告，翻阅他的众多笔记。这些事安娜早已一丝不苟地做过一遍，他几乎只是将安娜的研究重复了一遍，甚至步骤顺序都没有差别。他们睡觉、进食、工作。晚上，他们喝光了一瓶又一瓶苏格兰威士忌，一次一小口火热的液体，最终把那些瓶子竖在筒仓示意图上，仿佛它们是一排排工厂的烟囱。早上，他们轮流洗澡，安娜总是肆无忌惮地赤身裸体。唐纳德希望她不要那样。她的存在就像是一种来自过去的诱惑，令人迷醉。唐纳德的脑海中开始描绘一种新的生活：他和安娜正在一起完成另一个秘密项目；海伦回萨凡纳去了；米克没能来开会；唐纳德的手机坏了，所以联系不到他们两个。

一切都只是因为他的手机坏了。在代表大会那天，只要能发一条短信，海伦就可能睡在她的冷冻舱里。唐纳德可以像厄斯金看望女儿那样去看望她。一旦值班结束，他们就能重新在一起。

有时这个梦又会变成另一番模样：唐纳德想象他越过山丘，到达田纳西州的那一边。炸弹在空中爆炸；胆战心惊的人们躲进地洞里；一个年轻的女孩用无比纯洁的嗓音唱歌。在这个幻想中，他和海伦消失在同一片土地下面。他们有儿女和孙辈，最终被埋葬在一起。

这样的梦境一直萦绕在他的脑海中。他没有再拒绝安娜碰触他，在入睡前躺到他的小床上。在随后一个小时里，他只听见她的呼吸声,感觉她的头靠在自己胸前,闻到他们呼吸中的酒精气味。他躺在那里,忍受着,忍受着她的手放在他脖子上的美妙触感,直到她因为狭窄的床铺感到不舒服,回到她自己的小床上,他才能睡着。

每天早上,当唐纳德继续进行研究时,她会在淋浴间唱歌,让蒸汽流进作战室。唐纳德会登录她的电脑,在那里的维克托个人目录中挖掘文件。他可以看到这些文件何时被创建、访问以及访问频率。其中一个最古老的列表最近刚刚被打开过,所有筒仓都按照某种顺序排列在其中。第18号很接近列表顶端。唐纳德不清楚这里顺序的衡量标准是每个筒仓的问题还是价值。为什么要对它们进行排名?其中到底有什么目的?

他还用安娜的电脑寻找妹妹夏洛特。夏洛特不在冷冻舱名单里,他能找到的所有名字和照片也都无法对应到他的妹妹。但是培训时夏洛特的确在场。他记得她和其他女人一起被带走,进入长眠,现在却好像消失了。她到底去了哪里?

问题太多了。他盯着那两份报告。无线电里传来可怕的、死气沉沉的静电噪声。大地的重量从头顶上方压迫着他。他开始怀疑,自己是不是盯着维克托的笔记看得太过仔细?是不是已经得出了和那名自杀者同样的结论?

第四十四章

如果再也看不下去那些笔记，他一般会在仓库里的枪支和无人机之间闲逛，借此逃离无线电中发出的噪声和他们临时住所的狭窄空间。只有在这样一圈圈散步的时候，他才最接近于清醒的状态，让自己暂时脱离那些幻梦、前一天晚上的苏格兰威士忌，还有开始对安娜产生的复杂情感。

而最重要的，是他能够在这样兜圈的时候，尝试去理解这个新世界。瑟曼和维克托的筒仓计划依然让他感到困惑。在地下躲藏五百年，然后呢？唐纳德急切地想知道后面的计划。只有在这个时候，他才真正感觉自己还活着，在采取行动、寻找答案。就像他拒绝服药、把手指染成蓝色、用舌头触碰口腔中的溃疡时一样，只有在这种时候，他才能拥有那种转瞬即逝的力量感。

在这种漫无目的的游荡中，他不时会打开堆在大仓库地板上和墙壁旁的那些硬塑料箱子，看看里面都有些什么。他找到了那只少了一把枪的箱子——他相信维克托自杀的枪就是从这里偷的。箱子里的密封层被破开，里面的枪散发出一股机油味。他还发现，一些箱子里装着折叠整齐的军装和仿佛是宇航员穿的宇航服——它们都被妥善地包在厚实的真空密封袋里。另一些箱子里存放着有金属护颈的球形大头盔。还有带红色灯罩的手电筒、食物和医药包、背包、数不清的弹药,以及无以计数的设备和小玩意——关于它们的功能,他只能做一些猜测。他在一个箱子里发现了一张镀膜地图,上面标明了五十个筒仓。每个筒仓连出一条红线,所有的红线都相交于远处的一个点。唐纳德将这张地图举起来,映着远方作战室中的灯光,用手指沿着红线画过去,琢磨了半天,又把地图放回原处。这张地图对他而言还是一个谜。

有一次,他在休眠的无人机之间的宽阔过道上做了一组开合跳。就在两天前,运动对他来说还是一件艰难的事情,但凝滞在他血管里的寒意似乎正在融化。越是用力,他似乎就越清醒和警觉。他做了75个开合跳,比昨天多10个。他喘了口气,又趴到地上,想看看自己萎缩的肌肉能做多少俯卧撑。于是,在他被囚禁到这座战争仓库的第三天,他的脸刚好到了高出钢板地面一英寸①的地方,他在这个高度发现了那部升降机——一道差不多只有他腰那么高的门。不过这道门的宽度足以让那些被防水布盖住的无人机通过。

还没做完一个俯卧撑的唐纳德站起身,走到那扇矮门近前。整座仓库的光线非常暗,这面墙几乎是漆黑一片。当他想着要去拿手电筒的时候,恰好看到那支红色把手,便伸手一拉,带有瓦楞状竖纹的门板向上滑入墙壁。唐纳德匍匐着钻进门后的洞口。这个洞有十几英尺深。他始终没有在墙壁上摸到按钮或操纵杆,不知道该如何操作这部升降机。

在好奇心的驱使下,他爬出升降机,想去拿一支手电筒。一转身,发现对面黑色的墙壁上还有一道门。唐纳德试了试那道门的门把手,发现门没有锁,门后是一条昏暗的走廊。他在墙上摸到一个

---

① 一英寸约等于2.5厘米。

开关,按下去。头顶上有一串灯泡闪烁着亮起来。他悄悄走进去,将门在身后关好。

这条走廊有五十步深,尽头是另一道门,走廊两边还各有两道门。他猜想这里也都是办公室,就像安娜在仓库后面搭出来的那间作战室连带宿舍。他试着推开距离自己最近的一扇门,樟脑气味从门里飘出来。里面是一排排铺位,地上的灰尘中还有最近留下的脚印。此外,床铺队列中有一片空地,那里的地板也是干净的,没有灰尘——应该是不久之前放在那里的两张床刚刚被搬走。能感觉出这里很久都不曾有人住过。他又来到走廊另一边,推开门看了看,这里有成排的厕所隔间和淋浴莲蓬头。

走廊更靠里的两道门中情况差不多,不过盥洗室里还有一排小便池。也许住在这里的人就是外面仓库里那些军火的使用者。不过唐纳德不记得在他第一次值班的时候有谁来过这一层。不,这里是为另外一种情况准备的,就像防水布下的那些无人机。他离开盥洗室,去查看走廊尽头的那道门。

在最后那道门里,他发现了一些盖着塑料布的桌子和椅子。塑料布上有薄薄的一层灰尘。唐纳德走近一张桌子,看到塑料布下的电脑显示屏。椅子和桌子都一一相连,上面有让他感到眼熟的旋钮和操纵杆。他跪下去,摸索到塑料布的边缘,"哗啦"一声将塑料布掀开。

全套的飞行控制装置把他带回到另一段时光中。那根杆子,被他的妹妹称为"万向把手",椅子下面的踏板,在夏洛特的口中也有一个名字。还有油门和各种刻度盘、指示器。唐纳德记得自己参观过妹妹的训练场,那时她刚从飞行学校毕业。他们飞到科罗拉多,参加她的毕业仪式。他记得妹妹的无人机升空并加入编队时,自己看着的就是这样一块屏幕。他还记得从屏幕上能看见那架漂亮的无人机机头拍摄的科罗拉多风景。

他环顾整个房间,这样的操作台差不多有十几个。他当然知道这个地方是干什么用的。他甚至能想象走廊里的喧闹,男兵和女兵们一边洗澡一边聊天。毛巾打在屁股上,发出"啪"的一声响。有人想借刮胡刀。一队飞行员坐在这些桌子后面。桌上的咖啡杯安静地飘出一缕缕热气,而死亡像暴雨一样倾泻在遥远的地面上。

唐纳德把塑料布盖回去,心中想起妹妹。夏洛特正在数个楼层之下沉睡。只是他找不到妹妹长眠的地方。他怀疑,代表大会那一天,夏洛特被带到这里不是为了给他一个惊喜,而是为了给未来的其他人某种惊喜。

唐纳德突然发现自己在拍打口袋,在寻找着一样东西——药。因为他想起了夏洛特,想起了那段迷失在幻梦和孤寂泪水中的时光。那些药来自一张旧处方,处方的病人栏写的是夏洛特的名字。是海伦强迫他去看医生,不是吗?唐纳德突然明白,为什么自己不会忘记,为什么筒仓中的药对他不起作用。这个念头伴随着另一种强烈的渴望——他渴望找到妹妹。夏洛特才是原因,是瑟曼的一个谜题的答案。

第四十五章

"我想要见到她。"唐纳德说道,"让我见到她,然后我会告诉你。"

他在等待瑟曼或斯尼德医生的回答。他们三个站在斯尼德的办公室里,旁边就是冷冻舱库房。在电梯里,唐纳德一直和瑟曼讨价还价,现在他又进了一步。他怀疑是妹妹的药造成他无法忘记过去。他要用这个发现交换另一个发现。他想知道妹妹在哪里,想见到她。

瑟曼和斯尼德没有说话,但他们之间的确进行了某种交流。瑟曼转向唐纳德,以警告的口吻说道:"她不会被唤醒,就算是你用这个换也不行。"

唐纳德点点头。他明白,只有制定法律的人才可以违反法律。

斯尼德医生转向桌上的电脑。"我可以把她找出来。"

"不需要。"瑟曼说,"我知道她在哪里。"

他领着他们离开办公室,穿过走廊,经过多年前唐纳德被唤醒,变成特洛伊的主换班室,又经过唐纳德沉睡了一个世纪的深度冻结仓库,一直走到和其他仓库完全一样的另一扇门前。

瑟曼在这道门上输入了不同的密码——这一点唐纳德能够借助按钮发出的四音符旋律听出来。在密码键盘上方,唐纳德看到几个印刷体小字母组成的单词：紧急人员。锁舌像陈旧的骨头一样转动，仓门缓缓开启。

走廊里温暖的空气和太平间一样的寒气撞击在一起，凝结成白色雾气跟随他们飘进这间仓库。这里只有不到十几排、大约五六十个冷冻舱，仅相当于一个满编班次。唐纳德细看其中一口冰棺。棺盖玻璃上的冰像一张蓝白两色的蜘蛛网，他看到玻璃下面是一张棱角分明的粗犷面孔。一名被冻结的士兵，至少他的想象在这样告诉他。

瑟曼领着他们穿过几排冷冻舱，在一个冷冻舱前停下脚步。他将双手按在那只冰棺上，仿佛对它有一种格外的喜爱。他呼出的白汽在空中翻腾，让他的白发和浓密的胡须仿佛结了一层霜。

"夏洛特。"唐纳德凝视着他的妹妹，低声说道。她一点也没变，一点也没老。就连她蓝色的皮肤看上去也显得很正常——这当然在唐纳德的意料之中。他已经渐渐习惯了看到人们呈现出这种颜色。

他擦了擦冰棺盖上的玻璃窗口，抹去蛛网状的冰痕——同时不由得对自己干瘦的双手和凸出的关节感到惊讶。他正在枯槁下去，正在衰老，而他的妹妹依然保持着往日的青春。

"我曾经将她这样锁起来。"唐纳德目不转睛地看着妹妹，"我将她锁在我的记忆里，就像这样。因为那时她要去参加战争。我们的父母也和我一样。她永远只是小夏莉。"

唐纳德的视线从妹妹身上移开，落在冷冻舱对面的两个人身上。斯尼德想要说些什么，但瑟曼伸手按住了医生的胳膊。唐纳德又低下头，继续看着他的妹妹。

"当然，她已经成长为我们不认识的大人。她在远方杀了人。

多年以后,我们才谈起这件事。那时我坐在自己的办公室里。她认为我也长大了。"唐纳德笑着摇摇头,"我的小妹妹,一直在等待我长大。"

一滴泪水落在寒冷的玻璃上。盐水切过刚刚冻起来的薄冰,留下一道清晰的痕迹。唐纳德用力将它擦掉,让玻璃表面发出尖细的摩擦声。这把唐纳德吓了一跳。他很害怕自己会惊醒妹妹。

"他们会在午夜时把她叫醒。"他又说道,"只要有目标……她管那个叫什么?战备值班。他们会叫醒她。她说从梦中醒来去杀人的感觉很奇怪。那一切都太不合理。她怎么还能回去睡觉?她会在脑海中重新看见那些视频——一枚导弹在她的指引下击中目标……"

他深吸一口气,盯住瑟曼。

"知道吗?我本以为她不会在战场上受伤是件好事。她可以安全地待在后方的房车里,不用自己飞到天上去。但她非常不喜欢这样。她对她的医生说,那感觉不对。在安全的地方,做她要做的那些事。在前线战斗的人们需要恐惧作为一种借口,那是他们自我保护的方式,是他们杀人的理由。夏洛特曾经杀过人,然后去参加弥撒,吃了一块饼①——她就是这样对她的医生说的。她会吃些甜东西,却尝不出味道。"

"那是什么医生?"斯尼德问。

"我的医生。"唐纳德摸了一下面颊,但他现在不会因为流泪而羞愧。站在妹妹身边让他有了勇气,不再感到孤独,让他能够面对过去和未来。"海伦担心我在议会改选时的表现。夏洛特已经有了

---

①弥撒时吃的圣饼,相当于接受耶稣的圣体。——译注

药方。她第一次在海外执勤之后就被诊断患有创伤后应激障碍。所以我们一直以她的名字拿药,甚至还用了她的保险金。"

斯尼德挥挥手,示意唐纳德说下去。"什么处方?"

"心得安。"瑟曼说,"她一直在吃心得安,对不对?而你害怕媒体会发现你在吃这种药。"

唐纳德点点头,"海伦很担心。她认为如果公众知道我在吃药,就有可能知道我有一些……离经叛道的念头。那些药能帮助我忘记它们,让我的状态保持平稳。那样我才可以研习《指令》,我看到的只是那本书中字面的意思,而不是某种暗示。我不用害怕了。"他看着他的妹妹,终于明白了为什么夏洛特会拒绝服药。她想要恐惧。在某些方面,这是必须的,这能让她觉得自己是个人。

"我记得你告诉过我,她吃过药。"瑟曼说,"那时我们在书店……"

"你还记得你的剂量么?"斯尼德问,"你吃了多久?"

"我被要求熟读《指令》时就开始吃药了。"唐纳德在瑟曼的脸上寻找一切可能的表情,但什么都没有找到,"我猜,那应该是在代表大会前两或三年。直到那时,我几乎每天都会吃。"他转向斯尼德,"如果不是那天在山丘上我把药丢了,我在培训时应该也会吃。我觉得我在那时摔了一跤。我记得是摔在……"

斯尼德转头对瑟曼说:"并发症无法判断。维克托很小心地对所有管理人员都进行了精神药物筛查。每个人都经过测试……"

"我没有。"唐纳德说。

斯尼德看向他,"每个人都测试过。"

"他没有。"瑟曼看着夏洛特的冷冻舱,"那是在最后一刻做的改变,一次突发调整。我替他做的担保。如果他是用夏洛特的名义获得药物,他的病历上就不会有任何记录。"

"我们要把这件事告诉厄斯金。"斯尼德说,"我可以和他一起解决这件事。我们能制定一个新配方。这可以解释其他筒仓中的一些抗药性案例。"他转过身,似乎是要回办公室。

瑟曼看向唐纳德,"你还要在这里留一会儿吗?"

唐纳德又看了妹妹一眼。他想要唤醒夏洛特,和她说话。也许他能换个时间再来看望妹妹。

"我希望能回来看她。"他说道。

"我们到时再看。"

瑟曼绕过冰棺,伸手按在唐纳德的肩头,同情地轻轻捏了他一下,随后就领着唐纳德向门口走去。唐纳德没有再回头,没有去看冰棺上妹妹的新名字。他不在乎。他知道了妹妹在哪里。对他而言,她一直都是夏洛特,永远不会改变。

"你做得很好,"瑟曼说,"真的是很好。"他们进入走廊。瑟曼关闭了厚重的仓库门,"你也许已经发现了维克托对你的报告如此看重的原因。"

"我发现了?"唐纳德完全看不出其中的联系。

"我不认为他对你写的东西有什么兴趣。"瑟曼说,"我认为他感兴趣的是你。"

第四十六章

他们没有将唐纳德放在54层,而是乘电梯去了自助餐厅。现在快到晚饭时间了。唐纳德可以去帮瑟曼拿食物。电梯面板上的楼层号逐一亮起又熄灭,表明他们一直在向上移动。瑟曼对维克托的猜测一直盘旋在唐纳德的脑海中。维克托会不会只是好奇他的抗药性?如果那份报告真的没有任何价值,又该怎么办?

电梯过了40层,相应的按钮亮起然后暗下去。唐纳德想起那个刚刚暗下去的筒仓。"这对18号筒仓意味着什么?"他看着下一个闪过的数字问。

瑟曼盯着不锈钢电梯门。那上面有一个油掌印,应该是某个人曾经按住那里,想要保持身体平衡。

"维克想要尝试重启18号筒仓。我看不出这有什么意义。不过也许他是对的。也许我们应该再给他们一个机会。"

"重启筒仓都需要做什么?"

"你知道。"瑟曼直视着他,"我们对世界就这样做过,只不过对一个筒仓的尺度要小很多。减少人口,抹掉电脑记录,还有他们的记忆,从头开始进行尝试。对那座筒仓,我们以前就这样处理过几次。其中是有风险的。你不可能在造成创伤的同时不造成混乱。从某种角度讲,直接拔掉插头才更加简单和安全。"

"结束他们。"唐纳德说道。他明白了维克托一直在反对什么,一直在极力避免什么。他非常想和那位老人谈一谈。安娜说过,维克托经常提到他。厄斯金也说过,维克托希望像唐纳德这样的人管理一切。

电梯在顶层打开门。唐纳德走出去,心中立刻生出一种异样的感觉——他走在这些值班的人中间,和他们在一起,却早已远离了1号筒仓的日常生活。

他注意到,这里的人对瑟曼没有表现出敬意。瑟曼不是这一班的主管,没有人知道他的真实身份。他们只是两个普通人,一个穿白色连体服,一个穿米色连体服,一边取食物,一边看着墙壁屏幕中的废土荒原。

唐纳德拿起一只托盘,再一次注意到大部分人都坐在面对屏幕的位子上。背对屏幕吃饭的人只有一两个。他跟随瑟曼向电梯走去,心中却渴望着和这里屈指可数的几个人说说话,问问他们还记得什么、会害怕什么,告诉他们害怕是对的。

"为什么其他筒仓也会有屏幕?"他压低声音问瑟曼。他没有参与设施的这一部分,对此也完全无法理解。"为什么要让他们看见我们干的事?"

"让他们留在筒仓里。"瑟曼说。他用一只手托住托盘,按下电梯门旁边的按钮,"我们不是在向他们展示我们的所作所为。我们是要让他们看到外面有什么。那些屏幕是一种禁咒,让这些人能安心生活。唐尼,人类总是不撞南墙不回头。这是人性中的一种顽疾。所以我们会挖地道穿过障碍,在海洋边缘航行,或者拼尽全力翻过高山……"

电梯门开了。一个穿红色反应堆工作服的人向他们客气了一句,从两个人中间走出去。他们走进电梯轿厢。瑟曼从兜里摸出他的证件。"恐惧,"他说道,"就算是对死亡的恐惧也几乎不足以压制我们的这种冲动。如果我们不让人们看见外面的情况,他们就会自己出去看。我们这个种族一直在这么干。"

唐纳德思考着瑟曼的话,想到自己想要逃出这层混凝土外壳的冲动——他要摆脱这种束缚和压迫,哪怕这对他意味着死在外面。缓慢的窒息才是最可怕的。

"我宁愿看到筒仓被重置,而不是整个筒仓的灭亡。"唐纳德看着数字亮灯飞速变化。他没有提到他一直在研究住在那个筒仓里的人。重置意味着那将是个失落和伤痛弥漫的世界,但他们终究还有重生的机会。否则,他们全都会死。

"就我自己而言,我越来越不想给这个地方提供支援。"瑟曼承认,"维克托在的时候,我一直都在反对将时间浪费在这样的筒仓上。现在他走了,我却发现自己在为这些人而努力,就好像我必须尊重他的遗愿。这是一个危险的陷阱。"

电梯在20层停住,上来了两名工人。看见唐纳德和瑟曼后,他们便停止交谈,默默地进了轿厢。唐纳德想到清理筒仓的过程——那只是看着暴力不断地自我重复。古代的大规模战争就是如此。他还记得在伊朗的两场战争。新一代人不记得过去的教训,于是儿子们冲进了父辈曾经厮杀过的战场。

两名工人在休闲层下了电梯。电梯门关闭的时候,他们又开始闲聊。唐纳德记得自己是多么喜欢在健身房惩罚自己。现在他日渐消瘦,几乎没有胃口吃东西,更没有力气去推动什么,或者抵抗什么。

"有时候,我会感到好奇,他那样做会不会就是为了达到这种效果。"瑟曼说道。电梯向54层滑去,"维克托从来都算无遗策,无论做任何事都有他的目的。也许这就是他赢得我们之间这场争论的办法——由他进行最后的发言。"瑟曼向唐纳德瞥了一眼,"实际上,这也是最后让我决定唤醒你的原因。"

唐纳德没有把心里话说出来——他觉得这实在是太疯狂了。也许瑟曼只是需要一些理由让这件不可思议的事情看上去合理一些。当然,维克托的死完全可能以另外一种方式结束这场争论。唐纳德已经不是第一次想象这根本就不是自杀。但他也明白,这种怀疑只会给他惹上麻烦。

他们在54层下电梯,捧着托盘穿过一排排军火箱。经过无人机时,唐纳德又想起妹妹。她也和这些机器一样在沉睡。能知道她在哪里实在是太好了。她很安全,这多多少少会让唐纳德感到一点安慰。

他们在作战室的桌边吃饭。唐纳德用叉子拨弄着碟子里的食物,听瑟曼和安娜说话。那两份报告副本就摆在他眼前。不过是两张纸而已——他心中想道。里面没什么谜团。他寻找的方向一直都是错的。他以为那些字里行间有什么线索,但维克托强调的一直都只是唐纳德的存在。那位心理医生一直坐在唐纳德对门的办公室里,看着他喝下他们的水、吃下他们的药以后的全部反应。现在,唐纳德看着维克托的注释,只看到一张纸上写满痛苦潦草的文字,还有几滴鲜血。

不要在意那些血,唐纳德告诫自己。血不是线索。它是在维克托死后才出现的,只是那些注释中间一大片空白上洒的一些污渍。唐纳德一直在研究这些毫无意义的东西,一直在寻找并不存在的东西。他还不如一直盯着空白看。

空白。唐纳德放下叉子,抓起另一份报告。忽略掉那些血渍之后,他发现这份报告的大部分原文之间都写满了红色的注释,但有一大段文字没有任何注释。维克托在这里留下一片空白,这才是他应该注意的。不是这上面有什么,而是没有什么。

他仔细查看两份报告中缺失注释的相对位置,想看看报告原文在那里到底写了什么。仔细看了一遍之后,他的兴奋感消失了。不过是一件没头没尾的事情——一名年轻的筒仓主管候选人说他的曾祖母还记得过去的事情。仅此而已。

除非……

唐纳德坐直身子,拿起两份报告,把它们交叠在一起。安娜正在向瑟曼报告干扰无线电发射塔的进展。她保证这个任务很快就能完成。瑟曼说他们几天后就可以结束这轮值班,让日程表回归正常顺序。唐纳德把重叠的报告举到灯光前。他的动作引来了瑟曼好奇的目光。

"他写的东西都围绕着某个内容。"唐纳德喃喃地说道,"他没有在那段内容上面写字。"

他迎向瑟曼的目光,露出微笑。"你们错了。"两张纸在他的手中颤抖,"这上面的确有些东西。他对我一点都不感兴趣。"

安娜放下餐具,向唐纳德靠过来。

"如果我早些看看原件,应该就能看出来。"他指了指注释围绕出来的空白部分,将有注释和血渍的报告拿走,用手指敲了敲那段看似与问题无关的报告原文。这段记录和12号筒仓的事情看上去完全不相干。

"所以你们的重置不会起作用。"唐纳德说道。安娜接过报告原件,仔细阅读关于唐纳德接纳的那名主管学徒的记录,还有他的那位记得旧时岁月的曾祖母。那名学徒当时问了唐纳德一个问题——他的曾祖母的故事是不是真的。

"18号筒仓中也有人记得过去。"唐纳德自信地说,"也许他们有一个这样的群体,暗中将知识一代一代传递下来。或者他们像我一样对药有抗性。他们记得。"

瑟曼喝了一口水,放下杯子,目光从女儿转向唐纳德。"那么我们更有理由拔掉插头了。"

"不,"唐纳德对他说,"不,维克托想的不是这个。"他用指尖轻敲这个死人的注释,"他想要找到能记得过去的人,不过他说的不是我。"他又看向安娜,"我认为他根本就不想唤醒我。"

安娜抬起头看着她的父亲,脸上流露出困惑的表情。然后她又转向唐纳德,"你有什么建议?"

唐纳德起身在椅子后面踱步,走过像蛇一样横在地板上的电线,"我们需要呼叫18号筒仓,问问那里的首领,是否有人符合这种特征,有没有某个人或某个组织在散播冲突性言论,甚至在谈论过去的那个世界,那个被我们……"他停住口,没有说出毁灭两个字。

"好的。"安娜点点头,"好的,如果他们真的知道,如果我们真的在那里找到了像你一样的人,那又该怎么办?"

唐纳德停止踱步。这一点他还没有考虑过。他发现瑟曼抿起嘴唇,正在审视他。

"我们先找到这些人……"唐纳德说。

他知道了,他知道该如何才能拯救那个遥远的筒仓里的人,那些工人、店铺老板、农夫和他们年轻的学徒。他还记得自己上一次值班的时候就曾经按下那个按钮,为了救人而杀人。

他知道自己还会再做一次。

第四十七章

18号筒仓

米申的喉咙刺痒得要命，眼睛疼痛难忍。周围的烟尘越来越重，气味也越来越呛人。他正在靠近120层的下层调度处。上面追赶他的人似乎放弃了。也许是因为那段失去了护栏的楼梯让他们死了一个人。

凯姆死了——对此他毫不怀疑。还有多少人遭遇了同样的不幸？米申心中多了一份内疚，同时还有一种恶心的感觉——死者都要被装进塑料袋，送到上面的农场去。必须有搬运工干这个活。这可不是什么好活。

他摇摇头，赶走这个念头。调度处所在的楼层已经近在眼前。泪水沿着他的面颊滚落，混合着这一整天向下奔跑时流出的汗水和染上的灰尘。他带来了坏消息。就算淋浴和干净衣服也不可能减轻他的疲劳。不过调度处能给他提供保护，帮助他解释因为爆炸产生的误会。他匆匆跑下最后半截楼梯。也许是因为看到了向上飘扬的灰烬就像是一张纸条被撕成粉末，他忽然想起自己追赶凯姆的原因。

罗德尼，他的朋友还被关在技术部。他本打算请求凯姆帮助他营救他最好的朋友,现在他的打算完全被爆炸的喧嚣和混乱吞没了。

爆炸、凯姆、包裹、送货。

米申两腿一软,抓住栏杆才没有跌倒。他想起那笔高得离谱的送货费——可能那笔钱根本就没有兑现的可能。他打起精神,继续向前跑去,一边担心着技术部的那个被锁住的房间里到底发生了什么,罗德尼惹上了什么样的麻烦,又该如何去救他。现在米申甚至不知道该如何再见到罗德尼。

调度处的空气已经污浊得几乎无法让视线穿透,每一次呼吸都让米申感到一阵火辣的刺激。一小群人正聚集在楼梯平台上,朝120层敞开的楼层门内窥望。米申用拳头捂住嘴,一边咳嗽一边穿过那群看客。是爆炸的残骸从上面一直落到这里了吗?这里的一切看上去还都完好无损。门口处倒着两只水桶。一根灰色的消防水管沿着栏杆向门里面延伸进去。滚滚浓烟像厚重的毯子遮住了天花板,完全不在意重力作用,冲出楼层门之后就扩散开来,贴着墙壁向楼梯井上方爬去。

米申用围巾遮住口鼻,心中充满疑惑。浓烟是从调度处内部冒出来的。他只能用嘴呼吸。围巾紧贴住嘴唇,减轻了喉咙受到的刺激。走廊里有不少黑影在晃来晃去。他解开固定小刀的扣带,走进楼层门洞,伏低身子,尽量远离浓烟。这里的地面很湿。走廊深处不断传出蹚水的脚步声。这里很黑,不过前方能看到一些手电光柱在来回晃动。

米申快步向那些光柱走去。烟尘更加浓重了。地上的水也变得更深。一些碎纸漂在水面上。他经过一间集体宿舍,分拣大厅和前台办公室。

莉莉是一位年长的搬运工。她踢着水跑过来。直到她的手电光柱在她的脸上划过,米申才认出她。有人靠墙躺在水里。米申走过去。正好有一束光从那个人身上扫过。米申才看出那个人并不是简单地躺着。那是哈克特,少有的几位会对年轻学徒表示尊重的调度员之一,从不会用沉重的货物戏弄年轻人。他的半张脸是完整的,但另外半张脸已经发红、溃烂。死亡的日子——彩票号码不停地在米申的视野中闪耀。

"搬运工!快过来。"

是摩根的声音——米申曾经的师傅在叫他。那位老人在不停地咳嗽。这里正拼命咳嗽的不止摩根一个。走廊里到处都是涟漪和波浪、大大小小的水花、烟雾和命令。米申忍着眼睛的灼痛,快步朝他熟悉的身影走去。

"长官?我是米申。刚才的爆炸……"他指了指上面。

"我认识我的学徒,孩子。"一束光照在米申的眼睛上,"过来,帮帮这些小伙子。"

这里充斥着煮豆子和浸水的纸被焚烧的臭气,让人感到窒息。在这些味道中还夹杂着一丝燃料味。米申在底层的发电厂那里闻到过这种气味。另外还有一些别的味道:集市中烤猪肉的气味,还有皮肉烧焦那种恶心的气味。

主大厅中的积水很深。已经没过了米申的半长筒靴,一直灌进了靴子里。抽屉里的文件都被倒进桶中。一只空箱子被塞进米申的手里。许多束光在烟雾中旋转。米申的鼻子在灼痛中不住地流着鼻涕。眼泪已经不受约束地流了他满脸。

"这边,这边。"有人在前面叫米申。他们警告米申不要去碰文件柜。成堆的纸张被放进米申手中的空箱子,感觉上这些纸不应该这么重。米申还不太明白大家在忙什么。火已经灭了。被火焰舔噬过的墙壁变得一片漆黑。远处墙边的种植槽里,高大支架上成排的豆子全都变成了灰烬。只剩那些支架如同一根根黑色的手指立在墙边。实际上,有不少支架也都已经被烧没了。

调度处的阿曼达正在文件柜那里。她用围巾包住手,将文件柜中的东西不断清出来。米申的箱子很快就装满了。米申转身朝走廊走过去,看到有人正在清空墙边保险箱里的旧书。角落里有一具盖着被单的尸体。没有人着急把它挪走。

米申跟随其他人走向楼梯平台。不过他们没有出去。宿舍里的应急灯亮着。床垫都被堆叠在角落里。卡特、琳恩和乔斯林正在弹簧床垫上把文件摊开。米申将箱子里的文件倒出来,回去搬下一批文件。

"出什么事了?"他回到文件柜旁,问阿曼达,"我们被报复了?"

"农夫来毁豆子。"阿曼达用围巾缠住一只抽屉把手,"他们把豆子全烧了。"

米申看着这里的一片狼藉,回忆起在爆炸中颤抖的楼梯井。人们在尖叫中坠入死亡的景象依然清晰地呈现在他的脑海中。几个月以来不断恶化的暴力情绪被彻底释放出来,就如同一个开关被打开。

·············∙∙∙|||∙∙∙∙∙∙∙|||∙∙∙∙∙∙∙·············

"现在该怎么办?"卡特问道。他是一名强壮有力的搬运工,刚刚三十出头,正是一名搬运工最强壮的时候,全身各处的关节也都还好用。但他现在看上去却是一副疲惫不堪的样子,湿漉漉的头发一绺绺地黏在额头上,脸上全是黑色的污渍,围巾也完全看不出原本的颜色。

"我们要烧掉他们的庄稼。"有人提议。

"那我们吃什么?"

"只烧掉上层农场。是那里的人干的。"

"我们不知道是谁干的。"摩根说。

米申看着他的老师傅的眼睛。"在主大厅。"他说,"我看见了……那是……?"

摩根点点头,"是的,罗克。"

卡特用力一拍墙壁,怒吼一声:"我要杀了他们!"

"所以你现在……"米申想要说"底层主管",不过现在说这些还太早。

"是的。"摩根回答。米申能看出来,他的师傅也完全不觉得这有什么意义。

"再过几天,人们想要搬什么就会搬什么了。"乔尔说,"如果我们不反击,其他人只会觉得我们软弱可欺。"乔尔比米申大两岁,是一名好搬运工。他说完又用拳头捂住嘴,咳嗽了几声。琳恩关切地看着他。

除了会被轻视,米申还有其他事情要担心。上面的人认为是一名搬运工攻击了他们。农夫又在这时候向他们发动袭击。而昨晚他们攻击农夫的地方明明在远离这里的上层。搬运工是筒仓中最接近巡逻哨兵的组织。现在某些人要除掉这个组织——他们是有预谋的,米申对此非常确信。还有,很多男孩都被招募进了技术部。他们不是去修电脑,而是被雇佣制造破坏。也许他们要破坏的是整座筒仓的精神。

"我要回一趟家。"米申说。这是一个口误。他本想说要去一趟上面。他解开自己的围巾。那上面有一股烟味,就像他的双手和连体服一样。他必须找一件不同的连体服,另一种颜色的。他需要和自己在鸦巢的老朋友取得联系。

"你以为现在是什么情况?"摩根问道。米申的师傅似乎还想说些什么。但是米申把围巾拽开的时候,那位老人的目光便落在他脖子的那一圈疤痕上。

"我觉得,现在的情况不只是和我们有关。"米申说,"真正的问题要大得多。我的一位朋友遇到了麻烦。他所处的地方可能才是一切问题的核心。我觉得他遇到了一些很可怕的事情,或者就是他可能知道些什么。他们不让他和任何人说话。"

"罗德尼?"琳恩问。她和乔尔在鸦巢上学的时间比米申和罗德尼早两年。不过他们彼此之间都认识。

米申点点头,对大家说:"凯姆死了。"他简单讲述了自己下来时遭遇的状况,那场爆炸,人们对他的追逐,楼梯护栏被炸出巨大的缺口。有人难以置信地低声念着这个名字。"我觉得,其他人不会在意我们都知道什么。"米申又说道,"我认为这才是问题所在。所有人都在发怒,怒不可遏。"

"我需要时间思考。"摩根说,"制订计划。"

"我们没有多少时间了。"米申把技术部正在招募新人的事情告诉了大家,还有布拉德利也在技术部——那个年轻的搬运工正想要找一份新工作。

"我们该怎么办?"琳恩看向乔尔和其他人。

"我们要从容应对。"摩根嘴里这样说着,脸上的神情却不是那么回事。他作为高级搬运工和师傅的时候总是充满自信,现在成为首领,这份自信却仿佛动摇了。

"我不能留在下面。"米申直截了当地说,"你们可以拿走我的所有假期点券,但我要上去。我不知道该怎么做,但我必须采取行动。"

第四十八章

在采取行动之前,米申先要联系他能信任的朋友,寻找一切可能的助力——他在鸦巢的老伙计们。摩根催促楼梯平台上的所有人都回去工作,米申悄然穿过烟雾弥漫的黑暗走廊,向分拣室走去。那里有一台电脑。琳恩和乔尔跟随着他。和清理火灾现场相比,他们更想知道罗德尼的情况。

他们打开分拣室柜台上的显示器,发现电脑坏了——可能是前一天晚上的停电造成的。米申想起上午在技术部看到的那些人。他们的电脑也坏了。他怀疑这里上下五层可能都没有能工作的电脑。既然不能发送信息,他决定用专线呼叫其他调度处,看看他们能不能和他联系。

他先试了中层的调度中心。琳恩和他一起站在柜台后面,用手电给他照亮拨号盘。手电光穿透了弥漫在房间里的烟雾。乔尔蹚着水在货架之间走动,将架子底部还能用的分拣箱放到高处去,以免它们浸水。调度中心没有回应。

"也许火灾也破坏了无线电。"琳恩低声说。

米申不这样认为。他按下按钮的时候,无线电的电源灯是亮的,扬声器里有静电噪声。他听到摩根在走廊中蹚着水,高声抱怨他的人都不见了。琳恩用手捂住手电。"调度中心出事了。"米申对琳恩说。他有一种不好的感觉。

他又试了上层第二中转站。这次终于有了回应。"是谁?"有人在问,那声音在颤抖,带着几乎无法抑制的恐慌。

"我是米申,你是谁?"

"米申?你有大麻烦了,伙计。"

米申瞥了琳恩一眼。"你是谁?"

"我是罗比。他们留我一个人在这里。也没有任何人呼叫我。现在所有人都在找你。下层到底发生了什么事?"

乔尔不再搬动箱子,也把手电筒照到柜台上。

"所有人都在找我?"米申问。

"你和凯姆,还有其他几个人。好像在调度中心发生了斗殴。是你们干的吗?没有任何人给我消息!"

"罗比,我需要你联系我的朋友。你能发信息吗?我们下面的电脑出问题了。"

"不能,我们的电脑全都出了毛病。我们只能使用市长办公室的终端。那是唯一还能工作的电脑了。"

"市长办公室?好的,我需要你去那里发几个信息。你有纸笔可以记一下吗?"

"等等。"罗比说,"你要发的是官方信息,对吧?如果不是,我没有权限……"

"该死的,罗比,这很重要!找东西记下来。我会报答你的。如果他们愿意,尽可以为了这个起诉我。"米申向琳恩瞥了一眼。琳恩正难以置信地摇着头。米申用拳头捂住嘴咳嗽了两声。烟雾一直在刺激他的喉咙。

"好的,好的。"罗比说,"我要把信息发给谁?你欠我一张纸,因因为我必须浪费一张纸写下你的东西。"

米申松开通话按钮，骂了一句那小子。他开始思考谁最有可能收到信息，再把信息发送给其他人。最后，他向罗比说了三个人，又把信息的内容告诉罗比。他要和朋友们在鸦巢见面，如果他没办法去鸦巢，朋友们也要彼此通知，去鸦巢集合。鸦巢一定是安全的。没有人会攻击学校和克罗夫人。只要大家聚在一起，他们就能规划下一步该怎么做。也许克罗夫人知道该怎么做。对于米申来说，最困难的问题是要如何与其他人会合。

"全都记下来了？"他问罗比——那个小子好久都没有给他回话。

"是的，是的，伙计。不过我觉得你的字数肯定超限了。这笔费用最好用你的工资来支付。"

米申难以置信地摇摇头。

"现在该怎么办？"琳恩在米申挂上听筒以后问他。

"我需要连体服。"米申说。他蹚着水绕过柜台，来到乔尔旁边，开始翻看货架上的箱子，"他们在找我，如果我要上去，就必须换一身不同颜色的衣服。"

"我们。"琳恩对他说，"是我们需要换衣服。如果你要去鸦巢，我和你一起去。"

"我也去。"乔尔说。

"非常感谢。"米申对他们说道，"但我们一同行动可能更危险，很容易引起别人的注意。"

"是的，但他们找的是你。"琳恩说。

"嘿，我们有好多这种全新的白衣服。"乔尔打开一只分拣箱的盖子，"但它们也会让我们变得非常显眼，对不对？"

"白色?"米申走过去查看乔尔的发现。

"是的,给安全部准备的。我们最近运送了成吨的这种东西。这匹是几天前从服装部送来的。不知道他们为什么要做这么多。"

米申看了看这些连体服。最上面的衣服覆盖上了一层烟灰,看上去更像是灰色而不是白色。分拣箱里堆着几十件这种衣服。他清楚地记得技术部那些刚刚被雇佣的人。他们似乎是想让半个筒仓的人都穿上这种白衣服,剩下半个筒仓的人则彼此争斗不休。这完全不合情理。除非他们是想杀死每一个人。

"杀人。"米申说道。他蹚水到货架上的另一只箱子前,"我有个更好的主意。"他找到了要找的箱子——他和凯姆几天前刚刚被分配了这样一件货物。他伸手到箱子里,拽出一只口袋。"你们两个想不想挣笔钱?"

乔尔和琳恩急忙走过来,想看看他找到了什么。米申手里举着一只沉重的塑料袋。那只袋子上有银色的拉链和背带。

"三百八十四点券。你们两个平分。"米申对他们说,"这是我的全部点券。我只需要你们最后帮我做一件事。"

两名搬运工用手电光照亮了他手里的东西。那是一只黑色的口袋,用来运送同样黑暗的东西。

第四十九章

米申坐在柜台上,解开自己的半高筒靴。它们都被水浸透了。他的袜子也是一样。他把靴子脱下来,把里面的水倒干净,好让自己在袋子里的时候能轻一些。搬运工总是会考虑重量的问题。琳恩将一件保安连体服递给他,这是一个额外的保护措施。当他脱下蓝色的搬运工连体服,换上白衣服的时候,琳恩将头转向一旁。他又将小刀别回到腰上。

"你们确定准备好了?"他问道。

琳恩帮他将双脚塞进袋子,整理好他脚踝处的内侧固定缚带。"你真的要这么干?"她一边问,一边把缚带抽紧。

米申笑了。他的肠胃紧张得直打颤,但他只是伸开双臂,让他们把顶部缚带从腋窝下面绕过去。"你们两个吃饭了吗?"

"我们没事。"乔尔说,"不用担心。"

"如果时间太晚……"

"头往后仰。"琳恩一边对他说,一边从他的脚上开始拉起拉链,"不要说话,除非我们说没事了。"

"我们每上二十层会休息一下。"乔尔说,"休息的时候,我们会把你带进洗手间。你可以在那里舒展一下身体,喝些水。"

琳恩将拉链拉到他的胸前,到他的下巴时,琳恩犹豫片刻,吻了一下自己的指尖,又将指尖按在他的额头上——米申无数次见过爱人和牧师这样祝福死者。"愿你的阶梯一直通向天堂。"她悄声说道。

在乔尔的手电光中,米申看到了琳恩苍白的笑容。随后裹尸袋就将米申的脸彻底封住。

"或者我们会直到上层调度处再休息。"乔尔又说道。

他们抬着他离开分拣室,进入走廊。搬运工们纷纷为死者让出道路。有几个人伸出手,隔着黑色塑料袋触摸米申,向他致哀。米申努力不哆嗦和咳嗽。但刺激性的烟尘仿佛也和他一起被封在了这只袋子里。

乔尔走在前面。米申的肩膀就压在他的肩膀上。米申面朝上躺着,身体随着他们的脚步摇晃。腋窝下面的固定带勒住他的方向和他平时习惯的背带正相反。当他们沿着楼梯开始漫长地盘旋上行时,他感觉舒服了一些。他的脚的位置更低,血液不再涌进他的头部。琳恩在几个台阶以下承担着他另外半个身体的重量。

离开混乱的下层调度处,黑暗和寂静笼罩了他。这两位搬运工不像有些搬运工二人组那样健谈。他只是默默调节着呼吸,把自己的想法全都留在心里。乔尔的步伐相当快。米申能感觉到自己的身体悬在钢板台阶上,一直以不算低的速度小幅度晃动着。

随着台阶被一个个越过去,这趟旅程对米申而言变得越来越不舒服。他并不觉得呼吸有困难。他还是学徒时就在漫长的攀登过程中锻炼了自己的肺。塑料压在脸上的憋闷感觉也能应付得来。黑暗更不算什么。他最喜欢的搬运时间一直都是在黑灯的时候,只有他自己和他的思绪,其他人全都在沉沉的睡梦中。塑料和烟尘的臭味、喉咙的刺痒和固定带勒缠的疼痛都不是问题。

让他难以忍受的是一动不动地躺着,被别人运送,他自己成为了一种负担。

肩膀下面的固定带越勒越紧,直到他的手臂麻木。他在黑暗中晃动,听着靴子踏在钢板上的脚步声,乔尔和琳恩沉重的呼吸声,他被一点点抬上楼梯——这担子太沉重了,他在心中想。

他想到母亲怀着他的那几个月,没有人可以倾诉,没有人能给母亲支持,直到他的父亲发现,但那时已经太晚了,无法终止妊娠。他不知道在多长时间里,父亲一直痛恨那个隆起的肚子,想要将他切掉,就像切除癌症肿瘤。米申从没有要求被母亲这样扛在身上。他也绝对不想再被任何人这样扛着。

两年前的今天,那是他最后一次有这种感觉——成为一种负担。两年前,他就被证明实在是太重了,就连一根绳子也承受不了他。

他打了一个很糟糕的结。当时他的手一直在颤抖,他不得不隔着眼泪去看那个绳结。不过他落下去的时候,绳结没有松开,而是在他的脖子上滑动,让他的脖子像着火一样疼痛,血流不止。他最大的遗憾就是跳出去的位置在机械部。那里楼梯太矮,绳子又从上面的管子滑脱了。如果他从楼梯平台上跳下去,那么打滑的绳结也就不再是问题。他可以直接摔死在下面。

现在,他害怕得甚至不敢再试一次——既害怕再次尝试,又害怕成为别人的负担。是不是正因为如此,他才会一直躲着艾莉?因为艾莉渴望关心他?支持他?也同样是因为如此,他才会从家里逃走?

泪水终于流下来。他的手臂被固定住,没办法将眼泪抹掉。他想起自己的母亲。对于母亲,他只能拼凑出一些细节。但他知道,母亲从不害怕生命和死亡。她牺牲自己,同时拥抱了这二者,用自己的血换取了他——他永远都觉得这次交换非常不值得。

　　筒仓在他的周围缓缓旋转。台阶一个一个地落下去。米申承受着这份痛苦，努力不让自己哭泣。在一片漆黑中，他第一次看见了自己。他在一场死亡的仪式中被送往自己的坟墓，而他也在此刻对自己的灵魂有了更充分的了解。在他的生日，他经历了一次哀伤的觉醒。

第五十章

1号筒仓

在一万人中找到一个人应该更加困难,需要连续几个月检索档案报告和数据库,询问18号筒仓的负责人,调集个人档案,查看逮捕记录,清理时间表,确认人们之间的关系,以及月度报告中收集到的流言蜚语。

不过唐纳德找到了一个更简单的办法。他只是在数据库中搜索和他一样的人。

一个还记得过去的人,一个心中充满恐惧和偏执的人。那个人会努力融入社会同时又有反社会特质。他寻找害怕医生的人。在那些从不去看医生的居民中仔细搜索。他要找的人肯定不愿意吃药,甚至会对饮水有所怀疑。他隐约预料到,能制造出如此大规模的破坏,他要找的应该是几个人,甚至一群人。只要找到其中一个就能牵连出其他人。他估计这些人还很年轻,心中燃烧着代代相传的怒火。但他的发现还是出乎了他的预料。他找到的人以一种怪诞的方式保持了和他相似的特质,却又与他完全不同。

第二天上午,他将自己的发现展示给瑟曼。瑟曼一动不动地站了很久。

"当然，"那位老者终于说道，"当然。"

唐纳德被拍了拍肩膀，作为对他的唯一赞扬。瑟曼告诉他，重置工作正在顺利进行。他承认，自从唐纳德被唤醒以来，这件事就一直在进行中，18号的主管已经招募了新兵，同时播撒下不和的种子。厄斯金和斯尼德医生夜以继日地工作，制定出一种新的配方，不过这一工作可能还需要数周时间才能完成。他看了一遍唐纳德的发现，说他要呼叫18号。

"我想和你一起去。"唐纳德说，"毕竟这是我的理论。"

他实际上想要说的是，他不会再胆小了。如果有人会因为他的研究而被处决，他不想躲避这个抉择——这是用一个生命换取许多生命。

瑟曼同意了。

他们几乎以平等的身份乘上电梯。唐纳德问瑟曼为什么要开始这次重置，不过他觉得自己已经知道答案了。

"维克托赢了。"瑟曼回答道。

唐纳德想到数据库中的那么多生命现在全都陷入混乱。他真不应该去问重置的事情。瑟曼告诉他关于炸弹和暴乱的事，衣服颜色不同的人群如何争斗不休。只需轻微地推波助澜，情况就会恶化，变得一发而不可收拾——一直都是如此。这些规律性的流程远比这些筒仓更加古老。

"燃料一直都存在。"瑟曼说，"你会惊讶地发现，多么小的一点火星就能将大火点燃。"

走出电梯，沿着熟悉的走廊前行。这是唐纳德旧日的通勤路线。那时他还顶着另外一个名字，做着自己并不真正了解的工作。他们经过一些办公室。那里面都坐满了敲键盘和聊天的人。五百年,人们轮流值班,按照规定做事,一切都服从指令。

他的旧办公室就在眼前,他终于忍不住在门口停下脚步,朝门里望去。一个干瘦的男人向他抬起头。那个人头顶光亮,只有几缕软毛,在耳朵以下才有稍显浓密的头发。他坐在办公桌后面,张着嘴,手放在唐纳德的鼠标上,仿佛在等待唐纳德说些什么或做些什么。

唐纳德略带同情地向他点头致意。那人又望向走廊对面的屋门。那道门内同样的办公桌后面坐着一个穿白衣的人——傀儡的操纵者。瑟曼对他说了几句话,他从桌后站起身,来到瑟曼和唐纳德面前。他知道瑟曼是真正的掌权者。

唐纳德跟着他们两个去了通讯室,让那个秃顶男人继续坐在他的旧桌子后面玩纸牌游戏。他对那个人既同情又嫉妒。因为那个人什么都不记得。他们转过走廊拐角,唐纳德回想起自己第一次值班时最初的几次觉醒。他那时曾和一位了解真相的医生交谈过。当时他就感到很奇怪,怎么会有人掌握这样的知识?现在他明白了,疼痛并不能变得可以忍受,困惑也不会消失。实际上,它只是变得熟悉了,变成了你的一部分。

通讯室里很安静。他们三个一走进去,里面的人就都向他们转过头。一个穿橙色衣服的通讯员急忙把脚从桌上挪下去。另一个人咬了一口蛋白质棒,转回头去做自己的事了。

瑟曼说:"给我接18号。"

那些人的目光转向另一个穿白色连体服的人,那个被一般人认为是首领的人。心理医生挥挥手表示同意。线路被接通。瑟曼将耳机贴在一只耳朵上,等待着。他注意到唐纳德脸上的表情,便向通讯员又要了一副耳机。唐纳德上前接过耳机,同时连线也被插进这副耳机的接收孔。一听到熟悉的呼叫忙音,他的肠胃立刻随着浮出水面的疑虑而开始颤抖。终于,一个声音做出应答。是一名学徒。

瑟曼要他去找筒仓主管威克。

"他正在过来。"学徒回答。

威克加入通话之后,瑟曼将唐纳德的发现告诉了那名主管。不过做出回应的还是那名学徒。那名学徒知道他们要找的那个人,而且自称对那个人很了解。他的声音中有一些特别的东西,可能是震惊,也可能是犹豫。瑟曼向通讯员挥挥手,要求启动他耳机中的传感器。突然间,监视器开始提供反馈信号,就像接纳仪式中一样。瑟曼负责提问。唐纳德则看着一位大师完成这次工作。

"把你所知道的都告诉我。"瑟曼命令道。他在通讯员背后探过身,查看监测皮肤电导率、脉搏和出汗情况的屏幕。唐纳德不擅长阅读这些图表,但只要看学徒说话时剧烈起伏的曲线,他也知道眼下的情况很特殊。他为那个年轻人担心,甚至开始担心18号筒仓那边会不会有人当场死亡。

不过瑟曼采取了更温和的方式。他让那男孩谈谈他的童年,让他说出自己心中的愤懑、归属感的缺乏。这名学徒讲述了一个既充满理想又令人沮丧的成长过程。瑟曼就像一位温柔而坚定的训练士官应对一个陷入困境的新兵:把他打倒,再让他振作起来。

"你已经被告知了事实。"他和那个年轻人谈起了《遗产》,"现在你明白为什么事实必须被谨慎地透露,否则就应该被彻底封存。"

"我明白。"

学徒抽着鼻子,仿佛是在哭泣。不过屏幕上跳动的曲线不再像刚才那样不断画出险峻的尖峰和低谷了。

瑟曼说到了牺牲，说到了大多数人的利益，说到了个人的生命在漫长的时间里毫无意义。他对那名学徒的愤怒进行引导，直到那名学徒彻底理解与《遗产》一起被囚禁数月的折磨最本质的意义。在整个过程中，筒仓主管仿佛连呼吸都不存在。

"告诉我需要解决的问题。"瑟曼在讨论后说道。他的说话对象仍然是那名学徒。唐纳德看得出来，这要比直接把答案交给他好得多。

那名学徒谈到了一种文化的形成。这种文化高估了人的个性，导致孩子们想要离开自己的家庭，几代人生活在不同的楼层。人们越来越强调独立性，直到每个人都不再依赖他人，于是每个人都变得可有可无。

耳机中又传来啜泣声。唐纳德看到瑟曼的面孔在绷紧，心中再一次开始怀疑这个年轻人是否立刻就会被迫摆脱他的痛苦。不过瑟曼只是放下耳机，对聚集在周围的人说："他准备好了。"

一开始只是一次调查，目的是检验唐纳德的理论；但结束时却成为这个男孩的入会仪式。一名学徒变成了正式成员。屏幕上的曲线变成代表决心的钢绳。他的愤怒被赋予了一个新的焦点，新的目标。他对自己的童年有了不同的看法，危险的看法。

瑟曼又给了这名年轻人第一个命令。威克先生向这个男孩表示祝贺，并告诉他，他将被允许离开服务器房，重获自由。随后，当唐纳德和瑟曼乘电梯返回安娜的作战室时，瑟曼宣布，在未来的岁月中，这个罗德尼将成为一名优秀的筒仓主管。甚至会比他的前任更优秀。

第五十一章

那天下午,唐纳德和安娜一起努力恢复了作战室的整洁,以备将来值班再次需要时使用。他们将全部笔记从墙上拿下来,装进气密塑料箱。唐纳德希望这些箱子会放在另一层的另一间仓库里,直至落满灰尘。电脑被拔掉插头,所有电线都被卷起,由厄斯金用一辆车轮"吱吱"作响的手推车运走。剩下的只有小床、换洗衣服和标准洗漱用品——足够他们度过这一晚。明天斯尼德医生就会让他们恢复长眠。

他们几个人的值班都要结束了。安娜和瑟曼更是已经清醒了太长时间——整整两个班次,几乎一整年。厄斯金和斯尼德还需要几周时间来完成他们的工作,到时会有下一名主管接替他们,值班日程又会恢复正常。对唐纳德而言,沉睡一个世纪之后,他醒来的时间还不到一周,不过是死人眨了一下眼睛。

他最后洗了一次澡,第一次喝下苦涩的药水,这样就不会有人觉得会有什么问题。不过唐纳德不打算再躺进冰棺里。如果回到深度冻结中,他相信他们再也不会将他唤醒,除非情况恶劣到他自己根本不愿意醒过来;除非安娜再一次感到孤独,想要有人做伴,不惜为此而让他承受更多痛苦。

那不是睡眠,那是一具尸体和一个被封存的意识。他还有别的选择——最终的逃亡。唐纳德在追踪维克托留下的线索时发现了这个办法。他很快就会去死亡世界和维克托会合了。

他在枪械和无人机之间最后一次散步,最终回到自己的小床上。他躺在小床上,最后一次听安娜在淋浴间唱歌,心中想起海伦。他曾经因为妻子在没有他的情况下依然能够生活和爱另一个人而感到愤怒。现在他意识到,这股怒火已经消散,被他在安娜的怀抱中寻求安慰的内疚抹去了。那天晚上,安娜刚洗完澡,肌肤上还带着水珠就直接来到他身边。他再也无法抗拒。他们的呼吸中带着同样的苦涩,那是一种混合药物,让他们的血管为深度睡眠做好准备。他们对此全不在意。唐纳德屈服了。他一直等到安娜回到她的小床上,呼吸渐渐恢复柔和,才哭着入睡。

他醒来时,安娜已经离开。她的小床收拾得整整齐齐。唐纳德也同样收拾好自己的床铺,把床单掖到床垫下面,再将床垫四角梳理出漂亮的棱线。尽管他知道,人们会把床放回到营房中原本的位置上,床单肯定会被弄乱。他核对了一下时间。看来,为了不被旁人发现,安娜一大早就下去接受了冰冻。在瑟曼来找他之前,他还有不到一个小时的时间——绰绰有余。

他来到仓库,找到最靠近升降机门的无人机,扯下防水布,一团灰尘飘到空中。他又从机翼下拖出一只空塑料箱,打开低矮的升降机门,调整好箱子的位置,让它的一小部分位于升降机内部,然后放下升降机门,让升降机门无法完全落下。

他快步经过走廊,从空荡荡的营房前路过,进入走廊尽头的控制室,来到房间最深处的操作台前,扯下塑料罩布,掀开升降梯开关上的塑料盖,将开关拨到"上升"位置。他第一次这样做的时候,升降机的门死死地关住。不过他能听到门里面升降机"隆隆"的运作声。后来,他很快就想出了解决办法。

罩上塑料布,他又迅速从那条短走廊中出来,关上灯和门,再把另一只箱子从无人机的左翼下拖出来,脱下衣服扔到无人机下面,又从箱子里拿出厚重的宇航服,坐下来把脚伸进宇航服的裤腿,再穿上靴子,小心地把靴子和裤腿的接口封好,站起身,抓住一根长鞋带。这根长鞋带是从这里存放的靴子上偷来的。现在它一端系在宇航服背后的拉链头上。他拽动鞋带,让拉链头向上一直拉到顶,然后从箱子里又拿出宇航服手套、手电筒和头盔。

将宇航服完全穿好之后,他合上箱子,把它推回到机翼下,再用防水布盖住无人机。瑟曼到了这里,只会看到一只空箱子离开了原来的位置。维克托当时留下了一个烂摊子。唐纳德则几乎不会留下任何痕迹。

他将手电推在身前,爬进升降机。他能听到马达在顶住升降机门的箱子上狠命转动,就像一群愤怒的蜜蜂在上下乱撞。他打开手电筒,最后看了一眼这间仓库,下定决心,用两只靴子把箱子向外踹出去。

箱子没有动。他又踹了一脚。升降机门"砰"的一声关上了。那声音就像雷鸣一样响亮。然后,升降机猛然开始上升。

手电筒不住地抖动,手电光四处乱跳。唐纳德把手电夹在两只手套中间,看着自己的呼吸在头盔里面变成一片雾气。他不知道随后会发生什么,但无论发生什么,都出于他自己的决定。他将掌握自己的命运。

第五十二章

这趟旅程比他预料中还要长得多。有时他甚至不确定自己是否在移动。他越来越担心自己的计划已经败露,担心升降机外面的那只箱子会让他们找到他留在地面灰尘上的痕迹,担心升降机会原路返回。他只能在心中催促升降机的速度再快一点。

他的手电筒熄灭了。唐纳德用手套轻轻敲打它,来回拨动开关。肯定是因为存放时间太长,电池电量不足了。他陷在黑暗中,不知道哪边是上、哪边是下;自己是在上升还是在下降。现在他只能等待。但他知道自己的决定是正确的。没有什么处境能比被困在黑暗中、困在那种棺材里、除了等待什么都做不了更可怕。

随着一声震耳的"哐当"声,马达持续的、低沉的轰鸣声消失了,只剩下令人不安的寂静。又是"哐当"一声,升降机另一端的一道门慢慢开启。一个拳头大小的金属装置在一条轨道上向前滑行。唐纳德跟在那东西后面爬出升降机。他大概能猜到,那东西的功能是把无人机拽出去。

他发现自己正在一个倾斜的发射台前。他原先并不知道会发生什么,只是猜想自己可能会向上离开筒仓,进入那片贫瘠的荒野。不过他现在是在一口竖井中。在他的头顶上方,和发射台斜坡顶部衔接的位置,一道缝隙正缓缓打开,向竖井中透进来昏暗的光线。

光线越来越强,唐纳德已经能看到缝隙外面翻滚的乌云——就和他在自助餐厅中看到的一样。云层正随着日出变成明亮的灰色。竖井顶部的门继续向两侧滑开,如同一张大嘴慢慢开启。

唐纳德以最快的速度爬上发射台的斜坡。轨道上的金属装置停下来,固定在原地。唐纳德加快了速度。他怀疑自己没有多少时间了。同时他还要躲开轨道,以防有自动发射程序让那个金属装置再动起来。不过那个金属块没有再移动半分,更不曾像唐纳德担心的那样突然飞速前冲。他终于爬到敞开的机库门前,筋疲力尽、浑身是汗、吃力地爬了出去。

世界展现在他的眼前。在一个没有窗户的房间里住了一个星期后,辽阔的大地和无尽的空间让他精神一振。他真想扯下头盔,深吸一口气。幽禁在筒仓里的沉重和压抑荡然无存。他的头顶上只有云团。

他站在一个圆形的混凝土平台上。发射坡道的开口后面是一组天线。他走到这些天线前抓住一副天线,爬到下面宽阔的边沿台子上,腹部蹭着平台外壁,努力用笨重的手套抓住光滑的平台边沿,最终还是笨拙地摔倒在地上。

他的视线扫过地平线寻找城市。他要绕过这个天线圆堡才能找到那些摩天大楼,然后,他将视线左转四十五度。他研究过地图,但现在亲身站在这里,他发现自己仅凭记忆就能找到要去的地方。那边是帐篷营地,这边是舞台,再往前是泥土小道穿过正在努力生长的草地。全地形车在山坡上"轰轰"作响。他几乎能闻到空气中烹饪食物的香气,能听见狗叫和孩子们玩耍的声音,国歌正在半空中回荡。

唐纳德甩掉过往的记忆——他还要赶时间。他知道,现在自助餐厅里可能正有人在吃早饭——这个可能性非常大。那些人会丢掉勺子，指着屏幕大喊大叫。但他已经领先了一步。他们必须先忙着穿上和他一样的防护服，同时还要担心这样冒险是否值得。等他们抓住他的时候，一切都将无可挽回。只希望他们不要出来，让他自生自灭就好。

他爬上山坡。在这套笨重的衣服里，简单的移动都需要付出全部力量。他在光滑的土地上摔倒了好几次。一阵风袭来，就会有无数沙粒撞击他的头盔，发出的声音非常像安娜的无线电里的静电噪声。他不知道这套宇航服能坚持多久。依照对清洁工作的了解，他知道这段时间不会很长。不过安娜告诉过他，空气中那些微小的机器只会攻击某些特定的东西。这就是为什么它们没有破坏摄像机和混凝土，以及一套用料合适的宇航服。他怀疑1号筒仓的防护服都是用真正合适的材料制作的。

他费尽力气爬上山丘，只希望能看到山对面的样子。现在他的心思全在这一点上，他必须赢得这场战斗，绝不想再往回看上一眼。他滑倒后又爬起，用手和膝盖攀登最后的五十英尺，直到山顶才慢慢站起，摇摇晃晃地向前挪动。他已经筋疲力尽，气喘吁吁地来到山顶边缘后，朝旁边的盆地望去。在那里，一座同样的混凝土堡垒像墓碑一样矗立在盆地底部——海伦的纪念碑。她被埋在那座堡垒下面。他永远无法找到她，永远不能和她葬在一起，但他可以躺在云层下面，这里离她也很近了。

他想摘下头盔。但首先应该脱下手套。他拽下一只手套，丢在地上——袖口的封条被他直接扯脱了。强风把手套吹下山坡，飞旋的沙砾刺痛了他的手。无数细小的颗粒物给他带来灼烧的感觉，就像在多风的海滩上晒太阳。唐纳德又开始揪扯另一只手套。他知道这会有什么结果,无论什么样的结果,他都会接受。突然间,他感觉到一只手抓住了他的肩膀。他被从山顶边缘拽回来,妻子最后长眠的地方从他眼前消失了。

第五十三章

唐纳德踉跄一步,倒在地上。被别人触碰产生的震惊让他的心脏一下子跳到喉咙口。他挥舞双臂想要挣脱,但背后的人死死抓住他的宇航服,而且不止是一个人。他们把他拖回去,直到山脊彻底遮住他的视野。恼恨的尖叫声在他的头盔里回荡。难道他们看不出一切已经太迟了?他们就不能放过他吗?他挣扎着,想要挣脱他们的控制,但还是被无情地拽下山,被拽向1号筒仓。

第二次摔倒的时候,他终于能翻过身来面对那些人,举起手臂保护自己。瑟曼正俯视着他,这位老人只穿着他的白色连体服,额前花白的头发上全是死亡大地上飘起的灰尘。

"该走了!"瑟曼在大风中喊道。他的声音像那些云一样遥远。

唐纳德踢蹬双脚,想要爬回到山上,但有三个人挡住了他。他们都穿着白色衣服,在强风和扬尘的冲击中眯着眼睛。

他们再次抓住尖叫不止的唐纳德,拉着他的靴子往筒仓走去。唐纳德拼命抓住石头和一把把泥土,他的头盔撞在了无生气的尘土堆上。在他的视野中只有头顶上方翻滚的云层。他的指甲在抓挠大地时逐一折断,从指尖上翻起。

当他们把唐纳德拽下山坡的时候,唐纳德已经彻底没了力气。他们把他抬下一段坡道,穿过气闸舱。那里有更多的人在等他。外侧的气闸门还没完全关闭,他的头盔就被扔到一边。瑟曼站在远处的一个角落里,看着人们给他脱掉防护服,一边轻轻擦拭流出的鼻血。唐纳德曾经一靴子踹到他的脸上。

厄斯金也在,还有斯尼德医生。他们两个全都喘着粗气。一脱下唐纳德的防护服,斯尼德就将一根针插进唐纳德的身体。厄斯金握住唐纳德的手,让药液在唐纳德的血管中扩散。他的神情显得很哀伤。

"真是该死的浪费。"有人在说话。而唐纳德只觉得雾气笼罩了自己的视野。

"看看这一团乱。"

厄斯金把手放在唐纳德的脸颊上。唐纳德慢慢陷入黑暗,眼皮越来越沉,听力也逐渐模糊。

"如果能有你这样的人来管理一切就好了。"他听见厄斯金这样说。

但进入他脑海的是维克托的声音。这是一个梦。不,是回忆,是一个来自过去谈话的想法。唐纳德不能确定。这个清醒的世界充满了靴子踩踏声和愤怒的吼声。它是如此忙碌,无法被睡眠和梦的迷雾吞没。这一次,唐纳德不再恐惧死亡,而是高兴地进入了黑暗。他拥抱黑暗,希望黑暗能永远存在。在离去时,他最后想到了妹妹,还有那些被防水布罩住的无人机。所有这些,他都希望永远不会醒来。

第五十四章

18号筒仓

米申感觉自己被活埋了。他陷入了一种很不舒服的恍惚状态。袋子越来越热,越来越光滑——他的体温和呼出的废气都无法被释放出去。他有些害怕自己会昏厥,而乔尔和琳恩最终会发现他已经死了。同时,他又有些希望出现这样的结果。

琳恩和乔尔在117层被拦住问话,上面就是凯姆被炸死的那一层。那些修理楼梯的人正在寻找一名搬运工。他们对目标人物的描述有些像凯姆,又有些像米申。乔尔只是抱怨,他们扛着如此敏感又沉重的货物还要被拦下来。而米申一动也不敢动。那些人似乎是要让他们打开袋子,不过筒仓中的禁忌并不只是谈论外面的世界。所以,他们最终还是被允许继续前行,同时还得到了一个警告:上面的栏杆坏了,已经有一个人掉下去摔死了。

楼下的声音越来越小,但米申还在努力克制咳嗽的冲动。他扭动肩膀,用力捂住嘴,不让声音发出来。琳恩悄声叮嘱他保持安静。米申听到远处有一个女人在哭泣。他们正穿过几个小时前爆炸造成的残骸。看到整个楼梯平台都被扯掉,乔尔和琳恩同时倒吸了一口凉气。

在物资部上方的107层,他们把米申抬进一间盥洗室,打开袋子,让他恢复一下手臂的血液循环。米申上了厕所,又喝了几口水,向乔尔和琳恩保证他在袋子里很好。他们三个的衣服都被汗水浸透了,还有三十多层要上。乔尔看上去格外疲惫,也许是亲眼见到爆炸造成的破坏让他心有余悸。琳恩的情况要好得多,急着要继续赶路。她很为罗德尼担心,和米申一样想要尽快赶到鸦巢。

米申在镜子里瞥见自己的样子——身穿白色连体服,腰上绑着一把搬运工小刀。很多人都在找他。他抽出小刀,抓了一把头发,贴着头皮将它们割断。琳恩明白他要做什么,也抽出刀来帮忙。乔尔拿过角落里的垃圾桶,把头发收拾起来。

他们的手艺都很差劲,但米申现在看上去总算不太像人们正在抓捕的那个人了。随后米申又在黑色袋子的拉链旁边割开几道缝,割完后才收起小刀。他又脱下汗衫,把袋子里面擦干,把汗衫扔进垃圾桶——现在那件汗衫上已经全都是烟味和汗味了。他爬回到袋子里。他们帮他系上固定带,拉上拉链,扛着他继续爬楼梯。除了担心,米申现在什么都做不了。

他把这漫长一天中发生的所有事情一件件回想了一遍。早上,他吃着早餐看云层变亮;去看望克罗夫人,把她的纸条交给罗德尼。然后是凯姆——他失去了一位朋友。疲惫感渐渐压倒了他。米申发现自己正一点点失去知觉。

他猛然惊醒,感觉时间应该已经过去了很久。他的衣服很潮湿,袋子里也结满了露珠。乔尔一定感觉到他在扭动,便立刻让他安静下来,告诉他要到调度中心了。

米申一下子清醒过来,想起自己在哪里、他们在做什么,他的心怦怦直跳,呼吸异常困难。他在塑料袋上割开的缝隙消失在褶皱中。他希望拉链能裂开,只要透进一缕光线、一丝新鲜空气就好。绑住肩膀的带子再次让他的手臂变得麻木。他的脚踝因为悬在琳恩的肩头而感到酸痛。

"我不能呼吸。"他喘息着说道。

琳恩要他安静。不过他的身体停止了晃动。有人摸索着他头顶的袋子,拉链发出一阵"咔嗒"声,十几对链齿被拉开了。

米申大口吸进凉爽的空气。他的身体又开始晃动。远处传来靴子急速敲打楼梯的声音。一定是上面或下面某个地方又发生了骚动。具体位置他无从判断。不停地打斗,不停地死亡。旋转的尸体在他的脑海中不断下坠。就在前一天,他刚刚看到凯姆离开农场,口袋里装着一笔奖金,却根本没有想到自己还有没有时间花掉这些钱。

他们进入调度中心后才放心地开始休息。米申在主走廊里被放出裹尸袋。现在这个地方空得令人胆寒。"这里到底出什么事了?"琳恩一边问一边把手指伸进墙上的一个窟窿里,那个窟窿周围布满了蜘蛛网一样的裂纹。这样的窟窿足有好几百个。许多只靴子在敲击楼梯平台,转眼间又飞速远去了。

"现在是什么时候?"米申低声问道。

"已经是晚饭后了。"乔尔回答。他们的速度不算慢。

琳恩又开始审视走廊中一大片铁锈一样的深色污渍,"这是血吗?"

"罗比说,他联系不到这里的任何人。"米申说,"也许他们都去别的地方了。"

乔尔喝了一口水壶里的水,用袖子擦擦嘴。"或者是被赶走了。"

"我们要在这里过夜吗?你们两个看上去都累坏了。"

乔尔摇摇头,把水壶递给米申。"我觉得,我们要先到三十几层以上去。现在到处都是保安。该死的,你也许真的能穿着这身衣服一直冲上去,反正有许多穿白衣服的人在四处乱跑。不过你也许先要整理一下你的头发。"

米申挠挠头皮,思考了一下乔尔的建议。"也许这样真行得通。我可以在熄灯之前赶到上面。"这时琳恩进了一间宿舍,但很快就退出来,用一只手捂住嘴,瞪大了双眼。

"出什么事了?"蹲在地上的米申起身向她跑了过去。

琳恩抱住米申,把他从宿舍门口推开,将脸埋在他的肩头。乔尔大着胆子朝宿舍里看了一眼。

"不。"他悄声说道。

米申挣脱琳恩的手臂,来到乔尔身边。

宿舍中的铺位上全都是人。还有些人躺在地上。所有人的样子都很不正常——手臂无力地挂在床边,或者扭曲着压在身下。很明显,这些搬运工不是在睡觉。

他们在这间宿舍里发现了凯特琳。当乔尔和米申把凯特琳的尸体装进袋子时,琳恩在无声的抽泣中打着哆嗦。米申心中感到一阵阵刺痛。凯特琳是一名优秀的搬运工,不仅是因为她的身体足够壮实,还因为所有人都爱她。就在他们绑好固定带、拉上袋子的拉链时,走廊里突然停电了,他们一下子陷入一片漆黑。

"这到底是怎么回事?"乔尔悄声问。

片刻之后,灯又亮起来,但灯光闪烁不定,仿佛灯泡里都跳动着随时会熄灭的火苗。米申抹去额头上的汗水,怀念了一下他的围巾。

"如果你们今晚没办法赶到鸦巢,"他对另外两个人说,"就在中转站过夜,试着联系到多比。"

"我们不会有事的。"乔尔向他保证。

琳恩捏了一下米申的手臂,"小心脚下。"

"你们也是。"米申对他们说。

随后他就快步向楼梯平台走去。在他的头顶上方,灯泡不断明灭。也许这意味着某个地方正在燃烧。

第五十五章

米申在烟雾中快步上行,他的喉咙里有一种火烧火燎的感觉。从他身边经过的人在悄声议论,说机械部的爆炸是停电的原因。各种谣言到处流窜。有人说发电机主轴被炸弯了,或者是断了,筒仓只能使用备用电源。他一步两阶,有时是一步三阶地向上奔跑。楼梯旋转,常常有这样的话语从对面传进他的耳朵。能够离开裹尸袋,用双腿奔跑的感觉真是太好了。就算是肌肉酸痛也要远远好过一动不动地躺着,成为别人的负累。

他注意到,只要看见他,人们都会立刻闭住嘴,从楼梯平台上散开。哪怕他认识的人也不例外。一开始,他担心是因为那些人认出了他。不过他很快就意识到这是因为他穿着白色的保安服。像他这样的年轻人正在楼梯上飞扬跋扈地跑来跑去,吓坏了所有人。就在昨天,他们还是农民、焊工和管道工,现在他们手中挥舞着黑色的武器,要给筒仓带来秩序。

不止一次有这样一群人拦住米申,问他要去哪里,他的步枪在哪里。米申就告诉他们,他刚刚参加了下面的战斗,正要上去报告。他曾经听到另一名保安这样说。有许多穿白衣服的年轻人似乎和他一样对现实情况缺乏了解,所以他们都放他过去了。任何时候都是这样——你穿的衣服颜色就能说明一切。人们以为他们一眼就能认出你。

到了技术部附近,白衣部队的活动变得更加密集。一群新兵列队从米申身边走过。隔着楼梯栏杆,米申看到他们踢开下一层楼梯门,冲了进去。随后就是一连串尖叫和一声巨响——那声音就像沉重的钢棍落在金属地板上。紧接着又是十几次同样的声音,夹杂着越来越稀疏的惨叫声。

来到农场时,他的两条腿已经酸痛不堪,肋下更是像针扎一样疼。他看到几名农夫拿着铁锹和耙子站在楼梯平台上。看到他经过,他们立刻高声喊喝。米申加快步伐,心中想到了自己的父亲和兄弟。他的老父亲一直不愿意离开那片土地。到现在米申才明白其中的智慧。

差不多又爬了几个小时的台阶,米申终于来到宁静的鸦巢。孩子们都走了。现在大部分家庭应该都躲在他们的公寓里,蜷缩在一起,希望这场疯狂能够像以前的每一次骚乱一样赶快过去。走廊里有几个储物柜敞着门。一个孩子的背包掉在地上。米申迈开疼痛难忍的双腿,跟跄着向一阵熟悉的歌声走去。伴随着那歌声的还有一下一下钢铁摩擦地面的声音,听起来格外刺耳。

在走廊尽头,克罗夫人的门一如既往地敞开着,欢迎他的到来。歌声正是来自克罗夫人,听起来比平时更加有力。米申发现自己不是第一个到的。看样子,他的信息发出去了。弗兰基和艾莉都在等他。他们穿着农场保安绿白相间的衣服。克罗夫人唱歌时,他们在重新摆放桌椅。许多桌椅都堆在一面墙边上,用布罩着。现在那些布都被扯下来,桌椅重新被摆放在教室里,一切都和米申小时候一样。就好像克罗夫人随时都准备着将这间教室重新摆满桌椅。

艾莉是第一个注意到米申的。米申来到教室门口,看到她的一头黑发在脑后结成一个发髻。而她也几乎同时转过头,看到米申,一双明亮的眼睛立刻在农夫雀斑之间闪耀起光彩。她飞一般跑向米申。米申看到她的连体服裤脚在靴子周围甩动,肩带在她肩膀上被打了个结,缩短了一些。这一定是弗兰基的连体服。她一头扑进米申的怀抱。米申不由得有些后怕,不知道他们俩到底冒了什么险才来到这里与他会合。

"米申,我的孩子。"克罗夫人停住歌声,微笑着招手示意米申过去。艾莉又迟疑了片刻,才不情愿地放开了他。

米申和弗兰基握手,感谢他的到来。随后他又用了一点时间才意识到这位朋友有一点不一样了——他的头发也被剪短了。他们全都挠挠头皮,笑了起来。在幽默不应该存在的时刻,人们总是很容易发现幽默的事情。

"我的罗德尼怎么样了?"克罗夫人问。她的轮椅在她的控制下前后移动几下,转过了方向。现在她穿了一身褪色的蓝睡裙,宽大的衣服被塞在她凸显的骨头下面。

米申深吸了一口气。烟尘还留在他的肺里,没有排净。他向他们讲述了自己在楼梯上看到的一切——炸弹和火灾、机械部的传闻、装备步枪的保安队——直到克罗夫人挥动纤细的手臂,制止了他狂乱而无休止的叙述。

"这不是普通的斗殴。"克罗夫人说,"我见过斗殴。我现在就可以画一幅斗殴的画,挂在我的墙上。罗德尼怎么样了?我们的那个孩子怎么样了?他制伏他们了吗?他有没有让他们付出代价?"克罗夫人将一只小拳头举到半空中。

"没有,"米申说,"制伏谁?他需要我们的帮助。"

克罗夫人笑了。她的笑声把米申吓了一跳。米申急忙做出解释:"我把你的信给了他。他也给了我一张纸条。那是一封求援信。他们把他关押在一道钢铸的大门后面……"

"不是关押。"克罗夫人说。

"……看样子,他好像做了错事……"

"他做得很好。"克罗夫人纠正了他。

米申陷入沉默。他能看到克罗夫人苍老的眼眸中闪耀着他不知道的东西,就像刚刚清洁过摄像机之后的日出。

"罗德尼没有危险。"克罗夫人说,"他只是和那些古老的书在一起。和那些将世界从我们身边夺走的人在一起。"

艾莉捏了一下米申的手臂,悄声说:"她已经都告诉我们了。一切都会好起来。来吧,帮我们把课桌摆好。"

"但那张纸条……"米申真希望自己没有把它撕得粉碎。

"你给他的信将会给予他力量,让他知道,是时候开始了。我们的孩子处在一个能够对那些人真正造成打击的位置上。他们需要受到惩罚,因为他们所做的一切。"克罗夫人的眼睛里出现了狂热的火花。

"不,"米申说,"罗德尼很害怕。我了解我的朋友。他在害怕一些事。"

克罗夫人的面色变得严厉起来。她松开拳头,抚平自己褪色的裙子。"如果真是这样。"她的声音在颤抖,"那么我对他的判断就大错特错了。"

第五十六章

他们还在摆放桌椅的时候，熄灯时间到了。克罗夫人继续唱着歌。艾莉告诉米申，技术部已经公布了宵禁令。所以其他人今晚不可能再过来了。他们从小隔间里拿出垫子，准备躺在上面休息、制订计划。他们决定等待其他人到明天早晨。米申还有很多事想要问克罗夫人。但那位老妇人却显得心不在焉。她的心思似乎飘到了别处，一种强烈的喜悦让她的头脑变得不那么清楚了。

弗兰基确信，只要能找到他父亲，他就能让他们通过安全闸，进入技术部。米申告诉他们，他身上的白衣服让他能够在所有地方自由走动。也许他能在紧要关头联系上弗兰基的父亲。艾莉拿出她的园圃中收获的新鲜水果，分给大家。克罗夫人喝了一杯她调制的深绿色饮料。夜越深，米申就越是焦躁不安。

他走到楼梯平台上，在等待其他人和立刻采取行动之间举棋不定，忧心如焚。据他所知，罗德尼正在被推向死亡。发生了这样的动荡，只有清洁摄像机才会让人们安定下来。但这与他以前见过的任何暴力景象都不一样。这就是他父亲所说的火苗，猜疑和贸易的崩溃会让灰烬中一下子蹿起烈火。他亲眼见到了灾难的到来，它来得太快了，就像一把刀从上面的楼层直落下来。

在楼梯平台上，他听到暴乱的声音从下方深处一直回荡上来。

他伸出双手攥住栏杆,手心能直接感觉到奔跑的靴子撞击楼梯的震颤。他又回到其他人身边,什么都没有说。现在没有理由怀疑那些靴子是冲他们来的。

他发现艾莉像是哭过——她的面颊全红了。克罗夫人在给他们讲述一个古代的故事,一边用两只手凭空描绘出一幅场景。

"一切都还好吗?"米申问。

艾莉摇摇头,仿佛什么都不想说。

"出什么事了?"米申握住艾莉的手,听到克罗夫人提起亚特兰蒂斯①——那是另一个关于神奇的城市崩塌沦亡的故事。那发生在山丘以外的远方,在一个这些废墟还像崭新的硬币一样闪耀发光的时代。

"告诉我。"米申催促道。他想知道是不是这些故事让艾莉像他一样深深为之感动,让她哀伤不已,却又不知道是为什么。

"以后再说吧。"艾莉的眼睛里又涌出泪水。她将泪水擦去。克罗夫人陷入沉默,两只手回到膝头。弗兰基只是静静地坐着。无论发生了什么事,他们两个显然都知道。

"父亲。"米申说道。一定和他的父亲有关。他已经走了——米申立刻明白了这一点。艾莉和他父亲的关系甚至比米申自己都要亲近。突然间,米申心中生出一种强烈的悔恨,后悔自己不应该离家出走。艾莉继续擦抹着眼睛,颤抖的嘴唇一个字都说不出来。米申仿佛能看到自己跪在泥土中,双手在土里寻找着宽恕。

艾莉哭出了声。克罗夫人哼唱起一段来自地上生活的旋律。米申回想自己的父亲。父亲已经走了。而他还有很多话没说。现在他只想扑向墙上的那些海报,把它们全都扯下来,撕得粉碎,再不

---

①这里的亚特兰蒂斯是希腊神话中被神毁灭的古代文明,也是距离筒仓不远,被核弹毁灭的亚特兰大。——译注

去想那些远走高飞、寻求自由之类的事情。

"是莱利。"艾莉终于开了口,"米什,我很难过。"

克罗夫人停止哼唱。三个人全都看着米申。

"不。"米申悄声说道。

"你不应该告诉他……"弗兰基说。

"他应该知道!"艾莉反驳道,"他的父亲也会想让他知道。"

米申盯着一张描绘绿色山丘和蓝色天空的海报。那个世界在他的眼泪中模糊,就如同它们早已被沙尘覆盖。"出了什么事?"他悄声问道。

艾莉告诉他,农场遭到攻击。莱利求父亲允许他去参加战斗,却被父亲禁止,然后就失踪了。人们找到他的时候,他的双手还紧握着一把从厨房拿的刀子。

米申在房间里来回踱步,泪珠成串地从他的脸颊上滚落。他不应该离开家。他当时应该在莱利身边。他也没能陪着凯姆。死亡总是抢在他前面,占据了所有他无法到达的地方。他对母亲也做过同样的事。而现在,他们所有人的末日都要到了。

一阵低沉的轰鸣从楼梯平台传来,回荡在走廊里。那些靴子在向他们逼近。米申擦了擦面颊。他已经不指望还有别人会来。那些人可能是拿着枪的保安。他们会问他把枪放在了哪里,然后意识到他是假冒的,并开枪打死他们所有人。

他用力关上门,发现克罗夫人的屋门没有锁,就用一张桌子抵住门把手。弗兰基赶紧让艾莉藏到克罗夫人的书桌后面。然后他抓住克罗夫人的轮椅——电线在他的头顶上方危险地晃动着。但克罗夫人坚持说自己能应付,没有什么好害怕的。

米申知道情况没那么简单。是保安队来找他们了,或者就是其他暴徒。他在楼梯上跑过,知道外面是什么情况。

敲门声响起。门把手开始晃动。外面的靴子声安静了片刻。他们在聚集过来。弗兰基在嘴唇前竖起一根手指,同时睁大了眼睛。电线还在来回晃动,发出"吱吱"的声音。

屋门又晃了一下。有那么片刻时间,米申还在希望外面的人能够离开,他们只是在这里例行巡视。他想到躲在遮盖桌椅的布单下面。但这个念头来得太晚了。门被猛地推开,桌子划过地板发出尖厉的声音。第一个进来的人是罗德尼。

他的出现让米申感到突然又意外,就像一记耳光狠狠扇在他的脸上。罗德尼穿着白色连体服,上面还有折叠的痕迹。他剪短了头发,脸刚刮过,下巴上还有一道剃刀留下的伤口。

米申觉得自己好像在盯着一面镜子,他们两个穿着完全一样的衣服。更多穿白衣的人从走廊里冲过来,簇拥在罗德尼身后。他们手里都端着步枪。罗德尼命令他们退出去,自己一个人走进房间。现在这里所有的空桌子都摆放得整整齐齐。

艾莉是第一个做出反应的。她惊呼一声,快步向前走去,张开双臂好像要拥抱罗德尼。罗德尼抬起一只手,示意她停下。他的另一只手里拿着一把小枪——和副警长们身上带的一样。他的目光不在朋友们身上,而是在老迈的克罗夫人身上。

"罗德尼……"米申开口道。他的大脑还在努力理解这位朋友出现的意义。他们要去救他,但他看起来并不需要援救。

"门。"罗德尼回头说道。

一个年龄大出罗德尼一倍的人犹豫一下,按照他的吩咐将门关上。这不像是对待囚犯的态度。弗兰基在屋门完全关闭之前冲了上去,喊道:"爸爸!"似乎他在走廊的人群中看到了他的父亲。

"我们是为你而来的。"米申想要接近他的朋友,但罗德尼的目光中存在着某种危险的成分,"你的纸条……"

罗德尼的视线终于离开了克罗夫人。

"我们要去救你……"米申说。

"昨天,我的确需要救援。"罗德尼绕过课桌。那把枪被他举在身侧。他的目光在几个人的脸上来回游移。米申向后退去,和艾莉一起站在克罗夫人身边。他不知道自己是要保护老夫人,还是感觉自己能受到保护。

"你不应该在这里。"克罗夫人用演讲一般的语调说道,"这不是你的战场。你应该向他们进攻。"她抬起一根细瘦的手指,指向屋门。

罗德尼手中的枪抬起了一点。

"你要干什么?"艾莉朝那把枪瞪大了眼睛。

罗德尼的枪口正对着克罗夫人。"告诉他们,告诉他们你都做了什么。你现在又在做什么。"

"他们都对你做了什么?"米申问罗德尼。他的朋友变了——不是发型和衣服,真正改变的是他眼睛里的东西。

"他们让我看到……"罗德尼用枪指住墙上的海报,"这些故事是真的。"他笑着转向克罗夫人,"我非常愤怒,就像你说过的那样,我因为他们对世界做的事情而感到愤怒。我想要把这一切都毁掉。"

"那就去做。"克罗夫人坚持说道,"去攻击他们。"她的声音格外嘶哑,如同一扇即将碎裂的门。

"但现在我知道了。他们告诉了我。我们进行了通话。现在我知道你一直在这里做什么……"

"这是怎么回事?"弗兰基还站在房间正中,这时他开始向门口走去,"为什么我的父亲……"

"不要动。"罗德尼对他说道,同时推开一张桌子,沿着桌子间的过道走过来,"都不要动。"他的枪从弗兰基转向克罗夫人。老夫人的轮椅随着她抖动的手而颤抖。"墙上这些东西,那些故事和歌——是你塑造了我们,是你让我们愤怒。"

"你们应该愤怒。"克罗夫人尖声说道,"你们该死的应该愤怒!"

米申向克罗夫人靠近,眼睛一直盯着罗德尼的枪。艾莉跪下来,握住老夫人的手。罗德尼站在十步以外,枪口落在她们的脚边。

"他们不停地杀戮、杀戮。"克罗夫人说,"一直都是如此,将来也是。把一切抹除得干干净净。埋葬和焚烧死者。这些桌子……"她抬起手臂,抖动的手指指向刚刚摆整齐的空课桌,"这些桌子应该再次有人使用。"

"不。"罗德尼摇摇头,"不应该,到这里应该结束了。你不能再吓唬我们……"

"你在说什么?"米申来到克罗夫人身边,一只手按在轮椅上,"拿枪的是你,罗德尼。是你在吓唬我们。"

罗德尼转向米申,"是她让我们这样认为的。你还不明白吗?恐惧和希望携手而来。她兜售的那些东西和牧师们没什么两样,只是她先对我们下了手。那些所谓更好的世界,那只会让我们痛恨这个世界。"

"不……"米申不喜欢自己的朋友说出这种话。

"是的。"罗德尼说,"你觉得我们为什么会恨我们的父亲?因为是她让我们心生恨意,让我们想要摆脱他们,获得自由。但这不会让情况变得更好。"他挥挥手,"这一点也不重要。昨天我知道的事情让我对自己的人生感到恐惧,对我们所有人的人生感到恐惧。现在我知道的才给了我希望。"他的枪又被端起来。米申无法相信。他的朋友会将枪口指向克罗夫人。

"等等……"米申抬起一只手。

"后退。"罗德尼说,"我必须这样做。"

"不!"

他的朋友的手臂僵硬。枪口对准了轮椅上一位毫无还手之力的老妇人——他们所有人的母亲。无论他们躺在婴儿床里,还是在床垫上,她都曾经唱歌哄他们入睡。她的歌声一直伴随他们,从他们幼小的时候直到完成学徒的学业。

弗兰基推动一张桌子向罗德尼冲过去。艾莉尖叫一声。在枪口喷出火花,发出咆哮之前,米申纵身向前扑去。他的肚子上挨了一下,肠子里仿佛着了一团火。枪声第二次响起的时候,他已经倒在地上。克罗夫人的轮椅向旁边一歪。她的手猛然抽搐了一下。

米申按住自己的肚子,感觉身体异常沉重。他的两只手上全是又黏又湿的东西。

他仰面朝天地躺着,看见克罗夫人歪在轮椅中。那只轮椅已经不再挪动。枪口再一次发出吼叫,不过已经没有必要了。老夫人的身体被子弹击中,又抖动了一下。弗兰基扑向罗德尼,两个人一起倒下去。这一连串声音惊动了门外的人。许多双靴子冲进教室。

艾莉在哭泣,将两只手用力按在米申的肚子上,又回头看向克罗夫人。她在为他们两个人而哭号。米申尝到嘴里有血腥味。这让他想到罗德尼小时候打过他一拳。那时他们只是在游戏。他们一直都在玩那种游戏,模仿和假装他们的父亲。

到处都是靴子。一些漆黑闪亮,另一些已显陈旧。有的人早就习惯了争斗,也有人刚刚开始学习。

罗德尼出现在米申上方，睁大的眼睛里满是忧虑。他要米申坚持住。米申想告诉他，自己会努力，但肚子上的痛楚太强烈了。他说不出话。他们要他保持清醒，但他只想睡过去，不再醒来，不再成为任何人的负担。

"你这个该死的！"艾莉尖叫着。她是在对他——对米申呐喊，而不是在对罗德尼。她哭着说爱他。米申想要说自己知道。他想要告诉她，她一直都是对的。在这一刻，他的脑海中出现了他们的孩子。如果他们把财产合在一起，就能拥有那片土地，那一排排玉米，就像生命一代代延续下去。一代又一代人留在家中，彼此陪伴，做他们最擅长的事，享受着成为彼此的负担。

他想要把这些告诉艾莉，还有更多，许许多多。艾莉就在身边，他努力组织着语言。但在所有那些沉重的靴子声和喊叫声中，他只是悄声承认，今天是他的生日。

> 宝贝安静不要哭，
> 摇篮曲中睡意足。
> 你我此间相隔远，
> 梦中却在你身边。
> 宝贝安心睡香甜，
> 天使围绕在近前。
> 从晨至昏过整日，
> 恐惧远离不复见。
> 宝贝安眠不悲啼，
> 听我唱起摇篮曲。

第五十七章

三年以后

米申换下连体工作服。艾莉已经准备好了晚餐。他洗干净双手,将指甲缝里的泥土抠出来,看着泥水落进下水道。手指上的戒指现在越来越不容易摘下来了。因为种植季中一直在锄地,他的指节现在又痛又僵。

他在手上抹了肥皂,才终于把戒指脱下来。想起上次自己把戒指丢到了下水道里,他便格外小心地把戒指放到一旁。艾莉吹着口哨在厨房里看着炉子。米申闻到了烤肉的香气,知道妻子正在打开烤箱。看来他得和妻子说说了,他们不能这么随意就买烤肉来吃。

他把连体服扔进脏衣篓,走进厨房,发现桌上有点燃的蜡烛。这些蜡烛是为紧急情况准备的——下面的傻瓜们难免会关掉发电机,修理出毛病的电路总线。艾莉知道这一点。不过还没等米申提起烤肉和蜡烛的事,也没来得及告诉妻子今年豆子的收成不会像他希望的那样好,他就先注意到了妻子脸上幸福的笑容。只有一件事能让人这么开心,但那是不可能的。

"不。"他说道。他无法允许自己相信这件事。

艾莉点点头。她的眼睛里溢出了泪水。米申来到她面前时,眼泪正沿着她的面颊滚落。

"但我们的彩票已经过期了。"米申紧紧抱住妻子,悄声说道。艾莉的身上有甜椒和鼠尾草的味道。他能感觉到她在颤抖。

艾莉抽泣着,嗓音因为过度的喜悦而沙哑。"医生说是上个月怀上的。那正是我们的窗口期,米什。我们要有孩子了。"

欣慰的洪流猛地冲进米申的心门。是欣慰,而不是兴奋。一切都是合法的,这真是让人重重地松了一口气。米申亲吻妻子的面颊,尝到了带着甜椒和鼠尾草的咸味。"我爱你。"他悄声说。

"烤肉。"妻子转身向炉子跑去,"我吃完饭以后再仔细和你说。"

米申笑了,"你现在就要告诉我,否则就解释一下蜡烛的事情。"

他用颤抖的手倒了两杯水,放在桌子上。妻子把餐盘摆好。烤肉的香气让他的嘴里生出口水。他期待着烤肉的美味,那象征着美好的未来,即将发生的一切都会是好事。

"不要让肉凉了。"艾莉把饭菜安排妥当。

他们坐下来,握住彼此的双手。米申在心里责备自己没有戴上戒指。

"祝福食物和滋养根茎的人。"艾莉说。

"阿门。"米申应道。妻子捏了一下他的双手,才放开他,拿起餐具。

"我觉得,"艾莉切开烤肉,"如果是女孩,我们就叫她艾莉森。我们家的女孩子都叫艾莉森,在我们的记忆中一直都是如此。"

米申不知道妻子一家的记忆可以追溯到多久以前。如果他们能记得很遥远的事情,那可是很不一般。他一边咀嚼,一边思考这个名字。"艾莉森挺好。"他说道,他觉得这样他们最后也可以叫女儿"艾莉","不过,如果是男孩,我们能叫他凯姆吗?"

"当然。"艾莉举起水杯,"这不是你祖父的名字吧?是吗?"

"不是,我不认识叫凯姆的人。我只是喜欢它的发音。"

他拿起自己的水杯,朝杯子端详了片刻。他是不是认识一个叫"凯姆"的人?他是从什么地方知道这个名字的?他过去的人生里有一些片段仿佛失踪了。比如他脖子上和肚子上的伤疤,他就想不起它们是怎么出现的。每个人多少都有些这样的问题。过去的一些日子怎么也想不起来。不过米申比大多数人更严重一些。比如他的生日。他怎么也想不起自己的生日是哪一天,这简直要让他发疯。这件事怎么就这么难呢?

第三班
法案
PACT

THIRD SHIFT

第五十八章

1号筒仓
2345年

"长官?"

他脚下有骨头碰撞的声音。唐纳德在黑暗中踉跄前行。带翅膀的狗一听到呼唤他的声音就四散飞走了。

"能听到我说话吗?"

薄雾散去,他的眼皮也分别向上下分开,就像他所在的冷冻舱此时开启了一道缝隙。一颗豆子。唐纳德像一颗豆子蜷缩在豆荚里。

"长官?能看见我吗?"

他的皮肤是这么的冷。唐纳德坐起身,白汽从他赤裸的腿上升起。他不记得自己睡着了。他记得那位医生,记得自己在办公室里。他们在说话。现在他被唤醒了。

"把这个喝了,长官。"

唐纳德记得这个。他记得自己一次又一次被唤醒。但他不记得自己睡着了。只有醒来。他喝了一口,然后必须集中精神,让自己的喉咙工作,必须努力把嘴里的东西咽下去。一颗药丸。应该有一颗药丸,但没有人递给他药丸。

"长官,我们奉命唤醒您。"

命令、规则、程序。唐纳德又有麻烦了。特洛伊,也许应该是特洛伊。他是谁？唐纳德尽量又喝了一些水。

"很好,长官。我们要把您抬出来。"

他有麻烦了。只有在出现问题的时候,他们才会叫醒他。一根导尿管被移走,一根针从他的手臂上被拔出来。

"我……"

他用拳头捂住嘴,咳嗽了一阵。他的声音就像一张薄薄的纸片,纤细又脆弱,几乎听不见。

"怎么回事？"他努力呐喊,才发出耳语一样的声音。

两个人抬起他,把他放进一只轮椅。第三个人将轮椅扶住。他没有被套上纸做的长袍,而是被盖上了一条柔软的毯子。这次没有"沙沙"声,他的皮肤也没有发痒。

"出现了失联的情况。"有人告诉他。

一个筒仓。一个筒仓没了。这又是唐纳德的失误。"18号。"他悄声说道。他还记得自己上一次值班。

面前的两个人对视一眼,同时张开嘴。

"是的。"一个人用敬畏的口吻说,"18号筒仓,长官。在山丘对面,我们失去了那个女人,失去了和她的联系。"

唐纳德努力将目光聚焦在这个人身上。他记得自己在山丘对面失去了一个人。海伦。他的妻子。他们还在寻找她。还有希望。

"告诉我。"他悄声说。

"我们还不确定具体情况,不过那里有一个人离开了摄像机视野……"

"是一名清洁者,长官……"

清洁者。唐纳德颓然倒在椅子里。他的骨头像石块一样又冷又硬。那根本不是海伦。

"……山丘对面……"一个人说。

"……我们得到18号的呼叫……"

唐纳德稍稍抬起手。他的手臂在颤抖,依旧没有脱离睡眠时的麻木。"等一下。"他用沙哑的声音说道,"一次一个人。为什么你们要唤醒我?"现在说话都会让他感到疼痛。

一个人清清嗓子。毯子被一直盖到唐纳德的下巴,以免他打哆嗦。他一直都不知道自己的身体在抖动。他们对他格外恭敬和温柔。这是怎么回事?他努力让自己再清醒一些。

"您要求我们唤醒您……"

"这是既定程序……"

唐纳德的目光落在冷冻舱上。那里还在有冰冷的白汽不断溢出。冷冻舱底部有一块屏幕,上面已经没有了他的各种读数,只有不断上升的温度,还有一个名字,不是他的。

唐纳德回忆起名字在这个地方没有意义,只是人们需要一个名字而已。如果没人记得彼此的名字,如果人们的道路不会出现交叉,那么对一个人而言,只要有一个名字就够了,无所谓它是什么。

"长官?"

"我是谁?"他继续盯着那块小屏幕,心中依然充满不解。这不是他,"为什么你们要唤醒我?"

"是您命令我们这样做,瑟曼先生。"

毯子紧紧包裹住他的肩膀。轮椅被调转方向。他们对他非常尊敬,仿佛他拥有某种权威。这次轮椅没有发出半点"吱吱"声。

"没关系,长官,您的头脑很快就会恢复清醒。"

他不认识这些人。他们也不认识他。

"医生会告知您的职责。"

没有人认识任何人。

"这边。"

所以任何人都可以成为任何人。

"走这里。"

最终,无论谁掌权都无所谓。有人会做合理的事情,也有人会做正确的事情。

"非常好。"

任何名字都一样。

第五十九章

17号筒仓
2312年
第1小时

喧嚣先于寂静,这是世界的规则。因为震耳的声音和喊叫需要一些地方来回荡,正如同躯体需要一些空间去坠落。

吉米·帕克正在上课的时候,最后一场大狂嚣开始了。那是在清洁日的前一天。明天他们就能放假。因为一个人的死亡,吉米和他的朋友们可以多睡几个小时。他的父亲经常在技术部加班。明天下午,他的母亲一定会带着他、他的姨妈,还有表亲们一起去看明亮的云朵在清晰的山丘上飘过,直到天空变黑,陷入沉睡。

清洁日是用来在床上休息和看望家人的;是用来平息动乱、消除狂嚣的。这是皮尔森夫人在黑板上写下《法案》时告诉他们的。她的粉笔撞在黑板上,又发出刺耳的尖鸣,留下一道道白灰痕迹,向学生们阐明为什么可以将一个人处死。这种公民课会在流放的前一天举行——在更严重的警告之前发出的警告。吉米和他的朋友们在座位上躁动不安,但还是要学习这些规则,这些很快就不再适用的世界规则。

吉米十六岁了。他的许多朋友很快就会成为学徒。但他还要再学习一年,才能追随父亲的事业。皮尔森太太写好板书,又谈到了选择人生伴侣,以及根据《法案》登记恋爱关系的严肃性。莎拉·詹金斯在座位上转过身,对吉米微笑。公民课和生物课混在一起,荷尔蒙和控制它们过度泛滥的法律被一并提及。莎拉·詹金斯非常可爱。吉米在年初时还没有这样的想法,但现在他意识到了这一点。莎拉·詹金斯很可爱,而且会在几个小时以后死亡。

皮尔森夫人问谁愿意朗读《法案》。就在那时,吉米的母亲来找他。她没有敲门就闯进教室,当时的情形真的很尴尬。吉米的世界即将完结——对他而言,末日就是从此刻开始的。他的脸颊发烫,直到脖根都是一片通红,所有人都在看着他。妈妈什么都没有对皮尔森太太说,更没有为自己辩解。她只是风风火火地冲进教室门,快步走过一张张课桌——她生气的时候都是这种样子。她把吉米从课桌后面拽起来,攥着他的胳膊就离开了教室。他很担心自己是不是做错了什么。

皮尔森太太没有说话。吉米回头看了看他最好的朋友保罗,发现他在用手捂着嘴窃笑。他很奇怪为什么保罗没有遇到麻烦。他总是和保罗一起去酒吧的。只有莎拉·詹金斯喊了一声:"你的背包!"随后教室门就"砰"的一声被关上了。她的声音也被一片寂静所吞没。

这时还没有其他母亲拽着孩子穿过这条走廊。就算其他母亲来接孩子,现在也远没到放学的时候。吉米的父亲在电脑前工作,知道不少消息,而且比其他人知道得都要早。这一次,父亲得到消息的时间没有比其他人早多少。现在楼梯上已经有人在乱窜了。

那些人弄出的响动让人感到害怕。站在学校外面的楼梯平台上,吉米能感觉到远处人群奔跑产生的震动。栏杆上有一根螺栓松动了,发出"嘎嘎"的响声。感觉像是这个筒仓要解体一样。吉米的妈妈揪着他的袖子,把他拽向螺旋楼梯,就好像他刚刚十二岁似的。

吉米在困惑中抗拒了片刻。过去的一年,他的个头超过了妈妈,已经和爸爸一样高。他几乎是一个成年男人了,想到自己拥有的力量,他现在还是会感到惊奇。现在他却把背包和朋友们都丢在身后。他们要去哪里?下面的脚步正变得越来越响。

在他反抗时,他的母亲转过身。他看到妈妈的眼睛里没有愤怒,她没有对他怒目而视,没有紧皱双眉。那双眼睛睁得很大,里面闪烁着泪光,就像外婆和外公去世的时候一样。下面的声音很可怕,但真正让吉米感到恐惧的是母亲的眼神。这恐惧一直深入到吉米的骨髓。

"出什么事了?"他悄声问道。他不愿意看到母亲的不安。某种黑暗空无的东西在抓他的心,就像上层公寓区那只没人能抓到的流浪无尾猫。

母亲没有说话,只是转过身,拽着他下了楼梯,朝下方雷鸣一般的恐怖喧嚣跑去。吉米立刻意识到有麻烦的根本不是他。

他们全都有麻烦了。

第六十章

吉米从来没有感到过楼梯抖得这么厉害。整个大螺旋楼梯似乎都在晃动，仿佛变成了一根在手指间摇摆的炭笔——这是他在上学时学到的一个小把戏。为了跟上妈妈，他的脚几乎不怎么能碰到台阶，但从台阶钢板直接传进骨头里的震颤还是会让他的脚趾感到刺痛和麻木。他的嘴里尝到了恐惧的味道，那就像一柄干勺子压在他的舌头上。

下方传来愤怒的吼叫。妈妈在大声催促他，要他再快一点。他们一圈圈奔下楼梯，冲向正在向上逼近的可怕力量。"快！"妈妈又喊了一声，吉米现在更害怕妈妈声音中的颤抖，而不是脚下一百层钢铁楼梯的颤抖。

他拼命狂奔。

他们经过29层，30层。越来越多的人朝他们背后跑上去——许多人穿着和父亲的连体服一样颜色的连体服。在31层的楼梯平台，吉米在外公的葬礼之后第一次看见尸体。看上去好像有一颗西红柿砸在那个人的后脑勺上。吉米不得不跳过那人伸在楼梯上的胳膊，快步跟在母亲身后。一些滑腻的红色液体从楼梯平台上滴落到下面的台阶上。

到了第32层，楼梯晃动得更加剧烈，甚至他的牙龈都能感觉到。他们两个撞上了越来越多迎面跑来的人。妈妈也越来越慌不择路。实际上,这里的人们似乎都变成了瞎子,根本不会再去看别人。每个人都只想着自己逃命。

上千只靴子撞击钢板台阶,发出一片杂乱无章的轰鸣,其中还夹杂着响亮的喊叫声。吉米停住脚步,朝栏杆外面望了一眼——螺旋楼梯一直向下延伸,没有尽头,无数只手和臂肘伸在栏杆外面。有人从吉米身边猛然撞过去。他转过身,听到妈妈喊他赶快跟上——密集的人群正向他们涌来。路越来越难走。吉米在和他擦肩而过的无数人身上感觉到愤怒和恐惧。他很想和这些人一起向上逃。但妈妈一直叫喊让他跟上。她的声音穿透吉米的恐惧,紧紧抓住了吉米的心。

吉米拼命挤下来,抓住妈妈的手。刚才的尴尬和抗拒早已消失得无影无踪。现在他只希望妈妈能紧紧抓住他。跑过去的人大声劝告他们回头向上。有几个人拿着钢管和钢棍。一些人的身上带着瘀伤和割伤。一个人的嘴巴和下巴上都是血。有什么地方发生了斗殴。吉米本以为那种事只会发生在下层。更多的人似乎都是在半途中被卷进来。他们没有武器,一边逃跑还在一边回头张望——一群乌合之众在害怕另一群乌合之众。吉米想知道这一切是什么引起的。人们都在害怕什么?

杂乱的脚步声中出现了"砰砰"几声格外震耳的雷鸣。一个高大的男人撞倒了吉米的妈妈,迫使她撞在栏杆上。吉米挽着妈妈的胳膊,两个人紧贴着楼梯中央的立柱,一直向下走到33层。"还有一层。"妈妈告诉他——他们一定是要去找他的父亲。

34层和他们之间还有几圈楼梯,越来越多的人将这里挤得水泄不通。能让两个人并肩通行的楼梯往往站了四个人。吉米的手腕撞在内侧栏杆上。他只能从中央立柱和那些想挤上去的人中间钻过去，每次只能移动几英寸。他身边的所有人都在用力推搡，疲惫地喘息。他相信，他们都只能卡在这里。人群挤过来，他没能抓住妈妈的胳膊。妈妈被挤到前面。他却被定在原地。他听见妈妈在下面喊他的名字。

一名大个子拼命向上爬，一直冲到吉米面前。吉米看到他的脸上滴着汗，下巴因为恐惧不停地颤抖。"让开点！"他对吉米高喊，仿佛吉米能躲到什么地方一样。现在除了往上走，吉米实在没有别的地方可去。那名大个子狠狠地从他身边撞过去。吉米只能紧紧地贴在中央立柱上。外侧栏杆传来一声尖叫，人群中随即出现一阵骚动和一连串的惊呼声，有人在喊："坚持住！"另一个声音呼喊着要人们让出一些地方，然后又是一声凄厉的尖叫，那叫声很快就飘向远方，越来越微弱。

壅塞的人群终于松散了一些。想到身边正有人掉下去，吉米心中不由得泛起一阵恶寒。他拼命挣脱人群，爬上内侧栏杆，抱住中央立柱保持身体平衡，同时小心不让自己的脚滑进栏杆和立柱之间六英寸的空隙里——平时，小孩子都喜欢往这个空隙里吐口水。

人群中立刻就有人占据了他刚才在台阶上的位置。肩膀和臂肘撞在他的脚踝上。他蹲在栏杆上，头顶上的台阶不断响起靴子蹬踏和剐蹭的声音。他脚踩着被成千上万只手掌摩擦得格外光滑的栏杆扶手，一点点沿栏杆蹭下去，追赶妈妈。他的脚忽然滑进了中央立柱的空隙。那道空隙仿佛正急于吞吃掉他的腿。吉米急忙调整好姿势，唯恐掉到另一侧的人群头上。那样的话，他很有可能被无数疯狂的手臂一直推到螺旋楼梯外侧，最终落进无底的深渊里。

他绕着中央立柱转了半圈，终于找到了妈妈。妈妈已经被人群逼到外侧栏杆上。"妈妈!"他高喊着,抓住头顶上方的台阶边缘,探身越过人群向妈妈伸出手。楼梯中间一个女人尖叫一声消失在人群里。其他人转眼间占据了她的位置。吉米再也没有看到她的头冒出来。很快,随着人群的践踏,那个女人的惨叫声也消失了。人群不断向楼上涌来。裹挟着吉米的母亲向上走了几个台阶。

"去找你的父亲!"母亲双手拢在口边,向吉米高喊,"吉米!"

"妈妈!"

有人撞在他的小腿上。他抓住上方台阶的手一下子松开了。他的手臂在半空中转了一圈、两圈,努力想保持身体的平衡。但他还是朝那片人头的海洋掉落下去。有人为了保护自己,一拳打在他的肋骨上。

另一个人把他推到一边。他在一个由尖利肘部和坚硬头骨组成的起伏不定的平台上翻滚,逐渐靠近楼梯外侧。时间慢得仿佛爬行。现在每一个台阶上都挤着五个人,但再向外就什么也没有了,只剩下空无的黑影,还有一段长久的坠落。吉米试图抓住一只推搡他的手。黑色的深渊距离他越来越近,他的胃开始痉挛。他看不见栏杆。他能听到母亲的声音,无论周围的声音多么震耳欲聋,他依然能分辨出母亲的喊声。母亲无能为力地看着他。有人喊叫着要帮助那个男孩。他沿着头顶形成的螺旋形坡道向下滑动、翻滚,伸出手想要抓住什么东西。人们呼喊着要帮助的男孩就是他。

那些努力保护自己的人不断把吉米推出去。最终让他滚到深渊上方。他从两个人中间滑落下去,下巴被一个人的肩膀顶了一下。同时他终于看到了栏杆,便急忙伸手抓住。他的脚从头顶上翻过,整个身子转了一圈,被甩到栏杆外,肩膀被狠狠扯了一下,痛得要命,但他没有松手。他就这样挂在半空中,一只手抓住楼梯扶手,另一只手抓住扶手下的栅栏，两只脚悬在半空中。

有人的屁股将他的手指挤在栏杆上。吉米痛呼一声。几只手抓住他的胳膊，想要救他，但下方疯狂的人群很快就将这些人挤了上去，让他们无法再关心这个挂在栏杆外的男孩。

吉米想要把自己拽上去。他低下头，从自己来回踢蹬的双脚之间看到下方同样拥挤不堪的人群。再转两圈，就是34层的楼梯平台。他再一次想把自己拽上去，但他刚才被扭到的肩膀仿佛着火一样疼。又有人抓住他的小臂，想要救他，但他们很快也被向上挤过去。

吉米再次低下头从两脚之间看过去，发现34层的楼梯平台上也挤满了人。一些人从楼梯上被挤出来，又竭尽全力想要挤回去。有人穿着清洁防护服冲出技术部的大门，就连头盔都戴好了。他们挥舞着银色手臂，仿佛在人群中游泳。所有人都想上去。下方传来更多敲击声和呐喊。一阵突兀的爆裂声响起，就像集市中的气球破了，但这声音要响亮得多。

吉米的手松开了栏杆。他的肩膀实在太痛，无法再承受身体的重量。他的另一只手还紧抓着垂直的栅栏，但身体已经在往下滑。满是汗水的掌心在钢条上发出尖细的摩擦声，转眼就消失在人群的喧嚣里。现在他只能抓住栅栏下面的台阶边缘，试着用两只脚寻找下方的楼梯扶手。但他只能感觉到愤怒的拳头将他的靴子砸开。受伤的肩膀给他带来一阵阵痛楚。他松开那只手，在半空中悬挂了片刻。

吉米惊慌地呼喊着，想喊来他的妈妈。他想起妈妈告诉自己的话。

去找你的父亲！

他不可能回到楼梯上了。他没有那样的力气。楼梯上也没有空间。没有人会救他。无数人在他旁边涌动。但他只能孤身一人挂在这里。

吉米深吸一口气，又悬挂了一会儿，低头朝下方楼梯平台上的人群瞥了一眼，松开了手。

第六十一章

两层螺旋楼梯在他眼前转瞬即逝。拥挤不堪的人群中,许多人瞪大了眼睛看着他。吉米听到风吹在脖子上的声音越来越强。他的胃顶在喉咙口。一张脸惊恐地转过来,面对面地看着他飞速坠下。

他的身体狠狠撞在楼梯平台的人群中,发出一种令人作呕的血肉挤压的声音。那个穿银色防护服、面孔遮在头盔小面罩后面的人被他压在了身下。

人们冲他大喊大叫。一些人从他的身子下面爬出来。吉米翻身站起。他的肋骨撞在别人身上,现在像遭到电击一样疼;一个膝盖也在一阵阵抽痛;肩膀上的灼烧感丝毫没有减退。他一瘸一拐地向双扇大门冲去。另一个人正从门里跑出来,怀里还抱着一只包裹。看到楼梯上的人群,那人一下子停住了脚步。有人叫喊着要离开筒仓——现在根本没有人在意这个禁忌。明天,摄像机会得到清洁。但也许已经太晚了。吉米想到父亲这段时间加班就是为了这次清洁。不知道又会有多少人因为这场暴动被送出筒仓。

他回头望向楼梯,寻找妈妈。每个人都在尖叫喊嚷着,要其他人移动,让开道路。于是没有一个人的声音能被听清。但妈妈的声音依旧留在吉米的耳边。他记得妈妈最后的命令,还有妈妈脸上哀伤的神情。于是他冲进技术部,去找父亲。

技术部大门里面也是一片混乱。人们在走廊里来回奔跑。许多人在大声争吵。亚尼站在安全闸旁边。这名身材高大的警官头发早已被汗水浸透。吉米朝他跑过去,同时抓住臂肘,把手臂固定在胸前,防止肩膀活动。肋骨的刺痛让他很难畅快地呼吸。刚才那次跌落让他的心脏还在剧烈地跳动。

"亚尼……"吉米靠在安全闸上,吃力地喘息着。那名警官又过了一会儿才注意到他的存在。吉米看到他瞪大眼睛,四处乱瞧了一番。他的手里还拿着一样东西——一把警长用的那种手枪。"我要过去,"吉米说,"我要去找爸爸。"

警官瞪圆的眼睛终于落在吉米身上。亚尼是一个好人,是吉米父亲的朋友。他的女儿只比吉米小两岁。有时候,他们一家会在假期来吉米家做客,和他们一起吃晚餐。不过眼前这个不是吉米熟悉的亚尼。某种恐惧仿佛扼住了这名警官的脖子。

"当然。"亚尼点点头,"但你的父亲。他不让我进去。不让我们任何人进去。不过你……"亚尼的眼睛瞪得更大了——吉米从没有见过一个人能把眼睛瞪得这么大。

"你能不能帮我打开……"吉米轻轻推了推安全闸的旋转栏杆。

亚尼抓住吉米的衣领。吉米已经不是一个小男孩,个头可以算得上成年人了。但是那名魁梧的警卫直接把他提过了旋转栏杆,就好像他是一袋脏衣服。

吉米在亚尼有力的手掌中挣扎。亚尼用手枪顶住吉米的胸口,把他拖到走廊深处。"我抓住了他的儿子!"他高喊道。吉米不知道他在冲谁喊话,只想要挣脱这个人的控制。他被狠狠地拖着走过办公室。整个楼层看上去都被清空了。吉米想起楼梯上那些穿银色和灰色连体服的人,忽然很害怕他的父亲已经和他擦肩而过。楼梯上的人群里有许多这一层的人,仿佛技术部的人是带头逃上去的——或者是被追赶上去的。

"我不能呼吸……"他想要告诉亚尼。他抬脚去踹亚尼,抓住这个强壮男人的小臂,使用一切办法想要摆脱这只拽紧了他的衣领,让他的脖子感到疼痛的手。

"你们这些混蛋都跑到哪里去了?"亚尼吼叫着,朝走廊两头观望,"我需要帮忙……"

只听一声震响,仿佛上千个气球同时爆开,发出震耳欲聋的轰鸣。吉米感觉到亚尼仿佛被踢了一脚,身子向旁边歪过去,紧攥住他的手也随之松开,血液流回到吉米头部。吉米急忙向旁边跳开,以免和那名大个子一起倒在地上。亚尼重重跌倒,喉咙里依然发出"咯咯"的喘息声。黑色的手枪落在地上,滑到一旁。

"吉米!"

吉米的父亲正站在走廊尽头,从拐角处探出半个身子,腋下夹着一根黑棍子,有些像是拐杖,却没有碰到地面,而且它的末端还在冒烟,好像被点着了。

"快,儿子!"

吉米如释重负地喊了一声,跌跌撞撞地离开亚尼,捧着胳膊,跛着脚跑向父亲。那名高大的警官还在地上扭动着,发出可怕的、非人类的声音。

"你的妈妈呢?"爸爸一边问,一边朝走廊另一端望过去。

"在楼梯上……"吉米努力喘息着。他的脉搏渐渐稳定下来,"爸爸,出什么事了?"

"进来,进来。"父亲拽着吉米经过走廊,朝一道不锈钢大门跑去。他们身后的走廊拐角处传来一阵阵喊声。吉米能看到父亲额头上青筋暴起,稀疏的头发下面全是汗珠。父亲在那道大门旁边的面板上输入密码,一阵马达转动的声音之后是一连串金属锁舌的撞击声,父亲靠在门板上,用力将门推开。门缝刚刚能容纳一个人的时候,他就催促吉米:"进去,儿子,快。"

走廊里有人大喊着要他们停下来。靴子撞击地板的"砰砰"声在向他们逼近。吉米从门缝里挤进去,他有些担心父亲会把他一个人关在门里面,不过父亲也挤了进来,然后将身体靠在门板内侧。

"推!"他命令道。

吉米使劲推门。他不知道为什么要把门关上,但他从没有见到父亲这样害怕过。这让他心中乱作一团。门外的靴子正在飞速逼近。有人高喊着父亲的名字。有人在喊亚尼。

钢制门板重重地关上。许多只手在门对面拍打。又一阵马达声和锁舌撞击的声音之后,父亲在门旁的面板上输入了些什么,然后犹豫一下。"一个数字。"他喘息着说,"四位数,快点,孩子,一个你不会忘的数字。"

"1218。"吉米说道。12层和18层。他上学和生活的地方。父亲输入了这个数字。模糊的喊叫声从门对面传来,还能听见微弱的手掌拍打厚重钢板的声音。

"跟我来。"父亲说,"我们要用摄像头找到你妈妈。"他将那根黑色的棍子拐在背上。吉米现在看出来了,那是一支大号的手枪。它的枪口已经不再冒烟。父亲不是从远处踢了亚尼一脚,而是打了亚尼一枪。

吉米一动不动地站在原地,看着他的父亲穿过摆满黑色大柜子的房间。他听说过这个地方,是父亲和他说的,有一个房间里摆满了服务器,这里有许多故事。这些机器仿佛也在看着站在门旁的他。它们是黑色的哨兵,永远在发出寂静的蜂鸣声,守卫着这座筒仓。

吉米离开那堵不锈钢墙壁,远离那些微弱的拍打声和模糊的叫喊,快步追赶父亲。他以前就见过父亲的办公室,那是在走廊深处的拐角后面。但他从没来过这里。这个房间很大。他尽量把体重放在一条腿上,一直朝房间里面跑去,在服务器之间小心地选择道路,竭力跟上父亲。到了房间最深处,他绕过最后一排黑色柜子,发现父亲正跪在地板上,好像在祈祷。他将双手举到脖子旁边,从连体服里掏了一根细黑绳。一件银色的小东西正在这根绳子上晃荡。

"妈妈该怎么办?"吉米问道。他们怎么能让妈妈继续留在外面,和那些人在一起?为什么父亲要这样跪在地上?

"仔细听好。"他的父亲说道,"这是这座筒仓的钥匙。一共只有两把。绝对不要丢下它,明白?"

吉米看着父亲将钥匙插进一台机器背后。"这是通讯中心。"父亲告诉他。吉米不知道通讯中心是什么,只知道他们要躲在这里。这就是计划。躲进一个黑柜子里,直到那些可怕的声音消失。父亲转动钥匙,好像打开了什么东西,又在另外三个钥匙孔里转了三次,最后把这台机器的背板拆下来。吉米朝里面望了一眼,看到父亲拉下一根操纵杆。附近的地面传来一阵细碎的声音。

"把它保管好。"父亲嘱咐吉米,又捏了捏吉米的肩膀,把串着钥匙的挂绳递给他。吉米接过钥匙,仔细端详了一下挂在这根黑绳上的银色锯齿状小东西——钥匙的一面有一个包含了三个三角形的圆环——是代表筒仓的符号。他拉开挂绳,从头顶套下来,又看见父亲伸出手指抠住他们脚下的格栅地板,将那块地板提起一个小角度,露出下面黑漆漆的空间。

"快,你先下。"父亲朝地面上出现的洞口挥挥手,开始从背上卸下长枪。吉米拖着脚步走上前,朝洞中看了看。洞口以下的一面墙上有一串扶手,就像一部梯子,但比他见过的任何梯子都要高很多。

"快点,儿子。我们的时间不多了。"

吉米在洞口边上坐下去,双脚悬空,伸手去摸下面的钢梯,开始了漫长的向下攀爬。

地板下的空气很凉爽,光线昏暗,楼梯上的喧嚣和恐怖到这里似乎才渐渐消失。吉米的心中只剩下一种不祥的预感。为什么要给他这把钥匙?这是什么地方?他将体重尽量挂在没有受伤的手臂上,缓慢而稳定地进入黑影深处。

到了梯子底端,他找到一条狭窄的通道。通道远处有一束微弱的光。抬头看上去,父亲变成一团影子,正在下来。

"进去。"父亲指着狭长的通道,把那支长枪靠在梯子上。

吉米向上指了指,"我们要不要把地板盖回……"

"我出去的时候会弄好的。走吧,儿子。"

吉米转过身,穿过这条通道。一些电线和管道在这里的天花板上平行延伸。前面有一盏灯,放射出红色的光芒。走了大约二十步,吉米看到一个房间。这里让他想起学校的储藏室。两面墙边都是架子。还有两张桌子:一张放着电脑,另一张放着一本打开的书。父亲直奔电脑而去。"你刚才和你妈妈在一起?"他问道。

吉米点点头,"她把我从教室带出来。我们在楼梯上分开了。"他揉搓着酸痛的肩膀。父亲重重地瘫坐进书桌后面的椅子里。电脑屏幕上显示着四个画面。

"你是在哪里和她失散的?距离这层多远?"

"34层以上两圈。"吉米回答。他想起了自己的那次坠落。

父亲没有伸手去摸鼠标和键盘,而是抓起了一只布满旋钮和开关的黑盒子。盒子上连着一根电线,一直延伸到显示器后面。在屏幕一角,吉米看到三个男人站在一个僵卧在地的人旁边。这是真的。是一幅现实的图像,一个窗口,就像自助餐厅的屏幕。他看到的是他们刚刚离开的那条走廊。

"该死的亚尼。"父亲嘟囔着。

吉米的目光从屏幕上移开,盯住了父亲的后脑勺。他以前听过父亲骂人,但从没有听他用过这个词。父亲的肩膀起伏不定——他在深呼吸。吉米的注意力回到屏幕上。

四个窗口变成十二个窗口,不,是十六个。父亲身体前倾,鼻子离显示器只有几英寸,眼睛从一个窗口转向另一个窗口,一双苍老的手不停地操纵黑盒子。随着旋钮和刻度盘的转动,黑盒子发出"咔嗒""咔嗒"的声音。吉米在每一个窗口中都能看到和刚才一样的混乱景象。从栏杆到中央立柱,台阶上挤满了人。所有人都在向上冲。父亲伸出手指点在窗口中,不停地寻找。

"爸爸……"

"嘘。"

"……出了什么事?"

"我们遭到了入侵。"父亲说道,"有人企图将我们的筒仓关闭。你说是在楼梯平台上方两圈?"

"是的,但妈妈被推到上面去了。在那里很难移动。我翻过了栏杆……"

椅子"吱嘎"响了一声,父亲转过身,仔细端详吉米,目光落在吉米的胳膊上,又死死盯住他的胸膛,"你掉下来了?"

"我没事,爸爸。到底出了什么事?要把我们关在什么下面?"

父亲的注意力回到屏幕上。在黑盒子上按几下,屏幕上的窗口就会发生闪动和变化。现在他们看到的窗口应该和之前有所不同了。

"他们想要关闭我们的筒仓。"父亲说,"那些杂种打开了气闸门,说我们的空气循环被污染什么的,她在这里。"

许多小窗口被一个窗口取代。画面稍稍有所变化。吉米能看见妈妈被挤在人流和栏杆之间,嘴和下巴上都是血。她抓住栏杆,努力下了一个台阶。人流一直在朝着与她相反的方向奔涌。看样子,筒仓里的每一个人都想到顶层去,仿佛那里才是唯一的出路。

吉米的父亲一拍桌子,猛地站起身。"在这里等着。"他只吩咐了一句,就向那条窄通道走去。走到半路上,他忽然又停住脚步,转回头看着吉米,仿佛在考虑什么事。他的眼睛里闪烁着一丝怪异的光芒。

"快过来,以防万一。"他转身从吉米身边快步走过去,穿过一道门。吉米急忙跟在父亲身后,心中忐忑不安、困惑不已,一条腿依然瘸着。

"这和我们的炉子很像。"一走进隔壁的房间,父亲就拍着角落里一件看上去很古老的东西告诉吉米,"是老款式,不过功能是一样的。"父亲眼睛里的疯狂愈发浓烈。他又转过身,指着另一道门说:"储藏室、宿舍、浴室,全都在那里。那里的食物足够四个人坚持十年。记清楚,孩子。"

"爸爸……我不明白……"

"把那把钥匙收好。"父亲又指向吉米胸前——吉米现在还把钥匙绳放在连体服外面,"不要丢掉它,记住了?你刚才说的那个数字是什么？那个你绝不会忘记的数字？"

"1218。"吉米回答。

"好的。过来，我告诉你这个通讯器是怎么工作的。"

吉米最后扫视了一遍这个房间。他不想一个人被留在这里。而父亲正要这样做，将他留在这个楼层的夹缝中，藏在混凝土里面。这个世界正在压迫他，让他感到格外沉重。

"我和你一起去找妈妈。"吉米想到那些拍打不锈钢大门的人。父亲不能一个人出去，就算有那杆大号的手枪也不行。

"只有我或者你妈妈回来才能开门。"父亲没有理睬儿子的恳求，"一切都要小心。我们没有多少时间了。"他抬手指向墙上的一只盒子。那只盒子被锁在一个金属笼里，不过外面有一些开关和拨号面板，"这是电源。"父亲的手指点中一只旋钮，"向这边转就能提高音量。"父亲把那只旋钮转了一下，房间里立刻充满了一种难听的"嗞嗞"声。他从墙上摘下一个装置，递给吉米。那个装置和发出噪声的盒子之间连着一根弹簧形状的绳子。父亲又从墙壁的架子上取下另一个没有连线的装置——墙上有好几个这样的装置。

"收到？收到？"父亲冲着手中的装置说话。他的声音从墙上的盒子里传出来，取代了那只盒子一直发出的"嗞嗞"声，"按住这个按钮，就能对麦克风说话。"他指着吉米用双手握住的装置说。吉米照父亲的话做了。

"收到。"吉米有些犹豫地冲着手中的装置说道。听到自己的声音从父亲手里的小装置中传出来，这种感觉很奇怪。

"那个数字是多少？"父亲问。

"1218。"

"好的。留在这里，儿子。"父亲又端详了他片刻，忽然走上前，揽住吉米的后颈，亲吻了儿子的额头。吉米还记得父亲上一次这样吻他的时候——那次父亲刚刚成为一名学徒，随后就消失了三个月。当时吉米还是一个小孩子。

"我把那块金属格栅放回去，格栅会自动锁住。下面有一个把手可以将它打开。明白吗？"

吉米点点头。父亲抬头瞥了一眼那些闪烁的红灯，皱了皱眉。

"无论你做什么，"他说道，"都不要给我和你妈妈以外的任何人开门。明白？"

"明白。"吉米抓住自己的手臂，努力让自己勇敢起来。这个房间的墙边靠着另一支长枪。他不明白为什么自己不能和父亲一起去。他向那支黑色的枪伸出手。"爸爸……"

"留在这里。"父亲命令道。

吉米点点头。

"好孩子。"他揉了揉吉米的头，向吉米露出微笑，然后就转身消失在那条黑暗狭窄的通道里。那里的红光明灭不定，好像跳动的脉搏。远处传来靴子落在金属横档上的声音，很快就被黑暗吞没，一切归于寂静。吉米·帕克只剩下了自己一个人。

第六十二章

1号筒仓
2345年

　　唐纳德感觉不到自己的脚趾。他的脚赤裸着,还没有解冻。他赤裸着的脚周围全是靴子。到处都是靴子。那些穿靴子的人推着他穿过一排排闪烁着冰霜光泽的冷冻舱。靴子站定不动,给他抽血,收集尿样。硬邦邦的靴子在电梯里"吱吱"作响。因为这些成年人都在紧张地来回晃动。到了上面,迎接他们的是一条疯狂的走廊。人们穿着靴子在这里大步奔跑,紧皱着眉头高声叫喊或者战战兢兢地服从命令。他们把他推进一间小公寓,将他一个人留在那里慢慢解冻,恢复清醒。门外,更多的靴子不断跑来跑去,跑来跑去,慌张又忙乱。他醒来看到的是一个充满忧虑、混乱和噪声的世界。

　　唐纳德依然半睡半醒地坐在一张床上,意识在周围飘浮。深深的疲惫抓住他,将他带回地上的时光,那时醒过来并不意味着清醒。每天早晨,他要到淋浴的时候,甚至是开车去上班的路上才会真正清醒;在那以前很久,他的身体早已醒来开始活动而意识却被身体甩在后面。他抬起拖在地上行走的、麻木的双腿,踢起一团团灰尘,而意识就在这灰尘中游动。从数十年的冻结中醒来就是这种样子。

他还能模糊地察觉到一些梦,虽然那些梦正在从他的指间溜走。唐纳德也很希望它们能够消失。

他们安置唐纳德的公寓就在他原办公室的走廊里。他们在路上经过了那间办公室。这意味着他在操作组区域——他曾经工作过的地方。床脚放着一双靴子。唐纳德木讷地盯着它们。每只靴子的靴靿后面都用黑色马克笔写着"瑟曼"两个字——那些笔迹已经褪色了。不知为何,这双靴子是为他准备的。从醒来开始,他们就都叫他"瑟曼先生",但他不是瑟曼。这是一个错误,也可能是一个残酷的诡计,或是某种游戏。

15分钟准备——他们是这样对他说的。准备什么?唐纳德裹着毯子坐在双人床上,偶尔打个寒战。轮椅被留在他身边。思绪和记忆不情愿地汇聚在一起,就像疲惫的士兵在午夜被从铺位上叫醒,受命在冻雨中列队。

我的名字是唐纳德,他提醒自己。他不能让这个记忆溜走。他是谁——这是首要的、最根本的事情。

感觉和意识逐渐聚集成形。唐纳德可以感觉到床垫上的凹痕。那显示着另一个人的身体高度和形状。另一个人留下的痕迹在影响他。门后的墙上,门把手在墙上撞出了一个坑。应该是屋门曾经被猛然推开。也许是发生了紧急情况——斗殴或者事故。有人闯进来。也许有过暴力的场面。几百年,应该发生过很多他不知道的故事。他有15分钟来理清思路。

床头柜上有一张身份证,上面有条形码和名字。幸运的是没有照片。唐纳德摸了摸那张证件,记得自己见过它被使用。他将身份证留在原来的位置上,摇摇晃晃地站起身,用软绵绵的双腿支撑体重,扶着轮椅向小浴室走去。

他的手臂上缠着绷带。那里是医生给他抽血的位置——威尔逊医生。他刚刚提供了尿样，但他还想小便。他让毯子落下，站到马桶前。小便是粉红色的。唐纳德记得自己上次值班时的小便是炭黑色。尿完以后，他走进淋浴间去洗澡。

水是热的。他的骨头依然冰冷。唐纳德在热水的雾气中瑟缩。他张开嘴，让纤细的水流击打舌头，灌满颊囊。他用力刮掉皮肤上毒气的记忆。那个记忆让他无法感觉自己是干净的。片刻间，灼烧皮肤的不再是热水，而是空气，外面的空气。不过他关掉水流时，灼烧感也减轻了。

他擦干身子，找到他们为自己准备的连体服。这身衣服太大了。不过他还是将衣服套在身上。不知赤裸了多久的皮肤感觉衣服的纤维格外粗糙。他将拉链拉到脖子的高度，就在这时他听见了敲门声。有人在门外叫着一个不属于他的名字。这个名字被写在床边靴子的后鞘上，印在床头柜上的证件里。

"进来。"唐纳德听见自己的声音沙哑、微弱、柔软无力。他将证件放进衣兜，重重地坐在床边。卷起过长的袖管，一只一只地穿上靴子，摸索着系上鞋带站起身来，发现他的脚趾能够在另一个人留下的空间中随心所欲地活动。

·····||||··········|||||·········|||||···

许多年以前，唐纳德·基恩因为头衔的改变而拥有了非同寻常的地位，权力和身份随之而来。在他的一生中，他曾经是一个默默无闻的人，得到过学历，做过几份工作，拥有过一个妻子和一个普通的家。然后，一天晚上，计算机统计了一堆选票，唐纳德·基恩成为众议员基恩，几百个掌握伟大舵柄的人之一，推动，拉扯，想方设法操纵权柄。

这些事只发生在一夜之间,现在同样的事情又发生了。

"您感觉如何,长官?"

公寓门外的人充满关切地看着唐纳德。挂在他脖子上的证件印着"埃伦"。他是操作组的主管,这条走廊的心理医生办公桌后面的人。

"还有些头晕。"唐纳德低声说。一名穿亮蓝色连体服的绅士跑过去,消失在走廊拐角。他带来了一阵微风。流动的空气中有咖啡和汗水的气味。

"您能走路吗?很抱歉这么着急来找您,不过我相信您应该已经在慢慢恢复了。"埃伦指着走廊说道,"他们正在通讯室等您。"

唐纳德点点头,跟着埃伦向通讯室走去。在他的记忆中,这条走廊曾经更加安静,没有匆忙的脚步声和急躁的喧哗。墙上有一些他从未见过的痕迹,提醒他已经过去了多少时间。

一走进通讯室,所有人的目光都转向了他。有人遇到了麻烦——唐纳德能感觉到这一点。他坐下来,看到面前屏幕上定格的图像。有人按下一个按钮,图像开始活动。

灰尘遮天蔽日,在画面中翻涌、旋转,让画面一片模糊。乱絮一般的云团从空中飞过。但在一股股裹挟沙尘的狂风之间,还是可以看到一个穿着笨重防护服的人站在死寂的荒野中,在连绵起伏的丘陵间寻找道路,逐渐远离摄像机镜头。是有人在筒仓外面行走。

唐纳德一时有些怀疑画面中的人就是他自己,是他多年以前出去的样子。那身防护服看上去也很眼熟。也许他们将他愚蠢的行为用摄像机拍了下来。那时,他想要作为一个自由人死去。现在他们把他唤醒,就是为了让他看看自己糟糕的样子,自己的罪证。唐纳德打起精神,准备接受指控,以及惩罚……

"这是今天早上发生的。"埃伦说。

唐纳德点点头,努力让自己保持镇定。屏幕上的不是他。他们不知道他是谁。他的心中感到一阵宽慰——这种情绪与房间里紧张的气氛、走廊中的喊叫和急促的脚步声显得很不协调。唐纳德记得,他们将他从冷冻舱里抬出来的时候,有人对他说过,有人消失在山丘后面。这是他醒来后被告知的第一件事。看来就是屏幕上那个人。这才是他被唤醒的原因。他舔舔嘴唇,询问那个人是谁。

"我们正在为您整理汇总一份文件,先生。应该很快就能做好。现在我们知道,今天早上18号筒仓有一次清洁活动。只是……"

埃伦犹豫了片刻。唐纳德从屏幕前转过头,看到操作组主管正在向其他人求助。一名身材高大、头发硬挺、穿橙色连体服、脖子上挂着耳机的通讯员一板一眼地说道:"清洁工作没完成。"

几个穿靴子的人僵立在原地。唐纳德扫视了一圈挤在这个小通讯中心里的人们,发现所有人都在看他,等待他做决定。操作组主管沮丧地低头看着地面。他看起来应该是快四十岁,和唐纳德年纪差不多,却在等待惩罚。有麻烦的是这些人,不是他。

唐纳德尝试进行思考。负责管理的人在向他寻求指示。这个班次出了问题,很大的问题。他们将他当作了另一个人,不过他和那个人共事过,那个人的名字就在他的身份证和靴子上——瑟曼。仿佛就在昨天,唐纳德同样是站在这间通讯室里,感觉人与人是平等的,但这种感觉转瞬即逝。他在上一次值班时参与了一个筒仓的拯救任务。尽管现在他的脑子依然昏沉,双腿虚弱无力,但他知道,继续伪装自己的身份十分重要。至少先要搞清楚到底发生了什么。

"他朝哪个方向去了?"他的声音依然低微得如同耳语。其他人都不敢动一下——他们衣服的摩擦声都会掩盖住他说出的每一个字。

一个站在后面的人回答说:"朝17号的方向去了,长官。"

唐纳德让自己镇定下来,开始回忆《指令》中的相关内容,如果有人离开监视视野,会有怎样的危险。住在筒仓中的人都以为他们是这个世界最后的幸存者。他们生活在虚假的气泡里。这种气泡绝不允许被捅破。"17号有什么消息?"他问道。

"17号不存在了。"他身边的通讯员还是用那种刻板的声音向他报告了又一条坏消息。

唐纳德清清嗓子。"不存在了?"他审视着聚集在身边的这些面孔。不止一个人的额头上出现了忧虑的皱纹。埃伦看向唐纳德。他身边的通讯员在椅子里调整了一下姿势。在屏幕上,那名清洁者越过山顶,从视野中消失了。"那名清洁者做了什么?"他问道。

"动手脚的不是她。"埃伦说。

"17号在数个班次之前就关闭了。"通讯员说。

"好的,好的。"唐纳德的手指捋过头发。他的手在颤抖。

"您觉得还好么?"通讯员一边问,一边瞥了一眼操作组主管,又回头看向唐纳德。他知道——唐纳德感觉这个脖子上挂耳机、穿橙色衣服的人知道有什么地方出了问题。

"还有一点晕。"唐纳德解释说。

"他醒来刚刚半个小时。"埃伦告诉那名通讯员。

房间中响起一阵窃窃私语。

"是,好吧。"通讯员坐回到椅子里,"只是……他是'牧羊人',明白吗?我一直以为他醒过来就能嚼着铁块,放屁放出钉子来。"

唐纳德椅子后面有人在"咯咯"地偷笑。

"那么，我们该如何处理那名清洁者？"一个声音问道，"如果要派人去追她，我们需要得到许可。"

"她不可能走得太远。"有人说。

唐纳德另一侧的通讯工程师说话了。他一只耳朵戴着耳机，另一只耳朵听着众人的交谈。从他的额头上渗出了一层汗珠。"18号报告说，她的防护服被改动过，所以不知道她能坚持多久。长官们，她眼下可能还在外面活动。"

这句话引起一阵窃窃私语。就像狂风撞在头盔面罩上，无数沙粒在敲击他。唐纳德盯着屏幕，从18号筒仓的角度看着那座死气沉沉的山丘。翻涌的尘沙如同黑色浪涛。他还记得站在那片荒原上的感觉，在防护服中艰难迈步，吃力地爬上平缓的山坡。这个清洁者是谁，她认为她要去哪里？

"尽快把这名清洁者的档案给我。"他说道。其他人全都停止悄声争论，安静下来。唐纳德的声音显得很威严，因为房间里没有其他声音，因为他们以为他是另一个人。"我还要所有关于17号筒仓的资料。"他瞥了一眼那名通讯员——那个人眉头紧皱，可能是因为忧虑，也有可能是因为怀疑，"我要更新一下我的记忆。"他补充了一句。

埃伦伸手按在唐纳德的椅背上。"我们是否应该参照程序行动？"他问道，"要不要紧急派出无人机，或者派人去找她？要不要关闭18号筒仓？那里一定会发生暴力事件。我们还从没有遇到过清洁工作失败的情况。"

唐纳德摇摇头。现在他的思路逐渐清晰了。他低头看着自己的手，回忆起曾经扯下过一只手套——是在外面。他不应该活着。他有些好奇瑟曼会怎么做。那位老者会下达什么样的命令？但他不是瑟曼。曾经有人告诉他,应该有像唐纳德这样的人管理一切。现在,他坐到了这个位置上。

"现在先不要采取任何行动。"他咳嗽一声,清清嗓子,"她走不远。"

所有人都在盯着他,目光中混杂着震惊和认可。终于,有几个人点了头。他们认为他能掌握情况。他曾经醒来,控制住混乱的局势。唤醒他就是根据程序采取的措施,一切都要按程序来。系统才是值得信任的——它被设计成能够自行运行。人们只需要完成自己的工作,剩下的交给其他人就好了。

第六十三章

从他的公寓走一小段路就能到达中央办公室,唐纳德认为这正是他被安排住在这里的原因。这让他想起自己曾经见过的一间CEO办公室,那里还包括了一间卧室。一开始,那种布置很让他印象深刻,但在意识到个中原因之后,他又不由得为之感到悲伤。

他用指节敲了敲敞开的屋门。门上写着"心理服务办公室"。他曾经认为这里的人是心理医生,他们待在这里是为了让别人保持清醒。现在他知道,正是这些人造成了所有人的精神错乱。他在这扇门上看到的只是一个字母缩写:OPS——操作组。主管们的主管。走廊对面的办公室中还有繁重的工作。这让唐纳德想起,每座筒仓都有一位市长,负责握手和一切面子上的工作,就像以前的世界有一届接一届的总统。真正掌握权力的人隐在阴影中。他们的任期没有限制。这些人在用同样的方法管理筒仓,这一点没什么好惊讶的。毕竟这是他们唯一知道的办法。

他背对着自己曾经的办公室,敲门的力量更大了一点。埃伦从电脑上抬起头,脸上聚精会神的严肃面具融化成有些不自然的微笑。"请进。"他从座位上站起身,"您需要这张桌子吗?"

"是的,不过你留下。"唐纳德小心地走进房间。他的两条腿还没有完全醒来。他注意到自己的白色衣服是崭新的。埃伦的却已经皱皱巴巴。看来这个人的六个月值班时间快要结束了。即便如此，这名操作组主管还是一副神情警觉、精力充沛的样子。他的胡须修剪得很整齐，脖子上刮得干干净净。乌黑的胡子之间只有零星一点灰色。他扶着唐纳德坐到办公桌后的软椅上。

"我们还在等待关于那名清洁者的完整报告。"埃伦说，"18号的主管警告说，那份报告会是厚厚的一沓。"

"是布道者吗？"唐纳德觉得被送出去清洁的人一定应该是布道者。

"哦，是的。有消息说她曾经是警长。对此我还不能确定。当然，执法者想要出去的事件也不是第一次发生了。"

"但这是第一次有人走出监控视野。"唐纳德说。

"根据我的理解，的确如此。"埃伦将双臂抱在胸前，靠在办公桌上，"至今为止最接近的事件还是您阻止的那位绅士。我记得正是因为那起事件。程序才规定要在此时唤醒您。我听说有些孩子称您为'牧羊人'。"埃伦笑着说。

听到这个绰号，唐纳德打了个哆嗦。他是绵羊，不是牧羊人。"和我说说17号筒仓。"他改变了话题，"那个筒仓崩溃的时候，是谁在值班？"

"我们可以查查看。"埃伦向键盘挥挥手。

"我的，呃，手指还有一点发麻。"唐纳德将键盘推向埃伦。后者犹豫一下，身体离开办公桌，在键盘上俯下身，用快捷键调出值班名单。唐纳德竭力想要看清他的操作。屏幕上有一些文件是他从没有访问过的，还有一些菜单也让他感到陌生。

"看样子，是库珀。我记得有一次就是他接了我的班。这个名字听起来很熟。我会派人下去为您找出那些文件。"

"很好,很好。"

埃伦将眉毛一扬,"您上次值班的时候曾经看过17号的报告,对吧?"

唐纳德完全不知道瑟曼后来有没有被唤醒过。他只能根据他们的对话推测出,那位老者在17号出事的时候被唤醒了。"现在要回忆起所有细节并不容易。"他说的倒也是实话,"已经过去多少年了?"

"是的,您一直在深度冻结中,对吧?"

唐纳德认为应该是这样。埃伦用手指敲敲桌子,唐纳德的目光转向走廊对面那个坐在电脑后面的人,回想起自己在充当那个名义上的负责人时是什么样子。那时他一直都很好奇对门那些穿白衣的医生在讨论什么。现在他也成为了穿白衣的人。

"没错,我一直在深度冻结中。"唐纳德说。他们不会移动他吧?可能是厄斯金或其他人修改了数据库中的条目。也许就是这么简单。只是一个简单的数据库,两个号码参数的调换,一个人就得到了另一个人的人生。"我喜欢待在女儿身边。"他解释道。

"是的,对此我不认为有任何问题。"埃伦额头上的皱纹舒展开来,"我的妻子也在那儿。我每次开始值班时第一件事就是去看她,直到现在还是会犯这种错误。"他深吸了一口气,然后指着屏幕说,"17号在三十多年前和我们失去联系。我得查一下才能确认具体时间。事故原因尚不清楚。当时没有任何会发生动荡的迹象。所以我们也没有太多时间做出反应。原本17号筒仓正计划进行清洁,但气闸门提前一天被打开,而且不是按正常顺序开启的。可能发生了故障或有人篡改数据。具体情况我们不知道。传感器报告在较低楼层发生了气体净化,然后就发生了暴乱。人们从气闸门中冲出来。于是我们拔掉了插头。当时我们差一点来不及这么做。"

唐纳德想起12号筒仓。这两座筒仓的最终情况非常类似。他还记得人们爬上山坡,大团的白色迷雾,一些人转回身,拼命想要逃回到筒仓里面。"没有幸存者?"他问道。

"筒仓里面应该还有几个流浪者。我们失去了通讯和监视摄像机的信号,不过还是会对那里进行常规呼叫,希望有人会进入安全室。"

唐纳德点点头。一切都是既定规则。他记得12号筒仓崩溃以后对那里进行的呼叫。那时一直都没有人应答。

"17号筒仓崩溃的那一天,的确有人拿起了通讯听筒。"埃伦说,"我认为那应该是一名年轻学徒,或者技师。我很久没有看过那时的记录了。"他一页一页地向下拉动电脑上的值班报告,"看样子,我们在那次呼叫之后不久就发送了崩溃代码,这也是为了以防万一。那么,就算是那名清洁者去了17号筒仓,她也只能找到一个空地洞。"

"也许她会继续向前走。"唐纳德说,"再向前是哪座筒仓?16号?"

埃伦点点头。

"为什么不呼叫他们?"唐纳德努力回忆筒仓布局。这种事他应该知道,"联系17号旁边的所有筒仓,以免我们的清洁者会转弯。"

"好的。"

埃伦站起身。唐纳德再一次想到自己被当作了掌权者。现在他还是会为此感到吃惊。他已经开始真正有掌权者的感觉了。就像赢得选举,成为国会议员,一夜之间就承担起那么多重大责任。

埃伦将身子探过办公桌,按了键盘上的两个功能键,退出电脑中自己的账户。随后就快步走出房间。而唐纳德还在盯着登录界面上的账号和密码输入框。

突然间,掌握权力的感觉不那么真实了。

第六十四章

走廊对面,一个男人坐在曾经属于唐纳德的桌子后面。唐纳德抬头看看那人,发现他也在偷偷看自己。唐纳德过去常常也像那个人一样注视走廊的这一边。这个人看上去赘肉要比唐纳德多,头发则比唐纳德少。他坐在唐纳德以前的位子上,很可能刚开了一局单人纸牌。而唐纳德自己还需要赶快解开一个谜题。

他的旧账号"特洛伊"不能用了。他试了自己原来的银行取款密码,也一样没用。他坐在那里苦苦思索,同时还在担心错误输入次数太多会导致锁屏。感觉上,他的账号昨天应该还能用的。但从那时到现在,的确已经发生了太多事情,轮过了许多班次。而且一定有人做了手脚。

他想到厄斯金。那个最后留下来协调班次的老不列颠人。厄斯金曾经表示过对他的欣赏。但那又有什么用?他会如何预估唐纳德的行为?

片刻间,唐纳德很想站起身走出去,对所有人说:我不是瑟曼,也不是牧羊人,不是特洛伊。我的名字是唐纳德。我不应该在这里。

他应该说实话,应该对事实感到愤怒,无论这在别人看来是多么不理智。我是唐纳德!他很想这样喊叫,就像那位名叫哈尔的老人。他们可以把他绑在轮床上,让他继续去愉快地睡觉;可以把他送到外面的山丘上去;可以埋葬他,就像埋葬他的妻子。但他会不停地喊叫,直到他自己相信这一点,他就是他所认为的那个人。

但他只是又试了厄斯金的名字和自己的密码。又是一次输入错误的红色警告。而冲出去喊出真相的欲望也迅速消失了——就和它出现的时候一样快。

他端详着屏幕,那上面没有错误尝试触发锁屏的倒数计数。但埃伦还有多久就会回来?那时他该怎样解释自己没办法登录的现实?也许他可以到走廊对面去,打断筒仓主管的单人牌局,要他帮忙找回自己的密码。他可以把一切归咎于自己刚刚醒来,头脑还不清醒。至今为止,这个理由都很有用。他还能依靠这个理由蒙混多久?

他抱着随便试试的心情,输入了"瑟曼"和他自己的密码2156。

登录界面消失,取而代之的是一个主菜单。他又开始怀疑自己会不会真的不是唐纳德。他扭动了几下脚趾。宽松靴子里多出来的空间让他感到一点安慰。屏幕上出现了一个熟悉的信封。瑟曼有信要收。

唐纳德点击图标,向下滚动到最早的未读信息,这有可能让他知道自己是如何坐到了这里。这是瑟曼在上一次值班的时候留下的,时间可以追溯到几个世纪以前。看着那么多信息在屏幕上滚动过去,实在是让人觉得有些触目惊心——人口报告、自动消息、回复和转发。他看到厄斯金发来一条信息,不过那只是报告深度冻结区已经人满为患,不得不将一些人转移到低层冷冻区去。看样子,无用的躯体似乎已经太多了。更早时候的另一条信息被标为"重要"。维克托的名字出现在发件人栏。这引起了唐纳德的注意。那一定是在唐纳德第二次值班前发出的。唐纳德上次被唤醒时,维克托已经死了。他打开了那封信。

老朋友,

相信你一定会质疑我接下来要做的事,会认为这违反了我们的约定,但我认为这是对时间线的重新安排。新出现的事实让情况略微有所加剧。至少对我来说是这样。你的时机将会到来。

最近一些日子里,我发现了我们的一个设施出现过多动荡的原因。那里有一个人记得过去,她同时扰乱和证实了我对人性的认识。空间被腾出来是为了让它可以被填满。恐惧被传播是因为清洁工作令人上瘾。明确这一点后,我们对彼此做的很多事就变得更加显而易见。它解释了那个巨大的困惑——为什么最令人抑郁的社会是那些需求最少的社会。在明了真相的时候,我有一种来自旧时代的冲动。我想总结出一个理论,在坐满大厅的专业人士面前将它公布出来。而实际上,我只是去了一个落满灰尘的房间,拿了一把枪。

你和我长大以后,将大部分人生时间都用来谋划如何拯救世界。事实上,我们用了数倍于普通人一生的时间。现在这件事已经做到了。我开始思考另一个问题,一个我害怕自己无法回答的问题,一个我们从来都没有足够勇气和胆量去面对的问题。所以我现在问你,亲爱的朋友:这个世界从一开始就值得拯救吗?我们值得拯救吗?

我们事业的前提是那种被认为理所当然的伟大设想。现在我第一次开始质疑自己。虽然我认为净化世界是我们决定性的成就,但拯救人类的事业却可能是我们最严重的错误。这个世界没有我们可能会更好。我没有足够的意志去否认这种想法。我将它留给你。我的朋友,最后一班是你的。我已经完成了我的最后一班。我不羡慕你不得不做的选择。我们在很久以前做出的约定正在前所未有地折磨我。我感觉,我要做的事……才是容易做到的。

——文森特·韦恩·迪马科

唐纳德将信的最后一段又读了一遍。这是一封自杀遗书。瑟曼知道。当唐纳德上一班还在为维克托的命运而纠结的时候,瑟曼一直都知道。他将这封信藏起来,没有告诉过任何人。当时唐纳德几乎以为维克托是被谋杀的。除非这封信是伪造的——但它不是,唐纳德摇摇头,甩掉这个念头。这样的偏执很可能会失去控制,造成无法预知的后果。他必须相信一些东西。

他带着沉重的心情退出了这封信,继续拉动菜单,寻找其他线索。出现在屏幕上方的一个信息标题:紧急——法案。唐纳德点击打开那封信。信的正文很短:

看到这个就叫醒我。

——安娜

[Locket(项链小盒)20391102]

一看到她的名字,唐纳德便飞快地眨眨眼睛,又瞥了一眼走廊对面的筒仓主管,仔细倾听有没有脚步声朝他靠近。他揉了揉生满鸡皮疙瘩的手臂,又擦了擦下眼睑,再次端详起这封短信。

签名的确是安娜。他又用了一点时间才意识到这封信不是写给他的。这是一封女儿写给父亲的信。信上没有发出日期,这一点有些奇怪。不过它的位置很靠近信箱的最顶端。也许是在他们上次一同值班以前发出的？也许正因为如此，那对父女才会在那时相继醒来。唐纳德仔细研究起正文底部的那个数字。"20391102。"看样子像是一个日期。一个很早前的日期。也许是镌刻在一只小项链盒上的？最后这一行文字总感觉别有深意。标题中的那个"法案"又是什么意思？那是筒仓宪法的名称。什么事情会如此紧急？

走廊里的脚步声打断了他的沉思。埃伦绕过拐角，几步就来到办公室。他绕过办公桌，将两份文件夹放到键盘旁边。然后朝屏幕瞥了一眼——这时唐纳德正摸索着鼠标，将那封信最小化。"如……如何？"唐纳德问道，"你和所有人都联系过了？"

"是的。"埃伦抽抽鼻子，挠了一下胡须，"16号的主管很不高兴。他在那个位置上已经待了很久，我觉得有些太久了。他建议关闭他们的自助餐厅或者关掉屏幕墙，以防万一。"

"但他不能那么做。"

"是不能，我要他将此作为最后手段。不需要制造恐慌。我们只是想提醒他们一下。"

"很好，很好。"唐纳德很喜欢把问题交给别人去思考，这样可以减轻他的压力，"你需要你的桌子吗？"他做出要退出账号的动作。

"用不着，如果您愿意，就继续用吧。"埃伦看了一眼屏幕一角的时钟，"我可以下午继续值班。对了，您感觉如何？还有颤抖吗？"

唐纳德摇摇头，"没有了，我很好，现在越来越轻松了。"

埃伦笑了，"是的，我知道您值过许多班，还曾经连续值过两班。朋友，我一点也不羡慕您。不过看起来您应付得很不错。"

唐纳德咳嗽一声，"是的。"他拿起两份文件夹中上面那一份，看了一眼标签，"这是17号的档案？"

"是的。厚的那一份是清洁者的。"他敲了敲另一份文件夹,"今天您也许想要和18号的主管联系一下。他相当震惊,并且承担了全部责任。他的名字叫伯纳德。清洁工作的失败已经在他筒仓下层引发了怨言。所以他认为人们很可能会发动起义。我相信他现在很想听到您的声音。"

"是的,当然。"

"哦,现在他还没有正式的继任者。他的上一个学徒没有合格。他一直在推迟重新任命学徒的事。我希望您不会介意这件事。我让他快点处理好,以防万一。"

"不,没关系,我不介意。"唐纳德挥挥手,"我在这里不是为了给你添麻烦。"他没有说,他其实根本不知道自己为什么会在这里。

埃伦微笑着点点头,"很好,那么,如果您还有什么需要,就叫我。对面那个人的称呼是盖博。他的位子曾经在这边,但他没能胜任。他选择了抹去记忆重新开始,而不是深度冻结。是个好伙计,很有团队精神。他还会再待几个月。有什么需要,尽可以找他。"

唐纳德再次打量对门的那个人,心中想起在那张桌子上工作时的空虚无聊。那时他的心里只剩下一个空洞。唐纳德会待在这里原本就很不寻常。他在最后一分钟和自己的朋友米克调换了位置。他从没有想过,其他人又是如何被选中的。想到可能有人是自愿坐到这里,他的心中又充满了哀伤。

埃伦伸出手。唐纳德端详片刻,才握住这只手。

"非常抱歉不得不这样唤醒您。"埃伦用力握着唐纳德的手,"但我必须承认,您能够在这里,我真是高兴极了。"

第六十五章

17号筒仓
2312年
第1日

  墙上那只盒子就没有安静过。父亲称它为通讯器。它发出的声音很像是有人在嘶声低吼和啐口水。就连容纳它的钢制笼子也像是张开的嘴,露出一根根钢栅牙齿。

  吉米很想把通讯器调成静音,却又不敢碰它,也不敢调整任何东西。他想要听到父亲的声音。父亲将他留在一个古怪的房间里,一只夹在两个楼层间的鸽子笼中。

  这里还有多少这种秘密的地方?他透过一扇敞开的门,望向父亲带他看过的另一个房间。那里像是一间小公寓,有炉子、桌子和椅子。等到爸妈回来,他们就会在那里过夜吗?要过多久,楼梯上的疯狂才能消失,他才能见到他的朋友们?他希望时间不要太长。

  他瞪着那只"嘶嘶"作响的黑盒子,拍拍胸口,摸到钥匙。他的肋骨还在因为刚才的撞击而感到疼痛。他能感觉到大腿上正在鼓起一个硬包——那也是他坠落时撞到别人的结果。现在他一抬胳膊肩膀就痛。他走到电脑屏幕前,再次寻找他的妈妈。但妈妈已经不在屏幕上了。拥挤的人群走走停停。楼梯因为承载了过多的人而开始晃动。

吉米伸手去拿父亲用过的那个控制盒,转动上面的一个旋钮,画面随之发生变化。那是一条空旷的柱廊。屏幕左下角有一个模糊的数字"33"。吉米再次转动旋钮,又看到另一条走廊。那里的地面上有一些衣服,好像有人刚刚扛着一只漏了的洗衣袋从那里经过。但看不到任何移动的东西。

他试了一个不同的旋钮,屏幕底部的数字变成"32"。是上一个楼层。吉米旋转前一个旋钮,直到他再次找到螺旋楼梯。有什么东西落下去了,消失在屏幕底部。有些人趴在栏杆上,伸开双臂,张大嘴巴——没有声音,只有恐惧的表情。吉米想起早些时候那个摔倒的女人的尖叫声。他安慰自己——那人是从更高的楼层掉下来的,不可能是他的母亲。爸爸会找到妈妈,把她带回来。爸爸有一把枪。

吉米不停地转动旋钮,想要找到爸爸和妈妈,无论是他们之中的谁都可以。但这些画面似乎并不能显示出所有地方。他也不知道该如何让窗口增加。他不很懂得操纵电脑——总有一天,他会像他父亲一样在技术部工作。但这只小盒子就像底部楼层一样难以理解。他终于找到34层,看到了主走廊——一条长长的走廊尽头有一扇闪闪发光的钢制大门。亚尼趴在前面的地上,一动不动,肯定已经死了。站在他身边的人都走了。走廊尽头有一具新的尸体,就在靠近钢制大门的地方。尸体的衣服颜色让吉米知道那不是父亲。也许是父亲在出去的时候向那人开了枪。吉米真希望自己没有被一个人留在这里。

头顶上的灯泡继续闪烁着愤怒的红光。屏幕上的画面纹丝不动。吉米越来越焦躁不安,在房间里绕圈子,走到地面墙边的小木桌前,翻了翻桌上那本厚重的书。这么多纸本身就是一笔财富,剪裁整齐,摸起来出奇地平滑。桌子和椅子都是用真木头做的,不是被油漆成木头的样子。他用指甲刮一下就能知道。

他合上书,看了一下封面。书的正面有两个浮雕一般的闪亮大字:"指令"。他重新打开书,才发觉自己已经找不到上一位读者把书翻开的位置。通讯器还在不远处发出"嗞嗞"的噪声。吉米又转身去查看电脑屏幕,但走廊的画面上还是什么都没发生。通讯器的噪声让他心烦意乱。他想调节音量,但又害怕一不小心把它关了。如果他搞坏了那个装置,爸爸就没法联系他了。

他又在房间里转了转。这里的一个角落放着架子,架子从地面直到天花板,上面摆满了金属盒子。吉米拿起一只盒子掂掂了分量,又开始鼓捣盒子上的插销。过了一会儿,他终于搞清楚了插销该如何打开。随着一点如同悄声叹息般的轻微响动,盒盖被打开。盒子里有一本书。吉米看着架子上数不清的盒子,仿佛看着成堆的点券。他把书放回去,以为里面全是些无聊的字句,就像桌上那本书一样。

回到另一张桌子前,他看了一眼桌子下面的电脑主机,发现它其实没有开机。房间里灯光很暗。他沿着那个有许多旋钮的黑盒子背后的导线找了一下,发现显示器到电脑主机是由另一根线连接的。这台能打开许多监视窗口,看到远处各个角落的机器的控制终端在别的地方。电脑主机上的开关键完全没有反应。吉米在机箱上找到了一个钥匙孔。他弯下腰,仔细检查机箱背后的连线,确认所需的插线都在。就在这时,通讯器发出一阵"噼啪"声。

"……需要你报告,喂……"

吉米的头磕在桌子下面。他急忙起身跑向通讯器。那台机器又只剩下了"嗞嗞"声。他抓起和通讯器连在一起的那个小装置——就是被爸爸叫作"麦克"的东西,按下按钮。

"爸爸?爸爸,是你吗?"

他又放开按钮,看向天花板,倾听脚步声,等待通讯器上的小灯停止闪烁。显示器中的走廊还是一片寂静。也许他应该到门口去等。

通讯器在"噼啪"声中再次传来话音:"是警长吗?你是谁?"

吉米按下按钮,"我是吉米,吉米·帕克。你是……"按钮从他的手指尖滑开,又是一片静电噪声。他的手掌上全是汗水。他在连体服上擦了把手心,重新按紧按钮。"你是谁?"

"你是鲁斯的孩子?"对方停顿了一下,"孩子,你在哪里?"

吉米不想回答。通讯器继续"嗞嗞"地响着。

"吉米,我是海因斯副警长。"那个声音说道,"把话筒给你的父亲。"

吉米想要按住按钮,告诉副警长他的父亲不在这里,但另一个声音插进来,他立刻就认出了那个声音。

"米奇,我是鲁斯。"

爸爸!爸爸声音的背景中有许多噪声,许多人在喊叫。吉米双手握住麦克,"爸爸!快回来,求你!"

通讯器中传出父亲的声音:"詹姆斯①,安静。米奇,我需要你……"背景噪声盖过了父亲的声音,"……阻止人流。人们都要从这里冲上去。"

---

① "吉米"是"詹姆斯"的昵称。——译注

"收到。"

父亲在和那名副警长说话。副警长还将父亲看作长官。

"我们在顶层已经出现了缺口。"父亲说,"我不知道你还有多少时间,不过你可能是最后的警长了。"

"收到。"米奇再次回应道。通讯器让他的声音有些颤抖。

"儿子……"父亲高声呼喊,努力让自己声音突破那些可恶的狂吼乱叫,"我要去找你妈妈,听到吗?詹姆斯,留在那里,不要乱跑。"

吉米又去看显示器。"好的。"他双手颤抖着将麦克挂回到墙钩上,然后努力控制住自己,重新拿起带旋钮的黑盒子。他感觉孤苦无依,又无能为力。他应该出去,去帮父亲。他不知道爸妈什么时候能够回来,什么时候他能再见到自己的朋友们。他希望那不会很久。

第六十六章

17号筒仓

几个小时过去了,吉米希望自己不是待在这个逼仄的小房间里——无论去哪里都行。他钻过黑暗的通道,来到梯子前,抬头望向格栅地板,仔细倾听。外面有一些微弱的"嗡嗡"声时断时续,他听不清那是什么声音。通讯器的"嗞嗞"声在这里几乎听不到。他不想离通讯器太远。但他也担心父亲也许需要他守在门边。他想要同时守在两个地方。

他回到摆着桌子的房间里,看向那杆靠在墙上的长枪——就和父亲杀死亚尼的枪一样。吉米不敢去碰它。他希望父亲没有离开。他没有和妈妈在一起,都是他的错。他们应该一起逃到34层。但他又想起楼梯上水泄不通的人群。如果他能更快一点就好了。那样他们就不会被上来的人群堵住。吉米想到,妈妈会上去只是为了找他。如果不是这样,他的父母早已经在这个房间里,两个人在一起,非常安全。

"詹姆斯……"

吉米向周围看了一圈。父亲的声音就在这个房间里,和他在一起。片刻之后,他才意识到通讯器里的"嗞嗞"声消失了。

"……儿子,你在吗?"

他冲向通讯器,抓起麦克。他可能已经有好几个小时没有听到别人的声音了。太久了。他按下按钮,一点动静同时吸引了他的目光——有人在显示器上移动。

"爸爸?"他拽着导线走过小房间,仔细去看显示器。父亲就在钢制大门外,就在这条走廊尽头。亚尼还在前面的地上,一动不动。另外一具尸体不见了。他的父亲背对着摄像机,手里拿着便携通讯器。"我来了!"吉米大喊一声,丢下麦克,冲向走廊和梯子。

"儿子! 不要……"

父亲的喊声被一声闷哼打断。吉米转过身,靴子"吱"一声在地面上滑出去。他急忙抓住桌子保持平衡。在屏幕上,另一个人绕过走廊拐角。他的父亲痛苦地弯下腰。这个人的手里拿着那杆长枪,俯身从地上拿起了一样东西,举到嘴边,可能是父亲的便携通讯器。

"是鲁斯的孩子?"

吉米盯着屏幕上的那个人。"是的,"他说道,"不要伤害我父亲。"

房间里一下子充满了静电噪音,头顶上的红色灯泡不停地闪烁着。

吉米在心里骂自己。他这样说话,声音根本传不出去。他离开桌子,抓起垂在导线上的麦克,按下按钮。"请不要伤害他。"

那个人转头看向摄像机——是一名保安。走廊拐角处又有一点动静。还有人在摄像机的镜头外面。

"你叫詹姆斯?"

吉米点点头。他看到父亲恢复镇定,站直身子,向画面外面凭空按了按手掌,似乎是要某个人保持镇定。

"新密码是什么?"拿便携通讯器的人问。

吉米不想告诉他。但他又想让父亲进来。他不确定该怎么做。

"密码。"那个人用枪瞄准了吉米的父亲。吉米看到父亲说了些什么,然后朝便携通讯器指了指。那名保安犹豫片刻,把通讯器交给他。父亲将通讯器放到口边。

"他们会杀死你。"父亲平静得仿佛是在叮嘱儿子系紧鞋带。拿枪的人挥了一下手臂。有人冲过来,抓住父亲。"他们一定会杀死我们。"父亲高喊着,拼命攥住通讯器,"只要你一开门,他们就会杀死你!"

一个人狠狠打了父亲一拳。吉米尖叫一声。父亲也在反击,但他们还在打他。拿枪的人挥手示意另一个人退开。房间里充满静电噪音。吉米听不见开枪的声音,却能看到枪口喷出火光。他的父亲中枪时身体猛地抽动一下,倒在地上,像亚尼一样不再动弹。

吉米丢下麦克,抓住显示器,朝那个残忍的窗口拼命叫喊。那些穿银色连体服的保安则审视着他的父亲。更多人从走廊拐角走出来。他们还拖着吉米的妈妈。妈妈拼命挣扎,不断发出无声的喊叫。

第六十七章

"不,不,不,不……"

房间里只有静电噪声,还有明灭不定的红光。两个人抓着还在挣扎的妈妈。妈妈从地上爬起来,在他们的手中扭动,抬脚去踢他们。吉米的父亲像石头一样躺在妈妈脚下。

"打开这道该死的门!"拿便携通讯器的人吼道。墙上的通讯器传出他刺耳的吼声。吉米痛恨那个通讯器。他跑过去,抓住来回晃荡的导线,又思考了片刻,转而抓起墙上的另一部便携通讯器。这部通讯器上有一个旋钮,旁边印着"电源"两个字。吉米转动那个旋钮,让它发出"嗞嗞"声,然后又转向屏幕,将这部小通讯器放到嘴边。

"不要。"吉米察觉到自己在哭,泪水落到他的连体服上,"我马上过来。"

让自己的视线离开妈妈真的很难。他冲进黑暗的通道,仿佛依然能看到妈妈在踢蹬和喊叫——妈妈的两只脚都悬在半空中。这时他忽然听到拿枪男人的声音从便携通讯器中传出来:"把密码告诉我!"背景是妈妈的尖叫。

吉米用牙齿咬住便携通讯器的腕带,不顾肩膀和膝盖的疼痛,沿着梯子飞快地爬上去。他找到打开格栅地板的机关,"砰"的一声把格栅翻到一旁,把便携通讯器扔出去,再把膝盖跨到开口边缘,爬上格栅地板。头顶上的灯放射出刺眼的光芒,他的心仿佛在被火烧。他的父亲刚刚像亚尼一样死了。

"来了,来了。"他向通讯器喊道。

外面的人也向他喊了些什么。吉米只能听到妈妈尖叫声和撞击耳膜的心跳声。他在明灭不定的灯光下奔跑,穿过一排排黑色的机器。他一只脚上的鞋带松了,随着他的脚步不断甩动。他想到妈妈的两条腿也像他一样,在半空中拼命踢蹬。

吉米冲到大门前。他能听到门对面模糊的喊声。那喊声也在通过通讯器传过来。吉米用手掌狠命拍门,向他的通讯器高喊:"我到了,我到了!"

"密码!"那个男人嘶吼道。

吉米向控制面板伸出手。他的双手在颤抖,双眼一片模糊。他仿佛能看到妈妈就在门另一边,被枪口瞄准。同样在钢制大门的另一边,他能感觉到父亲躺在几英尺以外。泪水在他的面颊上流淌。他输入了前两个数字。是他家的楼层号——然后犹豫了一下。不对,是1218,不是1812。或者他记错了?他又输入了另外两个数字。面板亮起红灯。门没有开。

"你在干什么?"那个人在通讯器中喊道,"告诉我密码!"

吉米惊慌失措地把通讯器放到嘴边,"请不要伤害她……"

通讯器里发出嚎叫:"如果你不照我说的做,她就死定了,明白?"

那个人的喊声中带着惊恐。也许他像吉米一样害怕。吉米点点头,又伸手去摸键盘。他正确地输入了前两个数字,停顿一下,回想父亲对他说的话。他们会杀死他。如果让这些人进来,他们就会杀死他和妈妈。但他的妈妈就在外面……

面板不耐烦地闪烁着。大门另一边的男人恶狠狠地催促他加快速度，还喊叫着说如果连续输错三次就要再等一天。吉米什么都没有做。恐惧让他全身瘫软。面板无声地亮起红灯。

大门另一侧"砰"地响了一声，是枪声。吉米按下步话机按钮，尖声喊叫。松开按钮时，他听到妈妈在门对面的凄厉叫声。

"下次就不会只是警告了。"那个人说道，"现在，不要碰面板，不要再碰它。把密码告诉我，快点，孩子。"

吉米结结巴巴地想要发出声音，告诉那个人正确的数字。但他什么都没有说出来。他的前额抵在墙上。门对面突然传来妈妈挣扎和打斗的声音。

"密码。"那个男人现在平静了一些。

吉米听到一声闷哼，紧接着有人喊道："婊子！"吉米的妈妈高喊着要吉米什么都别做，然后墙壁对面传来拍打声，有人撞在墙上。他的妈妈就在几英寸远的地方。随后是几次沉闷的"嘀嘀"声——同一个数字按钮被飞快地连摁了四次。面板发出一阵尖利的笛音——第三次输入错误。

又是一阵喊叫声，枪口再次咆哮。吉米的头顶在墙上，感觉到这次的枪声更加震耳和狂暴。吉米尖叫着，用拳头捶打冰冷的钢铁。那些人还在通讯器中向他吼叫。透过沉重的钢铁大门传来更多喊叫。但没有妈妈的任何声音。

吉米滑倒在门边，将通讯器埋在肚子下面，身体蜷缩成一个球。恼怒的喊声还在不断透过大门传过来。他在啜泣中颤抖。地上的金属格栅挤压着他的面颊。在狂暴的吼叫声中，头顶的灯光一亮一暗地戳刺着他。那种跳动很平稳，完全不像是他的脉搏。

第六十八章

1号筒仓

2345年

唐纳德回到自己的房间,看见床上多了一只塑料袋。他关上门,将来往行人的喧嚣和办公室里的说话声都挡在外面。他摸了摸门边,却没有找到门锁。这是工作区中唯一的卧室。是为随时待命的人准备的地方。只要有需要,住在这里的人就要去做事。

唐纳德想象瑟曼在紧急状况中被唤醒后就住在这里。他记得靴子上的那个名字,知道自己不必想象,这就是正在发生的事情。

轮椅被推走了。床头柜上放着一杯水。他将埃伦给他的文件夹丢在床上,坐到文件夹旁边,拿起那只莫名其妙的塑料袋。

当值——袋子上用印刷体写着两个大字。透明塑料袋皱得很厉害。里面装着几件硬邦邦的、看不出模样的东西。唐纳德撕掉封条打开袋口,把袋子翻转过来。随着一阵"叮叮当当"的磕碰声,两块军人狗牌先掉出来,还有串起狗牌的细链子——就像一条受惊乱窜的蛇。唐纳德查看了一下,发现是瑟曼的牌子。它们轻薄陈旧,上面带着凹痕。他记得妹妹的牌子有橡胶边。这两块没有。它们看起来像是古董。或者应该说,它们就是古董。

随后是一把小折刀。刀柄看起来像象牙,不过也可能是仿品。唐纳德打开刀刃试了试。两边都很钝。刀尖还折断了。也许是在撬开什么东西的时候断的。它看起来像一件纪念品,没什么实际用处。

最后袋子里只剩下一枚硬币,一枚25美分的硬币。看到一件曾经再常见不过的东西,它的形状和重量却让唐纳德一时哽咽到难以呼吸。那么庞大繁荣的文明消失得干干净净。世界上曾经有过那么多的硬币,似乎无论如何也不可能完全消失。但唐纳德又想起博物馆里收藏的罗马硬币和玛雅硬币。他把这枚硬币在手心里一遍又一遍地翻转。这件不起眼的小东西,来自一个早已化成灰烬的世界,只是因为他还记得那个世界,还会捧着它为失去的一切而感到不可思议,这个小东西才有了一点非同寻常的地方。本应该是人死去,文化长存,但现在却完全反过来了。

硬币的一处细节引起了唐纳德的注意,他把硬币又翻转了几次——硬币两侧都是正面。他笑了,同时更仔细地查看硬币,想知道这是不是一件开玩笑的工具,但感觉应该是真的硬币。硬币一面有一道模糊的弧线,像是没印上的反面花纹留下的痕迹。一枚错币?也许是财政部的朋友送给瑟曼的礼物?

他把这些物品放在床头柜上,又想起安娜给她父亲发的短信。塑料袋里没有小盒子。安娜的信上有"紧急"标志,最后一行写着"Locket(项链小盒)",后面跟着一串日期。唐纳德把标有"当值"的塑料袋折叠起来,塞到他的水杯下面。外面的走廊中,一直有人匆忙地走来走去。这座筒仓正处在恐慌情绪里。他认为如果真的瑟曼在这里,一定会在走廊里大步往返,发号施令,指挥人们关闭筒仓,结束人们的生命。

唐纳德用臂弯遮住嘴,咳嗽了几声。他的喉咙感觉很痒。有人把他放在这个位置上,可能是厄斯金,或者走出坟墓的维克托,也有可能是一个怀揣险恶阴谋的黑客。他没有任何线索帮助自己做出判断。

他又拿起两只文件夹。一个人从他们的视线中走出去,就能引起这样的恐慌。他想到了另一座筒仓深处酝酿的暴力。这些不是他关心的秘密——他在心中想。他想知道自己为什么醒着,为什么还活着。墙外到底有什么?一旦所有轮班结束,他们对世界又有怎样的规划?活在地下的人们会有获得自由的一天吗?

想象着最后一轮值班结束时会发生什么,他心里总觉得有些不对劲。一丝怀疑不断戳着他的心口——事情不会结束得这么简单。到目前为止,他掀开的每一层伪装下面都藏着更多谎言,他还没有把它们全部揭开。他被安插在瑟曼的位置上,是因为有人在让他继续挖掘下去。

他又想起厄斯金说,应该让他这样的人进行管理。或者这话是维克托对厄斯金说的?他记不得了。但他知道,现在自己掌握着很多权力。他拍拍衣兜,那里面的证件能够让他打开以前打不开的锁。他想知道一些问题的答案。现在他有资格提出这些问题了。

唐纳德又用臂弯捂住嘴咳嗽了一声。喉咙里的干痒已经有些无法抑制。他打开一只文件夹,拿过杯子喝了几口水,开始浏览文件,却没有注意到臂弯里留下的斑斑血迹。

第六十九章

17号筒仓

2312年

第1星期

吉米不想动,也不能动。他蜷缩在金属格栅上,头顶上的灯光一直在闪烁,亮起、暗下、亮起、暗下,一片血红。

门对面的人们对他大喊大叫,也对彼此大喊大叫。吉米断断续续地睡着。门外传来沉闷的枪声和子弹撞击声。门旁的面板也在尖叫。只要输入一个数字,它就会尖叫。全世界都在向他表达愤怒。

吉米梦见了血。它从门缝里渗进来,灌满整个房间。血升起来,变成他的母亲和父亲,教训他,愤怒地张大嘴巴。但吉米什么都听不见。

门对面的喊叫声忽起忽落。那些人在打仗,为了进入安全的地方而战斗。吉米并不觉得这里安全。他只感到饥饿和孤独,而且还想尿尿。

站起来是他做过最艰难的事。吉米把脸从金属格栅上抬起来,脸颊发出一阵撕裂的声音。他抹掉半边脸上的口水,感觉到皮肤上的凹凸纹路。他的关节异常僵硬,眼睛在长久的哭泣之后仿佛将眼皮黏在了一起。他蹒跚着走到房间最偏僻的角落里,揪扯着连体服,努力将衣服脱下来,以免自己憋不住把衣服尿湿。

小便穿过格栅地板,滴落在整齐排列的管线上。他的肚子"咕咕"叫着,肠子不停地打着结。但他不想吃东西。他想要就这样自生自灭。头顶的灯光仿佛钻透了他的脑壳。他不由得抬起头,对那些灯泡怒目而视。他的胃在向他发怒。所有东西都在向他发怒。

回到大门前,他开始等待有人叫他的名字。他在面板上输入"1"。门立刻"嘀"地响了一声。那声音同样充满愤怒。

吉米想躺回到铁格栅上,继续缩成一团,但他的胃叫他去找吃的。他要下去。下面有床和食物。吉米迷迷糊糊地从黑色机器之间走过,伸手扶住这些机器带温度的外壳,以保持身体平衡,微弱的"嘀嘀"声和气流声仿佛在告诉他——一切如常。红色的灯光闪了又闪。吉米在红光和机器中转了几个弯,才终于找到地上的那个洞。

他把脚放在梯子横档上,同时注意到那种蜂鸣声。那声音起起伏伏,和黑色机器上的闪烁的红灯保持着同样的节奏。他又离开洞口,爬过地板,去寻找那声音。那声音来自那台背板打开的服务器。他的父亲把它叫作通讯中心什么的。他的父亲到哪里去了?去找他妈妈了。还有别的事情……

吉米记不起来了。他拍拍心口,感觉到钥匙就在胸骨上。时断时续的蜂鸣声和闪烁不定的红光完全同步。正是这台机器让头顶上方的光不断钻透他的脑壳。他泪眼蒙眬地朝机器里面看。"通讯中心"——父亲就是这样称呼它的。这里的一只钩子上挂着一副耳机。他希望父亲能够在身边,但看样子应该不可能。吉米摸索着拿下耳机。这副耳机连着一根线,线的另一头很像是他在电脑课上学到的"插头"。于是他在这台机器上寻找插孔,结果发现有许多插孔整齐地排列在一起。其中一个在闪光。它的上面亮着一个数字:40。

吉米将耳机戴好,把导线插头伸进亮灯的插孔里,直到他听见"咔嗒"一声轻响。头顶上的灯光终于停止了闪动。一个声音传入他耳中,就像是通讯器中的声音,只不过更加清晰。

"喂?"那个声音说道。

吉米什么都没有说,只是等待着。

"有人在吗?"

吉米清了清嗓子:"有。"在一个空房间里说话,这种感觉非常奇怪。就算是那部通讯器也还能发出"嗞嗞"的声音。现在吉米觉得自己就像是在和自己说话。

"一切都还好吗?"那个声音问。

"不。"吉米回答。他想起了楼梯上的人群,自己的跌落,还有亚尼。大门的另一边发生了一些可怕的事情。"不,"他抹去脸颊上的泪水,又说了一遍,"所有人都不好!"

另一边的声音嘟囔了些什么。吉米抽抽鼻子,问了一声:"喂?"

"出什么事了?"那个声音又问道。吉米觉得那声音里带着愤怒,就像大门外的那些人一样。

"所有人都在跑……"吉米抹了一下鼻子,"他们全都在向上跑。我掉下来了。妈妈和爸爸……"

"发生什么事故了?"那个应该是在40层的人问。

吉米想到自己在楼梯上看到的那个头部有一个可怕伤口的人,还有那个翻过栏杆的女人——她的尖叫声飞快地隐没在一片寂静之中。"是的。"他说。

连线另一端的声音恼怒地骂了一声——虽然恼怒,不过声音不算高。然后那声音说:"我们太迟了。"那声音听起来又变得很遥远,似乎是那个人正在和另一个人说话。

"什么太迟了?"吉米问。

"咔嗒"一声响,紧接着是一阵毫无变化的尖细声音。插孔上照亮了"40"数字的灯灭了。

"喂?"

吉米等待着。

"喂?"

他在那台机器的机箱中寻找能够按的按钮,想要让那个声音回来。这个机器上有五十个插孔。为什么只有五十层?他朝远处的服务器看了一眼,想知道是不是还有其他通讯中心能够联系到筒仓的其余地方。这个通讯中心一定是联系上层用的。一定还有一台联系中层,一台联系下层。他拔下插头。耳机里的尖细声音也消失了。

吉米想知道能不能呼叫另一层。也许能呼叫家附近的商店。他的手指沿着插孔阵列划过去,找到数字"18",同时发现数字"17"不见了。没有标号为"17"的插孔。就在他为此感到困惑的时候,头顶上的灯光再一次开始闪动。吉米瞥了一眼40层的插口,不过那里没有亮起来。这次发出呼叫的是顶层。不停闪烁的小灯在标号"1"那里。吉米瞥了一眼手中的插头,便将它插进1号插孔中,直到听见"咔嗒"一声轻响。

"喂?"他说道。

"你那边到底出了什么事?"一个声音质问道。

吉米瑟缩了一下。父亲以前这样向他吼过,不过次数很少。他没有回答,因为他不知道该说什么。

"是杰里吗?还是鲁斯?"

鲁斯是他的爸爸,杰里是爸爸的老板。吉米意识到自己不应该胡乱摆弄这些设备。

"我是吉米。"他说。

"谁?"

"吉米。40层的人说他们太迟了。我把这里发生的事告诉了他们。"

"太迟了?"那边说话的人声音又变远了。吉米握着导线的手抖了一下。他似乎是做错了什么。"你是怎么到那里的?"对方问他。

"我爸爸让我进来的。"吉米刚说完,就被自己想到的真相吓坏了。

"我们要将你们关闭。"那声音说道,"马上将他们关闭。"

吉米不知道该做什么。一阵"嘶嘶"声不知从什么地方传出来。他觉得应该是耳机发出的声音,但他又注意到从头顶通风孔里排出的白烟。一片雾气向他落下来。吉米在脸前挥挥手,以为自己会闻到刺鼻的烟气,就像他小时候经历过的一次火灾。但这种蒸汽没有任何味道。只是他的嘴里仿佛被塞了一把干勺子,好像有金属的味道。

"……该死的,偏偏在我值班的时候……"耳机里的那个人又说道。

吉米咳嗽着,想要说些什么,却怎么也喘不上气来。白烟不再从通风孔中冒出了。

"可以了。"连线另一端的人说,"他完了。"

没等吉米再说些什么,机器上的小灯全灭了。耳机"咔嗒"一声响,也陷入沉寂。他将插头拔出来,却听到天花板上"哐"地重重响了一声。房间里的灯光全灭了。周围那些高大的服务器发出的"嗡嗡"声和"嘀嘀"声越来越小。终于,房间一片漆黑,也没有半点声音。吉米看不见自己的鼻子,伸手在眼前挥舞,还是什么都看不见。他觉得自己失明了,不知道死亡会不会就是这种样子。就在这时,他听到了自己脉搏跳动的声音——"咚咚""咚咚""咚咚",就在他的额角响起。

吉米的喉头一阵哽咽。他想要妈妈和爸爸,想要他的背包——他把背包丢在了教室,简直就像个白痴。他久久地坐在那里,等待有人来找他,等待自己想到应该做些什么。他想起附近的梯子和下面的房间。终于,他开始向那个地洞爬去,小心地拍打格栅地板,以免自己会一头掉进洞里。就在这时,天花板上又是"哐"的一声响。刺眼的光芒亮起。头顶上的那些灯闪耀、晃动,亮起又灭掉几次,恢复了稳定的闪动。

吉米定在原地。红光重新亮起。他回到通讯中心的机箱开口,朝里面看进去。是40号的灯光又在闪烁。他想要做出回应,看看那些人在为什么生气。不过这些亮起的灯光可能是一个警告。可能他真的说错了什么。

头顶的灯光越发明亮,让人有一种被灼烤的感觉,让吉米想起农场的种植灯。多年以前,他的班级曾经去中层旅行过一次,将种子种在那些让植物得以生长的灯光下面。

吉米在卸下背板的服务器中找到耳机插头。他不喜欢那些灯光不停闪动,但他也不想被人叱骂。所以他将耳机插头插进了40号插孔中,直到听见"咔嗒"一声响。

灯光立刻停止闪动。放在服务器底部的耳机中传出一个低沉的声音。吉米没有戴上耳机,只是从机器前后退一步,警惕地看着头顶的灯,等待现在明亮的白色灯光熄灭,或者愤怒的红色灯光回来。但一切都再没有发生变化。插头在插孔里,电线在晃动,耳机里的声音又变得遥远,模糊不清。

第七十章

17号筒仓

吉米爬下梯子,心中回忆自己已经有多久没吃过东西——他不记得了。上学前吃了早餐,应该是在一天前,也许是两天。梯子下到一半的时候,他觉得自己是一块食物,滑进一根巨大的金属脖子——被吞进肚子的食物应该就是这种感觉。下了梯子,他在筒仓的喉咙深处站了一会儿。饥肠辘辘的他迷失在一个饥肠辘辘的怪物体内。筒仓的饥饿将永无休止,但它只能咀嚼像他一样空洞的东西。他们两个都会饿死——他想。他的肚子在"咕咕"叫。他需要吃东西。吉米蹒跚着走过黑暗的走廊,在筒仓的胃肠中穿行。

墙上的通讯器还在"嗞嗞"地叫着。吉米将音量调低,直到那种愤怒的噪声几乎无法被听到。他的父亲不会再呼叫他了。他不确定自己是如何知道这一点的,但这是一条新的世界规则。

他走进那间小公寓。这里有一张桌子,足够四个人围坐。桌面上散落着一本书的书页。一根穿着线的针盘踞在书页上,就像一条蛇守卫着自己的窝。吉米用拇指拨弄了一下那些书页,发现书脊正在被修复。他的胃有些痛,那里太空了。他的心也在隐隐作痛。

房间对面,父亲的幽灵正站在那里,手指另一扇门,告诉他门后都有什么。吉米摸到自己胸前的钥匙，把它拿出来，用它打开炉子对面的食品室。那里有足够两个人吃十年的食物——父亲就是这样告诉他的。是么？

推开食品室的门，在气流涌动的声音中，一阵微风吹过他的脖子。吉米在门外找到电灯开关。还有另一个开关，能够打开一只噪音很大的电扇。他关掉电扇。这只电扇的声音只会让他想起通讯器。在这个房间里，他看见许多堆满了罐头的货架。这些架子一直向后排出很远。他要眯起眼睛才能看到食品室尽头的墙壁。他从来没有见过这样的罐头。钻进这些货架之间狭窄的过道，他上下打量着各种各样的食物。他的胃在乞求他赶快做出选择。吃啊，吃啊，他的胃吼叫着。吉米却还在请求胃给他一点时间。

西红柿、甜菜和南瓜，都是他讨厌的东西。配方食品。他想要真正的食物。那里有整整一货架玉米罐头，外面裹着彩色的纸套，完全不同于他常见的那种用黑色墨水潦草写在罐头上的标签。吉米抓起一只罐头仔细研究起来。罐头的纸套上印着一个身材高大、浑身绿色的男人，正朝他微笑，还有好多小字，就像那些印在书上的字一样。这些玉米罐头都是一样的。它们让吉米觉得很不真实，仿佛他在睡觉，这里的一切都是梦里的东西。

他握着一个玉米罐头，又发现一排贴着红白两色标签的汤罐头，便也拿了一个。他回到公寓翻箱倒柜地寻找开罐器。炉子周围的抽屉里放满了大大小小的勺子。还有一个柜子里是锅和盖子。最底层的一个抽屉里放着炭笔、一卷线、表面覆盖灰色粉末的旧电池——它们都鼓了起来，一只儿童哨子、一把螺丝刀和数不清的其他物件。

他找到了开罐器——已经生锈了，看上去应该很多年都没有用过。但他稍一用力,钝掉的刀刃还是轻易就刺穿了柔软的罐头铁皮。只要足够用力,它的把手也还是能转动自如。吉米让开罐器沿着罐头边缘转了一圈,结果罐头盖掉进汤里。他不由得骂了一句,又找出一把小刀,把盖子撬出来。终于能吃到食物了。他将一口锅放在炉子上,打开加热阀——一切就像在他自己的公寓里一样,就像和妈妈爸爸在一起的时候一样。汤一点点热起来。吉米等待着,肚子拼命叫唤着。但他心中有一个角落隐约意识到,无论他把什么塞进肚子里,都不可能安抚那个真正疼痛的地方。那个神秘的地方每时每刻都在逼迫他用自己最大的力气尖叫,扑倒在地上大声哭泣。

在等待汤冒泡的时候,他开始查看墙上一些很大的纸——足有小毯子那么大。它们看上去就像是被挂在那里晾干一样。他起初以为那些厚书一定是把这种纸折叠起来或剪裁成小块以后做成的。但这些大纸上已经印好了完整的图形和内容,不能再被修剪了。吉米把手放在光滑的纸面上,仔细研究一幅图的细节——那是一些排列整齐的圆圈,每个圆圈内都有延伸出去的细线,细线另一端是各种标签。圆圈上方都有数字。三个圆圈上被用红墨水画了叉子。另外,每个圆圈都有一个"筒仓"的标签。吉米完全不明白那是什么意思。

他身后传来类似于通讯器的"嘶嘶"声,仿佛有人在呼叫他,或者是幽灵在对他耳语。吉米从奇怪的图画前转过身,看到他的汤冒着气泡,从锅边上滴下来,在灼热的加热器上剧烈蒸发。他便丢下了那张巨大而古怪的图纸。

第七十一章

日子一天天过去，很快就要到一个星期了。吉米仿佛能看见，一个接一个星期终将变成一个接一个月。在上面房间的钢铁大门外面，人们还在不断尝试要攻进来。他们对着通讯器大喊大叫，彼此争吵不休。吉米有时会听听，但他们谈论的都是死人、快要死的人和禁忌的事情，比如辽阔的外面。

吉米不断用摄像机观察筒仓的各个角落。现在的筒仓变得如此巨大、空旷和安静。有时，这些寂静的画面会突然被激烈的行为和暴力打破。吉米看见一个人被人按倒在地、遭受殴打；一个女人被拖过走廊，双脚还在不断踢蹬；一个男人为了一块面包攻击一个孩子。他不得不把显示器关掉。那天余下的时间里，他的心脏一直都跳得飞快，直到深夜。他下定决心不再看那些摄像机里的东西。那天晚上，他独自一人睡在那个有床的房间里，身边全都是空床。他几乎无法合上眼睛，刚刚昏昏沉沉地睡过去，他就梦见了他的母亲。

第二天早上，他心中想，以后的日子都会是这样。每一天都熬不到头。不过这样的日子不会有很多。一天一天数下去，迟早可以数完。他的日子是有限的，而且在一点点过去。他能感觉到。

他把一张床垫搬到放电脑和通讯器的房间。这个房间能给他一种还有其他人的样子。愤怒的吼声和暴力场景也要好过那些床铺空空荡荡的样子。他忘记了不久前下定的决心，开始看着那些摄像机的画面喝热汤，寻找其他人；从通讯器里倾听他们微弱的吵闹声。那天晚上他做梦的时候，梦里充满了一个又一个方形的小画面。画面里全都是过去的情景。一个更年轻的吉米站在那些画面中凝视着他。

有时，吉米会爬到楼上的房间里，悄悄凑到大门后面，听门外的男人们争吵。他们在不停地试密码，每次都是三次"嘀"的一声，接着是一次愤怒的尖鸣——这样的尝试连续三次，就要等第二天了。这时吉米会轻抚铁门，感谢它一直关闭着。

随后他会无声地走开，探索这个巨大的机器阵列。所有黑色的机器都在发出"嗡嗡"和"嗒嗒"的声音，上面闪烁的小灯如同眨动的眼睛。但它们什么都不会说，也不会动。它们的存在只让吉米感到更加孤独。就像教室里坐满了大块头的男孩，全都对他视而不见。这样过了几天以后，吉米感受到一条新的世界规则：人不应该独自生活。这就是他在一天又一天生活中的发现。他发现了，但很快又忘记了，因为没有人在身边提醒他。于是他开始和机器说话。它们回应了他——从它们的金属喉咙深处发出"嗞嗞"声，说这个人根本就不应该活着。

通讯器里的声音似乎也坚信这一点。它们不断报告着死亡人数，并彼此保证还会有更多死亡。他们中有些人拿着从分警署搞到的枪。在91层有一个人，他想让所有人都知道他有枪。吉米很想告诉这个人，他的钥匙能够打开卧室后面的一间仓库。那里有一货架又一货架的枪，和他父亲用来杀死亚尼的那杆枪一样。还有数不清的子弹箱。他想告诉整个筒仓，他的枪比任何人都多，他有这座筒仓的钥匙,所以请不要来惹他。但他的心里有另一个声音告诉他,如果他这样做了,这些人只会更加不遗余力地寻找他。所以,吉米只是把这个秘密好好隐藏了起来。

独自一人的第六天晚上,无法入睡的吉米开始翻看桌子上那本封面有"指令"两个大字的书,想靠书中的内容催眠。这本书读起来很奇怪,每一页有关联到其他页面的索引,里面都是各种可能发生的可怕事情、预防这些事情发生的措施,以及当灾难不可避免时减轻损失的办法。吉米在书中寻找针对自己眼下问题的解决方法——如果一个人发现自己完全陷入了孤独,该怎么办?目录索引中完全没有这方面的描述。吉米忽然想起书桌旁架子上那成百上千的金属盒子。也许那里面的书本记录了能帮助他的东西。

他查看每只金属盒子底部的小标签,在这些标签上找到首字母从Li到Lo的词条分类——他希望这只盒子里的书中会有"孤独"这个词条。打开这只盒子,他又听到一点微弱的叹息声,就像汤罐头被打开时的气流涌动。吉米把书从盒子里倒出来,飞快地翻到整本书的最后一部分,寻找他想看到的词条。

但他看见的是一部巨大的机器。它有很大的轮子,就像吉米小时候的木头玩具狗。它全身乌黑,鼻子尖尖的,看上去有些可怕。一个人站在它前面,更映衬得它高大厚重、压迫感十足。吉米等待那个人做出动作,许久之后摸了摸他,才发现那只是一张照片,就像爸爸的工作证。只不过这张照片非常清晰生动、色彩丰富,看上去就像真的一样。

"Locomotive"①,这是吉米在照片下面看到的文字。他认识这个词。这个词的前四个字母意思是"疯狂"。后面部分的意思是"动机",也就是一个人做事的理由。他审视这张照片,好奇是谁出于什么样的疯狂动机才会弄出这张照片。他又小心地翻到下一页,希望能找到更多关于这个疯狂动机……

他尖叫一声,将刚刚翻过一页的书丢在地上,来回蹦跳着用双手拍打全身,唯恐那只虫子会钻进他的衬衫里咬他。然后他站在自己的床垫上,等到心脏停止狂跳,才再次看向那本摊开在地上的书,以为会有一群虫子飞出来,就像农场的那些害虫。但那本书只是静静躺着,没有半点动静。

他来到那本书旁边,用脚把它翻过一页。那只该死的虫子就在另一张照片上。那一页在书本落地的时候折了一下,出现了一道印痕。吉米抚平书页,念出那一页照片下面的字:"locust"②,心中愈发感到奇怪,不知道这是一本怎样的书。这完全不像是伴随他长大的儿童读本,更不像是他们在学校用的纸浆纸教材。

吉米把书合上,发现这本书不像桌上那本书,封面上印着"指令"两个字。印在这本书封面的是"遗产"。他随意翻开几页,每一页上都有色彩鲜亮的图画,下面还有文字标题和描述。无数被虚构出的、不可思议的事物,一整本书中全都是这些。

不只是一本书——他这样告诉自己,同时瞥了一眼那些摆满了金属盒的高大书架。每一只金属盒上都标有字母段落,并且全都按照字母排序整齐地码放在一起。他又找到标注为"疯狂动机"的那张照片——一台轮子上的机器,远远高过站在它前面的一个成年男

---

① Locomotive 的意思为 "火车头"。——译注
② locust 的意思为 "蝗虫"。——译注

人。他找到那个词条相关的介绍,拖着脚步回到自己的床垫和乱糟糟的床单上。他孤身隐居已经快一个星期了,却压根没好好睡过觉,至少没有长时间的睡眠。

第七十二章

1号筒仓
2345年

唐纳德在通讯室等待着和18号筒仓主管的第一次情况沟通,一边无聊地拧着旋钮和拨号盘,查看那座筒仓各处的监控画面。坐在这里,他就可以看到那个世界所有的居民。如果他愿意,他可以远远地操纵他们的命运,只要按下一个按钮就能结束那里的一切。他一直活着,时而被冻结,时而解冻,那些凡人只是在经历规律性的人生,活着然后死去,甚至没有意识到他的存在。

"就像是在死后的世界。"他喃喃地说道。

旁边的通讯员转过头,默默地看着他。唐纳德这才意识到自己把心思说了出来。他也转脸去看那个人。那名通讯员浓密的黑发看上去就像是最后一次梳理能追溯到一个世纪以前。"就是……就像是从天堂看向那里。"他指着显示器说。

"看起来的确挺有意思。"通讯员一边表示赞同,一边咬了一口三明治。在他的屏幕上,一个女人似乎正在对另一个女人大喊大叫,还用一根手指戳着对方的脸,很像是没有背景笑声的情景喜剧。

唐纳德努力闭住嘴。把镜头调整到自助餐厅,看着那里的人聚集在大屏幕墙前。聚在那里的人并不多,但所有人都凝视着死寂的山丘,也许是在等待他们离开的清洁者回来,也许是在暗中梦想着那些安静的山峦对面有些什么。唐纳德想要告诉他们,清洁者不会回来了。那些山丘外面什么都没有,就连他也有着和他们一样的梦想。他渴望派出一架无人机,去看看外面的样子。但埃伦告诉过他,那些无人机的作用不是观光游览——它们是用来丢炸弹的。埃伦还说,那些无人机的航程有限制。外面的空气会把它们撕成碎片。唐纳德想要让埃伦看看自己的手——那只手整体呈粉红色,上面还有斑驳的痕迹。他想告诉埃伦,他上过那座山丘又回来了。他想要闻闻外面的空气是不是真的那么可怕。

希望。那才是关键。危险的希望。他看着自助餐厅里的人们目不转睛地盯着大屏幕,就对他们生出了一种同病相怜的感觉。这就是旧日诸神陷入麻烦的原因。他们最终被凡人迷倒,卷入尘世间的种种事件。想到这里,唐纳德心中暗自发笑。他想起了那个有着厚厚一沓档案的清洁者。如果他有机会,又会怎样干预那名清洁者的人生?如果有能力,他可能会给她一份生命的礼物,就像阿波罗眷顾达芙妮。

那名通讯员瞥了一眼唐纳德的显示器——现在这台显示器上依旧是自助餐厅的画面。唐纳德感觉自己正在被审视。他换到另一台摄像机的视角。这里看起来像学校的走廊。两侧排列着储物柜。一个孩子踮起脚尖打开一个储物柜的顶柜,拿出一只小袋子,接着他转过身,似乎对镜头外的人说了些什么。生活一如既往。

"那边接进来了。"他们身后的通讯员说。前面的通讯员放下三明治,向前挪挪身子,抬手拂去胸前的面包屑,将显示器中的画面从两个女人争吵切换到一个满是黑色大柜子的房间。唐纳德抓起一副耳机,从桌上拿起两个文件夹——上面的那个文件夹足有两英寸[1]厚,是那名失踪清洁者的档案。下面的要薄很多,记在里面的名字属于一个或许是筒仓主管学徒的人。一个男人的声音在耳机中响起。

"喂?"

唐纳德抬头看了一眼自己的显示器——一个人站在一只黑色的大柜子后面,如果摄像机镜头没有扭曲画面,那么能看出他又矮又胖。

"报告。"唐纳德说道。他打开名字是"卢卡斯·凯尔"的文件夹。上一次值班的时候他就已经知道,系统会让他的声音变得刻板而毫无情绪。他们从这边发出的声音都是一样的。

"长官,依照您的要求,我挑选了一名学徒。一个好孩子。他以前就参与过服务器相关的工作,所以他已经拥有权限了。"

这个人怎么如此恭顺谦卑?唐纳德提醒自己,如果他知道自己的世界只要被别人按一个按钮就会结束,他也会变成这种样子。这样的恐惧会让一个人欣然丢弃全部自尊。

唐纳德身边的通讯员靠过来,为他翻开文件夹的第一页,用指尖敲了敲几行文字下面的一个地方。唐纳德扫了一眼那份报告。

"两年前,你就把凯尔先生看作可能的接班人。"唐纳德抬起头,看到通讯服务器后面的那个人在擦抹后颈。

"是的。"18号的主管说道,"我们那时还不认为他准备好了。"

"你的办公室提交了一份报告,说凯尔先生可能是一名凝望者。这份报告中提及他在墙壁屏幕前逗留了数百个小时。为什么你又改变主意了?"

---

[1]约5厘米。——译注

"那只是一份初步报告,先生。起草它的是另一名……可能的学徒。那位绅士有些过于急切,我们觉得他更适合保安队伍。我向您保证,凯尔先生没有到外面去的梦想。他只在晚上才会去……"那人清了清嗓子,似乎有些犹豫,"去看星星,长官。"

"看星星。"

"是的。"

唐纳德瞥了一眼身边的通讯员。他正在大口吃光自己的三明治。发现唐纳德在看自己,他耸了耸肩。这时,那名筒仓主管打破了沉默。

"他是最适合的人选,长官。我认识他的父亲。那真是个认真到令人发疯的家伙,就是人们说的那种'像台阶和栏杆一样可靠的人',长官。"

唐纳德想象不出什么叫"像台阶和栏杆一样可靠的人"。这一定是那些筒仓的人用他们的楼梯做的比喻。他有些想知道,如果这个伯纳德见到电梯,又会说些什么。这个念头差一点让他没能抑制住自己的笑声。

"你的学徒人选被批准了。"唐纳德说,"尽快带他认识《遗产》。"

"他此刻正在学习,长官。"

"很好。那么,这场暴动有什么新情况?"唐纳德感到自己有些匆忙,想要照本宣科地尽快完成任务,好让他回到自己更着急的研究中去。

筒仓主管回头瞥了一眼摄像机。这个该死的凡人很清楚神的眼睛藏在哪里。"机械部已经被困死了。他们在撤退时进行了抵抗,但我们把他们打得溃不成军。他们设置了一点……障碍,不过我们应该很快就能实现突破。"

通讯员身体前倾，吸引了唐纳德的注意力。他用两根手指朝自己的眼睛比画一下，然后指向最上面一排的一个空白屏幕——那是在暴动期间坏掉的一个摄像头。唐纳德知道他想要说什么。

"他们怎么会知道监控摄像的事？"他问道，"你知道我们在140层的摄像机看不见了，对吧？"

"是的，长官。我们……我只能假设他们知道这件事已经有一段时间了。他们在下面自己布了线。我亲自下去看过。那里有一大堆管线和电缆。我们不认为有人向他们走漏过消息。"

"你们不认为。"

"是的，没有这样的人，长官。不过我们也在派人向那里渗透。我已经找到一个可以下去为他们的死者祝福的牧师。一个好人，是保安部的学徒。我保证，这场暴动不会持续太久了。"

"很好，确保它尽快结束。让你们的房子全部恢复秩序，否则我们会在这里清理掉你们的烂摊子。"

"是，长官，我会的。"

通讯室中的三个人看着这个伯纳德将耳机摘下，挂回到服务器机箱里，又用一块布抹了抹前额。在其他人不注意的时候，唐纳德也用他领取到的一块手绢擦去额头的汗水，又拿起两只文件夹，看了一眼身边的通讯员。那个家伙的连体服上又多了一堆面包屑。

"仔细盯着他。"唐纳德说。

"哦，我会的。"

唐纳德把耳机放回到架子上，起身离开。他在门口停顿片刻，回头看了一眼，见到通讯员面前的屏幕被分成四个方形画面。其中一个是满屋子的黑色铁柜，像沉默的哨兵一样矗立着；两个女人正在另一个画面中吵架。

第七十三章

1号筒仓

唐纳德拿着他的文件夹,乘电梯去了自助餐厅。走进餐厅,他发现吃早饭的时间还没到,不过饮水机里还有前一天晚上的咖啡。他从晾碗架上挑了一只豁口的马克杯,倒满咖啡。站在服务台后的一名绅士拽起一台工业洗碗机的把手。一只不锈钢容器被打开,大团的蒸汽从里面喷出来。那名绅士挥了挥手里的抹布,驱散蒸汽,再用它垫着手拉出洗碗机中的金属托盘。再过不久,这些托盘就会装上再制鸡蛋和冻干吐司片。

唐纳德尝了一口咖啡——冰冷又寡淡。不过他不介意。这很适合他。他朝准备早餐的人点点头。那人也向他点头回礼。

唐纳德转过身,看向房间对面的墙壁屏幕。这才是秘密所在。他的文件夹里的文件跟这个比起来根本不算什么。他向那片昏暗的荒原走去。太阳正在升起,虽然还没有从山后露头,但第一缕阳光已经照亮了飞速流转的云层。他想知道现在远方是什么样子。被送出去清洁的人都死了。筒仓大门在他们身后关闭。他们死在山丘上。但他活了下来。据他所知,那些把他拖回来的人也都还活着。

他在屏幕透出来的昏暗光线中审视自己的那只手。那只手掌看上去有一点粉红,像没有了皮肤的肉。最近每个晚上和早晨,他都会将这只手洗上五六遍,却还是没办法摆脱它受到了污染的感觉。他从衣兜里掏出手绢,捂住嘴咳嗽了几下。

"再过几分钟,马铃薯就好了。"服务台后面的人喊道。另一名穿绿色连体服、腰上系着围裙的工人从后厨走出来。唐纳德想知道他们两个的名字,了解他们的生活,问一问他们在想什么。连续六个月,他们要每天准备三顿饭,然后再冬眠几十年,再被唤醒,重复这份工作。他们一定相信自己的人生是有目标的。还是他们根本不在乎?只是满足于重复昨天的轨迹?每一步都踩在原先的脚印上,转了一圈又一圈。这些人会认为自己是伟大方舟上的水手,正在为高尚的目的而航行吗?还是他们这样绕圈子只是因为他们认识这条路?

唐纳德记得自己竞选议员时,以为自己会为国家的未来做一些真正有益的事情。然后他发现自己被困在一间办公室里,周围充斥着令人眼花缭乱的规则、备忘录和信息。他很快就学会了每天只是祈祷一天的工作快点结束,从一心拯救世界变成只想着消磨时间,直到⋯⋯直到时间终结。

他坐到一张褪色的塑料椅子上,仔细端详粉红色手指捏住的文件夹——两英寸厚。标签上写着"朱丽叶·尼科尔斯",后面跟着一个仅供内部使用的身份证号。他能闻到新打印纸上的墨粉气味。打印出这么多无意义的东西似乎是一种浪费。在下面巨大的储藏室里,库存正在减少。而在另一个地方,他的办公室所在的走廊里,一个人正在记录这一切,确保有足够的土豆、足够的墨粉、足够的灯泡,让他们能撑到最后。

唐纳德扫视着这些报告,将它们摊开在空桌面上,想到安娜和自己上一次值班的时候,他也曾经这样做过。他们在那间作战室里塞满了各种线索。他感到一阵内疚和悔恨,因为安娜总是在海伦之前出现在他的脑海中。

在等待日出和食物的时候,这些报告是一种不错的消遣。报告中讲述了一名清洁者的故事。她当过警长,不过时间不长。放在最上面的一份报告来自18号的现任主管,是一份宣布这名清洁者因为工作不合格而被解聘的备忘录。唐纳德读到了一串理由,证明这个女人不配掌握这一职权——他觉得像是在读关于自己的评价。看样子,是18号的市长,一位名叫扬斯的老妇人——一名像瑟曼一样的政客——强行把这个女人抬举到这个职位,无视他人的反对聘用了她,甚至没有搞清楚这个尼科尔斯——一名来自底层的机械师——是否想要这份工作。在另一份来自该筒仓主管的报告中,唐纳德读到了她违反规定,拒绝进行清洁,擅自走出了筒仓的视野。这又一次让唐纳德感到熟悉。还是他一直在故意寻找他们之间的这些相似之处?人们不就是喜欢这样吗?总是想要在别人身上看到他们害怕或者希望在自己身上看到的。

外面的山丘一点点亮起来。唐纳德从报告中抬起头,端详起那些土堆。他想起之前看的视频——那个清洁者消失在一座类似的灰色土堆后面。现在令他的同事们恐慌的是,18号筒仓的居民心中将充满一种危险的希望——那种会导致暴力的希望。当然,更严重的威胁是那名清洁者已经进入另一座筒仓,于是那座筒仓里的人可能会发现他们并不孤单。

唐纳德认为这不太可能。她坚持不了那么久,在她游荡的方向上也没有什么值得发现的目标。他拿出另一只文件夹,关于17号筒仓的档案。

那座筒仓崩溃之前没有任何警告。暴力事件没有增加。人口曲线显示正常。他飞快地浏览过楼下各部门主管提交的文件。每个人都有自己的理论,当然,每个人都会根据自己的专业知识来看待这场崩溃,或者将其归咎于另一个部门的无能。人口控制部指责技术部工作松懈。技术部则宣称是硬件问题。工程部认为编程有问题。负责与技术部和每个筒仓主管联络的执勤通讯官认为这是蓄意破坏,有人企图阻止清理工作。

17号筒仓的崩溃让唐纳德感觉到一些熟悉却又摸索不到的东西。现在17号筒仓的摄像机信号都已经断了。不过在信号断绝的前一刻,监控系统还是留下了人群涌出气闸舱的短暂视频——恐慌导致了大规模的歇斯底里,让无数人争相出逃。然后就是全范围监控信号中断。通讯室进行了数次呼叫。第一次做出回应的是技术部的学徒——筒仓的二把手。他们和那个名叫鲁斯的学徒进行了短暂的交流,双方都提出了一堆问题。然后鲁斯中断了通讯。

随后几个小时的呼叫都没能得到回应。这段时间里,整座筒仓陷入黑暗,然后有另一个人按开了话筒。

唐纳德在手绢里咳嗽了几下,开始阅读这次非同寻常的连线。执勤人员说这次通话的声音听起来很年轻,是男性,既不是学徒也不是主管,并且只是问了一连串问题。其中一个问题引起了唐纳德的注意——17号筒仓的那个人,在生命只剩下几分钟的时候,问40层出了什么事。

40层。唐纳德不需要去看图纸。是他设计了这些设施。他对每一层都了如指掌。40层是混合层,一半是住宅,四分之一是光照农业,其余部分是商业。那里会有什么事?为什么这个死到临头的人会关心40层?

他把那段对话又读了一遍。看上去,这个年轻人似乎刚刚和40层的人联系过。也许他就是从40层过来的?毕竟那里只有六层的距离。唐纳德能想象一个被吓坏的男孩和其他几千人一起跑上楼梯。气闸舱打开的消息、下面在死人、人们都在往上冲。这个年轻人到了34层。冲上来的人实在太多。技术部已经空了。他想方设法进入服务器房……

不,唐纳德摇摇头。不应该是这样。这里的每一环感觉都不对。那个让他莫名感到熟悉的点到底在哪里?

是监控信号的消失。一阵寒意掠过唐纳德的脊背。就和40号筒仓一样。那个年轻人说的是筒仓,不是楼层。报告在他的手中颤抖。他想要跳起身,在自助餐厅里来回踱步。但他现在所有的只是一点缥缈的联系、一个模糊的轮廓。他努力抢在那些思绪消散之前、抢在肾上腺素的冲击淡化之前将每一个疑点连接在一起。

那个年轻人说的是40号筒仓。他跑进了17号筒仓的通讯站,但他不知道和他通话的是另一个筒仓。所以他才会认为40是楼层,想知道下面发生了什么。和17号的联系断绝可能是有外界的人在动手脚,就像安娜曾经研究过的那些筒仓一样。

安娜……

唐纳德想起了她留下的短信——让瑟曼叫醒她。她还在下面沉睡。她一定知道该怎么做。应该叫醒她,让她负责这一切,而不是他。唐纳德把报告和文件收集起来,放回各自的文件夹里。工人们开始乘着电梯上来。再制鸡蛋的香味从后厨飘出来,随着工作人员在后厨不断进进出出,每一次后厨的门被推开,都会涌出更浓郁的食物香气。但是唐纳德已经忘了自己的饥饿。

他抬头看向屏幕墙。眼下正在值班的人里有没有人知晓40号筒仓的情况？也许没有。他们不会有这样的联想。瑟曼和其他人一直将这起事件作为机密进行隐瞒。他们不想造成恐慌。但40号筒仓是否依然存在？他们会不会主动联系17号筒仓？安娜说，主系统遭到了黑客入侵，是40号筒仓黑了他们。而且40号的人还切断了几座筒仓和1号筒仓的联系。在那以后，安娜和瑟曼才被唤醒，并对那些筒仓全部采取了终结措施。但他们到底有没有被终结？17号筒仓有没有被彻底摧毁？它会不会也依然存在，而那名清洁者恰在此时到了那里，发现……

唐纳德突然有了一种很想去亲眼看看的冲动——走出去，登上山丘顶端，就让防护服见鬼去吧。他转身离开屏幕墙，向气闸门走去。

也许他需要叫醒安娜，就像瑟曼在上一次做的那样。他可以把安娜安置在武器仓库。那里的蓝图在他上次值班的时候就布置好了。只是他找不到一个可以信任的人来帮忙。他不知道唤醒一个人首先要做些什么。但他是管理一切的人，对吗？他可以要求别人告诉他这些信息。

他离开自助餐厅，一步步走向气闸舱。那里的黄色大门外面就是开阔的世界。外面的世界没有那么可怕。他之前被灌输的那些恐怖景象并没有出现在他身上——或者，除非是他已经免疫了。他血液里就有那些微小的机器，在他被冷冻的时候为他缝合了伤口。也许是它们让他活了下来。他来到内侧气闸门前，透过小舱窗往舱里看了看。走进这里的记忆突然汹涌扑来。他夹用臂肘夹住两只文件，揉了揉手臂上很久以前被针扎入的地方。针头向他的身体里注射药物，让他长眠，无法再去外面。外面有什么？一团烟尘从外面飘过,透过拘留室栏杆射进走廊的光线发生了些许明暗变化,这些让唐纳德想到,他们在1号筒仓里设置屏幕墙是一件多么奇怪的事情。这里的人很清楚自己对世界做了什么。他们为什么要看到自己造成的废墟?

除非……

除非这里也需要有和其他筒仓一样的限制。除非必须确保他们不会出去,必须一直提醒这里的人,这颗行星对他们而言已经不再安全。但对于筒仓外面的世界,他们真正知道多少?又怎样才能真的亲眼去看一看?

第七十四章

唐纳德花了几天的时间来制订计划、鼓足勇气,之后才提出要求。威尔逊医生给他预约到了几天以后。在这段时间里,他告诉埃伦,他怀疑17号筒仓的崩溃与40号筒仓有关。这个简单的猜测立刻引发了牵涉到整座筒仓的紧急行动。唐纳德签署了一份轰炸请求,尽管他还不太明白自己在签署什么。筒仓中很少使用的楼层被唤醒——那是唐纳德早就非常熟悉的楼层。几天过去了,他没有察觉到"隆隆"声和地面的震动,但其他人都说出现了这些现象。他只是发现自己的物品上多了一层灰尘,是从天花板上落下的。

在与威尔逊医生会面那天,他偷偷溜到主冷冻仓库楼层,去试了试自己的进门密码。他身上宽松的连体服和兜里印着别人名字的身份证到底能为他提供多少掩护?他对此还是没有多少信心。就在前一天,他在健身房看到一个人。他觉得在第一次值班时就见过那个人。那个人说不定也认识他。这让他平时总是尽量躲着其他人,不敢太过招摇。这次也是一样,他匆匆穿过冷冻仓库的走廊,一边警惕地在键盘上输入密码,一边担心红灯亮起、警报长鸣。实际上,在印着"应急人员"的标牌上方,灯亮起了绿光,锁舌"哐当"一下弹开了。唐纳德向走廊两头瞥了一眼,察看是否有人注意到自己拉开大门,确认无人后才溜了进去。

这间很少使用的冷冻室和其他冷冻仓库相比，只能算是一个角落，而且只有一层深。站在门内，唐纳德能够想象这个小房间是如何被主要的深度冻结仓库所包围的。在周围的仓库里，数不清的冷冻舱一直向远处延伸，看不到边际。这里的冷冻舱与之相比不过是沧海一粟。但这里保存着更珍贵的人。至少对他来说是如此。

他走过一个个冷冻舱，细看其中被冻结的面孔。以前值班时，他跟着瑟曼来过这里，但那时的情形已经很难记清，那个冷冻舱的确切位置已经从他的脑海中消失了。终于，他还是找到了她。他查看冷冻舱底部的小屏幕。他还记得——那上面的名字并不重要。不过他看到那块屏幕上没有名字，只有一个号码。

"嗨，妹妹。"

他的指尖落在舱盖的玻璃窗上，抹去那上面的冰霜。他还记得他们的父母——那些记忆现在只让他感到哀伤。他有些好奇，夏洛特在来到这里之前，对这个地方和瑟曼的计划知道多少？他希望妹妹对此一无所知。他想要相信妹妹不像他这样身负罪孽。

看到妹妹，唐纳德又想起妹妹去华盛顿的时候，把宝贵的假期浪费在为瑟曼助选和看望哥哥上面。当夏洛特发现他在华盛顿住了两年，却没有去过任何一座博物馆时，便狠狠地说了他一顿。她说，无论他有多忙，这都是不可原谅的。"它们都是免费的。"她告诉哥哥——好像这个理由已经很足够了。

于是他们一起去了航空航天博物馆。唐纳德记得他们排队等候入馆，博物馆大门外的人行道上有一个按比例缩小的太阳系——内行星之间的距离只有几步之遥，冥王星却在几个街区之外，在赫希宏美术馆后面，是那样遥不可及。现在，他凝视着被冻结的妹妹。夏洛特和记忆中的那一天都在给他和冥王星同样的感觉——遥不可及,只有一个小点。

那天下午,妹妹又拖着他去了大屠杀纪念馆。自从搬到华盛顿,唐纳德一直躲着那里,甚至为此连国家广场都没有去过。每个人都告诉他,一定要去那里看看。"你必须去。"他们都这么说,"那很重要。"他们还会使用诸如"震撼"和"令人难以忘怀"之类的词汇,强调那会改变他的人生。他们嘴里这么说,但是他们的眼神却向他发出了完全相反的警告。

妹妹把他拉上那座纪念馆的台阶,他的心却因恐惧而变得越来越沉重。这座建筑的出现是为了提醒人们警惕自己的暴行,但唐纳德不想被提醒。那时他已经开始服药,为的就是忘记在《指令》中读到的东西,不要感觉世界随时都可能毁灭。他只能告诉自己,眼前这座建筑中陈列的野蛮行为已经被埋藏在过去,永远不会被挖掘出来,不会重演。

他看到大屠杀纪念馆六十周年纪念仪式的各种痕迹还没有被清理掉,到处都是气氛肃穆的标志和横幅。一片新展馆已经建造完毕,绳子和木桩支撑着刚栽下的树苗,空气中弥漫着保护树根的塑料地膜气味。他记得看见一群游客从展馆中出来,不住地擦抹眼睛,用手遮挡阳光。他想转身逃走,但妹妹拉住了他的手,售票处的人正在对他微笑。至少那天已经很晚了,所以他们没有在那里待太久。

唐纳德把手放在这具冰棺材上,想起那次参观,还有塑料地膜的气味。那里有关于酷刑和饥饿的场景。一个房间里摆放着数不清的鞋子。墙上贴着赤裸尸体叠在一起的图片。没有生命的眼睛大睁着,肋骨和生殖器露在外面。成堆的人被推进深坑——一个在大地上挖开的洞口。唐纳德看不下去了。他只能努力把注意力集中在那台推土机上，端详那个驾驶机器的人，那张平静的面孔。他嘴里叼着一根纸烟，全神贯注地完成着一份工作。在那张图片中找不到任何能够让人感到安慰的地方。那个驾驶推土机的人是最可怕的。

唐纳德一直躲着那些可怕的展品，忽然在昏暗的展厅中再也找不到他的妹妹。这座博物馆中展览的是绝不该再次出现的恐怖景象。大规模的掩埋完全不同于葬礼，那个墓坑中没有半点温情和人性。而下一幅画面是许多人平静地走进淋浴房。

他躲进一个名为"死亡的建筑师们"的新展览中，被这里的许多蓝图所吸引。他以为在这里能找到自己熟悉的有序世界。实际上，他发现了一个幽闭恐怖的空间，墙上贴着关于屠杀的示意图。这个展览对他的胃绝对是一场折磨。有一堵墙展示了否认犹太大屠杀的运动，即使那场大屠杀已经发生。

那一组蓝图则被作为大屠杀的证据展示出来，而这也是这一组展览的目的。当俄国人迅速逼近时，那些人曾经疯狂地焚烧和销毁所有证据。这些蓝图幸存了下来。许多图纸上有希姆莱的签名。奥斯威辛集中营的布局、毒气室，所有这些都有清楚的标签。唐纳德曾希望这些计划能让他暂时得到解脱，忘记在这里其他地方看到的东西。随后他又从介绍中得知，这些是犹太绘图员被迫绘制的。他们的钢笔画出了囚禁他们的墙壁。他们被强迫画出自己住所的草图。他们将会在这些住所中遭受虐待。

唐纳德记得这个小展厅开始在他周围旋转。他摸索着寻找一瓶药。他记得自己当时一直在纳闷，那些人怎么会那么听话，怎么会看到自己画的东西却不知道那是什么。他们怎么会不知道，不知道这是干什么用的？

他眨眨眼睛，让泪水落下，这才注意到自己站在排列整齐的冷冻舱之间——这些冷冻舱总让他感到陌生，但这里的墙壁、地面和天花板绝对是他熟悉的。唐纳德花费心力设计了这个地方。这里的出现要归功于他。当他想要出去，想逃离这里的时候，他们把他抓回来，任由他吼叫踢蹬。他是自己设计的墙中的一名囚犯。

外面门口面板的"嘀嘀"声赶走了这些烦乱的思绪。唐纳德转过身，看见厚重的钢板大门在男人手臂粗细的门轴上向内转动，这个班次的医生威尔逊走进来。他看到唐纳德后皱了皱眉，开口说道："长官？"

唐纳德感觉到一丝汗水正从自己的额角渗出。他的心脏还在因为那些关于博物馆的记忆而狂跳不止。虽然嘴里正喷出一股股白汽，但他感到身体在发热。

"您忘记我们的预约了么？"威尔逊医生问。

唐纳德抹了一下额头，在裤子后面擦干手心的汗水。"没有，没有。"他努力不让自己的声音颤抖，"我只是忘记时间了。"

威尔逊医生点点头，"我在显示器上看到了您，感觉您应该是把时间忘了。"他朝唐纳德身边的冷冻舱瞥了一眼，又皱起眉头，"是您的熟人？"

"嗯？不。"唐纳德将按在冷冻舱上那已感到寒冷的手挪开，"我和她共事过。"

"那么，您准备好了么？"

"是的。"唐纳德说，"感谢你帮助我熟悉流程。我已经有一段时间没看过那些程序了。"

威尔逊医生微微一笑，"当然，我会安排您参观一位反应堆技师的唤醒过程。他正要开始他的第四次值班。我们正在等您。"他朝走廊指了指。

唐纳德微笑着拍拍妹妹的冷冻舱。她已经等了几百年,再多等一两天也无妨。然后,他们就要看看他到底设计了一座怎样的建筑。他们两个将一起搞清楚这一点。

第七十五章

17号筒仓
2313年
第2年

吉米不敢在这些纸上写字。他被纸淹没了,但他甚至不敢使用这些纸的空白边缘。这些书页是神圣的。它们的价值太大了。所以他只是用脖子上的钥匙和服务器柜的那些标着"17"的黑色面板来记日子。

他已经知道,这个"17"代表着他的筒仓。那本《指令》里和墙上所有筒仓挂图的标签上也印着这个数字。他知道这意味着什么。这个世界也许只剩下了他一个人。但他的世界不是唯一存在的世界。

每天晚上睡觉前,他都会在那台高大的服务器的黑漆表面划上一道银色的亮痕。他只会等到晚上才标记出这一点。这件事在早晨做显得有点为时过早。

这件事开始得很草率。他那时还不太相信自己能划出很多这种痕迹,所以他是从机箱中间开始划的,而且每条划痕都很大。挨过两个月以后,直到没有了更多可以划线的地方,他才意识到自己可能需要在这些划痕上再添加一些记号。于是他开始在原先的刻痕上划出更多刻痕,后来又绕到了这台服务器的另一面,开始在一片新的柜体上划线。现在,他划出的线又小又整齐——先是四道短痕,然后是一道长痕压在上面。就像他的妈妈记录他表现良好的日子。六个这样的符号排成一列,表示他现在认为是一个月的时间。十二列符号再多五道痕迹,他就过了一整年。

他在最后一排刻出最后一道痕迹,向后退去。一年的刻痕占据了一台服务器的半个侧面。很难相信一整年就这样过去了。他在服务器下面的半楼层中住了一年。他知道,这种生活不能一直持续下去。想象一下其他服务器上也都遍布划痕,这种情景太让人难以承受了。他的爸爸告诉过他,这里有足够的食物,可以支持两个人或者是四个人生活十年。他记不清到底是两个还是四个了。但这也意味着他一个人至少可以活上二十年。二十年。他绕过服务器,顺着两排服务器之间的过道望出去。过道尽头就是那道银色的大门。他知道,自己迟早要出去,否则就只能疯掉。他已经快要发疯了,现在这种日复一日毫无变化的生活,他忍受不了太久了。

他来到那道大门前,仔细倾听门外的声音。什么都听不到。这里的寂静已经持续了一段时间。但他还是能够从自己的记忆中听到微弱的震响在筒仓中回荡。他想要输入那四个数字,向外面看看。看不到外面发生的一切,这是他想象中最糟糕的状态。当那些摄像机停止工作以后,吉米就有了一种发自心底的被剥夺感。他开始极度渴望打开这道门,掀起已经被拉下来太久的眼皮。他数了一整年的日子,数过了每一天的每一分钟。一个男孩也只能数这么久了。

他没有去碰门旁的面板。现在还不行。外面有坏人。那些人想要进来,想要知道这里面有什么,想知道为什么这一层的灯还亮着,想知道他是谁。

"我什么也不是。"吉米在有勇气说话的时候告诉过他们,"什么也不是。"

他并不经常有这种勇气。光是听着便携通讯器里面的那些人相互厮杀,允许那些人的争吵充斥在他的世界和他的脑海中,了解他们在争论和报告谁又死在谁的手里,他就必须有足够的勇气。有一队人在农场工作;另一队人在试图阻止洪水从矿井溢出、淹没机械部;一个有枪的人,把其他人努力积攒在一起的东西都抢走了;一个孤独的女人曾经用通讯器求救,但吉米能帮她什么?依照他的估计,现在筒仓里还有一百多人聚成一个个小群体,在相互争斗和杀戮。不过他们很快就会停下来。一定会停下来的。再过一天,再过一年。他们不可能永远这样战斗下去,不是么?

也许他们可以。

时间变得无比奇怪——它不再能被看见,只能被相信依然存在。吉米必须相信时间在流逝。楼梯间不会再变暗,没有熄灯来表示黑夜即将来临。他不可能到顶层去,见不到阳光宣告白天的到来。电脑屏幕上只有简单的数字。无论日夜,这些数字看起来都一样缓慢变化着,慢得让人只想尖叫。他必须仔细计数,才知道一天过去了。只有这样的计数才让他知道自己还活着。

吉米打算睡觉前在服务器之间下一局棋,但他昨天就这么做了。他还想过把罐头按照要吃的顺序排列好,但他已经把近三个月的伙食都安排好了。他还有打靶练习,有书可读,有电脑可玩,有家务可做,但所有这些听起来都没那么有趣。他知道自己可能只会躺在床上,盯着天花板,直到数字告诉他明天到了。他可以到那时再考虑该怎么做。

第七十六章

几个星期过去了,服务器上的划痕一直在累积。吉米脖子上钥匙的尖端在一点点被磨蚀。一天早晨醒来,他的眼皮黏在了一起,似乎是他昨晚睡觉的时候哭过。他拿着早餐的一罐桃子和一罐菠萝来到大门前,把枪从身上卸下,然后背靠8号服务器坐好,让脊椎享受一下忙碌的机器产生的热量。

他花了不少时间才搞清楚这把枪该怎么用。父亲带着那杆装有子弹的枪离开了。当吉米发现那些装满枪支弹药的箱子,如何把光亮的子弹插进枪膛就成了他第一个要解开的谜。他把这个任务当作一项计划去完成,就像过去看父亲做各种杂事和修理各种东西一样。吉米从小就见过爸爸拆卸电脑和其他电子产品,他把所有零件排列好,每个螺丝和螺栓都整齐有序,螺帽全都旋在螺栓上。明确的摆放次序对应着它们在机器上的位置。吉米也依样照做,拆开了一杆步枪。但他不小心踢乱了那些零件,于是只能再拆开第二杆枪。

利用第二杆枪,他弄清楚了子弹的位置以及如何让它们就位。子弹盒里的弹簧很硬,导致子弹很难被装进去。后来,他从金属盒里的那些书中找到G①开头的部分，找到了"枪"这个词条，才知道枪上的子弹盒学名是"弹夹"。那时距他搞清楚该怎么开枪已经过去了几个星期。为此天花板上还多出了一个洞。

他把枪横在大腿上，把水果罐头放在枪托较宽的地方。菠萝是他的最爱。他每天都会吃一些。看着货架上的存量越来越少，他不由得感到难过。他从来没有听说过这种水果，就想在那些书本中把它找出来。菠萝带着他在那些盒装书籍中进行了一次令人眼花缭乱的旅行。Be类别下有"海滨（beach）"，而Oc类别下有"海洋（ocean）"。这两个词的尺度差别让他感到困惑。然后还有F类别下的"鱼（fish）"。那天，他在探索中忘记了吃饭。有通讯器和他的小床垫的房间堆满了打开的书和空盒子。他花了一个星期才把所有书本整理归位。从那以后，他又无数次沉浸在这样的漫游中。

吉米从胸前口袋里掏出生锈的开罐器和最喜欢的叉子，把桃子罐头撬开。戳开第一个破口，一阵短促的吸气声随之响起——吉米已经知道，如果开罐头的时候没有这种响声，就不能吃罐头里的东西。幸运的是，当他吸取这个教训时，厕所还在运行。有时候，吉米非常想念那些能用的厕所。

他不紧不慢地吃着桃子，每一口都细细品味，最后把罐头里的汁水一饮而尽。他不确定汁水是否应该喝掉，这件事标签上没写，但这的确是他的最爱。他又拿起菠萝罐头和开罐器，注意倾听罐头吸气时的轻微爆音。就在这时，他听到钢制大门旁的面板发出"嘀嘀"声。

"有一点早。"他一边悄声对自己的拜访者说道，一边将罐头放

---

①枪支的英文"Gun"的首字母。——译注

到身旁。他舔干净叉子,将它收回到胸前的口袋里,再把枪夹在腋窝下,坐稳身子,盯着大门是否会移动。只要门被打开一道缝隙,他就会开火。

不过,在四次"嘀嘀"声之后,一阵刺耳的警笛音表明这组数字输错了。门外的人再次尝试。吉米握紧了枪。开门密码是四位数。这就意味着如果把四个"0"包括在内,一共有1万种数字组合。每天这道门只允许三次错误尝试,随后就要到第二天才能再次输入。吉米很久以前就知道了这件事。他觉得这条规则好像是妈妈教他的,但那肯定不可能。除非妈妈是在梦里教的。

他先是听到了面板发出的"嘀嘀"声,然后又听到了警笛声。又少了一次机会,那些人的时间不多了。正确密码是1218。虽然只是在心里想想,没有说出口,吉米还是暗暗骂了自己一句。他的手指扣在扳机上继续等待着。别人当然听不见他在想什么。只有发出声音才能被听到。现在的他往往会忘记这一点,因为他总是在听自己的思考。

这一天的第三次,也是最后一次尝试开始了,吉米希望他们快点结束,他好继续吃菠萝。他和这些人已经形成了一种规律:每天早上都要试三次。虽然很吓人,但这是他每天唯一与人接触的机会,他已经开始依赖这种规律。在他背后的服务器上,他做过计算。假设他们从0000开始,一个一个试。一天三次意味着第406天的第二次尝试会让他们发现正确的密码。那已经不到一个月了。

但吉米的计算结果并不一定会发生。他一直在担心,他们可能会跳过一些数字,或者是从其他数字组合开始的。或者如果他们只是在随机输入数字,他们可能会很幸运。就吉米所知,能够打开这道门的密码不止一组。他当初没有注意父亲是怎样修改密码的,所以现在也没办法将密码数字变得更大。而且,胡乱修改会不会反而让外面的人更容易找到密码？也许他们是从9999开始的呢？当然,吉米也可以把数字改得更小,希望把密码改成一组他们已经试过的数字。但他又怎么能知道呢？错误的行动反而会把那些人引进来,那还不如什么都不做,最后死掉。吉米不想死。他不想死,也不想杀人。

当各种念头在他的脑子里翻江倒海的时候,门边的面板第三次,也是最后一次发出警笛声。他松开步枪,在大腿上擦去手心的汗水,拿起菠萝罐头。

"你好,菠萝。"他低声说着,把头靠向大腿,刺破罐头,仔细倾听。

菠萝用吸气声悄悄回应,告诉他,可以平安地吃早餐了。

第七十七章

吉米了解到,生活的本质是一系列进食和排便,也有一些睡眠,但最后这一点不需要太多努力。直到自来水彻底停了,他才完全知晓这个强大的世界规则。在没有水能够冲马桶之前,没有人会认真考虑自己的排便;之后,你满脑子想的都会是这个。

吉米开始在服务器房的角落里解大手,离门越远越好。小手就解在水池里,直到没了自来水的水池气味变得越来越难闻。如果水池的气味实在让人受不了,他会接通蓄水池的水冲一冲。针对不同的状况,《指令》会告诉他要看哪一页,该做什么。这是一本无聊到可怕的书,但有时的确很有用。吉米也逐渐明白了它有多么重要。然而,蓄水池里的水也会有用完的时候,所以他开始尽可能多地喝罐头底部的果汁。他讨厌番茄汤,但他还是每天都会喝一罐。他的尿现在变成了亮橙色。

一天早晨,吉米正在吸干一个苹果罐头的最后一滴果汁,那几个人又来尝试密码。一切都发生得太快了。四次"嘀嘀"声之后,警笛没有响起,没有任何愤怒的尖叫和恫吓。只有"嘀嘀"声。在吉米的记忆中从没有改变过的红光闪烁一下,变成了耀眼骇人的绿色。

吉米打了个冷战,膝头已经被打开的桃子罐头弹飞出去,滚落在地上,汁水溅得到处都是。这一刻来得比预料中早了两天,早了两天。

厚重的钢制大门发出一阵声音。吉米丢下叉子,伸手摸到步枪,打开保险栓——他的拇指尖上"咔嗒"响了一下;大门则是"哐"的一声震动。声音,说话的声音。门对面的人很兴奋、很可怕。他将步枪抵在肩头,希望自己昨天能好好练习一下。明天,他本来打算明天做好准备的。他们提前了两天。

大门又响起一阵声音。吉米不知道自己是不是数错了一两天。他发过一天烧;还有一天在读书的时候睡着了,醒来时记不得是哪一天。也许他错过了一天;也许门外的人跳过了一组数字。门开了一条缝。

吉米还没准备好。他的手掌在枪身上打滑,心跳快得离谱。有一些事情,会让人等了又等。等待得那么辛苦,那么忐忑,那么专注,就像把一只塑料袋一口气又一口气地吹鼓,看着它在眼前膨胀,越来越薄,知道它迟早要爆炸。你早就知道,明明早就知道,但是当这一刻到来时,你还是会害怕,就好像从没有想过它真的会爆炸。

眼前发生的就是这样一件事。门缝被推开得更大。门外有一个人——一个人。有那么一刻,转瞬即逝的一刻,吉米重新考虑了这一年的计划,这段充满恐惧的日子。现在有人可以和他说话,听他说些什么。如果他的开罐器坏了,那个人可能会有螺丝刀和锤子,甚至可能有新的开罐器。那会是一个项目合伙人,就像爸爸以前——

一张脸,一张男性的面孔,充满了怒意和冷笑。一年的计划,射击空番茄罐头,在耳鸣中重新装弹,给枪管刷油,阅读相关的内容——现在,一张人类的面孔出现在门缝后面。

吉米扣动扳机。枪管向上跳了一下。带着怒意的冷笑变成了另一种东西：惊愕中夹杂着痛苦。那人倒在地上，但另一个人从他身边挤过来，冲进房间，手里还拿着一件黑色的东西。

枪管又跳动一次、两次，吉米的眼睛在枪声中眨了一下。三枪。三颗子弹。那个人还在向前冲，但他的脸上也出现了那种痛苦的表情。他在几步以外倒下，那种表情也渐渐消失了。

吉米等待下一个人冲进来。他听见那人在外面大声咒骂。第一个被他击中的人还在地上挪动，就像一只空罐头，在被击中后还会跳动、翻滚很久。门敞开着。外面和里面连在一起。推开门的人抬起头，脸上的表情比痛苦更可怕，突然，吉米看见了他的父亲。他的父亲躺在门外，死在走廊里。吉米不知道为什么会这样。

咒骂声减弱了。走廊里的那个人正在逃走，从面板发出"嘀嘀"声、灯光变绿以来，吉米第一次长出了口气。他感觉不到脉搏。他的心跳变成了一条直线，就像一台服务器发出毫无变化的"嗡嗡"声。

他听着最后一个人越逃越远，知道自己终于可以将门关上。他站起身，绕过那个倒在服务器房里的人——他失去生命的手旁边落着一把黑色的手枪。吉米放下枪，准备用肩膀把门关上，这时他想到了明天，或者就是今天晚上，甚至是随后一个小时会发生什么。

现在那个逃跑的人知道了密码。他不会把密码忘记。

"1218。"吉米悄声说道。

他探出头，迅速看了一眼，刚好看到一个人钻进一间办公室。绿色的连体服一闪而逝，只剩下空荡荡的走廊，长得不可思议，明亮得耀眼夺目。

门外那个人发出垂死的呻吟，身体还在扭动。吉米没有理睬他，把枪抵在胳膊上，就像练习时一样。枪身上方，一串小缺口连成一线，指向那间办公室门口。吉米开始想象一罐汤在走廊里徘徊，调整呼吸，耐心等待。大门外，那个不断呻吟的人爬过来，血淋淋的双手在地板上涂抹出一片红色。吉米感到头颅中心隐隐作痛，那里有横在他记忆中的一道陈旧的伤疤。吉米向一片空无的走廊瞄准，想起了自己的妈妈和爸爸。在他内心中的一个角落里，他知道他们已经离开——离开了哪里？但不管怎样，他们再也不会回来了。他的枪管开始颤抖，枪口偏离了准星。

脚边的那个人越来越近。呻吟变成了"嘶嘶"的吐气声。吉米低头瞥了一眼，看到那个人的嘴唇上泛起红色泡沫。他的胡子比吉米的更浓密，浸透了鲜血。吉米把目光从那人身上移开，盯住他瞄准的地方，心中开始数数。

数到三十二的时候，他感觉到几根手指无力地抓挠他的靴子。

五十一的时候，一颗头探出来，就像一只阴影中的汤罐头。

吉米的手指扣下去。肩膀被撞了一下。一团亮红色的花簇在走廊远处绽放。

他等待片刻，深吸一口气，把靴子从摸到他脚踝的那只手里抽出来，肩膀抵住门扇，用力让危险的门缝渐渐缩小。门锁转动，"哐"的一声重重撞进墙上的锁槽。这声音在吉米耳中显得非常模糊。他放下枪，用手掌捂住脸，服务器房里还躺着一个奄奄一息的男人，就在他身边。吉米哭了，大门面板发出欢快的"嘀嘀"声。然后一切都恢复安静，耐心地等待着另一天的到来。

第七十八章

1号筒仓
2345年

威尔逊医生的办公室,墙上挂着一排熟悉的笔记板。唐纳德记得自己还曾经一本正经地在上面签过名——有一次签名是授权对他自己进行深度冻结。一想到要在这些表格上签字,他就感到一阵不安。他要写什么东西?如果一定要写下别人的名字,他的手说不定会颤抖。

在这间办公室中央,一张空轮床勾起了他不好的回忆。一张崭新的床单盖在上面,准备让下一个人在上面入睡。威尔逊医生在电脑上查看下一个被唤醒者的情况。而他的两名助手在做准备。其中一人将两勺绿色粉末溶解在一个装有温水的容器中。唐纳德在房间另一边都闻到了这种混合物的气味,不由得皱起眉头。不过他仔细地记下了粉末是从哪个柜子里取出来的,使用了多少,并且无论想到什么问题都会立刻就问。

另一名助手叠好一条干净的毯子,把它挂在轮椅背上,然后是一件纸长袍。一只应急医药箱被打开,里面的东西被重新清点:手套、药品、纱布、绷带、胶带。一切都完成得安静而高效。唐纳德想起自助餐厅柜台后面的那些人,他们同样在以这种习惯性的谨慎和精细准备着早餐。

一个序号被高声念诵,以确认被唤醒者的身份。这名反应堆技师就像唐纳德的妹妹一样,被简化成一个数字、阵列中的一个点、电子表格中的一个单元。也许他们其实并不需要一个编造的名字。突然间,唐纳德意识到自己的身份转变是一件多么容易的事。他看着文件被填写完成——不需要他的签名——然后被放进一只盒子。这一步他可以忽略。他的计划不应该留下任何痕迹。

威尔逊医生第一个走出办公室。助手们推着轮椅跟在后面。轮椅上放满了各种物品。唐纳德跟在最后。

他们要唤醒的技师在两层以下,所以他们要乘电梯下去。一名助手无聊地提起他这次值班只剩最后三天了。

"你可真走运。"另一名助手说。

"是的,给我插管的时候手可要轻一点。"他开玩笑地说。就连威尔逊医生都笑了。

唐纳德没有笑。他正忙着思考这里的最后一班会是什么样子。似乎没有人会考虑下一班之后的事情。所有人都在期待眼前这一班结束,同时又在害怕下一班到来。这让他想到了华盛顿。在那里,和他共事的每一个人都希望能在下个任期继续当选,却又百般不愿就这么干下去。唐纳德又掉进了同样的陷阱。

电梯门打开,一条寒冷的走廊出现在他们面前。这里的房间中挤满了轮班员工,筒仓的大部分待岗人员都被安排在这两个楼层里。威尔逊医生带领他们穿过走廊,在右手边第三道门旁的面板上输入密码。门后的大厅里,沉睡中的人们密集地排列在一起,最远处的冷冻舱已经碰到了筒仓的水泥外壁。"第二十排,第四列。"医生抬手一指。

他们朝那个冷冻舱走去。这是唐纳德第一次看到唤醒程序的这一部分。他曾参与将人进行冷冻,但还没有唤醒过任何人。把维克托的尸体藏起来完全是另一回事。那是一场葬礼。

助手们在冷冻舱周围忙碌。威尔逊医生在控制面板旁跪下,又停住动作,抬头看看唐纳德,等待着。

"哦,好的。"唐纳德也跪下去,在医生背后看他如何操作。

"大部分程序是自动运行的。"医生有些不好意思地承认,"说实话,他们完全可以用一只经过训练的猴子取代我。没有人能看出有什么区别。"他回头瞥了唐纳德一眼,输入密码,按下一个红色按钮,"我就像您一样,牧羊人,在这里只是为了以防万一。"

医生的脸上露出微笑。唐纳德没有笑。

"要再过几分钟,舱盖才会打开。"他敲了敲显示屏幕,"这里的温度会上升到31摄氏度。如果这个灯开始闪烁,就要进行血管注射。"

那个灯开始闪了。

"注射什么?"唐纳德问。

"纳米机器人。冻结程序会杀死正常人。我相信这就是它被认定为非法的原因。"

正常人。唐纳德不知道自己又算是什么。他抬起手掌,仔细端详那上面的红色斑点。他记得一只手套从山坡上滚下去。

"28摄氏度,"威尔逊医生又说道,"达到30摄氏度时,盖子就会打开。现在我喜欢提前将这个表盘复位,而不是等到最后,以免把这事忘了。"他开始转动温度读数下面的刻度盘,"这不会让程序停止。程序一旦开始,就只会单向运行。"

"如果发生问题呢？"唐纳德问。

威尔逊医生眉头一皱。"我告诉过您，这才是我在这里的原因。"

"但如果你出事了呢？或者被叫走了呢？"

医生揪着耳垂，思考了一下。"我会建议重新把人冻住，等我回来。"他笑了，"当然，纳米机器人可能会在我之前就把问题解决掉。只要你已经用这个表盘调低了温度，那么你还要做的就是盖上盖子。但我不认为会出现这种情况。"

唐纳德和医生的想法并不一样。他看着温度数值逐渐上升到29摄氏度。两名助手在等待冷冻舱打开时继续着准备工作。一个人在毯子和纸长袍旁边放了一条毛巾。急救箱被打开放在轮椅上。两名助手都戴上了蓝色橡胶手套。一个人扯出一条胶布，贴在轮椅的把手上。一包纱布也已经被事先撕开，那杯苦味的药水被用力摇晃了几下。

"我的密码能够启动这个程序吗？"唐纳德一边问，一边思考自己还有可能错过了什么东西。

威尔逊医生轻轻笑了几声，手撑着膝盖，慢慢站起来。"我猜您的密码就连气闸舱都能打开。还有什么是您得不到的？"

一只橡胶手套被用力拽到手腕。舱门被打开时发出"嘶嘶"的气流声。

真相，唐纳德想要这样回答。不过他正打算尽快找到真相。

冷冻舱盖打开一条缝隙。一名助手将它完全抬起。冷冻舱里躺着一个英俊的年轻人。随着意识的恢复，他的面颊抽搐了几下。助手们继续忙个不停。唐纳德努力记住程序的每一个细节。他想到自己的妹妹就在上方的一个房间里，熟睡着，等待着。

"我们把他送到上面的办公室。"威尔逊医生说，"会为他检查各种生理指数,并采样进行分析。如果他们的储物柜里有什么东西,我会让我的人去取。"

"储物柜?"唐纳德看见手臂上的输液软管和针头被取下,针眼被敷上纱布和胶布,冷冻舱里的人用吸管吸了一口药水,被苦得打了个哆嗦。

"个人物品。他们之前值班时留下的东西。我们会为他们进行保留。"

助手们帮被解冻的人穿上纸袍,一齐轻轻吆喝一声,把他从冒着白汽的舱里抬出来。唐纳德帮他们挪开医药箱,又把轮椅扶稳。毯子已经铺在轮椅座位上。两名助手把那人安置好。唐纳德想起自己床上那只标有"当值"两个字的袋子。那里面放着瑟曼的私人物品。袋子上有一个小数字,和安娜短信中的数字很像。那个短信里的数字根本不是日期。

他想到了,Locket可能是一个拼写错误,如果将其中的t换成键盘上就在t旁边的r,这个词就变成了储物柜(Locker)。安娜的意思会不会是储物柜?

对线索的推导打破了房间中的寒意,片刻间,他丢下了唤醒妹妹的念头。其他沉睡的幽灵正在对他耳语,给他的思维罩上了一层迷雾。

第七十九章

唐纳德帮助医生把尚未完全清醒的解冻者送到医疗室，一名助手留在下面对冷冻舱进行清洁。唐纳德不想看到威尔逊医生对解冻者采样，便主动提出去取个人物品。那些储物柜在筒仓中心的仓库楼层。助手给他指点了具体位置。

不算武器仓库，筒仓总共有十六个仓库层。唐纳德走进电梯，在那些磨损严重的按钮中找到"57"。反应堆技师的身份证号被写在一张纸上。安娜留给瑟曼的短信最后的那串数字清晰地出现在他的脑海里。他以为那是一个日期：2039 年 11 月 2 日。不过这也让他很容易就记住了这个号码。

电梯减速，停下。唐纳德离开电梯，走进黑暗，抬手摸到墙上的一排电灯开关。远处古老的变压器和继电器发出柔和的"嗡嗡"声，天花板上的灯泡随之洒下光芒。最先亮起的是远处的灯，然后是唐纳德头顶上的灯，右侧的灯。一座迷宫般的货架阵列也一片片出现在他眼前。就像一大片马赛克拼图，一次随机地揭开一块。储物柜位于仓库最里面，要走过这些架子才能看见。唐纳德开始这段漫长的路程。最后一批灯泡也在这时点亮了。

悬崖般高耸的钢制货架上堆满了密封的塑料箱，将他淹没在其中。那些矗立在高处的大号容器仿佛都在向他倾斜，要把盛放在里面的东西倒在他的头顶上。如果他向上看，几乎会以为那些细长的货架立柱一直向高处延伸，最后交汇在一起，就像连接到地平线的铁轨。有许多箱子是空的，也没有标签。它们在等待被未来班次中的人们装满。他和安娜上次值班时留下的全部笔记都放在这样的箱子里。它们会保留40号筒仓的故事，以及40号周围那些不幸的筒仓所发生的事情，还有18号筒仓的人们，以及唐纳德为拯救他们所做的努力。也许那时不应该留下那座筒仓。现在这场灾难，那个脱离控制的清洁者，那会不会是她的错？

他经过按日期、筒仓号、人名分类的箱子。货架之间有相互交叉的通道，宽度足以让手推车把空白的纸和笔记本拖出来，然后再把它们送回去。那时它们只是会增加一点墨水的重量。当幽闭恐惧症稍稍缓解的时候，唐纳德已经离开货架，找到了仓库深处靠墙排列的储物柜。他回头看看自己走过的路，想象所有灯光同时熄灭，他应该是找不到回电梯的路。也许他会在这里四处打转，直到渴死为止。他又抬头望向灯光，意识到自己是多么脆弱，多么依赖电力和光线。熟悉的恐惧如同浪涛将他席卷，那是被埋葬在黑暗中的惊慌失措。唐纳德靠在一个储物柜上，喘了口气，用手帕捂住嘴，咳嗽不断。他提醒自己，死亡不是最可怕的事情。

恐慌情绪平息后，他抑制住逃回电梯的冲动，走进成排的储物柜之间。这里肯定有几千只这种柜子。其中许多并不大，就像邮局的邮箱，柜门高只有六英寸，从宽度判断，他伸手进去大概能轻松摸到最里面。他暗自念着安娜短信中的号码。厄斯金的柜子应该也在这里，还有维克托的。他有些好奇他们是否隐藏了什么秘密，提醒自己一定要回来看看。

他走到下一排储物柜前，柜门上的编号越来越大。前两位数和安娜的号码相差很远。他转进另一条过道继续寻找，看到一组柜子的前两位是43。他的身份号码开头是44。也许他的储物柜就在这附近。

唐纳德猜测自己的柜子应该是空的，不过他还是开始回忆自己完整的身份号码。他从来没有将什么东西从一个班次带到下一个班次。柜门上的号码依照他所预料的顺序排列下去。终于，他发现自己站在一扇金属小门前。门上正是他的身份号码——特洛伊的身份号码。这道门没有门闩，只有一个按钮。他用指关节按下按钮——他担心这东西可能装有指纹扫描仪或其他同样值得怀疑的东西。如果有人看到瑟曼打开这个人的储物柜会怎么想？他还是很容易忘记自己现在的身份。就像是他每次听到那个参议员的名字之后，要再过一会儿才会意识到别人叫的是他。

随着一阵微弱的气流声，柜门被打开，久未使用过的旧铰链发出尖细的摩擦声。那一点宛如叹息的气流提醒着唐纳德，这里的一切——箱子、盒子以及柜子——都被隔绝了空气，完全正常的空气。他们呼吸的空气本身就是有腐蚀性的，还充满了看不见的东西，比如破坏分子结构的氧气和其他饥饿的分子。好空气和坏空气的唯一区别是它们产生作用的速度。人们活得太短，死得太快，看不出其中的区别。

至少人类已经习惯如此。唐纳德一边想，一边伸手到他的柜子里。

让他惊讶的是，这只柜子不是空的。柜子里有一只塑料袋，因为被抽真空而遍布皱纹，就像瑟曼的袋子一样。只不过这只袋子上写的不是"当值"，而是"遗物"。他看到袋子里有条眼熟的褐色休闲裤和一件红色衬衫。这些衣服将回忆敲进他的脑海，让他回忆起过去的自己,以及那个他曾生活过的世界。唐纳德捏了捏因为没有空气而变得硬挺致密的袋子,朝空荡荡的过道扫了一眼。

他们为什么要保留这些东西?这样他就能穿成原来的样子,从地下深处走出去?就像刑满释放的犯人摇摇晃晃地走出监狱,眨眨眼用手掌遮住眼睛四下观望时,身上穿着早已过时的衣服?还是因为存储和丢弃本就是一回事?在这一层上面有整整两个楼层,不可回收的垃圾被压缩成像铁一样致密的立方体,一直堆到天花板上。他们还能把垃圾放在哪里?在地洞里?他们就住在地洞里。

唐纳德困惑地摸到袋口的塑料拉链,把袋子打开。一股淡淡的泥土和青草气息飘出来。这是来自过去日子的味道。他继续打开塑料袋。空气流入其中,他的衣服不再那样干瘪,仿佛复活了一般。他有一种冲动,想换上自己的旧衣服,假装自己的世界没有消失。但他还是决定把塑料袋塞回储物柜——就在这时,一道光线射进他的瞳孔,是一丝黄色的闪光。

唐纳德手伸到衣服里,摸到结婚戒指。将戒指拿出来时,他的手碰到裤子里的一样硬东西。他将戒指捏在手心里,又伸手到塑料袋中,在衣服的褶皱间摸索揉捏。那天他带了什么?不是药。他有一次摔倒的时候已经把它们丢掉了。也不是全地形车的钥匙。安娜把那些钥匙抢走了。他自己的钥匙和钱包都在外衣兜里,从一开始就没有被带到地下来……

是他的手机。唐纳德摸到了裤兜。重量、塑料外壳的曲线、手感都没有错。他拿出手机,将塑料袋放回到柜子里,接着把结婚戒指塞进连体服的衣兜,按下老手机的开关。当然,手机屏还是黑的。它早就死了。甚至在他失去海伦的那一天,它就没能正常工作。

唐纳德习惯性地将手机揣进衣兜——就连时间也没能改变他

的这个习惯。他在衣兜里摸到戒指,把它拿出来,看看它戴在手指上是否还合适,心中想起妻子,随之又想起米克还有他们两个的孩子。悲伤和憾恨交织在一起。他把衣服塞进储物柜深处,关上柜门,从手上取下戒指,和旧电话一起放进衣兜,又转身去找安娜的储物柜。当然,他还得拿到那名技师的个人物品。

当他寻找他们的储物柜时,有某种东西在揪扯他的神经,是某种联系,但他不知道具体是什么。

在仓库一侧,有一小块地方还陷在黑暗中——一只灯泡熄灭了。唐纳德想起自己上次值班时从40号筒仓扩散出来的黑暗。埃伦已经结束了那里发生的一切。一枚炸弹就让天花板的管线落下不少灰尘。现在,他内心深处有一些念头在转动,在发掘更深层次的联系——关于安娜的事情。出于某种原因,他才会如此在意自己的储物柜。他把手放在口袋里的手机上,想起上次安娜为什么会被唤醒,是因为她在无线系统和黑客方面的专长。

远处,一盏灯"啪"地响了一声,又灭掉了。唐纳德感觉黑暗在向他逼近。对他而言,这个楼层空空如也,只有可怕的回忆和思绪。他的心开始"怦怦"乱跳。有一件事他是极力不愿相信的。核弹落下那天,他的手机没能正常工作,他一直没能联系上海伦。在那之前,他也有过好几次没能联系上米克,都是在他和安娜独处的夜晚。

现在,他和安娜又被剩在一起,在这座筒仓中。米克在最后一刻和他调换了位置。唐纳德记得在一间小公寓里的一次谈话。那时米克带他参观筒仓,把他领进一个房间,说要记住他在那里,还说那里就是他想要的。

唐纳德一掌拍在储物柜上,"砰"的一声震响遮盖了他的咒骂。被留在这里,时而被冻结,时而被解冻,渐渐疯狂的应该是米克。结果米克偷走了唐纳德的家庭生活,而他原来还经常为此取笑唐纳德。为了造成这一切,唐纳德还出了一份力。

唐纳德颓然靠在储物柜上,伸手拿出手绢,捂住嘴开始咳嗽。他的脑海中出现了一幅画面——他的朋友正在安慰海伦,随后他们一同拥有了孩子和孙子。一种杀人冲动在他心中爆发。他一直在责怪自己没能找到海伦,一直都在为自己错过的生活而责怪海伦和米克。但造成一切的是安娜,是那个工程师。是安娜篡改了他的生活。是她干的。是她把他带到了这里。

第八十章

唐纳德像做梦一样取出另外两只储物柜里的东西。他麻木地乘电梯回到威尔逊医生的办公室,放下反应堆技师的个人物品,又向威尔逊医生要了一些能帮助他晚上入睡的药,并仔细留意医生是从什么地方取出的那些药。威尔逊带着技师的生物样品去了实验室,唐纳德将那些药又取出一些,把它们碾碎,加了两勺制作那种苦味药水的粉末。他没有计划,只是机械地完成着一个接一个的动作。他的生活中有一种无法摆脱的残酷,他想要结束这种残酷。

唐纳德推着装满东西的轮椅下到深度冻结楼层,毫不费力地找到了她的冷冻舱。他伸出手指,小心翼翼地抚过这部机器光滑的表面,仿佛一不小心就会被它割伤。他还记得自己曾经这样抚摸她的身体。他的心中永远带着忧惧,永远无法放开一切,完全沉浸于其中。感觉越好,伤痛越重。每一次爱抚都是对海伦的侮辱。

他缩回手指,将它们捏在另一只手的手心里,想止住想象中的流血。靠近她是有危险的。安娜赤裸的身体就在那副金属外壳的另一边。他要打开这副外壳。他扫了一眼这座规模宏大的深度冻结仓库。在无数人的围绕中,他只有自己一个。威尔逊医生还会在他的办公室待上一段时间。

唐纳德在冷冻舱前跪下,输入他的密码。他的心中还有一个微小的声音,希望他的密码不会有用。生死予夺——这实在是一种太过强大的权力。但面板发出了通过的提示音。唐纳德稳住手腕,转动表盘,就像威尔逊医生一样。

剩下的就是等待。温度在上升。他的怒火在消褪。唐纳德拿出药水晃了晃,确保其他一切物品都已就位。

随着盖子在一阵气流声中开启,唐纳德将手指伸进裂缝,把盖子完全掀开,再伸手到冷冻舱内,小心地摘下针头后面的软管。一滴黏稠的液体从针头尾部渗出。他看清了针头尾部塑料阀门的结构,接着将它关闭,直到不再有液体流出。然后他拿起轮椅背上的毯子,打开后盖在安娜身上。安娜的身体已经变暖了。冷冻舱内壁上的冰霜一点点滑落,从一些细小的排水槽中流走。这时唐纳德意识到,这条毯子更多是为他自己准备的。这样他就不必碰到安娜的身体。

安娜动了一下。唐纳德拨开她额头上的发丝,看到她的眼皮在微微翕动,双唇分开,在百年的长眠之后发出一声轻柔的呻吟。唐纳德知道此时她会有怎样的僵硬感。深度冻结还滞留在安娜的关节中。他不想这样对她,因为他也曾经这样被对待过。

"放轻松。"他对她说道。这时安娜开始抬起颤抖的双手,在空气中摸索。她的头无力地晃动着,一边低声说着什么。唐纳德扶她坐起来,整理了一下毯子,将她的身体包裹好。他身边的轮椅上放着医药箱和一只保温瓶。唐纳德没有把她抱起来,放进轮椅。

安娜眨眨眼睛,四下里看了看,最终盯住唐纳德。眯起的眼睛表明她认出了他。

"唐尼……"

唐纳德听到安娜的声音,同时也听到在她的嘴唇间读到自己的名字。

"你来找我了。"她悄声说。

唐纳德看着颤抖的安娜,抑制住自己要为她揉搓身体,或者将她抱在怀中的冲动。

"今年是哪一年?"安娜舔舔嘴唇,"是时候了?"她睁大的眼睛里泛着恐惧的泪光。融化的冰霜沿着她的面颊滑落下来。

唐纳德还记得自己醒来的时候,脑海中依然萦绕着刚做过的梦。"是说出真相的时候了。"他说道,"正是因为你,我才会在这里,对不对?"

安娜茫然地盯着他,脑子里显然还是一片雾霾——唐纳德能从她抽动的眼珠和咧开的干涩嘴唇上看出这一点。他们唤醒他的时候,他也经历过同样的思维延迟,对此他非常清楚。

"是的。"安娜点点头——动作轻得几乎无法察觉,她的声音细微得如同耳语,"父亲绝对不会唤醒我们。深度冻结……很高兴你来了。我知道你会来的。"

一只手从毯子下面伸出来,抓住冷冻舱边缘,仿佛她要把自己撑起来。唐纳德伸手按住她的肩头,转身拿起轮椅上的保温瓶,又将她的手从冷冻舱边缘拿起,把装药水的保温瓶放进她手中。安娜抬起自己的另一只手,将保温瓶靠在膝盖上。

"我想要知道是为什么。"唐纳德说,"为什么你要把我弄到这里来?弄到这个地方。"他扫视了一圈周围的冷冻舱,这些阻挡死神的、非自然的坟墓。

安娜凝视着他,又低头盯住保温瓶和瓶盖上的吸管。唐纳德放开她的手臂,伸手到衣兜里,拿出手机。安娜的注意力也转移到手机上。

"你在那天做了什么?"唐纳德问,"你不让我找到她,对不对?我们在计划总结时见面的那个晚上——还有米克错过的那些约会,那也都是你干的。"

一片阴影从安娜的脸上掠过,那里面隐藏着某种深沉而黑暗的东西。唐纳德本以为安娜会矢口否认,会强烈抗议,会对他严加斥责。可她却只是流露出哀伤的神情。

"那是很久以前的事了。"她摇摇头,"唐尼,我很抱歉,但那已经是很久以前的事了。"她的目光越过唐纳德,向门口望去,仿佛是认为会有什么危险袭来。唐纳德回头瞥了一眼,什么都没看见。"我们必须离开这里。"她沙哑的嗓音显得缥缈而遥远,"唐尼,他们,我的父亲,他们制定了一项法案……"

"我想要知道你做了什么。"唐纳德说,"告诉我。"

安娜又摇摇头说道:"是米克和我做的……唐尼,那时么么做看起来应该是正确的。我很抱歉,但我要告诉你另一件事。一件更重要的事。"她的声音细小又寂静。她舔舔嘴唇,向吸管瞥了一眼。但唐纳德只是握住她的手臂。于是她抬起头,凝视着唐纳德。"你还在深度冻结中的时候,爸爸又唤醒我,让我值了一班。"她的牙齿相互撞在一起,"咯咯"作响,她还在努力凝聚起思绪,"我发现……"

"停,"唐纳德说,"不要再编故事。不要再骗我。只说事实。"

安娜将视线转开,全身一阵痉挛——她的这次颤抖格外剧烈。白汽从她的发丝间升起。冷冻舱表面滑落的凝水突然开始大量增加。

"本来就应该是这样。"她说道。她的语气,她四处躲避的目光,都在清楚地表明她承认了,"本来就应该是这样。你和我一起,我们一起建造了这里。"

唐纳德的心中腾起新的怒火。他的两只手颤抖得比安娜更厉害。

安娜向前探出身子,"我不能让你死在那边,一个人死去。"

"我本来不会是一个人。"唐纳德咬紧牙关,低声说道,"你也没资格决定这种事。"他双手抓住冷冻舱的边缘,直到指节发白。

"有件事,我一定要告诉你。"安娜说。

唐纳德等待着。她还会说出什么样的解释或者道歉?她的父亲本就没有给他留下什么,而仅剩的这一点也全都被她夺走了。瑟曼摧毁了所有人的世界;安娜摧毁了唐纳德的。唐纳德等着看安娜还要说什么。

"我的父亲制定了一项法案。"安娜的声音有了一点力气,"根据那项法案,我们永远都不会被唤醒。我们需要离开这里。我需要你的帮助……"

还是一样。她不在乎自己已经毁掉了他。唐纳德感觉自己的愤怒平息了。烈火在他的体内飘散,成为他的一部分,像海浪一样一波又一波冲向岸边,没有足够的力量支撑自己,只能伴随着嘶吼和叹息在岩石上撞得粉碎。

"喝吧。"他对她说着,轻柔地抬起她的手臂,"然后你就可以告诉我,告诉我该如何帮你。"

安娜眨眨眼。唐纳德伸手将吸管转到她的唇边。这双嘴唇会向他诉说一切迷惑他的事情,会利用他,让她不会感觉那样空虚、那样孤独。关于她的谎言和她的毒计,他已经听得够多。让她的声音进入自己的耳朵,就是在把自己的血管给她。

安娜的嘴唇在吸管上合拢。她的面颊随着吮吸的动作凹陷下去。一股恶心的绿色液体从吸管中涌过。

"好苦。"安娜在吸过第一口之后悄声说道。

"嘘。"唐纳德对她说,"喝吧,你需要这个。"

安娜继续喝下药水。唐纳德帮她扶稳保温瓶。在吸吮的间歇,安娜对唐纳德说,他们需要离开这里,这里不安全。唐纳德表示同意,又将吸管推到安娜唇边。危险的正是安娜自己。

保温瓶中的药水还没有喝光。安娜已经木讷地盯住唐纳德,困惑地问:"为什么我觉得……这么困?"她缓慢地眨眨眼,努力想让眼睛睁开。

"你不应该把我带到下面来。"唐纳德说,"我们不应该这样活着。"

安娜抬起一条胳膊,抓住唐纳德的肩膀。她似乎明白了。唐纳德坐在冷冻舱的边缘,伸开手臂搂住她。她倒伏在他身上。他的脑海中闪过他们的初吻。那是在大学时的一个晚上,她喝多了,直接睡在了他的兄弟会总部的沙发上,头靠着他的肩膀。那天晚上剩下的时间中,唐纳德一直坐在那里,手臂一动不动,越来越麻木,直到狂欢派对从喧嚣热闹变得寂静无声。第二天早晨,他们醒了,安娜比他更早睁开眼睛,微笑着感谢他,说他是她的守护天使,给了他一个吻。

那已经是不知多久以前的事情,只让人觉得恍如隔世。生活不应该拖延这么久。但唐纳德记得那天晚上安娜的呼吸声,就像昨天刚刚听到。他记得他们上一次值班时,同睡在一张单人床上,她睡着时头就靠在他胸前。就在此刻,他再次听到她的声音——突兀、颤抖的最后一次吸气,悠长而吃力。她的身体僵持了片刻,冰冷的指甲抖动着陷进他的肩膀。唐纳德抱着她,直到她的手指慢慢放松,安娜·瑟曼呼出她的最后一口气。

第八十一章

17号筒仓

2318年

第7年

罐头出了问题。对此吉米一开始还不太能确定。几个月前,他注意到一只甜菜罐头上出现了一些棕色的小点。那时他还没有太在意这件事。现在越来越多的罐头被这种斑点覆盖。有些罐头的味道也不太一样了——这可能是他的想象,但他拉肚子的情况的确是越来越频繁。服务器房的气味也因此变得非常可怕。他不喜欢靠近解大手的角落。那里的苍蝇已经多到了吓人的程度。这意味着他解大手的地方离那里越来越远。终于,到处都出现了他的排遗物。而苍蝇消耗这些废物的速度远远落后于他制造它们的速度。

他知道,自己需要出去。最近走廊上已经听不到任何动静。没有人再来试密码了。曾经让他感觉像是监狱的服务器房现在却变成了他意识中唯一安全的地方。走出去的欲望曾经是那样强烈,现在却只会让他感到惶恐不安。现在的生活就是他所知道的一切。无论采取什么样的行动似乎都是在发疯。

他决定再等两天。两天以后,他会制订一个准备计划。

他拆开自己最喜欢的步枪,给每个零件上油后再装回去。他还有一箱幸运子弹,在射罐头游戏①中很少哑火和卡住,所以他清空了两只弹夹,只装上这些神奇的子弹。他又将一套连体服做成背包——把袖子和裤腿系在一起作为背带,领口用绳子系起来,前襟的拉链刚好可以作为袋口。他在背包里装了香肠罐头、菠萝罐头和番茄汁罐头各两个。他觉得自己不会离开那么久,不过这也说不准。

他拍拍胸口,确保钥匙挂在脖子上。它从来没有被摘下来过,但他总是会习惯性地拍打前胸,确认它在那里——因此他的胸骨上一直有一片紫色的瘀伤。他将一把叉子和一把生锈的螺丝刀放在胸前口袋里,后者是用来戳开罐头的。吉米真的需要找个开罐器,另外他还很需要一些手电筒用的电池。这些年来,服务器房只有两次停电,但那两次都让他只能满心恐惧地待在黑暗中。而哪怕是检查手电筒是否还能工作也会消耗电池的电量。

挠了挠下颌的胡子,他继续思考自己还要带上什么。蓄水池里的水已经不多了。不过他也许能在外面找到水,所以他又向背包里扔了两只放了几年的空瓶子。为了找到合适的瓶子,他不得不在储藏室一角堆积如山的空罐头盒中翻找了许久。苍蝇一直纠缠着他,对他大吼大叫,想要把他赶走。

吉米对苍蝇说:"看见你们了,看见你们了,一边嗡嗡去。"

吉米被自己的笑话逗笑了。

他又从厨房里拿出还没有被他折断刀尖的大厨刀,也放进背包里。第二天,当他鼓起勇气准备出发的时候,又觉得时间有些太晚

---

①这里的英文"Kick the Can"也有拖延时间,不处理问题,不做出决策的意思。——译注

了。于是他又把枪拆开，重新上好油，向自己承诺明天早上一定会出发。

那天晚上，吉米没睡好。他把通讯器开着，以防万一还会有人用通讯器说话。静电的"嗞嗞"声让他梦见外面走廊里的空气透过钢制大门漏进来。他不止一次地惊醒，感觉喘不过气，想要继续睡觉也很难了。

到了早晨，他又在电脑上查看监控摄像，发现摄像机依然都无法工作。他希望至少能看看走廊里的情况，但窗口画面只有一片漆黑。他告诉自己，外面没有人了。他很快就会出去。他要出去，要出去了。

"不会有事的。"他告诉自己，然后抓起散发着机油味的步枪，提起自制背包。他突然想到，如果有必要，他可以把这只背包当衣服穿。他又因为自己的主意笑了两声，朝梯子走去。

"加把劲，加把劲。"他不停地催促自己爬上去，又想吹两声口哨，平时他都吹得很好，但现在他的嘴太干了。于是他哼起了爸妈过去常给他唱的一段曲子。

背包和枪挂在他的臂弯里，感觉都很重，让他很难打开梯子顶部的格栅地板。不过他最终还是成功了。他向上探出头，停顿片刻，欣赏了一下服务器轻柔的"嗡嗡"声。一些服务器还在"咔嗒咔嗒"地轻声作响，仿佛它们内部的零件正在忙碌。这些年里，他把大部分服务器的背板都拆了下来，想看看里面是否有什么秘密，但它们看上去都和父亲以前组装的电脑没什么差别。

来到服务器堆栈中间，他自己排遗物的恶臭扑鼻而来。你不应该给别人这样的第一印象——他心中想。那些黑色的柜子散发出可怕的热量，让这里的气味变得更加可怕。

他站在钢制大门前,又犹豫了一下。他的世界每天都在缩小。起初,他在这两层过得很舒服,无论是布满黑色机器的大厅,还是下面的迷宫,都有很多空间供他使用。然后,就只有下面还算舒服。再然后,就连下面的黑暗通道和高高的梯子也让他感到害怕。很快,他就把自己限制在那个摆着床垫的后屋和气味渐渐古怪的储藏室。而现在,他唯一还能感觉到安全的地方只有他在电脑桌旁边给自己放置的那张床垫。听到通讯器中单调的静电噪声,他才会安心。

此刻,他正站在那道父亲将他一把拽进来的大门前。他在这里杀死了三个人。眼下他在考虑要拓展自己的世界。

他向门旁的面板伸出手,感觉手掌是湿的。他有点担心外面的空气有毒,不过他可能正呼吸着同样的空气。而且有人在外面生活了很多年,通讯器中不时会传出他们的交谈声。他输入了前两位数字——12,又想了想接下来的两位——18。吉米想象自己能回家换衣服,在厕所里解手。妈妈也许正坐在她的床上等他。他仿佛能看见妈妈平躺着,双手交握在身前,只剩下了骨头。

他的手指颤抖着去按1,却碰到了4。他在大腿上蹭蹭双手,等待输入超时,面板发出警笛声。"对面没有人。"他对自己说,"没有人,只有我一个,只有我一个。"

不知为什么,这让他感到些许安慰。

他输入了上学的楼层号,然后是家的楼层号。

面板"嘀"的一声响,随后是门锁的声音。吉米·帕克后退一步,心中想到了学校和朋友,不知道他们是否还活着。如果真的还有人活着就好了。他用手指勾住步枪背带,拽过头顶,挂在肩膀上。门锁"哐"的一声退出锁槽。现在他只要用力拉一下就可以了。

第八十二章

走廊里到处都是生命和死亡的痕迹。瓷砖地板上有一圈焦黑的印子和一堆灰烬。他能猜到这里曾经有过一堆篝火。钢制大门的外表面布满了划痕和凹陷。尤其是那些凹陷,让他想起自己在射罐头游戏中的失误,那些子弹对牢固钢铁徒劳无益的亲吻。吉米注意到脚边地板上有一片棕褐色的污渍,这让他想起曾经有一个人在这里死去。吉米把目光从这些生存和死亡的痕迹上移开,迈步走进门外的走廊。

就在他要把大门关上时,脑子里忽然闪过一丝犹豫。如果他的密码没办法从外面打开门呢?如果大门锁上,他再也回不去了,该怎么办?他查看了一下外侧面板,看到钢制面板周围遍布凹痕——一定有人曾经努力要把这块面板从墙上撬下来。那么多年里,曾经有那么多人不顾一切地想要进去。想到这一点,他觉得自己竟然想离开这里,真的是疯了。

但没等他进一步想清楚自己的忧虑,大门已经被他关上,随着齿轮转动,门锁滑入墙壁锁槽,他的心稍稍沉下去一点。"哐"的一声闷响,引起些许空洞的回音,仿佛在预示某种可怕的结局。

吉米的手急忙按在面板上,一颗心几乎撞进了喉咙。他觉得仿佛有人正在从周围的三条走廊里冲过来要抓住他。那些人还在发出让人血液凝固的吼叫,将大棒高高举过头顶……

他输入密码。大门打开了。他推动门把手,又深深地吸了几口家中的空气……服务器的热量炙烤着他的排遗物,浓烈的气味让他险些窒息。

没有人沿着走廊冲过来。他需要一支新的开罐器,找到一间能用的厕所,还需要完整不破烂的连体服,还有新鲜空气,以及另外的罐头食物和水。

吉米不情愿地再次关上大门。尽管他刚刚测试了密码,心中还是在为了无法回家而惴惴不安。也许刚才齿轮磨坏了?也许每天从外面只能开一次门?还是每年只能开一次门?他心中有一个声音在告诉他,他应该清楚自己的偏执,就算是将密码测试一百次,他还是会担心下一次密码不能正常工作。他可以永远这样测试下去,但他永远都不会安心。他强迫自己离开这道门,而他的耳膜此时还能清楚地听到脉搏"咚咚"的跳动声。

走廊里的灯都亮着。吉米把步枪撑在胳膊上,悄然走过一间间被洗劫一空的办公室。一片寂静之中,他只听到一根摇摇欲坠的灯管在发出"嗡嗡"声,还有桌子上的一张纸在通风口下飘动的声音。安全闸门早已无人值守。爬过安全闸时,吉米想起了亚尼。在他的想象中,外面的楼梯里仿佛依然挤满了人,一个穿着清洁防护服的人冲出来,在人群中晃动,但是他打开楼梯门向外看去,楼梯平台上空无一人。

这里另外一点和吉米的想象完全不同的地方,是光线非常昏暗,只有绿色的应急灯还亮着。吉米慢慢关上楼梯门,好让生锈铰链发出的尖叫声轻一些。他脚边的格栅地板上有个东西。吉米用靴子轻轻踢了它一下——是一根白色的圆柱体,差不多和他的小臂一样长,两端有凸起的疙瘩,是一根骨头。吉米能认出它来,是因为那个死在服务器房里的人在被他拖到他的粪堆旁后,已经慢慢变成了一堆这样的东西。

吉米非常确信,总有一天自己的骨头也会这样暴露在空气中——也许就在今天。他可能再也无法回到服务器下面那间坚固的小屋去了。不过他没有因此感到多么害怕。来到户外的兴奋,凉爽的空气和楼梯上的绿光,甚至是另一个人的残骸,都让他摆脱了长久被囚禁形成的幽闭恐惧,心中生出一种豁然开朗的慰藉。这座筒仓的一个个楼层,曾经也是困住他的围栏,现在却成了广阔的外部空间,一片充满无限死亡和希望的土地。

第八十三章

他没有什么大计划,也没有真正的目标,不过他的内心在怂恿他向上走。他的手电马上就要没电了,所以他在探索时必须多加谨慎。他摸进一间公寓,想找到厕所,也许上帝垂怜,能让他好好在厕所里放松一下。但结果让他格外沮丧。无论马桶还是水槽都没有水。马桶旁边的喷头也是干的。所以他只能在一片漆黑中使用了一条床单。

他继续向上。19层有一家百货商店,就在他家下面。他要去那里看看是不是有电池,不过他担心那里最有用的东西应该已经被拿光了。不管怎样,那里的服装区会有连体服。对此他是有信心的。于是一个计划开始在他的脑海中形成。

直到台阶上的震动彻底打断了他的思路。

吉米停下来,仔细倾听"噔噔"的脚步声——在上面。他可以看到一个楼梯平台就伸出在他的头顶上方,只要绕中央立柱再转一圈就能到达那里,比下面的平台距离他更近。于是他开始向上奔跑,步枪一下下撞击着绑在临时背包上的水壶,靴子笨拙地撞击着金属踏板。他的心中既有恐惧,又有宽慰,这个筒仓里不是只有他一个人。

他拽开楼梯门,钻了进去,只留下一道小门缝,将脸贴在门板上，透过门缝朝外面望出去，两只耳朵仔细分辨每一点声音。脚步声越来越响。吉米屏住了呼吸。一个人影从门缝前掠过，伴随着手掌摩擦楼梯栏杆的"吱吱"声。紧接着又是一个人影。还有响亮的喊嚷声。话语中充满威胁的意味。那两个人都是一闪即逝。吉米缩在黑暗中，身后是一条陌生而寂静的走廊。直到那两个人跑远，声音渐渐消失，他才察觉到有什么东西贴着地板悄悄靠近到他身旁——漆黑的毛发中伸出爪子，轻轻挠着他蓬乱的长发。吉米一下子窜回到楼梯平台上，在应急灯昏暗的绿光中喘息着，不知道该如何看待眼前的情况。

不管怎样，他只有一个人。就算这里还有其他人活着，他们也只会追逐你，杀死你。

他继续向上走，更加仔细地倾听是否有脚步声传来，扶在栏杆上的手注意栏杆的震动。沿螺旋楼梯走过32层的水厂，31层的土壤农场，26层的卫生部，在绿色的灯光中一直向百货商店前进。腿上的肌肉开始发热，不过这让他感觉很好。他经过了一连串熟悉的路标，一个个呈现出另一种生存状态的楼层——陈旧的管线缠绕堆积在一起，整个世界虽然还有他记忆中的影子，却已经锈迹斑斑、破旧不堪。

来到百货商店，他发现这里已经没什么东西了。一具尸体被压在一堆货架下面，伸出来的靴子很小，可能是女人或者孩子的。靴靿和裤脚之间露出白色的踝骨。尸体旁边的架子下面压着一些东西。不过吉米不是很想搜索那里。他在其他货架上残存的零碎中寻找了一下电池和开罐器，找到的都是一些玩具、小饰品和其他没用的东西。吉米感觉许多片影子落在那些东西上。为了节约仅存的电量，他没有打开手电，只是在黑暗中蹑足走出了商店。

搜索自己的旧公寓也不值得消耗电量。这里已经没有了家的感觉，只是弥漫着一种莫名的哀伤。他觉得自己辜负了爸妈，一种陈旧的痛楚从他的头部中央爆发出来，就像原先他吃多了冰的感觉。吉米离开公寓，继续向上。还有一些东西正在上面呼唤他。一直走到离学校那一层不到半圈楼梯的地方，他才明白召唤他的是什么。遥远的过去前来迎接他。一切开始的那一天。在他的教室里，在他记忆中最后一次见到母亲的地方，依然坐着他的朋友们——也许这只是因为他的意识早已混乱，但如果他能留下，如果他能回到书桌后面坐好，让一切重新来过，也许一切都会有所不同。

第八十四章

吉米在走向教室时打开了手电。他很快就发现,一切已经无可挽回了。教室正中央还躺着他的旧背包。课桌七倒八歪。原先整齐有序的行列全都被打断,就像一些破碎的骨头。吉米仿佛能看到朋友们冲出教室。歪斜的桌椅向吉米显示出他们向门口奔逃的路径。他们都拿上了自己的背包。只有吉米的留了下来,像一具尸体倒在地上。

走进教室,他的手电照亮了整个房间。他能感觉到皮尔森夫人从书本上抬起头,无声地向他微笑。芭芭拉坐在门旁边她的课桌后面。吉米记得在一次去饲养场的班级旅行中,他们牵起了手。那是在回来的路上,他们刚刚闻过许多动物奇怪的气味,还伸手到栅栏里,抚摸过各种皮毛、羽毛,还有没毛的胖胖的猪。吉米已经十四岁了,那些动物让他兴奋不已,或者可以说是改变了他。因此,当同学们纷纷走上螺旋楼梯,只有芭芭拉落在后面,向他伸出手的时候,他没有退缩。

那次长久的触碰让吉米尝到了和另一个人在一起的滋味。他的指尖拂过芭芭拉的桌面,在灰尘中留下了痕迹。保罗是他最好的朋友,他的桌子被掀翻在地上,让那一列课桌出现了一道空隙。吉米从那道空隙中走过,看着所有人同时出逃的场景。他的妈妈为他争取到了宝贵的时间。所以他才能站在这间教室中央,孤独一人,身边只有他的背包。

"我只有一个人。"他说道,"孤身生活。"

他的嘴唇很干,粘在一起。他说话的时候,它们仿佛是第一次被分开。

他注意到自己的背包已经被掏空,跪下来,打开背包盖,里面有一小片塑料布,是妈妈用来给他包午餐的。那份午餐早就不见了,是两个玉米棒和一个燕麦布朗尼。他能记住一些事,却怎么也想不起另一些,真是奇怪。

他继续在背包里翻找,想知道其他东西还有多少被拿走了。他父亲用零件组装的计算器还在,还有叔叔在他十三岁生日时送的玻璃士兵。他用了一些时间,把临时背包里的所有东西转移到旧背包里。旧背包的拉链很涩,但还能用。他仔细看了看那件打结的连体服,确认它比自己身上穿的那件还要破烂,就把它丢在了这里。

吉米站起身,打量起整间教室。手电光扫过一片混乱。他瞥见有人在黑板上留下的记号,便将手电转过去,看到有人一遍又一遍地写下的"混蛋"——混蛋混蛋混蛋混蛋。

吉米在皮尔森夫人的书桌后找到了抹布。它已经变得又硬又脆。他还是用它抹掉了那些字,留下一片污迹。吉米想起当着全班同学的面在黑板上写字的快乐时光。他记得写作业。皮尔森夫人曾经称赞过他的诗,不过可能只是为了鼓励他一下。他舔舔嘴唇,从托盘中拿起一小根旧粉笔,想写点什么。站在全班同学面前的紧张心情完全不存在了。没有人在看他。他只是孤身一人。

我是吉米。他在黑板上写下第一句话。手电筒在黑板上投下一个奇怪的光晕。一圈模糊的光环围绕在他写的字上。那一小截粉笔撞击着黑板,不断发出"笃笃"声和一下一下尖细的摩擦声。这声音在陪伴他,而他是在用一种逝去岁月留给他的机械习惯,写下了一首孤独的诗:

鬼魂冷眼看,鬼魂冷眼看。
看我独来往,踽踽四处转。
尸体笑得欢,尸体笑得欢。
一脚踩上去,欢声便飘散。
父母寻不见,父母寻不见。
他们在等我,盼我把家还。

最后一句,他不是很确定。然后他又将整首诗看了一遍,感觉写得也不是很好。继续写下去应该也不会让这首诗变得更好,但他还是写了下去。

筒仓空漫漫,筒仓空漫漫。
死亡处处在,仓底到仓边。
我名叫吉米,我名叫吉米。
没人再叫我,我名只我记。
鬼魂冷眼看,一人独凄凉。
孤独陪伴我,让我变坚强。

他知道,最后这句话是在撒谎,但这毕竟只是一首诗,不能算数。他从黑板前退开,在闪烁的手电光中审视这些诗句。每一句诗中的每一个字都在一点点倾斜,逐渐向下坠,每一行都歪斜得更加厉害。越向后,字就越小。他写板书的时候一直都有这个毛病——起笔的时候字很大,越写就越缩起来。他挠了挠下巴上的胡子,不知道这对他来说意味着什么,又预示着什么。

他觉得自己的这首诗有很多问题。第二段的第四行就不是真的——就是没有人叫他"吉米"那一句。在那上面,他依然写下了"我名叫吉米"。他依然觉得自己是吉米。

他拿起粉笔托盘上的那块硬抹布,站到自己的诗歌前,要擦去不正确的那一行。但有什么东西阻止了他——他害怕修改只会让这首诗变得更糟糕,害怕抹去一行,却没有合适的文字可以再填进去。这是他的声音,现在这一点声音也少得可怜,抹去一点就再难以弥补了。

皮尔森夫人一直看着他。还有同学们的目光,也都在他身上。幽灵在看,尸体在笑,而他只是一直在审视那些有问题的句子。

他终于想到了解决的办法,就像是以前找到正确的路径,在连线游戏中连对了所有的点,一股熟悉的兴奋感油然而生。吉米一下子把满是灰尘的抹布拍在黑板上,抹掉他刚刚写下的诗句。"我名叫吉米。"消失不见,变成一片白色的污渍和一团粉尘。然后他放下抹布,在那个空位上写下事实。

我名叫孤独(Solitude)。他写下这句话。而且他喜欢这个新名字的发音。它听起来充满诗意和内涵。不过,诗歌中的每一个字都有自己的意志。在他心底深处有一个声音开始催促他换一种写法。于是他缩短了"孤独"这个词,让它只剩下两个整齐的小圆圈,一个S和一个倾斜的竖钩——Solo。他抓起背包,离开教室和他的老朋友们。留在教室中的只有一首诗、一声希望被记住的呼唤、一

个证明他来过的痕迹。

我名叫梭罗(Solo)。

一团粉笔的尘雾缓缓飘落,是那些被抹去文字的幽灵。

第八十五章

1号筒仓
2345年

唐纳德把空轮椅朝威尔逊医生的办公室推过去。搭在轮椅扶手上的毯子已经湿了,毯子角一直拖在地面上。他陷入了一种麻木的状态。今天早上,他还在梦想给予生命,而不是夺走生命。他现在才逐渐理解自己所做的事情,这让他感到喉咙哽咽,难以呼吸。他停在走廊里,思考自己变成了什么人。无人知晓的建筑师,囚犯,傀儡,刽子手。他穿着另一个人的衣服。他的转变让自己都害怕。眼泪涌进他的眼睛。他愤怒地擦掉眼泪——想想海伦和米克,想想他被剥夺的生活。在这座筒仓中,他在不应该的时间点醒来,而这一切都是别人导致的。他能感觉到拴住自己臂肘和膝盖的丝线。他是一个被松开的傀儡,正在将一辆空轮椅推回到它应该在的地方。

唐纳德把轮椅停好,踩下轮椅刹车,从口袋里掏出塑料药瓶,考虑是否应该再偷一两剂安眠药。他担心自己真的会难以入睡。

小药瓶回到了装满空瓶子的柜子里。当他转身打算离开的时候,看到了放在轮床正中央的纸条:

你忘了这个。

——威尔逊

纸条被夹在一只薄薄的文件夹里。唐纳德记得自己曾经把它和反应堆技师的物品一起交给了威尔逊医生。他去找另外两个储物柜的时候,脑子一片模糊,只记得自己紧握着手机。许多事实汇聚在一起,让他意识到是安娜促使米克和瑟曼在最后一刻进行了那次毫无道理的换人——这只可能是女儿向父亲施压的结果。就这样,他的人生被偷走了。

这只文件夹一直放在安娜留给父亲的短信中写明的储物柜里。现在它似乎已经无关紧要了。唐纳德把威尔逊医生的纸条揉成一团扔进垃圾箱,他抓起文件夹,打算挪回自己的床上去睡一觉。但他发现自己不由自主地打开了它。

文件夹里只有一张纸。一张很旧的纸,随着岁月的流逝发黄变脆,边缘碎裂毛糙。在一段打字机打出的文字下面有五个签名,笔迹有的流畅舒展,有的顿挫无力。文件顶部是粗体字打印标题:"回复:法案。"

唐纳德抬头向门口瞥了一眼,随后就转身来到放电脑的小书桌后面,把文件夹放在键盘旁边,坐下来。安娜给她父亲留的短信标题上也有同样的词,前面还标注了"紧急"。唐纳德将那封短信读了十几遍,一直在思考它的含义。就是那封信中的号码让他找到了这只文件夹。

对于筒仓的《法案》他当然很熟悉。那是维持每一座筒仓正常运作的行政文件——用彩票控制人口;确定从罚款到清洁的各种惩罚措施。但这段文字太短了,显然不是那部《法案》。它看上去很像是唐纳德那个时代的一份国会山备忘录。

唐纳德开始细看这段文字：

全体——

我们一直在讨论，10座设施是否足以满足我们的目的，一个世纪的时间框架是否能够实现充分的净化。由于该法案的参与者都了解我们的资源超过当前预算的事实，以及战争计划在一开始就被证明徒劳无益，因此根据现实情况对预期进行修改就不足为奇了。我们现在要求建造30座设施和制定两个世纪的时间框架。技术团队向我保证，他们的进展使新方案成为可能。并且这些数字可能会再次被修订。

在上次会议中还讨论了建造两座达到末日水准的设施，以确保冗余度（或保留一座设施以为备份的可能性）。这被认为是不可取的。哪怕全部篮子只装一个蛋，也要好过承受两个或更多蛋孵化的风险。由于这一修正案引起了越来越多的争论，因此，本修正案应由所有创始人共同起草，并被视为既定法律。我将负责执行末日班次，拉下控制杆。最新模型的长期生存前景为42%。这是了不起的进步，各位。

——维

唐纳德又扫视了一遍签名。瑟曼的签名简单潦草。但唐纳德在无数份国会山备忘录和法案上都见过这个签名。另一个可能是厄斯金的。一个像是查尔斯·罗兹，那位趾高气扬的俄克拉荷马州州长。其他签名唐纳德就不认识了。这份备忘录上没有日期。

他将这份文件又读了一遍。慢慢地理解了它的意义。一开始，他对此还充满了怀疑，但一切怀疑很快就被打消了。他记得上次值班时见过的一份名单，那是一个筒仓排名。18号筒仓当时很靠近顶端。所以维克托会那样努力地拯救那座筒仓。他在备忘录中提到的那个决定——拉下控制杆。他在给瑟曼的信里提到过这件事吗？在他自杀前的供认中提到过吗？对于一些决定，维克托后来应该是越来越无法确定他是否有资格做出了。

全部篮子去装一个蛋。这句俗语不是这么说的。唐纳德靠在椅背上，威尔逊医生书桌上的灯泡有一颗在一明一暗地闪动。灯泡不应该坚持这么久。它们会坏掉，不过它们还有备份。

一个蛋。难道是因为，如果允许超过一个蛋孵化出来，它们会对彼此做些什么？

那份名单。

唐纳德如此轻易就找到了原因，因为他早已知道，一直都知道。否则还有什么可能？那些杂种，他们根本不允许那些筒仓中的人获得自由。不，只会有一座筒仓中的人最终可以走出去。否则，如果他们几百年之后在外面的山丘上遭遇，他们会怎样对待彼此？这个地方是唐纳德设计的。他一直都应该知道。他是死亡的建筑师。

他回想那份名单，回忆筒仓的排名。最顶端的那一座才是唯一重要的。但是它们的排名是如何衡量的？相关的决定有多么武断？所有的蛋最后都会遭到屠杀，只剩一个。这样做又能有什么希望？遵循着什么计划？一座竖井里的居民之间就不会有分歧和斗争吗？竖井内部的矛盾就能够被克服吗？不同筒仓之间的差异都会大到绝对无法弥合？

唐纳德用颤抖的手捂住嘴，不停地咳嗽。他明白了安娜想要告诉自己的东西。但现在已经太晚了。已经来不及做出回应。这就是生命和死亡运行的方式，在这个对两者都视而不见的地方——这一点，他完全忘记了。他再也找不到任何可以唤醒的人，所剩的只有迷乱和哀痛。他唯一的盟友，已经不在了。

但他还可以唤醒一个人。那个他从一开始就想要唤醒的人。叫醒死者,这是一种可怕的力量。唐纳德意识到那条法案真正的意义。他打了个冷战。那是那些密谋摧毁世界的疯子们定下的一份契约。

"那是一份自杀法案。"他悄声说道。筒仓的水泥墙将他围困,像蛋壳一样包裹他。这颗蛋永远不会被孵出来。因为他们是所有毒蛇中最危险的,有他们存在,世界就不会安全。妇女和儿童坐在救生艇里,只是为了激励1号筒仓的男人们一直轮班工作。但他们都要淹死的。无一例外。

第八十六章

17号筒仓

2323年

第12年

那一天,梭罗本来没有计划出发去探索筒仓深处,但事情就这么发生了。这些年里,他向上和向下都已经探索了很远。一路上他要留意人们打斗的声音,在别人留下的破烂中搜寻有用的东西,但和其他人的遭遇正变得越来越少,所以他的探索也越来越大胆。是好奇心、地心引力和无法摆脱的绝望逼着他一直向下探索。也正是这些因素结束了他孤独的日子。

他一边走一边搜寻一处处垃圾堆。在120层,他找到了下层农场和那里居民努力求生的痕迹。这是他迄今到过最远的地方。那些在最初的劫难中幸存下来的人们用电线和临时管道让农场得以继续运作。梭罗在茂密的杂草丛中摘了一些胡萝卜和甜菜。离开的时候,他感觉那里的幽灵在看着他。走出农场,他意识到自己距离传说中的物资部已经非常近了——在通讯器中吵架的人们一直在提起那个地方——他沿着螺旋楼梯一直向下。物资部是富饶之地,至少人们都是这么说的。找到电池和开罐器的愿景在吸引着他。

物资部的大门紧锁着。梭罗俯身到门前,将耳朵贴在冰冷的钢制门板上。他感觉有人在盯着自己。同时门后有一种单调的声音——他的耳朵能听见,身体也能感觉到,就像是筒仓的肺在远处不断收缩膨胀,吞吐着空气。他试着将门打开,但门没有动。从外面看不出这道门有锁,只有垂直的标准把手,可以抓住向外拽。

梭罗退到楼梯上,双手轻轻抓住楼梯栏杆,仔细倾听。经过一番竭尽全力的等待,他终于听到了自己耳朵里的脉搏,这才知道,自己听得很清楚。

没有幽灵。栏杆没有颤动。他查看自己的步枪,确认保险栓是打开的,然后把步枪紧紧抵在肩头,瞄准了两支门把手中间的门缝,在心中想象那里有一只罐头,想象自己一枪射中罐头,而不是人的胸膛。扣动扳机的手指收紧时又轻又缓。从枪管中爆发出去的子弹把他吓了一跳。枪声的轰鸣在筒仓上下回荡。一声巨响之后是十几次回音。梭罗再次瞄准,开了第二枪,第三枪。"轰隆""轰隆"。他猜想幽灵会到处躲闪。他是梭罗,但他的步枪是他喧闹的伙伴。

他把步枪背带套过头顶,再次尝试把门打开。其中一扇门动了一下。梭罗稍稍后退,冲着门踹了一脚,尽管门是向外开的,这样至少也能把撑住门的东西破坏一下。他再一次去拉门,双扇大门在一阵金属摩擦声中被拉开。无数碎片像雨点一样从门板内侧掉下来,落在楼梯平台上,响起一片震耳的"哗啦"声。门板上多了几个窟窿,每个窟窿都是在门板内侧要比在外侧大很多,破损的金属边缘向周围掀起,还闪着亮光,摸上去非常锋利——梭罗发现这一点之后,立刻嘬了嘬被割伤的手指。

刚刚听过自己步枪的轰鸣,现在物资部里面的寂静变得格外沉重。梭罗来到横亘在走廊中,两头都抵住墙壁的前台前面。这里的前台并非密不透风,有些空隙可以让他钻过去。这时他看到前台上一块桌面的连接铰链。他可以将这块桌面掀起,折叠到一旁,直接走过去。

前台后面是高大的货架和堆满各种零碎的过道。梭罗仿佛听到某种刮擦的声音——那只是一扇大门被弹簧铰链带动,重新关上了。以防万一,他从背上取下步枪,蹑手蹑脚地穿过这片废墟。

货架上的箱子早就被彻底翻过。许多地方的箱子明显是被搬走了。有些箱子倒扣在地上,里面的东西散落四处。在梭罗的眼中,物资部就像是一家五金商店。箱子里全都是那种机器上用的金属零件——铆钉、螺母、螺栓、垫圈、挂钩和铰链。他把手伸进一箱小垫圈里,舀起一大捧,又让它们从指缝间漏出去。那些垫圈落地时发出的声音就像一首蹩脚的歌。

继续向过道里面走,箱子里装的零件越来越大。他看到了水泵、长长的管子,还有各种工具。这些工具可以用来切割管子,塑造管子的转角,以及对管子进行封闭。梭罗在心里记住这些东西的位置,同时思考着自己能够开始一些什么样不可思议的项目。

走出过道,一条走廊横在他面前,朝左右两侧延伸出去。走廊两旁都有一连串屋门。这里伸手不见五指。他从胸前口袋里掏出手电筒,将微弱的手电光射向一片漆黑的走廊深处。他应该先在货架上寻找电池,但这条走廊中仿佛有某种东西在牵扯他——一种很不正常的感觉。这里的地上都是垃圾,空气中有番茄的气味——是那种罐头装的、番茄沙司的甜味,而不是藤蔓上果实的甜味。

他弯下腰,捡起一只被丢弃的罐头盒。那上面还粘着红色的番茄酱。他用手指蘸了蘸,发现番茄酱是湿的,没有那种放置多日以后的干硬感觉。他又将手指尖放到舌头上,那种味道狠狠刺激着他的感官,震撼着他的神经。他将步枪背带套过头顶,把枪托抵在肩头,用同一只手握住手电筒和枪身,枪管压在手电光柱上面,将手电光柱一分为二,在天花板上留下一道黑影。

梭罗朝走廊深处仔细观望,支起耳朵努力倾听。手电光在晃动。他悄悄沿着走廊前进,觉得这条走廊仿佛屏住了呼吸。

他试了几个门把手——全都没锁。他将那些门逐一推开,手指扣在扳机上,发现房间里充满阴影,能看到一些没了电的机器——切割和焊接机、塑形和接合机,都满是橙色的锈迹。只有借助手电光,他才能看到它们。有那么一瞬间,他觉得每台机器都潜伏在黑暗中,仿佛人们高举起手臂,准备向他猛扑过来。这些房间深处还有更多道门,形成迷宫般的储藏室。到处都是碎片。最初居民在这里生活的证据都已经消失在随后的战斗和求生的挣扎中了。

有一个房间的气味很怪,就像被烤热的电线,又像是他的步枪射出子弹后的焦灼味。而且这个房间的墙壁全是一片焦黑色。黑影完全吞噬了他的手电光柱。他走到隔壁房间的门前。在这里,楼梯井中应急灯的绿光已经完全消失,就连入口处那些装满螺栓和螺丝钉的高大货架也看不见了。

走廊深处却亮起一点不祥的光。一扇门敞开着。梭罗觉得自己听到了什么声音。他屏住呼吸,等待着。除了他的心跳,什么都听不见,也许的确没什么事。他想到以前住在这座筒仓里成千上万的人。有多少人像他一样幸存下来了?有多少人在照料那些残存的农场?用刀子刮出罐头里的食物,在筒仓底层寻找每一卡路里可吃的东西?同时看着这里的东西一点点生锈?也许只有他一个了,只有梭罗。

隔壁门缝里漏出一丝微弱的光线。梭罗小心翼翼地走过去——他的靴子发出一点"吱吱"声,这让他感到很是恼火。他用枪管轻轻推开门。他记得从远处射中一个人,看到鲜血从胸膛喷涌而出的感觉。他的手电筒忽明忽暗,电池又要出问题了。梭罗放开枪,把手电筒在大腿上磕打,直到手电光恢复稳定。他向那个露出光的房间中窥看,寻找光源。

地板上有一个光圈,一道光束从那里照射出去——是一支被丢在地上的手电筒。

这个幸运的发现让梭罗颤抖着吸了一口气。他快步上前,一路上踢飞了空罐头盒和成堆的垃圾,最终蹲在这一点光亮前,关掉自己的手电,将它塞进口袋,拿起地上的这支。它放射出明亮的光芒。梭罗兴奋地用这支手电扫过整个房间。这正是他此行的目的。现在他不仅得到了电池,还有了一支新的手电筒。只要小心使用,保存得当,这里面的电池可以用上好几年。但如果他不赶快把这支手电关了,它们顶多只能撑上几天。

几天。

梭罗感觉有一桶冷水沿着自己的脊背一直淋下来。他周围的黑暗仿佛正在悄悄向他逼近。阴影中的窃窃私语传入他的耳中——那可能只是他的想象,但这支手电的确正在他手中散发着热量。他捡起手电的时候,它是热的吗?

他站在原地一动不动。一只空罐子"叮叮当当"地从他的靴子旁滚开。他这才意识到自己制造了多少噪声,给这个黑暗和死亡之地带来了多少光亮和动静。他退到门口,把枪抵在肩头,感觉仿佛四面八方都有手向他伸过来,那些从不修剪的长指甲马上就要扎进他的肉里。

他转身就逃,差一点丢掉手中的电筒。步枪撞在门框上,挤了一下他的手指。漆黑的走廊里闪耀起刺眼的光芒。然后是世界末日般的一声轰鸣,步枪发射出子弹。梭罗在逃亡,逃向那些隐约透过应急灯绿光的货架,逃离那些想象中正在追逐他的怪物。他惊慌失措的意识里根本想不到真实的情况。是他将恐惧带给了居住在这里的人。他挥舞着那支明亮耀眼的新手电,将另一个人丢在回荡的枪声和他身后的黑暗里。

第八十七章

逃出物资部后，梭罗又向筒仓更深处走去。作为对这番惊吓的回报，他得到了第二支手电筒。在128层，他在一间公寓里排空了膀胱。似乎每当他心怀恐惧的时候，膀胱就会迅速被充满。他想在这间公寓的光板床垫上休息一下，可又怀疑现在还没到晚上，只不过是肾上腺素的消退在让自己感到困倦。

回到楼梯平台上，他开始考虑下一步的方向。他几乎查看过了筒仓里以前未曾到达的所有楼层。这里还是只有他和幽灵。他在脑子里记下了很多东西的位置，发现了第二个充满食物的农场，在120层找到了水储备，用枪轰开了一道门，但还是没有开罐器。不过他还可以用螺丝刀和锤子凑合。往下探索得越多，让人高兴的发现也就越多，于是他决定继续向下。

又往下走了十几层，温度才真正开始下降。他呼出的气全都在冰冷潮湿的环境里凝成了白雾。一根应急消防水管从136层一个生锈的小壁橱中被拉出来，在楼梯平台上绕成一堆，喷嘴中还有水滴出来，穿过格栅地板落下去。梭罗能听到下面远方传来水滴撞击的声音，如同微弱的铃音。他就要走到最下面了。深层——他以前从没有来过深层。

他用消防水管中滴出的水灌满了水壶。正常情况下，消防水管的阀门哪怕只打开一点点，也会释放出强大的水流。梭罗把这根水管的阀门开到了底。即便如此，他也要把水管完全抬起来，才能倒出半壶水。他喝了几小口，因为水管塑料浸入在水中的苦涩味打了个哆嗦。然后他拧上水壶盖，将水壶挂在背包上。现在他的背包里塞满了昨天离开家的一路上捡到的各种零碎物品，再加上步枪。他要背的东西实在有些太多了。

梭罗越过栏杆向下望去，看到筒仓底部——他的世界的最深处闪烁着些许亮光。他知道那里是机械部，是螺旋楼梯尽头的楼层，是电力和新鲜空气的源头。既然筒仓里还有电，空气也还能呼吸，也许这意味着机械部还有人。梭罗小心地握紧步枪，不确定自己是否还想要见到其他人。

他继续沿着螺旋楼梯向下走了几圈，中央竖井中只有他的靴子"咚咚"作响。现在无论是谁，只要把耳朵贴在栏杆上，就能听到他的脚步声。想到这件事，他不由得感到手臂发冷。他能想象有一万人站在栏杆旁，每个人的鼻子都能碰到下面一个人的头顶，所有人都在听他下楼的声音，一连串没有身体的头颅排成没有尽头的螺旋队伍，注视着他的一举一动。

"滚开，幽灵。"他悄声说着。以防万一，他靠在楼梯的内侧栏杆上。越接近中央立柱的地方，靴子踩在楼梯踏板上的声音就越小。他的思绪又回到多年以前，台阶上完全没有空间，人们拥挤在他周围，让他连呼吸都感到困难。妈妈在呼唤他，要梭罗一个人继续向下，不要管她。梭罗觉得自己回到了十六岁，只是他的眼泪全都消失在胡须里，不再像以前那样需要用手抹掉。他还是十六岁，一直都是十六岁。

他的靴子踩进了冷水里。他吓了一跳，失手松开楼梯栏杆，脚下一滑,在努力维持平衡的时候单膝跪倒,水一直浸没到他的胯部。他的步枪从肩膀上滑落,背包也湿了。

他骂了一声,挣扎着想要站起来。水沿着枪管滴落下来,就像一串液体子弹。他的连体服粘在湿透的皮肤上,寒冷彻骨。梭罗抹了抹充满泪水的眼睛,忽然有些怀疑自己脚下的水是不是这么多年里他哭出来的。

"蠢货。"他说道。这真是个愚蠢的想法。水可能是从那些坏掉的厕所里流出来的,或者是底层的机器无法再将污水过滤,并把它们泵回到顶层去,就只能积在这里。

他向上退了一个台阶,看着波动的水面渐渐平复。这就是他从上面看到的闪闪发光的地面。这里的水面上有一层彩色薄膜,荡漾着他知道的所有颜色,透过这层模糊的薄膜,他能看到螺旋楼梯一直向下延伸,进入到黑暗的水下。筒仓完全被淹没了。

梭罗盯住水面和栏杆的交汇处,想看看洪水是否还在上升。不过他的肉眼完全无法察觉水面的上升。

137层双扇大门中的一扇随着他溅起的水浪来回晃动。水面高出这一层的楼梯平台两英尺①以上。门里面的水面高度也是一样。他知道,整个筒仓从这一层开始都装满了水。积水一定要用很多年时间才能涨到这么高。它会永远这样上涨吗?再过多久,他在34层的家会被水灌满?再过多久水就会涨到顶层?

想到自己会慢慢被淹死,梭罗的嘴里冒出一种奇怪的声音,很像是悲伤的呜咽。水从他的衣服上滴下去,落回到它们原先的地方。梭罗又听到了呜咽声。那绝不是他的声音。

---

①约 0.61 米。——译注

他蹲下身,朝被洪水淹没的137层门里望进去,一边仔细倾听。就在那边。那里有人在哭,就在被洪水淹没的这一层里。梭罗知道自己不是一个人。

第八十八章

那声音听起来像是婴儿的啼哭。梭罗看着积水——他必须蹚水过去,才能走进137层。头顶上昏暗的绿光让这个世界呈现出一种幽灵般的虚幻感觉。这里的空气很冷,而水更冷。

他又向上退了几级台阶,将沉重的背包放在干燥的踏板上——靠着外侧的栏杆,那里的踏板更宽。然后他弯下腰,背后的枪磕在楼梯上。他的连体服裤腿已经湿透了。他将裤脚一直卷到小腿上,又开始解靴带。

他还在注意那种哭声,却再没有听到任何响动。他不知道自己是不是应该忍受着水湿和寒冷去寻找某个想象中的东西。也许那只是另一个幽灵,只要他定睛去看,就会消失得无影无踪。他脱下靴子,倒出里面的水,放到一旁,又脱掉袜子。他的大脚趾已经将一只袜子戳破了一个洞。他将袜子拧干,搭在栏杆上。

他将背包留在距离水面四个台阶的地方。水肯定上涨不了这么快。自从他到这里之后,水面看上去就没有动过。他又朝门口瞥了一眼,记住水面的高度,脑海中想象着洪水涌进这个楼层,将他困在其中,不由得打了个哆嗦。他知道,这不是因为自己感到寒冷。这时他觉得自己又听到了那个婴儿的哭声。

他相信自己应该已经到了可以有孩子的年纪。于是他在心里算了一下。他很少会算自己的年龄,二十六岁?二十七岁?生日来了又过去,没有人提醒他。没有甜面包,没有点亮以后马上就会被吹灭的蜡烛。"赶快吹熄它。"妈妈曾经这样对他说。爸爸会一直等到吉米探过身,准备吹气的时候才把蜡烛点着。只是一瞬间的火苗,几乎还不会烤出蜡油来,然后他们一家的蜡烛就会被保存好,等待接下来父亲生日的时候再用。

他觉得这是一个愚蠢的传统。不过每个家族都有许多需要点亮蜡烛的生日。帕克家的蜡烛已经传续了许多代人,到现在连一半还没有烧完。吉米曾经以为,只要自己吹得足够快,就能永远活下去。他和爸妈会一起永远活下去。但这不是真的。他死的时候,只会剩下他自己一个人。蜡烛只是一个谎言。

他走进水中,向楼层大门蹚过去。冷水让他的两只脚陷入半麻木的状态。水面上的彩色薄膜围绕着栏杆的支柱不停地旋转、融合、流淌。梭罗停下脚步,朝楼梯平台外面望出去。他现在距离真正的筒仓底部还很远,却只能看到一片水面一直延伸到混凝土外墙,这种感觉实在是很怪异。如果他掉下去,水会减缓他落向底部的速度吗?还是他会浮在水面上,就像那些小块的垃圾一样?他觉得自己会沉下去。以前他遇到过的最大量的水是在浴缸里。那时他一屁股就能坐到浴缸底。现在他的小腿才没入水中,心里便开始害怕自己会滑进一条看不见的裂隙,摔死在这里。这让他只能小心翼翼地挪动双脚,努力去感觉脚底的金属格栅,尽管他的脚在水中越来越冷。金属格栅下面似乎闪过一丝银光。不过他觉得那只是他的倒影,或者是金属光泽在水面上的跃动。

"你最好值得我这么费劲来找你。"他对走廊深处那个婴儿的幽灵说道。

他凝神细听,等待幽灵的回应,但那个幽灵又不哭了。外面的光被楼层大门挡住,让走廊中只剩一片黑暗。于是他从胸前口袋里拿出手电筒,将它打开。一层层水浪映着手电光,将光线进一步扩散开去。天花板上也有光的波纹在跃动,显示出一片迷人的美丽景象,让梭罗暂时忘记了冷入骨髓的积水。或者也可能是他的双脚已经什么感觉都没有了。

"喂?"他喊道。

他的声音轻轻回到他的耳中。他将手电朝走廊深处照去。那里有三条岔道,其中两条是弧形小道,仿佛会绕过楼梯井,在另一侧交汇。这是一个轮辐状结构的楼层。梭罗笑了。他在那些书中读到过——首字母 Bi 词条下面的 Bicycles(自行车)。他回忆着那个词条。他是在那里明白了"轮辐"的意思。古老的词汇竟然还能……

一声哭喊。

这一次,他完全可以确定了,否则就是他完全发了疯。梭罗立刻冲进一条弧形走廊,用手电筒照过去。一切又变得寂静无声。他等待着,听到一点涟漪撞击墙壁的微弱回音。他朝声音传来的方向走去,掀起新的水浪向周围扩散开去。他觉得自己就像幽灵漂浮在水上,完全感觉不到自己的两只脚。

这是一个住宅层。但怎么可能还有人住在这个被水淹没的楼层里?他在一个社区公共房间外面停下脚步,用手电光驱散这里的黑暗。这个房间的正中央有一只乒乓球桌。钢制桌腿上能看到正在向上延伸的锈迹,仿佛在受到上涨水面的不断追逐。乒乓球拍还放在腐烂扭曲的绿色台面上。草的绿色——梭罗心中想。《遗产》让他在看待自己的世界时有了不同的感觉。

有什么东西撞在他的小腿上,吓了他一跳。他将手电光对准那里,看见一块泡沫垫漂到脚边。他将泡沫垫推开,涉水向隔壁的一道门走去。

门后是公共厨房。他认得那种宽大的桌子和那些椅子的布局。大多数椅子都翻倒在地上,被水没过一半。有几把椅子只剩下椅子腿竖在水面上。角落里有两个炉子,一面墙全部是橱柜。房间里很黑。楼梯间的光线几乎不可能照到这么远的地方。梭罗想到,如果这时电池没电了,他将不得不摸索着寻找出路。他应该带上那支新手电筒,而不是这支旧的。

一声啼哭,这次的声音更响,距离他更近,就在这个房间里。

梭罗挥舞着他的手电筒,却还是无法一眼看到每一个角落。是在橱柜和案台那里。他觉得自己看到了一点动静。他把手电稍稍向后移动。一个案台上有东西在动。那东西笔直地跳起来,随着一下爪子抓挠的声音,那个东西蹿到一个敞开的吊柜里面,一条毛茸茸的尾巴晃了一下,一只黑影消失在黑暗中。

第八十九章

一只猫！一个活物。一条他不必害怕的生命。猫不会伤害他。梭罗涉水走进那个房间,嘴里叫唤着:"猫咪、猫咪、猫咪。"他还记得自己那个旧公寓的邻居是如何叫他们那只无尾猫的。

橱柜里又传出一阵响动。一扇关闭的柜门"吱呀"一声打开,又"砰"的一声被关上。梭罗一次只能看到被手电光照亮的一小片地方。他的小腿又蹭到了什么东西。他将手电筒向下移动,看到水中漂浮着各种垃圾碎片。随后又是一阵"吱吱"声和水花溅起的声音。他用手电筒搜索过去,看见一道 V 形的涟漪——他觉得那应该是一只老鼠游走了。梭罗已经不想继续待在这个房间里。他打了个哆嗦,用自己的空手揉搓了一下手臂。那只猫在橱柜里发出一阵嘈杂的声音。

"过来,猫咪。"他没有刚才那样兴奋了。他从胸前口袋里掏出一根营养棒,用牙齿撕掉包装,自己咬了一口这种带着陈腐味道的干粮,一边咀嚼一边将剩余的营养棒举到面前。这座筒仓已经死了十二年。他不知道猫能活多久。这只猫是怎么坚持下来的?它吃的是什么?老猫会生出小猫么?这是一只小猫?

他赤裸的脚被水下的什么东西蹭过去。手电光的反射让他很难看到水下有什么。一根白骨浮上来,很快又沉了下去。他的脚踝周围有一堆尸体的残骸。

梭罗假装那只是些垃圾。他走到不断发出声音的那个吊柜前,抓住把手,拉开柜门。阴影中传来一阵"嘶嘶"声。猫后退一步,撞开一堆罐头和烂掉的盒子。梭罗掰下一块不新鲜的营养棒,放在吊柜里,等待着。房间的角落里又传来一阵"吱吱"声,还有水拍打家具的声音,橱柜里反倒是一片寂静。梭罗把手电筒的光调小,以免吓到那只猫。

两只灯泡一样的眼睛向梭罗靠近过来,盯住梭罗,就这样过了一段短暂却又感觉格外漫长的时间。梭罗开始认真地担心自己的脚会不会被冻掉。那双眼睛距离他更近了,并且目光在向下转动。是一只黑猫,毛色像油一样光滑,又像一片湿润的影子。那块营养棒被它叼在嘴里。随后就是一阵"嘎吱嘎吱"的咀嚼声。

"好猫咪。"梭罗悄声说着,不再去理会脚下零散的骨头。接着又掰下一小块营养棒举到面前。那只猫往后退了一步。梭罗把食物放在柜子边缘,看到这只猫以更快的速度凑过来。又是一块——猫直接从他的手掌上叼走了它。梭罗把最后一块递出去,猫过来接下食物。梭罗试着用两只手把它抱起来。他希望这只生物能够成为不伤害自己的同伴,但它抓住他的手臂,爪子扎进了他的肉里。

梭罗发出一声尖叫,甩开了双手。手电筒在空中翻滚。随着一阵溅水声,猫消失了。在一连串暴力的尖叫和"嘶嘶"声中,梭罗向水里那团暗淡的手电光摸索过去。手电筒闪了一下,两下,把他丢在黑暗里。

他盲目地摸索着,抓起一根圆柱体,摸到它有异常凸起的末端,那是腿骨嵌进髋骨的一端。他厌恶地丢下骨头。又摸到两根骨头之后,他才找到了手电筒——它明显已经不能用了。不过梭罗还是把手电捡了起来。现在他的手臂像火烧一样痛。在刚才的最后一点光线中,他看到自己的手臂在流血。有什么东西撞在他的腿上,爬上他的小腿,爪子刺进他的大腿。这只该死的猫在他的身上攀爬,就好像他是一条桌腿。

梭罗伸手抓住这只可怜的动物,把它的爪子从自己的肉里拿出来。这只猫浑身湿透,摸上去可能还没有手电筒大,在梭罗怀里不住地颤抖,找到连体服上一块干燥的地方蹭来蹭去,抱怨地"喵喵"叫着,很快又开始嗅起了梭罗胸前的口袋。

梭罗将小猫抱在臂弯里,伸手到口袋里又拿出一根营养棒。房间里黑得伸手不见五指。他只能用力支起耳朵探听周围的声音,直到耳朵都痛了。他撕开营养棒的包装,将营养棒拿稳。两只小爪子抱住他的手,随后就是一阵啃咬营养棒的"吱嘎"声。

吉米脸上露出微笑,蹚着水朝他记忆中门口的方向走去,一路上不停地撞到家具和旧骨头。他不再是梭罗了。

第九十章

1号筒仓
2345年

唐纳德的公寓变成了一个洞穴。在这个洞里,各种纸条就像漂白的骨头一样四处散落;文件夹如同野兽的尸体装饰着他的墙壁;从档案部调阅来的记录文本像刚刚捕杀的猎物,源源不断地被送过来。几个星期过去了。走廊里的脚步声已经没有开始时那样繁乱匆忙。唐纳德独自和鬼魂们居住在一起,慢慢拼凑出他参与建造的东西有着怎样的目的。他开始看到这件事的全景画面,不断放大视角尺度,直到整幅蓝图都呈现在他的眼前。

他用一块粉红色的破布捂住嘴,一边咳嗽,一边继续查看自己最新的发现。这张地图他以前在军火库里见到过,上面囊括了所有筒仓。每个筒仓都有一条连线,所有连线汇聚在一点——这也是许多未解之谜中的一个。这份文件的标题是"种子",但他在文件中找不到其他任何内容。

他能听到安娜在向他悄声耳语,在努力告诉他什么。安娜想要说,瑟曼账户里的那封短信是留给他的。现在这一点已经如此明显。她本来已经不可能被唤醒,因为她是女人。她需要唐纳德,需要唐纳德的帮助。唐纳德能够想象安娜在最近的某个班次中也将这一切信息拼凑在一起——只有她自己一个人,心中充满对她父亲的恐惧,却无人可以求助。于是她窃取了父亲的权力,将这份权力交给唐纳德,第二次改变了唐纳德的身份,并给唐纳德留了一封短信,要唐纳德将她唤醒。而唐纳德又做了什么?

敲门声忽然响起。

"谁?"唐纳德感觉从嗓子里冒出来的不像是自己的声音。

屋门打开一道缝隙。"我是埃伦,长官。我们收到了18号的呼叫。那名学徒已经准备好了。"

"等一下。"

唐纳德又用手绢捂住嘴,咳嗽了一下,然后缓缓站起身,迈过两只装着食碟的空托盘,向浴室走去。他放空膀胱,冲水,攥住台盆边缘,端详了一下镜中的自己,脸上流露出苦涩的神情。镜子里的这个人头发蓬乱,满脸胡楂,看上去近乎疯狂。但人们依旧信任他。所以他们要比他更疯狂。唐纳德微微一笑,露出一口黄色的牙齿。他想起过去漫长的历史中,那些执掌权位的疯子,不过是因为没有人向他们发出挑战而已。

屋门铰链传来尖厉的声音,埃伦探进头来。

"马上就来。"唐纳德说着,大步走过那些报告,在上面留下一串脚印。台盆边缘多了一片带血的手掌印。

"他们正在召唤那名学徒,长官。"埃伦在走廊里继续说道,"您想要先梳洗一下吗?"

"不必,"唐纳德说,"我很好。"他来到门口,努力回想这次通话要做些什么。一场入会仪式。那些他还记得,不过那应该是盖博负责的。"为什么还需要我参加?"他问题,"我们的主管不是会完成这次通话吗?"他记得自己在第一次值班时就做过这种事。

埃伦把一样东西丢进嘴里,一边咀嚼一边摇摇头。"我还以为您在这里看了这么多东西,应该对现在的《指令》有了一点了解。从您上次读到它到现在的这段时间里,它应该又有了一些改变。现在需要值班首长完成这个仪式。那通常应该是我……"

"但既然我被唤醒了,那就应该是我。"唐纳德走出房间,把门关上。两个人沿走廊朝远处走去。

"没错。每一个新班次里,这里的主管要做的事情都会更少一些。我们一直都在遇到一些……问题。我会和您一起完成仪式,帮助您处理好每一个步骤。哦,还有,您想知道那些飞行员什么时候结束值班?现在最后一名飞行员就要被送下去了。他们正在下面整理相关设备。"

唐纳德抬起头。终于,他等到了自己想要的结果。"那就是说,军械库现在空了?"他无法掩饰自己的兴奋。

"是,长官。飞行任务全部完成了。我知道您一开始就不喜欢动用他们。"

"是的,是的。"唐纳德摆摆手,跟随埃伦转过一个拐角,"处置好他们以后,要把军械库封起来,除了我,任何人都不能进入。"

埃伦放慢脚步。"只是您吗,长官?"

"只要是我值班的时候。"唐纳德说。

他们在走廊里遇到盖博。这名筒仓主管的手中捧着三杯咖啡,面带微笑向他们点头。唐纳德还记得自己作为筒仓主管时帮人取咖啡的情景。现在,这差不多是筒仓主管能做的全部事情了。唐纳德不由得在心中猜测,筒仓主管落到今天这步田地大概也和自己值的第一班有关系。

埃伦压低声音。"您知道他的故事,对吧?"然后他又咬了一口什么,继续咀嚼着。

"是的。他在几个班次之前还是操作组主管。那时他崩溃了,想要接受深度冻结。当时的值班医生说服他接受降级。我们已经失去了太多人手。现在值班安排已经开始发生重合了。"埃伦停住话头,又咬了一口手里的东西。唐纳德闻到一种熟悉的气味。埃伦发现他在看自己,就把手里的东西举起来。"要吃百吉饼么?刚烤出来的。"

唐纳德能闻到它的香气。埃伦给他撕了一块,还是热的。"我还不知道他们能烤这个。"唐纳德将那块饼丢进嘴里。

"新的主厨刚开始值班。他在试验制作各种食物。他……"

唐纳德没有听到后面的话。他在咀嚼自己的回忆。那是在华盛顿一个凉爽的日子,海伦来看他,还带来了他们的狗,她从萨凡纳一路开车过来。他们绕着林肯纪念堂散步。那时距离樱桃花盛开还有一个星期,不过树上枝头已经有了点点花苞。他们买了一些新鲜的百吉饼,还是热的,还有咖啡的香气……

"别再做这种东西了。"唐纳德指着埃伦手里的百吉饼说。

"长官?"

转过前面一个弯,他们就会进入直达通讯室的走廊。"我不希望那名主厨再进行任何试验。让他按照常规准备食物。"

埃伦显得有些困惑。犹豫片刻之后,他点点头回答道:"是,长官。"

"这么做不会有什么好结果。"唐纳德解释说。虽然埃伦更加努力地表示认同,但唐纳德明白,他已经开始像他所厌恶的人那样思考了。一层失落的阴影罩在埃伦的脸上。唐纳德有一种突兀的冲动,想收回刚才的命令,想要抓住那个下达命令的人,用力抓住他的肩膀,问问他,他们到底以为自己在干什么,为什么会有这么多悲伤和心痛。他们当然应该吃一些带有记忆的食物,谈一谈那些被他们抛在身后的岁月。

但他什么都没有说。两个人在沉默和不安中继续沿走廊前行。

"我们颇有几个筒仓主管是从操作组主管降职下来的。"埃伦在片刻之后把话题引回到盖博身上,"知道吗,我在最初的两个班次里是一名通讯官。我前面的那个人,上一个班次的操作组主管本来是医疗部的。"

"所以你不是心理医生?"唐纳德问。

埃伦笑了。唐纳德想到维克托,那个用枪把自己的脑子轰出来的家伙。这个地方不可能维持太久了。走廊中央的地板上能看到裂缝。地板砖都无法更换。边上的地板砖情况要好很多。他在通讯室外停下脚步,打量着这个有数世纪历史的地方现在的磨损状况。墙壁上,肩膀手臂能碰到的地方都有不少剐蹭的痕迹,其他地方还整洁一些。这座筒仓地面上的磨损痕迹能清楚地显示人们的行走状况。它被消耗的程度并非平均分布,就像它的居民一样。

"你还好吗,长官?"埃伦问道。

唐纳德抬手示意埃伦不必多问。他能感觉到通讯室中的人们在等自己。但他正在思考一名建筑师要如何设计出能够承受时间摧残的建筑。这需要使用特定的计算方法,对整个建筑结构的受力和磨损进行平均分配,让每根梁柱和铆钉承担合适的负荷。所有这些要素整合在一起,造出的建筑才能够承受飓风和地震的冲击,还有大量冗余。但真实的压力和张力不像计算机模拟的飓风那样友善。这种冲击测试还包括抛掷2英寸乘4英寸的钢板模拟飓风中的碎片。它们击中建筑物的时候，会产生炸弹一样的效果。但实际情况往往是一条走廊的中间部位会不幸地承受大部分压力，一些人在值班时也会遭遇最糟糕的事情。

"他们都在等我们，长官。"

唐纳德的目光从墙壁上的伤损转向埃伦。这个年轻人有一双明亮的眼睛，呼吸中还有百吉饼的味道，发色润泽，嘴角上扬，一丝淡淡的微笑就像是希望的伤疤。

"是啊。"唐纳德挥挥手，示意埃伦进入通讯室，自己跟在他身后，像其他所有人一样来到通讯室的正中央。

第九十一章

唐纳德开始温习对话程序。埃伦一屁股坐进他身边的椅子里，戴上耳机。软件能够改变他们的声音，让所有人的话语都变得平直刻板，没有差别。其他筒仓的主管们不需要知道1号筒仓中的人员更替。他们听到的永远是同一种声音，同一个人。

这一班的通讯员端起杯子喝了一口水。唐纳德能看到他的马克杯上用记号笔写着：我们是1号。不知道写下这句话的人指的是不是这座筒仓。通讯员放下杯子，用一根手指画圈，示意唐纳德开始。

唐纳德捂住麦克风，清了清嗓子。他能听到线路另一端有人在说话，有人戴上了耳机。通话的前半部分有既定剧本。唐纳德记得大部分要说的话。埃伦转过身，有些内疚地匆忙把百吉饼吃完。当通讯员对他们竖起大拇指，埃伦示意唐纳德来主导这次面试。唐纳德现在只想着赶快结束这里的事情，然后去没有人的军械库。

"名字。"他对着麦克风说道。

"卢卡斯·凯尔。"对方回答。

唐纳德看到从耳机中获取的分析曲线向上跳了一下。心中有些为这个人感到难过——他将要接手的是一座评分接近于垫底的筒仓，似乎已经全无希望。唐纳德现在只是走一个过场而已。"你在技术部当学徒。"

对方停顿片刻后回答道:"是的,长官。"

那个男孩的体温在升高。唐纳德可以从显示读数上看出来。通讯员正指点着什么东西和埃伦交换意见。唐纳德看了一眼剧本。上面列出了一些很容易回答的简单问题。

"你在筒仓里的主要职责是什么?"他读出了剧本的下一行。

"维持《指令》的有效性。"

读数飙升。埃伦抬起一只手示意稍作停顿。等到读数稳定之后,他才示意唐纳德继续。

"最重要的保护对象?"虽然明知有软件在做处理,唐纳德还是努力保持声音的刻板。一个曲线图再次出现跳动。唐纳德的思绪飘到了那些飞行员身上——他们终于离开了军械库,他觉得那个地方是属于他的。他会把这里的事情处理完,然后定好闹钟。今晚,就在今晚。

"生命与遗产。"那名学徒在背诵。

唐纳德一时不知道进行到了哪里,用了一点时间才找到下一行。"既然它们是我们珍视的,那怎样才能保护它们?"

"这需要牺牲。"学徒顿了一下才做出回答。

通讯主管给了唐纳德和埃伦一个"OK"的手势。主要信息已经获取完毕,现在需要设定基线。下面的对话将脱离剧本。唐纳德不知道该说些什么。他向埃伦点点头,希望随后能由埃伦接手。

埃伦用手捂住麦克风,仿佛想要进行争辩,不过最终他只是耸耸肩,向那名学徒问道:"你在防护服实验室待了多久?"同时双眼盯住面前的显示器。

"没有多久,长官。伯纳德——呃,我的老板,他想要我以后安排好在实验室的时间,不过现在,你知道……"

"是的。我知道。"埃伦点点头,"你们下面的问题怎么样了?"

"嗯,我只知道整体情况,大致而言还不错。"唐纳德听到那名学徒清了清嗓子,"应该说,我们正在不断取得进展。这件事不会持续太久了。"

一段长时间的停顿。一次深呼吸。波形放松下来。埃伦瞥了唐纳德一眼。通讯员摆摆手指,示意他们继续。

唐纳德有一个问题,这个问题势必会触及他自己的遗憾。"如果是你,卢卡斯,你会从一开始就采取不同的措施吗?"

显示器上出现了一连串红色的尖峰。唐纳德感觉到自己的体温在上升。也许他的这个问题太过于切中要害了。

"不会,长官。"年轻学徒回答道,"一切都在按照《指令》进行,长官。一切都在掌握之中。"

通讯主管伸手到他的控制台上,把所有人的耳机都调成静音,然后对他们说:"我们得到的数据都处在临界状态。他的精神很紧张。你们能再推他一把吗?"

埃伦点点头。坐在他另一边的通讯员耸耸肩,端起他的"1号"杯子又喝了一口。

"但先要让他安定下来。"通讯主管说。

埃伦转向唐纳德,"向他表示祝贺,然后看看能不能调动他的情绪。先把他稳住,再拧他一下。"

唐纳德犹豫了片刻。这种操纵太虚伪了。他吃力地咽下一口唾沫。麦克风这时已经被重新开启。

"你是下一个控制和操作18号筒仓的人。"他僵硬地说道,同时为自己即将赋予这个可怜人的可怕命运感到悲哀。

"谢谢,长官。"学徒显然是松了一口气。曲线波纹全部塌下去,就像是海浪撞上了防波堤。

现在唐纳德要想办法推这个年轻人一把了。

通讯主管在向他挥手,但那也帮不了他。唐纳德抬头瞥了一眼墙上的筒仓地图,站起身——耳机绳一下子被他拽直了。他审视着地图上那些被红叉画掉的筒仓,尤其是那个标号为"12"的筒仓,心中思考这名年轻人刚刚承担起的任务有多么沉重,他的工作带来什么样的后果,已经有多少人因为自己筒仓的首领放弃责任而失去了生命。

"你知道我的工作中最糟糕的部分是什么吗?"唐纳德问道。他能感觉到通讯室中的人们都在看着他。唐纳德仿佛回到了自己的第一个班次。那时他正在接纳另一个年轻人,正在关闭一座筒仓。

"是什么,长官?"

"站在这里,看着地图上的一个筒仓,在上面画一个红色的叉。你能想象那是什么感觉吗?"

"我不能,长官。"

唐纳德点点头。他很欣赏这个诚实的回答。他还记得自己看着那些人从12号筒仓涌出来,死在荒野中。他眨眨眼,让自己的视野恢复清晰,"那种感觉就像父母在一瞬间失去了数千个孩子。"

世界凝固了大约一次或两次心跳的时间。通讯员和通讯主管全都紧盯住自己的显示器,寻找受试者内心失守的痕迹。埃伦看着唐纳德。

"你必须对你的孩子残酷一点,为了不失去他们。"唐纳德说。

"是,长官。"

曲线波形变成柔和的海浪。通讯主管对唐纳德竖起大拇指。他已经得到了足够的信息。男孩通过了测试。现在仪式真正结束了。

"欢迎加入世界秩序第五十操作组，卢卡斯·凯尔。"埃伦拿起剧本，代替唐纳德说道，"现在，如果你有一个或两个问题，我有时间回答，但要简短。"

唐纳德记得这一部分。这一部分剧本的内容也和他有关系。他靠进椅子里，突然感到精疲力竭。

"只有一个问题，长官。我已经被告知，这个问题并不重要，而且我明白它为什么不重要。但我相信，如果我知道它的答案，我在这里的工作就会容易一些。"年轻人停顿一下，"这……"他的波形曲线上出现了一个新的红色尖峰，"这一切是怎么开始的？"

唐纳德屏住呼吸，扫了一眼整个房间——其他人都在看着自己的显示器，仿佛无论年轻人问出的是什么问题，重要的只有波形曲线。

唐纳德在埃伦之前做出回应："你有多想知道这件事？"

学徒吸了一口气。"这不重要，"他说，"我只是希望了解我们的成就，我们保存了怎样的遗产。如果能知道这些，我会感激不已。这就像是给了我——给了我们一个目标，对吧？"

"原因就是目的。"唐纳德告诉他。这是他从自己的研究中开始学到的东西，"在我告诉你之前，我想听听你的想法。"

他觉得自己能听到那名学徒在咽口水。"我的什么想法？"卢卡斯问。

"每个人都有自己的想法。"唐纳德对他说，"你是说你不会思考？"

"我认为我们曾经预料到这一情况的发生。"

唐纳德心中一动。他有一种感觉——这个年轻人知道答案,只是想得到确认。"这是一种可能性。"他表示赞同,"想想看……"他在思考怎样描述才最恰当,"如果我告诉你,全世界只有五十个筒仓,而且都聚集在这个狭小的角落里,你会怎么想?"

唐纳德能够在显示器上清楚地看到这个年轻人在思考。他的读数在不断上下波动,仿佛他的大脑在像心脏一样跳动。

"我会说,我们是唯一……"一个异常的尖峰出现在显示器上,"我要说,我们是唯一知道某些事将要发生的人。"

"很好。但为什么会这样呢?"

唐纳德希望自己能够将屏幕上这些疯狂跳动的曲线记录下来。看着另一个人正努力想要抓住自己正在消失的理智和疑虑,他的心中却是一片平静。

"那是因为……不是因为我们知道会发生什么。"连线的另一端传来一声轻微的喘息,"而是因为那些事就是我们做的。"

"是的。"唐纳德说,"现在你知道了。"

埃伦转向唐纳德,伸手捂住他的麦克风。"我们得到的数据已经足够多了。这个孩子通过了。"

唐纳德点点头,"我们的时间到了,卢卡斯·凯尔。祝贺你得到任命。"

"谢谢。"显示器上的曲线出现了最后一次跳跃。

"哦,还有,卢卡斯?"唐纳德想起这个年轻人对于观星和梦想的喜好,那会让他产生危险的希望。

"长官?"

"好好做事,我建议你专注于自己脚下的事情。别再跟星星打交道了,好吗,孩子?那些星星在什么位置,我们差不多都知道。"

第九十二章

17号筒仓

2327年

第16年

吉米不太懂得该如何运用数学，感觉上，喂饱两张嘴的工作量一定不止是喂饱一张嘴的两倍，但他的辛苦却还不及原先的一半。他猜想这是因为养活除了自己以外的另一条生命是一件很美好的事。看到猫一点点吃东西、一点点习惯了他，前所未有的满足感让他也更喜欢吃饭，更经常到外面去探索。

不过，这件事一开始并没有那么顺利。小猫刚被救出来的时候一直很不安。吉米用上面两层楼找到的一条毛巾擦干了身上的水，又打算给小猫擦干身子，这时小猫就像疯了一样，似乎对这种事又爱又恨，前一分钟还在来回打滚，后一分钟就伸出爪子去打吉米的手。被擦干以后，这只小动物显得比浑身湿漉漉时大了一倍，不过依旧是又饿又可怜。

吉米在一只床垫下面找到了一罐头青豆。这只罐头生锈的情况还不算太严重。他用螺丝刀打开罐头，将光溜溜的豆子一颗一颗喂给小猫。这时他的两只脚才开始渐渐摆脱了寒冷的麻木——这整个过程都像触电一样刺痛异常。

吃过青豆以后,小猫就开始一直跟在他屁股后面,想看看吉米还能找到什么。这让寻找食物变成了一件有趣的事,而不再是与自己吼叫不止的胃进行的一场无休止的战争。趣味增加了不少,不过还是有很多工作要做。他们走上楼梯,吉米穿回靴子,小猫默默地跟在后面,有时还会跑到吉米前面。

吉米很快就了解到猫的平衡能力有多厉害。小猫上楼梯的时候身子总是贴着外侧栏杆的支柱,甚至从支柱中间钻出去又钻回来——最初几次看到的时候,吉米差一点被吓出心脏病,以为这只猫想要自杀,或者是根本不明白掉下去意味着什么。不过他很快就学会了信任猫,就像猫也开始对他建立起信任。

他们在一起的第一个晚上,在低层农场,吉米蜷缩在防水布下面,听着水泵时断时续的运转声和电灯闪烁不定的静电声,还有其他各种声音——他不止一次以为那是黑暗中潜藏着什么东西。小猫蜷缩在他的胳膊下面,贴着他的肚子,将他弯曲的身体当作自己的窝。吉米的两条腿弯着,不停地抖动,就像一台底座松动的水泵。

"你很孤独,对吗?"吉米悄声问。这个姿势已经让他感觉有些不舒服,但他还是不愿意动一下。他的脖子有些抽筋,但另一种不同的紧绷感觉从他身体深处消失了。直到这种感觉消失,吉米才察觉到它的存在。

"我也很孤独。"他轻声对小猫说,同时兴致勃勃地意识到有这只小动物在身边,他多说了多少话。这要比对着自己的影子说话,假装那是一个人好多了。

"这是个好名字。"吉米悄声说。他不知道人们是怎么给猫起名字的,不过"小影"听起来很不错。他是在影子里找到的这只小动物。而它变成了一直跟随吉米的另一团黑色的影子。多年前的那天晚上,他们两个在农场深处,在水泵的转转停停、水滴的点点掉落、昆虫的"嗡嗡"鸣叫和所有那些吉米不愿意去细想的奇奇怪怪的声音中睡着了。

那的确已经是多年以前的事情了。现在,小猫的毛发和吉米的胡须都在《遗产》的书页间掉落了许多。吉米一边给自己修剪胡子,一边阅读关于蛇的词条。他捏住一撮胡须,把它们从下巴上揪起来,用钝剪刀"喀嚓"一声将它们剪掉。大部分胡子和头发都被他放进一只空罐头盒里。剩下的都飘散在书页上,星星点点地和猫毛混杂在一起。小猫一直在他的胳膊下面走来走去,弓起脊背,迈过一个又一个句子。

"我在读书。"吉米抱怨道。不过他还是放下剪刀,尽责地抚摸这只小动物,从脖子一直抚弄到尾巴。小影把脊背贴在吉米的手心里,"喵喵"地叫着,不断发出咕哝声,仿佛高兴得心都要炸开了,要吉米这样一直抚摸下去。

它的小爪子攥成小拳头,拍在一张玉米蛇的照片上。吉米把它放在地上。小影仰面平躺,四只脚举在空中,仔细地看着吉米。这是一个陷阱。吉米只能在它的肚子上揉搓一会儿,时间一久,它就会突然觉得自己痛恨这样,开始攻击吉米的手腕。虽然已经把猫的词条读了十几遍,吉米却仍然不太了解猫。有一件事是他不愿意知道的,那就是猫的寿命没有人类长。他尽量不去想那一天。到那一天,他就会再次成为梭罗——他更愿意做吉米。吉米能够说很多话。梭罗则是那个思维狂乱的人,那个凝视栏杆外面、向深渊吐口水的人。他会看着自己的唾液抖动、碎裂,在疯狂下坠的速度中变成一片飞沫。

"你无聊么?"吉米问小影。

小影看着他,好像的确有些无聊——那种样子和它肚子饿的时候很像。

"想要去探索一下么?"

猫的耳朵转了转,这是很清楚的信号了。

吉米决定再去顶层看看。在筒仓变黑之后,他只上去过一次,也只是匆匆地看了一眼。如果筒仓里还会有能用的开罐器,一定就在那里。那样他就不必再使用生锈的螺丝刀,也不会被锋利的罐头盖割破手指了。

吃过午餐以后,他们在农场休息了一会儿就出发了。到达自助餐厅这一层,他们发现这里一片寂静,楼梯井中的应急灯投下一片昏暗的绿光。小影独自登上最后几级台阶,像往常一样毫无畏惧。吉米直奔厨房,发现这里早就被洗劫一空了。

"谁把开罐器都拿走了?"他向小影说道。

小影却不在附近,而是去了对面的墙边,显得有些激动。

吉米在餐厅案台后面找了一遍,想要从餐叉中挑一把,代替他现在常用的那把,却听到一阵"喵喵"声。他朝宽阔的餐厅对面望去,看见小影在一道关闭的门前蹭来蹭去。

"别捣乱。"吉米向小影吆喝了一声。难道那只猫不知道弄出那样的动静只会惹来麻烦?但小影根本不听他的,只是"喵喵"地叫着,用爪子挠门,不停地撅起屁股伸着懒腰,直到吉米放下手头的事情,匆匆穿过东倒西歪的桌椅,去查看它到底在搞什么鬼。

"是食物吗?"他问道。小影找到的几乎总是食物。食物像磁铁一样吸引着他的这个同伴,这也帮了吉米不少忙。他来到那扇门前,看见门把手上绕着一根破烂的绳子。岁月几乎已经把这根绳子变成一团乱麻。吉米试了试门把手,发现门没有锁,便轻轻将门打开。

门后的房间一片黑暗。应急灯光完全无法照进来。吉米还在摸索手电筒,小影已经消失在门缝里,尾巴一甩就没了踪影。

就在手电亮起来的同时,小影一声充满惊惧的嘶叫从黑暗中传出来。吉米的一只靴子已经几乎踏进门内,却停在半路上。圆锥形的手电光柱落在一张脸上。两只圆睁的眼睛瞪着吉米,瞳仁中却已经没有了半点生气。门边上的尸体被推开,一只手臂落在他的脚上。

吉米尖叫一声向后摔倒,慌张地踢开那只苍白绵软的手,大声呼唤小影。小影也尖叫着跑出来,全身毛发倒竖。吉米的舌头上泛起金属的味道,骤然涌起的肾上腺素刺激他在地上爬着转过身,要把门关上。他将那根手臂抬起来,推回到门里。手臂上的衣服一碰就碎。衣服里的皮肉还是完整的,摸上去就像海绵一样软烂。

吉米最后看到的是无数张开的嘴和扭曲的手指。成堆的尸体,就像早上刚刚死去,凝固在相互叠压向前攀爬的瞬间。一只只手都在伸向这道门。

门关好之后,吉米将一堆桌子和椅子顶在门上。他不停地把更多椅子堆在上面,全身颤抖,在喘息中咒骂。小影一直在他身边绕圈。

"混蛋,混蛋,混蛋。"他向小影说道。小猫全身的毛发到现在都没有完全平顺下来。吉米再次审视自己用来阻挡死尸群的街垒,希望这样真的够了,他没有放太多幽灵进来。那根烂掉的旧绳子还在门把手上晃动。吉米非常感谢那个拴上这根绳子的人。是他阻止了门对面的那些人。

"我们走吧。"他说道。小影蹭着他的腿寻求安慰。墙壁屏幕上什么都看不见。这里也没有食物和能用的工具。他在顶层待够了。他觉得这里突然挤满了死人。

第九十三章

除了食物以外，小影对于寻找和制造麻烦也很在行。一天早上，吉米被一阵可怕的尖叫惊醒，随后走廊里又不断传来悲苦可怜的"嘶嘶"声。吉米迷迷糊糊地爬上梯子，发现小影卡在了靠近梯子顶端的位置，后背紧紧地挤在横档上。他不知道那只猫是怎么跑到那里去的。而那只猫也不知道该怎么下来。吉米打开他们头顶上的格栅地板。小影爬到外面的金属格栅上，蹦蹦跳跳跑走了。

两天后的早晨，又发生了同样的事情，于是吉米决定不再封上那块地板。他已经厌倦了跑来跑去，不断把那块格栅掀开再装回来。小影喜欢随心所欲地去探索服务器房。外面已经很长时间没有发生过打斗了。而且那道钢铁大门上的红灯始终没有发生过变化。

小影喜欢那些服务器。大多数时间里，吉米都能在40号服务器找到它。那只金属柜子很热，甚至让吉米感到烫手，没办法直接去碰它。但小影不在乎。它就睡在那上面，或者从那只大柜子的顶上俯瞰遥远下方的地面，如果看到小虫子，就会一下子扑上去。

还有几次，吉米发现小影会站在一个角落里——很久以前，曾经有一个人在那里被吉米的子弹射中，慢慢死去。小影喜欢嗅那片铁锈色的污渍，伸舌头去舔那里的格栅。为了让它拥有这些自由，格栅地面就一直打开着。于是大停电的时候,坏人终于进来了。这就是为什么吉米会在一天早晨醒来时发现一个陌生人站在自己床边。

·˙˙'''ǀǀǀ'˙·˙·'''ǀǀǀǀ''˙·'''ǀǀǀǀǀ··

半夜里的停电就让吉米醒过一回。他睡觉的时候也会开着灯,好将幽灵驱走。他甚至喜欢让一点通讯器的静电噪声充满房间,这样他就不必听到那些细碎的耳语。当寂静和黑暗猛地袭来,吉米被吓醒过来,立刻爬起身去拿手电,还踩到了小影的尾巴。他等待灯光重新亮起来,但所有的灯一直黑着,直到他疲惫得无法再去思考该做些什么,抱着手电筒又睡了过去。小影警惕地蜷缩在他的脖子旁边。

有人下梯子发出的声音惊醒了吉米。他模糊地感觉到有什么东西进了房间——他经常会有这种感觉,但这次进来的东西似乎改变了周围的寂静,甚至改变了他呼吸的回音。他睁开眼睛,发现一道手电光照在自己身上。一个人就站在他的床垫的一角。

吉米尖叫一声。那个人猛扑过来,似乎是要让他闭嘴。两排隐藏在胡须中的黄牙齿在手电光中闪耀,然后是一根钢棍划出的弧线。

吉米的肩膀突然感到一阵痛楚。那个人举起手中的钢管,准备再次攻击。吉米举起双臂护住头颅。钢管狠狠砸在他的手腕上。他的头边传来一声尖细的吼叫和充满威胁的"嘶嘶"声。一道黑线朝他面前的人影射过去。

手持钢管的人尖叫着丢下手电筒。当手电掉在床垫上的时候,吉米已经飞快地爬到一旁。他还无法理解为什么会有一个人在他家里。有一个人在他家里。年复一年的恐惧在一瞬间变成现实。那些平安无事的冒险让他放松了警惕。镇定、镇定——他这样告诫自己,同时还在手脚并用地不停向前爬。

小影又发出一声可怕的尖吼。每次被吉米踩到尾巴的时候,它都会这样叫。随后是一声痛苦的长嚎。怒火在吉米胸中升起,混杂着他的恐惧。他朝角落爬过去,一下子撞到桌子上,便伸手去拿应该是靠在桌边的……

他的手攥住了步枪。他已经有许多年没有开过枪了,甚至不记得枪里是否有子弹。但如果有必要,他还可以将这把枪当作棍子挥舞。他把枪托抵在肩头,让枪口对准眼前的黑暗。小影又吼了一声。然后是一个小身体重重撞在硬东西上的声音。吉米喉咙一哽,无法呼吸也无法咽下嘴里的口水。他什么都看不见,但那支手电的昏暗光亮正在从他的床单上升起来。

他用枪口指住似乎正在移动的一片黑色,扣下扳机。枪口喷出一道刺眼的强光,震耳欲聋的轰鸣充斥在这个狭小的空间中。在火光闪耀的短暂瞬间,一个男人向他冲过来的影像烙印在他的视网膜上。又是一次慌乱的射击。吉米又一次看到了这个闯进自己家中的陌生人。一个消瘦的男人,有着长长的胡子和白色的眼睛。现在吉米知道了他的位置。第三枪射出之后,没有了子弹打飞的声音。房间里响起一阵异样的尖叫。尖叫声持续不断,充满了黑暗的空间。最后一枪让这些尖叫也停止了。

·'''''''ıı··''''''ıı··''''''ıı··

小影的眼睛在桌子下面闪闪发光,警惕地看着吉米和他的新手电。

"你还好吗?"吉米问。

猫眨了眨眼。

"留在这里。"吉米悄声叮嘱。

他将手电筒夹在面颊和肩膀之间,查看了一下弹夹。在出去之前,他又推了推那个还在他的床单上流血的人。看到有人来到这里,甚至是死在这里,吉米感到一种怪异的麻木。他一边仔细倾听是否还有闯入者,一边悄悄向梯子走去。

他告诫自己,停电和这次袭击并非巧合。有人打开了大门。他们或者是找到了密码,或者是拉下了电闸。吉米希望那个被他打死的人没有同伴。他不认得那张脸,但毕竟已经过去了许多年,就连胡须都会变长变白,那个人的银色连体服意味着可能有人知道如何破坏这里的防御系统。肩膀和手腕的剧痛表明这些人不是他的朋友。

梯子下面没有人。吉米把步枪抵在肩头,按灭手电筒,以免被别人看到。他的手掌悄无声息地按在梯子横档上,拽着他的身体向上爬去,爬到一半的时候,他感觉到小影窜过来,在梯子横档和墙壁之间像一条黑线向上游去。

吉米悄声叫猫咪不要动,但小影就在他的眼前消失了。爬到梯子顶端,吉米取下肩头的步枪,一只手拿着,另一只手把手电筒前端捂在肚子上,按下开关,然后将手电从肚子上一点一点移开,投出的光线刚好够他看清服务器之间的过道。

前方传来一点声音,可能是小影,也可能是另一个人。吉米无法确定。他犹豫了一下,才继续向前走去。这个摆满黑色机器的房间仿佛永远也走不到尽头。他能听到这些服务器还在"咔嗒咔嗒"地工作着。风扇依然"呜呜"地将热量吹走。但是来到大门附近,他看到门旁的面板上已经没有了警戒灯光。带着金属光泽的大门旁边还有一片虚空———一道门半开着。

外面又传来一点声音。是布料摩擦的"沙沙"声。有人在移动。吉米关掉手电，稳住步枪。他能尝到嘴里恐惧的味道。他想要高声呐喊，喝令那些人离开，不要骚扰他。他想告诉他们，凡是闯进这里的人都落得了怎样的下场。他想丢下枪，哭嚎着乞求再也不要这样做了。

他向走廊里探出头，努力向黑暗中观望，同时希望外面的人不会在他背后。走廊里只有两个人的呼吸声。他越来越明确，在这片黑暗的空间里，只有他和另外一个人。

"汉克？"有人悄声问道。

吉米转身扣动扳机。一道闪光，步枪撞在他的肩头。他退回服务器房，等待吼声和急促的脚步声。这次等待仿佛一直会持续到永恒。有什么东西碰了他的靴子一下，吓得他尖叫一声。不过那只是小影在"呜呜"叫着，蹭着他。

他冒险打开手电，让一点光照到大门外。走廊的地上有一样东西———是一个躺倒的人。他又向黑暗的走廊深处望去，什么都没看见。"别来烦我！"他向所有幽灵和那些更真实的东西喊道。

就连他的回音也远远地溜走了。

吉米仔细端详第二个人，才发现那不是一个男人。让他感到庆幸的是，这名女性已经闭上了眼睛。一个男人和一个女人来抢他的食物，想要偷走他的东西。这让吉米感到愤怒。然后他看到这个女人高高隆起的腹部，立刻感到加倍的气恼。他们会来伤害他还不仅仅是为了食物——他想到。

第九十四章

吉米找到被破坏的断路器,恢复了供电,但大门已经没办法修好了。他将挂在面板外面的导线摆弄了两天,却还是摸不清其中的门道。这让他没办法在晚上好好睡一觉,哪怕把格栅地板扣上也不行。而小影也会在晚上爬到梯子顶端,不停地"喵喵"叫。这样是不行的。于是吉米决定离开这里。这也给了他们一个理由,去做他们最喜欢的事情——他和小影一起去钓鱼。

他们两个坐在距离水面最近的楼梯平台上。吉米看着下方银色的闪光,鱼在被水淹没的楼梯之间来回游动,就像是从深水中照出来的手电光,一直射向坐在平台边缘,向下窥望的他和小影。

小影的黑尾巴前后甩动,爪子紧紧抓住生锈的铁格栅边缘,胡须不住地抖动着。吉米也有些害怕,不过他的浮漂还是一动不动。

"今天不饿。"吉米用口哨吹了一首钓鱼的曲子。小影抬起头看着他,脸上的表情难以解读,目光中却明显流露出一丝怀疑。吉米的肚子叫了一声。"我说的不是我们。"他告诉小影,"我们当然很饿。我说的是鱼。"

吉米用了一上午的时间挖虫子,那时他就饿了。在农场的杂草丛中很难找到蠕虫,而且种植灯光更让他燥热难挨。但这些还是无法让他不去想那些被他伤害的人。他的心里只有那两个人和钓鱼的事情,甚至没有吃他用铲子挖出来的蔬菜。要捉住这些鱼可真是费力气。首先,你必须抓住蠕虫!吉米不知道这里的鱼是不是真的喜欢吃虫子。为什么他和小影不省些力气,直接把虫子吃掉?不过,当他把一条虫子递到小影面前,那只猫只是看着他,仿佛他是个疯子。

"我不是疯子。"他向小影保证。

他发现自己正在越来越频繁地说这句话。

就在吉米解释鱼并不饿的时候,小影只是转回头,继续去研究下面那些在水中纵情游动的生物。吉米也闭住了嘴,和小影摆出同样的姿势。那些鱼让他想起洒在地上的水银。多年以前,他打碎过一支温度计。那些流动的水银不断改变方向,飞快地四处乱窜。

他抓起鱼竿,将浮漂拽离水面,查看了一下鱼钩。蠕虫还在。这是件好事。他只剩下几条虫子了。而距离他们最近的土壤在十几层楼以上。他将钓线放回到水中。乒乓球浮漂浮在水面上。他是在《遗产》中学会的钓鱼——如何打结固定浮漂和铅坠,要使用什么样的鱼饵。这些信息全都很好地派上了用场。仿佛写这些书的人知道他写的东西有一天会变得非常重要。

他看着在水中游动的鱼,好奇它们是怎么来到这一池水中的。储水箱还在农场上方好几层楼。而且吉米查看过,那里没有鱼。他只在水箱里找到了一些水藻,看上去非常可怕,却让那些大箱子里的水味道变得还不错。那里还有杯子和罐子,甚至有软管可以将水输送到其他楼层。不过软管的铺设只是开了一个头,看样子是数年前一些人放弃的一个项目。吉米不知道是不是那些人把鱼倒在这里。不管怎样,现在这里有鱼,无论它们是怎样来的,他都很高兴。

现在这些鱼只剩下了十几条。它们繁殖的速度没有他钓的快。

而且剩下的是最难钓到的。它们目睹过同伴身上发生的一切,明白那是怎么回事,就像早年的吉米,看着人们一步步走向死亡。它们知道,就像他母亲知道不能和其他人一样向上走。于是它们会一点点啃下虫子的肉,直到把虫子都吃光。但有时它们还是会忍不住,在尝到美味之后还是会大咬一口,而不是只啃下一点。随后吉米就把它们提到空中,看它们不停地扭动身体,甩出无数水珠,最后只能在生锈的格栅上蹦跶,直到吉米握住它们滑溜溜的身体,把鱼钩摘下来。

但首先,吉米需要等待,看着浮漂一动不动地悬在彩虹色泽的水面上。小影不耐烦地"喵喵"叫着。

"就听见你干嚎了。"吉米说,"两年以前,你还不知道鱼是什么味道呢。"

小影匍匐在地上,用爪子抓挠平台和水面之间的空气,仿佛是在说:我一直都在抓鱼。

"我知道你能抓。"吉米翻了个白眼,又将目光转向水面。和他第一次来到这里时相比,水面又上涨了很大一截。他救出小影的那一层已经完全没在水里了。他找到小影的那个房间现在很可能变成了鱼的家园。他瞅了一眼他的猫科朋友,一个新的念头出现在他的脑子里。

"你很久以前在这里的时候,是不是真的抓过鱼?"他问小影。

小影向他抬起头,脸上写满了天真。

"你这个恶魔。"

小猫舔舔自己的爪子,转了一圈,看向浮漂,似乎是在等待它动起来。

浮漂动了。

吉米一拽鱼竿,感觉到了抵抗的力量。一条鱼的重量挂在了鱼钩上。他高叫一声,提起鱼竿,手伸过栏杆去抓鱼线。小影又叫又跳,尾巴在空中乱甩,挥舞起爪子仿佛想要帮忙一样。

"过来,过来。"吉米对鱼说。他揪起鱼线,将鱼竿靠在栏杆上,两只手用更快的速度把鱼线提起来,不断扑腾的鱼让鱼线勒进了他的手指。"好了,放松。"他嘟起嘴唇,一直把鱼拽过栏杆,让它来到平台的格栅上方,才确信自己的确抓住了它。有时候,鱼会吐掉钩子,只叼走蠕虫,一边甩着尾巴回家一边笑话他。

"我们成功了。"他对小影说着,把鱼放在金属格栅上,一只脚踩住鱼尾巴。他不喜欢现在要做的事。这条鱼看上去很不安。每到此时,他就会改变主意,想要把鱼扔回水里去。但小影已经在他的腿边打转,不停地甩着尾巴。吉米用靴子把鱼踩住,将自制鱼钩从鱼嘴里摘出来。这只鱼钩是他将一根大针弯曲之后,再多凿出一个尖来做成的。鱼咬住就很难脱钩。吉米从书中学到的,鱼钩上的倒刺才是关键。

"两个一起使劲才是关键。"吉米被自己的笑话逗笑了。

小影只是催他快一点。

吉米将鱼钩和鱼线丢过栏杆,以免它们碍事。鱼又在格栅上蹦了几下,用瞪大的眼睛看着吉米,嘴狂乱地一张一合。吉米伸手拿出小刀。

"抱歉,"他说道,"我很抱歉。"

他将刀刃插进鱼头,停止了鱼的痛苦。这样做的时候,他将头转向一旁。这么多死亡。一生都要遭遇死亡。但小影是这样快乐。生命从鱼身上滴落下去,流进下方的水潭。剩下的几条鱼游上来,大口吞吃融进水中的血。吉米不知道它们为什么要这样做。这一切他都不喜欢——挖虫子、长途跋涉、放下鱼钩、杀戮、收拾……但他还是这么做了。

他按照《遗产》的教导把鱼收拾干净——从鱼鳃后面切开，沿着骨头向尾巴划过去。这样划上两刀，他就有了两片肉。他将肉从鱼鳞和鱼皮上割下来，因为小影从不会碰那两样东西。两片肉被放到楼梯井附近一只带缺口的盘子里。

小影转了几圈，肚子叫起来。然后它开始用牙齿撕扯鱼肉。

吉米走到栏杆的另一端。他在那里放了一条毛巾。他揩掉手上的脏东西，坐下来，背靠着131层关闭的大门，看他的猫吃东西。下方水中有银色的影子游动。楼梯平台和其他地方在应急灯暗淡的绿光中显得格外宁静。

再过不久，这里一条鱼都不会剩下。以现在的速度，吉米估计一年以后他就会把这些鱼都钓光了。

"但我不会钓最后一条。"他一边看着小影吃东西，一边对自己说。吉米从没有尝过鱼的味道，也从不认为自己会吃它们。钓鱼太辛苦，又没什么乐趣，整个过程中有很多事都令人厌恶。他觉得，总有一天，当他扛着鱼竿，带着盛有泥土和蠕虫的罐子下来，看见水里只剩下一条鱼。他就会留下那条鱼。只留一条——他心里想。在那么深的地方已经够让它害怕了，不需要再把它拽到恐怖的空气中。就让那可怜的小东西好好活着吧。

第九十五章

1号筒仓
2345年

唐纳德把闹钟定在凌晨三点,但他完全无法入睡。他已经为此等了好几个星期——一个给予生命而不是夺走生命的机会;一个赎罪的机会;一个获得真相的机会;一个将他日益增长的怀疑一扫而光的机会。

他盯着天花板,考虑自己要做的事情。厄斯金和维克托都希望像他这样的人能够管理一切,但这肯定不是他们希望他会做的。当然,他们搞错了很多事,比如他是谁——而这还只是他们犯下的错误中最小的。他不是要结束世界的毁灭。他只是要开始另一件事,结束对外界的无知。

借助从浴室里透出的昏暗灯光,他审视自己的那只手,思考外面的世界。到了两点半,他认为自己已经等得够久,便站起身,冲了个澡,刮干净胡子,穿上一件新连体服,套上靴子,抓起身份证别在衣领上,昂头挺胸走出公寓,大步穿过只有几盏灯还亮着的走廊。远处传来敲击键盘的声音。有人在加班。埃伦办公室的门关着。唐纳德来到电梯前,按下按钮,等待着。

走进电梯轿厢,在下去之前,他扫描了自己的身份证,按下标有"54"的依然闪亮崭新的按钮——这可以让他最后检测自己的行动是否会功亏一篑。灯光亮起,电梯开始移动。到目前为止,一切顺利。电梯一直到军械库才停住。轿厢门打开,周围是他熟悉的黑暗。到处都是高高矗立的黑影。货架和箱子形成一片片黑色的悬崖。唐纳德伸手按住电梯门,阻止门关闭,然后才走出电梯。虽然无法看清,但他还是可以感觉到这里空间的宏大广阔,仿佛他飞速跳动的脉搏回音都被这个空间吞没了。他在等待这个空间的尽头亮起一盏灯,等待安娜一边梳头一边走出来,或者手里拿着一瓶苏格兰威士忌,但这里的一切都不会动,一切都很安静。飞行员的临时行动已经结束了。

他走进电梯,按下另一个按钮。电梯再次下降,越过更多的仓库楼层,越过了反应堆,在医疗层停下,开门。唐纳德能感觉到成千上万具躯体围绕着他,全都仰面平躺、双眼闭合。他知道,他们中有些人的确已经死亡,但其中一个将会被唤醒。

他径直走到医生办公室,敲敲门框。值班助手从显示器后面抬起头,又在眼镜后面揉了揉眼睛,把眼镜在鼻梁上架好,冲着唐纳德眨眨眼。

"情况如何?"唐纳德问。

"嗯?很好,很好。"那个年轻人晃晃手腕,看了一眼手表——那真是一件老古董,"我们要进行深度冻结吗?我没有得到通知。威尔逊起来了吗?"

"没有,不是。我只是睡不着。"唐纳德朝天花板指了一下,"我去自助餐厅看了一眼,然后想到,既然睡不着,也许我可以到这里来,看看你是不是想让我替你值班。反正也没什么事,我可以在这里看上一部电影。"

助手朝显示器瞥了一眼,有些不好意思地笑了笑。"是的。"他又看了一眼手表,似乎是刚看过表以后把时间又忘了,"还有两个小时。要是能早点下班,我当然愿意。如果出了什么事,你会叫醒我吗?"他站起身,伸个懒腰,用手遮住嘴打了个哈欠。

"当然。"

这名医疗助手有些摇晃地从桌子后面走出来。唐纳德绕到桌后,拉开椅子坐上去,把两只脚架在桌面上,一副几个小时之内都不会再去任何地方的架势。

"我欠你人情。"那个年轻人从门后拿起自己的外套。

等到那人从门口消失,唐纳德悄声说道:"哦,我们扯平了。"

一直等到电梯声响起,他才开始行动。水槽旁边的沥水架上放着一只塑料饮水杯。他抓起那只杯子,在里面灌满水。水流注入杯中时发出越来越急促的撞击声,就像他心中骤然升起的焦急。

装药粉的瓶盖被打开——两勺。他用一根塑料压舌板将药粉搅化,拧上药瓶盖,将药瓶放回到冰箱里。轮椅一开始还推不动。然后他才看见刹车是合上的——小金属杆支撑的橡胶垫压在轮毂上。他将刹车打开,从高橱柜里抓出一条毯子和一件纸长袍,扔在轮椅上。就像上次一样。不过这次他不会再做错。随后他又收拾好医药箱,确保里面有一副新手套。

轮椅"吱嘎吱嘎"地被推进走廊。唐纳德紧贴在扶手上的手掌心渗出了汗水。为了不让前轮再发出声音,他翘起轮椅,只让后面的两个大橡胶轮胎着地。在他快步前行的时候,那两只小轮子只是缓慢地在空气中转动着。

他将密码输入到门锁面板中,等待红灯亮起——等待某种障碍、某种封锁。但迎接他的只有闪烁的绿色指示灯。唐纳德将仓库门拉开,推着轮椅穿行于冷冻舱之间,朝他的妹妹走去。

期待和内疚在他的心中相互交织。他就像穿着防护服跑上那座山丘一样莽撞冲动、不顾一切。他是在把家人牵扯进来,让妹妹在这个残酷的世界中苏醒,和他一样面对这份残酷。而这份残酷本来是安娜强加给他的,是瑟曼强加给他的——周而复始,永不会终结的痛苦的值守。他是在投下自己无法承担的赌注。

他将轮椅停好,跪到控制面板前。在犹豫片刻之后,他又重新站起,向舱盖上的玻璃小窗中望进去,想要再确认一下。

她躺在冰棺中,看上去是那样安详,也许完全没有像他那样受到噩梦的侵扰。犹疑的情绪在唐纳德心中滋长。但他却仿佛又看到妹妹自己醒来,意识清醒地捶打着玻璃窗,要求离开这口棺材。唐纳德看到了妹妹倔犟的精神,听到她宣告自己绝不接受欺骗。他知道,如果妹妹站在自己面前,一定会要他这么做。她宁可知道真相,为此承受痛苦,也不会愿意被丢在无知中继续昏睡。

唐纳德蹲到面板旁边,输入了密码。面板发出一阵欢快的"嘀嘀"声之后,他按下了红色按钮。冷冻舱"咔嗒"响了一声,仿佛某个阀门被打开。他转动表盘,看着温度计,等待温度开始上升。

随后他站起身,站在冷冻舱旁边。时间如同爬行般缓慢。在整个过程完成之前,他希望会有人发现他的所作所为。但此时他已经听到舱盖开启的"咔咔"声和"嘶嘶"的气流声。他摆好纱布和胶带,分开两只橡胶手套,将它们逐一戴好。收紧的手套口弹在手腕上,迸起一团滑石粉的烟雾。

他将舱盖完全掀开。

他的妹妹躺在冷冻舱里,双臂放在身侧,到现在都没有动一下。

一阵恐慌攥住唐纳德的心脏。他将自己所做的一切又在心中回想了一遍。他是不是忘记了什么？亲爱的上帝啊，他是不是杀了她？

夏洛特咳嗽了一声。随着她眼皮上冰霜的融化，水滴沿着她的脸颊流下来。她的眼睛无力地睁开了一下，又因为对光线的反应眯成一条缝。

"不要动。"唐纳德一边对她说，一边将一块方纱布压在她的手臂上，取下针头——他能感觉到钢制的针尖从纱布和自己的手指下划过。随后他按住纱布，拿过一段贴在轮椅上的胶布，压在纱布上。最后就是导尿管了。他用毛巾盖住夏洛特，稍稍压住，慢慢取出那根软管。夏洛特终于离开了那台机器。她用双臂抱住身体，不停地打着哆嗦。唐纳德帮助她穿上纸长袍，只是背后的扣子还没有系上。

"我把你抱出来。"唐纳德说。

夏洛特的牙齿相互撞了几下，算是回应。

唐纳德把妹妹的双脚朝臀部挪过去，让她的膝盖撑起来，又伸手到她的腋下——夏洛特的身子还是很冷——另一只手穿过她的膝窝，唐纳德很轻松就把夏洛特抱了起来。她是那么的轻。唐纳德能闻到她身上有一股臭气，就像是骨折患者身上被石膏捂了很久产生的气味。

被放到轮椅上的时候，夏洛特嘟囔了些什么。毯子被垫在她的身下，让她不会碰到冰冷的座位。妹妹坐好之后，唐纳德又用毯子包裹好她的全身。夏洛特没有把脚放在踏板上，而是收起双腿，将身体蜷成一团。

"我在哪里？"她的声音就像是一片正在破碎的冰。

"放轻松。"唐纳德一边安慰她，一边合上冷冻舱的盖子，心中努力回想还有什么事没做,寻找可能被遗忘的步骤。"你和我在一起。"他推着妹妹向门口走去。这就是他们现在的处境:相依为命,无家可归。大地上已经没有他们的立足之地。所以他只能在地狱般的噩梦中拖着另一个灵魂成为自己可悲的同伴。

第九十六章

让夏洛特等一段时间再吃东西是最难的。唐纳德知道这种饥饿的感觉。他需要安排妹妹经历他自己有过数次经验的整个程序：喝下苦涩的药水，在洗手间清空体内的废物，坐在浴盆边上洗一个温水澡，然后穿上新衣服，再披上一条新毯子。

他看着妹妹喝完最后一滴药水。夏洛特的嘴唇从淡蓝色渐渐变成了粉色，但肤色还是白得吓人。唐纳德不记得妹妹曾经有过这么苍白的时候。也许她在海外作战时曾是这样。那时她一直坐在黑暗的房车里，周围只有显示器的光亮。

"我需要出去露个面。"他对夏洛特说，"现在所有人都要起床了。我回来的时候会把早餐带来。"

夏洛特安静地坐在那张旧作战会议桌旁的一把皮椅子里，双脚依然收在身下，两只手不停地揪着连体服的衣领，仿佛这身衣服让她的皮肤感到刺痒。"妈妈和爸爸已经走了。"她不断重复着唐纳德对她说的话。唐纳德不确定她能记住什么，记不住什么。她服用抗压力药物的时间没有唐纳德那么久，而且很早就停药了。不过这没关系。唐纳德可以把真相告诉她——一面告诉她一面痛恨自己这样做。

"我很快就会回来。你先在这里休息一下。不要离开这个房间,好吗?"

当他匆匆穿过军械库,走向电梯的时候,他的话语留下的空洞回音还飘荡在这座仓库里。他记得听别人说过,他们唤醒他以后,他应该先休息。夏洛特睡了三个世纪。在他扫描过身份证,等待电梯的时候,他想到过去了这么长时间,却没有发生什么变化。这个世界仍然是那个被他们丢弃的废墟。或者它已经不是了?他们很快就能知道。

他来到操作层,查看埃伦的情况。那名操作主管已经坐在办公桌后,身边堆满了文件。他一只手玩弄着自己的头发,胳膊肘压在一摞纸上面。他的咖啡杯里没有热汽冒出来。看样子,他在这里已经有一段时间了。

"瑟曼。"他抬头瞥了一眼。

唐纳德愣了一下,眼睛望向走廊远处,寻找另一个人。

"18号有什么进展么?"

"我,呃……"唐纳德努力回忆,"根据我得到的最新消息,他们已经攻破了最底层的壁垒。他们的主管认为战斗将在一两天内结束。"

"很好。很高兴那名学徒正在做准备。没有接班人实在是太可怕了。在我第三次值班时,我们曾经失去了一名主管。而他当时还没有选定学徒。那时我们费了很大力气才找到一个新人。"埃伦靠在他的椅子里,"当时的市长并不合适;保安部的头子笨得像一块煤,所以我们不得不……"

"很抱歉,不得不打断你。"唐纳德指着走廊说,"我还要去……"

"哦,当然。"埃伦挥挥手,显得有些尴尬,"是的,我也是。"

"……今天上午有许多事要做。我拿上早餐就要回我房间了。"

唐纳德朝走廊对面的空办公室点点头,"告诉盖博,我会照顾好自己,好吗?我不想被打扰。"

"当然,当然。"埃伦摆摆手,示意唐纳德尽可以放心。

唐纳德返回电梯,去了上面的自助餐厅。他的肚子也开始"咕咕"叫起来。他一整夜都保持着清醒,还什么都没有吃。他已经醒了太久,空虚了太久。

第九十七章

他缩短了空腹时限,让夏洛特提前一小时吃了东西——继续拖延下去实在是太难了。唐纳德叮嘱妹妹一次只能吃一小口,细嚼慢咽。在夏洛特咀嚼的时候,他开始向她介绍最新情况。夏洛特在代表大会上就知道了筒仓的事。他对夏洛特讲了墙壁屏幕,清洁,他因为有清洁者走出监控范围被唤醒。夏洛特一时还很难理解这些事。他向妹妹解释了好几遍,后来连他自己都觉得这非常奇怪。

"他们让其他筒仓的那些人能看到外面?"夏洛特嚼着一小块饼干问。

"是的。我曾经问过瑟曼,为什么我们要安放墙壁屏幕。你知道他是怎么对我说的?"

夏洛特耸耸肩,喝了一口水。

"他说它们的功能是防止人们想要出去。我们必须让人们看到死亡,才能确保他们安心待在筒仓里面。否则,他们就总是会想去看看山那边有些什么。瑟曼说这是人类的天性。"

"但还是有人出去了。"夏洛特用餐巾擦擦嘴,拿起叉子,用颤抖的手拖过了唐纳德吃了一半的早餐。

"是的,有些人还是出去了。"唐纳德表示赞同,"对这种事没办法太执着。"他看着妹妹舀起他的鸡蛋,心中想到自己乘着无人机输送仓上去的过程。这件事不需要让妹妹知道。

"我们也有那种屏幕。"夏洛特说,"我记得看到过外面的乌云翻滚。"她抬起头看向唐纳德,"为什么我们也会有那种屏幕?"

唐纳德飞快地掏出手绢,捂住嘴咳嗽了一阵,"因为我们是人类。"他一边回答,一边将手绢收起来。"如果我们认为出去没有意义,只会招致死亡,我们就会留在这里,按照命令做事情。但我知道有一个办法可以看看外面到底怎么样了。"

"是么?"夏洛特叉起哥哥的最后一块鸡蛋,送到嘴边,等待着。

"我需要你的帮助。"

·····‖‖····‖‖‖····‖‖·····

他们扯下一架无人机上的防水布。夏洛特用颤抖的手抚摸机翼,迈着尚不稳定的步伐从各种角度查看这部机器,抓住一侧机翼后面的襟翼,上下掰了几次,又用同样的方式测试了尾翼。这架无人机有黑色的圆顶和鼻子,让它看上去仿佛有一张脸。在夏洛特查看的时候,它只是安静地趴在地上,一动不动。

唐纳德注意到仓库里少了三架无人机——它们原先所在的地方因为一直被防水布遮住,所以显得格外干净。军火货架上整齐排列成金字塔形的炸弹也少了几枚。几周前的军事行动在这里留下了明显的痕迹。唐纳德走到机库门前,将它打开。

"没有备弹?"夏洛特看着一侧机翼底部问道。那里是挂着那种可怕东西的地方。

"没有。"唐纳德回答,"这次不需要。"他跑回来,帮夏洛特将无人机推向运输仓张开的大口。无人机的双翼刚好能穿过仓门。

"这里应该有一条带子或者一根连杆。"夏洛特小心地伏低身子,爬到无人机的机翼下面。

"地上好像有什么东西。"唐纳德想起那个能够沿轨道移动的滑块,"我去找个手电来。"

他从一只箱子里拿出手电筒,确保它有充足的电量,然后回到无人机那里。夏洛特将无人机挂在发射装置上,扭动身子退出来,却仿佛有些站不起身。唐纳德伸手把她扶了起来。

"你确定这部升降机能工作?"夏洛特梳理了一下洗过之后还没有完全干的头发,将落在脸上的发丝拨开。

"确定无疑。"唐纳德说。他领着夏洛特进入那条短走廊,经过营房和浴室。夏洛特在走进无人机操纵室的时候,身子僵了一下。唐纳德拽下操作台上的塑料布,打开升降机开关。夏洛特只是茫然地盯着一个操作台,还有上面的操纵杆、仪表和屏幕。

"你会用这个,对吧?"唐纳德问。

夏洛特这才脱离恍惚状态,盯住哥哥,片刻之后才点点头。"只要它们有足够的能量。"

"它们会有的。"唐纳德看着升降机控制台上闪烁的灯光。夏洛特已经在一个操作台后面坐好。所有其他操作台依然被塑料布盖着。整个房间只让人感到安静和空旷。唐纳德看到所有塑料布上的灰尘都消失了。这地方最近有人住过。他想起自己签的飞行申请,每一张那样的单子都是一笔不小的消耗。他想到他们有可能被摄像机发现,所以需要在那些翻腾的云层深处飞行。埃伦强调过,这些无人机都是一次性的。他说外面的空气会对它们造成损伤,所以它们航程很有限。唐纳德在翻看瑟曼的文件时就曾经思考过这是为什么。

夏洛特拨开几个开关。清脆的"咔嗒"声打破了寂静。无人机控制站开始工作。

"让升降机工作还需要一点时间。"唐纳德告诉妹妹。他没有解释自己是怎么知道的,但他还是想起了多年前那次穿着防护服登上山丘的情景。他记得自己的呼吸给球形头盔蒙上了一层雾气,他本来想摘下那顶头盔,去迎接死亡。现在他有了一种不同的希望。他想起厄斯金和他说过的那些将地球清理干净的话;想起维克托写给瑟曼的遗书。他们的这个项目要做的是重置生命。唐纳德不知道是疯狂还是理智,但他越来越确信,那些人的努力是精准无误的。精准程度远超任何人有权力做出的想象。

夏洛特调整一下屏幕,又拨动了一个开关。显示器被点亮,出现在那上面的是运输仓钢制门板的反光——无人机的头灯将它照亮,又被纳入无人机的摄像画面。

"已经这么久了。"夏洛特说道。唐纳德低下头,看见她的双手在颤抖。她将两只手握在一起,揉搓了一下,放回到操作台上;同时调整了一下坐姿,双脚踩在踏板上;又调节了一下显示器的亮度,让它不那么刺眼。

"我有什么可做的?"唐纳德问。

夏洛特笑着摇摇头。"没有。这次感觉有些奇怪,我没有填写飞行计划,也没有其他任何类似的文件表格。知道吗,我通常都需要有一个目标。"她回头看向唐纳德,给了哥哥一个微笑。

唐纳德捏了一下妹妹的肩膀。有她在身边感觉真好。现在她是他唯一的亲人。"你的飞行计划是飞得尽量快、尽量远。"他告诉夏洛特。没有了炸弹负载,他希望无人机能飞得更远,希望埃伦口中那个有限的飞行范围不是预先设定好的。升降机控制器上亮起一只小灯。唐纳德急忙过去查看。

"门就要开了。"夏洛特说,"我相信现在是白天。"

唐纳德又快步跑回来,同时朝门外走廊里瞥了一眼。他觉得自己好像听到了什么。

"引擎检测完毕。"夏洛特说,"我们要启动了。"

她在座位上动了动。唐纳德为她偷来的连体服有些太宽松,总是会拖住她的手臂。唐纳德站在她身后,盯着显示器。现在显示器上出现了一条坡道,坡道尽头是乌云翻滚的天空。他记得这种景象。一看到它,他就开始感到呼吸困难。无人机从升降机中被拽出,停在坡道上。夏洛特又拨动了一个开关。

"刹车锁定,"她踩下一只脚,"推进器启动。"

她的手向前滑过去。无人机被自己的刹车顶住,摄像机的视角向下倾斜了一点。

"我已经有很长时间没有在发射台以外的地方干过这种事了。"夏洛特紧张地说。

唐纳德正要问没有发射台会不会有什么问题,夏洛特已在这时交换了双脚的高度,显示器上的画面也向上一扬。金属坡道在震动中飞速后退。盘旋的乌云充满了显示器画面,直到唐纳德再也看不见任何其他东西。夏洛特说:"起飞。"同时用右手控制操纵杆。唐纳德随着无人机视角倾斜也把身子一歪。地面短暂地出现在画面里,随后一切又都被浓云吞没。

"往哪边飞?"夏洛特问道。她拨动一个开关,下方的地形出现在雷达屏幕上。看来雷达波不会受到云层的阻挡。

"我觉得不重要。"唐纳德说,"只要直飞就行。"他探过身子,看着这片陌生又熟悉的土地在无人机下方掠过。这里曾经有他参与铺种的大片草地。一片盆地正中央竖着另一座天线塔。帐篷、露天集市和舞台都不见了。代表大会的一切痕迹都被空气中的那些小机器吃得干干净净。"航线保持笔直。"他抬手一指。他有一个推测，一个疯狂的想法，但他需要亲眼看看，才敢得出结论。

萧瑟的画面渐渐结束。云层开始偶尔变薄，让他能够真正看到地面。唐纳德努力想要看到更多盆地以外的世界。夏洛特这时松开油门，向一排仪表盘和指示器伸出手。"唔……我觉得我们遇到了问题。"她将一个开关来回拨了几下，"我正在失去油压。"

"不。"唐纳德看着云雾缭绕的显示器画面——大地似乎正在向上隆起。现在还太早。难道他错过了某个步骤？没有采取某项预防措施？"继续飞。"他喘着粗气说——既是对无人机，也是对它的飞行员。

"它越来越不听话了。"夏洛特说，"一切都不受控制。"

唐纳德想到库房里所有那些无人机。他们可以再飞起一架。但他怀疑结果也是一样。他可能对外面的东西有抵抗力，但机器没有。他想到防护服，想到一些东西总是在特定时间、特定地点开始破损。看不见的毁灭者被设计得如此精确，当一名清洁者到达山丘，爬上去，只要他敢于爬到一定高度，就会遭受那些小机器恐怖的报复。唐纳德拿出手绢，捂住嘴开始咳嗽。他还模糊地记得自己被拽回来以后，工人们清洗气闸舱的情景。

"你就要冲出去了。"他指着雷达上最后一排筒仓说道。这时盆地已经从无人机的摄像头下面消失了，"只要再飞远一点。"

但实际上，他不知道还要飞多远。也许一直绕地球转一圈，回到出发点也还是不够远。

"我在失去动力。"夏洛特说。她的两只手在操作台上飞一般游走，不断拨动着各种控制按钮和开关。

"2号引擎熄火了。"夏洛特说,"我在滑行。高度两百英尺。"

显示器画面上看到的高度似乎还远不到两百英尺。现在无人机已经飞过了最远的山丘。云层在变薄。大地上出现了一道疤痕——一条可能是河流的沟渠,许多黑色的棍子如同烧焦的骨头,竖在地面上,锋利的尖端指向天空,好像铅笔的笔芯。那些也许是古老树木的残余。或者是大型安全围栏的钢柱,被时间侵蚀成这种样子。

"飞呀,飞呀。"唐纳德悄声说道。在天空中每多停留一秒,都会让他看到新的迹象,看到更遥远的地方。他感觉到一股自由的气息,一种逃离地狱的可能。

"摄像机出问题了。高度一百五十英尺。"

显示器上闪过一道亮光,如同即将断开的电路爆出的一点火花,骤然亮起的画面随即出现了一片紫色的影子,很快又变成蓝色——在这一刹那之前,唐纳德看到的只有褐色和灰色。

"高度五十英尺。将要硬着陆。"

唐纳德眨掉眼睛里的泪水。而无人机也在此时猛然坠落。地面凶狠地扑过来,迎上无人机。唐纳德眨着泪水模糊的眼睛,努力盯住显示器。这绝对不是摄像机的问题。

"蓝色……"他说道。

他的语气确定无疑,紧接着,一片生机勃勃的绿色原野接纳了濒死的无人机。显示器上的色彩转瞬间就归于黑暗。夏洛特放开操纵杆,骂了一句,一只手拍在操作台上。但就在她转过身,带着歉意看向唐纳德的时候。唐纳德已经伸开双臂抱住了她,一边用尽全力将她抱紧,一边亲吻她的面颊。

"你看到了吗?"他只能发出喘息不定的耳语,"你看到了吗?"

"看到什么?"夏洛特推开哥哥,板着的脸上全是失望,"到最后,所有功能都完蛋了。该死的无人机。也许是停得太久……"

"不,不。"唐纳德指着死气沉沉的黑屏幕说,"你做到了。我看见了。那里有蓝天和绿草,夏莉!我看见了!"

第九十八章

17号筒仓
2331年
第二十年

虽然很不情愿,梭罗还是成了事物损坏的专家。他日复一日地看着钢铁一点点生锈,油漆一片片剥落、卷起,下面露出斑驳的橙色,看着黑色尘埃聚集——那是金属被腐蚀后化成的粉末。他知道了橡胶软管变硬、干燥和皲裂以后的手感;了解了黏合剂如何失效,曾经牢牢粘在墙壁和天花板上的东西怎样出现在地上;物品在重力和破损这对双生神明的作用下如何发生突然而猛烈的移动。最重要的,是他懂得了尸体是如何腐烂的。它们并不总是转瞬间就消失不见——就像妈妈被人群推上楼,爸爸钻进黑暗走廊的阴影。实际上,它们常常会被嚼碎成看不见的碎片,被一点点带走。时间和蛆虫都会生出翅膀,飞来飞去,将一切带走。

梭罗从首字母Ri到Ro的书上撕下无聊的一页,将它叠成一顶帐篷。他认为这座筒仓在很多方面都是属于昆虫的。只要是有尸体的地方,那些虫子就会成群地聚集过来,仿佛一团团黑云。他在书上读到过关于这些虫子的介绍。蛆虫会变成飞蝇。蠕动的白色身体会变成"嗡嗡"叫的黑色小疙瘩。所有东西都会破碎、改变。

他用几根绳子穿住折好的纸,好把它挂起来。通常这个时候,小影都跑过来,拱起脊背磨蹭梭罗的胳膊,踩住他做的东西,给他制造麻烦,让他又气又笑。但这次小影没有来。

梭罗在绳子上打好结,让它们不会滑脱。纸上的孔穿在折痕处,这样就不会轻易被撕裂。他很清楚东西是怎么坏掉的。他是这方面的专家,尽管他完全不想知道这些事。梭罗一眼就能看出一个人已经死了多久。

他多年前杀死的人们在被挪动的时候都僵硬了。不过这种僵硬只会持续一段时间。很快他们就会肿胀,散发出臭味,然后不断释放出气体。苍蝇也会麇集而来。当苍蝇爬满他们全身的时候,蛆虫就会开始大吃大嚼。

那种恶臭会让他流泪,喉咙里生出灼烧感。用不了多久,尸体会开始变软。梭罗曾经不得不挪开楼梯上的一些尸体——它们纠缠在一起,很难跨过去。那些尸体上的肉一碰就掉了,变得像他以前吃过的凝乳干酪——那时还有奶和产奶的羊。当一个人离开了他的身体,那副身体就会散开,因为没有人继续将它收拢在一起了。梭罗一直都用心地收拢自己。他把绳子的另一端系在一个从物资部找到的金属小垫圈上。一边咬着舌头,他一边打了几个最精致的结。

绳子和纺织品也无法一直保持完好,不过它们比人坚持得更久。过了一年,尸体就只剩下衣服和骨头,还有头发。头发似乎能一直保留下去。它黏附在骨头上,有时候会挂在凝视梭罗的空眼窝里。头发让尸体变得更加可怕。它会赋予骨头一种身份。胡须的身份感最强,不过年轻人和女人都没有。

过了五年,就连衣服也会四分五裂。十年以后,剩下的就只有骨头了。从筒仓变得黑暗和安静到现在,时间已经过去很久。他第一次被领到服务器下的秘密巢穴中早已是二十年以前的事情。所以到处都只能见到骨头,只有楼上的自助餐厅是个例外。其他地方随处可见的腐坏让那道门后的尸体显得格外奇怪。

梭罗举起他的降落伞——一顶纸帐篷,系着几根细绳,细绳的另一端都绑在一只小小的垫圈上。那本打开的书上还堆着几十根缠结在一起的细绳,他还有满满一把小垫圈。他拽了拽降落伞上的一根细绳,想起自助餐厅的那些尸体。那扇门后全都是死人,而且他们不会像其他人那样烂掉。当他和小影第一次发现他们的时候,他以为他们刚刚过世。几十个人,挤在一起,死在一起,好像他们是被抛在那里,或者是争先恐后地朝那道门爬过来。梭罗知道,他们身后就是通往外面禁区的大门。但他从没有去过那么远。他关上那道门,慌张地离开那里。那些死气沉沉的眼球把他吓坏了。看到另一个人的脸那样对着他,这种感觉本身就已经让他感到陌生而恐怖。他从那些尸体前逃走,很长时间都没有再回去过。他在等待它们变成骨头。但它们从没有任何变化。

他走到栏杆前,朝外面望了望,又确认过那张纸的形态已经完美,可以拢住空气。深处的积水中有一股凉爽的气流一直升上来。梭罗将身子探出第3层的栏杆,一只手捏着那张折叠妥当的纸,另一只手拿着垫圈。他很好奇为什么有些人烂没了,另一些人却一直存在。是什么让第一种人坏掉的?

"坏掉。"他高声说道。有时候他喜欢自己这样发出声音。他是熟知事物损坏的专家。小影本应该在这里,蹭他的脚踝。但它不在。

"我是专家。"梭罗对自己说,"坏掉,坏掉。"他伸出双臂,放开降落伞,看着那顶小帐篷坠下一段距离,细绳被拉紧,然后降落伞下降的速度突然减慢,在空气中摆动,慢慢沉入幽暗的深渊。"下、下、下。"他冲降落伞喊道。直到最深处,无声无息地沉入水底,或者被卡在半路上。

梭罗很清楚尸体是怎么腐烂的。他挠了挠胡子,眯起眼睛看向消失的降落伞,终于盘腿坐下,膝盖完全从旧连体服的裤腿中顶出来。在喃喃自语中,他继续耽搁自己需要做的事,延迟今天的计划,又从那本正在变薄的书中撕下一页,尽量不去想另一具尸体——那具尸体很快就会随着时间的流逝而缩小。

第九十九章

有些东西，梭罗需要用上好几天、好几周才能找到；还有一些他需要的东西，他要用许多年才能找到；一些有用的东西，他往往得到得太迟，已经不再需要了。就像他曾经找到过一大堆剃须刀。那是在一位医生的办公室里找到的，满满一大盒子。所有那些重要的东西——绷带、药品、胶布，早就被那些为了一点破烂都会大打出手的人洗劫一空了。但一盒新剃须刀——其中许多刀片还闪闪发亮，仿佛正在用自己的光彩嘲讽他。他早就对自己的胡须习以为常，尽管他曾经不止一次愿意为了一把剃须刀而杀人。

也有一些时候，他在获得某样东西之后很久才会发现自己需要它。砍刀就是这样。他在一具刚死不久的尸体下面发现了那把大刀。当时他只是为了不让别人有杀人的工具才捡走了它。然后他把自己锁在服务器房下面，连续躲了三天，因为他害怕看到除自己以外仍然有热气的躯体。那已经是多年以前的事情。当时又过了相当长的一段时间，农场里的植被才变得过于茂密，让他必须用砍刀在里面开出路来。那时他出门已经不再带枪，因为枪早就没用了，而砍刀就成了他的随身伙伴。他在知道自己需要它之前就找到了它。

梭罗放飞了最后一只降落伞，看到它差一点落在9层的楼梯平台上。不过那顶小纸帐篷还是渐渐消失在他的视野之中。他想起这些年小影帮他找到的东西——其中大部分是食物。不过有那么一次,小影带着自己的主意跑掉了。那时他们正要下到物资部去。小影冲在前面,跑到一个楼梯平台对面就消失不见了。梭罗举着手电跟在它后面。

那只猫在一道公寓门旁边"喵喵"叫了两声。梭罗有些担心门后又会有一堆尸体。不过这间公寓是空的。小影跳到厨房的案台上,飞快地转了几圈,不停抓挠着一只装满小罐头的橱柜。这些罐头都已经非常陈旧,上面带着斑斑点点的锈迹。不过梭罗还在上面看到了猫的图画。而小影这时明显有些疯癫。另外,案台上还有一部破旧的机器,背后有一根连在墙上的短电线。梭罗知道这是一台开罐机。

梭罗微笑着望向栏杆外,想起这么多年找到和丢失的东西。他记得自己第一次按下那台机器上的按钮,那时的小影立刻就甩着尾巴发起了疯。一只只罐头被整齐地截去顶盖。他还记得罐头里的食物味道并不怎么样,不过小影对此显然有自己的看法。

梭罗转过身,审视那本被撕掉许多页的书,心中充满哀伤。他已经没有垫圈了,所以他留下了其他书页,不情愿地朝下方的农场走去。他要去做必须做的事情了。

·''''ll!ıı····''''ll!ıı····''''ll!ıı···

梭罗挥刀砍倒一片片绿植,心中不由得对这里的变化感到惊叹。不久前,这片无人照料的农场还只是一片腐烂的废墟。不过这里的种植灯还有超过一半以上能够发光。水还在不断从管道中滴下来。水泵时开时关,发出一阵阵响亮的颤音和轰鸣。几根电线沿着楼梯井像蛇一样爬上来。梭罗知道,这些电线连接着下面他的领土,在源源不断地将那里的电能偷取过来。所有这一切的工作都不算完美,不过梭罗发现,人和农作物持之以恒的关系就是吃掉它们。现在只有他能吃它们了,或者还有老鼠和蠕虫。

他扛着小包穿过植被最茂密的地块,他要去农场的偏远角落,找一片种植灯不会再亮起的土地,那里的土壤凉爽潮湿,不会再有任何植物生长。一个特别的位置。远离他每周的觅食之旅。他会把那里当作目的地,而不只是一个会路过的地方。

离开炽热的灯光,他走进一片黑影。他喜欢这里。这里让他想起服务器下面那个房间,一个私密安全的地方,一个可以让他躲起来不被打扰的地方。在那里,在许多被丢弃和遗忘的工具中,有一把铲子。那正是他现在需要的。这是另一种找到东西的情况。筒仓在这个时候会主动赠予他一些东西。这种情况在筒仓里可不是经常会有的。

梭罗跪下来,将小包放在有三道横栏的篱笆旁边。包里的尸体已经僵硬。很快它就会变软。在那以后……

梭罗不愿意去想那以后的事情。在一些他不愿知道的领域,他的确是一名专家。

他拾起铁锹,跳过篱笆——这里很黑,要找到门可不容易。铲子响亮地插进泥土。他一次一次举起铲子,几个小土堆在轻柔的叹息声中出现在周围。有些东西,你会在刚好需要的时候找到。梭罗想起和朋友在一起度过的岁月,那些日子那么快就飞走了。他已经在想念自己干活的时候,小影在他的小腿上蹭来蹭去的样子。它总是挡路,却又很聪明地不会被踩到。只要梭罗吹一声口哨,小影就会像一道光落在他眼前,出现得正是时候。他找到了一样东西,那时他甚至不知道自己是如此需要它。

第一百章

1号筒仓
2345年

唐纳德的靴子在下层的轮班冷冻仓库中踏出一阵阵回音,那里有成千上万的冷冻舱,就像一大片闪闪发光的石头。他再次弯下腰,查看一块铭牌。他已经忘记了自己在过道里的位置,正在担心是不是必须从头开始寻找。他用手绢捂住嘴咳嗽了几声,然后擦了擦嘴,继续向前走。一件沉重、冰冷的东西坠在他的口袋里,紧贴着他的大腿。另一件沉重、冰冷的东西则压在他的胸膛中。

他终于找到了那个铭牌上写着"特洛伊"的冷冻舱。擦去玻璃窗口上的结霜,他朝里面望进去。舱内果然有一个人,比他要老,也比他记忆中的更老。一片蓝色的影子笼罩在苍白的皮肤上。雪白的头发和眉毛同样带着一种天蓝色调。

唐纳德仔细端详这个人,再三思索。他这次没有推轮椅,也没拿医药箱,带来的只有冰冷的沉重。他知道了一点真相,还渴望知道更多。有时候,一样东西需要先打开才能永远关闭。

他俯身到控制面板前,重复了解冻妹妹的程序。输入密码的时候,他想到了上面营房里的夏洛特。她不可能知道他正在这里做什么。不能让她知道。瑟曼对他们两个而言都像是第二位父亲。

表盘被向右旋转。数字逐一闪过,表明温度在升高。唐纳德站起身,开始绕着冷冻舱踱步。一些人曾经将他放进这个冷冻舱,把他变成另一个人——那个人的名字就刻在这个冷冻舱的铭牌上。而现在,这只冰棺里躺着那个人的创造者。当瑟曼暖和过来的时候,唐纳德心中的寒冷渐渐扩散到四肢。他用一块带着粉色污渍的手帕捂住嘴,咳嗽几下后将手帕塞回衣兜里,又拿出一根绳子。

他站在这里,想起了维克托档案中的一份报告。他在解冻"解冻",角色在此时互换。维克托在那份报告中记录了一些古老的试验——看守和囚犯互换位置,受虐者很快就变成施虐者。人的变化会如此迅速,这让唐纳德感到厌恶,感到这样的结果难以置信。但他的确看到过善良的人们带着高尚的愿望登上国会山,更看到过他们的改变。在这里,他在值班时获得了一份权力,受到它的诱惑。他发现,邪恶的人来自邪恶的系统。任何人都有堕落的可能。所以有些系统必须被关闭。

温度上升,棺盖开启。气流冲进盖子的缝隙,发出一声叹息。唐纳德把手伸进那道缝隙,将盖子彻底掀开。依稀间,他以为会有一只手伸出来,抓住他的手腕,但冰棺中的人只是静静地躺着,在白汽中一动不动。一个人而已,赤身裸体的可怜人,一根管子插进他的手臂,另一根管子插在他的两腿之间。肌肉松弛下垂。苍白的皮肤上满是深深的皱褶。头发一缕缕地粘在一起。唐纳德握住瑟曼的双手,将它们交叠在一起,把绳子绕在手腕上,穿过双手和绳环,打成一个结,将绳环勒紧,然后站起身,在那两片皱皱巴巴的眼皮上寻找生命的迹象。

瑟曼的嘴唇动了动,分开一道缝隙,仿佛是第一次尝试吸气。

那种情景就像是死人复活。唐纳德用拳头捂住嘴咳嗽着,看着瑟曼的身体开始有动静。这位老人的眼皮抖动着向上掀起,融化的冰霜沿着他的眼角落下,看上去有些像是泪水,给他添加了几分虚伪的人性。他抬起满是皱纹的双手,抹去凝结在眼睛上的分泌物——唐纳德知道那是什么感觉——眼皮无法完全分开,仿佛长在了一起。被绳子捆在一起的两只手挣扎了一下。瑟曼哼哧着,又恢复了一些清醒,才发现一切都不正常。

"安静。"唐纳德伸手按住这位老人的前额,依然能感觉到他皮肤的冰冷,"放松。"

"安娜……"瑟曼舔舔嘴唇,悄声说道。唐纳德意识到自己甚至没有带水过来,更不要说那种苦涩的饮料了。他很清楚自己到底要干什么,没什么值得怀疑的。

"能听见我说话吗?"他问。

瑟曼的眼皮再次抖动着睁开,瞳仁扩张,聚焦在唐纳德的脸上,不断上下翕动的眼皮中闪动着模糊的光亮,似乎是认出了唐纳德。

"孩子……"他的声音很是嘶哑。

"躺着不要动。"唐纳德对他说。这时瑟曼转过身,用捆在一起的手捂住嘴,开始咳嗽。他看着手腕上的绳结,流露出困惑的表情。唐纳德转头看了一眼远处的大门。"我需要你听我说。"

"这里怎么了?"瑟曼抓住冷冻舱的边缘,想要把自己拽起来。唐纳德掏出兜里的手枪。瑟曼惊讶地看着指向自己的枪口。在这块黑色钢铁前,他的意识立刻解冻了。但他的身体反而再没有任何动作,只有一双眼睛转动着,迎上唐纳德的注视。"今年是哪一年?"他问道。

"再过两百年,你就会把我们全部杀死。"唐纳德告诉他。枪口在憎恨中颤抖。唐纳德用另一只手也握住枪,后退半步。瑟曼虚弱无力,还被捆住。但唐纳德不会让他有任何机会。这位老人就像是在一个冰冷的早晨盘踞僵卧的蛇。唐纳德禁不住会担心,随着温度上升,说不定他会做些什么。

瑟曼舔舔嘴唇,审视着唐纳德,丝丝缕缕的白汽从这位老人的肩头升起。"是安娜告诉你的。"他最后说道。

唐纳德有一种残酷的冲动,想告诉他安娜已经死了;心中的骄傲又在不断刺痛他,要他坚持说这是他自己想出来的,与安娜无关。但他最后只是点了点头。

"你必须知道,这是唯一的办法。"瑟曼悄声说。

"有一千种办法。"唐纳德把枪交到另一只手上,在连体服上擦了擦手心的汗水。

瑟曼朝那把枪瞥了一眼,又扫视周围,寻找帮助。停顿片刻之后,他躺回到冷冻舱里。白汽仍不断从冷冻舱中涌出,但唐纳德能看到他又开始在寒冷中发抖。

"我曾经以为,你想要永生不死。"唐纳德说。

瑟曼笑了。他再一次审视捆住自己的绳子,又看了看手臂上的针头和导管。"活得够久就行。"

"久到可以干什么?让人类化为乌有?只剩下一座筒仓,把那里的人放出去,然后安坐在这里,杀死其余所有人?"

瑟曼点点头,蜷起双腿,抱住自己的胫骨。没有了连体服,他看上去是那样枯瘦羸弱,那副高傲的肩膀完全看不到原先的挺拔和威严。

"你救那些人,就是为了把他们之中的大部分杀死,同时也杀死我们。"

瑟曼悄声做出一点回应。

"声音大一些。"唐纳德说。

老人作出喝水的样子。唐纳德把枪端到他眼前——现在他只有这个。瑟曼拍拍自己的胸口,再一次努力要说话,唐纳德小心翼翼地向他靠近一步。"告诉我为什么。我是掌管这里的人。管理者是我。告诉我,否则我发誓,现在我就把所有筒仓里的人都放出来。"

瑟曼眯起眼睛,嘶声说道:"蠢货,他们会立刻开始自相残杀。"

他的声音几乎无法被听到。唐纳德甚至能听到周围所有冷冻舱运转时的"嗡嗡"声。他又向瑟曼靠近一步。现在每过一秒钟,他都会更加相信这样做是对的。

"我知道你认为他们会做什么。"唐纳德说。"我知道这场大规模净化,这次重启。"他用枪指住瑟曼的胸口,"我知道你将这些筒仓看作是将人类带往更美好世界的星际飞船。我已经看过你有权查看的所有笔记、备忘录和文件。但我想在你死以前听你说……"

唐纳德感觉自己的两条腿在晃动。一阵猛烈的咳嗽占据了他的身体。他急忙摸出手绢,但还没有等他把嘴捂住,粉色的斑点已经落在银色的冷冻舱上。瑟曼看着这一幕。唐纳德稳住身体,努力回忆自己刚才在说什么。

"我想要知道,为什么会有那么多心痛。"唐纳德声音沙哑,喉咙好像着了火,"那么多悲惨的生命来了又走。这里的这些人,你打算杀死他们,永远不再让他们醒来。你自己的女儿……"他仔细端详瑟曼的脸,寻找他的一切反应,"为什么不把我们冻上一千年,等事情结束以后再唤醒我们?现在我已经知道,我帮你做了什么。我想知道为什么我们不能就这样一直睡到净化结束。如果你想给我们一个更好的世界,为什么不带我们所有人去那里?为什么要制造这么多苦难?"

瑟曼没有一丝表情。

"告诉我为什么。"唐纳德说道。他的嗓子已经哑了,但他还是装出一切正常的样子。他又举起已经下垂的手枪。

"因为不能让活下去的人知道。"瑟曼终于做出回答,"那些必须和我们一起死去。"

"什么必须死?"

瑟曼舔舔嘴唇。"知识。《遗产》以外的一切知识。只需要按下一个开关就能结束一切的能力。"

唐纳德笑了,"你以为我们不会再发现它们?人类找不到毁灭自己的手段?"

瑟曼耸耸赤裸的肩膀。白汽从他的肩膀上升起、散开。"迟早会找到,只不过要用长得多的时间。"

唐纳德用枪指了一下周围的冷冻舱。"所以,这些也都要销毁。我们要选择出一个部落,只让你的一艘星际飞船落地,其余的全部关闭。这就是你们制定的法案?"

瑟曼点点头。

"现在,有人破坏了你的法案。"唐纳德说,"有人把我放在了你的位置上。我现在是牧羊人了。"

瑟曼睁大眼睛,目光从枪转向唐纳德别在领子上的身份证。牙齿在颤抖中轻轻撞击的声音消失了——他一下一下地咬着牙,最后只说了一声:"不。"

"我从没有想要过这份工作。"唐纳德更像是在自言自语,他端稳手枪,"这些工作,我都不想要。"

"我也不想。"瑟曼说道。唐纳德又想起了囚犯和看守角色互换的试验。躺在这个冷冻舱里的本来有可能是他,拿着枪站在舱外的可能是任何人。这就是系统。

还有上百件别的事情,他想问或想说。他想告诉冷冻舱中的这个人,他就像是他的父亲,但是当父亲的残酷就像爱一样沉重深刻的时候,那又会是怎样的情景?他想对瑟曼大喊大叫,因为瑟曼对这个世界造成了伤害,但他在内心深处的一个声音告诉他,这种伤害很久以前就已经造成,已经无可挽回。最后,他内心还有一个声音在乞求帮助,在大声疾呼要将这个人从冷冻舱中释放出来,由他来代替这个人现在的位置,蜷缩起来继续沉睡——那个声音觉得做囚犯要比继续当守卫容易得多。但他的妹妹正在上面慢慢恢复。他们都有更多的问题需要答案。在不远处的一座筒仓里,一场变革正在发生,一场起义刚刚结束,唐纳德想看看那里的情况将有怎样的进展。

所有这些和其他许许多多事情全都在唐纳德的脑海中闪过。用不了多久,威尔逊医生就会坐到他的办公桌后面。也许他朝电脑屏幕上瞥一眼,正好监控画面循环到他这里。瑟曼张开嘴,似乎是想说些什么。唐纳德这时才意识到,叫醒这位老人,听他的托辞根本就是个错误。从他嘴里得不到什么有价值的东西。

瑟曼向前探出身子。"唐尼。"他伸出被绑住的双手,要抓住唐纳德的手枪。他的双臂缓慢又无力,完全没有能夺走手枪的希望。唐纳德觉得他可能不是要夺枪,而是要把枪口拽得离自己更近一些,顶在心口或者是嘴里——就像维克托那样。所以这位老人的眼睛里才有如此的哀伤。

瑟曼的手终于伸出冷冻舱,一点点向枪口靠近。唐纳德差一点就要把枪递给他——只为了看看他拿到枪以后会怎样做。

但他扣动了扳机,在能够后悔之前扣动了扳机。

枪口的爆音巨大得不可思议。一阵刺眼的火光之后,恐怖的回音在数以千计沉眠的灵魂中飘荡。一个人倒进棺材里。

唐纳德的手在颤抖。他回忆起自己走进办公室的第一天,这个人为他做的一切,那是很早以前的一次见面。他受到征召,要完成一份他几乎不能胜任的工作。那时他完全不了解这份工作的意义。那是他作为国会议员醒来的第一天早晨,是这个人让他知道——只有他和屈指可数的另外几个人站在一个强大国家的舵手位置上,这让他的心中充满了恐惧和成就感。实际上,他一直以来都是一名囚犯,被要求为自己的精神病院建造起围墙。

这一次不一样了。这一次,他将承担起责任,毫无畏惧地执行领袖的任务。他,还有身处在暗中的妹妹。他们会找出这个世界的问题,进行修正,恢复所有已经消失的秩序。一场试验已经在另一座筒仓中开始,那里的卫兵正在发生变化。唐纳德很想看看试验的结果。

他伸手合上这个冷冻舱的盖子,看到闪烁着金属光泽的舱壁上粉色的斑点,不由得又咳嗽一声。然后他抹抹嘴,将手枪塞进裤兜,向仓库外面走去。刚刚做的事还在让他心跳加速。那个躺着死人的冷冻舱继续发出安静的"嗡嗡"声。

第一百零一章

17号筒仓

2345年

第三十四年

梭罗用绳子串起几只空塑料水壶的把手。那些水壶"哗啦哗啦"的撞击声形成了一种响亮的旋律。他拿起帆布背包,又在原地站了一会儿,挠着胡子,觉得自己似乎是忘了什么——忘了什么?他拍拍胸口,确认钥匙在身上。当然,钥匙已经不在那里。这是他在多年前就养成的一个老习惯,早已无法改掉。他把钥匙塞进了一只抽屉,现在任何东西都不需要上锁。再没有什么人可以让他害怕了。

他又拿上了两口袋空的汤和蔬菜罐头。它们是他从一大堆这样的垃圾中拣出来的——拿走这些罐头之后,那个大垃圾堆几乎没什么变化。他两只手都拿着东西,每走一步都会发出一阵"叮叮咣咣"的撞击声,就这样把这些东西搬过黑暗的短走廊,来到通向服务器房的竖井中。服务器房的灯光洒在他的周围。

梭罗沿着梯子上下往返了两趟,才把所有东西都搬上去。他在那些黑色的机器之间走来走去。在这么多年里,许多黑柜子都陷入了沉默，也许是被热量烤坏了。必须挪开文件柜，才能将大门打开。现在筒仓里没有锁，但也没有了人，其实没有必要再这么装模作样了。他拉开沉重的大门，一如既往地感觉到父亲就在身边。接着便走进了外面宽广的世界，这里只有拥挤的鬼魂和糟糕到他无法记起的事情。

走廊里又亮又空旷。梭罗一边走，一边朝他知道的摄像机位置挥手。他经常觉得自己有一天会在显示器上看到自己。不过这些摄像机在很久以前就已经停止工作了。而且，如果真的发生这种事，这里就必须有两个他。一个站在这里挥手；另一个坐在显示器前面。这个愚蠢的想法让他笑出了声。毕竟他只是梭罗。

他来到楼梯平台上，呼吸到了新鲜的空气，可同时，脚下的深渊却令他心生不安。梭罗想到不断上涨的积水。再过多久，水就会淹上来？他觉得应该还会有很久。到那时他已经不在了。但是一想到总有一天，他那个藏在服务器下面的小家会被水灌满，他还是会很难过。到时候货架旁边那一大堆空罐子都会漂到顶层去。电脑和通讯器会冒出细小的气泡。想到那些机器"噗噗"吐着气泡，罐头在水面上跳来跳去，他又禁不住大笑起来，接着便不再在乎这种事会不会发生了。他将两袋空罐头倾倒在栏杆外面，开始倾听它们落到42层的楼梯平台上发出的声音。罐头忠实地执行了他的愿望。随后他向楼梯转过身。

上还是下？上意味着西红柿、黄瓜和南瓜；下意味着浆果、玉米和挖掘土豆。向下需要费更大力气把食物煮熟。梭罗迈步向上走去。

他一边走，一边低声数着台阶。"八，九，十。"每一段楼梯都不一样。他要走很多段楼梯。不一样的楼梯上有不一样的同伴，就像朋友站在楼梯两侧,到处都有像它们一样的同伴。"你好,台阶。"他忘记了数数。台阶没有说话。他也不会说它们的话,只能听见孤独的靴子落在台阶上发出的响亮歌声。

一个声音。梭罗听到了一个声音。他停住脚步,仔细倾听。不过那些声音经常会知道他在听它们,于是就会害羞地溜走。这也是那种声音。他总是能听到不存在的声音。这里到处都是水泵和电灯。它们被接上乱七八糟的电线,总是在随心所欲地开启关闭。几年前,一个水泵漏水,还是梭罗亲自修好了它。他需要一个新的项目。现在他只是一遍又一遍地做着同样的事情,比如当胡子长到胸口时把它剪掉,眼下所有这些项目都已经变得非常无聊。

在到达农场之前,他只休息了一次,喝了水,解了手。他的腿很有力气。甚至比他更年轻时还要强壮。一件事只要多做,就算是再困难也会慢慢变得容易。不过,多做困难的事也不会让它们变得更有趣。梭罗还是希望它们从一开始就能容易一些。

他拐过到达12层之前的最后一个弯,正要用口哨吹起一首丰收的小调,却发现自己忘了关这一层的门。他不知道自己怎么会忘记。梭罗从不让门开着。无论什么门。

角落里的栏杆上斜倚着一样东西。看上去像是他在某个项目中用过的废料,是一根被折断的塑料管。他把这根管子拿起来。里面有水。梭罗嗅嗅管子。水的气味不是很干净。他想要把水倒在栏杆外,水管却从他的手指间滑落下去。他僵立在原地,等待远处传来撞击声。但他始终没有听到半点声音。

真是笨手笨脚的——他抱怨自己实在是笨拙,还很健忘,竟然留了一扇门没关上。当他向门内走去,却看到门被一样东西挡住了——黑色的握柄。他伸手握住那根握柄,才发现那是一把刀,插在格栅地板上。

一阵声音从农场深处传出来。梭罗的身子僵住了片刻。这不是他的刀。他没有这么健忘。他从格栅之间拔出刀刃,让门合上。上千个念头同时掠过他清醒的头脑。老鼠做不出这种事。只有人能做到。也有可能是一个强大的幽灵。

他应该做些什么,应该把门把手绑起来,或者在门下面塞上东西,但他太害怕了,只能转身就跑,一直跑下楼梯。他的手里攥着别人的刀,空背包飘在背上,水壶挂在肩头,"哗啦哗啦"地响个不停,又一下子挂在栏杆上,怎么也拽不下来,他用力拉了两下,才不得不放弃,丢下那些水壶。他的洞——必须回到他的洞里。他喘着粗气,双腿如飞。一些不属于他的撞击声和震动打破了他的孤独。他不需要停下来细听那些声音。这真是一个吵闹的幽灵,吵闹且实实在在。梭罗想起自己的砍刀,那把刀在半年前折断了。不过他有这把刀。有刀就不用怕了。他沿着楼梯转了一圈又一圈,心里害怕得要命。到楼梯平台了。但他跑错了!是33层。还要再向下跑一层。他没有数数,没有数数。他跑得太快了,差点一跤跌倒。他跑得满身汗水。他要回家。

冲进34层,他用力关上身后的门,双手撑在膝盖上,深吸一口气,然后捡起地上的扫帚,插进门把手里。这种办法能够挡住安静的鬼魂。他希望这对那些能发出声音的鬼魂也有用。

梭罗推开被撞坏的安全闸,快步跑过一条条走廊。头顶上的一盏灯灭了。一个修理项目,但现在没时间。他来到钢制大门前,用力把门推开,冲进去又停下来,然后跑回门后把门推上,再蹲下身子,用肩膀顶住文件柜,在一阵尖利刺耳的摩擦声中将文件柜推到门后。他觉得外面有脚步声。有人在飞快地奔跑。汗水从他的鼻子上滴下来。他紧紧攥住刀子继续奔跑，穿过一排排服务器。身后再次响起金属相互摩擦的凄厉尖鸣。梭罗不再是一个人了。他们来找他了。他们来了，来了。他能感觉到嘴里有金属一样的恐惧味道。他跑到格栅地板门前，后悔没有将这块地板一直打开。不过，至少它的锁已经坏了——生锈了。不，这样不好。他需要锁。梭罗爬下梯子，抓住格栅，把格栅扣在头顶的缺口上。他会藏起来，藏得悄无声息。就像以前那些年一样。就在这时，有人夺走了他手里的格栅地板。他挥刀攻击上面的人，结果听到一声尖叫。是一个女人，正喘着粗气盯着他，要他冷静。

梭罗颤抖着，靴子在梯子横档上滑了一下。但他攀住梯子，没有掉下去。这个女人和他说话的时候，他没有动一下。女人圆睁的双眼中充满了生气。她的嘴唇一张一合。她受伤了，但她不想报复，只想知道他的名字。见到他让她很高兴。她的眼里有泪水，那是因为高兴，因为见到了他。梭罗觉得，也许他自己像是一把铁锹，一只开罐器，或者任何一种生锈的工具，被胡乱扔在某个角落里，但仍然可以被找到。他是可以被找到的。有人找到了他。

尾声

2345年
1号筒仓

　　唐纳德坐在空荡荡的通讯室里。独自一人看管着所有通讯站。其他人或者被他打发去吃午饭，或者被命令去休息。所有人都服从他。他们叫他牧羊人，知道他管理一切，除此之外对他一无所知。他们被唤醒、值班、交班之后再陷入沉睡，一切都以他的命令为准。

　　旁边的通讯站有灯光闪烁，是6号筒仓在要求通话。那里的人只能等一下了。唐纳德坐在位子里，听着耳机里的铃声，自己发出了一个通话请求。

　　铃声一阵一阵地响着。他查看过导线，一直捋到插孔，确保插头没有问题。有两个通讯站之间还放着一盘没打完的纸牌。唐纳德命令众人出去的时候，玩牌的两个人分别把自己的手牌整齐地放在牌局两侧。已经打出的牌堆顶端是一张黑桃皇后。终于，他的耳机里传来了"咔嗒"一声轻响。

　　"喂？"他说道。

　　他等待着。线路另一端似乎传来了一个人的呼吸声。

　　"卢卡斯？"

"不。"那个声音很轻,却又相当刚强。

"你是谁?"他已经习惯和卢卡斯交谈了。

"我是谁不重要。"那个女人回答道。其实唐纳德很清楚她是谁。他回过头,确认房间里仍然只有自己一个人,便在椅子中向前俯过身。

"我们本来不会和市长对话。"他说道。

"我本来也不是市长。"

唐纳德几乎能看到那个女人冷笑的表情。"我现在的工作不是我要求的。"他坦白地对那个女人说。

"但我们还是坐在这里。"

"是的,我们在这里。"

随后是一阵停顿。

"知道吗?"唐纳德说,"如果我忠于职守,我现在就应该按下按钮,关闭你的筒仓。"

"为什么你不这么做?"

市长的声音波澜不惊,只是流露出些许好奇。听起来,她真的是在询问,而不是在挑衅。

"如果我告诉你,我怀疑你根本不会相信。"

"试试看。"那个女人说道。唐纳德真希望那个女人的文件夹还摆在自己面前。他在值班的最初几个星期里,曾经一直随身携带那份文件夹。而现在,当他需要的时候……

"很久以前。"他告诉那个女人,"我拯救过你的筒仓。现在结束你们实在有些可惜。"

"你是对的。我的确不相信你。"

走廊里传来一些声音。唐纳德取下一只耳罩,扭头向门口望去。他的通讯工程师正站在门外,两只手分别拿着保温瓶和面包。唐纳德竖起一根手指,要他等一下。

"我知道你去过哪里。"唐纳德对那位曾经是清洁者的市长说,"我知道你见到过什么。我……"

"你根本就不知道我看见过什么。"女人严厉的声音如同剃刀的刀刃。

唐纳德感觉自己的体温在升高。这不是他想和这个女人进行的谈话。他还没有准备好。他用手捂住麦克风,心中感觉到自己正在失去时间和这个女人。

"小心。"他说道,"我只能说……"

"听我说。"女人打断了他,"我正坐在一个充满了真相的房间里。我看过那些书。我会一直挖掘,直到你们这帮人的核心。"

唐纳德能听到女人的呼吸声。

"我知道你在寻找的真相。"他低声说,"不过,当你找到真相的时候,也许你根本就高兴不起来。"

"你的意思是,等我找到了,你就高兴不起来了。"

"那就……小心一点。"唐纳德进一步压低声音,"小心你挖掘的方向。"

一段时间的沉默之后,唐纳德又回头看了一眼那名工程师。后者正端起保温杯喝水。

"是的,我们会小心挖掘。"朱丽叶终于做出回答,"我可不想让你听到我们过来的声音。"